新潮文庫

死の家の記録

ドストエフスキー
工藤精一郎訳

死の家の記録

第一部

序章

遠いシベリアの果ての曠野《こうや》や、山や、樵道《きこりみち》もない森の中で、ひょっこり小さな町に出会うことがある。住民は千人か、せいぜい二千人くらいの、木造家屋のみすぼらしい町で、教会が二つ——一つは町の中に、もう一つは墓地にあって——町というよりは、モスクワ郊外の小ぎれいな村に似ている。それらの町にはたいてい警察署長や、地方議員や、その他あらゆる下級役人たちが十分すぎるほどに配置されている。だいたいシベリアは、気候は寒いが、勤務者の懐《ふところ》ろはきわめてあたたかい。住んでいる人々は素朴《そぼく》で、自由思想など持ちあわせていないし、古いしきたりが、何百年もの歳月に浄《きよ》められて、しっかりとかたまっている。公正に見て、シベリア貴族の役割を演じている高級官吏たちは——あるいはかたくシベリアに根をはった生《は》えぬきの土地者か、あるいはロシア、それも大部分は首都から、法外の高給と倍額の旅費につられ、うっとりするような未来の希望を夢みてやってきた人々である。これらの人々の中で、人生の謎《なぞ》を解くことのできる者は、ほとんどといっていいほどシベリアにとどまって、喜んでそこに根をおろす。そしてのちに、豊かな甘い実りをもたらすのである。しかしそうでない、考えの浅い、人生の謎を解く力のない人々は、間もなくシベリアにうんざりして、どうしてこんなところへ来たんだろうと、ふさぎこんで自問する。そしてじれったい思いで法律で定められた三年の任期を勤め、任期があけるのを待ちかねるようにして、すぐさま転任の運動をして、シベリアをののしり、シベリアを嘲笑《あざわら》いながら、自分の故郷へ帰ってゆく。彼らはまちがっている。勤めの面からだけでなく、多くの点から見ても、シベリアは生活を楽しむことができるからである。気候はすばらしいし、ひじょうに裕福で客好きな商人たちも多いし、あきれるほど物持ちの異民族もたくさんいる。娘たちはバラのように咲き匂《にお》っているし、おまけにこの上なく操《みさお》がかたい。野鳥は往来を飛びかい、むこうから猟師に突き当ってくる。シャンパンはいやになるほど飲めるし、イクラのおいしいことは無類だ。農作物の収穫も場所によっては十五倍もとれる……だいたいに土地は肥沃《ひよく》である。それを利用することができさえすればよいのだ。シベリアの人々はそれを利用する方法を知っている。

わたしの胸に消すことのできない思い出を残してくれた、じつに気持のいい人々の住んでいる、こうした楽しい、しかも自分に満足しきっている小さな町の一つで、わたしはアレクサンドル・ペトローヴィチ・ゴリャンチコフという移住囚を知った。彼はロシアの貴族地主の家に生れたが、のちに妻殺しの罪で第二類の徒刑囚となり、そして、法律に基づいて判決された十年の刑期をつとめあげたうえで、Kという小さな町で移住囚としておとなしくひっそりと余生を送っていたのである。彼はもともと町はずれのある地域に住むように指定されていたのだが、子供たちに教えていくらかでも生活の糧《かて》を得ることができるところから、町に住んでいたのだった。シベリアの小さな町々ではよくこうした流刑囚《るけいしゅう》あがりの教師を見かけるが、彼らはべつに毛嫌《けぎら》いされてはいない。彼らが主として教えているのは世の中へ出てから特に必要とされているフランス語であるが、もし彼らがいなかったら、シベリアの遠い僻地《へきち》でフランス語の知識を得るなどは思いもおよばなかったにちがいない。わたしがはじめてアレクサンドル・ペトローヴィチ（ゴリャンチコフ）に会ったのは、イワン・イワーヌイチ・グヴォーズジコフという、客好きな、功労ある老官吏の家だった。この老人にはそれぞれに年齢《とし》のはなれた五人の娘があったが、どの娘も華《はな》やかな将来がたのしまれていた。アレクサンドル・ペトローヴィチは一回、銀貨で三十コペイカの謝礼で、週に四度娘たちに教えていた。その外貌《がいぼう》に、わたしは興味をひかれた。それはひどく蒼白《あおじろ》い、やせた男で、まだ三十五、六らしいから、年寄りとは言えないが、小柄で、見るからに弱々しかった。服装はヨーロッパ風で、いつもじつにきちんとしていた。だれかに話しかけられると、彼は極度に注意深くじっと相手を見つめて、もったいぶったいんぎんさでその一言一言に耳をすます。まるで相手がむずかしい問題をもちだして困らせようとしているのではないか、あるいは何かこちらの秘密をさぐり出そうとしているのではないかと、相手の一言一言を鋭く吟味しているかのようである。そして、ややあって、はっきりと短く返事をするのだが、その一言一言があまりにも慎重すぎるので、話しかけたほうが急に何となく気づまりになって、しまいには、話が終ってほっとするというふうだった。わたしはそのときイワン・イワーヌイチに彼のことをいろいろときいて、ゴリャンチコフが道徳的に非のうちどころのないりっぱな生活をしていること（もっともそれでなかったらイワン・イワーヌイチが娘たちの教師に彼を招くわけがないのだが）、ところがひどい人間嫌いで、だれともつきあわないこと、おどろくほど学識が豊かで、たくさんの本を読んでいるが、きわめて口数が少なく、とにかく口を開かせるのは容易なことではないということなどを知った。彼をほんものの狂人だなどと言っている人々もいたが、しかしそう言いながらも、実のところこの程度のことはなにも目くじら立てるほどの欠点ではないことはわかっていたし、町の有力者たちの多くが何とかアレクサンドル・ペトローヴィチを手なずけようとしていることも、請願書を書かせるとか、何かそんなことにつかったら、役に立つ男かもしれないことも知っていた。町の人々は、彼にはロシアにりっぱな親戚《しんせき》があるにちがいない、それもひょっとしたらかなりの名門かもしれない、と想像していたが、同時に、流刑とともに彼がそうした人々とのいっさいの関係をかたくなに断ち切ってしまったことを知っていた――要するに、われとわが身を毒しているのである。そのうえこの町の人々はみな彼の事件を知っていた、つまり彼が結婚してまだ一年にもならないのに妻を殺し、嫉妬《しっと》に狂って妻を殺して、自首して出た（これが彼の罪を大いに軽くしたのだ）ということを知っていたのである。このような犯罪はたいてい不幸なできごとと見られて、同情されるものである。だが、そうしたことは考えようともせずに、この偏屈な男はかたくなに世間を避けて、人中に姿を見せるのは勉強をみてやりに行くときだけであった。

わたしははじめはこの男に特に注意を向けたわけではなかったが、それが自分でもどういうわけかわからないが、しだいにこの男に興味をひかれるようになった。この男には何か謎のようなところがあった。うちとけて話しあうことはとても及びもつかなかった。もちろん、わたしの質問にはいつも答えてくれたし、しかもそれを自分の第一の義務と心得ているような様子をさえ見せた。ところがその返事を聞くとわたしは妙に気づまりになって、それ以上きくことができなくなってしまうのである。それにこうした会話のあとではいつも彼の顔に何か苦しそうな、疲れきったような表情が見えるのだった。いまでもおぼえているが、ある美しい夏の宵、わたしは彼と連れだってイワン・イワーヌイチの家から帰ったことがあった。わたしは急に煙草《たばこ》が吸いたくなって、ちょっと家へよらないかと彼を誘った。そのとき彼の顔にあらわれた恐怖の表情を、わたしはとても書きあらわせない。彼はすっかりうろたえて、何やらわけのわからぬことをぶつぶつつぶやきはじめたが、不意に、毒々しい目でじろりとわたしをにらむと、いきなり道路の向う側へ走り去っていった。わたしはむしろあっけにとられてしまった。それ以来、わたしに会うと、彼はおびえたような目でわたしを見るようになった。しかしわたしはひきさがらなかった。わたしを彼のほうへ引きよせる何かがあった、そして一月《ひとつき》ほどたったある日、わたしはべつに用もなくふらりとゴリャンチコフの家に立ち寄った。わたしの行為が愚かで、乱暴であったことは、言うまでもない。彼は町のいちばんはずれのある老婆《ろうば》の家に間借りしていた。その老婆には胸を病んでいる娘がいて、その娘には私生子が一人あった。十歳ばかりになるかわいらしい明るい少女だった。わたしが部屋へ通ったとき、アレクサンドル・ペトローヴィチは少女といっしょに机に向って、読み方を教えていた。わたしを見ると、彼は何か悪いことをしているところを見られたみたいに、すっかりうろたえてしまった。彼は完全に度を失って、いきなり椅子《いす》から立ち上がり、目をいっぱいに見開いてわたしを凝視した。ようやく、わたしたちは腰をおろした。彼はわたしの視線の一つ一つに何か特別の意味がかくされてはいないかと疑《うたぐ》るように、射抜くような目でわたしの視線を追っていた。わたしは彼が病的なまでに疑り深い男であることをさとった。彼は《おい、もうすぐ帰ってくれるんだろうな?》といまにも口に出しそうな様子で、憎悪《ぞうお》の目でわたしをにらんでいた。わたしはこの町のことや、最近のニュースについて話しだした。彼は黙りこくって、毒々しい薄笑いをうかべていた。彼はごくありふれた、だれでも知っているような町のニュースを知らないばかりか、知ろうとする気もないのだった。つづいてわたしはこの地方のことや、この地方が必要としているものに話題をうつした。彼は黙って聞いていたが、わたしを見つめている目があまりに異様なので、とうとう、わたしはこんな話をしている自分が恥ずかしくなってしまった。しかも、わたしは新刊の本や雑誌の話をもちだして危うく彼を激怒させそうになった。わたしはそれを郵便局から受取ったばかりで、手に持っていたのだった。わたしはまだページも切っていないそれらの本や雑誌を彼にすすめた。彼は飢えたような目をちらとそれへ投げたが、すぐに気を変えて、暇がないからとことわった。やがて、別れを告げて、外へ出たとき、わたしは心にのしかかっていたどうにもならぬ重石《おもし》がとれたような気がした。世間からできるだけ遠くへ身をかくすことを、自分の最大の課題としているような人間に、うるさくまつわりついたことが、この上なく愚かなことに思われて、わたしは自分が恥ずかしくなった。だが、もう終ってしまったことだ。彼の部屋に本らしいものはほとんど見かけなかったような気がする、してみると、彼がたくさんの本を読んでいるという噂《うわさ》はまちがっているようだ。しかし、夜更《よふ》けに二度ほど彼の家の窓のそばを馬車で通ったことがあったが、二度ともあかりがついていた。明け方まで机に向って、彼はいったい何をしていたのだろう？　書きものをしていたのではなかろうか？　とすると、いったい何を？

ある事情がこの町からわたしを三月《みつき》ほど遠ざけた。家へもどったのはもう冬になってからだったが、秋にゴリャンチコフが死んだということを聞かされた。一人ぼっちで、一度も医者を呼ばずに死んだそうである。町では彼のことはもうほとんど忘れられていた。彼の部屋は空《あ》いたままになっていた。わたしはすぐに家主の老婆を訪《たず》ねた。いったい間借人が何をしていたのか、何か書いていたのではなかろうか？　それを聞き出したかったのである。二十コペイカ銀貨をにぎらせると、老婆は故人が残したかごいっぱいの書きちらしを持ち出してきた。そして、手帳二冊はもうつかってしまったと白状した。気むずかしい無口な老婆で、とても筋のとおった話は聞き出せそうもなかった。わたしは間借人のことで特に耳新しいことは何ひとつ老婆から聞き出すことができなかった。老婆の話によると、彼はいつもほとんど何もしなかったし、何カ月も本も開かなければ、ペンも手にしなかった。そのかわり夜じゅう部屋の中を歩きまわって、たえず何ごとか考えていた、ときにはひとりごとを言っていることもあった。彼は老婆の孫娘のカーチャをひじょうに愛して、ひどくかわいがっていたが、名前がカーチャだと知ってからはいっそうかわいがるようになった、そしてカテリーナの名の日にはいつもだれかの霊に祈りをあげに教会へ出かけたそうである。人に来られるのが大きらいで、外へ出るのは子供たちに教えに行くときだけだった。家主の老婆が、週に一度、せめて掃除のまねごとでもと思って彼の部屋へはいると、それにさえいやな顔をして、まる三年のあいだほとんど一度も、一言も老婆に話しかけたことがなかったそうである。わたしは、先生をおぼえてる？　とカーチャに訊《たず》ねてみた。すると少女は黙ってわたしを見つめていたが、くるりと壁の方を向いて、しくしく泣きだした。してみると、あの男でも、相手がこんな子供にせよ、自分を愛してくれるようにすることができたわけである。

わたしは彼の書きちらしを持ちかえって、一日かかって整理した。その四分の三は何の意味もないただの屑紙《くずがみ》か、生徒の習字のおさらいだった。ところがその中に一冊のかなり分厚い手帳があった。こまかい字でびっしり書きこまれていたが、途中で終っていた。おそらく書いた者自身がうっちゃって、忘れてしまったものであろう。それは前後の脈絡はないが、アレクサンドル・ペトローヴィチが耐えぬいてきた十年間の獄中生活の記録であった。この記録はところどころ何やら別なものがたりや、奇妙なおそろしい回想のようなもので断ち切られていた。それらはまるで何かに無理じいされでもしたように、ふぞろいのふるえた字で書きつけられていた。わたしは何度かこれらの断章を読み返してみて、これは狂った頭で書かれたものだとほぼ確信した。しかし監獄の記録は——彼自身は手記のどこかで《死の家の情景》という言葉をつかっているが——わたしにはかなり珍しいものに思われた。これまで知られなかったまったく新しい世界、いくつかの奇怪な事実、破滅した人々に対する特異な観察に、わたしは心を奪われて、つい読みふけった個所もいくつかあった。もちろん、わたしにまちがいがないとは言えない。こころみにまず二、三章を選んでみる。判断は読者にまかせよう……

一　死の家

わたしたちの獄舎は要塞《ようさい》の片隅《かたすみ》の、堡塁《ほうるい》のすぐ際《きわ》にあった。せめて何か見えはしまいかと、塀《へい》の隙間《すきま》からよく自由な外界をのぞいたものだが、目にはいるものは一かけらの空と、雑草の生《は》え茂った高い土塁と、夜も昼も土塁の上を行き来している歩哨《ほしょう》の姿だけだ。そこでふとこんなことを考える、こうして何年かすぎてゆくが、やはり塀のそばへよって隙間に目をあてては、同じ土塁と、同じような歩哨の姿と、同じようなちっぽけな一かけらの空をながめることであろう。それはしかし獄舎の上にあるあの空ではない、それとはちがう、遠い自由な空なのである。まわりにびっしり高い柵《さく》がはりめぐらされた、長さ二百歩、幅百五十歩ほどのゆがんだ六角形の内庭を想像してみるがいい。柵というのは、地中に深く垂直に突き立て、互いに肋材《ろくざい》でしっかり固定し、そのうえさらに横に締め板を打ちつけ、先を鋭くとがらせた柱（これはパーリと呼ばれている）でできている塀である。これが監獄の外塀である。この外塀の一面に頑丈《がんじょう》な門があって、いつもしまっていて、昼も夜も歩哨が立っている。門があけられるのは、囚人を労働に出すために命令があったときだけである。この門の外には明るい自由な世界があり、人々がみな同じような生活をしていた。しかし塀のこちら側では、外の世界はありえないものがたりのように想像されていたのだった。ここには何ものにもたとえようのない、独自の世界があった。ここにはここだけの独自の掟《おきて》、独自の服装、独自の風俗と習慣があった。いわば生きながらの死の家ともいうべきで、生活は、他のどこにも見られぬものであり、人々も特殊な人々である。ほかでもない、この特殊な片隅を、わたしは描写してみようと思うのである。

門をはいると、幾棟《いくむね》かの建物が目にはいる。広い内庭の両側に二つの平家のバラックが細長くのびている。これが獄舎である。ここに囚人が刑の類別に収容されているのである。さらに、塀内の奥の方に、もう一つ同じようなバラックがある。これは炊事場で、二班にわかれている。その向うにもう一つ建物があるが、この一棟には貯蔵場、倉庫、物置などがある。内庭の中央は空地で、平らな、かなり大きな広場になっている。ここに囚人たちが整列して、朝昼晩の点呼が行われる。ときには、看守が特に疑《うたぐ》り深い男だったり、人数のあたり方があまりに早すぎたりすると、さらに数回点呼が行われることがある。周囲には、建物と外塀の間に、まだかなり広い空地が残っている。この建物の裏手にあたる空地は、囚人の中でも、人嫌《ひとぎら》いで、性格の暗い連中が、労役の合間に、人目を避けて、好んで逍遥《しょうよう》し、もの思いにふける場所である。こうした散歩のときの彼らを見かけると、わたしは好んで彼らの陰気な、烙印《らくいん》を押された顔をじっと観察して、何を考えているのだろうと推量したものだ。自由な時間に塀の柱を数えることの好きな一人の流刑囚《るけいしゅう》がいた。柱の数は千五百本ほどあったが、彼はすっかり数え上げていて、全部の柱の特徴までおぼえていた。一本一本の柱が彼には一日一日を意味していた。毎日彼は一本ずつ柱を数から引いていき、こうして、数えのこった柱の数によって、刑期が終るまでもう幾日監獄で暮さなければならないか、一目で知ることができた。六角のどの一面かを数えきったとき、彼は心底から喜んだ。彼はもう何年も待たなければならなかった。だが、監獄には忍耐というものを学びとる時間があった。

わたしはあるとき、二十年のあいだ獄中生活を送って、やっと、自由な世界に出てゆく一囚人が、仲間たちと別れている光景を見たことがあった。仲間たちの中には、彼が入獄した当時は、自分の罪も、罰も考えない、のんきな若者であったことを、おぼえている人々がいた。彼は陰気な暗い陰のある白髪の老人になって出ていった。彼は黙ってわたしたちの六つの監房をまわって歩いた。それぞれの監房にはいると、彼は聖像に祈り、それから低く腰をかがめて仲間の囚人たちに挨拶《あいさつ》をしながら、悪く思わないでくれと頼むのだった。またわたしはあるとき、もとは裕福なシベリアの百姓だったある囚人が、日暮れ近く門際へ呼び出された日のことをおぼえている。その半年まえに彼は妻が再婚したという知らせを受けて、ひどく嘆き悲しんだものだった。いまその妻が監獄へ訪ねてきて、彼を呼び出し、差入れをしたのである。二人は二分ほど話しあって、泣きながら、永遠の別れをした。わたしは監房へもどってきたときの彼の顔を見た……たしかに、ここは忍耐というものを学びとることのできる場所である。

夕暮れになると、わたしたちはみな監房へ入れられて、朝までとじこめておかれる。わたしはいつも内庭から監房へもどるのが重い気持だった。それは細長い、天井の低い、息苦しい部屋で、脂蠟燭《あぶらろうそく》がぼんやりともっていて、重い、息のつまりそうな臭気がよどんでいた。どうしてあんな部屋に十年も暮せたか、いま考えてみるとどうしてもわからない。わたしの寝床は板を三枚並べただけのもので、それがわたしの場所のすべてだった。わたしの監房だけでそうした板寝床に三十人の囚人がおしこめられていた。冬は早く監房の戸がしめられて、みんなが寝しずまるまで、四時間は待たなければならなかった。それまでは——騒がしい音、わめきちらす声々、哄笑《こうしょう》、罵《ののし》り、鎖の音、人いきれ、煤《すす》、剃《そ》られた頭、烙印を押された顔、ぼろぼろの獄衣、すべてが——罵られ、辱《はずか》しめられたものばかりだ……それにしても、人間は生きられるものだ！　人間はどんなことにでも慣れられる存在だ。わたしはこれが人間のもっとも適切な定義だと思う。

わたしたちの監獄には全部で二百五十人ほどの囚人が収容されていた。この数字はほとんど固定していた。ある者がはいってくると、ある者は刑期を終えて、去り、またある者は死んだ。そして、ここにはそれこそあらゆる種類の人間たちがいた！　まるで、ロシアのそれぞれの県、それぞれの地域が、ここにその代表を送りこんでいるのではないかと思われたほどだ。異民族もいたし、コーカサスの山民の流刑囚さえ何人かいた。そのすべての囚人たちが、罪の程度、つまり犯罪に対して下された刑期の年数によって、組分けされていた。ことわっておくが、およそ犯罪と名のつくもので、ここにその代表をもっていないようなものはなかったといってよい。ここの監獄に住む囚人たちの中でいちばん多いのは、一般の懲役流刑囚《ススイリノカートルジヌイエ》（囚人たちはもじって重徒刑囚《スイーリノカートルジヌイエ》といっていた）だった。これはいっさいの市民権を完全に剝奪《はくだつ》され、社会から切りはなされた罪人で、死ぬまでその身分がわかるように顔に烙印を押されていた。彼らは八年から十二年の刑期で苦役に送られてきて、刑期をつとめあげると、どこかシベリアの片田舎へそれぞれ移住囚として散らばされるのである。また軍事犯もいたが、彼らは一般にロシアの囚人中隊がそうであるように、市民権は剝奪されなかった。彼らは刑期が短く、終ると原隊へもどされる、そしてシベリアの国境守備隊へ一兵卒として復帰させられるのである。彼らの多くはすぐにまた重大な犯罪をくりかえして監獄にもどってくるが、今度はもう短期ではなく、二十年の刑期だった。この連中は『常連』と呼ばれた。だが、

『常連』はそれでもまだいっさいの市民権をすっかり剝奪されているわけではなかった。最後にもう一つ、もっともおそろしい犯罪者の特別の部類があった。彼らは主《おも》に軍人で、数もかなり多かった。これは『特別監』と呼ばれた。彼らはロシアの各地からここへ送りこまれてきた。彼らは無期徒刑囚と自認していて、自分の刑期を知らなかった。法律によれば、彼らは普通の囚人の二倍も三倍も労働に従わなければならなかった。シベリアにもっともっと苦しい強制労働の監獄ができるまで、彼らはここにつながれているのだった。「おめえらにゃ刑期があるが、おれたちゃ死ぬまで監獄暮しよ」と彼らは他の囚人たちに言ったものだ。わたしはのちに、この特別監が廃止されたと聞いた。そればかりか、わたしたちのいた要塞には、民間囚人の制度も廃止されて、全体が一つの囚人中隊にされたそうだ。同時に、監獄長はじめ幹部も更迭《こうてつ》されたことは、言うまでもない。だから、わたしが書くのは、もうとうに過ぎ去った遠い昔のことである……

それはもう遠い昔のことで、いまのわたしにはまるで夢を見ているような思いである。わたしは入所した日のことをおぼえている。それは十二月のある夕暮れだった。もう薄暗くなって、囚人たちは労働からもどり、点呼の準備をしていた。やがて、口髭《くちひげ》を生《は》やした下士官がわたしにこの奇妙な家の入口の扉《とびら》をあけてくれた。この奇妙な家で、その後わたしはあれほど長い年月を暮し、実際に体験してみなければ、それに近い観念をさえもつことができなかったにちがいないような思いを、あれほど多く忍ばなければならなかったのである。たとえば、おそろしい苦痛が、獄中生活の十年間にただの一度も、ただの一分も、一人でいることができないことにあろうとは、わたしはぜったいに想像できなかったろう。作業に出ればいつも監視され、獄舎にもどれば二百人の仲間がいて、ぜったいに、一度も——一人きりになれない！　しかも、わたしが慣れなければならなかったのは、この程度のことではなかった！

ここには偶然に人殺しをしてしまった者もいれば、殺しを稼業《かぎょう》にしている者もいた。強盗もいれば、強盗の親分もいた。ただのかっぱらいや、宿無しの拾い屋や、板の間かせぎもいた。どうしてこんなところへ送りこまれてきたのか、ちょっと見当がつかないような連中もいた。しかしどの男にも、宿酔《ふつかよい》のような、にごった重苦しい過去があった。だいたい自分の過去については、彼らはあまり語らなかったし、それに話したがらず、明らかに、過去のことは考えまいとつとめているらしかった。わたしは囚人たちの中で、殺人の罪を犯しながら、えらく陽気で、一度も考えこんだりしたことのない男を知っていたが、この男などは良心の声というものを聞いたことがないことは、まずまちがいなかった。また、ほとんどいつも黙りこんでいる、暗い顔もあった。だいたい、自分の身の上を語る者は、ほとんどいなかったし、それに好奇心というものがここでははやらず、どういうものか、習慣の中に取入れられなかった。もっともたまには、だれかが退屈まぎれにぼそぼそと語りだし、相手がおもしろくもなさそうに、ぶすっとして聞いているともあった。ここではだれがどんな話をしてもだれも驚く者はなかった。「おれたちは――学があるんだぜ！」と彼らはよく、妙な自己満足をあらわしながら、言ったものだ。あるとき一人の強盗が、酔った勢いで（監獄の中でもときには酒を飲むことができたのである）、五つの子供を殺した話をはじめたことがあった。まずオモチャでだまして、どこかの空《あ》いた納屋《なや》に連れこみ、そこで斬《き》り殺したというのである。それまで彼の冗談を笑っていた監房中の囚人たちが、いっせいに叫びたてたので、強盗はやむなく話をやめた。監房中の囚人たちが叫びたてたのは、べつに憤慨したからではなかった、ただそんなことは話す必要がなかったからだ、そんなことを話すのはここの習慣になかったからである。ついでに言っておくが、ここの連中はたしかに読み書きができた。それもひねった意味ではなく、文字どおりの意味でである。おそらく、彼らの半数以上は読み書きができたろう。ロシア人たちが大勢集まっている、他のどんな場所で、その中から、半数以上が読み書きのできるような二百五十人の一群れを分けることができよう？その後わたしは、だれかがこうした資料をもとにして、教育が民衆を亡《ほろ》ぼすという結論を出した、という話を聞いた。それはまちがいである。そこにはまったく別ないくつかの原因があるのだ。とはいえ、教育が民衆の自己過信を育てることは、認めざるをえない。しかし、それはけっして欠点ではないはずである。

囚人の類別は服装によって区分けされていた。ある囚人たちは上衣《うわぎ》の半分が暗褐色《あんかつしょく》で、半分が灰色、ズボンも同様で、片方が灰色で、片方が暗褐色というふうだった。ある日、作業場で、パン売りの少女が囚人たちのそばへやってきて、しげしげとわたしを見つめていたが、そのうちにいきなりけたたましく笑いだした。「わあ、みっともないんだ！」と少女は大声で言った。「灰色の羅紗《らしゃ》も、黒い羅紗も、どっちも足りなかったのね！」上衣が全部灰色で、袖《そで》だけが暗褐色の囚人もいた。頭の剃り方もまちまちだった。頭を縦に半分剃りおとされている囚人もあれば、横に半分剃りおとされている囚人もあった。

この奇妙な家族の全員には、一目で、あるはっきりした共通点が認められた。特に際《きわ》立《だ》った風変りな個性をもち、いつとはなしに他の囚人たちを支配する立場にのし上がった連中もいたが、そういう連中でさえ監獄のもつ共通の調子に合わせようとつとめていた。総体的に言って、ここに住む人々は――みんなにばかにされている、底抜けに陽気な少数の連中を例外として――陰気で、ねたみ深く、おそろしく見栄《みえ》っぱりで、いばり屋で、怒りっぽく、そのうえ極端に体裁屋だった。どんなことにも驚かないということが、最高の美徳とされていた。だれもが、外見をどんなふうに保つべきか、ということに腐心していた。しかし、もっとも尊大な態度が一瞬にして小心翼々たる態度に変ることが、珍しくなかった。数は少ないが、ほんとうに強い人々もいた。それらの人々は朴《ぼく》直《ちょく》で、もったいぶらなかった。ところが、不思議なのは、このほんとうに強い人々の何人かは、極端に、ほとんど病的なまでに虚栄心が強かったことである。総じて、見栄と体裁が第一義であった。ほとんどの囚人たちが堕落しきって、おそろしく卑屈になっていた。中傷と悪口が絶えなかった。それは地獄というか、まっくらやみの世界だった。しかし、監獄の内規や、慣例となったしきたりに対して、だれも反対する勇気がなく、みなそれに服従していた。中には際立って個性の強い者がいて、服従するのが辛《つら》く、いかにも苦しそうだったが、それでもやはり服従していた。監獄に来る連中は、あまりにもむちゃをやりすぎて、すっかり道を踏みはずしてしまい、あげくはまるでうやむやのうちに、自分でもわけがわからずに、ガスにあたり熱にうかされたみたいになって、罪を犯した人々だった。虚栄心を極度にあおられたために、罪を犯した者も多かった。ところが、村や町じゅうの恐怖の的になっていたような者たちでも、ここへ来ると、たちまちシュンとしてしまうのである。新入りは、あたりを見まわして、いままでと勝手がちがうことや、もうだれもおどかすことのできないことに、じきに気付き、人が変ったようにおとなしくなり、全体の調子《トーン》の中に沈みこんでしまう。

この全体の調子《トーン》というのは、表面《うわべ》は、監獄のほとんどすべての住人の身にしみこんでいる、独特の自尊心というようなものからできていた。たしかに、事実、徒刑囚とか重刑囚とかいう呼称は、ある位のようなもの、しかも名誉ある位のようなものとされていた。羞恥《しゅうち》や悔恨の色は薬にしたくもなかった！　とはいえ、何か外面的な温順さというようなものはあった。いわばお役所風の温順さというやつで、おだやかに理屈をならべるという態度である。「おれたちァ身を亡ぼした人間だ」とよく彼らは言った。「世間でまともに暮すことができなかったんだ。いまじゃ緑の道を通って、兵隊の数をあたらにゃならねえのさ」（訳注　緑の道とは列間笞刑《ちけい》を行う兵士の列）。——「親父《おやじ》やおふくろの言うことを聞かなかったばっかりに、いまじゃ太鼓の音に従わなきゃならねえのよ」——「鋤《すき》で畑を耕すのをいやがった罰で、いまは金鎚《かなづち》で石割りさ」。こうしたことがよく言われたが、それは教訓とか、ありふれた諺《ことわざ》や格言の形で口先で言われるだけで、けっして心底からそう思っているわけではなかった。それはみなただの言葉にすぎなかった。せめて一人でも、心の中で自分のあやまちを意識していた者があったろうか。だれか徒刑囚でない者が、こころみに、囚人に向ってその罪を責めてみるがいい——叱《しか》ってみるがいい（もっとも、罪人を責めるのはロシア精神に反することだが）——たちまち果てしない罵《ば》詈《り》雑言《ぞうごん》をあびせられることだろう。それにしても、彼らはそろいもそろってなんという悪口の名人であったろう！　彼らの罵《ののし》りは念入りで、芸術的でさえあった。罵りが、彼らにあっては、科学にまで高められていた。辱《はずか》しめの言葉だけでなく、その意味、精神、思想で、相手を屈服させようとつとめるのだった。ところが、このほうがよっぽどデリケートで、毒が強いのである。絶えまない口争いが彼らの間にますますこの科学を発達させた。だいたいこの連中は棍棒《こんぼう》に追われてはたらくのだから、怠《なま》けぐせがつき、堕落していった。もとはだめな人間でなかった者でも、ここへ来て人間がだめになった。だれ一人自分の意志でここへ来たわけではないから、みんなお互いに他人同士だった。「おれたちを一つ所に集めるまでにゃ、悪魔めわらじを三足もはきつぶしたことだろうさ」と彼らは自分で言っていた。そんなふうだから、この地獄のような生活の中では、中傷、奸計《かんけい》、陰口《かげぐち》、嫉妬《しっと》、口喧嘩《くちげんか》、憎悪《ぞうお》が、いつも大きく前面にうきだしていた。どんな根性曲りの女でも、ここの人殺しどもの中の数名の者ほどに、腐りきった女になることはできなかったろう。くりかえして言うが、この連中の中にも強い人間はいた。これまでの生涯他人を痛めつけ、命令することに慣れて、鍛えぬかれ、こわいものなしの強い性格の人々もいた。これらの人々は何となく自然に尊敬されていた、そして、何かというと、ひどく面子《メンツ》にこだわりすぎるきらいはあったが、ふだんは他の連中の重荷にならないようにつとめて、くだらない口喧嘩には加わらず、不自然なほどどっしりと構えて、批判の目でものごとを見るし、上司の命令にはほとんどそむいたことがなかった——それも服従の方針とか、義務の意識からではなく、何か、相互の利益を認めて、ある契約のようなものを履行しているというふうであった。だから、これらの人々は慎重に扱われていた。わたしはおぼえているが、こうした囚人の一人で、怒ると野獣のように狂暴になることが上司の間にも知られている、命知らずのおそろしい男が、何かの罪で刑罰を受けるために呼び出されたことがあった。夏の日で、ちょうど休憩の時間だった。監獄の直属上官である佐官が、刑罰の執行に立ち会うために、わたしたちの入口のすぐそばにある衛兵所まで、自分で出向いてきた。この少佐は囚人たちにとって宿命的とも言える存在で、囚人たちは彼を見ただけでちぢみあがるほどに、痛めつけられていた。彼は狂的なほどに厳格で、囚人たちの言葉によると、「人におそいかかってくる」ということだった。わけても、囚人たちが何よりもおそれていたのは、彼の山猫のようにぎらぎら光る、射抜くような目だった。その目でにらまれると、何もかくすことができなかった。何というか、見ないうちから、もうわかってるというふうだった。彼は一歩獄舎内へはいっただけで、向う隅《すみ》で何をしているか、もうわかっていた。囚人たちは彼に八つ目という綽名《あだな》をつけていた。彼のやり方はまちがっていた。彼は、そうでなくても気の荒《すさ》んでいる連中を、狂暴な意地わるいいじめ方によって、ますます荒《すさ》ませただけだった。だからもし彼の上に、おだやかな分別ある司令官がいて、ときどき彼の野蛮な振舞いをやわらげてくれなかったら、彼はおそらくその管理方法のために大きな不祥事を招いたにちがいない。どうして彼のような男が無事に任期をつとめあげることができたのか、わたしには理解ができない。とにかく彼は殺されもせずに、達者で現役を退いた。もっとも、裁判にはかけられたそうである。

その囚人は、名前を呼ばれると、顔色を変えた。彼はいつも黙って、思いきりよく笞《むち》の下に身を横たえ、声もたてずに刑をこらえて、終るとけろりとして起き上がり、さとりすましたように冷やかに自分の失敗をかえりみたものである。しかも、彼は常々慎重に扱われていた。だが今度は、なぜか、彼は自分が正しいと信じていたのだった。彼はさっと蒼《あお》ざめた、そして、看守の目を盗んで、靴屋がつかう鋭いイギリス製のナイフを、そっと袖《そで》にしのばせた。ナイフその他の刃物類は監獄では厳重に禁じられていた。検査はときどき不意打ちに、入念に行われて、見つかるときびしい処罰を受けた。しかし、泥棒が本気でかくしたら、なかなか見つけ出せるものではないし、それにナイフや刃物は監獄では肌身《はだみ》はなせぬものだったので、いくら検査しても、あとを絶たなかった。取上げられても、すぐに新しいのが出てくる。獄舎じゅうの者が塀際《へいぎわ》にかけよって、息を殺して柱の隙間《すきま》に目をあてた。今日はペトロフが笞を受ける気がないから、少佐もいよいよ運の尽きだということを、みんな知っていたのだった。ところがいよいよというときになると、少佐は刑の執行を他の士官にまかせて、軽馬車に乗って帰ってしまった。「神さまが助けてくださったんだよ！」とあとで囚人たちは言いあった。一方ペトロフは、気味わるいほどおとなしく笞刑《ちけい》を受けた。彼の怒りは少佐が去ると同時に消えてしまったのである。囚人はある限度までは従順で、無抵抗だが、しかしそこにはこえてはならぬ一線がある。ついでだが、この癇癪《かんしゃく》と片意地の奇妙な爆発ほど、興味ある観察はおそらくあるまい。ときどき見られたことだが、何年ものあいだおとなしく、自分を抑《おさ》えて、どんな苛酷《かこく》な罰にも耐えてきた人間が、ほんのちょっとした、つまらない、何の意味もないようなことに、突然怒りを爆発させるのである。見る人によっては、狂人とさえ言うかもしれぬ。また、事実、そう言われているのである。

わたしは数年のあいだこれらの人々の中に暮して、ほんの少しの悔恨の色も、犯した罪に対する毛筋ほどの呵責《かしやく》も、認めたことがなかったことと、彼らの大多数が心の中で自分はまったく正しいのだと思っているということは、もうまえに述べておいた。これはけっして嘘《うそ》ではない。もちろん、虚栄心や、よくない周囲の例や、鼻っぱしの強さや、まちがった羞恥心などが、大いにその原因になっていることは言うまでもない。またその反面、これらの亡び去った魂の奥をさぐって、そこに世間の目からかくされているものを読みとったと、言いきれる者がはたしてあろうか？　とはいえ、あれだけ何年もいたら、せめて内心の憂愁や苦悩を実証するような、ちょっとした何か、ちらと走る陰影《かげ》だけでも、これらの心の中に認め、とらえることができたはずではないか。ところが、それがなかった、ほんとになかったのである。たしかに、犯罪というものは、既成の観念では考えられぬもので、その哲学は一般に考えられているほど単純なものではないらしい。監獄や強制労働の制度が犯罪者を矯正《きようせい》するものでないことは、言うまでもない。それらの制度は犯罪者を罰して、今後凶悪な犯人にその安寧《あんねい》をおびやかされることのないように、社会を保護するだけである。監獄ともっとも重い労役が、犯罪者の内部に育てるものは、憎悪と、禁じられた快楽に対するはげしい渇望《かつぼう》と、おそろしい無思慮だけである。だからわたしは、あの有名な独房制度も、誤った、虚偽の、外面的な目的のみを達しているにすぎない、とかたく信じている。それは人間から生命の液を吸いとり、魂を苦しめて衰弱させ、おびえさせたうえで、かさかさにかわききった心のミイラを作り上げ、半狂人のようになった人間を、矯正と悔悟の模範としているのである。社会に反逆した犯罪者が、社会を憎み、常に自分が正しく、社会がまちがっていると思いこんでいるのは、もちろんである。そのうえ、もう社会の罰を受けたのだから、それによって自分は浄《きよ》められ、罪は清算されたのだと思っている。こう見てくると、結局、犯罪者の言い分を是認するようなことになるではないか、と非難されるかもしれない。しかし、どんな見方をしたところで、いついかなるところにおいても、どんな法律によろうと、世界がはじまって以来明白な犯罪と考えられてきたし、これからも、人間が人間であることを失わないかぎり、永久に犯罪と認められるような、そうした犯罪があることには、だれも異存がないであろう。わたしはただ監獄の中で、もっともおそろしい不自然な所業や、身の毛もよだつような人殺しの話が、どうにも抑えきれぬ、子供にしかないような明るい笑い声の中で語られるのを、聞いただけなのである。中でも一人の殺人犯のことは、どうしても忘れられない。その男は貴族の出で、勤めはあったが、六十になる父親にしてみれば困った道楽息子《むすこ》だったらしい。彼はやることがまるでめちゃくちゃで、かなりの借金をつくった。父はうるさく叱言《こごと》を言って、彼を抑えつけていた。ところで父には屋敷と農園があって、金もあるらしいと見られていた、そこで——息子は遺産ほしさに、父を殺害した。犯行は一月後にやっと明るみに出された。当の犯人が、父が行《ゆ》方《え》不明になったと、警察に届け出たのである。その一月のあいだ彼は放蕩《ほうとう》のかぎりを尽していた。とうとう、彼の留守のあいだに、警察が死体を発見した。裏庭を断ち切るように、板のふたをした下水が通っていた。この下水の中に、死体が横たわっていた。死体はきちんと服を着せられていた。白髪の頭は切りおとされていたが、胴体にくっつけられて、その下に枕《まくら》があてがわれていた。彼は自白しなかったが、爵位《しゃくい》と官位を剝奪《はくだつ》されて、二十年の流刑《るけい》に処された。わたしがいっしょに暮していたあいだは、彼はいつもしごく上機嫌《じょうきげん》で、にぎやかにはしゃいでいた。彼はけっしてばかではないが、甘やかされた、軽薄な、まるで思慮のない男だった。わたしはこの男を見ていて、特に残忍と言えるようなところは、どうしても見いだせなかった。囚人たちは彼を鼻で笑っていたが、それは彼が犯した罪のせいではなかった。そんなことはここでは口にする者がなかった。それは彼が愚かで、身を持するすべを知らなかったからだ。話のあいだに彼はよく父の名を出した。あるとき、わたしと話をしていて、彼の一族は代々体格がよく身体《からだ》が丈夫だという話から、「たとえばおれの親父だが、死ぬ間際まで、どこが悪いなんてこぼしたことは、一度もなかったよ」と付け加えたものだ。このような野獣にもひとしい非情さは、もちろん、考えられぬことである。これは異常な現象で、そこには何らかの組織の欠陥、肉体と精神のゆがみのようなものがある、そしてそれはまだ科学の上では明らかにされていないが、ただ犯罪でかたづけられるものではない。しかし、彼の事件を詳しく知ってるはずの、彼と同じ町から来た連中が、その事件をすっかりわたしに話してくれたのである。事実はあまりにも明白で、信じないわけにはいかなかった。

囚人たちはある夜、彼が夢の中で、「やつをおさえろ、おさえろ！　首をはねるんだ、首、首！……」と叫ぶのを聞いた。

ほとんどの囚人たちが夜になると、寝言を言ったり、うなされたりした。罵言《ばげん》、泥棒の隠語、ナイフ、斧《おの》などを、もっとも多く夢の中で口走った。「おれたちァぶちのめされた人間だ」と彼らは言うのだった。「胸ん中がぶっこわれてるから、夜なかにわめくんだよ」

要塞《ようさい》内での囚人の作業は、しごとではなく、義務であった。囚人は割当てられた作業を終るか、あるいは規定の労働時間がすぎると、獄舎へもどってゆく。囚人たちは作業をきらっていた。自分の知力の限り、能力の限りを注いで打込めるような、自分の特別のしごとをもたなければ、人間は監獄の中で生きてゆくことはできなかったろう。まったく、肉体も成熟し、生活力も強く、生きることを渇望しながら、無理やり社会と正常な生活から切りはなされて、否応《いやおう》なくこんなところへおしこめられた人たちが、いったいどうしたら、自分の意志と望みで、こんなところに正常にりっぱに住みつくことができよう？　無為という一つの理由からだけでも、まえには自分でも考えてもみなかったような、犯罪的な性格が育成されるかもしれない。労働と、合法的な正当な所有権がなければ、人間は生活することができず、堕落して、野獣と化してしまう。だから監獄の囚人たちは、自然の要求と一種の自己保存の気持から、それぞれ自分の手職やしごとをもつようになるのだった。長い夏の日はほとんど終日労役があって、短い夜にやっとわずかな眠りをとることができた。ところが冬は、規定によって、日が暮れると同時に、監房にはいらなければならなかった。長い退屈な冬の夜に、囚人たちはいったい何をしたらいいのだ？　だから、ほとんどすべての監房が、禁じられてはいても、大きなしごと場に変ってしまうのだった。もともと労働やしごとが禁じられていたわけではなかったが、道具類を所持することは厳重に禁止されていた。しかし道具がなければしごとができるわけがない。それで、こっそりしごとをしていたわけだが、よほどのことがなければ、上司はかなり大目に見ていたらしい。囚人たちの多くは何も知らないで監獄に来るが、他の囚人たちにならって、りっぱな職人になって監獄を出てゆくのだった。ここには長靴をつくる職人もいれば、短靴をつくる職人もいたし、仕立屋も、指物師《さしものし》も、彫物師も、鍍金師《めっきし》もいた。イサイ・ブムシュタインというユダヤ人がいたが、彼は宝石細工師で、金貸しもやっていた。囚人たちはみなはたらいて、わずかの金をもらうのだった。しごとの注文は町からとってきた。金《かね》は鋳造《ちゅうぞう》された自由である、だから完全に自由を奪われた人間にとっては、それは普通の十倍も尊いものである。金がポケットの中でじゃらじゃらしていさえすれば、たとえそれを使うことはできなくても、もうなかば気持が安まるのである。ところが、金というものはいついかなるところでも使うことができるし、まして禁断の木の実は倍もおいしい。獄内では酒を手に入れることさえできた。パイプをもつことは厳重に禁じられていたが、それでもみな煙草《たばこ》を吸っていた。金と煙草が囚人たちを壊血病などのさまざまな病気から救っていたのだった。手しごとが囚人たちを犯罪から救っていた。しごとがなかったら囚人たちは、ガラス瓶《びん》に入れられた蜘《く》蛛《も》のように、共食いをはじめたにちがいない。それなのに、しごとも金も禁じられていた。ときどき夜おそく抜打ち検査が行われて、禁制品はことごとく引上げられた、そして——金はどんなにうまくかくされても、やはりときには検査官に見つけ出されることがあった。一つにはこのために、貯《た》めておくよりは、飲んでしまったほうがましだということになり、獄内に酒が持ちこまれることになるのである。検査のたびに、見つかった者は所持品をすっかり没収されたうえに、ひどい罰を受けるのが普通だった。ところが検査が終るといつも、すぐに足りないところは補われ、たちまち新しいものがあらわれて、またもとどおりの生活にもどるのだった。上司もそれを知っていたし、囚人たちも、まるでヴェスビアスの火山の上に生活しているようなものだったが、べつに処罰に不平を言うでもなかった。

手職をもたない者は、他の方法でかせいでいた。その方法にはかなり独創的なものもあった。たとえば、仲買いだけでさやかせぎをしてる者もいたが、その扱うものがふるっていて、ときには、獄外の人ならば売り買いどころか、品物と考えることさえ、とうてい頭にうかばないようなものが売られるのだった。獄内はひじょうに貧しかったから、ものの利用が徹底していた。ぼろの果てまで値打ちがあって、何かの役に立てられた。その貧しさのために、金も獄中では獄外とまったくちがう価値をもっていた。大きな面倒なしごとの報酬もせいぜい半コペイカ銅貨が何枚かだった。金貸しをやってかなりいいかせぎをしてる者も何人かいた。使いすぎたか、あるいは空《から》っけつになった囚人は、なけなしの品を金貸しのところへ持っていって、法外な利息で何枚かの銅貨を借りた。そして、期限内に受出さないと、すぐに容赦なく流された。金貸しはえらい繁盛《はんじょう》で、検査を受けなければならない官給品、たとえば下着類とか、靴類とか、その他囚人には片時もはなせないような必需品のたぐいまで質草にされるしまつだった。しかしこうした質草はどうかすると別な流れをたどることがあった。しかもそれは、ぜんぜん予想外とも言えないのである。品物をあずけて金を受取った囚人が、ろくに話し合いもせずに、いきなり直属の上司の古参下士官のところへ行って、官給品の質入れを密告する、するとさらに上の上司に報告もされずに、それらの品物はただちに金貸しから取上げられてしまう。おもしろいのは、その際たいていは何のいさかいも起きないことだ。金貸しは黙って、ぶすっとして、返すべき品物を返してやる、そしてそうなることを、自分でも予想していたような様子である。質入れしたほうの身になったら、自分もそうしたろうと、内心認めざるをえなかったのかもしれない。だから、ときにはあとで罵《ののし》ることもあったが、それとてべつに憎らしいからではなく、ただ、そうすれば気がすむからである。だいたいにおいて、お互い同士の盗みあいはすさまじかった。ほとんどの囚人が鍵《かぎ》のかかる箱をもっていたが、これは官給品をしまっておくためである。箱をもつことは許されていたが、それくらいでは何の助けにもならなかった。おそらく、想像できることと思うが、ここは泥棒の達人どもの集まりなのだ。わたしに心服していたある囚人が（これはべつに誇張ではなく正直に言うのだが）、獄内で所持を許されていた唯一《ゆいいつ》の本である聖書を、わたしから盗んだことがあった。彼はその日のうちにそれをわたしに白状したが、それは悪いと思ったからではなく、いつまでもさがしているわたしを見てかわいそうになったからだった。酒を売って、たちまち小金をためこんだ連中もいた。この販売方法についてはいずれ項を改めて語るつもりだが、じつにふるっている。監獄内には禁制品の密売でぶちこまれた者が多かったから、こんな厳重な検査や監視をくぐって、いったいどのようにして酒が獄内に持ちこまれるのだろうなどと、驚くにはあたらない。ついでだが、禁制品の密売は、その性質上、一種の特殊犯罪である。たとえば、考えられないかもしれないが、密売買業者によっては、金とか利益などというものは、二の次で、けっして主目的ではないのである。まさかと思うだろうが、これが事実なのである。

彼らはこれを自分の使命と心得て、情熱を打込む。ある意味では詩人である。彼らはあらゆる冒険をおかして、おそろしい危険に突き進み、奇策を弄《ろう》し、工夫をこらして、危地を脱する。ときにはある種の霊感を受けて行動することさえある。これは賭博《とばく》と同じくらいに、強烈な情熱である。わたしが獄内で知ったある囚人は、見かけはいかつい大男だが、じつにおとなしく、しずかで、従順で、どうして監獄へなど入れられたのか、想像もできないような男だった。彼はまったく柔和で、人あたりのいい男で、監獄にいるあいだにだれとも争ったことがなかった。ところが、彼は西部の国境に住んでいて、密貿易であげられたのだった、だから、がまんができなくなって、酒の持ちこみをはじめたことは、うなずける。そのために何度彼は処罰され、どれほど笞《むち》をおそれていたことか！　それに、酒を持ちこんだところで、いくらの利益にもならなかった。酒でうまい汁《しる》を吸っていたのは一人の金主だけだった。この変人は、芸術のための芸術を愛していたのである。彼は女みたいに涙もろく、処罰を受けたあとなど、何度、泣きながらもう密売はしないと誓ったことだろう。どうかすると、男らしく一カ月ぐらい自制することがあったが、結局は、やはり負けてしまう……この男のおかげで、獄内に酒がきれなかった。

最後にもう一つ、囚人の懐《ふとこ》ろをあたためはしないが、いつもきれないで、ありがたい収入の道があった。それは施しものである。わが国の上層階級の人々は、商人や町人や一般民衆がいわゆる『不幸な人たち』に対してどれほどの思いやりをもっているか、理解していない。施しものはほとんどきれたことがなく、たいていは黒パンやサイカや白パンなどで、金であたえられることはごくまれだった。こうした施しものがなかったら、多くの土地の囚人たち、わけても既刑囚よりもはるかにきびしい取扱いを受けている未刑囚*は、どれほど苦しい生活をしのばなければならなかったろう。施しものは宗教的な考えから囚人たちに等分に分けられる。全員に足りないときは、一つのパンが半分に切られる、ときには六つに切られることさえある、だから一人でも分けまえからもれることはぜったいにない。わたしははじめて金の施しを受けたときのことを、おぼえている。それは監獄に着いて間もないころだった。わたしは看守につきそわれて、一人で朝の労働からもどってきた。向うから母親と、十歳ばかりの天使のようにかわいらしい少女がやってきた。わたしはまえにも一度この母娘《おやこ》連れを見ていた。母親は兵士の妻で、未亡人だった。夫は若い兵士で、裁判中に病院の囚人病棟《びょうとう》で病死したのだが、ちょうどそのとき、わたしもそこに入院していた。母娘は彼のところへ別れに来て、はげしく泣いた。少女はわたしを見ると、顔を赤らめて、母親に何ごとかささやいた。すると母親はすぐに立ちどまって、包みの中から四分の一コペイカ銅貨をさがして、それを少女にわたした。少女はわたしを追って走ってきた……「さあ、『不幸なおじさん』、このお金をどうぞ、キリストさまのためよ」と少女はわたしのまえへかけぬけて、わたしの手に銅貨をおしこみながら、叫んだ。わたしがそれを受取ると、少女はすっかり満足して母親のところへもどっていった。その銅貨をわたしは長いこと大切にもっていた。（＊五六〇ページの注を参照）

二　最初の印象

最初の一月《ひとつき》、というよりおしなべてわたしの監獄生活のはじめのころのことは、いまでもわたしの記憶にありありと残っている。その後の獄中生活の数年は、それよりもずっとおぼろげで、ときたま思い出の中にあらわれるにすぎない。中にはすっかりうすれてしまって、互いにまじりあい、一つの重苦しい、単調な、胸のつまりそうな、漠然《ばくぜん》とした印象としてしか残っていないものもある。

だが、監獄の最初の数日に体験したことは、すべて、いまでもまるで昨日のことのようにおぼえている。また、それが当然なのである。

はっきりおぼえているが、この生活へ一歩踏みこんでみて不思議に思ったのは、特に驚くような変ったこと、というよりは想像外のことは、何も見いだせなかったように思われたことである。すべてが、シベリアへ護送される途中、行く手に待ちかまえている運命を推しはかろうとしていろいろ考えたときに、想像の中にちらちらあらわれたことと同じような気がした。ところが間もなく、もっともおそろしい思いがけぬことや、奇怪きわまる事実が、つぎつぎと果てしなくあらわれて、ほとんど一歩ごとにわたしを立ちどまらせるようになった。そしてのちになって、もうかなり長く監獄の中に暮してみてから、このような生活だけがもつ異常さと意外さを、ほぼ理解できるようになり、ますます驚きを大きくしたのだった。正直に言うが、この驚きは長いわたしの獄中生活の間じゅう、わたしをはなれなかった。わたしは最後までどうしてもこの生活と妥協することができなかった。

監獄へ来て、わたしの第一印象は、全体としてじつにいやなものであった。ところが、それにもかかわらず——奇妙なことだが！——監獄の生活は、わたしが途々《みちみち》想像してきたよりも、はるかに楽なような気がした。囚人たちは、枷《かせ》をはめられてはいるが、監獄内を自由に歩きまわり、にくまれ口をきいたり、歌をうたったり、自分のしごとをしたり、煙草《たばこ》をふかしたりというふうで、酒を飲む者さえいたし（もっともこれはごく一部の者だが）、中には毎晩博奕《ばくち》をやっている者までいた。たとえば、労働そのものにしても、けっしてそれほど辛《つら》い苦役とは思われなかった。そしてこの労働の辛さと、苦役であることの特徴が、労働が苦しく、絶えまないものであるということよりは、むしろそれが強制された義務で、笞《むち》の下ではたらかなければならない、ということにあることをさとったのは、かなりあとになってからである。世間の百姓のほうが、おそらく、比べものにならぬほど余計にはたらいているだろう、ときには、特に夏時分などは、夜なべまでしている。だが百姓は自分のために、筋道のとおった目的をもってはたらいているのであり、強制されて、自分のためにはまったく何の利益もない労働をしている囚人よりは、どれだけ楽かわからない。わたしはふとこんなことを思ったことがあった。つまり、もっとも凶悪な犯人でもふるえあがり、それを聞いただけでぞっとするような、おそろしい刑罰を加えて、二度と立ち上がれぬようにおしつぶしてやろうと思ったら、労働を徹底的に無益で無意味なものにしさえすれば、それでよい。いまの監獄の苦役が囚人にとって興味がなく、退屈なものであるとしても、内容そのものは、しごととして、益も意味もある。囚人は煉瓦《れんが》を焼いたり、畑を耕したり、壁を塗ったり、家を建てたりさせられているが、この労働には意味と目的がある。苦役の囚人が、どうかするとそのしごとに熱中して、もっとうまく、もっとぐあいよく、もっとりっぱに仕上げようなどという気をさえ起す。ところが、たとえば、水を一つの桶《おけ》から他の桶へ移し、またそれをもとの桶にもどすとか、砂を搗《つ》くとか、土の山を一つの場所から他の場所へ移し、またそれをもとへもどすとかいう作業をさせたら、囚人はおそらく、四、五日もしたら首をくくってしまうか、あるいはたとい死んでも、こんな屈辱と苦しみからのがれたほうがましだなどと考えて、やけになって悪事の限りを尽すかもしれない。もちろん、このような刑罰は何らの合理的な目的を達しないから、拷問《ごうもん》や復讐《ふくしゅう》と変るところがなくなり、無意味なものとなるであろう。ところが、わずかでもこうした拷問や、無意味や、屈辱の要素は、どんな強制労働にもかならずあるので、だから苦役は、強制されるというそのことによって、どんな自由な労働よりも、比較にならぬほど苦しいのである。

しかし、わたしが監獄に着いたのは、冬の十二月だったから、五倍も苦しい夏の苦役がどんなものかということは、まだわからなかった。冬は、わたしたちの要塞《ようさい》では、強制労役は概して少なかった。囚人たちはイルトゥイシ河（訳注　オビ河の支流で、ドストエフスキーが収容されていたオムスク監獄の付近を流れていた）へ行って朽ちかけた官有の艀《はしけ》をこわしたり、しごと場ではたらいたり、官舎のまわりから吹きよせられた雪をかきのけたり、雪花《せっか》石膏《せっこう》を焼いたり、砕いたり、というようなしごとをしていた。冬の日は短いから、しごとは早く終って、囚人たちはみな早々と獄舎に引上げてくる、だから何か自分のしごとをもっていなかったら、何もすることがないわけだ。しかし、自分のしごとをもっていた者は、おそらく、囚人たちの三分の一にすぎなかったろう。あとの連中はぶらぶらして、用もないのに獄舎じゅうをうろつきまわったり、にくまれ口をきいたり、こそこそ悪だくみをして、騒ぎを起したり、少しでも金が手にはいると、飲んだくれたり、毎晩博奕をやって、一枚しかないシャツをまきあげられたりしていた。こうしたことをするのは、気がくさくさして、暇がありすぎて、何もすることがないからであった。その後わたしは、自由の剝奪《はくだつ》と強制労働のほかに、監獄の生活にはもう一つの苦しみがあることを知った。その苦しみは、他のあらゆる苦しみに比べて、いちばん強烈かもしれない。それは、強制された共同生活である。共同生活は、もちろん、他の場所にもある。しかし監獄に来るのは、だいたいだれともいっしょに暮したくないような連中である。だからわたしは、どの囚人も、むろん大部分は無意識にではあろうが、この苦しみを味わっていたと、確信をもって言えるのである。

食事にしても同じことで、わたしにはかなり十分なように思われた。こんな食事は、ヨーロッパロシアの囚人中隊では見られないと、囚人たちは言っていた。わたしはそういう中隊にはいたことがないのだから、それを云々《うんぬん》しようとは思わない。おまけに、多くの囚人たちは自分の食物を手に入れることができた。牛肉は一ポンドが半コペイカだが、夏には三コペイカに上った。だが、自分の食物を手に入れることができたのは、いつも金をもっている連中だけだった。大部分の囚人はあてがわれる食物を食べていた。とはいえ、囚人たちは自分の食物を自慢はするが、うるさく言うのはパンのことだけで、目方で配給されないで、全員の分がいっしょにわたされるのをありがたがっていた。彼らがおそれていたのは、目方で配給されることである。そんなことをされたら、囚人の三分の一はひもじい思いをしなければならなかったろう。共同でもらえばみんなに行きわたった。監獄のパンはどういうものか特別においしくて、町じゅうの自慢になっていた。かまどの出来がよかったせいとされていた。野菜スープはひどく粗末だった。大鍋《おおなべ》でいっしょに煮られるのだが、ひき割りはほんの味付け程度しかはいってないし、特に平日などは、うすくて水っぽかった。おまけにおびただしい油虫が浮いているのには、寒気がした。囚人たちはそんなことは少しも気にしなかった。

最初の三日間は、わたしは労役に出なかった。新しくはいった者にはこうして、旅の疲れを休ませるのである。だが、あくる日には、足枷《あしかせ》をつけなおすために、獄舎を出なければならなかった。わたしの足枷は鎖をつなぎあわせたもので、本式のものではなく、囚人たちの言葉によると、『鳴りのわるいやつ』だった。これはズボンの上からつけられていた。本式の監獄の足枷は、労働しやすいように、鎖ではなく、太さが指ほどもある四本の鉄棒からできていて、鉄棒と鉄棒の間は三つの輪でつながれていた。この枷はズボンの下にはくことになっていた。真ん中の輪に革のひもが結びつけられていて、その革のひもはシャツの上にしめたバンドにくくりつけられていた。

獄舎で迎えた最初の朝を、わたしは忘れることができない。監獄の門際《もんぎわ》の衛兵所から夜明けを告げる太鼓の音が鳴りわたって、十分もすると、当番の下士官が獄舎の戸をあけはじめた。囚人たちはごそごそしだして、小さな脂蠟燭《あぶらろうそく》の仄暗《ほのぐら》いあかりの中で、寒さにふるえながら、自分の板寝床から起き上がりはじめた。大部分の者はぶすっとして、寝足りなそうな不機嫌《ふきげん》な顔をしていた。あくびをしたり、伸びをしたり、刻印のある額をしかめたりして、十字を切ってる者もいれば、もう罵《ののし》りあいをはじめてる者もいた。おそろしい息苦しさだった。戸をあけると同時に、冬の冷たい空気が戸口から流れこんで、白く渦を巻きながら獄舎の中へひろがっていった。囚人たちは水桶《みずおけ》のまわりに群がり、順番にひしゃくで水をすくって、口にふくみ、その口にふくんだ水で手や顔を洗った。水は宵のうちに雑役夫がくんでおいた。どの獄舎にも、規定によって、仲間から選ばれた一人の囚人がいて、舎内の雑役にあたることになっていた。この囚人は雑役夫と呼ばれて、労役には出なくてもよかった。そのしごとは、獄舎内の掃除と、板寝床や床をふいたり、鉋《かんな》をかけたりすることと、夜使用する便器を用意したり、しまつしたりすることと、日に二回――朝は顔を洗う水と、昼は飲む水を桶にくむことであった。ひしゃくが一つしかないために、たちまち争いが起った。

「どこへ割込むんだ、このなまず頭め！」と浅黒い、剃《そ》った頭に妙なでこぼこのある、やせたのっぽの囚人が、気むずかしそうな顔をして、ずんぐりとふとった、陽気な赤ら顔の囚人を押しのけながら、口をとがらせた。「待ってろよ！」

「何をほざきやがんだ！　ここじゃな、人を待たせたきゃ金を払うんだよ。てめえこそどきやがれ！　銅像みてえに突っ立っちやがって。みんな見ろよ、この野郎にゃお品なんてまるきりありゃしねえや」

お品はかなりききめがあったと見えて、あたりの囚人たちはにやにや笑いだした。それだけが陽気なふとっちょのねらいだった。どうやらこの男は、獄舎内の道化役のようなものを自認しているらしい。のっぽの囚人は深い軽蔑《けいべつ》の目で彼を見やった。

「やくざな牝牛《めうし》め！」と彼はひとりごとのように言った。「監獄の銀めしで食いふとりやがって！　精進落しまでにゃ十二匹も子豚をひり出そうってばか面《づら》してやがる」

「まったく、おめえはどういう椋鳥《むくどり》なんだ？」とでぶは不意に真《ま》っ赤《か》になって、どなった。

「そのとおり、椋鳥よ！」

「どんな？」

「こんなよ」

「こんなってどんなだ？」

「うるせえな、こんなって言ってるじゃねえか」

「だから、どんなだっていうんだ？」

二人は目を皿のようにしてにらみあった。でぶは相手の返事を待ちながら、いまにもとびかかりそうな勢いで、拳《こぶし》をにぎりしめていた。わたしは、ほんとに喧嘩《けんか》になると思った。こんなことは、わたしには珍しいことだったので、好奇心をもってながめていた。だが、あとになって、このような場面はまったく無邪気なもので、みんなを喜ばせるために、コメディとして演じられているのだ、ということがわかった。ぜったいに、といっていいほど、喧嘩にまではならなかった。こうしたことはすべてかなり特徴的で、監獄の風習をよくあらわしていた。

のっぽの囚人は落着きはらって、悠然《ゆうぜん》と構えていた。彼は、みんなが彼に目を注いで、返事によってはいい恥をさらすぞと、固唾《かたず》をのんで待ちかまえているのを感じて、いまこそぐっとこらえて、自分がたしかに椋鳥であることを証明してやろう、それこそどれほどの椋鳥であるかを見せてやることだ、と腹を決めた。彼は何とも言えぬ軽蔑しきった態度で、相手をじろりと横目でにらんだ、そしてこれでもかというふうに、まるで小さな虫けらでも見つけるみたいに、肩ごしに上から下へじろじろ見ながら、ゆっくり、はっきりと言った。

「汗《カン》よ！……」

つまり、彼は汗《カン》のような大物だというのである。どっという笑い声が彼の機知を迎えた。

「おめえは腰抜けよ、汗《カン》が聞いてあきれらァ！」とでぶは、すっかりしてやられたことを感じて、気ちがいのようにいきりたって、吠《ほ》えたてた。

だが、口喧嘩がほんものになりかけると、二人はたちまち抑《おさ》えられてしまった。

「何をがあがあ、ほえてるんだ！」と獄舎じゅうの者が二人をどなりつけた。

「おい、のどの皮をむくよりは、取っ組みあいをやるんだな！」と隅《すみ》の方からだれかが叫んだ。

「そうだ、やれやれ！」といくつかの声がけしかけた。「おれたちの仲間は勇《いさ》み肌《はだ》で、向う見ずだ。七人もいりゃ一人ぐらいはこわかねえさ……」

「いや、二人ともりっぱなもんだぜ！　一人はパン一ポンドで監獄にぶちこまれるし、一人は――いくらつぼが好きでもよ、百姓女のチーズをつまんで、笞《むち》をくらったとは、まったくいい取合せだよ」

「う、う、うるせえ！　よさねえか」と廃兵がどなった。彼は風紀を取締るために獄舎内に寝起きしている男で、隅の方に特別の寝台を構えていた。

「水だ、みんな！　ネワリード・ペトローヴィチさまのお目ざめだ！　ネワリード・ペトローヴィチの兄貴に水をお持ちしろ！」

「兄貴だ……わしがおめえのどんな兄貴なんだよ？　おめえとは杯を交《か》わしたおぼえがねえぜ、兄貴が聞いてあきれらァ！」と廃兵は外套《がいとう》の袖《そで》へ手を突っこみながら、ぶつくさ言った。

囚人たちは点呼の支度にかかった。外はしだいに明るくなりはじめた。炊事場は黒山の人だかりで、通り抜けることもできないほどだ。囚人たちは半外套をひっかけ、半分色がわりの帽子をかぶって、炊事夫の一人が切ってくれるパンのまわりに群がっていた。炊事夫は各炊事場に二人ずつ、仲間から選ばれるのである。炊事場に一つしかない、パンと肉を切る庖丁《ほうちょう》は、炊事夫が保管することになっていた。

あちらこちらの片隅や、卓のまわりに、帽子をかぶり、半外套を着て、バンドをしめて、すぐにしごとに出られる支度をした囚人たちが、思い思いに位置をしめた。中にはクワスを入れた木の椀《わん》をまえにおいて、パンをこまかくちぎってクワスに浮かして、すすっている者もいた。騒々しさはがまんができないほどだった。隅の方で分別くさい顔で、低声《こごえ》で話しあっている者もいた。

「アントーヌイチ爺《じい》さん、おはよう、おいしくおあがりよ！」と若い囚人が、気むずかしい顔をした、歯のない老囚人のそばに腰をおろしながら、言った。

「うん、おはよう、からかいに来たんじゃないだろうな」と老人は目をあげずに、歯のない口でパンを噛《か》もうと骨を折りながら、言った。

「おらァな、アントーヌイチ爺さん、おめえがもう死んじまったと思ってたんだよ、ほんとだよ」

「なあに、おめえが先にくたばるよ、わしのほうがあとだ……」

わたしは彼らのそばに腰をおろした。わたしの右の方で二人の中年の囚人が、明らかに互いに無理に虚勢をはりあいながら、話しあっていた。

「おれにゃ盗まれるものなんか何にもねえよ」と一人が言った。「かえって、こっちが盗みやしねえかと、心配してるくれえだ」

「なあに、おれにゃだれも素手でさわられやしねえよ。火傷《やけど》するからな」

「何で火傷するんだ！　やっぱりおめえはシベリア流人《るにん》だよ。おれたちにゃほかに名前がねえのさ……あのあばずれめ、ひとを裸にひんむいておきながら、すみませんでもねえ。まったく、おれのなけなしの一コペイカまで、きれいにまきあげやがった。ついこのあいだおしかけてきやがってさ。あのあまとどこさしけこんだらいいんだ？　しようがねえから、刑吏のフェージカに頼みこんださ。あいつは町はずれに家を一軒もってるんでな。あの疥癬《かいせん》かきのジューのソロモンから買ったんだよ、ジューの野郎はそのあと首をくくりやがったが……」

「知ってるよ。あいつは一昨年ここで酒を売ってたっけ、グリーシカという綽名《あだな》でよ、あやしげな酒場だったよ。うん、知ってるとも」

「そうら、知っちゃいねえ。そのあやしげな酒場は別だよ」

「何が別だ！　何にも知っちゃいねえんだな、おめえは！　ええ、何人でも証人を連れてきてやるぜ……」

「連れてきなよ！　おめえはどこの何さまか知らねえが、おれをだれだと思ってるんだ？」

「だれだって！　ええ、おい、おれはおめえを何度かぶんなぐったことがあるんだぜ、何も自慢するわけじゃねえが、だれが聞いてあきれるよ！」

「おめえがなぐった！　へっ、おれをなぐるようなやつは、まだ生れちゃいねえよ。なぐったやつがいたとしたら、そいつはもう土の下に眠ってらァな」

「この厄病神め！」

「シベリアの流行病にとっついてもらうんだな！」

「てめえこそ、トルコ刀で首をはねられやがれ！……」

　そこで、罵《ののし》りあいがはじまった。

「うるせえぞ！　があがあ吠えやがって！」とまわりが叫んだ。「娑婆《しゃば》じゃろくなものも食えねえで、ここへ来てやっとまじりけなしの白パンにありついて、うれしくてしようがねえんだよ……」

　二人はたちまちしずめられる。悪態をついたり、口で『喧嘩』をしたりすることは、大目に見られている。これがいくぶんかは囚人たちの気晴らしにもなるのである。しかしつかみあいの喧嘩にまではめったにならない。そういうのはよくよくの場合である。つかみあいの喧嘩は少佐に報告される。すると取調べがはじまり、少佐自身が出向いてくる——要するに、だれもが不愉快な思いをしなければならない、だからつかみあいになりそうになると、みんなで抑えてしまうのである。それに当人同士も、むしろ気晴らしと、口ならしのために罵りあうのである。ときには自分で自分を欺《あざむ》いて、顔を真っ赤にして、ものすごい勢いではじめることがある……今度こそはじまるぞ、と思って見ていると、あっさりはぐらかされる。ある点まで来ると、さっと別れてしまうのだ。こうしたいろいろなことに、最初のうち、わたしはすっかり度胆《どぎも》をぬかれた。だからわたしは、わざと、ごくありふれた監獄内の会話を例としてあげたのである。最初わたしは気晴らしのために罵りあったり、そこに慰めや、他意のない口ならしや、楽しみを見いだすことができようなどとは、どうしても考えられなかった。しかし、虚栄心も忘れてはならない。悪罵《あくば》の達者な男は尊敬されていた。彼らは役者のように、やんやの喝采《かっさい》を受けかねなかった。

わたしはもう昨日の夕方から、底意地わるい目がこちらに向けられていることに、気付いていた。

わたしはもう何人かの暗い視線をとらえていた。ところがその反対に、わたしが金をもっているとにらんで、わたしのまわりをうろうろしている囚人たちもいた。彼らはすぐにわたしの世話をやきはじめて、新しい足枷のはき方を教えたり、もう支給された官給品や、わたしが監獄に持ってきた何枚かの下着類をしまうための、鍵《かぎ》のついた箱を、もちろん金をはらってだが、手に入れてくれたりした。ところがあくる日にはもう、それをわたしから盗んで飲んでしまった。その連中の一人はのちにわたしのもっとも忠実な味方になった、とはいえ、やはり折りがあればわたしの持物をねらう癖はなおらなかった。彼はすこしも気がとがめずに、ほとんど無意識に、まるで義務のように、それをやってのけるのだった、だからわたしは怒るに怒れなかった。

それはさて、彼らはわたしに、自分の茶を用意しなければならないが、急須《きゅうす》もそなえたほうが便利だ、などと教えて、当座の用として他人のものを借りてくれ、炊事夫にもひきあわせて、月に三十コペイカもにぎらせれば、何か変ったものを食べたいとか、何か食料を買いこみたいようなときは、この男が何でも都合してくれるはずだと、教えてくれた……そのかわり、彼らがわたしに金を無心したことは、言うまでもない。しかも、一人一人が最初の一日だけで、三度も金をねだりに来たのだった。

獄内では、貴族出の囚人はだいたい暗い敵意ある目で見られていた。彼らはすでにいっさいの市民権を剝奪《はくだつ》されて、他の囚人たちとまったく同じ立場におかれているのだが、それでも囚人たちは、彼らを自分たちの仲間とはけっして認めようとしない。それは意識的な偏見から生れるのでもない、ただ、心底から、無意識にそう思いこんでいるのだ。彼らはわたしたちのおちぶれた姿を好んでからかうくせに、心の底ではやはりわたしたちを貴族だと思っているのである。

「だめだよ、もうしようがねえ！　あきらめるんだな！　昔のピョートルさまはよ、モスクワじゅうを馬車でねり歩いたかもしれねえが、いまのピョートルは、縄《なわ》をなってるざまじゃねえか」などと、笑いものにするのだった。

わたしたちがつとめて彼らに見せまいとする苦しみを、彼らは喜んでながめていた。

わたしたちははじめのうち作業に出るのが特に辛《つら》かった、というのは、わたしたちには彼らほどの体力がないし、思うように彼らに手伝うことができなかったからだ。民衆の中へはいって信頼され（特にこういう囚人たちの場合はなおのことだ）、愛されるようになることほど、むずかしいことはない。

監獄には貴族出の者が何人かいた。まず、五人ほどのポーランド人。彼らについてはいずれ項を改めて語ることになろう。囚人たちはポーランド人を毛嫌《けぎら》いしていた、そしてその憎み方は、ロシア貴族の流刑囚に対するよりもひどかった。ポーランド人たちは（わたしは政治犯のことだけを言っているのだが）、彼らに対して妙にとりすまして、ばかにしたような丁寧な態度をとり、ぜったいに話をしようとはしないし、彼らに対する嫌悪《けんお》の気持をどうしてもかくすことができなかった。囚人たちもそれをよく知っていて、同じ態度でお返しをしていたのである。

わたしは手ごわい数名の囚人の好意を得るのに、獄中でほぼ二年の歳月を要した。しかし大部分の囚人たちは、しばらくすると、わたしを愛するようになって、『いい人間』と認めてくれた。

ロシアの貴族出の者は、わたしのほかに、もう四人いた。一人は――低劣で、卑怯《ひきよう》な男で、根性が腐りきっていて、スパイと密告の常習者だった。この男のことはまだ監獄に着くまえから聞いていていて、着いて間もなく、わたしはこの男とのいっさいの関係を断った。二人目は――わたしがもうこの記録の中で語った、例の父親殺しの男だった。三人目はアキム・アキームイチという男で、わたしはこんな変人をほとんど見たことがない。彼はわたしの記憶に鋭く刻みこまれている。背丈《せたけ》の高いやせた男で、頭が弱く、おどろくほど無学で、そのくせひどく理屈っぽく、ドイツ人のように几帳面《きちょうめん》だった。囚人たちは彼を笑いものにしていたが、彼のからみ癖や、執念深い、喧嘩好きな性質を知っていて、かかりあいになるのをおそれている者もいた。彼は最初から囚人たちの仲間になって、罵りあったり、つかみあいの喧嘩までした。彼は異常なほどの正義漢で、不正なことを見つけると、自分にかかわりのないことでも、もう黙っていられない。無邪気なこともおどろくほどで、たとえば、囚人たちと罵りあいをはじめると、よく彼らが泥棒だったことを責めて、盗みなどをしてはいけないと、本気で説いたものである。彼はコーカサスに少尉補《しょういほ》として勤務していた。監獄にはいったその日からわたしたちは親しくなって、彼はすぐに自分の過去をわたしに語ってくれた。彼はコーカサスの歩兵連隊に士官候補生として配属され、長い苦しい勤務ののちに、やっと士官に昇進して、ある要塞《ようさい》に守備隊長として派遣された。近隣に小さな領地をもつ帰順した山民の首領が、ある夜要塞に火を放って、夜襲をしかけてきたが、撃退された。アキム・アキームイチはふくむところがあって、首謀者がだれか、知っているようなそぶりをさえ見せなかった。事件は帰順しない山民の仕業《しわざ》にされた。そして一月《ひとつき》ほどすぎてから、アキム・アキームイチは例の山民の首領を客として要塞に招いた。首領は、はかられているとはつゆ知らずに、要塞へやってきた。アキム・アキームイチは部隊を整列させ、その面前で彼の罪状をあばき、難詰《なんきつ》して、要塞に火を放つことが恥ずべき行為であることを説き聞かせた。そしてその場で、帰順した首領の今後とるべき態度について、長々と詳細な訓令を読み上げたうえで、結論として彼を銃殺刑に処した。そしてそれはただちに詳しく上司に報告された。そのために彼は軍法会議にかけられ、死刑を宣告されたが、死一等を減じられ、懲役十二年の第二類流刑囚としてシベリアの要塞に送られたのだった。彼は自分の行為がまちがっていたことを、はっきりと認めていて、それは首領を銃殺にするまえに知っていた、帰順した者は法によって裁《さば》かなければならないくらいのことは知っていた、とわたしに語った。ところが、そうは知りながらも、彼は本心から自分の罪を認めることは、どうしてもできなかったらしい。

「だって、そんなばかな！　やつはわたしの要塞に火をかけたんじゃありませんか？　火をかけられて、お礼を言うばかがありますか！」と彼はわたしの反対に答えて、言ったものである。

しかし、囚人たちはアキム・アキームイチの薄のろぶりを笑いながらも、やはり彼の几帳面さと器用さには一目おいていた。

およそアキム・アキームイチの知らない手しごとはなかった。彼は指物《さしもの》でも、靴つくりでも、ペンキ塗りでも、鍍金《めっき》でも、鍛冶屋《かじや》でも、何でもできた、そしてそれはみんな監獄でおぼえたのである。彼は見よう見まねでつくった。一度見たら、おぼえてしまうのである。彼はさまざまな箱、かご、カンテラ、子供のおもちゃなどもこしらえて、町へ売りに出していた。こうして、小金がはいったが、彼はすぐにそれで着替えのシャツや、やわらかい枕《まくら》を買ったり、折りたたみ式のマットを買いこんだりするのだった。彼はわたしと同じ監房で、はいりたてのころ、いろいろとわたしの面倒を見てくれた。

監獄から作業に出るとき、囚人たちは衛兵所のまえに二列に整列する。その前後に銃剣を持った衛兵たちが並ぶ。そこへ技術将校、下士官、数名の技術兵および看守たちが出てくる。下士官が囚人の人員を数えて、幾組かに分け、それぞれ必要な作業場へ出発させる。

他の囚人たちにまじって、わたしは手しごとの工場へ向った。それは低い石造の建物で、いろんな材料がおいてある広い庭の中にあった。その中には鉄工場、鍛冶場、指物工場、塗装場などがあった。アキム・アキームイチはここへ通って、塗装場ではたらき、ニスを煮たり、ペンキをまぜたり、テーブルや家具の仕上げ塗りをしたりしていた。

足枷《あしかせ》を作り変えてもらうのを待ちながら、わたしは監獄の最初の印象について、アキム・アキームイチと話しあってみた。

「そうだよ、彼らは貴族を好かないんだよ」と彼は認めた。「特に政治犯はな。食い殺してもあき足らないほど憎んでいるが、無理もないさ。第一に、きみたちは、彼らとは似ても似つかぬ別人種だし、第二に、彼らはみんなもとは地主にいじめられた農奴か、さもなければ兵卒だ。考えてもごらん、そんな彼らがきみたちを好きになれるかね？　言っておくが、ここの生活は苦しいよ。もっとも、ロシアの囚人中隊に行きゃァもっと苦しいがね。ここにもそういうところから来たのがいるがね、まるで地獄から天国へ来たみたいに、この監獄をほめちぎってるよ。辛いのは作業じゃないそうだ。なんでも、第一類などは、上司が軍人ばかりじゃなく、すくなくとも、ここととはやり方がちがうらしい。囚人が自分の家に住んでもいいそうだ。おれがそこにいたわけじゃないから、ただ噂《うわさ》に聞いただけだがね。頭も剃《そ》られないし、囚人服も着せられないそうだ。だが、こみたいに、みんなきまった服を着て、頭を剃っていたほうがいいよ。なんといっても、そのほうがきちんとしてるし、それに見た目にも気持がいいよ。ところがやつらにゃ、これが気に入らんのだよ。まったく、見たまえ、なんてやつらの集まりだ！　強制徴集兵もいるし、チェルケス人（訳注　コーカサスの山民）もいるし、分離派宗徒もいるし、家族やかわいい子供たちを故郷に残してきた正教徒の百姓もいるし、ユダヤ人、ジプシー、それに得体の知れぬやつまでまじっているという有様だ、そしてこの雑多な連中が否応《いやおう》なくいっしょに暮し、互いにゆずりあい、一つ釜《かま》のめしを食い、同じような板寝床に寝なきゃならんのだよ。それに油断もすきもありゃしない。ちょっとでも支給外のものを食おうと思えば、こっそり人にかくれて食わにゃならんし、どんなはした金でも長靴の中にかくさにゃならん、それにどこを見ても、監獄の臭《にお》いのするものばかりだ……これじゃいやでも、ばかなことを考えたくもなるさ」

だがそんなことは、わたしはもう知っていた。わたしが特に聞きたかったのは、少佐のことだった。アキム・アキームイチはべつにかくしたりせずに話してくれたが、わたしの印象はそれほど快いものではなかったことを、おぼえている。

しかも、それからさらに二年をわたしは少佐の監督の下に暮さなければならなかった。アキム・アキームイチが彼について語ってくれたことは、すっかりそのとおりであることがわかった。ちがいといえば、実際の印象は常に、ただの話から受ける印象よりも強烈だということだけである。それはおそろしい人間であった、というのは、このような男が二百名の人間に対する、ほとんど無制限の権力をもつ支配者だったからである。一個の人間としては、だらしのない、心のねじけた男、それだけのことだった。彼は囚人たちを生れながらの敵と見ていた、そしてそれが彼の最大のあやまりだった。彼はたしかにある種の才能をもっていた、が、すべてが、いいものでさえも、彼の場合は妙にねじけた形であらわれていた。わがままで腹黒い彼は、ときには真夜中に獄舎にとびこんできて、左枕《ひだりまくら》や仰《あお》向きに寝ている囚人を見つけると、翌朝その囚人を処罰した。『おれが命じたように、右枕に寝ろ』というのだ。監獄内で彼は疫病《えきびょう》のようにきらわれ、おそれられていた。顔は赤黒く、毒々しかった。彼が従卒のフェージカにいいようにあしらわれていることは、だれでも知っていた。彼はまた愛犬のトレゾールカというプードルを溺愛《できあい》していた、そしてトレゾールカが病気になったときなどは、それこそ気も狂わんばかりだった。なんでも、自分の息子が病気になったみたいに、わあわあ泣いて、いつもの癖で、いまにもなぐりつけそうな勢いで、獣医を追っぱらったそうだ、そしてフェージカから、獄内に独学の獣医で、ひじょうに腕のいい囚人がいると聞くと、すぐにその囚人を呼びつけた。

「なおしてくれ！　金はいくらでもやるから、トレゾールカをなおしてくれ！」と彼はその囚人に叫んだ。

それはシベリア生れの百姓で、頭のいい器用な男で、たしかに動物の病気をなおすことはうまかったが、根っからの百姓だった。

「見ると、トレゾールカは」と彼はあとになって囚人たちに語った。しかしそれは、彼が少佐のところへ呼ばれてからだいぶたって、そんなことはもうすっかり忘れられたころになってからだった。「長椅子《ながいす》の上に白い枕をしいて、その上にねてやがったよ。炎症を起しているのさ、だから血をとれば、なおったんだよ、ほんとだとも！　でも、そこで考えたんだ、『なおらないで、死んじゃったら、どうなるだろう？』そしたら、こわくなって、こう言っちまったのさ、『だめでごぜえますよ、旦那《だんな》、もう手おくれですて。せめて昨日か、一昨日のいまじぶんに呼んでくだすったら、なおしてあげられたかもしれませんが、いまじゃもう手のつけようがねえ、手おくれですよ……』」

こうして、トレゾールカは死んだ。

みんながどれほど少佐を殺そうとしたかという話を、わたしは詳しく聞かされた。この監獄に一人の囚人がいた。彼はもうここに何年か暮していて、特別おとなしい男だった。彼がほとんどだれとも口をきいたことがないことも、みんな知っていた。彼もまた薄のろの仲間と考えられていた。ところが彼は教育のある男で、この一年というもの、のべつ、昼も夜も、聖書ばかり読んでいた。真夜中にみんなが寝しずまると、彼は起き出して、燈明《とうみよう》につかう蠟燭《ろうそく》をともし、暖炉の上に這《は》い上がって、聖書を開いて、朝まで読みふけるのだった。ある日彼は下士官のところへ行って、作業に出るのはいやだ、と宣言した。少佐に報告された。少佐はかっとなって、すぐにとんできた。その男はあらかじめ用意しておいた煉瓦《れんが》を振りかざして、少佐にとびかかった、が、惜しくも失敗した。彼は逮捕され、裁判にかけられて、処罰された。それはあっという間のできごとだった。三日後に、彼は病院で死んだ。死にのぞんで、彼は、だれも憎んではいない、ただ苦しみを受けたかっただけだ、と言った。しかし、彼はどんな分離派にも属していなかった。獄内で、彼の思い出は尊いものとされた。

やっと、わたしの足枷ができあがった。そのあいだに、パン売りの女が何人かつぎつぎと工場にはいってきた。中にはほんとにいたいけな少女もいた。少女たちは大きくなるまでパン売りに歩くのがならわしだった。母親がパンを焼いて、少女たちが売るのである。彼女たちは年ごろになっても、うろつきまわることはやめないが、もうパンなどは持っていない。それがこの辺ではならわしみたいになっていた。少女でないものもいた。パンは一つ半コペイカで、ほとんどの囚人たちが買っていた。

わたしは、にやにや笑いながらパン売りの女たちをからかっている一人の囚人に気がついた。頭はもう白いが、赤ら顔の指物をやっている男だった。この男は女たちがはいってくるちょっとまえに、真《ま》っ赤《か》なあや織りのプラトークをすばやく首に巻きつけた。一人のふとったひどいあばた面《づら》の女が、彼のしごと台の上にパンかごをのせると、二人で話をはじめた。

「どうして昨日《きのう》あそこへ来なかったんだ？」と囚人は目尻《めじり》を下げて、にやにや笑いながら言った。

「あら！　行ったわよ、あんた方こそどっかへ消えちゃったんじゃないの」と蓮《はす》っぱな女がやりかえした。

「呼ばれたんだよ、でなきゃ、いつもあそこにいるさ……一昨日《おととい》なんか、おめえたちの仲間がみんな来たぜ」

「だれとだれさ？」

ヤも来たぜ……」

「マリヤシカも来たし、ハヴロシカも来たし、チェクンダも来たし、ドゥヴグロショワ

「ありゃ何だね？」とわたしはアキム・アキームイチに訊《たず》ねた。「まさか？……」

「よくあるんだよ」と彼は恥ずかしそうに目を伏せて答えた。彼はそれほど純情な男だった。

そういうことは、もちろん、あった、が、ごくまれで、しかもひじょうな困難がともなった。これは強制された生活ではごく当然の要求ではあったが、しかし、そんなことよりも、たとえば、酒でも飲んだほうがましだという者のほうが、だいたいにおいて多かった。女まではなかなか手がとどかなかった。時間と場所を選んで、話をつけ、あいびきをきめなければならないし、なんといってもむずかしいのは、人目を避けることだった。それに、看守をまくのが、それよりもむずかしいうえに、だいたい身分から考えて、金がかかりすぎた。それにもかかわらず、その後わたしは、ときどき、愛欲の場面を目撃する機会にめぐまれたのである。おぼえているが、ある夏の日だった。わたしたちは三人でイルトゥイシ河畔《かはん》のある小舎《こや》で、何かを焼くかまどの火を焚《た》いていた。看守は親切な人たちだった。やがて、囚人たちの言う『だるま』が二人あらわれた。

「なんだ、おそかったじゃねえか、どこにささっていたんだ？　ズヴェルコフのとこじゃねえのか？」と、女の来るのをさっきからじりじりしながら待っていた一人が、顔を

見るなり言った。

「わたしがささってたって？　さあね、かささぎのほうが、わたしがあそこにいた時間より、もっと長く杙《くい》にとまってるんじゃない。ちょっといただけよ」と女が楽しそうに答えた。

　それは世にもみっともない女だった。この女がチェクンダだった。いっしょに来たのはドゥヴグロショワヤという女で、これにいたってはもう何とも形容のしようがなかった。

「それにしても、久しく会わなかったな」と好き者はドゥヴグロショワヤのほうを向きながら、つづけた。「どうした、少しやせたようじゃないか？」

「かもね。もとがふとりすぎていたんだよ、いまは――ほら、すきっとしたでしょ」

「兵隊とばかりあそんでるからだろ？」

「ちがうったら。きっともうどっかの意地わるが、わたしたちのこと、あんたに告げ口したのね。でも、それがどうしたというの？　すっからかんにされても、兵隊をかわいがってやりたいわ！」

「兵隊なんかよして、おれたちをかわいがるんだな。おれたちにゃ金があるぜ……」

　この情景の仕上げとして、この女たらしがつるつる頭で、足枷を引きずり、縞《しま》の囚人服を着て、看守に見張られていることを想像していただきたい。

わたしはアキム・アキームイチと別れて、もう獄舎にもどってもいいとわかったので、看守をうながして、帰途についた。囚人たちはもうそろそろ集まりかけていた。いちばん先にもどってくるのは作業の量をきめられた連中である。囚人たちを熱心にはたらかせる唯一《ゆいいつ》の方法は、作業の量をきめてやることだ。ときには膨大な作業の量をあたえられることがあるが、それでも彼らは、昼食の太鼓までびっしりはたらかされる場合よりも、二倍も早く終ってしまう。きめられた作業の量を終ると、囚人たちは勝手に獄舎へ帰ってゆく。もうだれもひきとめる者はいない。

昼食は全部そろってからいっしょに食べるのではない。早くもどった者から勝手に食べるのである。それに炊事場は全員が一度にははいりきれない。わたしは野菜スープを食べかけてみたが、慣れないためにどうしても喉《のど》を通らないので、茶にした。わたしたちは食卓の端のほうに席をしめた。わたしと同様に、貴族出身の囚人が一人、いっしょにすわった。

囚人たちが出たり、はいったりしていた。しかし、まだ全部集まらないので、ゆったりしていた。五人の一グループが大きな食卓を占領していた。炊事夫がその食卓に一人に二皿ずつ野菜スープを注《つ》いで、大きな焼魚を盛った土鍋《どなべ》を真ん中にのせた。彼らは何か祝いごとがあるらしく、特別あつらえの料理をつつきながら、わたしたちのほうをちらちら横目で見ていた。一人のポーランド人がはいってきて、わたしたちのそばにすわった。

「いなくたって、おれはすっかり知ってるんだ！」と一人の背丈《せたけ》の高い囚人が、炊事場へはいるなり、じろりとまわりを見まわして、大声で叫んだ。

それは五十前後の、筋骨たくましい節くれだった男だった。その顔にはどことなくずるそうな、そのくせひょうきんなところがあった。特に目立つのは分厚いたれ下がった下唇《したくちびる》で、それが顔をひどく滑稽《こっけい》なものにしていた。

「よう、元気でやっとるな！　どうしてあいさつしねえんだい？　クールスク（訳注　中央ロシアの都市）の同郷人にさ！」と彼は特別あつらえの食事をしている連中のそばにすわりこみながら、付け加えた。「やあ、こりゃありがてえ！　よばれさせてもらうぜ」

「あいにくと、わしらはクールスクの出じゃねえんだよ」

「じゃ、タムボフ（訳注　中央ロシアの都市）か？」

「それが、タムボフでもねえんでね。ここにゃ、あいにく、おめえにやるもなァなんにもねえよ。金持の百姓んとこへでも行って、たかるんだな」

「腹の虫がよ、兄弟、今日はぎゅうぎゅう言ってやがんだよ。ところで、その金持の百姓とやらは、いってえどこにいるんだ？」

「ほら、あそこにいるガージン、あれが金持じゃねえか。あっちへ行きなよ」

「へえ、ガージンのやつ今日はごきげんだぜ、がっちり飲みだしやがった。あの分じゃ財布をからにしちゃうぜ」

「二十ルーブリぐらいは持ってるはずだ」ともう一人が言った。「まったく、酒のやみはうめえしょうばいだよ」

「じゃ、なんだ、おごっちゃくれねえんだな？　しかたがねえ、あてがいめしでも食うか」

「なに、茶でもおごってもらうさ。あそこで旦那《だんな》衆が飲んでるぜ」

「旦那衆、ここにゃそんな者ァいねえよ。みんないまのわしらと同じよ」と隅《すみ》にすわっていた一人の囚人が、暗い声でつぶやいた。彼はそれまでむっつりとおし黙っていたのだった。

「茶はたっぷり飲みてえが、無心するのも気がひけるよ。おれにだって意地ってものがあるからな」と下唇の厚い囚人は、人のよさそうな目でこちらを見ながら、言った。

「なんでしたら、ごちそうしますよ」とわたしはその囚人を招きながら、言った。「よろしかったら」

「よろしかったら？　とんでもねえ、よろしくねえはずがあるもんかね！」

彼は食卓のほうへよってきた。

「ちぇっ、家じゃ野菜汁を木靴ですすってやがったくせに、ここへ来て茶なんておぼえやがって。旦那衆の飲むものがほしいんだとよ」と暗い顔の囚人が吐きすてるように言った。

「いったい、ここじゃだれも茶を飲まんのかね？」とわたしは彼にきいたが、返事は得られなかった。

「や、白パンが来た。こうなったら、白パンも振舞ってやんなせ！」

白パンが持ちこまれた。一人の若い囚人が包みいっぱいのパンをかかえて、獄舎じゅうを売り歩いているのだった。パン売りの女にパンを十分の一だけ分けてもらい、それを売って口銭をかせぐのである。

「さあ、白パンだよ、白パン！」と彼は炊事場へはいってくるなり、叫びたてた。「モスクワパンの焼きたてだよ！　自分で食いてえが、それじゃ銭にならねえ。さあ、どうだね、これでおしまいだ。おふくろのいるやつはいねえのか？」

母の愛を思い出させるこの呼びかけは一同を笑わせた、そしていくつかのパンが売れた。

「ところで、みんな」と彼は言った。「ガージンのやつ今日はとことんまで飲むつもりだぜ！　まったく！　わるいときにおっぱじめやがった。運わるく八つ目でも来やがったら」

「かくしてやるさ。で、どうなんだ、もうかなり酔ってるのか？」

「かなりどころじゃねえや！　癖のわるい野郎で、またからんでるよ」

「じゃ、なぐりあいになるな……」

「だれのことです?」とわたしはわきにすわっていたポーランド人にきいた。

「ガージンという囚人ですよ。ここで酒を売ってる男です。金がはいると、すぐに飲んじまうんです。凶暴で、癖がわるくて、もっとも、素面《しらふ》のときはおとなしいんですが、酔うと、すっかり出てしまうんです。ナイフを持って人にとびかかったり。そうなったらすぐにしずめますがね」

「いったい、どうしてしずめるんです?」

「十人ばかりの囚人がとびかかって、完全に気を失うまで、ぶってぶってぶちのめすんですよ、つまり、半殺しの目にあわせるんですな。そして板寝床の上にころがして、半《はん》外套《がいとう》をかけておく」

「そんなことをしたら、死んでしまうじゃありませんか?」

「他の者なら知りませんが、あいつは死にませんよ。おそろしい力ですよ、監獄じゅうのだれよりも力があるでしょう。じつにみごとな体格です。翌朝になるとけろりとして起き上がりますよ」

「ひとつ、うかがいたいのですが」とわたしはポーランド人にうるさく質問をつづけた。

「あそこの連中も自分たちだけの特別料理を食べてるし、わたしも茶を飲んでいます。ところがあの連中は、まるでこの茶が羨《うらや》ましいみたいに、こちらばかり見てるでしょう。

これはどうしたわけです？」

「それは茶のせいじゃありませんよ」とポーランド人は答えた。「あなたは貴族で、彼らとはちがうということが、彼らにはしゃくなんですよ。あなたに言いがかりをつけようとねらってるのが大勢いるはずです。あなたを辱《はずか》しめて、見くだしてやりたくてうずうずしてるんですよ。あなたはこれからまだまだ不愉快な思いをすることでしょう。ここはわたしたちにとってはおそろしく苦しいところです。いろんな点で、わたしたちは他のだれよりも苦しい思いをせねばなりません。これに慣れるためには、ものに頓着《とんちゃく》しない冷たい心が必要です。あなたはこれから、茶や自分の食べもののために、何度か不愉快な目にあったり、悪態をつかれたりするでしょう。そのくせひじょうに多くの連中が、しょっちゅう、自分の食べものを食べたり、茶を飲んだりしてるんですがねえ。やつらにはよくても、あなたには許せないのです」

こう言うと、彼は立ち上がって、食卓をはなれていった。その数分後に、彼の言葉どおりのことが起ったのである……

三　最初の印象

M（わたしと話していたポーランド人（訳注　アレクサンドル・ミレツキー。ポーランドの革命家））が去るとすぐに、ぐでんぐでんに酔ったガージンが、炊事場になだれこんできた。

昼間から、それもみな作業に出てゆかなければならない平日に、いつ獄舎に巡察に来るかもしれない厳格な少佐や、囚人の監督として、いつも獄舎内にがんばっている下士官や、看守や、廃兵など——一口に言えば、あらゆるきびしい監視の目が光っている中で、飲んだくれている囚人、これはわたしの頭に生れかけていた囚人の生活についての観念を、すっかりかきみだしてしまった。そして、監獄にはいって最初の数日のあいだわたしにとってまるで謎《なぞ》のようだったこうしたすべての事実を、はっきりと理解するまでには、かなり長い獄中生活を送らなければならなかったのである。

囚人はいつも自分のしごとをもっていて、そのしごとは——監獄生活の自然の要求であること、また自然の要求であるばかりか、囚人たちはおそろしく金銭を愛し、それを何よりも、ほとんど自由と同じくらいに尊重して、それがポケットの中でじゃらじゃらしていさえすれば、それで気が安まるということは、もうまえに述べた。その反対に、金がないと、しょんぼりして、憂鬱《ゆううつ》になり、気がめいって、沈みこんでしまう。そうなると囚人は、金が手にはいりさえすれば、盗みをしようが、何をしようがかまうものか、という気持になる。ところが、監獄では金がそれほど貴重なものなのに、せっかく手に入れても、けっして長くは身についてない。というのは、第一に、盗まれたり、検査で見つかったりしないようにしまっておくことは、容易なことではなかった。抜打ち検査で、少佐に見つかったら、その場で取上げられた。もしかしたら、それは囚人の食事の改良にあてられたのかもしれないが、とにかく、引上げられた金は全部少佐のところへ集められた。だが、もっともひんぱんなのは盗難で、まわりのだれも信じられなかった。あとになって、まったく安全に金を守る方法が発見された。それはかつてヴェトカ島に住んでいて、スタロドゥビエ村（訳注　ウクライナのチュルニゴフ県の旧教徒の村。十八世紀に中央ロシアのソジ河のヴェトカ島から政府の圧迫をのがれて旧教徒たちが移ってきた）に移り、そこから監獄へ送られてきた旧教徒の老囚人にあずけておくことだった。ここで、話は脇道《わきみち》にそれるが、どうしてもこの老人について少し語らぬわけにはいかない。

それは六十歳ぐらいの小柄な白髪の老人だった。わたしはこの老人を一目見て、深い感銘をおぼえた。彼は他の囚人たちとはまったくちがっていた。そのまなざしには何ともいえないしずかなおだやかなものがあって、わたしは言い知れぬよろこびをおぼえながら、その小さなちりめんのようなしわにかこまれた、明るく澄んだ目を見つめたものだった。わたしはときどきこの老人と話したが、こんな善良な、心のやさしい人間には、これまでほとんど会ったことがなかった。彼はきわめて重大な犯罪でここへ送られてきたのである。スタロドゥビエ村の旧教徒たちの間に改宗者があらわれはじめた。政府はこれを大いに奨励して、さらに他の旧教徒たちも改宗させるために、あらゆる手段をとりだした。老人は仲間の熱心な信徒たちとともに、彼の言葉によると、『信仰を守る』決意をした。正教の寺院の建築がはじまると、彼らはそれを焼きはらった。その首謀者の一人として、老人は流刑地《るけいち》へ送られたのである。彼は裕福な商人だったが、家に妻や子を残して、かたい決意をもって流刑地へおもむいたのだが、それは信仰に心が盲《めし》いて、それを『信仰のための苦しみ』と考えたためであった。この老人としばらくでもいっしょに暮したら、だれでも思わず自分にこう問うにちがいない、『このおだやかな、子供みたいにやさしい老人が、どうして謀反《むほん》など起すことができたのだろう？』わたしは何度かこの老人と『信仰について』話したことがあったが、老人はぜったいに自分の信念をゆずらなかった。しかし老人の反論には、けっして、すこしの悪意も憎悪《ぞうお》もなかった。ところが彼は寺院を破壊して、それをかくそうとしなかったのである。どうやら彼は、自分の信念によって、自分の行為と、そのために受けた『苦しみ』を、光栄と考えているらしかった。しかし、どんなに彼を観察しても、どんなに彼を研究しても、わたしは彼に虚栄心あるいは誇りのごくわずかの陰影も認めることができなかった。この監獄には他にも旧教徒たちがいたが、大部分はシベリア生れだった。彼らはひどく頭の進んでいる、ずるい百姓たちで、ひじょうに聖書に詳しく、理屈好きで、それなりになかなかの雄弁家だった。しかしどれもこれもいばりくさって、ふてぶてしく、狡猾《こうかつ》で、どうにも鼻持ちならなかった。老人はそういう連中とは似ても似つかなかった。聖書に通じているることは、おそらく彼ら以上だったろうが、いつも議論は避けるようにしていた。性格は極度に開放的だった。彼は陽気な男で、よく笑った。しかしその笑いは、囚人特有の野卑な皮肉な笑いではなく、しずかな明るい笑いで、その笑いには子供のような素直さがあふれていて、白髪の顔に特によく映った。あるいは、まちがっているかもしれないが、わたしは笑い方でその人間がわかるような気がする。ぜんぜん知らない人にはじめて会って、その笑いが気持がよかったら、それはいい人間だと思って差支えないと思う。老人は監獄じゅうのすべての人々から尊敬されるようになったが、それをすこしも鼻にかけなかった。囚人たちは彼をおじいさんと呼んで、けっして彼を辱《はずか》しめるようなことはしなかった。彼が同宗派の信徒たちにどれほどの影響をもつことができたか、わたしはいくらかわかるような気がした。しかし、明らかにかたい決意をもって監獄生活に耐えていたにもかかわらず、やはり彼の心の底にはいやすことのできない深い悲しみが秘められていて、それを囚人たちからかくそうかくそうとしていた。わたしは彼と同じ監房に住んでいた。ある夜のことだった。二時すぎにふと目をさますと、おし殺したようなしずかな泣き声を耳にした。老人が暖炉の上にすわって（少佐を殺そうとした囚人が、以前に、聖書に読みふけりながら、毎晩お祈りをしていたあの暖炉である）、自分の手書きの聖書を読んでいた。彼は泣いていた、そしてわたしは、彼がときどき、「主よ、わたしを見すてないでください！　主よ、わたしを強い人間にしてください！　わたしの小ちゃな子供たちよ、かわいい子供たちよ、もうおまえたちには二度と会えまい！」とつぶやいているのを聞いた。わたしは、何とも言えない、悲しい気持になった。この老人に、しだいに、ほとんどすべての囚人が金の保管を頼むようになったのである。獄内の人間はほとんどが泥棒だったが、どういうわけかみんな言いあわせたように、老人はぜったいに盗みのできる人間ではない、と信じたのだった。老人が頼まれた金をどこかへしまうことは、みんな知っていたが、それがどこかは、だれもさぐり出すことができなかった。あとになって、わたしと二、三のポーランド人にだけ、老人はその秘密を打明けてくれた。柵の杙《くい》の一つに、木にしっかりくっついているように見える節が一つあった。ところが、その節がとれて、その中は深い穴になっていた。おじいさんはその穴に金をかくして、その上に節のふたをしておいた、だからだれもどうしても見つけ出すことができなかったのである。

しかし、話が脇道にそれてしまった。どうして囚人たちのポケットに金がおさまっていないか、というところまで話したのだった。しかし、金をしまっておくということがむずかしいうえに、監獄には憂鬱なことが多すぎた。囚人というものは、当然のことながら、自由に限りない憧《あこが》れをもっており、それに、社会から隔離されているので、おそろしく考えが浅く、無規律な人間である、だから、せめて一分でもさびしさを忘れるために、とつぜん『思いきり手足をのばし』、有金をはたいて、底抜けのばか騒ぎをやらかしたくなるのは、すこしも不思議はない。とはいえ、囚人たちのある者が、一日できれいにつかい果すという、ただそれだけのために、ときには何カ月もせっせとはたらき、つかい果すと、またつぎのばか騒ぎまで、何カ月も精を出してはたらいているのを見ると、わたしはやはり何とも妙な気がした。彼らの多くは新しいものを身につけることを好んだ。それも黒い替えズボンとか、胴着とか、立襟《たてえり》の農民外套《カフタン》とか、ぜったいに変ったものでなければならなかった。更紗《さらさ》のルバーシカや真鍮《しんちゅう》の金具のついたバンドも大いに好まれた。祭日にはそれらのものを身につけ、すっかりめかしこんだ連中が、監獄じゅうをねり歩いて、得意になって見せびらかすのである。せいぜいきれいに着飾った連中のうれしがりようは、まるで子供だった。だいたい囚人は子供としか思えないようなところが多かった。もっとも、そういう晴れ着のたぐいはいっさい、どういうものかたちまち持主の手から消えてしまうのだった。ときにはその日の晩にはもう抵当に入れられたり、わずかの目くされ金で売られてしまうこともあった。しかし、ばか騒ぎはわけもなくいきなりもちあがるのではない。たいていは祭日か、当人の名の日にあわせて行われた。名の日を迎えた囚人は、朝起きると、聖像に蠟燭をともして、お祈りをし、それから晴れ着をつけて、特別の食事を注文する。牛肉や魚が買いこまれ、シベリア風ペリメニがつくられる。狼《おおかみ》のようにがつがつ食べる。たいていは一人きりで食うが、たまには仲間を相伴《しょうばん》させることもある。そのあとで酒になる。べろんべろんになるまで飲んでから、ふらふらとよろけたり、つまずいたりしながら、かならず獄舎じゅうをねり歩き、自分が酔って、『浮かれている』ところをなるべくみんなに見せびらかす、そしてそれによってみんなの尊敬をかちえるのである。だいたいロシア人というものは酔っぱらいにいくらか共鳴をおぼえるのが常だが、監獄では、飲んで騒いでいる者がかえって尊敬されるのである。獄内の酒宴には一種の貴族趣味のようなものがあった。囚人は酒に浮かれると、かならず楽師を雇った。監獄には脱走兵で、じつにいやなやつだが、ヴァイオリンのうまいポーランド人が一人いた。彼は楽器をもっていたが——それが彼の全財産だった。彼は何の手しごともなく、浮かれ者に雇われて陽気な踊りの曲をひくことだけで、手間賃をかせいでいた。彼のしごとは、酔った主人のあとについて獄舎から獄舎へまわって歩き、力のかぎりヴァイオリンをひくことであった。ときどき彼の顔にやりきれないさびしさがあらわれることがあったが、「やれやれ、金をもらってるんじゃねえか！」とまわりからどなられると、しかたなく無理にひきまくるのだった。囚人は浮かれ騒ぎをはじめると、たといへべれけに酔っても、きっとみんなが見ていてくれて、ころあいを見て寝かしつけてくれるし、またうるさい上官が来たらきっとどこかへかくしてくれるものと、安心していてよかった、そしてそういうことはまったく欲得ぬきで行われるのだった。風紀取締りのために獄内に居住している下士官や廃兵にしても、まずほとんど心配する必要はなかった。酔っぱらいが大きな騒ぎを起す懸念《けねん》はまったくなかったからである。獄舎じゅうの者が見ていて、騒ぎだしたり、あばれだしたりすると、すぐにとりしずめるし、面倒ならしばりあげてしまえばおしまいなのだ。だから、監督でも下のほうの者たちは、こうした酒宴は大目に見ていたし、べつに問題にしようとしなかった。酒を禁じたら、もっとしまつがわるくなることを、彼らはよく知っていたのである。それにしても、いったいどこから酒が手にはいるのか？

酒は獄内で酒屋と呼ばれる連中が売っていた。そういう連中は何人かいて、酒宴は金がかかるし、囚人が金を手に入れるのは容易なことではないから、だいたい飲んだり、『浮かれたり』する者の数は知れていたが、あきないは絶えたことがなく、結構かなりの利益をあげていた。あきないはかなり奇妙な方法ではじめられ、ひろがり、そして形ができあがった。たとえば、ある囚人は手職もないし、はたらきたくもないが（こういう囚人もいた）、金はほしいし、それにせっかちで、早く金をもうけたいとする。彼はあきないをはじめるわずかばかりの金をもっていて、酒屋をやってみようという気になる。勇気がいるしごとで、大きな危険がともなう。報いが笞《むち》で、一挙に商品も資金も失ってしまうかもしれない。しかしそれをこわがっていては酒屋になれない。はじめは資金が少ないから、第一回は自分で酒を監獄に持ちこむ、そしてそれをうまいぐあいにさばくことは、言うまでもない。その経験を二度、三度とくりかえす、そしていいぐあいに上司に見つからなければ、たちまち資本がふくれあがり、そこではじめて手広く本格的なあきないに腰をすえる。そして酒屋の親父《おやじ》という資本家になり、手先や手伝いをかかえて、危険もずっと少なくなり、もうけがますます多くなるというしくみだ。彼に代って危ない橋をわたるのは手先どもである。

獄内にはいつも金をつかいすぎたり、博奕《ばくち》に負けたり、遊びがすぎたりして、一文なしになってしまった連中や、手職もなく、ぼろを下げてみじめったらしいが、ある程度まで勇気と決断にめぐまれた連中が、うようよしている。この連中に資本の形で残されているものは、ただ一つ背中だけである。背中ならまだ何かの役に立つかもしれない、そこですってんてんになった遊び人は、この最後の資本を回転させようと決意する。彼は酒屋の親父のところへ行って、監獄に酒を持ちこむかつぎ屋に雇われる。裕福な酒屋の親父はこうしたかつぎ屋を何人かかかえている。獄外のどこかにブローカーのような人間がいて——兵隊あがりとか、町人くずれとか、ときには娘っこのこともあるが——親父の金で、ひどく割のいい口銭をとって、居酒屋から酒を買い、囚人が作業に来るあたりのどこか目立たない場所にかくしておく。ブローカーはたいていの場合、まず毒見をして、へった分だけ、乱暴にも水を加えておく。水で割ろうが割るまいが、囚人にうるさい選《え》り好みは許されない。金がすっかり持ち逃げされず、酒が手にはいっただけでも、いいとしなければならない。どんな酒でも、酒にちがいはないのだ。このブローカーのところへ、獄内の酒屋の親父からまえもって知らされていた運び屋が、牛の腸を持ってあらわれる。この腸はまずよく洗ったうえで、水を入れ、こうしてはじめのしめりけと弾力性が失われないようにしておくと、しだいに酒を入れるのに都合のいい容器となる。腸に酒をうつすと、囚人はそれを身体《からだ》に巻きつけるが、むろん大事をとって、身体のもっともかくされた部分に巻きつけるのだ。この場合、密輸業者のあらゆる巧妙な手口と、泥棒の悪知恵が発揮されることは、言うまでもない。彼の名誉はもういくぶん傷つけられているわけだから、何としても看守や衛兵をだまさなければならない。そしてうまくだます。腕のいい泥棒にかかると、看守や、ときには新兵の衛兵などは、かんたんに見のがしてしまう。もちろん、看守のことはあらかじめ研究しておく。加うるに、作業の時間や場所を考慮に入れる。たとえば、暖炉つくりの囚人なら、暖炉に這《は》い上がる。そこで何をしてるか、だれもわかりゃしない。まさか看守がいっしょに這い上がることもできない。監獄の門が近くなると、彼は万一にそなえて、十五コペイカか二十コペイカの銀貨を手の中にかくして、上等兵の検査を待つ。作業からもどってくる囚人はみな、衛兵上等兵が手でさわったりして、一わたり検査してから、門の扉《とびら》をあけてやるのである。酒のかつぎ屋はいつも、上等兵が照れて彼らの身体のある部分をあまり丹念にさぐりまわさないことを、期待する。しかしときには、ずるい上等兵にかかってそうしたところまで手を突っこまれ、酒をさぐりあてられることがある。そうなれば最後の手段に訴えるほかはない。黙って、看守に見つからないように、そっと上等兵の手にかくしもった銀貨をしのばせるのである。この方法で無事に門を通り、獄内に酒を持ちこめることもあるが、ときにはこの方法が効を奏さないこともある。そうなると、最後の資本である背中で支払いをするほかはない。少佐に報告され、資本が笞をくらう。こっぴどく打ちのめされたうえに、酒は没収される。しかしかつぎ屋はすべてを自分の罪にして、親父を裏切るようなことはしない。それは密告を恥じるからではなく、ただ、密告が自分にとって不利だからである。どっちにしろ笞はまぬがれないし、密告すれば、ただなぐられるのは自分一人じゃないという気休めがあるだけである。ところが、親父は彼にとってまだ必要である。もっとも、ならわしと、あらかじめの取決めによって、背中をなぐられた分に対しては一コペイカも払ってはもらえないのだが。ついでだが、だいたい密告ということは、獄内では普通のことだった。密告者がさげすまれることはぜったいにないし、まして密告した者を怒ることなどは考えられもしなかった。その男は仲間はずれにもされず、友情も失われない、だから獄内で密告がいまわしいものだなどと口をすっぱくして説いても、ぜったいに理解されるわけがないのである。わたしがいっさいの関係を断った、あの根性の腐った卑怯《ひきょう》な貴族出の囚人は、少佐の従卒のフェージカと親しくして、そのスパイを勤め、フェージカは彼に聞いた囚人たちの動静をすっかり少佐に報告していた。獄内の者はみんなそれを知っていたが、この悪党を制裁しようとか、せめて文句の一つも言ってやろうなどと、だれ一人考えもしなかった。しかし、わたしはまた脇道にそれてしまった。もちろん、たいていは酒が無事に持ちこまれる。そうすると、親父は手間賃を払って、持ちこまれた腸を受取り、計算をはじめる。計算してみると、商品はここへ来るまでにひどく高くついていることがわかる。そこで、もうけをふやすために、それをもう一度移しかえて、また、ほとんど半分ほども水でうすめる。こうして準備ができると、客を待つのである。それから最初の祭日に、ときには平日の場合もあるが、客があらわれる。それはあらかじめ決めた日に一気に飲んでしまうために、何カ月も水車場の牛のようにはたらき、わずかばかりの金をためた囚人である。この日の光景はもうまえまえから苦しい労に耐える彼の夢枕《ゆめまくら》や、しごとの合間の幸福な空想にあらわれ、たまらない魅力となって、監獄生活のやりきれないさびしさの中でその囚人の心をささえてくれたのだった。ついに、その輝かしい日の朝やけが東の空を染めた。金は取上げられも、盗まれもしないで、貯《たくわ》えられている、そして彼はそれを持って酒屋の親父のところへ行く。親父ははじめはできるだけ純度の高い酒、つまり二倍にしかうすめていない酒を売るが、瓶《びん》の酒がへるにつれて、すぐにへった分だけ水を加える。だから、茶碗《ちゃわん》一ぱいの酒が居酒屋より五倍も六倍も高くついてるわけである。へべれけに酔うまでには、こうした茶碗で何杯飲み、いくら払わなければならないか、想像がつこうというものである。ところが、飲みつけないのと、かねがね節制してるのとで、囚人はかなり早く酔いが頭に来て、たいていは金がすっかりなくなるまで、調子づいて飲みつづける。そこで新しく手に入れた品物がつぎつぎと曲げられるということになる。酒屋はまた高利貸しもかねている。はじめは新しい私物が抵当におかれるが、そのうちに古いがらくたにまで手がつき、しまいには官給品まで持ち出すことになる。最後のぼろまで、すっかり飲んでしまうと、飲み疲れで眠ってしまい、翌朝がんがんする頭をかかえて起き上がり、宿酔《ふつかよい》にせめて一口の迎え酒でもと、親父に三拝九拝するが、聞き入れられない。彼は憂鬱《ゆううつ》そうに身の不運を嘆きながら、その日のうちにまたしごとにとりかかる。そしてまた、永遠にすぎ去ってしまった幸福な酒宴の日を回想しながら、何カ月もはたらくのである。そのうちにしだいに元気を回復して、まだずっと先だが、いずれはやって来る、同じような幸福な日を待つようになる。

酒屋の親父はといえば、こうしてあきないをして、ついに、何十ルーブリという莫大《ばくだい》な金をもうけると、いよいよ最後の酒をしこみ、今度はもう水で割らない。自分の飲み料だからである。かなりもうけたから、そろそろ自分も祝い酒をやってもいいだろう、というわけだ。にぎやかな酒盛り、ごちそう、音楽がはじまる。なにしろ弾薬が豊富だ。手近な下っぱ獄吏どもまで抱きこまれる。ときには酒宴が数日のあいだつづくことがある。もちろん、用意した酒はたちまち飲みつくされてしまう。すると彼は他の酒屋どもに頼む、こちらはもう彼の来るのを待っている、というわけで、財布が空《から》になるまで飲みつづけるのである。囚人たちが酔っぱらいをどんなにかばってやっても、ときには少佐か、巡察士官などの上司に見つかることがある。すると衛兵所へ引立てられて、金が見つかれば、すっかり取上げられ、営倉へぶちこまれて笞刑《ちけい》を科される。髪をくしゃくしゃにして、獄舎へもどってくるが、二、三日もすると、また酒屋の稼業《かぎょう》にとりかかる。こういう遊び人の中には、もちろん小金をもってる連中だが、異性のことを空想する者もある。彼らはときどき、大金を懐《ふとこ》ろにして、買収した看守といっしょに、こっそり、作業へ行くふりをして要塞《ようさい》を出て、町はずれのどこかへ出かけてゆく。町はずれのどこかにさびしい怪しげな家があって、そこには酒でもごちそうでも何でもあって、それこそ目玉のとびぬけるほど金をとられる。金さえあれば囚人でもきらわれない。看守が心得ていて、まえもってこっそり話をつけておくのである。たいていこういう看守ども自身が——いずれは監獄の厄介になる候補者なのである。ところで、地獄の沙汰《さた》も金次第というわけで、このような遠征はほとんど秘密の中に葬《ほうむ》られる。しかしことわっておくが、こういうことはごくまれにしかない。というのは、なにしろたいへんな金がかかるからで、女好きな連中は、他のまったく安全な方法に走るのである。

監獄生活をはじめてまだ間もないころから、一人の若い、ひじょうに美しい囚人が、特にわたしの好奇心をそそった。彼はシロートキンという名だった。彼はいろんな点でかなり謎《なぞ》めいた存在だった。何よりもわたしを驚かしたのはその美貌《びぼう》だった。彼はまだ二十三になっていなかった。彼は特別監房、つまり無期徒刑囚の監房にいた、だからもっとも重大な軍事犯の一人と見なされていたわけである。しずかなおとなしい男で、口数が少なく、めったに笑わなかった。目は空色で、輪郭が正しく、顔は清らかに澄んで、優美で、髪は明るい亜麻色《あまいろ》だった。半分剃《そ》りおとした頭でさえほとんどその端正さをそこなわなかった。それほど彼は美しい青年だった。彼は何の手職ももたなかったが、それでも金はわずかずつではあるが、しょっちゅう手に入れていた。彼はひどいものぐさで、いつもだらしのない格好をしていた。いったいだれが着せてくれるのか、ときには赤いルバーシカなど着こんで、やはり新しいものは悪い気はしないらしく、獄舎をねり歩いて、見せびらかすこともあった。彼は酒も飲まなければ、カルタもやらず、ほとんどだれとも口争いをしなかった。よく、獄舎の裏庭を、両手をポケットに突っこみ、ひっそりともの思いに沈みながら歩いていることがあった。彼にどんな考えごとがあるのか、ちょっと想像できなかった。ときどき彼に声をかけて、好奇心から、何かきいたりすると、すぐに返事をする。それが囚人らしくなく、妙にていねいな口をきくが、いつも簡単で、あまり話したがらない。わたしたちを見る目も、まるで十歳かそこらの子供のようだ。金がはいっても——何か必要な身のまわりのものを買うでもない、上着を修繕に出すでもないし、新しい長靴を仕入れるでもない、ただ白パンや糖蜜《とうみつ》菓子を買って、むしゃむしゃ食っている——まるで七つの子供である。「おい、シロートキン！」と囚人たちはよく言い言いした。「おめえ、にせ乞食《こじき》か！」作業のないときは、彼はたいてい他の獄舎をうろうろしている。ほとんどの者が自分のしごとをしていて、何もすることがないのは彼一人だけだ。何か言葉をかけられると、たいていはひやかしだが（彼や彼の仲間はしょっちゅうみんなにからかわれていた）——彼は、何も言わずに、くるりと踵《きびす》をかえして、他の獄舎へ行ってしまう。どうかして、こっぴどくからかわれたりすると、顔を赤らめる。わたしは不思議でならなかった。このおとなしい純朴《じゆんぼく》な男がどうして監獄へなど入れられたのだろう？　一度わたしは、病院の囚人病棟《びようとう》にはいっていたことがあった。シロートキンも病気になって、わたしのそばに寝ていた。ある夕暮れ、何ということなくわたしは彼と語りあった。彼は突然憑《つ》かれたようにしゃべりだして、問わずがたりに、兵隊にやられたことや、母が送ってきて泣いたことや、新兵のころのたまらなく辛《つら》かったことなどを語った。彼は、新兵生活はどうしても耐えられなかった、と付け加えて、どれもこれも怒りっぽい、やかましいやつばかりで、指揮官はいつも文句ばかり言ってるからだ、と言った……

「それで、どうしたというんだね？」とわたしは訊《たず》ねた。「どうして、きみはこんなところへ？　しかも特別監房へ……ほんとにきみのような人が、シロートキン、ええ、シロートキン！」

「ええ、ぼくはね、アレクサンドル・ペトローヴィチ、まる一年大隊にいました。ここへよこされたのは、グリゴーリイ・ペトローヴィチを、ぼくの中隊長ですがね、殺したからですよ」

「それは聞きましたよ、シロートキン、でも信じられない。きみに、人が殺せたなんて？」

「でもそういうことになってしまったんですよ、アレクサンドル・ペトローヴィチ。あんまり辛かったので」

「じゃ、他の新兵たちはどうして暮しているんだろう？　むろん、はじめは辛いだろうが、そのうち慣れるんだよ、そしてりっぱな兵隊になるんじゃないか。きみは、きっと、お母さんに甘やかされたんだな。十八になるまで蜜菓子や牛乳で育てられたんだろう」

「おふくろは、たしかに、ひどくかわいがってくれました。ぼくが兵隊にとられたあと、おふくろは病気で寝ついて、それっきり起きられなかったそうです……しまいにぼくは、新兵生活が辛くて辛くてたまらなくなりました。隊長はぼくを目の敵《かたき》にして、何かといえば罰です――どんな悪いことをしたというんです？　ぼくはだれの言うことも聞いて、きちんとした生活をしていたんです。酒も飲まないし、借金したこともありません、だって金を借りるってことは、アレクサンドル・ペトローヴィチ、よくないことですもの。

まわりじゅうがひどい薄情なやつらばかりで――泣きたいと思っても、泣く場所もない。よく、隅《すみ》っこのほうにかくれて、泣いたものですよ。あるとき、衛兵に立ってました。もう夜更《よふ》けでした。銃器庫のそばに歩哨《ほしょう》に立たされたんです。風が吹いてました。秋でしたが、一寸先もわからないような闇夜《やみよ》でした。胸がむかむかして、いやでいやでたまらなくなりました！　そこでぼくは銃をおろして、銃剣をはずしてそばへおき、右の長靴をぬぎました。それから銃口を胸にあててかぶさるようにして、足の親指で引金をおしたんです。ところが――不発でした！　そこで銃を点検し、撃発装置を手入れして、新しい火薬を装塡《そうてん》し、撃鉄をあらためて、また銃口を胸にあてました。ところが、どうでしょう？　火薬はぱっと光ったが、また不発なんです！　どうしたんだろう、と思ったけど、しかたがないので、また靴をはき、銃剣をつけて、黙りこくって、そこらをぶらぶら歩きだしました。そのときぼくは、あいつをやっつけてやろうと思ったのです。新兵生活からのがれられさえしたら、どうなってもかまうものか！　それから三十分後に隊長が来ました。巡察に来たんです。いきなりぼくをどなりつけました、『それが歩哨の態度か？』ぼくは銃剣をかまえて、いきなりやつを突き刺しました。銃口のあたりまで突きささりました。四千露里（訳注　一露里は約一キロ）も歩かされて、ここの特別監房へ来たんですよ……」

彼の言うのは嘘《うそ》ではなかった。しかし、なぜ彼は特別監房へ送りこまれるようになったのだろう？　普通の犯罪なら、罰ははるかに軽いはずである。ところで、特別監房ではシロートキンだけがおどろくほどの美男子だった。同じような罪を犯した囚人が、この監獄に十五人ほどいたが、どれもこれも見られた顔ではなかった。二、三人はまだがまんができたが、あとの連中は阿呆面《あほうづら》で、醜悪で、不潔きわまりなかった。白髪頭《しらがあたま》さえ何人かいた。もし事情が許せば、いずれこの連中について詳しく語ってみたいと思う。シロートキンはよくガージンといっしょにいた。ガージンとは、飲んだくれて炊事場へなだれこんできたことと、それが、監獄生活についてのわたしの最初の観念を混乱させたことを述べて、わたしがこの章を書きだすことになった例の男である。

　このガージンというのはおそるべき人間だった。彼はみんなにふるえあがるようなおそろしい印象をあたえていた。わたしはこの男を見るたびに、この男よりも狂暴で、醜怪なものは、この世にありえないような気がした。わたしはトボリスクでその残忍ぶりで聞えた強盗のカーメネフを見たし、その後逃亡兵で、おそろしい殺人を犯し、未決にはいっていたソコロフも見た。しかしそのいずれも、ガージンほどの醜怪な印象は、わたしにあたえなかった。わたしはときどき、目のまえに人間大の化物のような大蜘蛛《おおぐも》を見ているような錯覚をおぼえた。彼はタタール人（訳注　または韃靼人《だったん》。中央アジアのトルコ族）で、おそろしく力が強く、監獄内に彼にかなう者はなかった。背丈《せたけ》は中背より高いほうで、身体《からだ》つきはヘラクレスのようにがっしりしていて、身体のわりにばかでかい醜悪な頭がその上にのっかっていた。彼は背をすこしかがめてのそのそ歩きまわり、上目《うわめ》づかいにじろりと人を見た。獄内には彼について妙な噂《うわさ》が流れていた。彼が兵隊の出であることは、だれでも知っていたが、囚人たちはこそこそと、彼はネルチンスク（訳注　満州に近いシベリアの町で、重刑囚の要塞監獄があった）からの脱走者だと、噂《うわさ》しあっていた。それがほんとうかどうかは、知らない。彼はもう何度かシベリアへ流されたが、そのたびに脱走して、変名していた、そしてついにつかまって、この監獄の特別監房へ入れられたというのである。また、彼は以前にただ慰みのために小さな子供を殺すのが好きだった、などとも言われていた。子供をどこか適当な場所へ誘いこんで、まずおびえさせ、さんざん苦しめる、そしてかわいそうな小さないけにえがおそれおののいている様を、たっぷり堪能《たんのう》したうえで、ゆっくり、じわじわと、舌《した》なめずりしながら斬《き》り殺すというのである。こうした噂はみな、ガージンからみんなが一様に受ける重苦しい印象の結果として、考え出された作り話かもしれない。しかしこうした作り話が妙に彼にはぴったりして、いかにもその顔つきにふさわしかった。ところが獄内で彼は、酒を飲まないふだんのときは、ひじょうに分別ある態度をとっていた。いつもおとなしくして、だれともぜったいに口争いなどしないし、だいたい争いごとは避けるようにしていた。しかしそれは、他の連中をばかにして、自分のほうが一段高いところにいるからだと、考えているふうにも見られた。口数はひどく少なく、何かふくむところがあって人を避けているふうだった。動作はすべてゆったりとして、落着いて、自信にみちていた。目を見れば、彼がけっしてばかではなく、並はずれて狡猾《こうかつ》な男であることがわかった。しかし、何か人を見くだして冷笑しているような、残忍なものが、いつもその顔と薄笑いの中にあった。彼は酒のあきないをしていて、獄内ではもっとも金持の酒屋の一人だった。ところが一年に二度ほど自分もへべれけに酔わねば承知できなくなるときがあって、そうなると彼の性格のけだものじみたところがすべてむきだしになるのだった。しだいに酔いがまわるにつれて、彼はまず思いきって意地わるい、もう計算してまえまえから用意しておいたような毒舌《どくぜつ》をあびせて、囚人たちをからかいはじめる、そしてついに、酔いが完全に頭に来ると、おそろしく狂暴になり、ナイフをふるって、人々にとびかかるのだった。囚人たちは、彼のばか力を知ってるから、逃げ散って、かくれる。彼は誰彼かまわず、目につきしだいとびかかる。だが、間もなく彼をおさえる方法が発見された。同房の者が十人ばかり不意にどっととびかかって、めちゃくちゃになぐりつけるのだ。この袋叩《ふくろだた》きほど残忍なものは、とても想像できまい。胸といわず、心臓部といわず、みずおちといわず、腹といわず、ところかまわずなぐりまくるのだ。そして、すべての感覚を失って、死んだようになるまで、なぐりつづける。これが他の者だったら、こんなふうになぐる気にはなれないだろう。こんなふうになぐることは——殺すも同じことだ、だが、ガージンだけは別だった。殴打《おうだ》が終ると、完全に失神した彼を半シューバにくるんで、板寝床の上へころがしておく。「しばらく寝てりや、なおるさ！」そのとおりだった。朝になると、彼はけろりとして起き上がり、むっつりと不機嫌《ふきげん》な顔をして、作業に出てゆくのだった。ガージンが酒を飲みだしたら、彼のその日は袋叩きで終りになることを、獄中の者はもうみな知っていた。それに、彼は自分でもそれを知っていたが、やはり飲まずにはいられなかった。これがもう何年もつづいていた。さしものガージンも、とうとう、弱りだしたらしい。彼は身体のあちらこちらが痛いとこぼすようになり、めっきり気弱になった。そして、しだいに病院へ通うことが多くなった……「やっと、まいりやがったよ！」と囚人たちは噂しあった。

彼は、酒盛りのときに場をにぎやかにし、せいいっぱい浮かれるために、酔っぱらいどもがいつも雇う例のいやなポーランド人のヴァイオリンひきを従えて、炊事場へはいってくると、真ん中に立ちはだかって、ものも言わず、じろじろとそこに居あわせた人々の顔を見まわした。みんなおし黙っていた。やがて、わたしとわたしの友人に目をとめると、意地わるいからかうような目でじろりとわたしたちを見て、満足そうににやりと笑った。彼は何か腹の中でたくらんだらしく、ひどくよろよろしながら、わたしたちの卓へ近づいてきた。

「ちょっとうかがいますがね」と彼はきりだした（彼はロシア語を話した）。「あんた方はどんな収入《みいり》があってここでお茶をお飲みあそばすんだね？」

わたしは、口をつぐんで、返事しないにしくはないと思ったので、黙って友人と目を見かわした。言葉を返したら、とたんにあばれるにちがいない。

「つまり、おめえさんたちァ金があるんだな？」と彼はしつこくつづけた。「なるほど、おめえさんたちァ金がたんまりあるわけだ、あ？　いってえおめえたちァ、茶を飲みに監獄へ来たのかい？　おい、茶を飲みに来たのかって、きいてるんだ？　何とか言わねえか、この野郎！……」

わたしたちが沈黙を守って、無視しようとしているのを見ると、彼は憤怒《ふんぬ》のあまり真《ま》っ赤《か》になって、がたがたふるえだした。彼のそばの壁際《かべぎわ》に、大きな木箱がおいてあった。それは囚人の昼食か晩飯の分として、パンを切って入れておく箱だった。監獄の全囚人の半数分のパンがはいるほど大きかったが、いまは空のままおいてあった。彼は両手でそれをわしづかみにすると、わたしたちの頭上に振上げた。もうちょっとしたら、わたしたちの頭はたたき割られていたろう。殺人とか、殺人の計画は、極度に不愉快なこととして監獄じゅうの者におそれられていたが――そんなことがあると、取調べや捜索がはじまり、取締りがますます強化されるから、囚人たちは何としてもみんなにこんな迷惑をかけるようなことはすまいと、つとめていた――それにもかかわらず、いまはみんなが息をつめて、見まもっているばかりだった。わたしたちをかばう一言もない！　ガージンをどなる一つの叫びもないのだ！　わたしたちに対する彼らの憎悪《ぞうお》はこれほど強かったのか！　わたしたちの危険な状態が、彼らには、明らかに、いい気味だったらしい……しかし、事は無事に終った。彼が箱を振下ろそうとしたとたんに、だれかが入口の方から叫んだ。

「ガージン！　酒が盗まれたぞ！……」

彼はいきなり箱を床へ投げ出すと、気ちがいのようになって、炊事場をとび出していった。

「ふん、神さまが助けてくださったんだよ！」と囚人たちは話しあった。そして、それから長いあいだ彼らはこのことを噂しあったものだった。

わたしはその後、この酒を盗まれたという知らせがほんとうであったか、あるいはわたしたちを救うための、だれかのとっさの機転であったか、ついに知ることができなかった。

その日の夕暮れ、もう暗くなってから、獄舎がしまるまえのひととき、わたしは柵《さく》のあたりをあてもなくさまよい歩いた。重苦しい悲愁がわたしの胸をとざしていた。その後わたしは監獄生活の間じゅう一度もこのような悲愁に胸をつぶされたことがなかった。監獄であろうと、独房であろうと、強制収容所であろうと、どこに幽閉されても、最初の一日は辛《つら》いものである……ところで、おぼえているが、何よりもわたしの心をとらえていたのはある一つの考えだった、そしてその考えがその後の監獄生活の間じゅうわたしの頭にこびりついてはなれなかった。その問題はどう考えてもわからぬところがあった、そしてそれはわたしにとっていまだに未解決のままである。それは同種の犯罪に対する刑罰の不平等という問題である。たしかに、犯罪というものは、おおよそでも、比較するわけにはいかない。たとえば、二人の人間がそれぞれ殺人の罪を犯したとする。二つの事件のあらゆる事情が考慮される、するとそのどちらの犯罪にもほぼ同じような刑罰が下される。ところが、考えてみると、二つの犯罪のあいだにはどれほどの相違があることか。たとえば、一人はわけもなく、何とたかが玉ねぎ一つのために、人を殺したのである。街道へ出て、通りがかりの百姓を殺したが、百姓は玉ねぎ一つしか持っていなかった。「ちぇっ、親父《おやじ》よ！　おめえが何か獲物《えもの》を見つけてこいというからよ、百姓を殺《や》っつけてみりゃア、玉ねぎがたった一つでねえかよ」——「ばか野郎！　玉ねぎ一つだって——一コペイカだ！　百人殺《や》りゃァ——玉ねぎが百だ、それで一ルーブリになるじゃねえか！」（これは監獄内の伝説である）。もう一人の男は、好色な地主の毒牙《どくが》から妻か、妹か、娘の貞操を守ろうとして、殺人を犯したのだ。また、一人は逃亡者で、大勢の刑事に包囲され、自分の自由と生命を守るために人を殺した。しかもこういう連中は飢えのために死に瀕《ひん》していることが珍しくない。ところが、殺すのが楽しみで小さな子供を殺す男もいる。あたたかい血を手に感じ、ナイフを振下ろす寸前の子供の恐怖と、最後の鳩《はと》のようなおののきを見て、何とも言えぬ快感をおぼえるのだ。ところが、どうだろう？　そのどちらの殺人者も同じ監獄にはいるのである。もっとも、宣告される刑期に相違はある。しかしその相違は比較的少ない、ところが同種の犯罪における相違は――無限に多いのである。特徴があれば、相違もある道理である。でも、この相違を歩みよらせて、消し去ることは不可能であり、これは一種の解決不能の問題で――円と同面積の正方形を求めるようなものだと、仮定しよう！　しかし、たといこの不平等が存在しなかったとしてさえ――もう一つの相違、刑罰の結果そのものの中に生じる相違を忘れてはならない……監獄の中で弱りはて、蠟燭《ろうそく》のようにとけていく者もいれば、監獄に来るまでは、この世にこんな楽しい生活や、勇《いさ》み肌《はだ》の仲間たちのこんな愉快な集まりのあることを、知らなかったという者もいるのだ。まったく、監獄にはそういう連中も来るのである。たとえば、教養があり、高度の良心と、自覚と、人間の心をもっている者もいる。こういう男の場合は、その心の苦痛が、どんな刑罰よりも先に、その苦しい懊悩《おうのう》で当人の生命を亡《ほろ》ぼしてしまう。彼は自分の罪に対して、どんなおそろしい法律よりも苛酷《かこく》に、無慈悲に、自分で自分を裁《さば》くのである。かと思うと、その隣にいる男は、監獄にいる間じゅう、自分の犯した殺人の罪についてただの一度も考えたことがない。彼は自分を正しいとさえ思っている。また、監獄にはいることによって、比べものにならぬほど苦しい窮屈な自由社会の生活からのがれるために、わざと罪を犯す者もいる。彼は自由社会ではどん底の暮しをして、一度も腹いっぱい食べたことがなく、朝から晩まで人にこきつかわれていたのだが、監獄へ来ると、家にいるよりしごとが楽だし、パンもたっぷりあるし、しかもそれがこれまでに見たこともないようなおいしいパンなのだ。祭日ごとに牛肉が出るし、施しものにもありつけるし、小銭をかせぐこともできる。しかも仲間は？　ずるがしこい、手先の器用な、何でも知っている連中だ。そこで彼は尊敬にみちた驚きの目で仲間たちを見わたす。彼はいままでこんな連中を一度も見たことがなかった。そして彼は、この連中をこの世にあるかぎりの最高の仲間だと思いこむ。どうして、この二人の人間に、刑罰が同じものに感じられよう？　しかし、解決不可能の問題に取組んでみたところで、どうなろう！　太鼓が鳴っている、獄舎へもどる時間だ。

四　最初の印象

最後の点呼がはじまった。この点呼が終ると、獄舎の扉《とびら》はそれぞれ別な鍵《かぎ》がかけられて、囚人たちは朝までそのままとじこめられるのである。

点呼は兵二名を従えた下士官によって行われた。ときには囚人たちを庭に整列させて、週番士官が点呼をとることもあった。だがたいていは、この儀式は屋内で簡単にすまされることが多く、獄舎ごとに行われた。いまもそうだった。調べるほうがよくまちがって、一通り数えおわって、出ていってから、またもどってくることがあった。気の毒な衛兵たちは何度も数えなおして、やっと望みの数字にあうと、はじめて獄舎の扉をしめるのである。獄舎には三十人ほどの囚人が、かなり窮屈に板寝床の上におしこめられていた。寝るにはまだ早かった。それぞれ、どうしても、何かせずにはいられない。

監獄の役人の中で獄舎に残るのは、わたしがもうまえに述べた廃兵一人だけであった。各獄舎には一人ずつ、要塞《ようさい》司令部の少佐から天下り式に任命された囚人頭《しゅうじんがしら》がいた。むろん、素行のいい者に限られていた。ところがその囚人頭も、ひどくよくないいたずらの現場を見つかることが、ちょいちょいあった。すると、笞《むち》の罰を受けて、その場で平囚人に格下げにされ、他の囚人が任命される。わたしたちの獄舎の囚人頭はアキム・アキームイチで、しょっちゅう囚人たちをどなりちらしているのは、わたしには意外だった。囚人たちはたいていいえへらえへら笑って、まともに取合わなかった。廃兵は彼よりも利口で、何事にも口出ししなかった、そしてたまたま舌をうごかすようなことがあっても、むしろ体裁のためで、良心に対する申し訳のようなものだった。彼は寝棚《ねだな》の上にすわりこんで、黙々と長靴をつくろっていた。囚人たちは彼をほとんど無視していた。

わたしは監獄生活の最初の日に、ある事実を見てとったが、のちにそれがまちがっていなかったことを確信した。その事実というのは、囚人以外のすべての者は、だれであろうと、囚人たちにじかに接している、たとえば、看守や衛兵はむろんのこと、おしなべて、監獄生活に何らかの関係をもつすべての人々が――妙に誇張して彼らを見ているということである。まるで、囚人がいまにもナイフを振って彼らのだれかにとびかかりはしないかと、しょっちゅうびくびくしているようだ。ところが、何よりもおもしろいのは――囚人自身が、おそれられていることを知っていて、それが囚人たちに空元気《からげんき》のようなものをあたえているらしい、ということである。ところが、囚人たちにとってもいい役人は、じつは、彼らをおそれぬ人間なのである。それにだいたい、空元気はともかく、囚人たちにしてみれば、信頼されているほうがどれだけ気分がいいかわからない。それによって囚人たちの心をひきつけることさえできるのである。わたしが監獄にいるあいだに、ごくまれにではあるが、衛兵を連れないで獄舎にはいってきた役人もあった。それがどれほど囚人たちを驚かしたかを、見のがしてはならない。しかも、いい意味で驚かしたのである。このようなおそれを知らぬ訪問者はいつも囚人たちに尊敬の気持をよびおこした、そして実際に何かよくないことが起りえたとしても、彼のいるところでは起らなかったろう。囚人によっておぼえさせられる恐怖心は、囚人のいるところなら、どこにでも見られる。だが正直のところ、それがどこから生れるのか、わたしにはわからない。もちろん、多少の根拠はあろう。札つきの強盗である囚人の顔つきもおそろしいにちがいない。それに、監獄を訪《たず》ねる者はだれでも、この人々の集団が自分の意志でここに集まったのでないことや、どんな手段を用いたところで、生きた人間を死骸《しがい》にすることはできないから、囚人にもやはり感情、復讐《ふくしゅう》と生活の渇望《かつぼう》、欲望とそれをみたしたい要求があることを、感ずるのだ。だが、それはそれとして、囚人をおそれる理由は何もないと、わたしはぜったいに信じている。人間がナイフをもって人間にとびかかるなどということが、そんなにたやすく、そんなにすばやくできるものではない。要するに、危険がありうるとしても、それがいつかあるとしても、そういう不幸な偶然はめったにあるものではないから、そんなものは問題じゃない、と大胆に言いきって差支えないと思う。もちろん、わたしがいま言っているのは既刑囚の場合だけである。彼らの多くは、やっと監獄にたどりついたことを、喜んでいるほどだ（この新生活は、ときとして、それほどすばらしいことがあるのだ！）、だから、彼らは平和な落着いた暮しをするつもりなのである。つもりだけでなく、実際にも、仲間うちの落着きがない連中には、あまりのさばらせておかない。徒刑囚というものは、どんなに大胆で不敵な男であろうと、監獄内のすべてがこわいのである。ところが、未刑囚になると――話は別だ。これは実際に何の関係もない人間にいきなりとびかかっていきかねない。理由は何もない、ただ、言ってみれば、明日の笞刑《ちけい》を受けなければならないのがこわいというそれだけの理由なのだ。何か新しいことをしでかしたら、笞刑も先へ延びるだろうというのである。ここに乱暴の理由がある、目的がある。それはどうなろうと、できるだけ早く、『自分の運命を変える』ということである。わたしはこのたぐいの不可解な心理的な例を一つ知っている。

わたしたちの監獄の軍事犯に、兵隊あがりの一人の囚人がいた。市民権は剝奪《はくだつ》されずに、二年ほどの刑期で送られてきた男で、ひどいほら吹きで、あきれるほどの臆病者《おくびょうもの》だった。だいたいほらと臆病は、ロシアの兵隊には、ごくまれにしか見られない。ロシアの兵隊はいつもいかにも忙しそうで、ほらを吹きたいにも、そんなひまはないらしい。ところがほら吹きとなると、たいていはひまをもてあましている臆病者である。ドゥトフ（というのがこの囚人の姓だった）は、やがて、短い刑期を終えて、また国境警備隊へもどっていった。ところが、矯正《きょうせい》のために監獄に送られてくる彼のような男は、獄内ですっかりなまになってしまうので、せいぜい二、三週間も自由世界にいると、また事件を起して裁判にかけられ、監獄に舞いもどってくるのが普通である。ただし今度はもう二年や三年ではなく、十五年か二十年の刑期を言いわたされて、いわゆる『常連』の仲間入りをする。彼の場合もそうだった。監獄を出て三週間ほどすると、ドゥトフは金庫破りをしたうえに、暴言を吐いて、荒れくるった。彼は裁判にかけられて、酷刑を宣告された。もともとがみじめな臆病者だから、目前に迫った刑の執行にすっかりおびえきってしまって、いよいよ明日は笞を持った兵士たちの列間を追い立てられなければならないという前夜、彼は営倉を見まわりに来た巡察将校にナイフを振ってとびかかった。もちろん彼は、そういうことをすれば判決が極度に重くなり、刑期がひどく延びることは、わかりすぎるほどわかっていた。しかし彼のねらいは、せめて何日か、何時間かでも、刑の執行のおそろしい瞬間を先へ延ばそうという、ただそれだけのことだった！　彼はよくよく気の小さい男で、ナイフを持ってとびかかりながら、相手の士官に傷を負わせることさえできず、要はただ見せかけだけで、新しい罪をつくり、もう一度裁判にかけられたい一心だった。

刑執行のまえの瞬間は、もちろん、受ける者にとってはおそろしいものである。わたしは数年のあいだに宿命の日の前夜の受刑囚の姿をかなり見てきた。わたしがそうした未刑囚たちを見たのは、たいてい病院の囚人病棟に入院しているときだった。わたしはしょっちゅう病気ばかりしていたのだ。ロシアじゅうのすべての囚人が知っていることだが、彼らにいちばん同情してくれるのは――医者である。医者はけっして囚人のあいだに差別をつけない。しかし、素朴な民衆をのぞいて、ほとんどの人々が心ならずも囚人をそういう色目で見るものである。民衆は、その罪がどんなにおそろしいものであっても、罪のゆえに囚人をけっして責めない、そして囚人が背負わされている罰と、不幸な境遇のゆえに、囚人を許しているのである。ロシアのすべての民衆が犯罪を不幸と呼び、罪を犯す者を不幸な人と呼んでいるのは、けっして偶然ではない。これは深い意味のある定義である。それがいっそう尊いのは、無意識に、本能的になされているからである。医者こそは――多くの場合、囚人たち、特に既刑囚よりもきびしい取扱いを受けている未刑囚にとって、心の避難所である……だから未刑囚は、おそろしい刑執行のだいたいの期日を読んで、せめていくらかでも苦痛の瞬間を先へ延ばしたい気持で、よく病院へのがれる。そして、退院を言いわたされると、宿命の日が明日に迫ったことはもうほとんどまちがいないことを知って、たいていの者ははげしい興奮状態におちいる。自尊心のためにその動揺を無理にかくそうとする者もいるが、ぎごちない、とってつけたような空元気は、仲間の目を欺《あざむ》くことができない。みな事態をさとっているが、人間愛の気持からけっして口に出そうとしない。わたしは兵隊あがりの殺人犯で、もっとも重い笞刑の宣告を受けた若い囚人を知っていた。彼はすっかりおびえきって、刑の前夜やけになってコップいっぱいのウォトカに嗅《か》ぎ煙草《たばこ》をまぜてあおった。ついでだが、受刑囚は刑のまえにかならず酒を飲んだものである。酒は期日のかなりまえから持ちこまれていて、大金を払って手に入れる。受刑囚は半年ものあいだぎりぎりに節約して、刑の十五分まえに飲む一リットルの酒を買うために血の出るような金をためこむのである。囚人のあいだでは、酔っていれば笞や棍棒《こんぼう》もそれほど痛く感じないと、一般に信じられていた。しかしわたしは脇道《わきみち》にそれてしまった。さて、あわれな若者は、例の酒を飲むと、たちまちほんものの病気になってしまった。血のまじったものを吐きはじめて、ほとんど失神状態で病院にかつぎこまれた。この吐血ですっかり胸をやられて、数日するとほんものの肺病の徴候があらわれ、そして半年後に死んだ。彼の肺病を治療した医者たちは、なぜ彼が胸をおかされたのか、ついにわからなかった。

ところで、刑のまえにしばしば見られる囚人の怯気《おじけ》について語ったが、その反対に、異常な豪胆さで見る者を驚嘆させるような連中もいることを、付け加えなければならない。わたしは無神経といえるほどの大胆さの例をいくつかおぼえている、そしてこうした例はけっしてそれほど珍しいことではなかった。特に忘れられないのは、あるおそろしい犯罪人と出会ったときのことである。ある夏の日だった。囚人病棟に、今日の夕方逃亡兵あがりの札つきの強盗オルロフの刑が行われ、終ってからここへ運びこまれるはずだ、という噂《うわさ》がひろまった。病室の囚人たちは、オルロフを待つあいだ、こっぴどくやられるだろうなどと語りあっていた。みんな何となく落着かなかったし、わたしも、実を言うと、極度の好奇心に胸をおどらせながら、悪名高い強盗があらわれるのを待っていたのだった。わたしはもうまえまえから、この男についての信じられないような話を聞かされていた。彼は顔色も変えずに老人や子供たちを斬殺《ざんさつ》したという、世にもまれな凶悪犯で――おそるべき意志の力をもち、その力を自慢にしているという男だった。彼は数多くの殺人の罪を問われて、列間笞刑の判決を下されたのである。彼が運びこまれたのはもう日暮れどきだった。病室内はもう暗くなりかけて、蠟燭《ろうそく》がともされていた。オルロフはほとんど意識がなく、顔は気味わるいほど蒼《あお》ざめて、濃いもじゃもじゃの髪は漆のように黒かった。背中はすっかり腫《は》れあがって血がにじみ、むらさき色になっていた。囚人たちは一晩じゅう彼の世話をして、水をとりかえてやったり、寝返りをうたせてやったり、薬を飲ませてやったり、まるで自分たちの肉親か、恩人でもあるかのように、親身になって看病していた。あくる日には、彼はすっかり意識を回復して、二度ほど病室内を行き来したのだ！　これにはわたしも驚いた。彼が病院に運ばれてきたときは、すっかり弱りはてて、死んだようになっていたのである。彼は宣告された笞の数の半分まで、一度も倒れずに歩きぬいたのだった。医者が、これ以上刑をつづけたら確実に死ぬと認めたときに、はじめて刑を中止させたのである。それに、オルロフは小男で、身体《からだ》つきがきゃしゃであり、加えて、長いあいだ営倉に入れられていたので、身体が弱りきっていた。たまたま営倉の囚人に会う機会をもった者は、おそらく、そのやつれて肉のそげおちた蒼白い顔と、熱病のようにぎらぎら光る目を、いつまでも忘れることができないであろう。それにもかかわらず、オルロフは急速に回復した。彼の内部に秘められた精神力が、強く肉体を助けたことは、明らかである。たしかに、これは並みの人間ではなかった。わたしは好奇心をそそられて、彼と近づきになり、まる一週間彼という人間を観察した。わたしはぜったいの自信をもって言いきれるが、わたしの生涯を通じて、彼ほどの強い鉄のような性格をもった男に一度も会ったことがない。わたしはまえに一度、トボリスクで、もと強盗の首領で、やはり同じようなことで悪名の高い男を見たことがある。これは完全な野獣で、そばへ行った者ならだれでも、まだ名前を聞かないうちに、もう本能的に、おそろしい人間だという予感をおぼえずにはいられないような男だった。ところがその男を見てわたしがぞっとしたのは、精神の鈍化だった。肉体が完全に精神を抑《おさ》えつけていたので、その顔を一目見ただけで、彼には肉体的快楽、淫欲《いんよく》、情欲の野獣的な渇望しかないということは、だれの目にも明らかだった。わたしは、このコレーネフという男は――この強盗はこういう姓だった――顔の筋肉一つうごかさずに人殺しができたというが、そのくせ、刑をまえにしたらがっくりきて、恐怖におののくにちがいない、と信じた。オルロフは彼とはまったく正反対だった。こちらは明らかに気力が肉体をすっかり抑えていた。このような人間は自分をどこまでも抑制することができ、あらゆる苦しみや刑罰をものともせず、世の何ものをもおそれていないことは、明らかだった。彼の中に見いだせるのは、無限のエネルギーと、行動の渇望と、復讐《ふくしゅう》の渇望と、心にきめた目的達成の渇望だけである。わけても、わたしはこの男の異常な高慢さに驚かされた。彼はみんなをばかばかしいほどの高みから見くだしていたが、かといって、無理に背のびをしているようなところはぜんぜんなく、それが妙に自然なのである。おそらく、権威だけで彼をうごかすことのできるような人間は、この世に一人もいなかったろう。みんなに向ける彼の目は、こちらがどぎまぎするほどしずかで、まるで彼を驚かすことのできるようなものは、この世に何も存在しないのだと言っているようであった。そして彼は他の囚人たちに尊敬の目で見られていることを、十分に承知していたが、彼らのまえでも少しも気どらなかった。ところが、虚栄と傲慢《ごうまん》は例外なくほとんどすべての囚人の特性なのである。彼はひどく頭のいい男で、けっしておしゃべりではないが、こっちがどぎまぎするほどざっくばらんだった。わたしの問いに答えて、彼は正直に、早くよくなって、刑の残りを受けたい、はじめ、刑を受けるまえは、耐えられないのではないかとこわかった、と言った。「だがいまは」と彼はわたしに目くばせして、付け加えた。「もうすんじゃったよ。残りの笞を受けたら、すぐに仲間といっしょにネルチンスクへ送られるが、なあに途中でずらかるさ！　きっとずらかるよ！　だから、とにかく、早く背中によくなってもらわにゃ！」そしてこの五日間、彼は退院させられる日をじりじりしながら待っていた。待っているあいだに、彼はどうかするとひどくふざけて、はしゃぎだすことがあった。わたしは何度か彼の事件の話をもちだしてみた。こういうことをきかれると、彼はすこし気むずかしい顔をしたが、それでもいつもざっくばらんに答えてくれた。ところが、わたしが彼の良心にまで触手をのばして、せめて悔恨の一かけらでもさぐり出そうとしているのに気がつくと、彼はさもさも軽蔑《けいべつ》しきったような傲慢な目で、じろりとわたしをにらむのだった。まるで、わたしが急にばかな子供になってしまって、大人なみに話の相手もできない、とでも言いたげである。その顔には、わたしをあわれむような色さえうかび、そして一分ほどすると、大声をあげてからからと笑うのだが、それはじつにすかっとした笑いで、皮肉のかけらもなかった。きっと彼は、一人になってから、わたしの言葉を思い出しては、何度かにやにや笑いだしたにちがいない。とうとう、まだ背中がすっかりなおりきらないうちに、彼は退院した。わたしもそのとき退院することになって、偶然に病院をいっしょに出た。わたしは獄舎へ、彼はまえに留置されていた、わたしたちの獄舎のそばの営倉へもどるのだった。別れぎわに、彼はわたしの手をにぎった。彼にしてみれば、これは高い信頼のしるしだった。おそらく、彼がこんなことをしたのは、自分自身と、そしてこの瞬間に、ひどく満足していたためであろう。実際に、彼はわたしを軽蔑せずにはいられなかったし、きっとわたしを負け犬のような、弱い、みじめな、どう見ても彼よりも以下の人間と見ていたにちがいないのである。そのあくる日にはもう、彼は二度目の刑に引出された……

獄舎は鍵《かぎ》をかけられると、とたんに様子が変って——ほんとうの人間の住居というか、何となく家庭らしい趣になった。そこではじめてわたしは、仲間の囚人たちのくつろいだ姿を見ることができた。昼間は下士官、看守、その他の役人たちが、いつ獄舎に見まわりに来るかわからないから、獄舎の住人たちはみんな妙に構えて、何となく落着けないらしく、しょっちゅうあたりを気にして、そわそわしていた。ところが獄舎の扉《とびら》に鍵がかけられると、とたんに思い思いの場所に、ゆっくりと腰をすえて、ほとんどの囚人がそれぞれの手しごとにとりかかるのだった。舎内が急に明るくなる。囚人はそれぞれ蠟燭と、たいていは木でつくったものだが、自分の燭台《しょくだい》をもっていた。すわりこんで靴を縫っている者もあり、服のようなものを仕立てている者もあった。獄舎内の空気はしだいに悪臭をましてゆく。遊び人の仲間が隅《すみ》のほうで小さな毛布をかこんでうずくまり、カルタをはじめる。ほとんどどの獄舎にも一人は、一メートル足らずのすりきれた毛布と、蠟燭と、あきれるほど手垢《てあか》でよごれた、ねとねとのカルタをもっている囚人がいた。これらの道具の一揃《ひとそろ》いが、賭場《とば》と呼ばれていた。持主は賭《かけ》をした連中から一晩十五コペイカほどの貸し料をとり、それを稼業《かぎょう》にしていた。賭はたいてい三枚札かゴルカ遊びで行われ、いずれも思いきった賭け方をした。各人がポケットの中にあるかぎりの銅貨を、自分のまえに並べて、すってんてんに負けるか、仲間をすっかりなでぎりにするかしないうちは、賭場から腰を上げなかった。賭博《とばく》は夜おそくおひらきになったが、ときとして明け方、獄舎の扉が開かれるまぎわまでつづくこともあった。わたしたちの部屋には、どの獄舎も同じだが、乞食《こじき》のような裸虫がいた。たいていは賭博や酒ですっからかんになった連中だが、中にはべつに理由はなく、貧乏するように生れついてる者もいた。わたしは『生れついてる』と言ったが、この表現はけっして無意味に用いたのではない。実際、わが国にはいたるところに、その境遇や条件のいかんを問わず、常にある不思議な人々、温順で、間々《まま》ひどく勤勉だが、永久に貧しい下積みから浮び上がれないように運命によって定められている人々がいるものだ。これからもおそらくあとを絶たないだろう。彼らはいつも素寒貧《すかんぴん》で、いつもきたない格好《かっこう》をして、いつも何かにうちのめされたようないじけた様子をして、年じゅうだれかに、といってもたいていは遊び人かにわか成金のたぐいだが、こきつかわれて、洗濯や走り使いなどをやらされている。およそ自分で何かを考えて、自分で何かをはじめるなどということは――彼らにとっては苦労であり、重荷なのである。彼らはどうやら、自分からは何もはじめないで、ただ他人につかえ、他人の意志で暮し、他人の笛でおどることを条件として、この世に生れてきたらしい。彼らの使命は――他人から言われたことをすることである。それに、どんな事情も、どんな改革も、彼らを富ませることはできない。彼らはいつの世も貧しい下積みである。わたしの観察では、こういう人間は民衆の中だけではなく、あらゆる社会、階級、党派、新聞雑誌社、会社などにもいるものである。どの獄舎、どの監獄でも同じことで、賭場が開かれるが早いか、たちまちこうした人間の一人がご用うかがいにあらわれる。それにだいたい、こういう便利な男がいなければ、どこの賭場もやっていけないのである。こういう男は、普通賭博をやる連中が共同で、一晩五コペイカ程度の捨て金で雇っていた、そして主《おも》なしごとは一晩じゅう見張りに立つことであった。たいていの場合彼は、零下三十度という表口付近の暗がりに、がくがくふるえながら六時間か七時間立ち通して、外のちょっとした物音や足音にきき耳をたてているのだ。要塞《ようさい》司令部の少佐か衛兵がどうかするとかなり夜更《よふ》けに監獄へ巡察に来て、そっと獄舎へはいり、賭場を開いてる連中や、手しごとをしてる者の現場をおさえ、余分な蠟燭を没収することがあった。蠟燭のあかりはどうしても外へうすくもれるのである。とにかく、入口の扉の鍵が不意にがちゃがちゃと鳴りだしてからは、あわててかくれたり、蠟燭を吹き消したり、寝床にもぐりこんだりしても、もうおそかった。ところが、こういうことがあると見張りの男は賭場の連中からこっぴどい目にあわされるので、こうした失敗はごくまれにしかなかった。五コペイカは、もちろん、監獄でさえも、ばかばかしいほどの安い手間賃である。しかし、わたしがいつも驚かされたのは、この場合に限らず、いつの場合でもそうだが、監獄における雇主のきびしく無慈悲な態度である。『金をもらったら、ちゃんとはたらけ！』これがぜったいに反論を許さぬ掟《おきて》なのである。払った金に対して、雇主はとれるものは何でもとった、できれば、余分なものまでとり、それでもまだ貸しがあると考えていた。遊び人や酔っぱらいは、勘定もしないで金をそこらじゅうにまきちらすくせに、雇った男に払う金はかならずごまかした。わたしはこれを一つの獄舎や、一つの賭場でだけ見たのではない。

獄舎でほとんどの囚人が何かの手しごとをもっていることは、すでに述べた。しかし、賭博をやる遊び人のほかに、五人足らずだが、まったく何もしない連中がいた。彼らはすぐに寝床にもぐってしまうのである。わたしの板寝床は戸口のすぐそばにあった。向う側は、わたしと頭あわせに、アキム・アキームイチの場所だった。彼は十時か十一時ごろまでしごとをしていた。いろんな色の支那《しな》風《ふう》の小提灯《こぢょうちん》を貼《は》るしごとで、かなりいい手間賃で町から注文をとっていた。彼は提灯貼りがうまく、しごとぶりにむだがなく、手を休めたりしなかった。しごとが終ると、きちんと片付けて、ふとんを敷いて、神に祈り、それから行儀よく横になった。どうやら、彼はこのきちょうめんさと規律を、ごく些《さ》細《さい》なことにまで及ぼしているらしかった。明らかに彼は、自分を並はずれて利口な男と考えていた。頭のはたらきの鈍くせまい人間は、おしなべて、そう思いがちである。わたしは最初の日からこの男は虫が好かなかった、とはいえ、いまでもおぼえているが、その最初の日に、わたしは彼のことをいろいろと考え、こんな男なら世間で成功しそうなものだが、どうして監獄になどはいっているのだろうと、それが何よりも不思議な気がしたのだった。このアキム・アキームイチについては、あとで何度か語ることになろう。

さて、わたしの獄舎の顔ぶれを簡単に紹介しよう。ここにはこれから何年も暮すことになるのだから、これらの人々はみんな今日からのわたしの同居者であり、仲間なのである。わたしがむさぼるような好奇心で彼らを観察したことは、言うまでもない。わたしの場所から左へコーカサスの山民の一群がたむろしていた。大部分は強盗の罪で送りこまれてきた連中で、刑期はまちまちだった。レズギン人が二人、チェチェン人が一人、それにダゲスタンのタタール人が三人だった。チェチェン人は暗い陰気な男で、ほとんどだれとも口をきかず、いつも毒のある意地わるい薄笑いをもらしながら、上目《うわめ》づかいで、にくにくしげにあたりを見まわしていた。レズギン人の一人はもう老人で、鼻梁《びりよう》のうすい鉤鼻《かぎばな》が長くたれ、見るからに強盗面《ごうとうづら》をしていた。それにひきかえて、もう一人のヌルラは第一日目からわたしに何ともいえぬ楽しい、快い印象をあたえた。これはまだ老人という年齢ではなく、中背で、身体つきはヘラクレスのようにがっしりしていて、髪はまぶしいようなブロンドで、目は明るい空色で、しし鼻で、肺病やみのような顔色をして、脚《あし》は馬にばかり乗っていたために彎曲《わんきよく》していた。全身に刀傷や弾丸傷《たまきず》があった。コーカサスで彼は帰順した部落にいたが、たえずそっと帰順しない山民のもとへのがれては、そこから彼らといっしょになってロシア人に襲撃をかけた。彼は監獄ではみんなに好かれていた。彼は囚人生活の醜さやいまわしさに怒りの目を向けて、盗みや、ごまかしや、泥酔《でいすい》や、その他すべての恥ずべきことに、かっとなってわれを忘れかけることが、ちょいちょいあったが、ふだんは陽気で、だれにでも愛想がよく、不平を言わずによくはたらくし、おだやかな明るい男だった。彼はかっとはなっても、喧嘩《けんか》をしようなどという気はなく、ただぷりぷりしながらその場をはなれるだけだった。彼は自分でも獄中にいるあいだ何ひとつ盗んだことがなかったし、一度も悪いことをしたことがなかった。彼は極度に信心深い男だった。お祈りは神聖なものとして欠かしたことがなく、回教の祭日のまえには、狂信者のように精進して幾晩も夜じゅう祈りつづけた。だれもが彼を愛し、彼の正直を信じていた。「ヌルラは――獅子《しし》だ」と囚人たちが語りあった。そしてこの獅子というのが彼の綽名《あだな》になった。彼は刑期をつとめあげたらコーカサスの家へ帰されるものと、かたく信じて、それだけを望みに生きていた。その希望を奪われたら、おそらく、彼は死んでしまったろう。監獄にはいった第一日目に、わたしの目に彼が強く印象づけられた。他の囚人たちの意地わるい、陰気で皮肉な顔ばかりの中に、彼の善良な思いやりのある顔は、いやでも目につかぬはずがなかった。わたしが監獄に来てまだ三十分にもならないとき、彼はわたしのそばを通りながら、ぽんとわたしの肩をたたいて、いかにも人のよさそうな顔でわたしの目に笑いかけた。はじめわたしは、その意味がわからなかった。彼はロシア語がほとんど話せなかったのである。それからしばらくすると、彼はまたわたしのそばへやってきて、またにこにこ笑いながら、親しげにわたしの肩をたたいた。さらにまた、また、そしてこれが三日間つづいた。彼のつもりでは、はじめわたしはそう推察し、あとでそれがまちがっていなかったことを知ったのだが、わたしがかわいそうで、監獄というものになじむのがどんなに辛《つら》いだろうと思い、友情をわたしに示して、わたしを元気づけ、大丈夫、おれがついているぞと、わたしに信じさせたかったのである。なんという善良な、素朴なヌルラであろう！

ダゲスタンのタタール人は三人で、三人とも血を分けた兄弟だった。二人はもう年輩だったが、末弟のアレイはまだ二十二歳になったかならないかで、しかも年齢よりもずっと若く見えた。彼の板寝床の場所はわたしの隣だった。彼の美しい、陰のない、利口そうで、しかもやさしい素朴な顔は、一目見たときからわたしの心をひきつけた、そしてわたしは、他のだれかではなく彼を、運命がわたしの隣へ送ってくれたことが、たまらなくうれしかった。彼の心はすっかり、その美しい、というよりは輝くような美貌《びぼう》といってもいいような顔に、あらわれていた。彼の微笑はすっかり信じきったように、子供のように素直で、大きな黒い目はいかにも柔和で、やさしくて、わたしはさびしく悲しいとき、彼を見ると、何とも言えぬ満足をおぼえ、慰めをさえ感じたものである。わたしは誇張して言っているのではない。故郷で長兄が（彼には兄が五人いて、他の二人はどこかの工場へやられていた）ある日、どこかへ襲撃に出かけるために、剣を持って馬に乗るように彼に命じた。山民の家族では家長に対する尊敬はぜったいのものとされていたので、少年はどこへ行くのかきくことができなかったばかりか、そんなことは考えもしなかった。兄たちもそんなことを彼に教える必要を認めなかった。彼らは掠奪《りゃくだつ》に出かけたのである。富裕なアルメニアの商人を待ち伏せして、身ぐるみはぎとるのが目的だった。まんまと図にあたって、彼らは警護の者をみな殺しにし、アルメニアの商人を斬殺《ざんさつ》して、商品を奪った。ところが、それが発覚して、兄弟六人がそろって逮捕され、裁判にかけられ、有罪を証されて、体刑を加えられたうえで、徒刑囚としてシベリアへ流された。アレイに対しては情状が酌量されたが、刑期を短くされただけだった。彼は四年の徒刑に処された。兄たちは彼をひじょうに愛していた、そしてそれは兄というよりは、むしろ父親のような愛情だった。彼は獄中の兄たちにとって大きな慰めになっていた、そして彼らは、ふだんは暗い気むずかしい顔をしていたが、弟を見ると、いつもにこにこして、何やら話しだしたりすると（彼らはめったに弟と話をしなかった。弟はまだ子供で、まじめな話などしても無理だと考えているふうだった）、けわしい顔がやわらぐのだった。きっと何か滑稽《こっけい》な、子供っぽい話をしてるにちがいないと、わたしは想像したものだ。すくなくとも彼らは、弟の返事を聞くと、いつも目を見あわせて、人のよさそうな薄笑いをもらすのだった。彼は自分のほうからなどほとんど兄たちに話しかけられなかった。彼はそれほど兄たちを尊敬していたのである。この少年が監獄生活の間じゅうどうして心のこのような柔和さをもちつづけ、自分の中にあのようなきびしい誠実さと、素直さと、思いやりを育てて、荒《すさ》んだり、堕落したりせずにいられたのか、とても考えられないほどである。しかし彼は、見かけはやさしいが、しんは強くしっかりしていた。わたしが彼の人間をよく知ることができたのは、あとになってからである。彼は清らかな処女のように純潔で、獄内でだれかのいまわしい、恥知らずな、不潔な行為や、暴力的な不正行為などを見ると、その美しい目に怒りの炎がもえあがり、そのために目がいっそう美しくなるのだった。しかし彼は喧嘩や口論は避けた、といって、罪もないのに辱《はずか》しめられておとなしくひっこんでいるような男では、けっしてなく、自分を守るすべは知っていた。だが、彼はだれともいさかいをしたことがなく、だれからも好かれ、かわいがられていた。わたしにははじめのうち、遠慮ばかりしていたが、わたしのほうからもちかけて、しだいに話をするようになった。そして彼は何カ月もしないうちに、ロシア語をきれいに話すことをおぼえた。これは兄たちが監獄にいるあいだについにできなかったことである。わたしの目には彼がひどく頭のいい少年で、極度にひかえ目で、心がこまやかで、それにもうかなりの思慮があるようにさえ映った。ここで先まわりをして結論を言えば、わたしはアレイをけっして平凡な男ではないと思うし、彼との出会いを、生涯における最良の出会いの一つとして思い出すのである。生れつきあまりにも美しく、あまりにも神のめぐみを受けているために、いつかそれが悪いほうに変るかもしれないなどとは、考えることさえできないように思われる人間がいるものである。いつだって安心して見ていられるような人間。わたしはいまでもアレイのことは少しも案じていない。彼はいまごろはいったいどこにいるのだろう？……

あるとき、もう監獄へ来てかなりたってから、わたしは板寝床の上に横になって、何であったか、ひじょうに辛いことを考えていた。しごとが好きで、いつもはたらいているアレイが、そのときは、寝るにはまだ早かったが、何もしていなかった。その日はちょうど回教の祭日で、彼らはみなしごとを休んでいたのだった。彼は寝ころんで、両手を頭の下にあてがって、やはり何やら考えていた。突然、彼はわたしにきいた。

「どうしたの、いま何かひどく辛いことがあるの？」

わたしは珍しいこともあるものだと思って、彼を振向いた。いつも繊細で、思慮深い、利口な心をもったアレイの、このいきなりのぶっつけの質問が、わたしには意外に思われたのである。だが、よく注意して見ると、わたしは彼の顔に懐郷の悲しいせつない思いがいっぱいにあふれているのに気づいて、すぐに、彼自身もちょうどいまひどく苦しんでいたのだということがわかった。わたしは思ったとおりに彼に言った。彼はほっと溜息《ためいき》をついて、さびしく笑った。わたしは彼の笑い、いつもやさしい、親しさのこもった笑いが好きだった。それに、笑うと上下の真珠のような歯並みが見えた。それは世界一の美女も羨《うらや》むにちがいないような美しい歯であった。

「どうだね、アレイ、きみはきっと、いまごろは故郷のダゲスタンでどんなお祭りをしてるかなあと、考えていたんだろう？　きっと、すばらしいだろうね？」

「うん」と彼はうれしそうに答えた。そして目が美しく輝いた。「でも、おれがそれを考えていたことが、どうしてわかったの？」

「わからんはずがないさ！　どう、あっちは、ここよりいいだろうね？」

「うん！　どうしてそんなことを言うの……」

「きっと、いまごろは花ざかりだろうな、天国みたいに！……」

「し、しらないよ、そんなこと言わんでくれよ」

彼はひどく興奮していた。

「ねえ、アレイ、きみには姉さんがいる？」

「いるよ、それがどうしたの？」

「きっと、きれいだろうな、もしきみに似てたら」

「おれに、とんでもない！　姉さんはすごい美人だよ、ダゲスタンじゅうさがしたっていやしないさ。ああ、ほんと姉さんは美人だ！　あんな美人は、あんたも見たことないだろうな！　おふくろだって美人だよ」

「で、母さんはきみを愛してくれた？」

「うん！　きまってるじゃないか！　いまごろは、きっと、おれのことを悲しんで死んじまったろうな。おれは母さん子だったんだ。おふくろは姉さんよりも、だれよりも、おれをかわいがってくれたんだよ……今日、夢の中に出てきて、おれをあわれんで泣いてくれた」

彼は黙りこんだ、そしてその夜はもうそれっきりしゃべらなかった。しかしそのときから、彼は機《おり》を見てはわたしと話をするようになった。とはいえ、どういうわけかわたしに尊敬の気持をいだいていて、けっして自分のほうから先に話しかけることはなかった。そのかわり、わたしが言葉をかけてやると、ひどく喜んだ。わたしはコーカサスのことや、彼の以前の生活のことなどを、いろいろときいた。兄たちは彼がわたしと話をするのを妨げないばかりか、それが彼らにはうれしそうにさえ見えた。彼らも、わたしがますますアレイが好きになるのを見て、わたしに対してずっとやさしくなった。

アレイはわたしの作業を手伝ってくれたり、獄舎内でもできるかぎりいろいろとわたしの用を足してくれた、そしていくぶんでもわたしを楽にし、わたしの役に立つのが、ひどくうれしそうだった。しかもわたしに尽そうとする努力には、毛筋ほどの卑屈さも、何かうまい汁《しる》にありつこうというような気持もなく、あたたかい親切さがあるだけで、彼はもうその感情をわたしにかくそうとはしなかった。ところで、彼はじつに手先が器用だった。彼はかなり上手《じょうず》に下着を縫うことをおぼえたし、長靴を縫ったし、のちには、本職には及ばなくとも、指物《さしもの》のしごとまでおぼえた。兄たちは彼をほめて、自慢にしていた。

「ねえ、アレイ」とわたしはあるとき彼に言った。「どうしてきみはロシア語の読み書きをおぼえようとしないんだね？　それがこのシベリアでは、あとでどれほどきみの役に立つかしれないんだよ！」

「そりゃおぼえたいさ。でもだれにならったらいいの？」

「ここには読み書きのできる者がたくさんいるじゃないか！　なんなら、わたしが教えてやろうか？」

「うん、教えてよ、おねがい！」

そう言うと、彼は板寝床の上に身体《からだ》を起して、わたしを見ながら、祈るように両手を胸に組んだ。

わたしたちはさっそく翌晩から勉強にとりかかった。わたしは新約聖書のロシア語訳をもっていた――聖書だけは監獄内でも禁止されていなかった。初等教科書もなく、この一冊の本だけで、アレイは数週間でりっぱに読むことをおぼえた。三月《みつき》ほどすると、彼はもう文章語を完全に理解するようになった。彼は熱心に、夢中になって勉強した。

あるとき、わたしは彼といっしょに山上の垂訓をすっかり読んだ。わたしは、彼がある個所を特に感情をこめて読んだのに気がついた。

わたしは読んだところが気に入ったかどうか、彼に訊《たず》ねた。

彼はちらとわたしを見ると、さっと顔を赤らめた。

「うん、そうね！」と彼は答えた。「ええ、イエスはえらい預言者ですね、イエスは神の言葉を言いましたね。ほんとにすてきです！」

「どこがいちばん気に入ったかね？」

「はい、許せ、愛せ、辱《はずか》しめるな、敵を愛せ、とイエスが言うところです。ああ、何ていい言葉でしょう！」

彼はわたしたちの話に耳をすましていた兄たちのほうを振向いて、熱心に何ごとかしゃべりだした。彼らは長いこと真剣な顔で話しあったり、うなずきあったりしていた。

やがてもったいぶった好意ある微笑、つまり純粋に回教徒的な微笑をうかべて（この微笑をわたしは好きだ、特にそのもったいぶったところが好きなのである）、わたしのほうへ向きなおり、イエスは神の預言者で、数々の偉大な奇蹟《きせき》を行なった、彼が粘土で鳥をつくり、息を吹きかけると、鳥はとびたった……それは彼らの本にもちゃんと書いてある、などと言った。彼らはそう言いながら、それがわたしに非常な満足をあたえることを、深く信じていたし、アレイは、兄たちが思いきって、わたしにこの満足をあたえる気になったことが、うれしくてたまらなかった。

書くほうの勉強もとんとん拍子に進んだ。アレイは紙とペンとインクを手に入れて（彼はそれをわたしの金で買わせようとはしなかった）、二カ月足らずのあいだにみごとに書けるようになった。これには兄たちも驚いた。彼らの自慢と満足は天井を知らなかった。彼らはわたしにどう感謝してよいか、わからないほどだった。作業場でたまたまいっしょになったりすると、彼らは先を争ってわたしの手伝いをして、そうすることを自分たちの幸福と思っていた。アレイのことはもう言うまでもない。おそらく、兄たちに負けないくらい、わたしを愛してくれた。彼が出獄した日のことは、わたしは永久に忘れられない。彼はわたしを獄舎の外へ連れ出すと、いきなりわたしの首に抱きついて、わっと泣きだした。それまで彼は一度もわたしに接吻《せっぷん》したこともなかったし、泣いたこともなかった。「あんたはおれにどれほどのことをしてくれたか、どれほどのことを」

と彼は言った。「親父《おやじ》だって、おふくろだって、これほどはしてくれなかったろう。あんたはおれを人間にしてくれたんだ、神さまが報いてくださるだろうが、おれは、あんたのことはぜったいに忘れないよ……」

どこに、いまごろはどこにいるだろう、わたしの善良な、かわいい、かわいいアレイ！……

チェルケス人たちのほかに、わたしたちの獄舎にはさらにポーランド人の一団がいて、他の囚人たちとほとんど交流のない、完全に孤立した家族をつくっていた。彼らがロシア人の囚人たちに対して排他的な態度をとり、嫌悪《けんお》している代償として、彼らもまたみんなに毛嫌《けぎら》いされているということは、もうまえに述べた。これは苦しめぬかれてゆがみきった性格の人々で、その数は六人ほどだった。その何人かは教養のある人々だったが、この人々についてはあとで別に詳しく述べることになろう。この人々から、監獄生活も終り近くなってから、わたしはときどきいろんな本を借りたものである。わたしが読んだ最初の本は、わたしに強烈な、奇妙な、特異な感銘をあたえた。その感銘についてもいずれ項を改めて語ろう。この感銘はわたしにとってはひじょうに興味深いものであるが、おそらく、多くの人々にはまったく理解されないにちがいない。経験しなければ、とても判断できないようなことがあるものだ。一つだけ言えば、精神的な喪失のほうがいっさいの肉体的な苦痛よりも苦しいものだ、ということである。民衆は、監獄へはいるといっても、自分たちの社会へ来ると同じことであり、もしかしたら、監獄のほうがもっと発達した社会であるかもしれない。民衆は故郷、家族その他、もちろん、多くのものを失ったろうが、環境はそのままに残されている。教養ある人間は、法律によって民衆と同じ刑罰に服させられるが、精神的にははるかに多くのものを失う場合が多い。彼らは自分の中にあるいっさいの要求や、いっさいの習慣を圧殺して、足りないものだらけの環境にうつり、これまでとちがう空気を呼吸することをおぼえなければならない……これは――水中から砂の上に投げ上げられた魚のようなものである……だから法律によるとすべての人々に平等な刑罰が、しばしば彼らにとっては十倍も苦しいものになるのである。これは、犠牲にしなければならぬ物質的習慣だけを考えてみた場合でさえも……真実である。

しかし、ポーランド人たちは特殊な一つのグループをつくっていた。彼らは六人で、一かたまりになって暮していた。わたしたちの獄舎の全囚人の中で、彼らが愛していたのは一人のユダヤ人だけで、それだって、おそらく、そのユダヤ人が彼らの気晴らしになったからにすぎまい。もっとも、そのユダヤ人は他の囚人たちにも好かれていた。とはいえ、すべての囚人が例外なく彼を笑いものにしていたのである。彼はわたしたちの獄舎にいたたった一人のユダヤ人で、わたしはいまでも彼を思い出すと笑わずにいられない。わたしは彼を見るたびに、いつもゴーゴリの『タラス・ブーリバ』の中のユダヤ人ヤンケルを思い出したものだ。夜更《よふ》けに女房のユダヤ女とそこらの戸棚《とだな》へしけこもうと思って、着物をぬぐと、とたんに鶏そっくりになったというユダヤ人だが、わたしたちのユダヤ人イサイ・フォミーチも、まるで毛をむしられた鶏に瓜《うり》二つだった。これはもう若いとはいえない、五十格好の男で、背丈《せたけ》は低く、ひよわで、なかなか小ずるいくせに、ひどくぬけていた。彼はあつかましく、ふてぶてしいところがあるが、そのくせおそろしく臆病《おくびょう》だった。顔じゅうがしわにうずまってるみたいで、額にも頬《ほお》にも、処刑台の上で押された烙印《らくいん》があった。こんな男がどうして六十の笞《ち》刑《けい》に耐えることができたか、わたしにはどうしてもわからなかった。彼は殺人の罪で送られてきたのである。彼は処刑台からおろされた直後に、仲間のユダヤ人たちが医者から手に入れてくれた処方《しょほう》箋《せん》をこっそりしまっていた。この処方箋で、二週間ほどで烙印を消すことができるような、塗り薬を調合できるのである。彼はこの塗り薬を獄内で使用する勇気はなく、二十年の刑期が終るのを待って、村へもどったら、この処方箋を利用しようとかたく心にきめていたのだった。「でなきゃ、嫁に来手《きて》がねえよ」と彼はあるときわたしに言った。「おらァどうしても、かかあがほしいんだよ」。わたしは彼と大の仲よしだった。彼はいつもすこぶる上機嫌《じょうきげん》だった。獄内の生活が楽でたまらなかったのである。彼はもともとが宝石工で、町にはそういう職人がいなかったので、町からの注文に追われるしまつで、重労働は免除されていた。もちろん彼は、一方では金貸しもやって、利息と担保をとって監獄じゅうの者に金を貸していた。彼はわたしより先に監獄に来たが、ポーランド人の一人がそのときの模様を詳しくわたしに語ってくれた。それこそふき出すようなエピソードだが、これもあとで語ることにしよう。イサイ・フォミーチについてはこれからも何度かふれるはずである。

わたしたちの獄舎にはそのほかに、年寄りで聖書に詳しい旧教徒たちが四人いた。その中にはスタロドゥビエ村から来た老人もまじっていた。それから陰気な小ロシア人が二、三人。二十二、三でもう八人も人を殺したという、鼻のとがったきゃしゃな顔だちの若い囚人。贋金《にせがね》つくりの一団、その一人は獄舎じゅうの愛敬者《あいきょうもの》だった。そして最後に、頭を剃《そ》られて醜い姿にされ、ろくに口もきかず、ねたみ深い目を光らせている、陰気で気むずかしい数名の囚人たちなどであった。この数名の連中は憎悪《ぞうお》にもえる目で額ごしにあたりをにらみまわし、これからも刑期が終るまでの長いあいだ、やはり気むずかしい様子をして、かたくなに黙りこみ、呪《のろ》いつづけるつもりらしい。これらすべては、このわたしの新生活の喜びのない最初の夜、ちらとわたしの眼前をかすめたにすぎなかった――煙と煤《すす》のあいだに、罵言《ばげん》と言いようのない醜態とのあいだに、悪臭にみちた空気の中に、足枷《あしかせ》の音のあいだに、呪いと恥を知らぬ哄笑《こうしょう》のあいだに、ちらとかすめたのである。わたしは裸の板寝床の上に横になって、服をまるめて頭の下にあてがい（枕《まくら》はまだなかった）、毛皮外套《がいとう》にくるまったが、この第一日の奇怪な思いがけぬ数々の印象のために身も心もへとへとに疲れはてていたのに、長いこと寝つくことができなかった。しかし、わたしの新生活はまだはじまったばかりである。前途にはまだまだ、考えたことも、予想したこともないようなことが、たくさん待ち受けていたのである……

五　最初の一月《ひとつき》

監獄へ着いてから三日後に、わたしは労役に出るように命じられた。この労役の第一日は、特に変ったことは何も起らなかったけれども、強くわたしの記憶に刻みこまれた。わたしの境遇では、そうでなくても異常なことばかりなのだが、それをすべて考慮に入れても、格別に変ったことは何も起らなかったのである。しかしそれも最初の印象の一つで、わたしはなおもすべての事がらに対してむさぼるように観察をつづけた。この最初の三日間をわたしは何とも言えぬ重苦しい感じの中ですごした。『これがおれのさすらいの果てだ。監獄へ来てしまった！』とわたしはたえず自分にくりかえした。『これがこの先長年のあいだ碇泊《ていはく》しなければならない、おれの波止場なのだ。こんな疑惑と、こんな病的な感じをいだきながら、足を踏みこんだ、おれのかくれ家なのだ……だが、だれが知ろう？　もしかしたら——長い年月がすぎて、いよいよここを去るときが来たら——かえって、うしろ髪をひかれる思いがするかもしれぬ！』わたしは、自分の不幸を喜ぶような気持がいくらかないではなく、こんなことを付け加えたものだ。この気持はどうかすると、わざと自分の傷をつついて、そのうずきにぞくぞくするような快感をおぼえ、不幸の限りない大きさの自覚の中にこそ真の悦《よろこ》びがあるのだという考えにまで高じるものである。しだいにこのかくれ家をいとしいと思うようになるのかと思うと、わたしは自分でも慄然《りつぜん》とした。わたしはそのときもう、人間はけだもののような境遇にさえ慣れることができるものだということを、予感していたのである。しかし、それはまだ先のことで、いまのところはまわりがみな敵意にみちていた、そして——おそろしかった……すべてが、ではないまでも、しかし、当然、わたしにはおそろしく思われた。わたしの新しい仲間となった囚人たちがじろじろわたしを見まわす粗暴な好奇心、彼らの縄張《なわば》りにとつぜん舞いこんだ貴族出の新入りに対して強められたきびしい態度、どうかすると憎悪《ぞうお》にまで進みかねないきびしさ——こうしたものにすっかり苦しめぬかれて、わたしは早く作業に出て、一思いに自分の不幸のすべてを知り、他のすべての囚人たちと同じ生活をはじめ、早くみんなと同じ軌道にはいりたいものだと、強くねがった。むろん、そのときはまだ、わたしは目のまえにある多くのことに気付かなかったし、そういうことがあろうとは思いもしなかった。敵意のあいだにも喜びがひそんでいることに、わたしはまだ気がつかなかった。しかし、わずかこの三日のあいだでさえ、わたしの目にふれたいくつかの親切なやさしい顔々が、ともあれわたしを大いに元気づけてくれた。わたしにだれよりもやさしく親切にしてくれたのは、アキム・アキームイチだった。他の囚人たちの暗い憎悪にもえた顔々の中にも、わたしはいくつかの善良そうな明るい顔々を認めないわけにはいかなかった。『どこにだって悪い人間はいるが、悪い人間のあいだにもいい人間はいるものだ』と、わたしは急いで気休めに考えた。『だれが知ろう？　この連中は、ひょっとしたら、獄外に残っているいる連中よりも、けっして、それほど悪い人間たちではないかもしれない』わたしはこんなことを考えて、そんな自分の考えにわれわれながら小首をかしげたものだが、ところが――ああ！――この考えがどれほど正しいものであったかを、もしあのころわたしが知っていたら！

たとえば、わたしの獄舎にいたある囚人のことである。わたしは何年もすぎてからやっとその人間がすっかりわかったのだが、その間、彼はわたしといっしょにいたし、わたしの獄中生活のあいだじゅうほとんどわたしのそばをはなれたことがなかったのである。それはスシーロフという囚人だった。わたしはいまでもいくらかましだった囚人の話をはじめると、すぐにいやでも彼のことが思い出されるのである。彼はよくわたしの世話をしてくれた。世話をしてくれた男は、もう一人いた。アキム・アキームイチが、わたしがここへ来たその日に、囚人の一人でオシップという男を紹介して、月に三十コペイカもやっておけば、当てがわれる食べものがいやでたまらなくても、仕入れるだけの金さえあれば、この男が毎日特別料理をこしらえてくれるはずだ、と教えてくれた。これはオシップはわたしたちの獄舎の二つの炊事場にいる四人の炊事夫の一人だった。これは四人たちに選ばれてなるのだが、しかし、選ばれてもそれを受けるか受けないかは、まったく本人の自由だった。受けたからといって、つぎの日にことわってもかまわなかった。炊事夫になったらもう作業へは出ないで、パンを焼いたり、野菜スープを煮たりさえしていればよかった。ここでは彼らは炊事夫とは呼ばれないで、飯たき婆《ばあ》さんと女性名詞で呼ばれていた。といっても、それは軽蔑《けいべつ》の意味ではなかった。まして、炊事夫にはものわかる、なるべく正直な男が選ばれることになっていたのである。ただ愛嬌《あいきょう》でそう呼んでるだけで、炊事夫たちもけっして腹を立てたりしなかった。オシップはいつも選ばれて、もう何年もつづけて飯たき婆さんをやっていた。彼もときにはことわるようなこともあったが、それもごくわずかのあいだのことで、ふさぎの虫にとりつかれ、ひとつ酒でも持ちこんでやろうかという気持がわいたときだけだった。彼は密輸の罪で送られてきたのだが、珍しいほど正直で、気持のやさしい男だった。これが、わたしがまえにちょっとふれた、例ののっぽで丈夫な若い密輸業者なのである。彼は何ごとにも臆病《おくびょう》で、特に笞《むち》には弱い、おとなしい内気な男で、だれにでもやさしく、だれともぜったいに口争いをしたことがなかった。ところが、それほど臆病なくせに、密輸に対する情熱のために、どうしても酒の持ちこみをやめることができないのである。炊事夫たちはみなそうであるが、彼も酒を売っていた。とはいっても、大きな危険をおかす勇気はなかったから、もちろん、ガージンほど大がかりではなかった。わたしはこのオシップといつもよろしくやっていた。自分の特別食をこしらえてもらう金といっても、ごくわずかでよかった。わたしはまちがっていないつもりだが、一月分《ひとつき》のわたしの食費が銀貨でたった一ルーブリにしかならなかったとおぼえている。もちろん、パンと、ときどき出る野菜スープは官給だから別である。この野菜スープはむかむかするほどきらいで、よくよくひもじいときでなければ食べなかったが、あとではすっかり慣れてしまった。普通わたしは一日に五百グラムずつ牛肉を買っていた。冬になると、牛肉五百グラムが半コペイカで買えた。牛肉を買いに市場へ行くのは、廃兵の中のだれかだった。廃兵は舎内取締りのために各獄舎に一人ずつおかれていたが、彼らは進んで、囚人たちの買いもののために毎日市場へ出かけるしごとを引受け、ちょっとしたつまらないもののほかは、ほとんど一文のお礼ももらわなかった。彼らがそういう奉仕をしていたのは、身の安全のためで、でなければ、獄舎内に住みつくことはできなかったろう。こうして彼らは、酒だけは別として、煙草《たばこ》や、磚茶《たんちゃ》や、牛肉や、白パンや、その他いろんなものを買いこんできた。囚人たちは酒はときどき彼らに飲ませてはやったが、買ってきてくれとは頼まなかった。オシップは何年かのあいだ同じ焼肉ばかりつくってくれた。焼けぐあいがどうかということになると——それは問題が別だが、しかしそんなことは二の次だった。おどろくのは、何年かのあいだわたしはオシップとほとんど二言と言葉を交《か》わさなかったことである。何度も話しかけてはみたが、彼はどういうものか、話をつづける能力がなかった。にやっと笑うか、あるいはうんとか、いんにゃとか答える、それだけなのである。この七つの子供のようなヘラクレスを見ていると、わたしは不思議な気さえした。

　しかし、オシップのほかに、わたしを助けてくれた人々の中には、スシーロフもいた。わたしはこの男をわざわざさがしたわけでもなければ、頼んだわけでもない。彼のほうからいつのまにかわたしを見つけて、用を足してくれるようになったのだが、いつ、どうしてそんなふうになったのか、おぼえてもいないほどである。彼はわたしの洗濯をしてくれるようになった。獄舎の裏手に、洗濯の汚水を捨てるためにわざわざ掘られた大きな穴があった。その穴のそばに官物のたらいをおいて、囚人たちは下着を洗った。そのほか、スシーロフはそれこそ数えきれないほどのさまざまなしごとを見つけ出しては、わたしに尽すのだった。茶を沸《わ》かしたり、いろんな走り使いをしたり、何かさがしてくれたり、わたしの上着を修理に出したり、月に四回わたしの長靴に脂《あぶら》を塗ったり、そうしたことを、まるで神からあたえられた義務とでも思っているかのように、熱心にいそいそとやってくれた——要するに、自分の運命をすっかりわたしの運命に結びつけて、わたしのいっさいのことをわが身に引受けたのである。彼は、たとえば、「あんたにはシャツが何枚ある」とか、「あんたの上着は破れた」などとは、けっして言わず、いつも「わしらにはシャツが何枚ある」「わしらの上着は破れた」という調子だった。彼はいつもわたしの目の色をうかがっていた、そしてそれを自分の全生涯の最大の使命と思いこんでいるらしかった。職業、つまり囚人たちの言う手職というものが、彼には何もなかったので、わたしから得る小銭だけが収入《みいり》だったらしい。わたしは彼にできる範囲で、つまり端金《はしたがね》しか払わなかったが、彼はいつも不平らしい顔は見せたことがなかった。彼はだれかに尽していなければいられない男で、特にわたしを選んだのは、わたしが他の連中よりあたりがよく、勘定が正直だったかららしい。彼はいつになってもぜったいに金持になることも、身を立てることもできない連中の一人で、賭場《とば》の見張りに雇われ、一晩じゅう凍りつくような戸口に立ち通して、少佐が来はしないかと外のちょっとした気配にもきき耳をたて、ほとんど一晩じゅうの張り番でわずか五コペイカの目くされ金をもらい、しくじったりすると元も子もなくして、背中で責任をとるようなたぐいの男だった。この連中についてはは、もうまえにふれておいた。この連中の特徴は――いつ、いかなるところにおいても、ほとんどすべての人に対して、自分というものを殺し、共同のしごとをすれば、二流どころか、三流の役割しか果さないということである。こうした特徴が彼らには生れつきそなわっているのだ。スシーロフは極度にみじめな青年で、まったく人の言いなりで、いじけきっていて、たたきのめされたような人間だった。べつに獄内のだれになぐられたというのではないが、たたきのめされたように生れついているのだ。わたしはいつも何だか彼がかわいそうでたまらなかった。彼を見さえすれば、わたしはかならずこういう気持をおぼえたが、なぜかわいそうかときかれたら——自分でも返事に困っただろう。わたしは彼と話をすることもできなかった。彼もしゃべるのが不得手で、どうやらそれが、ひどい苦労だったらしい。だから、話を打切って、何か用をあたえるか、どこかへ使いを頼むと、とたんに元気づくのだった。わたしは、しまいに、それが彼を喜ばせることなのだと、信じるようにさえなった。彼は背丈《せたけ》が高くもなく、低くもなく、見てくれがよくもなく、悪くもなく、ばかでもなく、利口でもなく、若くもなく、年寄りでもなく、少しあばたがあって、少し白っぽい髪をしていた。この男について、これといってはっきりしたことは何ひとつ言うことができなかった。一つだけ言えることは、これはあくまでもわたしの感じであり、推察にすぎないが、彼はシロートキンたちの仲間に属する人間だということである。それもたたきのめされたようにいじけて、人の言いなりにばかりなっているところだけが、共通なのである。囚人たちはよく彼をからかったが、主な理由は、彼がシベリアへ護送されてくる途中で、身替りになった、それも赤いシャツ一枚と一ルーブリ銀貨一枚で身替りになったことなのである。こんなただみたいな安値で自分を売ったために、囚人たちは彼を笑うのである。この身替りになるとは——だれかと名前を、したがって運命もとりかえる意味である。この事実はどんなに奇異に思われようと、たしかにそのとおりで、いまでもシベリアへ護送される囚人たちのあいだでりっぱに行われており、伝説によって神聖なものとされ、その形式も定められていた。わたしははじめどうしても信じられなかったが、結局は、それが明白な事実であることを信じないわけにはいかなかった。

それはこういう方法で行われるのである。たとえば、ある囚人の一隊がシベリアへ護送されるとする。さまざまな囚人がいる。監獄へ行く者も、工場へ行く者も、村へ行く者も、みないっしょである。途中のどこかで、まあペルム県あたりででも、徒刑囚のだれかが他のだれかと替りたいという気を起す。たとえば、殺人か、何か重大な罪を犯したミハイロフという男が、何年も監獄にくらいこむのはばかばかしいという気になる。しかもこの男はわるがしこいすれっからしで、こつを知っているとしよう。そこで彼は、同行者たちの中からなるべく鈍そうで、いじけて、口もろくにきけないような男で、わりあいに罪の軽いのをさがしはじめる。短期の工場送りか、村へ流される追放囚か、あるいは監獄行きでも、刑期が短かければかまわない。とうとう、スシーロフに白羽の矢が立てられる。スシーロフは屋敷づとめの農奴で、ただの追放囚である。彼はもう千五百露里もの長い旅をしてきたのだが、むろん一コペイカの金もない。スシーロフはぜったいに金をもてないようにできている男なのだ。彼はへとへとに疲れはてている。当てがわれる食べものだけで、おいしそうなものは匂《にお》いも嗅《か》げない。囚人服を一枚着たきりで、わずかの金のためにみんなにこき使われている。ミハイロフはスシーロフに話しかけ、近づきになり、仲よしにさえなる、そしてついに、どこかの宿営で酒を振舞ってやる。ころあいを見て、おれと交替する気はないか、ときりだす。おれは、ミハイロフという男で、これこれこういうわけで、監獄へやられるが、普通に言う監獄とはちがって、『特別監房』とやらいうやつだ。だから、苦役とはいっても、特別と言われるくらいだから、ずっと楽なわけだ。──特別監房については、それが存在していた当時、たとえば首府ペテルブルグの関係官庁の上役たちでさえ、知らない者があったほどである。それはシベリアの僻地《へきち》にある、特別に隔離された一隅《いちぐう》で、囚人の数も少なく（わたしがいたころは七十人足らずだった）、いまではその跡を見つけるのさえ困難である。わたしは後年、シベリアに勤めていて、シベリアをよく知っている人々に会ったが、彼らはわたしから聞くまで、『特別監房』というものがあることを知らなかったという人が多い。法典にわずか六行、『シベリアに極刑者の収容所を開設するまで、重大犯人を収容するために、某々監獄に特別監房を設けるものとす』としるされているだけである。だから、スシーロフも、一行のだれも知らなかったのも、無理はない。ただ一人当のミハイロフだけが、あまりにも重い自分の罪と、そのためにもう三、四千露里も歩かされてきた事実から推して、特別監房とはどんなところかぼんやり察していたにすぎない。どう考えても、楽な場所へやられるはずはない。スシーロフは村へ流されるだけだ。こんなうまい話はない！「どうだ、おれと交替しないか？」スシーロフは酒がはいってるし、根が素朴で、やさしくしてくれたミハイロフにすっかり恩義を感じているから、思いきってことわれない。それに、身替りはさしつかえなく、他にもそういう者があるから、べつに異例なことではないと、仲間から聞かされていた。話がきまる。良心のかけらももたぬミハイロフは、スシーロフの珍しいおひとよしにつけこんで、赤いシャツ一枚と一ルーブリ銀貨一枚で彼の名前を買い、その場で証人を立ててそれを彼にわたす。あくる日になるとスシーロフはもう酔いがさめているが、また飲まされる、まあ、ことわるのもまずい。もらった一ルーブリ銀貨はもう飲んでしまったし、赤いシャツもいくらもたたないうちにもう酒に変っている。いやなら、金を返せ。だが、一ルーブリなどという大金を、いったいどこで手に入れたらいいのだ？　だが、返さなければ、組合《アルテリ》が承知をしない。これは組合《アルテリ》できびしく監視される。それに、一度約束したら、実行しろ——これも組合《アルテリ》の鉄則である。さもないと、ひどい目にあわされる。なぐられるだろう、あるいは、いきなりぶち殺されないともかぎらない、どっちにしろこわい目にあわされる。

実際、こんな場合、組合《アルテリ》が一度でも見のがしてやれば、名前をとりかえるというようなしきたりもなくなるにちがいない。約束をやぶり、金を受取っておきながら、成立した取引を破棄してもかまわないとなったら——この先いったいだれがそれを実行するだろう？　要するに——ここに組合《アルテリ》の共通の利害があるのであり、だから囚人たちもこういうことにはきわめてきびしいのである。とうとうスシーロフも、もう泣きおとせないことを見てとって、すっかり承知することにきめる。囚人たちの全員にそのむねを知らせる。そこでまだだれか話をつけておかなければならない人間があれば、それにも鼻ぐすりを嗅がせ、酒を飲ませておく。そちらは、地獄へ行くのがミハイロフであろうが、スシーロフであろうが、どうでもいいことは言うまでもない、まあ、酒は飲まされたし、ごちそうにもなったことだから、黙っていようというわけである。つぎの宿営《エターブ》で点呼があるとする。ミハイロフのところまで来て、「ミハイロフ!」と呼ばれると、スシーロフが、ハイと返事をし、「スシーロフ!」と呼ばれると、ミハイロフが、ハイ! と叫ぶ——そのまま点呼がつづけられる。もうだれもそんなことは言う者もいない。トボリスクで囚人たちの組分けが行われる。『ミハイロフ』は村へ、『スシーロフ』は警護を強化して特別監房へ護送される。そうなってしまったら、もうどんなに抗議してもむだである。それに、実際問題として、証明する方法があるだろうか? 取上げられたとして、きまるのに何年かかるだろう? 何か有利な証拠が出るだろうか? 最後に、証人はいるだろうか? いたにしたところで、かかりあうまい。というわけで結局、スシーロフは一ルーブリ銀貨一枚と赤いシャツ一枚のために『特別監房』へ来たということになるのだ。

囚人たちはスシーロフを笑いものにしていたが——それは彼が身替りになったからで

はなく（もっとも軽い罰から重い苦役に身替りになれば、どじをふんだ薄のろとして、軽蔑《けいべつ》されるのは普通だが）、彼が赤いシャツ一枚と一ルーブリ銀貨一枚しかもらわなかったからである。あまりにも安すぎるではないか。普通はもっと多額の金で身替りになるものだ、といっても、監獄内の金の価値から判断してだが。何十ルーブリという例さえある。ところがスシーロフときたら、まるで言いなりで、あまりに自分がなさすぎ、だれに対しても虫けらみたいで、笑うにも気がさすくらいだった。

わたしはスシーロフとずいぶん長く、もう数年いっしょに暮していた。しだいに彼は、わたしに強い愛着をもつようになった。わたしもそれに気付かないではいられなかったから、わたしのほうでも彼にはすっかり気を許していた。ところがあるとき――これはぜったいに自分に許せないことなのだが――彼がわたしから金をとっておきながら、何であったか、頼んだことをやらないので、「だめじゃないか、スシーロフ、金だけとって、やることをやらんでは」ときびしくとがめたことがあった。スシーロフは何も言わず、急いでわたしの用事を果してくれたが、どうしたわけか急にふさぎこんでしまった。そのまま二日ほどすぎた。わたしは、まさかわたしがあんなことを言ったからではあるまい、と思っていた。アントン・ワシーリエフという囚人が、わずかばかりの借金の返済をしつこく彼に迫っていたのを、わたしは知っていた。きっと、金はないが、わたしに頼むのもぐあいがわるく、くさくさしてるのだろう。三日目にわたしは彼に言った、

「スシーロフ、金を借りたいんだろう、アントン・ワシーリエフにせっつかれて？　そら、これを持ってきなさい」。そのときわたしは板寝床の上に腰かけて、スシーロフはそのまえに立っていた。わたしのほうから彼の苦しい立場を思い出して、金を持ってくようにすすめたので、彼はひどく驚いたらしい。ましてこのごろは、彼は自分でもあまり借りすぎたと思って、もうこれ以上は当てにできないと困っていた矢先だったから、なおさらである。彼は金を見て、それからわたしを見ると、不意にくるりと背を向けて、出ていった。これにはわたしもすっかり呆気《あっけ》にとられた。彼のあとを追って出てゆくと、獄舎の裏のほうにいた。彼は監獄の柵《さく》のそばにたたずみ、杙《くい》に片手でもたれて、額をおしつけていた。「スシーロフ、どうしたんだね？」とわたしは訊《たず》ねた。彼はこちらを見ようとしなかった、そして、いまにも泣きだしそうな様子なのに気付いて、わたしは思わずはっとした。「あんたという人は、アレクサンドル・ペトローヴィチ……なさけねえ……」と彼はこちらを見まいとつとめながら、とぎれとぎれの声で言いはじめた。「おれがあんたに尽すのは……金のためだなんて……おれは……おれは……そんなじゃねえんだ！」そう言うと彼はまた、額がごつんとあたったほど、急に柵の方へ顔を向けて――わっと泣きだした！……わたしは監獄へ来てはじめて、人間が泣くのを見た。わたしはやっと彼をなだめた、そしてそのとき以来彼は、もしそういうことが言えるとすれば、いままでよりもいっそう熱心にわたしに尽すようになり、『わたしの世話』をしだしたが、わたしは彼の顔のほとんどとらえられないようなかすかな表情から、わたしがとがめたことに対して、彼の心がぜったいにわたしを許すことができなかったことに気付いたのである。ところが、他の囚人たちが彼を嘲笑《あざわら》ったり、何かといえばからかったり、ときにはこっぴどく罵《ののし》ったりしても——彼は結構仲よく暮して、けっして怒ったりしなかった。たしかに、長年のあいだつきあっても、人間を見きわめることはむずかしいものである！

だからはじめて見たときに、監獄生活が、のちに知ったようなそのほんとうの姿で、わたしの目に映るはずがなかったのである。だからわたしは、どんなにむさぼるような強い注意をこめて目をこらしても、やっぱりつい目と鼻の先にある多くのことを見わけることができなかったと、言ったのである。当然のことだが、はじめにわたしを驚かしたのは、大きな際立《きわだ》った現象であった、しかしそれらも、あるいは、わたしにまちがって受取られて、一つの重苦しい、絶望的に悲しい印象を、わたしの心に残しただけかもしれない。そういうわたしの気持をますます助長したのは、わたしとAの出会いだった。Aもわたしよりすこしまえに監獄に着いた囚人で、わたしが入獄したてのころ、その言いようのない苦痛にみちた印象で、わたしは胸のつぶれる思いをさせられたものである。しかしわたしは、まだ監獄に着くまえから、こちらで彼と会うことは知っていた。彼はこのはじめの苦しい時期にわたしを毒し、わたしの魂の苦痛を強めたのである。わたしはこの男について語らないわけにはいかない。

これは人間がどこまで転落し、卑劣になれるか、苦労もなく後悔もなく、どこまで自分の内部のいっさいの道徳的感情を殺すことができるかという、もっともいまわしい例である。Aは貴族出の若い男で、まえにすこしふれておいたが、獄内の動静を逐一少佐に密告し、従卒のフェージカと親しくしていた例の囚人だった。その経歴を簡単に述べると、どの学校にもまともにしまいまでは行かず、その無頼ぶりに驚いた両親と喧嘩《けんか》をして、モスクワをとび出し、ペテルブルグへ走り、そこで金ほしさに、ある卑劣きわまる密告を行う決意をした。つまり、もっとも野卑で淫蕩《いんとう》な快楽を求めるはげしい欲望を、一刻も早くみたすために、十人の人命を売ろうとしたのである。ペテルブルグや、料理店や、メシチャンスカヤ街の魔窟《まくつ》の誘惑に負けて、すっかり心が腐れきっていた彼は、人間はばかではなかったが、無分別な愚劣きわまる冒険をおかした。彼はまもなく告発された。彼はその密告で罪のない人々まで巻きぞえをくわせたり、他の人々を欺《あざむ》いたりしたのである、そしてその罪で十年のシベリア流刑《るけい》を宣告されて、この監獄へ送られてきたのだった。彼はまだひじょうに若く、彼の人生はようやくはじまったばかりであった。このようなおそろしい運命の変化は、彼に深い衝撃をあたえて、その本性を目ざめさせ、何らかの反抗なり、転向なりをさせそうなものであった。ところが彼はすこしのとまどいも、いささかの嫌悪《けんお》をさえ感ずることなしに、新しい自分の運命を受入れて、その運命に対して道徳的に憤《いきどお》るでもなければ、何をおそれるでもなかった。彼はただ労役をさせられるのと、料理店やメシチャンスカヤ街の三つの魔窟と別れなければならないのを、苦痛に感じただけだった。彼にはむしろ、徒刑囚と名がつけば、もっともっと卑劣でけがらわしいことをしてもかまわないだろうくらいにしか、思われなかった。「徒刑囚は、要するに徒刑囚だ。徒刑囚になったからには、卑劣なことをしてもかまわないし、恥ずかしくもないわけだ」。文字どおり、これが彼の考えだった。わたしはこのけがらわしい人間を、異常現象として思い出すのである。わたしは何年かのあいだ、人殺しや、極道者や、札つきの凶悪犯人の中に暮してきたが、このAのような、これほど完全な没義道《もぎどう》、これほど徹底的な堕落、そしてこれほど恥知らずな陋劣《ろうれつ》さには、いまだかつてお目にかかったことはないと、はっきり断言することができる。わたしたちの獄舎には、貴族出の父親殺しがいた。この男についてはまえにも述べた。ところが、この男でさえ、多くの特徴や事実から見て、Aよりははるかに心が美しく、人間味があることを、わたしは認めたのだった。わたしの獄中生活の全期間を通じて、わたしの目に映ったAは、歯と胃をもち、もっとも粗暴な、もっとも獣的な肉体的快楽に対するあくことを知らぬ渇望《かつぼう》をもった、肉塊のようなものであった。ごく些細《ささい》な、ほんの気まぐれな快楽をみたすために、証拠さえ残らなければ、彼は冷酷きわまりない方法で殺したり、傷つけたり、要するにどんなことでもできる男なのである。わたしはすこしも誇張していない。わたしはAの人間をよくよく見きわめたのである。これは人間の肉体的な一面が、内的にいかなる規準にも、いかなる法則にも抑《おさ》えられない場合、どこまで堕落しうるものであるか、ということの一例である。そして、彼のいつもせせら笑っているような薄笑いを見ることが、わたしにはどれほどいまわしかったことか。それは化けものだった、道徳面のカジモドだった。そのうえ彼が、ぬけ目がなく小利口で、美男子で、すこしは教養もあり、それに才能もあったことを考えていただきたい。ああいやだ、社会にこんな人間がいるくらいなら、火事でもあったほうがまだましだ、疫病《えきびょう》や饑餓《きが》のほうがまだいい！　監獄の中はすっかり腐敗しきっていたので、スパイや密告が横行し、囚人たちがそれをすこしも憤慨していなかったことは、もうまえに述べた。それどころか、彼らはみなAとはひじょうに親しくて、わたしたちに対するよりは、はるかに親切につきあっていた。飲んだくれの少佐に目をかけられていたことが、彼らの目から見れば、彼にある価値と重味をあたえていたのだった。それはさて、彼は肖像が描けると少佐に吹き込んだ（囚人たちには近衛《このえ》の中尉《ちゅうい》だと吹いていたのだった）、そこで少佐は彼を自分の官舎へしごとによこすように命じた。もちろん、自分の肖像を描かせるためである。そこで彼は、主人を意のままにしていたし、したがって獄中のすべての人々、生活のいっさいに対して絶大な権力をもっていた従卒のフェージカと親しくなった。Aは少佐から言われるままにわたしたちをスパイしていたが、少佐は、酔ったときなど、彼の頰《ほお》を張りとばして、スパイとか、密告者とか、口ぎたなく罵ったものだ。さんざんなぐっておいて、すぐに椅子《いす》にかけ、Aに肖像の制作をつづけさせることが、しょっちゅうだった。少佐は、どうやら、Aが噂《うわさ》に聞いたブリュルロフに劣らぬほどのすぐれた画家だったと、本気で思いこんでいたらしい。とはいえ、少佐は彼の頬げたを張りこくることにいささかの遠慮もいらぬと考えていた。なぜなら、たといそれほどの画家にしたところで、いまは囚人じゃないか、よしんばほんもののブリュルロフであっても、おれがおまえの上司であることに変りはない、だから、おれの好きなようにするのだ、というわけである。そして、彼はAに自分の長靴をぬがせたり、寝室の便器や痰《たん》つぼなどの始末をさせたりしていたが、それでも長いこと、Aが偉大な画家であるという考えを捨てることができなかった。肖像の制作はいつまでも手間どり、ほとんど一年近くかかった。やっと、少佐はからかわれていたことに気がつき、肖像画は仕上がらないどころか、一日ごとにますます似ないものになってゆくことを知って、かんかんになり、画家をこっぴどくなぐりちらしたあげく、罰として苦しい重労働を命じた。Aはがっかりした様子だった。彼はぶらぶら暮した日々や、少佐の食卓の食べのこしや、親友のフェージカや、彼と二人で少佐の台所で考えだしたさまざまな楽しみが、どうしても思いきれないのだった。すくなくとも少佐は、彼を遠ざけると、Mという囚人を目の敵《かたき》にしなくなった。Aはしょっちゅうのことを少佐に告げ口していたのだが、それはこういうわけなのである。Aが監獄へ来た当時、Mは孤独だった。彼はひどくふさぎこんでいた。彼は他の囚人たちとぜんぜん話があわず、恐怖と嫌悪《けんお》の目で彼らを見つめて、彼らの内部に彼の心をやわらげてくれるかもしれないものがあるのに、それにすこしも気付かないで、彼らの中にまじろうとしなかった。彼らも同じ憎しみの態度で彼に報いていた。だいたい獄内で、Mのような人々の立場は悲惨である。Aが監獄へ送られてきた理由を、Mは知らなかった。それどころか、Aは、相手の人間を見ぬいて、密告とはまるで反対の、ほとんどMと同じ理由で、ここへ流されたのだと、たちまちMに信じこませてしまった。Mは心の許せる親友ができたのですっかり喜んでしまった。MはAがひどく苦しむにちがいないと考えて、Aが監獄へ来てしばらくは、そばをはなれないで慰めたり、なけなしの金をやったり、ごちそうを食べさせたり、どうしても欠かせない必要な品を分けてやったりした。ところがAは、Mが高潔な心をもっているし、あらゆる低劣な行為にいかにもおそろしそうな目を向けるし、それに自分とは似ても似つかぬ人間なので、たちまち憎むようになった、そしてそれまでにMが監獄や少佐について語ってくれたことをすっかり、最初の機会をとらえて、急いで少佐に密告したのである。少佐はそのためにおそろしくMを憎むようになり、ことごとに辛《つら》くあたった、そしてもし要塞司令官《ようさい》の抑えがなかったら、とんでもない事件になっていたかもしれない。あとでMがAの卑劣な行為を知ったとき、Aはすこしもどぎまぎするどころか、わざわざMのまえへ出ていって、あざけるような薄笑いをうかべながらMの顔をじろじろながめまわしたものだ。それが彼にぞくぞくするような快感をあたえたらしい。そういう現場を、Mが自分で何度かわたしに教えてくれた。この卑劣な畜生はその後ある囚人と看守と三人で逃亡したが、それについては別に語ろう。彼ははじめ、わたしが彼の事件を聞いていないと思って、さかんにわたしに取入った。くりかえして言うが、わたしは監獄生活の最初の数日、そうでなくてもふさぎこみがちな気持を、この男のためにまったく毒されたのだった。わたしは自分が突き落されて、あわてて見まわした周囲のおそるべき卑劣さに、慄然《りつぜん》とした。わたしはここではだれもがこのように卑《いや》しく醜いのかと思った。ところが、わたしはまちがっていた。わたしはAですべての囚人たちを推しはかったのだった。

この三日間、わたしはやりきれない気持で獄内を歩きまわったり、板寝床の上に横になったりしていた。また、アキム・アキームイチに世話されたまちがいのない囚人に、官給の亜麻布《あまふ》で、もちろん金を払って、シャツを縫ってもらったし（シャツ一枚につき何コペイカという手間賃で）、アキム・アキームイチにしつこくすすめられて、せんべいみたいにうすっぺらな折りたたみ式の敷きぶとん（フェルトを亜麻布でつつんだもの）もこしらえたし、獣毛をつめた、慣れない頭にはおそろしくかたい枕《まくら》も作った。アキム・アキームイチはこうした品々を整えるのにえらく骨を折ってくれて、自分でも手を出し、古い官給の粗羅紗《そらしゃ》の端《は》ぎれで掛けぶとんを縫ってくれた。これはわたしが他の囚人たちから買った着古しのズボンや上着をつぶしたものだ。官給の品は、期限がすぎると、そのまま囚人のものになった。するとたちまち、獄内で売りに出されるのだが、どんなに着つぶしたものでも、やはりいくばくかの値段で売れ先が見つかるのである。わたしもはじめこれにはすっかり驚かされた。しかしそれは、わたしがはじめて民衆と出会った当時のことである。わたし自身がいきなり彼らと同じような民衆、彼らと同じような囚人になったわけだ。本質的には受容《うけい》れたわけではなかったが、すくなくとも形と法律の上では、彼らの習慣、観念、意見、日常がわたしのものとなったかのようであった。わたしはそうしたことを知ってもいたし、聞いてもいたが、まるでこれまでぜんぜん考えてもみたこともないし、噂に聞いたこともなかったように、びっくりして、あたふたしてしまった。しかし現実というものは、頭で知っていることや耳で聞いていることとは、ぜんぜん別な印象をあたえるものだ。たとえば、わたしはこんなものも、こんな古い着古しもやはり品物と認められるなんて、まえに一度でも考えることができたろうか？　ところが現に、こんな古い着古しで自分の掛けぶとんを作ったではないか！囚人服に定められた羅紗が、どんな品質か、とても想像できまい。見たところはたしかに厚地の軍服用の羅紗らしく見えたが、ちょっと着ると、まるで網みたいになってしまって、いらいらするほどよく裂けた。しかも、羅紗の囚人服は一年に一着わたされるだけで、これでは保《も》たせるほうが無理だった。囚人は作業をするし、重いものをかつぐから、服はじきにすれて、ぼろぼろになってしまう。毛皮外套《がいとう》は三年に一度支給されて、その期間のあいだ着たり、ふとん代りにしたり、敷いたりして使用されるのが普通だった。しかし、外套は丈夫だとはいえ、三年、つまり期限の終りごろには、ただの粗布《あらぬの》でつぎをあてたみじめな姿になっているのが珍しくなかった。それにもかかわらず、どんなに痛んだものでも、定められた期限がすぎると、銀貨四十コペイカほどで売れるのだった。それほど痛まなかった外套などは、六十コペイカか、七十コペイカにさえなることがあった。監獄ではこれはたいへんな金なのである。

金というものは——もうまえにも言ったように——監獄ではひじょうに大きな意味と力をもっていた。絶対的に断言できるが、獄内ですこしでも金をもっている囚人は、ぜんぜんもっていない囚人の十分の一も苦しまずにすんだ。もっとも、もっていない者でも全部官給品で保証されているから、何のために金が必要なのだ？——これが上司の考えではあった。ところがそうではないのである。もう一度言うが、もし囚人たちが自分の金をかせぐいっさいの可能性を奪われたとしたら、彼らはあるいは発狂するか、あるいは蠅《はえ》のように死んでしまうか（何もかも保証されているといっても、それは別である）、あるいは、ついには、いまだかつてないような凶悪犯になってしまうかもしれない。ある者はさびしさのあまり、またある者はどうでもいいから早く罰を受けてこの世から消してもらうか、あるいは囚人用語をつかえば、何とかして『運命を変え』たい一心からである。囚人がほとんど血のにじむような汗をしぼってわずかばかりの金を得て、あるいはそれを得るために途方もないことを考え出し、よく盗みやだましというてまでつかっても、そのくせはいった金はまるで無分別に、子供としか思われないほど無意味に浪費してしまう、しかしこれは、ちょっと見にはそう思われるかもしれないが、けっして囚人が金を重んじないことを証明しているのではない。金に対して、囚人はふるえが来るほど、前後の見さかいがなくなるほど貪欲《どんよく》である、そして実際に、浮かれ騒ぐとき、金をまるでこっぱのようにばらまくとすれば、それは金よりももひとつ上と認めるものがあるためである。囚人にとって金よりもひとつ上のものとは、いったい何だろう？　自由、あるいは自由に対するせめてもの憧《あこが》れである。囚人は空想が好きである。これについてはあとですこしふれようと思うが、言葉ついでに、信じられないかもしれないが、わたしは、二十年の刑に服している囚人から、ひどく落着きはらって、「まあそのうち、ありがたいことに、刑期が満了したら、そのときこそ……」というような話を、直接に何度も聞かされたのである。『囚人』という言葉の意味は自由意志のない人間ということである。ところが、金をつかうことによって、彼はもう自分の意志で行動しているのである。どんな刻印を押されていようが、足枷《あしかせ》をつけられていようが、呪《のろ》わしい監獄の柵《さく》で神の世界からさえぎられ、檻《おり》の中の獣のようにとじこめられていようが——彼はやはり酒のような、かたく禁じられている楽しみを買うことができるし、女を抱くこともできるし、ときには（いつもうまくゆくとはかぎらないが）廃兵や下士官のような身近な役人を買収することさえできるのだ。彼らは、彼が法や規律を破っているのを、見て見ぬふりをしてくれる。そればかりか、それらの下っぱ役人たちに対していばることだってできるのだ。ところで囚人たちは、このいばるということ、つまり自分には他人《ひと》が思うよりも何倍も自由意志と権力があるのだということを仲間に見せ、せめて一時でも自分もそう思いこむことを、おそろしく好んだ——一口に言えば、豪遊することも、ばか騒ぎをすることも、他人をくそみそにこきおろすことも、おれは何でもできる、何でも『おれの思うまま』なのだということを、他人《ひと》に思い知らせることもできるのだ、つまり哀れな者なら考えることもできないようなことが、自分はできるのだと思いこみたいのである。ついでだが、おそらくここから、素面《しらふ》のときでさえ囚人に見られる、いばったり、自慢したり、たとい見えすいていても、滑稽《こっけい》に無邪気に自分をえらく見せようとしたりする一般的な傾向が生れてくるのであろう。最後に、こうしたばか騒ぎにはそれ相応の危険がある——ということは、はかないものにせよ、生活の幻影、遠い自由の幻影があるということである。ところで、自由を得るためには、人間はどんな代償も惜しまぬものだ！　首に縄《なわ》をかけられた場合、一口の空気を吸うために、全財産を投げ出さないような百万長者があろうか？

　何年間もおとなしく模範的な暮しをして、りっぱな行いのために囚人頭にさえ任命された囚人が、突然何のいわれもなく――まるで悪魔にとりつかれたみたいに――浮かれだして、酒を飲んだり、あばれたり、ときにはわけもなくいきなり刑法にふれるような犯罪を犯したり、あるいはあからさまに上司を侮辱するようなことをしたり、あるいはだれかを殺したり、暴力を振ったりなどして、役人たちをびっくりさせることがときどきある。みんなそれを見て、啞然《あぜん》とするが、しかし、だれよりもそんなことをしなそうに思える人間に、突然こんな爆発が起る理由は、おそらく――個性のもだえるようなはげしい発現であり、自分自身に対する本能的な憂愁であり、自分を、自分の卑しめられた個性を示してやりたい願望であり、それが不意にあらわれて、憎悪、狂憤、理性の昏《こん》迷《めい》、発作、痙攣《けいれん》にまで高まったものであろう。それは、おそらく、生きながら埋葬されて、墓の中で意識をとりもどした亡者《もうじゃ》が、どんなにあがいてもむだだと、理性では知りながらも、夢中になって蓋《ふた》をたたき、押しのけようともがいているようなものかもしれない。だが、そこにはもう理性どころではない、狂おしい発作があるだけだというところに、問題があるのだ。さらに、およそ自由意志による自己の表示というものが、囚人にあっては犯罪と見なされていることを考えてもらいたい。だから囚人にとっては表示が大きかろうが小さかろうが、まったくどうでもよいのである。酒を飲むなら――とことんまで飲めばいいし、危険をおかすなら――どんな危険でもおかし、人を殺そうとかまわない。要は、ただはじめさえすればいいので、そのうちに酔いがひどくなって、抑えがきかないようなことにもなる！　だから、何としてもそこまでは行かないようにすることである。そのほうがみんなが安心していられる。

　だが、それにはどうしたらよいのか？

六　最初の一《ひと》月《つき》（つづき）

　わたしは監獄へ来たときなにがしかの金をもっていた。盗まれるのではないかという心配から、手にはすこししか持っていなかったが、万一にそなえて、監獄に持ちこむことを許されていた聖書の表紙の裏に、何ルーブリか貼《は》りつけておいた。この紙幣を貼りつけた聖書は、まだトボリスク（訳注　西部シベリアのイルトゥイシ河畔の町。ここにムラヴィエワ、アンネンコワ、フォンヴィージナ等デカブリストの妻たちが住んでいて、ドストエフスキーに『聖書』を差入れたのである）にいたころに、そこに住んでいたある人々がわたしにくれたもので、彼らもやはり流刑囚として、もう何十年も苦しんできて、もういつからか不幸な人々を見ると他人のような気がしなくなっていたのだった。シベリアには、『不幸な人々』を兄弟のように世話をして、まったく私利私欲をはなれて、神のような心で、まるで血を分けたわが子のように、それらの人々に同情し、あわれんでやることを自分の生涯の使命としているような人々が、いつも何人かいて、けっしてあとを絶たない。ここである出会いのことをどうしても思い出さずにはいられない。わたしたちの監獄のあった町に、一人の婦人が住んでいた。ナスターシヤ・イワーノヴナという未亡人だった。もちろん監獄にいるあいだは、わたしたちのだれも彼女と個人的な知合いになることはできなかった。彼女は流刑囚に援助の手をさしのべることを生涯の使命に選んだらしいが、だれよりもわたしたちに心をつかってくれた。彼女の家族に何かこのような不幸があったのか、それとも彼女の心に特に大切な親しい人々のだれかが同じような罪で苦しんだのか、とにかく彼女は、わたしたちみんなのためにできるかぎり尽すことを、無上の幸福と考えていたようである。彼女はひじょうに貧しかったから、もちろん、たいしたことはできなかった。しかしわたしたちは、獄中につながれながら、外界にわたしたちに心のありたけをささげてくれる友のいることを感じていた。わけても彼女は、わたしたちが飢えきっていたニュースを、よく知らせてくれた。わたしは獄を出て他の町へ向うとき、運よく彼女の家を訪《たず》ねて親しく会うことができた。彼女は町はずれにある、近い親戚《しんせき》の一人の家に厄介になっていた。彼女は若くはないが、年寄りでもないし、美人とは言えないが、醜いというほどでもなかった。利口なのか、教育があるのか、それさえわからなかった。ちょっとした身ぶりにも目につくのは、限りない善良さと、喜ばせたい、楽にしてあげたい、ぜひ何か気持の休まることをしてあげたいという、抑《おさ》えることのできない願いだけであった。これはそのしずかなやさしいまなざしに絶えず見えていた。わたしは他の囚人仲間といっしょにもうほとんど寝る時分まで彼女の部屋ですごした。彼女は絶えずわたしたちの目をのぞいて、わたしたちが笑うと、笑い、わたしたちがどんなことを言っても、急いで相槌《あいづち》をうち、せめて何か、もっとごちそうするものがありはしないかと、気をもむのだった。茶、前菜《ザクースカ》、それから何か甘いものが出された。もしいろんなものがたくさんあったら、彼女はわたしたちにもっともっとごちそうし、監獄に残っている仲間も喜ばせてやれると思って、ただそれだけで、どんなにうれしかったことだろう。別れるときに、彼女は思い出にわたしたちに煙草入《たばこい》れを一つずつくれた。この煙草入れは、彼女がわたしたちのために自分でボール紙を貼ってつくったもので（そのできばえは言うまい）、ボール紙の上に小学校の算術教科書のカバーのような色紙が貼ってあった（もしかしたら、実際に算術の教科書を裂いて貼ったのかもしれない）。二つの煙草入れは、美しく見せるために、まわりに金紙の細い縁かざりが貼ってあったが、わざわざ店まで行って、買ってきたのであろうか。「あなた方は煙草を吸うでしょう、だから、役に立つかと思って……」と彼女は贈りものの粗末さをわたしたちにわびるように、おずおずと言った……隣人に対する最高の愛は、同時に最高のエゴイズムでもある、と言う人々もいる（わたしはそれを聞きもしたし、読んでもいる）。しかし、ここのどこにエゴイズムがあったろう――わたしにはどうしてもわからない。

わたしは監獄へはいったとき、けっしてたくさんの金をもっていたわけではなかったが、どういうものかそのときは、監獄へはいってわずか数時間のあいだに、一度わたしをだましておきながら、見えすいた嘘《うそ》をついて二度、三度、さらに五度までもわたしに金を無心に来た数人の囚人たちを、まじめに怒る気になれなかった。しかしこれだけははっきり言うが、底のあさい小ずるさしかもたないこの連中が、わたしが五度も金をやったので、きっとわたしをおめでたい薄のろと考えて、陰で舌を出しているにちがいないと思うと、わたしは腹が立ってならなかった。彼らはきっと、わたしが彼らの嘘とずるさにひっかかったと、思うにちがいなかった、そしてわたしが反対に、ことわって追っぱらったとしたら、彼らはかえってわたしをはるかに尊敬するようになったはずである。わたしはそう確信している。しかし、わたしはどれほど腹が立っても、ことわることはやはりできなかった。わたしが腹が立ったのは、この最初の何日かのあいだ、獄内で自分をどういう立場にどんなふうにおいたらいいのか、というよりもむしろ、どんな態度でこの連中に接したらいいのかと、心を痛めながら、真剣に考えていたからだ。わたしは、この世界はわたしにとってまったく未知のものであり、わたしは完全な闇《やみ》の中におかれている、こんな闇の中に何年も暮すことはとてもできないと、感じていたし、そう思いこんでいた。心の準備をする必要があった。そこでわたしは、まず内部の直感と良心が命ずるままに、率直に行動しなければならぬと決心したのは、当然である。しかしわたしは、これは単なる警句であって、いずれはまったく思いがけない方法があらわれるだろうということも、承知していた。

だから、もうまえに述べたように、主《おも》にアキム・アキームイチにひきずられて、獄内における自分の生活を整えるためにいろいろとこまかいことに気をくばり、そのためにいくぶんは気をまぎらわしてはいたが、それにもかかわらず――おそろしい、毒をもったふさぎの虫がますますわたしを苦しめはじめた。『死の家だ！』――わたしはよく日暮れどき、獄舎の入口に立って、作業からもどってくる囚人たちや、庭の広場を炊事場から獄舎へのろのろ行き来する囚人たちをながめながら、自分で自分に言い聞かせたものだった。わたしは彼らに目をこらし、その顔や動作から、彼らがどんな人間なのか、そしてどんな気性なのか、見ぬこうとつとめた。彼らは額にしわをよせるか、あるいはばかにはしゃいでわたしのまえをうろうろして（獄内ではこの二つのタイプがもっとも多く目につき、囚人たちの特徴とも言えた）、罵《ののし》ったり、むだ話をしたり、中には、もの思いに沈んでいるらしく、一人しずかに、規則正しい足どりで行き来している者もいた。疲れきって、感じる心を失ってしまったような者もいたし、また中には（こんなところでさえ！）――ふてぶてしくいばりかえって、帽子を横っちょにかぶり、外套《がいとう》をひっかけて、恥ずかしげもなくにたにた笑いながら、あつかましいずるそうな目でじろじろあたりを見まわしている者もいた。『これがみなおれの周囲なのだ、おれのいまからの世界なのだ』とわたしは思った。『否《いや》でも応でも、この中で暮さなければならない……』。わたしは彼らのことをよく知りたいと思って、いろいろとアキム・アキームイチにきいてみた。アキム・アキームイチとは、一人きりになりたくないために、好んでいっしょに茶を飲んだ。ついでに言っておくが、茶は、そのころ、ほとんど唯一《ゆいいつ》のわたしの食事だった。アキム・アキームイチは茶はことわらないで、自分からMがわたしにくれた滑稽《こっけい》な、手製の小さなブリキのサモワールを沸かしてくれたものだ。アキム・アキームイチはたいていコップに一杯の茶しか飲まなかった（彼はコップもいくつかもっていた）。彼は黙って行儀よく飲みおわると、コップをわたしに返して、お礼を言い、そのまますぐにわたしのふとんを縫いにかかるのだった。しかし、わたしが知りたかったことは――言ってくれなかったし、それに、周囲の身近な囚人たちの性格にわたしがどうしてこれほど関心をもつのか、わかってもいないらしかった。そして彼は何かずるそうな薄笑いをうかべてわたしの話を聞いていたものだが、この薄笑いがわたしにはどうしても忘れられない。『そうか、どうやらこれは、自分で体験すべきことで、他人にきくことじゃないらしいな』とわたしは思った。

四日目に、わたしが足枷《あしかせ》を作りなおしてもらいに行ったときと同じように、囚人たちは朝早く、監獄の門際《もんぎわ》の衛兵所まえの広場に二列に並んだ。囚人たちに向って、まえにも、うしろにも、兵士たちが実包《じっぽう》を装塡《そうてん》し、剣をつけた銃をかまえて、一列に並んだ。兵士は囚人が逃げようとすれば、撃ってもかまわない。そのかわり、緊急の場合でないのに撃てば、それに対しては責任をとらなければならなかった。囚人たちの公然たる叛《はん》乱《らん》の場合も同様であった。しかしだれが大手を振って逃げようなどと思う者があろう？技術士官、技手、さらに技術下士官、兵士、作業監督などが出てきた。点呼が行われ、裁縫工場へ行く囚人班がまず出発した。彼らには技術士官たちは関係がなかった。彼らは普通の作業からは独立していて、監獄内の裁縫をいっさい引受けていた。つぎに各工場へ行く班が出発し、最後に普通の雑役の班が出発した。二十人ばかりの囚人班の中にわたしもまじっていた。要塞《ようさい》の裏手の結氷した河に、二隻《せき》の官有の艀《はしけ》が浮いていたが、もう役に立たなくなったのでとりこわすことになっていた。古材だけでも助けようというのである。しかし、その古い材料は全部あわせてみたところで、いくらの値打ちもなく、手をかけるだけむだなように見えた。薪《まき》は町で捨て値も同然に売られていたし、森はまわりにいやになるほどあった。ここへよこされたのは、囚人たちに何もさせずにおかないためだけで、囚人たちもそれをよく心得ていた。こんな作業には、いつもだらだらと気のない様子でとりかかるが、作業それ自体が有益で価値があり、しかもノルマをきめてもらえそうだとなると、気の入れ方がまったく別だった。そうなると、彼らはまるで何かに気合いを入れられたようになって、たといそれが何の得《とく》にならなくても、すこしでも早く、すこしでもよく仕上げようと、ありたけの力を振絞るのだ。これはわたしが何度となく見たことである。そこには彼らの意地も出てくるらしかった。ところが、いまのような作業だと、必要よりはむしろ体裁のためにやらされるのだから、ノルマをきめてもらうのもむずかしいし、朝の十一時の帰営を知らせる太鼓が鳴るまで、びっしりはたらかねばならなかった。あたたかい、靄《もや》のかかった日だった。雪がとけかけていた。わたしたちの班は、かすかに鎖の音を鳴らしながら、要塞の裏手の河岸へ向った。足枷の鎖は服の下にかくされてはいたが、それでも一歩ごとに細く鋭い金属音をたてた。兵器庫へ必要な器具をとりに行くために、二、三人が列をはなれた。わたしはみんなといっしょに歩いていたが、どんな作業か、早く見たくて、胸がどきどきするような気さえした。囚人の作業とはどんなものだろう？　そして、わたしは生れてはじめての作業というものを、どんなふうにするだろう？

わたしはどんなこまかいこともすっかりおぼえている。途中で一人のあごひげを生《は》やした町人風の男がわたしたちに出会うと、立ちどまって、片手をポケットに入れた。一人の囚人がすぐにわたしたちの班からはなれて、帽子をとると、施しもの――五コペイカ――を受けて、急いでもどってきた。この五コペイカはその朝、白パンに変って、わたしたちの班の者に平等に分配された。

わたしたちの班の囚人たちも、ある者は、例によって、気むずかしい顔をして、むすっと黙りこんでいたし、ある者は心も身体《からだ》もかわききったように、ものうげな様子をしていたし、またある者は気のなさそうな様子で言葉を交《か》わしあっていた。一人だけ、何かよほどうれしいことがあるらしく、ひどくはしゃいで、歌をうたうかと思えば、一はねごとに足枷をがちゃがちゃ鳴らしながら、いまにも踊りだしそうな様子で歩いていた。それはわたしが監獄ではじめて迎えた朝、顔を洗う場所で、相手がろくに考えもせずに彼を汗《カン》だなどと、思いきったことを言ったために、口喧嘩《くちげんか》をはじめた例のずんぐりした囚人だった。このはしゃいでいる若者はスクラートフという名だった。そのうちに、彼はしゃれた歌をうたいだした。わたしはつぎのような繰返しの文句をおぼえている。

おれのいぬ間に嫁《よめ》が来た――
水車場《こなば》でひいてるときだった

バラライカが足りないだけだった。

彼の調子はずれに陽気な気分は、たちまち何人かの囚人たちの気分をそこねたことは、言うまでもない。ばかにされたような気がした者さえいた。

「吠《ほ》えだしやがって！」と一人の囚人がなじるように言った。そのくせ、その男にはまるで何のかかわりもないことだった。

「狼《おおかみ》は一つしか歌を知らねえんだよ、それをかっさらいやがって、トルコの山猿《やまざる》め！」と気むずかしい顔の一人が、ウクライナなまりで言った。

「おれはトルコの山猿でいいさ」とすぐにスクラートフはやりかえした。「だがおめえはなんだ、ポルタワ(訳注 ウクライナの都市)で団子《だんご》を喉《のど》さひっかけて目ィ白黒させてやがったくせに」

「何ぬかす！　てめえこそ何食ってやがった！　木靴で野菜汁すすってやがって」

「それがいまじゃどうだ、悪魔にきんたま食わされたみてえにぴんぴんしやがって」と三人目が付け加えた。

「おれは、ほんとは、みそっかすなのよ」スクラートフは自分の柔弱なことを悔むような様子で、特にだれにということなく、漠然《ばくぜん》とみんなのほうを見て、軽い溜息《ためいき》をつきながら答えた。「がきのころからやれ乾《ほ》しあんずよ、それ上等の白パンよと、ふやかされてよ(つまり育てられたという意味である。スクラートフはわざと言葉をひねるくせがあった)、おれの兄貴たちはいまでもモスクワの市場に店をもってよ、何をあきなってるのか知らねえが、大した景気らしいぜ」

「じゃおめえは、何をあきなってたんだい？」

「そりゃおれたちだって、それぞれ得手ってものがあってさ。あのときなんざ、おめえ、おれァ最初の二百もらったんだぜ……」

「まさかルーブリじゃねえだろうな！」とすぐに一人の物好きが言った。彼はこのような金額を聞いて、ふるえが来たほどだった。

「何を、おめえもお人よしだな、ルーブリなもんか、笞《むち》だよ。ルカ、おい、ルカ！」

「気やすくルカなんて呼んでもらいたくねえな、ルカ・クジミーチだよ」と、鼻のとがったやせた小男の囚人が、しぶしぶ応じた。

「じゃ、ルカ・クジミーチでもいいや、ちょっ、いまいましい野郎だ」

「おめえなんざルカ・クジミーチと呼べる柄か、ていねいに小父《おじ》さんと呼ぶもんだ」

「なに、おめえが小父さんだと、笑わせるな、おめえなんぞと口をきくのも勿体《もったい》ねえや！　きいたふうなことぬかすなってんだ。まあいいや、つまり、そういうわけで、おれはモスクワにゃちょっといただけよ。結局、笞を十五くらって、おかまいさ。そこでおれァ……」

「でも、どうしておかまいになったんだ？」と熱心に話を聞いていた一人が、よこあいから口を出した。

「買っちゃいけねえ、飲んじゃいけねえ、打っちゃいけねえ、こう何もかも封じられちゃ、モスクワで濡れ手《ぬれて》にあわのもうけができねえ。ところがおれァ金持になりたくてなりたくて、たまらなかったんだ。どれほどなりたかったか、とても口にゃ言えねえほどだ」

　多くの者がにやにや笑いだした。スクラートフは、どうやら、好きで、ひょうきん者というよりは道化役を買って出るような連中の一人らしかった。こういう連中は気むずかしい仲間たちを笑わせるのを自分のしごとにして、それに対しては、当然のことだが、罵りのほかは、何ひとつ報いられることがなかった。彼は特別風変りなタイプに属していたが、このタイプについては、おそらく、もっと詳しく語ることになろう。

「うん、いまのおめえなんざ、黒貂《くろてん》の代りにぶち殺してもかまやしねえよ」とルカ・クジミーチは言った。「なあに、身ぐるみはいだだけでも、百ループリぐれえにはなるだろうさ」

スクラートフはつぎはぎだらけの、くたびれきった、ぼろぼろの外套を着ていた。彼はかなり冷やかに、しかし注意深く相手を上から下まで見まわした。

「そのかわり、頭は値がいいぜ、ええ、頭はな！」と彼は答えた。「モスクワをはなれるときだって、頭がいっしょに来てくれるんで、ほっとしたんだ。あばよ、モスクワ、のびのびさせてもらって、ありがとうよ、ひでえ笞のあとをつけてくれたな！　おい、おれの外套を気やすくじろじろ見るなよ、いい気になりゃがって……」

「じゃ、頭を見ろってのか？」

「なあに、頭だってやつのもんじゃねえ、下されるものだよ」とまたルカがからんだ。「ここへ送られてくる途中、チュメーニ（訳注　西部シベリアの町）でめぐまれたのさ」

「ときに、スクラートフ、おめえ何か手職があったのかい？」

「手職だって！　手引きってやつさ、病人の手を引いてやったりして、懐中ものをかっさらっていたのさ」と気むずかしい顔の一人が言った。「それがやつの手職だよ」

「おれァほんとに長靴を縫ってみようと思ったことがあるんだぜ」とげのある言葉にはまるで耳をかそうともしないで、スクラートフは答えた。「一足縫いあげただけだったが」

「それで、だれか買ったかい？」

「うん、神もおっかなくねえ、親父《おやじ》おふくろなんぞくそくらえって、とんでもねえやつが来やがって、天罰だろうな――買いやがったぜ」

　スクラートフのまわりじゅうの者が、腹をかかえてどっと笑いころげた。

「それからもう一度しごとしたことがあったよ、ここへ来てからな」とスクラートフはことさらにおもしろくもなさそうな顔をしてつづけた。「ステパン・フョードルイチ・ポモールツェフの、あの中尉《ちゅうい》どのな、長靴の表皮を縫いつけてやった」

「で、やっこさん、喜んだかい？」

「いや、それが、喜ばねえのよ。さんざんどなりちらしたあげくに、膝小僧《ひざこぞう》でいやってほどおれのけつをけりやがった。よっぽど怒ったんだな。まったく、おれは娑婆《しゃば》でも、監獄でも、ろくなこたァねえ！」

　そら、ちょっと待つ間に、

アクリーナの亭主が外へ出た……

突然、彼はまたうたいだして、足でぴょんぴょん拍子をとりはじめた。

「ちぇっ、みっともねえ野郎だ！」わたしのそばを歩いていたウクライナ人が、意地わるい侮蔑《ぶべつ》の横目をちらと彼に投げて、つぶやくように言った。

「役に立たねえ男だよ！」ともう一人の男がきめつけるような、まじめな口調で言った。

みんながどうしてスクラートフに腹を立てるのか、また一般に――これはもう最初の二、三日で気付いたことだが、なぜ陽気な連中がいくぶん軽蔑されたような立場におかれるのか、わたしにはまったくわからなかった。ウクライナ人やその他の連中の怒りを、わたしはそれぞれの気性のせいにした。ところが、それは気性のせいではなかった。それはスクラートフに根性がない、つまり歯をくいしばっても自分の人格を誇示しようとする肩をいからしたところがなかったせいなのだ。この気風は監獄じゅうにひろまって、一つの不文律にまでなっていたのだった。一口に言えば、彼らの表現を借りれば、彼は『役に立たない』人間だったから、彼らは腹を立てたのだ。しかし、陽気な連中だからといって、スクラートフやそのたぐいのように、全部が腹を立てられ、鼻であしらわれているわけではなかった。要は、その態度いかんで、温良な人間でも工夫がなければすぐに軽蔑された。これにはわたしもびっくりしたほどだ。しかし、陽気な連中の中にも、毒舌《どくぜつ》を返すすべを心得ているし、しかもそれが好きで、だれにもひけをとらない者もいた。こういう者はやむなく一目《いちもく》おかれた。ところで、このわたしたちの作業班の中に、こうした向うっ気は強いが、ほんとうはひどく陽気で、じつに気持のいい男が一人いた。だが、わたしがその男のそうした一面を知ったのは、ずっとあとになってからのことである。彼はりっぱな身体つきの若者で、頰《ほお》に大きないぼがあって、何とも滑稽《こっけい》な顔つきだが、しかし顔だちはかなり美しいほうで、きりっとしていた。彼はもと屯田兵部隊《とんでんへい》にいたので、屯田兵《ピオネール》と呼ばれていた。いまは特別監房に入れられていた。この男についてはいずれまた語ることになろう。

ところで、『生《き》まじめな連中』がみな、陽気さに腹を立てたウクライナ人のように、直情型とは限らなかった。監獄には、何でも一番でなければ承知できず、何でも知らないとは言わず、機知と、意志の強さと、頭のよさを誇示したがる囚人が、何人かいた。この連中の多くは実際に頭のいい、意志の強い人々で、実際にねらっていたもの、つまり優位と、仲間たちに対する大きな精神的影響というものを獲得していた。この利口者たちは互いのあいだではひどく敵視しあうことが多く——各々《おのおの》が多くの敵をもっていた。他の囚人たちに対しては、彼らは重みのある態度で、寛大な様子をさえ見せ、無用の口論はしようとしないし、上司には受けがよく、作業に出れば監督のような立場をとり、彼らのだれも歌などに神経をいらだたせるようなことはなかった。そんなくだらないことにかかりあうほどばかではない、という態度だった。この連中はいずれも、わたしには、監獄生活の全期を通じて、おどろくほどいんぎんだったが、やはり威厳を保つせいか、あまり口をききたがらなかった。この連中についても詳しく語る機会があろう。

岸に着いた。下のほうの河面に、こわすことになっていた古い艀《はしけ》が一隻《せき》凍りついていた。対岸には曠野《こうや》が青くかすんでいた。陰鬱《いんうつ》な荒涼とした光景だった。わたしはみんなが作業にとりかかるのを待っていたが、いっこうにそんな気配はなかった。中には、岸にころがっている丸太にどっかと腰をすえる連中もいた。ほとんどの者が長靴の中から煙草入れをとり出した。中身は土地の葉煙草で、市場で一ポンド三コペイカで売っているのである。煙管《きせる》はさるやなぎの木で作ったひどく短いやつで、手作りの小さな木の雁《がん》首《くび》がついていた。一服がはじまった。警護の兵士たちはぐるりとわたしたちを取巻いて、いかにも退屈そうにわたしたちの見張りをはじめた。

「まったく、こんな艀をこわそうなんて、だれが考えやがったんだ？」と一人がだれにともなく、ひとりごとのようにつぶやいた。「こっぱがほしいってのか？」

「おれたちをこわくねえやつが、考えやがったのよ」ともう一人が言った。

「あの百姓ども、どこへ行くのかな？」ちょっと間をおいて、最初の男が、いまきいたことの返事などはむろん無視して、はるか向うの処女雪の上を一列になってどこかへ進んでゆく百姓たちの群れを指さしながら、言った。みんなものうげにそちらのほうを見やって、退屈まぎれにからかいはじめた。しんがりを歩いている百姓は、両手をひろげて、長くとんがったそば粉菓子みたいな帽子をかぶった頭をかしげて、何とも滑稽きわまる歩き方をしていた。その姿がこまかいところまで、白雪の上にくっきりと見えた。

「おい、ペトローヴィチ兄《あん》にゃ、どうだい、あのぴょこたんしたざまァ！」と一人が百姓言葉をまねながら言った。おもしろいのは、囚人たちは半数が百姓出のくせに、たいてい百姓をいくぶん見くだしていたことである。

「けつの野郎を見ろや、まるで大根をうえてるみてえな格好だぜ」

「ありゃ難儀な頭だぜ、金でもたんともってるんだろうさ」と三人目の男が言った。

みんなにやにや笑いだしたが、その笑いも何となくものうげで、しかたなく笑ってるというふうだった。そうこうするうちに、パン売りの女がやってきた。はきはきしたすばしっこい娘っこだった。

施しものの五コペイカで白パンが買われて、その場でみんなに等分に分けられた。

獄内でパンを売っている若者が、二十ばかり仕入れて、いつものきまりの二つではなく、三つ割増しをつけろと、強硬にがんばりはじめた。だが、パン売りの娘はきかなかった。

「じゃ、あれはくれねえんだな？」

「あれって、何さ？」

「そら、あのねずみもかじらねえやつさ」

「あら、やだァ、いやなやつ！」と娘は甲高い声をたてると、くつくつ笑いだした。

やっと、作業監督の下士官が棒をもってやってきた。

「おいこら、なにをすわりこんでる！　作業にかからんか！」

「ところで、イワン・マトヴェイチ、ノルマをきめてくださいよ」と『監督格』の一人がゆっくり腰を上げながら、言った。

「さっき組分けのとき、何で言わなかったんだ？　艀をばらせ、それがノルマだ」

みんなは、やっと、しぶしぶ腰を上げて、足をひきずりながら、河のほうへおりていった。彼らのあいだにすぐに、すくなくとも口先だけは『監督』を気どった者が出てきた。艀はやたらにこわしさえすればいいのではなく、角材や、特に底いっぱいの長さに木釘《きくぎ》でぶっつけてある一枚板は、なるべくそっくり残すようにするというのだった。時間のかかる退屈なしごとである。

「こりゃ、まずこの丸太をのけにゃなるめえよ。手をかせや、みんな！」と一人の監督でも囚人頭《しゆうじんがしら》でもない、ただの雑役の囚人が言った。これは口数の少ない、おとなしい若者で、それまで黙りこくっていたのだった。彼はかがみこんで、太い丸太に両手をかけると、加勢を待った。しかし、だれも手をかそうとしなかった。

「なんだ、そんなの持ち上げようってのか！　おめえなんかに上がるかよ、おめえの爺《じい》さんの、あの熊爺《くまじじ》いが来たって——上りゃしめえよ！」とだれかが歯のあいだから押し出すように言った。

「それじゃ、どこからはじめたらいいんだ？　おれにゃわからねえ……」と出過ぎ者は丸太から手をはなして、腰を上げながら、困ったように言った。

「一人で全部やれるもんじゃなし……何を出しゃばりやがんだ！」

「三羽の鶏に餌《え》を分けるのさえ、まごつくくせにしやがって、真っ先にとび出すなんて……あきれけえった野郎だ！」

「だって、おれは、べつに何も」と困った男は言い訳をした。「おれはただ……」

「何だおめえたちァ、おれに袋をかぶせてもらいてえのか？　それとも、冬の塩漬《しおづけ》にしてくれとでもいうのか？」と監督は、どうしごとに手をつけたらいいかわからずにいる二十人の囚人たちを、うさん臭そうな目で見まわしながら、どなった。「作業にかかるんだ！　早くせんか！」

「そうせかせかしても、しごとはあがらねえって、イワン・マトヴェイチ」

「なに、せくもせかんも、おまえは何もしやせんじゃないか、おい！　サヴェリエフ！　文句があるか、ペトローヴィチ！　おまえに言ってるんだ。なにを突っ立って、きょときょとしてるか！……作業にかかれ！」

「だって、おれ一人で何ができるんだ？……」

「だからノルマをきめてくれよ、イワン・マトヴェイチ」

「何度言ったらわかるんだ——ノルマはきめない。艀をばらしたら、帰営だ。作業にかかれ！」

結局、作業にかかったが、のろのろと、気のなさそうな様子で、いいかげんなことをしていた。この頑丈《がんじょう》な労働者たちの群れが、どこからしごとに手をつけたらいいのか、まるでわからないらしく、うろうろしている様子は、見ていて腹が立つほどだった。まずいちばん小さな肘材《ひじざい》からはがしにかかったが、たちまち折れてしまった。「ひとりでに折れたんだ」と監督には言い訳した。結局、このやり方はまずいというので、何か他の方法を考えることになった。どこから手をつけて、どうしたらいいか、長ったらしい相談がはじまった。当然、しだいに声が大きくなって、罵《のの》りあいになり、このままほっておいたらどんな騒ぎがもちあがるかしれやしない……監督はまたどなって、棒を振ったが、肘材はまた折れた。結局、斧《おの》が足りないし、それにもっと何か道具を持ってこなければ、ということになった。そこですぐに二人の若い囚人が班をはなれて、警護兵といっしょに、道具をとりに要塞《ようさい》へ引返した。その帰りを待つあいだ、残った連中は悠々《ゆうゆう》と艀の上にすわりこんで、煙管をとり出して、また一服をはじめた。

監督も、ついに、あきれはててぺっと唾《つば》を吐いた。

「やれやれ、おめえたちにかかっちゃ、しごとも泣くに泣けんわい！　まったく、あきれはてた連中だ！」彼は腹立たしげにぼやくと、手を一つ振って、棒をぶらぶらさせながら、要塞のほうへもどっていった。

一時間もすると技術下士官がやってきた。彼は囚人たちの言い分をしずかに聞いたうえで、もう四本の肘材を、折ったりしないでそっくりとりはずすことを、ノルマとすることをきめ、そのうえ艀をざっと解体しおわったら、帰営してもよろしい、と言明した。ノルマは大きかった、しかし彼らのはりきりようといったらなかった！　あのだらけた態度はどこへ行ってしまったのだ、あの煮えきらないためらいはどこへ消えてしまったのだ！　斧が鳴り、木釘がぬきとられはじめた。手のすいた連中は太い棒を何本かさしこんで、二十本の手でそれをおさえつけながら、威勢よく、あざやかな手際《てぎわ》で肘材をとりはずしていった。しかも、驚いたことに、今度はそっくり、すこしも傷つけずにとりはずされるのだ。作業は活気づいた。みんなが急にどういうものかひどくものわかりがよくなった。よけいなことを言う者もないし、憎まれ口をきく者もない。何を言い、何をし、どこに立ち、何を注意してやったらいいか、だれもが知っていた。ちょうど太鼓が鳴る三十分まえにきめられたノルマが終って、囚人たちは疲れたが、すっかり満足しきって帰路についた。どうせ帰れる時間よりせいぜい三十分ほど早く終ったにすぎないが、気分がまったく別なのである。しかしわたしは、自分だけは除け者《のけもの》であることに気付いた。作業のあいだ手伝おうと思って、どこへ手を出してみても、まごまごして他人《ひと》の邪魔をするばかりで、どこへ行っても、いまにもどなりつけそうな勢いで、追い払われてばかりいたのだった。

いちばんのぼろかすで、だいたい自分が何の役にも立たず、ちょっとでもすばしっこく頭のいい囚人たちのまえへ出ると、ろくに口もきけないような男まで、わたしがそばへ行くと、邪魔になるという理由で、わたしをどなりつけ、追い払うのを当然の権利と考えているのだ。とうとう、勢いのいい一人がわたしに面と向って、乱暴に言った。

「どこへもぐりこむんだ、あっちへ行ってな！　頼みもしねえとこへ、しゃしゃり出るんじゃねえよ」

「目ィまわしてやがるぜ！」とすぐにもう一人が言った。

「おめえは、お布施《ふせ》の箱でも持ってだ」と三人目が言った。「石のお堂を建てるか、くさった祠《ほこら》をなおす金でも集めたほうが、似合いだよ。ここじゃおめえのすることがねえよ」

わたしは一人だけはなれて、ぼんやり立っているほかなかった。しかし、みんなはたらいているとき、ぼんやり立っているのは、何だか悪い気がした。たしかにそうであった。わたしがそばをはなれて、艀の端の方へ行くと、とたんにどなられたのである。

「見ろ、ひでえやつをおっつけられたもんだ。どう使ったらいいんだ？　まるで使いものになりゃしねえよ！」

これは、むろん、故意にしくんだことだった。みんなの気晴らしになるからだ。貴族出の者には思い知らしてやる必要があった、そして彼らが、その機会を喜んだことは言うまでもない。

まえに言ったが、監獄へ来てまず第一にわたしが問題にしたのが、どういう態度をとったらいいか、こういう連中に対して自分をどういう立場においたらいいかということであったが、その理由がいましみじみと痛感させられたのだった。わたしは、いまこの作業場であったような彼らとの衝突が、これからもしょっちゅうあることを予感していた。しかし、どんな衝突があっても、わたしはもうこの数日のあいだにある程度まで練りあげた行動のプランを変えまいと決意していた。そのプランが正しいことを、わたしは信じていた。つまり、わたしは、なるべく素直にして、自分の自由を守るようにし、わざわざ無理に彼らに近づこうとするようなことは、ぜったいにしないが、しかし先方から近づきたいと望むならば、こばまない、という態度を決めたのである。彼らのおどしや憎悪《ぞうお》をけっしておそれず、できるかぎり、それは気付かないふりをする。ある点ではぜったいに彼らと妥協せず、彼らのある習慣やしきたりにはぜったいに従わない、つまり一口に言えば——こちらから彼らの全面的な友好関係は求めないということである。わたしははじめから、わたしのこういう態度に対して、むしろ彼らのほうからわたしをばかにしてかかるだろうと思っていた。ところが、彼らの観念によれば（これはあとになってからはっきりわかったのだが）、わたしはやっぱり、貴族の名を重んじて、彼らのまえでそれを誇りにする、つまり、品をよくして、気どったり、彼らに眉《まゆ》をひそめて、ことごとに鼻の先で笑ったり、いかにも旦那《だんな》らしく振舞うのが当然なのである。それが彼らの考える貴族というものであった。そんなことをすれば、彼らは、もちろん、わたしを罵《ののし》るだろうが、そのくせ腹の中では一目おくのである。こういう役はわたしにはあわなかった。わたしは彼らが考えるような貴族では、けっしてなかったが、そのかわり彼らに対して一歩でも半歩でもゆずって、自分の教養と観念を辱《はずか》しめるようなことはぜったいにすまい、と心に誓った。もしわたしが、彼らの意を迎えようと思って、機嫌《きげん》とりにお世辞を言ったり、調子をあわせたり、なれなれしくしたり、彼らのさまざまな『悪癖』をまねるまでに身をおとすようなことをしだしたら――彼らはすぐに、わたしがそんなことをしているのは、臆病《おくびょう》で、おびえているからだと考えて、わたしを軽蔑《けいべつ》するにちがいない。Aは手本にならなかった。彼は少佐のところへ出入りしたので、彼らのほうからこわがっていた。またその逆に、ポーランド人たちのように、彼らに対して冷たい、手のとどかぬいんぎんさという殻《から》にとじこもってしまうのも、いやだった。わたしはいま、彼らがわたしを軽蔑してるのは、わたしが彼らなみにはたらこうとして、上品ぶったり、気どったりしないからだということを、はっきりとさとった。そして、彼らもいずれはいやでもわたしに対する考えを変えなければならなくなるだろうと、ぜったいの自信はあったが、それでもやはり、彼らがいま、わたしが作業場で取入ろうとしていると考えて、わたしを軽蔑する権利があると思ってるのだろう、と思うと、わたしはたまらなく悲しい気がした。

夕暮れ、午後の作業が終って、へとへとに疲れて獄舎へもどってくると、わたしはまた言いようのないさびしさにおそわれた。『こんな日がこれから先、何千日もつづくのだ』とわたしは考えた。『全部こんな日なんだ、こんな日ばかりなんだ！』わたしはもう薄暗くなってから、一人でしょんぼりと、獄舎の裏手の柵《さく》のあたりをさまよっていた。ふと見ると、シャーリックがこちらへまっしぐらに走ってきた。シャーリックは、歩兵中隊や、砲兵中隊や、騎兵中隊などによく飼われているように、この監獄に飼われている犬だった。この犬はいつのころからかこの監獄に住みついていて、だれのものでもなく、みんなを主人と思って、炊事場の残飯をあさって生きていた。黒に白いぶちのある、かなり大きなめすの飼い犬で、まだそれほどの年齢ではなく、利口そうな目をして、しっぽがふさふさしていた。だれも一度もなでてやったこともないし、まるで気にかけもしなかった。わたしはここへ来た最初の日に、頭をなでて、掌《てのひら》からパンを食べさせてやった。頭をなでてやると、おとなしくして、やさしい目でわたしを見つめながら、喜びのしるしにしずかにしっぽを振っていた。いま、しばらくわたし――この何年かのあいだにはじめてなでてもらったわたし――を見なかったので、シャーリックは走りまわって、みんなのあいだにわたしの姿を求めていたが、獄舎の裏手にわたしを見つけて、鼻を鳴らしながらかけよってきたのだった。わたしは自分でもわからないうちに、夢中でシャーリックの頭を抱いて、接吻《せっぷん》していた。シャーリックは前脚をわたしの肩にかけて、顔をぺろぺろなめはじめた。『これが親友なんだ、運命がおれに送ってくれたんだ！』とわたしは思った、そしてその後、はじめの苦しくさびしかったころ、わたしは作業からもどってくるたびに、まず獄舎へはいるまえに、うれしそうに鼻を鳴らしながら、わたしのまえにかけよってくるシャーリックを連れて、急いで獄舎の裏へ行って、シャーリックの頭を抱いて、何度も何度も接吻してやった、すると何かしら甘いような、それでいて苦しいほど悲しい感情が、胸の中にうずくのだった。そして、おぼえているが、いまこの世の中でおれに残されたのは、おれを愛し、おれになついているたった一つの存在、おれの親友、おれのたった一人の親友——おれの忠実な犬シャーリックだけだと思うと、自分の苦しみを自分に誇るような気になって、甘い喜びをさえおぼえたものだった。

七　新しい知人たち。ペトロフ

しかし、時がすぎるにつれて、わたしはしだいに生活に慣れてきた。日とともに、新しい生活の日常の現象にとまどうことがしだいに少なくなった。できごと、環境、人々――すべてがしだいに目に慣れてきたのである。この生活と妥協することはできなかったが、それを現実と認める時期は、もうとうに来ていた。まだ疑惑は残っていたが、それはすべて、できるだけ巧みに、わたしの胸の中にかくした。わたしはもう途方にくれて獄内をさまようことをしなかったし、自分の憂愁も外に出さなかった。囚人たちの露骨な好奇の目ももうそれほどひんぱんにわたしの上にとまらなかったし、わざとらしい図々《ずうずう》しさでわたしを追うこともなくなった。わたしも、彼らを見なれたらしく、それがわたしにはひじょうにうれしかった。わたしはもう獄内を自分の家のように歩きまわったし、自分の寝る場所をまちがうようなことはなかったし、どうやら、死ぬまで慣れ《そ》うにも思われなかったいろんなことに、慣れたらしい。毎週きちんと頭の半分を剃りに通った。土曜日ごとに、空《あ》いた時間に、わたしたちは順番に衛兵所へ散髪に呼び出された（剃りに行かなかった者は、自分でしまつしなければならなかった）、そして大隊付きの床屋たちが冷たい石鹼《せっけん》を頭にこすりつけてから、なまくらな剃刀《かみそり》で乱暴にごりごりけずるのだが、わたしはこの時間を思い出すと、いまでも寒気がするほどである。しかし、まもなくうまい逃げ道が見つかった。アキム・アキームイチが軍事犯のある囚人を教えてくれたが、その男は一コペイカ払えばだれでも自分の剃刀で剃ってくれて、それを稼業《かぎょう》にしていた。囚人の多くは大隊からまわされる床屋をのがれるために、彼のところへ通ったが、といって、囚人たちは身体《からだ》がなまっていたわけではない。わたしたちの床屋は少佐という綽名《あだな》だった。どうしてか——わからない、そして彼のどこが少佐を思わせたのか——これもわたしにはわからない。いま、これを書いていると、わたしの目にはこの少佐がうかんでくる。やせてのっぽの、あまりものを言わない若者で、かなり鈍いほうで、年じゅうしごとのことしか頭にない様子で、いつ見ても片手にとぎ皮を持ち、夜も昼ももうすっかりとぎへらしてしまった剃刀をといでいた。彼は、どうやら、これを自分の生涯の使命として、このしごとに打込んでいたらしい。実際、剃刀がよくとぎあがっていて、だれか剃ってもらいに来ると、彼はいかにもうれしそうな様子を見せた。彼の石鹼はあたたかく、手つきは軽やかで、刃当りはビロードのようなやわらかさだった。彼は、明らかに、自分の技術を楽しみ、またそれを誇りにしていて、無愛想に金を受取り、技術が楽しみなので、金なんかどうでもよいのだというふうをしていたが、実際にそのとおりだった。Aが少佐に獄内のことを密告しながら、一度この床屋の名前を出して、うっかり口をすべらして少佐と言ったために、ひどい目にあわされたことがあった。ほんものの少佐がかんかんになって、それこそ火のようになってしまったのである。「おい、犬畜生、貴様は少佐の何たるかを知っとるのか！」と少佐は彼一流のやり方でAを責めたてながら、口から泡《あわ》をとばしてどなった。「少佐の何たるかを、わかっとるのか！　いきなりどこの馬の骨ともわからん囚人をもちだして、少佐呼ばわりするとは何ごとだ、しかもわしに向って、わしの目のまえで！……」。こんな人間と仲よくできるのは、Aだけであった。

　監獄生活の第一日目から、わたしはもう自由を空想しはじめた。刑期の終る日を数えて、あれやこれやと限りない空想にふけるのが、わたしの大好きなしごとになった。わたしはこれ以外のことは何も考えられないほどだった、そしてある期間自由を奪われた者なら、だれでもこう思うにちがいないと思った。囚人たちが、わたしと同じように考えていたかどうか、計算していたかどうかは、知らないが、彼らの希望のおどろくべき無思慮に、わたしはまず唖然《あぜん》とさせられた。牢獄《ろうごく》につながれ、自由を奪われた者の希望は——自由な外界に生活をしている者のそれとは、ぜんぜん別種である。自由な人間にも、もちろん、希望はある（たとえば、運命が変ればいいとか、事業がうまくいけばいいとか）、しかし彼は生活し、活動している。現在の生活がその回転ですっかり彼の心をとらえている。囚人の場合はそうではない。そこにも生活——監獄の生活、苦役の生活があるとしよう、しかし囚人がどんな人間で、刑期がどれだけであろうと、彼は、自分の運命が肯定できる決定的なもの、つまり真実の生活の一部であると考えることは、ぜったいに、本能的にできないのである。どの囚人も、自分の家にいるとは感じていない、客に来ているような気持なのだ。彼は二十年という年月を、二年ぐらいにしか考えていない、だから五十五で監獄を出ても、三十五のいまの若さと少しも変らない、とすっかり信じこんでいるのだ。『生活はこれからさ！』——彼はこう思って、いっさいの疑惑や、その他の腹立たしい考えを、かたくなに追い払う。特別監房の無期徒刑囚たちでさえも、ときには日をくってみたりして、なあにそのうち、思いがけなくピーテル（訳注　ペテルブルグ）から『ネルチンスクの鉱山へ移す、刑期はこれこれ』なんて許可が来るかもしれない、などと考える。そうなったらすてきだぞ、だいいち、ネルチンスクまでは半年かかるし、仲間といっしょだし、こんな監獄にいるよりはよっぽどましだ！　やがてネルチンスクで刑期を終えたら、そのときこそ……ときには白髪の老人までが、こんな空想にふけるのである。

　トボリスクでわたしは壁につながれている囚人を見た。鎖は二メートルほどの長さで、そばに寝台がおいてあった。シベリアへ来てから犯したけたはずれの大罪のために、こうしてつながれているのだった。五年の者もいるし、十年の者もいる。たいていは野盗であるが、わたしは一人だけ貴族の出らしい囚人を見かけた。昔どこかに勤務していたということだった。彼はひどく柔和な、ささやくようなものの言い方で、じつにやさしい微笑を見せた。彼はわたしたちに鎖を示して、寝台にどんなふうに寝たらぐあいがいいかを見せてくれた。これも、きっと、たいへんな大物らしかった！　彼らはみな概して態度が温順で、満足そうに見えるが、しかしどの一人をとってみても、早く刑期がみちるのを一日千秋の思いで待っているのである。何が望みで、とけげんに思われるかもしれない。その望みというのは、そのときこそこの煉瓦《れんが》の天井の低い、息苦しいじめじめした監房から出て、監獄の庭を思いきり歩きまわってやろうという、ただそれだけなのである。監獄を出されることはもうぜったいにない。鎖をとかれた者は、もう死ぬまで監獄に幽閉されて、足枷《あしかせ》をはずされることはないということを、彼らは知っているのである。彼らはそれを知っているが、それでもなお、一日も早く鎖の期間の終ることを一途《いちず》にねがっている。さもあろう、この希望がなかったら、彼らは死にもせず、発狂もせずに、五年も六年もじっとしていることができるだろうか？　また、おとなしくこんなところへ来る者があるだろうか？

作業がわたしを救い、わたしを健康にし、身体《からだ》を強くしてくれるかもしれないと、わたしは感じていた。たえまない精神の不安、神経のいらだち、獄舎のすえた空気は、わたしを完全に破壊してしまうにちがいない。『なるべくひんぱんに戸外へ出て、毎日身体を疲労させ、重いものを運ぶけいこをすることだ——そして自分をだめにしないようにだけはしよう』とわたしは思った。『自分を鍛えて、丈夫な、元気な、たくましい、若い身体で監獄を出るのだ』。わたしはまちがっていなかった。労働と運動はわたしにひじょうに有益だった。わたしは仲間の一人(貴族出の囚人)が、獄内で蠟燭《ろうそく》のとけるようにやせ細っていくのを、おそろしい思いでながめた。わたしといっしょに監獄へ来たときは、まだ若い、美しい、元気な男だったが、髪は白くなり、喘息《ぜんそく》を病み、衰弱しきって、なかば廃人同様の姿となって出ていったのである。『いやいや』と、彼を見ながらわたしは思った。『おれは生きたいし、これからもずうっと生きていくんだ』。そのかわり、労働を愛したために、わたしははじめのうち囚人たちにひどい目にあわされたし、その後も長く軽蔑《けいべつ》と嘲笑《ちょうしょう》で不快な思いをさせられた。しかし、わたしはだれにも目をくれずに、元気に作業に出かけた。たとえば、雪花石膏《せっかせっこう》のかまどを焚《た》いたり、鉱石を砕いたりする作業でも、わたしはすこしもいやがらなかった——それはわたしがおぼえた最初のしごとの一つで、楽なしごとだった。技術監督たちは、できるだけ、貴族出の囚人には楽な作業をあたえるようにしていたが、それは甘やかしているわけではけっしてなく、公平にみてそれがあたりまえだからであった。体力が半分もなく、それに一度も労働をしたことのない人間に、規定によって一人前の労働者に課されることになっているのと、同じ作業のノルマを要求するとしたら、そのほうがむしろおかしいと言えよう。しかしこの『お目こぼし』も毎度とは限らないで、行われるにしても、こっそりというふうだった。これに対しては側《がわ》からきびしい監視の目が光っていたのである。かなりしばしば苦しい労働につかなければならないことがあったが、そんな場合、貴族出の者が他の囚人たちの二倍の苦しみに耐えなければならなかったことは、言うまでもない。雪花石膏の作業には、老人とか、体力のない者が、もちろんわたしたちも含めて、三、四人指名されるのが普通だった。そのほかにしごとに慣れているほんとうの労働者が一人派遣されることになっていた。これはいつも同じ男で、もう何年もこのしごとをやっているアルマゾフという囚人だった。色の浅黒い、筋ばった、もうかなり年輩の男で、粗暴で、人間嫌《ぎら》いで、気むずかしかった。彼はわたしたちに深い憎悪《ぞうお》をいだいていた。しかし、彼はひどく無口な男で、わたしたちに叱言《こごと》を言うのさえわずらわしがるほどだった。雪花石膏を焼いたり、砕いたりする小舎《こや》も、さびしい傾斜の急な河岸にあった。冬、特にどんより曇った日など、河や遠い対岸をながめるとたまらないさびしさにおそわれた。この荒涼とした風景の中には、心を悲しくめいらせる何ものかがあった。ところが、果てしない真っ白い雪原に太陽がまぶしく輝いているときのほうが、どうしてかかえって心を重く沈ませるものがあった。対岸にはじまって、一枚の切れ目のない白布のように千五百露里も南へのびひろがっている曠野《こうや》のどこかへ、このまま飛び去ってしまいたいようなせつない気持になるのである。アルマゾフはいつもぶすっと気むずかしい顔をしてしごとをはじめた。わたしたちは人並みの手伝いができないのが、恥ずかしいような気持になるが、彼はわざと一人でやって、わたしたちに手をかせとは言わない。わたしたちに申し訳ないと思わせ、自分たちの役に立たないことを悔ませるために、わざとそうしているふうだった。といって、しごとというのは、かまどの上に積み上げた石膏を焼くために、かまどを焚くというだけのことなのである。その石膏も、わたしたちが運んでくることが多かった。あくる日になって、石膏がすっかり焼けると、それをかまどからおろしにかかる。わたしたちはめいめい重い木槌《きづち》を持って、それぞれの箱に石膏をのせて、それを砕きはじめる。これはじつに楽しいしごとだった。もろい石膏がたちまち真っ白いきらきら光る粉になって、楽にきれいに砕けてしまう。重い木槌を思いきり振下ろすと、われながら聞きほれるような、何とも言えない気持のいい音をたてて割れる。そのうちに、へとへとに疲れるが、それがまたじつに快い。頬《ほお》が真《ま》っ赤《か》にほてり、血が勢いよく全身をかけまわる。そうなると、アルマゾフのわたしたちを見る目も、まるで小さな子供たちでも見るように、やわらいでくる。彼はゆったりと煙管《きせる》を吸いつけるが、それでもまだ、何か言う段になると、叱言しか言えない。もっとも、彼はだれにでもこうで、ほんとうは、いい人間なのかもしれない。

わたしにあたえられたもう一つのしごとは——工場で研磨機《けんまき》の車をまわすことだった。車は大きくて、重かった。特に研磨工（技工としてはたらいている囚人）が階段の欄干のようなものとか、どこかの役人がつかう役所用の大きなデスクの脚《あし》とか、丸太からつくるような大きなものを細工するときは、車をまわすのは容易なことではなかった。そんな場合は一人ではとても手に負えないので、たいていわたしと、やはり貴族出のBの二人がまわされた。こうしてこのしごとはわたしたちの受持ちみたいになり、何年かのあいだ、何か磨《みが》きものがあればかならずかり出されたものだ。Bは気も身体も弱い男で、まだ若いが、胸をわずらっていた。彼はわたしより一年早く二人の仲間といっしょに監獄へ来た。一人は老人で、監獄にいるあいだ夜も昼も神に祈っていたが（そのために囚人たちからひじょうに尊敬されていた）、わたしがいるうちに獄死してしまった。もう一人はまだひじょうに若い、つやつやと血色のいい、体力も気力もすぐれた青年で、途中の宿営で疲労のために倒れたBをかついで、七百露里もの道を歩いてきたのだった。彼らのあいだの友情は見ていてうらやましいほどだった。Bはりっぱな教養のある、性格の床《ゆか》しい人間で、性質はおおらかだが、それも病気のためにそこなわれて、いらだちやすくなっていた。わたしたちはいっしょに車をまわした、そしてそれはわたしたち二人の楽しみにさえなった。このしごとはわたしに快適な運動をあたえてくれた。

わたしは雪かきも特に好きなしごとだった。これは吹雪《ふぶき》のあとにいつも行われたが、冬はしょっちゅうだった。吹雪が一昼夜つづくと、窓なかばまで雪にうずまる家もあったし、すっぽり雪の下にかくれてしまう家もあった。もう吹雪がやんで、太陽が出ると、わたしたちは大勢、ときには監獄じゅうの者が、役所や官舎の雪かきにかり出されたものだ。めいめいにスコップがわたされて、みんなに共同のノルマがあたえられる、ときにはこんなにどうしたらこなせるだろうかと、あきれるほかはないほどのノルマがあたえられたが、みんな仲よく作業にとりかかった。いま積ったばかりで、表面が軽く凍ったやわらかい雪に、スコップがさくっとくいこみ、大きなかたまりをすくい上げて、まわりへ投げとばすと、もう空中できらきら光る粉に変ってしまう。スコップは陽光にきらめく純白の雪に快くくいこむ。囚人たちはこの作業だといつも陽気にはたらいた。新鮮な冬の空気や運動が彼らの身体をほてらせた。みんなはますます陽気になって、笑い声や、かけ声や、軽口がとぶ。雪つぶての投げ合いがはじまる、しばらくすると、判で押したように、笑ったりはしゃいだりするのを快く思わない分別くさい連中がどなりつける、というわけで、全体の浮き浮きした気分は罵《ののし》りあいで終るのが普通だった。

わたしはすこしずつ交友の範囲をひろげていった。しかし、自分では友だちをつくろうとは考えていなかった。わたしはまだ不安で、陰気で、疑《うたぐ》り深かった。わたしの交友はひとりでに生れたのである。最初にわたしを訪《たず》ねてくるようになった一人は、ペトロフという囚人であった。わたしは訪ねてくると言ったが、この言葉には特別の意味があるのだ。ペトロフは特別監房に住んでいて、それはわたしのところからいちばん遠い獄舎にあった。わたしたちのあいだには、明らかに、いかなるつながりもありえなかった。共通したものもまったくなかったし、あるはずがなかった。ところが、わたしが監獄へ来て間もないころ、ペトロフはほとんど毎日のようにわたしの獄舎へ立ち寄るか、休み時間に、できるだけみんなの目から遠くはなれて、獄舎の裏庭をぶらぶら散歩しているわたしに言葉をかけるのを、自分の義務と考えたらしい。はじめのうちそれがわたしにはいやだった。ところが彼はどういうものか妙な力があって、けっして特に人なつっこいとか、話好きだとかいうのでもないのに、まもなく彼の訪問がわたしの心を慰めてくれるようにさえなった。彼は見たところ、背丈《せたけ》は高くはないが、がっしりして、ちょこまかとよく動きまわり、かなり気持のいい顔だちだが、蒼白《あおじろ》く、頬骨が張って、目つきが大胆で、白い小さな歯並みがきれいにそろって、下唇《したくちびる》にはいつも一つまみの粉煙草《たばこ》がこびりついていた。煙草を唇につけるのは多くの囚人たちの習慣になっていた。彼は年齢よりも若く見えた。四十前後だったが、三十くらいにしか見えなかった。わたしと話をするときはいつも、ごく自然な態度で、完全に対等な立場に立っていた、つまり極度に礼儀正しく、慎み深かった。たとえば、わたしが一人になりたがっていることに気がつくと、彼はわたしと二分ほど話をして、すぐにわたしのそばをはなれたが、そのたびにかならずわたしが相手をしたことにお礼を言うのを忘れなかった。彼はこんなことは、むろん、監獄じゅうのだれにも一度もしたことがなかった。おもしろいのは、こんな関係がわたしたちのあいだにはじめのうちだけでなく、その後ずうっと何年かつづいて、彼が実際にわたしに心服しきっていたにもかかわらず、ほとんどそれ以上に深くはならなかったことである。正直のところ彼はわたしから何を望んだのか、なぜ毎日わたしのところへ来たのか、わたしはいまでも、こうとはっきり言いきることができない。のちにたまたまわたしから盗むようなことになったが、それもふとした出来心で盗んだのである。彼はほとんど一度もわたしに金を無心したことがなかった、だから、わたしのところへ来ていたのは、金のためでもないし、何かうまい汁にありつこうためでもない。

これもどういうわけかわからないが、わたしにはいつも、彼がわたしと同じ監獄の中にはぜんぜん暮していないで、町のどこか遠いところにある他の家に住んでいて、ニュースを聞いたり、わたしを見舞ったり、わたしたちの暮しぶりを見るために、通りすがりにちょっと監獄に立ち寄るだけだと、そんなふうに思われるのだった。彼はいつもせかせかと忙しく、まるでどこかにだれかを待たせているか、何かしごとをやりかけのままにしてきた、というふうであった。そのくせ、格別あわてている様子でもない。彼の目つきも何か奇妙だった。じっと鋭く、ふてぶてしさといくらか小ばかにしたような陰《か》影《げ》があるが、対象をこえて、どこか遠くを見ているような目で、すぐまえにある対象のかげから、もっと遠くにある何か他のものを見きわめようとしているというふうであった。これが彼に散漫な印象をあたえていた。わたしはときどきわざと彼のあとをつけてみたことがあった。ペトロフはここからどこへ行くのか？　どこで何が彼をそれほど待っているのか？　ところが彼はわたしのそばをはなれると、急いでどこかの獄舎か炊事場へ行って、雑談をしている連中のそばに腰をおろして、じっと聞いているか、ときには自分から、それもひどく熱心に、話に割込むこともあるが、しばらくすると不意に口をつぐんで、黙りこんでしまう。だが彼は、話をしていようが、黙りこんでいようが、やはり通りすがりにちょっとのぞいてみただけで、どこかにしごとが残してあり、早くそっちへ行かなければならない、という様子なのだ。何よりも不思議なのは、彼にはしごとというものがまったくなかったということだ。彼はぜんぜん何もしないで暮していた（もちろん、苦役は別である）。手職は何も知らなかったし、金もほとんどもったためしがなかった。しかし彼は金のことはあまりくよくよしなかった。それなら、わたしと何を話していたのか？ 彼の話は、彼自身と同じように、奇妙だった。たとえば、わたしが一人で獄舎の裏庭のあたりをぶらぶらしてるのを見つけると、彼はいきなりくるりとわたしの方へ向きを変える。彼はいつもさっさと歩いて、いきなり向きを変える癖があった。歩いてきても、まるで走ってくるように思われた。

「こんにちは」

「こんにちは」

「お邪魔じゃありませんか？」

「いや」

「その、ナポレオンのことであなたにききたかったのですが。あれは一二年に攻めてきたやつと親戚《しんせき》じゃないかね？（ペトロフは強制徴募の少年兵あがりで、読み書きができた）」

「親戚だよ」

「いったい、世間の噂《うわさ》では、どんな大統領ですかね？」

彼はいつもたたみかけるように、ぽつんぽつんとものをきくくせがあった。まるでできるだけ早く何かをさぐり出さなければ、というふうで、さながら、一秒の遅延も許さぬ何かきわめて重要な問題について、緊急調査をしているかのようであった。

わたしは彼がどんな大統領かを説明して、おそらく、近いうちに皇帝になるだろうと、付け加えた。

「それはどうしてです？」

わたしは、知ってるかぎり、それも説明した。ペトロフは耳をわたしのほうへつき出すようにして、すっかり納得し、すぐに頭の中で考えをまとめながら、注意深く聞いていた。

「なるほど。ところで、これもあなたにきいてみようと思ってたんですがね、アレクサンドル・ペトローヴィチ。手がかかとまでもとどき、大きさがいちばんでっかい人間ほどもある猿がいるとか、聞いたんですが、ほんとでしょうかね？」

「うん、いるよ」

「いったい、どんなんでしょうかね？」

わたしは、知ってるかぎり、これも説明した。

「で、どこに住んでるんでしょう？」

「熱帯地方だ。スマトラ島にいるそうだ」

「それは、アメリカですかね？　なんでも、あっちじゃ、人間が頭を下にして歩いてるとか？」

「頭を下にして歩きはしないよ。それはきみ地球の裏側のことだろう」

わたしはアメリカがどういうところか、地球の裏側とはどういうことか、できるだけ説明してやった。彼は地球の裏側《アンチポード》ということだけをききたくてわざわざかけつけたかのように、熱心に聞いていた。

「ははあ！　ところで、去年ラヴァリエル伯爵《はくしやく》夫人の話を読んだんですが、アレフィエフ副官から本を借りましてね。ありゃほんとうですかねえ、ただのつくりごとじゃないんですか？　デュマとかいう人の書いたものですがねえ」

「もちろん、つくりごとさ」

「じゃ、さようなら。ありがとうございました」

そう言ってペトロフはもどっていった。ほんとうに、こういったたぐいの話以外に、わたしたちはほとんど話しあったことがなかった。

わたしは彼のことをしらべはじめた。Mは、わたしたちの交際を知って、わたしに注意したほどだった。彼の言うところによると、囚人たちの多くに恐怖をおぼえたが、特に監獄へ来たてのころはそれがひどかったが、しかしだれも、ガージンでさえも、ペトロフほどのおそろしい印象は、彼にあたえなかったというのである。

「あいつは全囚人の中でいちばん向う見ずな、いちばん命知らずな男だよ」とMは言った。「どんなこともやりかねない男なんだ。ひょいと気まぐれを起したら、どんな障害があっても立ちどまることを知らない。ふとその気になったら、あなただって殺しますよ、あっさりね、鶏《とり》でもひねるみたいに。眉《まゆ》一つうごかすでもないし、悪いことをしたなんてこれっぽっちも思いやしませんよ。頭がすこしへんじゃないか、と思うほどですよ」

この批評はつよくわたしの興味をひいた。だがMは、どういうわけか、そんなふうに思われた理由を明確に説明することができなかった。そして不思議なことに、その後何年もわたしはペトロフを知っていたし、ほとんど毎日のように彼と話していたし、いつも彼は心からわたしを慕っていたが（どういうわけか、わたしにはまったくわからないが）――そしてその何年かのあいだ、彼は獄内に慎み深く暮していて、乱暴なことは何ひとつしなかったが、それでもわたしは彼を見たり、彼と話したりするたびに、Mが言ったことが正しく、ペトロフは、もしかしたら、もっとも向う見ずな命知らずで、他人におさえつけられるなどということはまるで知らない男ではなかろうかと、いつもそんな気がしてならなかった。どうしてそんなふうに思われたのか――これもはっきり口では言えない。

ここでことわっておくが、このペトロフは、笞刑《ちけい》に呼び出されたとき、少佐を殺すつもりだったが、少佐は刑執行の直前に立ち去ったために、囚人たちの言葉では『奇蹟《きせき》に救われた』という、あの囚人だった。一度、まだ監獄に来るまえだが、教練の際に連隊長が彼をなぐったことがあった。彼はそれまでも何度となくなぐられていたらしいが、そのときに限ってかっと逆上して、白昼、散開した兵士たちの目のまえで、連隊長をいきなり刺し殺してしまったというのである。しかし、わたしはこのできごとを詳しくは知らない。彼はついにそれをわたしに話してくれなかった。もちろん、それは単なる衝動であって、彼の本性がいきなりむきだしにされたのであろう。しかし、彼にはそういうことはめったになかった。彼は実際に思慮があって、むしろ温順だった。情熱は彼の内部にかくされていた。しかもそれは強烈な、燃えるような情熱であった。熱い石炭がいつも灰をかぶって、しずかに燃えていたのである。他の連中のように、気どりや見栄《みえ》が、彼には毛筋ほども認められなかった。彼はめったに口争いもしなかったかわりに、だれとも特別に親しくはしなかった。ただ一人シロートキンだけは例外だったが、それも彼に何か用があるときに限られていた。しかし、わたしは一度、彼が本気で怒ったのを見たことがあった。何だったか、つまらない品物だったと思うが、彼にわたらないことがあった。分配からはずされたのである。彼はワシーリイ・アントーノフという民事犯の囚人とやりあった。これは性悪《しょうわる》な喧嘩《けんか》早い大男で、口が悪く、めっぽう気が強かった。二人はもうさっきからどなりあっていた。まあせいぜいなぐりあいくらいでけりがつくだろう、とわたしは思った。ペトロフはめったにないことだが、たまには喧嘩をして、いちばん口のきたない囚人にも負けないような罵《のの》り合いをやったこともあったからだ。ところが、このときは様子がちがった。ペトロフは急に真《ま》っ蒼《さお》になり、唇がひくひくふるえだし、血の気がひいた。吐く息も苦しそうになってきた。彼は立ち上がると、ゆっくり、はだしのまま足音を殺して(彼は夏はだしのままでいるのがひどく好きだった)、そろそろとアントーノフの方へ近づいていった。わあわあと騒いでいた獄舎じゅうがぴたっとしずまりかえって、蠅《はえ》のうなりも聞えるほどになった。みんな息をのんで見守っていた。アントーノフはあわてて立ち上がったが、顔色がなかった……わたしは耐えられなくなって、獄舎を出た。わたしはまだ入口の階段をおりきらないうちに、斬《き》られた人間の絶叫が聞えるのではないかと、はらはらした。だが、このときも何ごともなく終った。アントーノフは、ペトロフがまだそばまで来ないうちに、何も言わずあわてて問題の品物を彼のほうへ投げてやったのである。(口論の種になったのは脚絆《きゃはん》か何か、ほんのつまらないものだった)。むろん、二分ほどするとアントーノフは、気持もおさまらないいらしく、格好もつかないらしく、自分がそれほど怯気《おじけ》づいたわけではないことを見せるために、少しばかり相手に嫌味《いやみ》を言った。だがペトロフはそんな罵りには耳もかさず、返事もしなかった。罵りなどはどうでもよかった、要するに彼は勝ったのである。彼はひどく満足の様子で、脚絆をひろい上げた。三十分後には、彼はもう何ごともなかったように、退屈しきった様子で獄舎の中をぶらぶら歩きまわっていた。それは、どこかで何かおもしろそうな話をしてるところはないかな、あればさっそく顔をつき出して聞いてやるのだが、とでも言いたげな様子だった。彼はどんなことにも興味をもっていそうに見えた、ところがどういうものか、多くの場合結局はどんなことにも心をうごかさずに、ただ何となく獄内を歩きまわり、することもなくあっちへぶらぶら、こっちへぶらぶらしていることが多かった。見ようによっては、腕はいいのだが、当分しごとらしいしごとがないので、子供を相手に退屈しのぎをしている気風《きっぷ》のいい職人といった様子だった。わたしはまた、彼はどうして監獄にじっとしていて、逃亡しないのか、理解できなかった。彼はその気になりさえしたら、ぐずぐず思案などしないで、さっさと逃亡したにちがいない。ペトロフのような人間に、分別が支配力をもっているのは、彼らがそういう気持を起さないあいだだけである。いったんそうなったら、もはやこの地球上に彼らの渇望《かつぼう》をさまたげるものは何もない。しかも、彼はみんなをだまして、まんまと逃亡するだけの頭があり、一週間ぐらいは飲まず食わずで森の中か、河岸の葦《あし》の茂みにひそんでいることができるはずだ。ところが、どうやら、彼はまだそういう考えまで行かず、ぜんぜんその気はなかったらしい。大きな分別を、わけても健全な考えを、わたしはぜんぜん彼に認めなかった。こうした人間は生れたときから一つの考えしかもっていない、そして一生涯わけもわからずにその考えに引きまわされるのである。こうして彼らはまったく望みどおりのしごとに行きあたるまで、一生うろつきまわる。頭など何の用もなさない。まったくの風まかせである。なぐられた腹いせに上官を殺したような男が、どうしてここでおとなしく笞《むち》を受けているのだろうと、わたしはときどき不思議に思った。彼は酒の持ちこみを見つかって、笞をくったことが何度かあった。手職のない囚人たちはみなそうだが、彼もときどき酒の運び屋をやった。そして、彼は自分からそれを承諾したように、つまりこれはやむをえないと自認したように、笞の下におとなしく横になるのだった。もしそうでなかったら、たとえ殺されても、ぜったいに横にならなかったろう。また、彼がこれほどはっきりわたしを慕っていながら、わたしのものを盗んだときも、わたしはおどろいた。そういうことが彼には周期的に起るらしかった。彼はわたしの聖書も盗んだ。これはある場所から他の場所へ持っていってくれと、わたしが頼んだのである。ほんのわずかな道のりだったが、彼は途中ですばやく買手を見つけて、まんまと売りつけ、すぐにその金を飲んでしまった。おそらく、飲《み》みたくてたまらなくなったのだろう、そしてたまらないとなれば、どうしてもそれは充たされなけ、れ、ば、な、ら、な、い、のだ。このような男が、わずか二十五コペイカの金がほしさに人を殺すのである。ほかのときなら十万ルーブリの大金をもった客を平気で見のがしても、いまはどうしてもその二十五コペイカでウォトカの小瓶《こびん》を飲まなければならないのである。その晩彼は自分から盗んだことを打明けたが、すこしも悪びれたり悔んだりする様子はなく、ごくあたりまえのことのように、けろりとしていた。わたしはよくよく彼に言い聞かせてみようと思った。それに、聖書が何としても惜しかった。彼はいらいらもせずに聞いていた、ひどく神妙にさえ見えた。彼は聖書がひじょうに有益な本であることは納得して、いまそれがわたしの手許《てもと》にないことを、心から残念がったが、それを盗んだことはすこしも悪いと思わなかった。彼は自分が悪くないとすっかり信じきっている様子なので、わたしはすぐに叱言《こごと》をやめた。彼がわたしの叱言を神妙に聞いていたのは、たぶん、こんなことをしたのだから、こっぴどく罵らないとしたら、叱言くらいはしかたのないことだし、それなら、気のすむように言わしておけば、心も休まるだろう、と考えたかららしいが、しかし同時に、ほんとうはこんなことはくだらないことで、あんまりばかばかしくて、しっかりした人間なら口にするのも恥じるにちがいない、くらいにしか思っていなかったろう。彼はだいたいわたしを子供あつかいにして、世の中のごくかんたんな道理もわからぬ坊やぐらいにしか思っていなかったらしい。たとえば、わたしのほうから学問と本のこと以外のことを何か話しかけると、彼は返事はするが、それもわたしに恥をかかせないためだけらしく、ごく短い返事に限っていた。しょっちゅううるさくわたしにきくが、こんな書物の知識がこの男に何の役に立つのだろう、とわたしはときどき自分に訊《たず》ねてみた。こういう話をしているとき、わたしはそっと横あいから彼の顔をのぞいて見ることがあった。こいつめおれをからかってるのではあるまいか？　しかし、それは思いすごしだった。彼はいつもまじめに、注意深く聞いていた、とは言っても、しかし注意深さのほうにはすこし欠けるところがあって、これがときどきわたしをいらいらさせた。彼は質問は正確にはっきりと出したが、どうもわたしから受けた答えにはあまり驚きもしない様子で、漫然と聞いているふうにさえ見えた……またわたしについて彼は、ろくに考えもしないで、話をするにも他の連中を相手にするようなわけにはいかないが、といって本の話以外は何もわからないし、理解する力もないから、わずらわすだけむだだ、ときめてしまっていたらしい。

彼がわたしに愛情をさえいだいていたことはたしかで、これにはわたしもすっかり面くらった。わたしをまだ育ちきらない未成年者と思っていたのか、わたしを弱者と見て、あらゆる強者が弱者に対して本能的にいだく特別のあわれみを、わたしに感じていたのか……わたしはわからない。そしてこうしたすべてのことが、彼がわたしのものを盗むことをさまたげなかったにしても、しかし、盗むときに、わたしを気の毒に思ったことは、たしかである。『やれやれ！』わたしの品物に手をのばしながら、彼はこう思ったかもしれない。『まったく哀れなやつだ、自分のものもろくに守れねえとはなあ！』しかし、そのために、彼はわたしを愛したのかもしれない。彼は一度、何気なくこんなことをわたしに言ったことがあった。「あんたは気がよすぎるよ。まったくお人よしだよ、あんまりお人よしなんで、気の毒になるほどだ。こんなことを言ったからって、アレクサンドル・ペトローヴィチ、怒っちゃいやですよ」。そして一分ほどしてから、彼はこんなことを言いそえたのである。「わたしは思ったままを言ったんですからね」

こんな人間が一生のあいだに、ときとして、急激な民衆運動や革命などが起ったりすると、とつぜんくっきりと大きくうかびあがって、一挙に自分の全活動力を発揮することがある。彼らは言葉の人ではないから、運動の首謀者や指導者にはなれないが、その主要な実行者となって、運動の先頭に立つのである。彼らはべつに勇ましいことも言わずに、かんたんに行動を起すが、そのかわりろくに考えもせず、おそれもせず、まっしぐらに剣の林に突っこんで、真っ先に大きな障害を突破する——するとみんなそのあとにつづいて、めくらめっぽうに突進し、最後の壁まで来て、たいていはそこで倒れるのである。わたしには、ペトロフがいい死に方をするとは信じられない。彼は何かのときが来たら、一気に死んでしまう人間である。今日まで死なずにいたのは、まだその機会が来なかったからだ。しかし、だれが知ろう？　もしかしたら、髪が白くなるまで生き永らえて、あてもなくぶらぶらしながら、枯木が朽ちるようにしずかに往生するかもしれない。しかしわたしは、彼を監獄じゅうでもっとも命知らずな男だと言ったMの言葉が、正しかったような気がする。

八　命知らずな人々。ルーチカ

命知らずな人々について語るのはむずかしい。どこでもそうだが、監獄にも、そういう人々は数えるほどしかいなかった。まったく、見るからにおそろしそうな人間、話に聞いただけで、避けて通りたくなるような人間を、想像していただきたい。本能的な警戒心とでもいうものが、最初わたしにこういう人々を避けさせた。その後わたしは、もっとも凶悪な殺人犯に対してさえ、見方がだいぶ変った。殺人犯ではないが、六人も殺してきた男よりも、ずっとおそろしい囚人もいた。犯罪によっては、ごく初歩的な観念をさえ組立てることがむずかしいものもあった。その犯罪の遂行過程は、まったく腑《ふ》におちないことが多すぎるからである。わたしがこんなことを言うのは、ほかでもないが、わが国の民衆のあいだではまったくばかばかしいような理由で殺人が行われることがあるからだ。たとえば、こんな殺人者のタイプがある、しかもそれがひどく多いのだ。この男はしずかに、おとなしく暮している。生活は苦しいが——がまんしている。この男は百姓でも、家僕でも、町人でも、兵隊でもかまわない。彼は不意に身体《からだ》の中の何かがぷつりと切れたようになり、がまんができなくなって、自分を迫害していた敵をナイフで突き刺す。ここで奇妙なことが起るのである。しばらくのあいだ、その男は不意にはめがはずれたようになってしまう。最初に彼が殺したのは迫害者だし、敵だ。これは犯罪ではあるが、わかる。そこには動機があった。ところがそれから殺すのはもう敵ではない、行きあたりばったりに殺す、言い草が気に入らんとか、目つきが気にくわんとか、数がちょうどにならんとか、あるいはただ、「道をあけろ、じゃまだ、おれの歩いてるのが見えんのか！」とただそれだけで、おもしろ半分に殺すのだ。まるで、酒に酔ったか、熱にうかされているようだ。あたかも、一度禁じられた線を踏みこえたからには、もう神聖なものは何もないのだという思いを、たっぷり堪能《たんのう》しようとしているかのようだ。どうせこうなったからには、一思いにすべての法律や権力をとびこえて、野放しにされた無限の自由を楽しもう、自分で自分に感じないではいられぬ恐怖から来る胸がしびれるようなこの快感を、心ゆくまで楽しもうという気持に突き上げられているかのようだ。しかも彼はおそろしい刑罰が待っていることを知っている。これは、高い塔から真下の深淵《しんえん》に落ちこみそうになって、いっそ、自分からまっさかさまにとびこんだほうがましだ、早くとびこんでしまおう、それでおしまいだ、と思う気持に似ているかもしれない。そしてこのようなことが、それまではごく温順でまるで目立たなかったような人間にさえ、起るのである。中には、こうした悪夢に酔ったような自分を、得意がる者さえいる。それまでひどく痛めつけられていた者ほど、そうなるとますます気負って、人をこわがらせたくてたまらなくなる。彼はその恐怖を楽しみ、他人にもよおさせる嫌《けん》悪《お》そのものを好むのだ。彼は一種の自棄を装《よそお》う、そしてこの自棄のポーズそのものがどうかすると早く刑罰を望むようになる。しまいに、自分でもこの自棄のポーズに耐えられなくなって、早くきまりをつけてくれという気持になるのである。おもしろいのは、こうした気分やポーズがつづくのは、たいてい処刑台までで、その後はふっつりとなくなってしまうことだ。まるで実際にこの期限が正式なもので、そのためにあらかじめきめられた掟《おきて》によって定められているかのようだ。そのときになると、彼は急におとなしくなり、怯《おじ》気《け》づいて、まったくの腰ぬけに変ってしまう。処刑台の上ですすり泣いて――民衆に許しを乞《こ》う。監獄へ来るころは、から意気地がなく、めそめそと鼻ばかりすすっていて、いじけきっていて、『いったいこれが、人間を五、六人も殺した男だろうか?』とあきれるほどである。

もちろん、監獄へはいってもすぐにはおとなしくならない者もいる。まだ一種の気どりと自惚《うぬぼ》れを保っている。おれはおまえたちが考えているような人間とはちがうんだ、六人殺《や》ったんだぜ、というわけだ。しかし、結局はおとなしくなる。ただときどき、自棄っぱちだったころの、生涯にただ一度の乱痴気騒ぎや、思いきってあばれたことなどを思い出して、自分を慰めるだけである、そして人のよさそうな相手を見つけるとすぐに、いかにもえらそうな様子をして、自慢の鼻をうごめかしながら、そのくせ自分ではちっとも話したくなさそうなふりをして、手柄話をして聞かせるのが、何とも言えない喜びなのである。どんなもんだ、おれはこんな人間なのだぞ！　というわけである。

そしてこの自惚れの慎重さがどれほどの細心な注意で守られ、そしてしばしば、こうした話がどれほどものうげにさりげなく語られることか！　語り手の口調に、一言一言に、いかに研究されつくした気どりがあらわれていることか。それにしても、いったいどこでそれを学んだのだろう！

一度、まだ監獄へ来て間もないころ、夜の長さをもてあまして、することもなく、沈んだ気持で板寝床の上に横になりながら、こうした話の一つを聞いたことがあったが、そのころはまだよく知らなかったので、語り手を無類の鉄のような性格をもった、おそるべき大悪人と思いこんでしまった。ところが、そのころはわたしはほとんどペトロフをばかにしていたのである。話のテーマは、語り手のルカ・クジミーチが、他に何の理由もなく、ただ自分の気晴らしのために、ある少佐をねむらせたということだった。このルカ・クジミーチというのは、わたしがまえにちょっとふれたことのある、わたしたちの獄舎にいるあのやせて小さな、鼻のとがった、若いウクライナ人である。この男は生れが南だというだけで、ほんとうはロシア人で、屋敷づとめの家僕だったらしい。

『小さなちゃぼだが、爪《つめ》は鋭い』ということがあるが、彼にはたしかに鋭い、不敵なところがあった。しかし囚人たちは本能で人間を見る。彼はほとんど尊敬されていなかった、あるいは監獄内の言いまわしによれば、『やつにちょっぴりえばらせてた』ということになる。彼はおそろしく自尊心が強かった。その夜彼は板寝床の上にすわりこんで、シャツを縫っていた。下着を縫うのが彼の手職だった。そのそばに血のめぐりは鈍いが、お人よしで気のいい、がっしりと大きな囚人が腰をおろしていた。コブイリンという男で、板寝床が彼のとなりだった。ルーチカは、隣同士なので、よく彼とは口喧嘩《くちげんか》をし、だいたい彼を見くだして、鼻の先であしらい、いいぐあいにこきつかっていたが、コブイリンは鈍いためにそれに気付かないこともあった。彼は毛の靴下を編みながら、気のなさそうな顔をしてルーチカの話を聞いていた。ルーチカはかなり大きな声で、よくわかるようにしゃべっていた。コブイリン一人に話してるように見せようとしていたが、本心は、みんなに聞かせたかったのである。

「で、おれはな、故郷《くに》を追っぱらわれてさ」と彼は不器用な手で針をうごかしながら、話しだした。「Cへやられたのよ、何のこたァねえ、宿なしのためさ」

「そりゃいつのことだ、だいぶまえか？」とコブイリンがきいた。

「ああ、豌豆《えんどう》がうれたら――一年になるよ。ところが、Kまで来ると、しばらくそこの監獄にぶちこまれた。見ると、十二人ばかりいっしょだったが、みんなウクライナ人で、牡牛《おうし》みてえな、でっけえがっしりしたやつばかりだ。どいつもこいつも腰ぬけばかりでよ、めしはまずいし、みんな少佐にええぐあいにまわされているんだ、顔色ばかりおがみやがってさ（ルーチカはわざと言葉をもじった）。一日、二日いてみて、からっきし意気地のねえやつらだってことがわかったよ。そこで『何だっておめえらァ、あんなばかにのさばらせておくんだ？』って言ってやると、『じゃ、おめえ行って話しなよ！』なんてぬかしやがって、おれをえへらえへら笑いやがるじゃねえか。話にならねえから、こっちも黙ったよ」

「一人、途方もなくひょうきんなやつがいやがってさ」と彼は不意に、コブイリンを捨てて、みんなのほうを向きながら、言った。「裁判で判決を言いわたされたときのことや、お情けにすがろうとしたことなどを、くどくどとしゃべり出しやがって、わあわあ泣いてやがるのさ。がきやかかあが家に残ってるんだなんて、泣きごとを言いやがってさ。白髪《しらが》あたまで、でくでくふとりやがって、けったくそわりい野郎さ。ぬかすことがいいじゃねえか。『おらァおがむようにして判事に頼んだが、だめさ！　畜生め、知らんぷりして、書きものばかりしてやがるんだ。おらァくやしくてどなってやったよ、鬼、くたばりやがれ、おれだって死んでやるぞ！　ところが、けろっとして書いてばかりいるじゃねえか、唄《うた》でもこさえてるみてえにさ！……そこでおらァ、がっくりきたんだよ！』だとさ。おい、ワーシャ、糸をくれや。まったく、くさったみてえなやつらさ」

「市場で買ったやつだぜ」とワーシャは糸をわたしながら、答えた。

「ここの屑糸《くずいと》のほうがましよ。こないだ廃兵に買わせたが、あの野郎あそこでどんな性悪女から買うと思う？」とルーチカは糸をあかりにかざしながら、言った。

「なじみの女だろうさ」

「まあ、なじみの女だな」

「それで、その少佐がどうしたんだね？」とすっかり忘れられていたコブイリンが訊《たず》ねた。

その言葉だけを、ルーチカは待っていたのだった。それでも、彼はすぐに話をつづけるようなことはしないで、コブイリンなどはまるで眼中にないようなそぶりをさえ見せていた。彼はゆっくり糸のぐあいをなおすと、大儀そうにのろのろと足を組みかえてから、やっとしゃべり出した。

「おれは、やっと、ウクライナ人どもをけしかけて、少佐を呼んでくるようにしむけた。おれはまだ朝のうちに隣のやつにあいくちを借りて、ふところにのんでいた。いざというときの用意にな。少佐のやつ真《ま》っ赤《か》になって、馬でとんでくるじゃないか。おれはみんなに言ってやったよ、大丈夫だ、びくびくすんな！　ところがどいつもこいつも、もうきもっ玉がちぢみあがって、歯の根もあわねえしまつだ。少佐がかけこんできやがった、一杯ひっかけやがってさ。『貴様らは何者だ！　ここをどこだと思ってる！　おれはツァーリだ、おれは神さまだぞ！』とほえくさった。

　やつが、おれはツァーリだ、おれは神さまだぞ、とぬかしやがると同時に、おれはずいっとまえへ出た」とルーチカはつづけた。「あいくちは袖《そで》にかくしてある。『ちがいますよ、少佐どの』こう言いながら、おれはゆっくり少佐の方へせまっていった。『ちがいますねえ、少佐どの、あんたがおれたちのツァーリで、神さまだなんて、どうしてそんなはずがあるんですかい？』

『あ、これは貴様だな、貴様のしごとだな？』と少佐のやつどなりやがったよ。『おれにたてつく気か！』

『ちがうと言ってるんですよ、ちがうとね、少佐どの（そう言いながら、おれはじりじりとせまっていった）、あんたもよくよくご存じでしょうが、わしらの神さま、何でもできてどこにでもいる神さまは、たった一人しきゃいるはずがねえんだ。わしらみんなの上に、神さまが選んでくれたツァーリも、一人しきゃいねえ。そのお方はね、少佐どの、君主ですよ。あんたはね、ええ、少佐どの、まだたかが少佐だよ、ええ、ツァーリのご慈悲と、あんたの手柄で、わしらの上官にされただけの話さ』

『な、な、なんだと！』鶏が鳴くみてえにどもりやがったよ。のどがつまって、しゃべれねえんだ。よっぽどびっくりしたらしい。

『くそ、これでもくらえ』こう言いざま、いきなりやつにとびかかって、つかまで通れと、腹にあいくちを突き刺した。うまくいったぜ。ひっくりかえって、足をぴくぴくっとさせただけだ。おれはあいくちを投げすてた。『おい、見たか、さっさとこいつを片づけろ！』」

わたしはここですこし脇道《わきみち》へそれて考えてみたい。不幸にして、『おれはツァーリだ、おれは神さまだぞ』というような表現や、これに類したたくさんの言葉が、昔は多くの指揮官たちのあいだでかなり使われていた。しかし、正直のところ、こうした指揮官はいまは少なくなったし、まったく姿を消したといえるかもしれない。もう一つことわっておくが、こうした言葉を使ってことさらえらぶってみたり、えらぶることを好んだりしたのは、たいていは下士官あがりの指揮官だった。士官の位が彼らの中身全部と、あわせて頭までもきりかえてしまうらしい。長いこと下積みで苦労し、服従のすべての段階をていねいに通ったあげく、とつぜん風采《ふうさい》のりっぱな士官、指揮官になっている自分を見ると、着つけないものを着てぼうっとなっているので、自分の力と価値についての観念を誇張してしまうのである。もちろん、自分より階級の下の者に比べてのことにすぎない。上官のまえへ出ると、彼らはあいかわらず、もうそんな必要がぜんぜんないのに、卑屈な態度をとって、かえって多くの上官たちに不愉快な思いをさせるのである。中には、涙を流さんばかりに感激して、あわてて上官に、自分は下士官から成り上がったのだから、士官になったとはいえ、『身のほどはよくわきまえております』などと卑屈なことを言う者もいる。そのくせ目下の者に対しては、ほとんど無限の権力をもつ命令者になってしまうのだ。もちろんいまは、『おれはツァーリだ、おれは神さまだ』などとわめくような士官は、いるはずもないし、見られるとは思わない。だが、それにもかかわらず、わたしはやはり、上官たちのこうした言葉ほど、囚人たちを、さらに一般に身分の低い者たちを憤慨させるものはないということを、言っておきたいのである。この自分はえらいのだという傲慢《ごうまん》な気持、この自分は正しいという誇張された考えが、どんな従順な人間の心の中にも憎悪を生み、最後のがまんの緒を切らせるのである。幸いにも、これはみなもうほとんど過去のことで、昔でさえ当局によって厳にいましめられていたのだった。その例をいくつかわたしは知っている。

いったいに、人を見くだすようなぞんざいさや、気色わるそうな態度は、下級の者をいらいらさせるものだ。囚人たちには給与をよくし、設備をよくし、万事法律どおりにしていれば、それで文句はないと考えている者もいる。これもまちがいである。身分がどうであろうと、どんなに虐《しいた》げられた人間であろうと、だれでも、よしんば本能的にせよ、無意識にせよ、やはり自分の人格を尊重してもらいたいという気持があるのである。囚人は言われなくても自分が囚人で、世間から見すてられた人間であることは知っているし、上官に対する自分の立場も知っている、しかしどんな刻印、どんな足枷《あしかせ》をもってしても、自分が人間であることを囚人に忘れさせることはできないのである。そして、囚人も実際に人間であるから、当然、人間なみに扱ってやらなければならない。おお、見よ！ 人間らしい扱いは、いつか昔に神を忘れてしまったような者をさえ、人間にひきもどすことができるのである。こうした『不幸な人たち』にこそ、もっとも人間らしい扱いが必要なのだ。この救いこそ彼らの喜びなのである。わたしはこうしたりっぱな高潔な指揮官たちを見たことがある。わたしはこうした虐げられた人たちに対する彼らのあたたかい行為を見たことがある。ほんの二言三言のあたたかい言葉——もうそれで囚人たちはほとんど精神的によみがえったようになるのだ。彼らは、子供のように、喜び、子供のように、愛しはじめる。もう一つ奇妙なことを指摘しよう。それは囚人たちは上官にあまりになれなれしく、親切すぎる態度をとられるのを好まないということである。囚人は上官を敬《うやま》いたいと思うが、そういうふうに出られると、どういうものか尊敬する気をなくしてしまうのだ。囚人が好むのは、たとえば、自分たちの上官が勲章をもっているとか、風采がりっぱで、長官におぼえがめでたいとか、いかめしく、堂々としていて、公正で、威厳を保っているというようなことなのである。囚人たちはむしろこういう上官のほうを好むのである。つまり、自分の威厳は守り、しかも彼らを辱《はずか》しめない、したがって、どっちもいいし、これにこしたことはないというわけである。

……………………………

「それじゃおめえ、きっと、ひでえ目にあわされたろうな？」とコブイリンがべつにおどろきもしないで言った。

「ふむ。ひでえ目か、そりゃおめえ、あたりめえだ、こっぴどくやられたさ。アレイ、はさみを貸せや！　なんだ、みんな、今日は賭場《とば》はあけねえのかい？」

「なんせ飲んじめえやがったでな」とワーシャが言った。「もしも飲まなかったら、きっとやるんだろうがな」

「もしもだ！　そのもしもで、モスクワじゃ百ルーブリ貸してくれるぜ」とルーチカは言った。

「じゃ、ルーチカ、おめえその殺しでいくつちょうだいしたんだい？」とコブイリンがまた口を出した。

「そりゃおめえ、百と五つちょうだいしたよ。まったくの話、みんな、おらァあぶなく殺されるところだったぜ」とルーチカはまたコブイリンを無視して、みんなに言った。「まあこういうわけだよ、百五つの笞《むち》の刑を行うってんで、おれは隊中の兵隊が整列してるまえに引出された。それまでおれは一度も笞の味を知らなかったんだ。見物が黒山のようにおしかけやがってさ、強盗がおしおきになる、人殺しだそうだってわけで、町じゅうのやつらが集まってきたんだよ。まったくばかなやつらさ、話にも何もなりゃしねえ。刑吏のチモーシカの野郎、おれを素っ裸にして、うつ伏せに寝かせると、『がまんしろ、いてえぞ!』ってぬかしやがった。おれは観念したよ、なるようになりやがれ! そのうちピシッときた――おれは思わず叫ぼうとして、口を開きかけたが、声が出ねえ。声がとまっちまったんだよ。またピシッときた。信じようと信じまいと、おめえらの勝手だが、おれは二つかぞえたきり、あとはもう何も聞えなかった。ふっと気がつくと、十七とかぞえる声が耳にはいった。こうしておめえ、それから四度ばかり台からおろされて、水をぶっかけられて、三十分ずつ休まされたよ。おれは目をむいてみんなをにらんで、『このまま死ぬんじゃねえか……』と思ったぜ」

「でも、死ななかったんだな?」とコブイリンがばかなことをきいた。

ルーチカはさもさも軽蔑《けいべつ》しきった目で、じろじろ彼を見まわした。どっと爆笑が起った。

「まったくでくだよ、おめえも!」

「頭がすこしおかしいんじゃねえのか」とルーチカは、よくもこんな男を相手に話ができたものだと、ほぞをかみながら言った。

「つまり、知恵が足りねえのさ」とワーシャが言いそえた。

ルーチカは六人の人間を殺してきたが、しかし獄内ではだれもけっして彼を恐れていなかった。どうやら本人は、おそろしい人間に見られたいと、内心では渇望《かつぼう》していたらしいのだが……

九　イサイ・フォミーチ。浴場。バクルーシンの話

クリスマスの日が近づいてきた。囚人たちは何となくおごそかな気持でその日を待っていたし、そうした彼らを見ていると、わたしまで何か変ったことを待つような気持になった。その日の四日まえにわたしたちは浴場へ連れてゆかれた。わたしが監獄にいたころ、特にはじめの何年かは、囚人たちはめったに風呂《ふろ》に入れられなかった。みんな大喜びで、支度《したく》をはじめた。昼食後に行くことが定められ、その日は昼食後の作業は免除された。わたしたちの獄舎でだれよりも喜んで、はしゃぎまわっていたのは、ユダヤ人のイサイ・フォミーチ・ブムシュタインという囚人だった。この男については、もうこのものがたりの第四章で述べておいた。彼はのぼせてぶっ倒れるまで湯気にあたっているのが好きで、いまのように、古い記憶のページをくりながら、監獄の浴場のことを思い出すたびに（これは忘れられないものの一つだ）、まずすぐにわたしのまえにクローズアップされるのは、わたしの獄中の仲間で、同じ獄舎に暮していた、忘れることのできないお人よしのイサイ・フォミーチの顔だった。まったく、なんて滑稽《こっけい》なひょうきんな男だったろう！　彼の風采《ふうさい》については、もうまえにいくらか述べたが、五十前後で、

ひよわで、しわだらけで、頬《ほお》と額におそろしい刻印があり、やせて貧弱で、白い鶏みたいな身体《からだ》をしていた。顔の表情にはいつも何ものにも屈しない自惚《うぬぼ》れと、満足しきったような幸福の色さえ見られた。どうやら、彼は監獄へ来たことを、すこしも悔んでいないらしかった。彼は宝石工で、町には宝石工がいなかったために、町の旦那《だんな》衆やおえら方の注文がきれたためしがなく、いつも宝石加工のしごとばかりしていた。そしてわずかだが手間賃も支払われた。彼は不足なく、豊かな暮しをさえしていたが、それでも金を貯《た》めて、監獄じゅうの者に担保をとって高利で貸しつけていた。彼にはサモワールも、上等の敷きぶとんも、茶道具も、食器セットもそろっていた。町に住むユダヤ人たちが彼を見すてないで、いろいろと世話をしていたのだった。彼は土曜日ごとに警護兵につきそわれて町のユダヤ教の礼拝堂へ行くし（これは法律で許されていたのである）、まったく気楽に暮していたが、ただ一つ気にかかることといえば、早く十二年の刑期をつとめあげて、『かかあをもらいたい』という待ちきれぬもどかしさだけだった。彼の気性には、無邪気さ、愚かさ、ずるさ、ふてぶてしさ、素朴さ、小心、自惚れ、そしてあつかましさが、じつに滑稽にまじりあっていた。囚人たちが気晴らしにからかう以外は、けっして彼を笑いものにしないのが、わたしには不思議でならなかった。イサイ・フォミーチは、明らかに、いつもみんなの気晴らし役をつとめる、格好の慰みものになっていた。「あいつはかけがえのねえやつだ、イサイ・フォミーチにゃさわるんじゃねえぜ」

と囚人たちは言っていた、そしてイサイ・フォミーチもそのわけは承知していたが、それでも、囚人たちの心を大いに慰めてやるという自分の価値を、誇りにしているらしかった。彼は監獄に着いたときからして、じつに滑稽だった（これはまだわたしの来ないうちのことだが、話に聞いたのである）。ある日のこと、日暮れまえの休息の時間に、だれ言うとなく、ユダヤ人が一人送りこまれて、いま衛兵所で頭を剃《そ》られているが、じきにここへ来るはずだ、という噂《うわさ》が監獄内にひろまった。そのころ監獄にはユダヤ人は一人もいなかった。囚人たちは手ぐすねひいて待ちかまえていて、彼が門をはいってくるとすぐに、ぐるりとまわりを取巻いた。下士官が彼を民事犯監房へ連れていって、彼の板寝床の場所を教えた。イサイ・フォミーチは手に支給された官物と自分の私物をつめた袋を下げていた。彼は袋をおくと、板寝床の上に這《は》い上がって、足を組んでちょこんとすわったが、おそろしくてだれの顔も見られない。まわりにどっと笑い声が起り、ユダヤ人をあてこするえげつない皮肉がとんだ。不意に人垣《ひとがき》を分けて、一人の若い囚人が出てきた。両手に思いきって古い、きたない、ぼろぼろの夏ズボンと、それに官給の脚絆《きゃはん》をかかえている。彼はイサイ・フォミーチのそばに腰をおろして、ポンと肩をたたいた。

「おい、とっつぁん、おらァここでおめえの来るのを六年も待ってたんだぜ。どうだい、これで、たんまり貸してもらえるかい？」

そう言って若者は、彼のまえに持ってきたぼろをひろげた。イサイ・フォミーチは監獄へ来たとたんに、すっかりおびえきってしまって、ぐるりとまわりを取巻いた、あざけるような、醜悪な、おそろしい顔々に目もあげられず、いじけてまだ口もきけずにいたが、質草を見ると、急に元気が出て、いそいそと指先でぼろの検分をはじめた。あかりにも透かして見た。一同は彼が何を言い出すかと、見まもっていた。

「どうだい、まあ、銀貨一ルーブリは無理だろうな？　だが、それだけの値打ちもんだぜ！」と若者はイサイ・フォミーチに目くばせしながら、つづけた。

「銀貨一ルーブリはだめだが、七コペイカなら出してあげるよ」

これが、イサイ・フォミーチが監獄で口にした最初の言葉だった。一同は腹をかかえて笑いころげた。

「七コペイカだと！　まあいいや、七コペイカ出せ。おめえの勝ちだぜ。いいか、しっかり保管するんだぞ。なくしやがったら首をもらうからな」

「利息が三コペイカだから、受出すときは十コペイカだよ」とユダヤ人はポケットへ手を突っこんで金をさぐりながら、おそるおそる囚人たちの顔を見まわして、ふるえ声でとぎれとぎれにつづけた。彼はこわいので口もろくにきけぬほどだったが、商売はきちんとしたかったのである。

「利息が三コペイカだと、年にだろうな？」

「いや、年じゃねえ、月だよ」

「おめえも食えねえ野郎だな、ジュー。名前は何てんだ？」

「イサイ・フォミーチだよ」

「おい、イサイ・フォミーチ、おめえここじゃいいかせぎをするだろうぜ！　あばよ」

　イサイ・フォミーチは囚人たちの爆笑がつづく中で、もう一度質草を見まわすと、それをたたんで、大事そうに袋へしまった。

　彼は実際にみんなから好かれてさえいるようで、ほとんどの囚人が彼から金を借りていたが、だれ一人彼を侮辱する者がなかった。彼もめんどりみたいに悪気がなく、それにみんなに好意をよせられているのを見て、つけあがることもあったが、それがまた無邪気で滑稽なので、すぐに笑い流されてしまうのだった。ルーチカは、昔多くのユダヤ人を知っていたので、よく彼をからかったが、けっして悪意からではなく、ただ気晴しのためで、まるで犬や、おうむや、飼いならした野獣などを相手に楽しんでいるようなものだった。イサイ・フォミーチはすっかりそれを心得ていて、ちっとも怒ったりしないで、じつに器用にやりかえしていた。

「おい、ジュー、張り倒すぞ！」

「おれを一つなぐったら、十なぐりかえしてやるぜ」とイサイ・フォミーチは威勢のいいところを見せる。

「いやな、かさかき野郎だよ！」

「かさかきで悪かったな」

「かさかきジュー！」

「よけいなお世話だ。かさかきでも、金持だい。ざくざくあるぜ」

「キリストを売りやがって」

「それがどうした」

「よお、イサイ・フォミーチ、いいとこあるぜ！　やつにさわるな、かけげえのねえ男だ！」と囚人たちがわあわあ笑いながらはやしたてる。

「おい、ジュー、おめえ笞《むち》をくらって、シベリア行きだぞ」

「へえ、ここはシベリアじゃねえのかい」

「もっと遠いところだ」

「で、そっちにも神さまがいなさるかい？」

「そりゃァ、いなさるさ」

「そんならいいよ。神さまがいらして、金がありゃァ、どこだって極楽さ」

「いいぞ、イサイ・フォミーチ、おめえはほんとに、えらいやつだ！」とまわりがはやしたてる、で、イサイ・フォミーチは、自分がからかわれていることは知ってるが、悪い気はしない。みんなにおだてられていかにも満足そうに、獄舎じゅうにひびきわたるような細い最高音《ディスカント》でうたいだす、「ラ・ラ・ラ・ラ・ラ！」——何ともばからしい滑稽なモチーフだが、彼が獄中生活の間じゅううたっていた、言葉のないたった一つの歌である。その後、わたしと近しくなってから、彼が神に誓ってわたしに断言したところによると、これこそ六十万の全ユダヤ人が、老いも若きも、黒海を越えてくるときにうたった歌、うたったモチーフであり、すべてのユダヤ人が祭典や敵に対する勝利の際にこのモチーフをうたうように代々教えこまれているのだそうである。

毎週土曜日の前夜、つまり金曜日の夜になると、他の獄舎の囚人たちまでわざわざわたしたちの獄舎へ、イサイ・フォミーチが安息日を祝うところを見にやってきた。イサイ・フォミーチはまるで子供みたいに自慢がしたく、見栄《みえ》っ張《ぱ》りなほうなので、みんなに好奇心を示されると、やはり悪い気はしなかった。彼はいかにも物識《ものし》りぶって、ことさらにものものしい態度で隅《すみ》のほうに自分の小さな机をおき、被《おお》いをかけて、その上に聖典を開き、二本の蠟燭《ろうそく》に火をともした、そしてやおら呪文《じゅもん》のようなものをつぶやきながら、法衣《けさ》をまといはじめた（彼はげさと発音していた）。それは毛織物でこしらえたごてごてした上《うわ》っ張《ぱ》りのようなもので、彼はそれを箱の中に大切にしまっていた。彼は両手に手枷《てかせ》のようなものをはめ、それから頭に、額のど真ん中に、何やら木の小箱のようなものを包帯でくくりつけた、そのためにイサイ・フォミーチの額から滑稽な角が生えたような格好になった。それから祈りがはじまった。彼はうたうような調子をつけて呪文を唱えたり、けたたましい奇声をあげたり、唾《つば》を吐きちらしたり、くるくるまわったり、怪しげな滑稽なジェスチュアをしたりした。もちろん、こうしたことはみな祈禱《きとう》の儀式に定められていることで、それ自体にはすこしも奇妙なことも、滑稽なこともなかったが、イサイ・フォミーチがわざとわたしたちにいいところを見せようとして、その儀式にもったいをつけているところが滑稽なのである。そのうちに、彼はいきなり両手で頭をおさえて、泣きじゃくりながら唱えだした。泣き声がしだいにはげしくなり、彼はぐったりとなって、吠《ほ》えるような絶叫とともに聖典の上に、聖なる小箱をいただいた頭《こうべ》をたれる。と見ると、不意に、号泣が最高潮に達したところで、彼はけらけら笑いだし、感動にぬれたおごそかな、ありあまる幸福のためにおしつぶされたような声で、うたうように呪文を唱えはじめる。「みろ、憑《つ》きものがついたぜ!」と囚人たちは言ったものだ。

この泣くのと、それから急におごそかに幸福と法悦に移るのは、どういう意味があるのかと、わたしはあるときイサイ・フォミーチにきいてみた。イサイ・フォミーチはこういうことをわたしにきかれるのがうれしくてたまらない様子だった。彼は待ちかまえていたように、声を張り上げて泣き悲しむのはイエルサレムを失った悲しみを意味し、この悲しさをあらわすときはできるだけはげしく泣き、胸をたたくように聖典に定められていると、わたしに説明した。しかし、号泣が最高潮に達したところで、彼、イサイ・フォミーチは、不意に、思いがけぬひらめきに打たれたように（この不意にということも聖典に定めてある）、ユダヤ人のイエルサレム復帰の予言があることを思い出さなければならないのだそうである。そこで彼はいきなり歌と笑いで喜びをあらわすと同時に、声そのものでできるだけ多くの幸福を表現し、顔の表情でできるだけ厳粛と尊厳を表現するように、祈禱を唱えなければならない。この不意の移行と、この移行が絶対の義務であるという点が、イサイ・フォミーチはすっかり気に入っていた。彼はそこに独特の巧妙なトリックのようなものがあると見ていて、その巧みにしくまれた聖典の掟《おきて》を得意になってわたしに語ってくれたものだ。一度、祈禱のたけなわのときに、少佐が巡察士官と衛兵を連れて獄舎へはいってきたことがあった。囚人たちはみなそれぞれの板寝床のまえに一列に並んだが、イサイ・フォミーチだけはますます声を張り上げて、もったいぶった祈りを唱えはじめた。彼は祈りが許されているから、やめさせられないことを承知していたし、少佐のまえで大声を張り上げても、もちろん、何の危険もなかったわけだ。だが、彼にしてみれば少佐のまえで大いにもったいをつけ、わたしたちにいいところを見せつけるのは、またとない喜びだった。少佐は彼のすぐまえまで来た。イサイ・フォミーチは経机に尻《しり》を向けて、まともに少佐と向きあい、両手を振りながら、うたうような声でおごそかな予言を唱えはじめた。ちょうどこのとき、彼はあらんかぎりの幸福と法悦を顔に表現することになっていたので、彼はその掟に従い、いきなりへんなぐあいに目を細めて、けたけた笑いながら、少佐にこっくりこっくりうなずくようなしぐさをして見せた。少佐はびっくりしたが、しまいに、ぷっとふき出して、彼の顔にばか者とあびせかけて、向うへ行ってしまった。イサイ・フォミーチはますますはげしく叫びたてた。一時間後に、夕食を食べているとき、わたしは彼に訊《たず》ねた。「もし少佐が虫のいどころがわるく、きみに腹を立てたらどうだったろう？」

「少佐って、どこの？」

「どこのって？　じゃ、きみは気付かなかったのかい、まさか？」

「いや、知らなかった」

「だって、彼はきみのまえ一歩ほどのとこに立ってたじゃないか、きみの鼻の先にさ」

しかしイサイ・フォミーチは生真面目《きまじめ》な顔で、少佐などぜんぜん見えなかったし、だいたいお祈りのときは一種の恍惚《こうこつ》状態にはいってしまうので、まわりにどんなことが起っているか、もう何も見えないし、聞えもしないのだとくどくどとわたしに説明しだした。

土曜日になると、聖典にそう定められているので、つとめて何もしないようにしながら、獄舎内をぶらぶら歩きまわっているイサイ・フォミーチの姿が、いまでも目にうかぶようだ。町のユダヤ教の礼拝堂からもどってくるたびに、彼はどれほど信じられないような珍しい話をわたしに聞かせてくれたことだろう。これはユダヤ人仲間から聞いたので、仲間たちはたしかな筋から聞きこんだのだとことわりながら、ペテルブルグからの想像もつかないようなニュースや噂をどれほどわたしにもたらしてくれたことだろう。

しかしわたしはイサイ・フォミーチのことをあまりに多く語りすぎたようだ。

町じゅうに公衆浴場は二軒しかなかった。一軒は、あるユダヤ人の経営で、個室に仕切られていて、一つの個室が五十コペイカの貸切りで、上流階級の人々の専用のようになっていた。もう一軒が主として民衆の浴場で、古くて、きたなくて、せまくて、わたしたち囚人が連れてこられるのはむろんこちらの公衆浴場である。寒さのきびしい、晴れわたった日だった。監獄を出て、町を見られるというだけで、囚人たちはもう大喜びだった。途々《みちみち》軽口や笑いが絶えなかった。一個小隊の兵士たちが装塡《そうてん》した銃をかついでわたしたちを護衛し、町じゅうの人々の目をおどろかした。浴場へ着くとすぐにわたしたちは二班に分けられた。先の班がはいっているあいだ、あとの班は寒い脱衣場で待っているわけで、これは浴室がせまいためにやむをえない処置だった。しかし、それでも、浴室があまりにもせますぎて、わたしたちの半数の者がはいりきれるとは、とても考えられないほどだった。だが、そのせまい中でペトロフがわたしのそばにくっついていた。こちらから頼んだわけではないが、彼は自分からわたしの世話を買って出て、身体《からだ》を洗わせてくれとまで言っていた。ペトロフといっしょにバクルーシンもわたしの世話を申し出ていた。これは屯田兵《とんでんへい》と綽名《あだな》をつけられている特別監房の囚人で、囚人たちの中でもっとも陽気で愛嬌《あいきょう》のよい男だと、わたしはまえにちょっと述べておいたが、たしかにそのとおりの男だった。わたしはこの男とはもうちょっとした友だちになっていた。ペトロフはわたしが服をぬぐのまで手伝ってくれた。というのは、わたしが慣れないので服をぬぐのにえらく手間どったし、それに脱衣場がほとんど外と同じくらいに寒かったからである。ついでにことわっておくが、囚人はまだよく慣れないうちは、服をぬぐのにえらい苦労をした。まず、足枷の下当てを早くとくことをおぼえなければならない。この下当ては皮でできている長さ十五、六センチのもので、股引《ももひき》の上から足に巻く。足枷の鉄輪が直接足にあたらないようにである。一組の下当ては、いちばん安いものでも銀貨で六十コペイカは下らなかったが、しかし囚人たちはみな自前でそれをもっていた。むろん、それがないと歩けないからだ。足枷の鉄輪はぴったり足にはまっているのではなく、鉄輪と足の間は指一本通るくらいすいていた。それで、鉄が足にあたり、すれて、下当てをしないと一日で擦傷《すりきず》ができてしまうのである。だが、下当てをとるのはまだそれほどむずかしいことではない。それよりもっとむずかしいのは、足枷をつけたままうまく股引をぬぐこつをおぼえることである。これこそ完全な手品である。いま股引を左足からぬぐとしよう。まずそれを足と足枷の鉄輪の間を通さなければならない。次いで、左足が解放されたら、今度はそのぬいだ股引をまた逆に同じ足枷の鉄輪へ通す。つづいて、左足からぬいだ分を、右足の足枷の鉄輪に通す、それからぬいでしまったものをすっかり、また右足枷の鉄輪を今度は逆に手前のほうへ通すのである。新たに股引をはくときもまったく同じようなことをくりかえさなければならない。新入りの囚人には、どうしたらいいのか見当もつかないほどである。はじめてそれをわたしたちに教えたのは、コレーネフという囚人で、トボリスクでのことであった。これはもと野盗の首領で、五年も鎖につながれていた男である。しかし、囚人たちは慣れていて、何の苦もなくやってのけた。わたしは何コペイカかペトロフにわたして、石鹸《せっけん》と束子《たわし》の予備を買わせた。たしかに、囚人たちに石鹸は支給されたが、二コペイカ銅貨ほどの大きさのが一つずつで、その厚さときたら、毎晩『中流』の人々の食卓に酒のつまみに出されるチーズ一きれの厚さほどしかなかった。石鹸は脱衣場で蜜湯《みつゆ》や、パンや、すすぎ湯といっしょに売っていた。囚人には、浴場の主人との取決めで、すすぎ湯は手桶《ておけ》に一ぱいずつわたされることになっていた。もっとよく洗いたい者は、半コペイカ出せば手桶におかわりの湯を買うことができて、そのためにわざわざ脱衣場と浴室の仕切壁にくりぬいてある小窓からわたされる仕組みになっていた。ペトロフはわたしを裸にすると、足枷がじゃまになって満足に歩くこともできずにいるわたしを見て、手までひいてくれた。「それを上にひっぱり上げなせえ、ふくらはぎのあたりまで」と彼は、まるで爺《じい》やみたいにわたしをささえながら、言った。「そらそら気をつけて、そこにしきいがあるよ」。わたしはいささか恥ずかしくなって、大丈夫一人で行けるからと、ペトロフを安心させようとしたが、ペトロフがそんなことを聞くはずがなかった。彼はわたしをまったく子供あつかいにして、まだ西も東もわからないし、一人歩きできないのだから、まわりの者が面倒を見てやるのはあたりまえだ、と思いこんでいた。ペトロフはけっして下僕ではなかった、他の何であるにしろ、下僕でだけはなかった。もしわたしが彼を辱《はずか》しめたら、わたしにどういう態度をとらねばならぬか、彼は十分に知っていたはずである。わたしは謝礼の金などけっして彼に約束したことがなかったし、彼のほうからも頼んだことがなかった。いったい何が彼にこれほどわたしの世話をする気にならせたのだろう？

浴室の戸をあけたとたんに、わたしは地獄へ突き落されたかと思った。奥行も間口も十二歩ほどしかないせまい部屋に、おそらく百人はいようかと思われる人間がひしめきあっている光景を想像していただきたい。少なく見ても八十人はいたろう。なぜなら囚人たちは二班に分けられたが、浴場へ連れてこられたのは全部で二百人近かったからである。目を刺す湯気、煤煙《ばいえん》、どろどろの湯垢《ゆあか》、足の踏み場もないほどの狭苦しさ。わたしは怯《おじ》気づいて、引返そうと思ったが、すぐにペトロフに励まされた。わたしたちは床一面にうずくまっている人々に、背をかがめてもらって、頭をまたいで通らせてもらいながら、どうにか、やっとの思いで腰掛けのところまで来た。だが、腰掛けの上の場所はもうすっかりふさがっていた。ペトロフが、場所は金を出せば買えるからとわたしに耳打ちして、すぐに窓際《まどぎわ》に陣どっていた一人の囚人と値段のかけあいをはじめた。その男は一コペイカで場所をゆずって、その場でペトロフから金を受取った。ペトロフはそういう場合のあることを見こして、浴室へはいるとき銅貨をにぎってきたのだった。その男はすばやくわたしの場所の真下へもぐりこんだ。そこは暗いし、きたないし、そして一面にねとねとした湯垢が指半分ほども積っていた。しかし腰掛けの下も場所は全部ふさがっていた。床一面、掌《てのひら》をつくほどの場所もなく、囚人たちがびっしりすわりこんで、身体《からだ》を折り曲げて手桶の湯をつかっていた。すわれない連中はそのあいだに突っ立って、手桶を持ちながら、立ったまま洗っていた。きたない湯がその身体をつたって、下にすわっている連中の剃《そ》った頭にじかにこぼれおちた。天井近い棚《たな》にも、そこへのぼる段々にも、囚人たちが鈴なりになって、身体をこごめて洗っていた。といっても、洗っている者はわずかだった。民衆は湯や石鹼で洗うことはあまりしない。彼らは思いきり湯気で蒸されてから、ざあっと冷たい水をかぶるだけだ――それが彼らの入浴なのである。棚の上で五十本ほどの白樺《しらかば》の小枝がいっせいに上下していた。みんなぼうっと気が遠くなるまで小枝で身体をたたくのである。湯気がたえずふき出していた。それはもう熱いなどというものではなかった、まさに焦熱地獄だった。耳を聾《ろう》するような悲鳴や叫びを圧して、床を打つ何百という足枷の鎖の音がひびきわたった……通りぬけようとして、自分の鎖を他人の鎖にからませる者、下にすわっている者の頭に鎖をひっかけて、ぶっ倒れ、どなりちらしながら、そのまま引きずってゆこうとする者。そこらじゅう真っ黒い湯の流れ。脱衣場との仕切壁にある、湯をわたす小窓のあたりは、押しあいへしあい、罵《のの》しりあって、わんわんという騒ぎだ。せっかく湯をもらっても、自分の場所へ行き着くまでに、下にすわっている連中の頭の上へすっかりこぼしてしまう。しょっちゅう、窓や、細目にあけた戸口から、銃を手にした衛兵のひげ面《づら》が、何か騒ぎはないかと中をのぞきこむ。囚人たちの剃った頭や、真《ま》っ赤《か》にうだった身体は、ますます醜悪に見えた。背中が蒸されると、いつか受けた笞《むち》や棒の傷痕《きずあと》がはっきりと浮き出してくるもので、いまこうして見まわすと、どの背中も新しい傷のように見えるのだ。ぞっとするような傷痕！　それらを見ていると、わたしは背筋が冷たくなった。たえず湯気がふき出し――そしてそれが濃密な熱雲となって浴室じゅうに充満する。みんなけだものじみた悲鳴をあげて、ぎゃあぎゃあわめきたてる。湯気の雲の中から、傷だらけの背中や、剃った頭や、曲げた手足がちらちら見える。そこへさらに、イサイ・フォミーチが天井近い棚の上でありたけの声を張り上げて咆《ほ》えたてる。彼は気も遠くなるほど蒸されているのだが、どんな熱気も彼を満足させるまではいかないらしい。彼は一コペイカで三助を雇うが、雇われたほうが、そのうちに、どうにも耐えられなくなり、白樺の小枝をほうり出して、冷たい水をかぶりに逃げだすしまつだ。イサイ・フォミーチは一向にまいる様子もなく、つぎつぎと三助を雇う。彼はもうこうなったからにはけちけちしないことに決めて、五人も三助を替える。「ようだらねえな、えらいぞイサイ・フォミーチ！」と囚人たちが下からはやしたてる。イサイ・フォミーチはいまこそ自分がだれよりもえらく、みんなを足下に踏まえたのだと、自慢の鼻を高くする。彼は勝ち誇って、甲高い気ちがいじみた声で、みんなの声を圧しながら、ラ・ラ・ラ・ラ・ラと例のアリアを叫びたてる。いつかわたしたちがみんないっしょに焦熱地獄に突き落されるようなことがあったら、これとそっくりの情景が現出するにちがいない、ふとこんな考えがわたしの頭に来た。わたしはがまんができなくなって、その考えをペトロフに語った。彼はまわりを見まわしただけで、何も言わなかった。

わたしは彼にもわたしのそばに場所を買ってやろうと思ったが、彼はわたしの足もとにすわりこんで、ここがひどくぐあいがいいからとことわった。一方バクルーシンはわたしたちのために湯を買って、要《い》るだけ運んできてくれた。ペトロフは、足の先から頭のてっぺんまで洗ってあげよう、そしたら、「すっかりさっぱりしますぜ」と言って、しきりにわたしを湯気にあたらせようとした。だがわたしは、危ないと思って後込《しりご》みした。ペトロフはわたしの身体をすっかり石鹸で洗ってくれた。「さあ今度はあんよの番だよ」と彼はしめくくりに付け加えた。わたしは、自分で洗えるからと言おうと思ったが、もう逆らう気持もなくなって、完全に彼の自由にまかせた。この子供に言うような『あんよ』という言葉には、下男の卑屈な調子はみじんもなかった。ただ何となくペトロフはわたしの足を足とは言えなかったのである。おそらく、他の一人前の連中の場合は——足だが、わたしの場合はまだあんよにすぎないのであろう。

わたしを洗いおわると、彼はさっきと同じもったいぶった態度で、つまりわたしをこわれものみたいに、そっとささえて、一歩ごとに注意しながら、脱衣場まで連れ出して、股引をはくのを手伝ってくれた、そしてわたしの世話がすっかり終ったのをたしかめたうえで、急いで湯気にあたりに浴室へ引返していった。

獄舎へもどってから、わたしは彼に茶を一杯すすめた。彼は茶を遠慮しないで、飲みおわると、礼を言った。わたしは財布のひもをゆるめて、彼にウォトカの小瓶《こびん》をおごってやる気になった。ウォトカはわたしたちの獄舎でも手にはいった。ペトロフはいかにも満足そうに、ぐいっと飲みほすと、一つ咳《せき》ばらいをして、おかげですっかり人心地がついたと、礼を述べて、そそくさと炊事場のほうへ出かけていった。まるで彼が行かないと、炊事場がしごとにならないといった様子である。彼に代って、もう一人の話し相手がわたしのところへやってきた。屯田兵《とんでんへい》のバクルーシンである。これも、わたしはまだ浴場にいたときから茶に招《よ》んでいたのだった。

わたしはバクルーシンほどの気持のよい気性の男を知らない。たしかに、彼は他人に負けてはいないし、ときどき喧嘩《けんか》もしたし、自分のことに口出しされるのがきらいだった——一言で言えば、自分を守ることを知っていた。しかし、彼は口喧嘩をしてもすぐにやめるし、獄中のみんなに好かれていたようだ。彼はどこへ行っても、喜んで迎えられた。彼は世の中でもっともひょうきんな人間、けっして陽気さを失わない人間として、町でさえ知られていた。彼は背丈《せたけ》の高い、三十前後の男で、気風《きっぷ》のよさそうな陰のない顔は、なかなかの男前で、いぼが一つあった。彼はときどきこの顔を滑稽《こっけい》にひんまげて、通りすがりの人の顔をまねて見せたりするので、まわりの人々は思わずどっと笑ってしまうのだった。彼も道化の一人だった。しかし彼は笑いを毛嫌《けぎら》いしている気むずかしい連中に勝手なまねはさせておかなかった。そのためにだれも彼を『中身のない役立たず』な男とののしる者はなかった。彼は血気と生命力にみちていた。わたしが彼を知ったのは、まだ監獄へ来たてのころで、彼の口からすぐに、彼が強制徴募の少年兵で、その後屯田兵部隊に勤務し、そこで上官たちに認められ、ひどく目をかけられたものだという話を聞かされた。彼はその当時のことを思い出しては、大いに自慢したものだった。彼はわたしを知ると、すぐにペテルブルグのことをいろいろときぎだした。彼は本も読んでいた。わたしのところへ茶を招ばれに来ると、彼は今朝S中尉《ちゅうい》が少佐をやりこめた一幕を話して、まず獄舎じゅうを爆笑させておいて、おもむろにわたしのそばに腰をおろし、満足そうな顔で、今年は芝居ができそうだと言った。監獄では祭日に芝居をやる案があった。出演希望者は名乗り出たし、装置もすこしずつ準備がすすめられていた。町からも出演者の衣裳《いしょう》を貸すという話が来ていたし、女の衣裳をさえ貸そうという申し出もあった。ある従卒の口ききで、肩章《けんしょう》のついた士官の軍服まで借りられるはずになっていた。去年みたいに、少佐がいきなりやめさせるなどと言い出しさえしなければ……。だが、去年のクリスマスには少佐は虫のいどころがわるかったのだ。どこかで賭博《とばく》ですったうえに、獄内で囚人たちが少々調子にのりすぎたので、彼は腹立ちまぎれに禁止したのだった、しかし今度は、そんな意地わるはまずしないだろう。要するに、バクルーシンは浮き浮きしていた。どうやら、彼は芝居の発起人の一人らしかった。わたしはすぐに芝居の日はぜひ見に行こうときめた。芝居はきっとうまくいくとむきだしに喜んでいるバクルーシンの気持が、素直にわたしの心に伝わったのである。わたしたちはしだいに話に油がのってきた。そのうちに彼は、ペテルブルグにばかり勤務していたわけではない、とわたしに言った。彼はそこであるまちがいを起して、Rの駐屯部隊へ、もっとも下士官としてだが、送られたのだそうである。

「つまり、そこからここへよこされたってわけですよ」とバクルーシンは言った。

「なるほど、でも、いったいどうしてここへ？」とわたしは訊《たず》ねた。

「どうして？　どうしてだと思いますかね、アレクサンドル・ペトローヴィチ？　それがね、女に惚《ほ》れたためなんですよ」

「でも、それだけじゃここへはよこされないね」とわたしは笑いながらやりかえした。

「そりゃそうですよ」とバクルーシンは言った。「じつはね、それにからんで土地のドイッ人を一人ピストルで射殺したのさ。でも、どうです、たかがドイツ人を一人殺《や》っつけたくらいで、こんなところへ流されるものかねえ！」

「しかし、そりゃまたどういうことだね？　聞かしてくれ、おもしろそうじゃないか」

「まったく、ばかな話ですよ、アレクサンドル・ペトローヴィチ」

「なら、なお結構だ。話してくれ」

「だが、話したものかな？　よし、じゃひとつ聞いてもらいますか……」

そこでわたしは、それほど滑稽とも言えないが、しかしかなり奇妙なある殺人の話を聞いたのである……

「じつはこういうわけなんですよ」とバクルーシンは話しだした。「R町へやられましてね、見ると――大きくて、なかなかいい町だが、ただドイツ人がやたらに多い。なあに、そんなこたァどうでもいい、わっしァまだ若いし、上官のおぼえがめでたいときてりゃ、当然、いい気になって、帽子を横っかぶりにして町を流したもんですよ、まあ、暇つぶしにゃ事欠かねえってわけだ。ドイツ女どもに色目をつかったりしてさ。そのうちに一人のドイツ娘が好きになっちまったんですよ。ルイザって娘でしたがね。二人とも、というのはその娘とその伯母《おば》ですが、洗濯女で、そりゃもうめっぽうきれいな下着ばかりあつかってたんでさ。伯母ってのがいやな婆《ばば》あで、ひどく小うるさい女だが、小金をためこんで暮しぶりもちょっとしたもんでした。わっしァはじめ窓のあたりをうろうろして、ちらちら色目をつかってましてね、そのうちにすっかりたらしこんだってわけですよ。ルイザはロシア語も達者にしゃべったが、ただ何だかこうちょっと舌っ足らずみたいなところがあってね――とにかくたいしたかわいい娘でしたよ、あんなかわいいのにゃ、その後まだ一度もお目にかかったことがねえほどですよ。わっしァはじめ何のかんのと理屈をつけて、小出しにあたってみたんですが、言うことがいいじゃありませんか、『いいえ、それはいけませんわ、サーシャ、だってあたし、あなたにふさわしいお嫁さんになるために、それまではきれいな身体でいたいんですもの』だってさ、そして甘えるだけで、鈴みたいなきれいな声で笑うんですよ……ほんと、清らかな娘でしたよ、あんな無垢《むく》な娘は、わっしァまだお目にかかったことがねえ。それが、むこうからいっしょになろうなんて言い出したんですよ、これがいっしょにならずにいられますかね、ええ！　そこでわっしァ中佐どののところへ許可をねがいに行くばかりにして……呼び出しをかけると――どうしたことか、ルイザがあいびきに来ねえじゃありませんか、つぎの日も来ねえ、そのつぎの日も来ねえ……手紙をやったが、返事もねえ。わっしァ考えましたね、いったいどうしたんだろう？　つまり、おれをだましていたのなら、もっとずるく立ちまわるはずだ、手紙に返事をくれるだろうし、あいびきにも来るはずだ。だが、あれは嘘《うそ》なんかつけない娘だから、いきなりぷつっと来なくなったにちがいない。こいつァてっきり伯母のしごとだ、とにらんだが、伯母のとこへは、どうもしきいが高くて行けねえ。だって、伯母もうすうす感づいてはいたらしいが、わっしらァ目を盗んで、泥棒猫みたいにこっそり会っていたんですからねえ。わっしァ物《もの》の怪《け》につかれたみてえにふらふらほっつき歩いて、とうとう、最後の手紙を書いて、『おまえが来ないなら、こっちから伯母のところへ行く』と言ってやりましたよ。そしたらびっくりして、出てきた。そして泣きながら言うのには、シュルツとかいう、遠い親戚《しんせき》にあたるドイツ人で、時計屋をやっていて、金持で、もういい年齢《とし》の男が、ルイザを嫁にもらいたいと言い出したんだそうですよ。『その人は、あたしのこともしあわせにしてあげたいし、それに自分も年齢《とし》をとって一人でいるわけにもいかない、って言うの。それにあたしを好きで、もうまえからそう思っていたんだけど、わざと言わないで、準備をしていたんですって。だって、サーシャ、あの人は金持なんだもの、そしたらわたしもしあわせになれるわ。あんただって、まさか、あたしのしあわせを奪いたいなんて思わないでしょう?』とこう言うんですよ。黙ってると、泣きながら、わっしにとりすがって……ちえっ、こいつの言うのも道理だ、と思いましたね。下士官とはいっても、兵隊の嫁になるなんて、ばかげたことだ。そこでわっしァ言ってやりましたよ、『しかたがねえさ、ルイザ、おれは身をひくよ、しあわせにな。おめえのしあわせになるのを、何でおれがじゃまするもんか。でその人は、いい男かい?』すると『いいえ、もうおじいちゃんで、鼻が長くって……』と言いながら、自分でもぷっとふき出してるんですよ。

そのまま別れましたが、しみじみ思いましたね、どうもついてねえや！　あくる朝そのドイツ人の店のあたりへ行ってみました、ルイザが教えてくれたんでね。ガラスごしにのぞくと、ドイツ人がすわって、時計をいじってましたよ、そう、四十五、六ですかね、わしっ鼻で、ひでえ出目で、フロックを着て、えらく高い襟《えり》をおっ立てて、ひどくえらそうな面《つら》してやがるじゃありませんか。胸くそわるいったらありゃしねえ、ぺっと唾《つば》を吐いて、ガラスの一つもたたき割ってやろうかと思ったが……そんなことをしたって何になる！　それよりも、おとなしく、そっと姿を消すことだ！　こう思いなおして、薄暗くなってから兵舎にもどり、寝台の上に寝ころがって、どうでしょう、まさかと思うでしょうが、アレクサンドル・ペトローヴィチ、わっしァ泣いたんですよ……

まあ、そんなふうで、一日たち、二日たち、三日たちました。ルイザとは会いませんでした。そのうちある知合いの婆さんに聞かされたんだが（この婆さんも洗濯女で、ルイザがときどき行ってたんですがね）、そのドイツ人がわっしらの仲に感づいて、それで早く式をあげる気になったんだというんですよ。でなきゃ、もう二年ほど待つはずだった。ルイザには、わっしとぜったいに会わないと、誓いを立てさせたとか。それにやつは、まだ伯母にもルイザにもよごれしごとをさせていて、ひょっとしたら、思いなおさないでもないし、いまのところまだすっかりきめてしまったわけではない、というんですよ。さらにその婆さんの言うのには、なんでも、明後日の日曜日に、昼まえに、そのドイツ人が伯母とルイザをコーヒーに招《よ》ぶそうで、その席にもう一人、やはり親戚の老人で、もとは商人だったが、いまはすっかりおちぶれてしまって、どこかの倉庫番をしてる男も来るそうだ。日曜にやつらが集まって、段取りをすっかりきめてしまうかもしれない、と聞かされると、わっしァかっとなって、もうどうにもがまんができなくなってしまった。その日いっぱい、そしてつぎの日も、わっしァもうそのことばかり考えていた。あのドイツ人め、たたっ殺してやりてえ。

日曜日の朝になっても、まだどうしていいかわからなかったが、朝の勤行《ごんぎょう》がすむと——むっくり起き上がって、外套《がいとう》をひっかけて、ドイツ人の店へ出かけていった。そこへ行きゃァみんなに会えると思ったんですよ。だが、どうしてそこへ行くのか、そこで何を言うつもりなのか——それは自分でもわからなかった。もしもの場合にそなえて、ピストルをポケットへ突っこんだ。このピストルは昔からもっていたんだが、撃鉄が旧式で、もうひどいしろものでした。まだ子供《が き》の時分に、よくいたずらして撃ったものですよ。もう役に立たなくなっていたが、それでも弾丸だけはこめた。追っぱらったり、乱暴したりしやがったら——ピストルを出して、おどかしてやろう、こう思ったんです。行ってみると、店にはだれもいない、みんな奥に集まってるんです。やつらのほかは、だれもいない、店員もいない。店員はドイツ女が一人いるだけだが、それが台所もしていた。店へはいって、見ると——奥の戸がしまってる。古いがたぴししたドアで、内側から鍵《かぎ》がさしこんである。わっしァ胸がどきどきして、戸のまえに立ちどまって、耳をすますと、ドイツ語でしゃべってる声が聞える。力いっぱいけとばすと、いっぺんで戸があいた。見ると、テーブルの上にクロースがかけてあって、その上にコーヒー沸かしがおいてあり、アルコールランプでコーヒーがぐつぐつ煮えている。盆に乾《ほ》しパンが盛ってあり、もう一つの盆にはウォトカの瓶や、にしんや、カルバスや、ぶどう酒の瓶などがのっている。ルイザと伯母は、おめかしして、長椅子《ながいす》にかけている。向いの椅子に、花婿《はなむこ》のドイツ人が、髪をなでつけ、フロックを着こみ、襟をやけにまえの方へつき出して、いばりくさってすわっている。わきのほうの椅子にもう一人、でっぷりした、白髪《しらが》頭《あたま》の、もうかなりの年齢《とし》のドイツ人が、黙りこくっている。わっしがはいると、とたんにルイザは真《ま》っ蒼《さお》になった。伯母は腰を上げかけたが、またペタンとすわった。花婿は顔をしかめた。むっとした顔つきで、立ち上がると、いきなりこう言いやがった。

『いったい何用です？』

わっしァどぎまぎしかけたが、もうかあっとなって前後の見さかいがつかなくなっていた。

『何用だと！　お客だぞ、ウォトカを出せ。お客に来たんだ』

ドイツ人はちょっと考えて、言った。

『おすわりください』

わっしァすわった。

『ウォトカを出せと言ってるんだ』

『さあ、ウォトカです。飲んでください』

『おい、いいウォトカを出さねえか』

わっしァもうむしゃくしゃして、どうにも腹の虫がおさまらなかった。

『これはいいウォトカですが』

あんまりひとをばかにしてやがるので、わっしァむかむかしてきた。それに、ルイザが見てるんで、なおさらいけねえ。ぐいと飲んで、こう言ってやった。

『おい、ドイツっぽ、てめえは何だってそんないやな顔をするんだ？　もうすこしにこにこしたらどうだ。おらァおめえと仲よしになりに来たんだぜ』

『わしはあんたの友だちになるわけにはいきませんな。あんたはただの兵隊だ』

これを聞いて、わっしァ逆上しましたね。

『なにを、このできそこないめ、ドイツっぽ！　いいか、いまから、おめえをどうしようと、おれの勝手だぞ！　どうだ、ピストルで撃ってやろうか？』

わっしァピストルを取出して、やつのまえに立ちはだかり、銃口を額の真ん中につきつけてやった。みんな腰がぬけて、生きたそらもねえ。口もきけねえ有様だ。年寄りのドイツ人め、木の葉みてえにふるえやがって、声も出ねえで、顔色ったらありゃしねえ。

やつはぎくっとしたが、それでも気をとりなおした。

『わしはこわくありませんぞ。あなたもちゃんとした人間だ、ばかなまねはいますぐよしていただきたい。わしはちっともこわくありませんぞ』

『おい、嘘つけ、こわいくせに！　何言ってやがんだ！　ピストルつきつけられて、頭も動かせねえじゃねえか、腰がぬけたのかよ』

『いやいや、あんたはぜったいにそれはできませんよ』

『へえ、いったいどうしてできないんだ？』

『どうしてって、それは厳重に禁止されてるし、そんなことをしたらひどい罰をくうからさ』

まあ、このドイツ人め悪魔に魅入られたんだな！　こんなことをぬかして、おれに火をつけなきゃ、いまごろまだ生きてぴんぴんしてられたんだ。こんな言いあいをしたから、あんなことになっちゃったんだ。

『じゃ、おめえは、できねえと言うんだな？』

『で、できないとも！』

『できねえんだな？』

『あんたはぜったいにできないよ、わたしに向ってそんな……』

『くそ、これでもくらえ、ドイツっぽ！』

こう言うなり、ぶっぱなすと、やつめ椅子の上にどさっと倒れた。女どもはわっと泣きだしやがった。

わっしァピストルをポケットへ突っこんで、風をくらって逃げ出した。そして要塞《ようさい》へはいるとき、門際《もんぎわ》のくさむらにピストルを捨てた。

兵舎へもどると、寝台の上にひっくりかえって、考えたね、いまにつかまるぞ。一時間たち、二時間たったが——つかまえに来ない。こうして日暮れ近くなると、さびしくて、どうにもやりきれなくなって、外へ出た。何としてもルイザに会いたい。時計屋のまえを通りすぎながら、見ると、人だかりがして、警察も来ている。わっしァ例の婆さんのところへ行って、ルイザを呼び出してくれ！　ちょっと待ってると、ルイザが走ってきた。いきなりわっしの首に抱きついて、泣きながら、『みんなあたしが悪いのよ、伯母さんの言うことを聞いたばっかりに』。そして言うのには、伯母はあれからすぐに家へもどって、すっかりおびえきって、病気になってしまい——黙りこくっている。自分もだれにも言わないからと、ルイザにも口止めしたそうです。とにかくこわい、まきこまれるのはごめんだ、みんな好きなようにしたらいい、と言うんですよ。さらにルイザの言うのには、『わたしたちは、さっき、だれにも見られなかったわ。あのひとは女中まで外へ出したでしょ、こわかったからよ。嫁をもらおうとしてるなんてわかったら、それこそたいへん、女中にかみつかれるでしょうよ。店の人も使いに出してしまって、だれも家にはいなかったし。自分でコーヒーも沸かしたし、自分で料理もこさえたくらいだから。あの親戚の爺《じい》さんは、これまで一生黙り通して、何も言ったことがないし、さっきもあの事件が起きると、帽子をつかんで、真っ先に帰ってしまったんだもの、きっと、何も言わないわよ』と言うんですよ。たしかにそのとおりでしたね。二週間というものだれもつかまえに来なかったし、わっしには何の嫌疑《けんぎ》もかからなかった。この二週間のあいだ、まさかと思うかもしれないが、アレクサンドル・ペトローヴィチ、わっしァそれこそしあわせを腹いっぱい味わったんですよ。毎日ルイザに会いました。あれはすっかり、もう心からわっしにうちこんでしまいましてねえ！　泣きながら、『あたしはあなたのものよ、あなたがどこへやられても、ついて行くわ。あなたのためなら何もかも捨てるわ！』なんて言いましてね。わっしはもう死んでもいいと思いましたよ。こんなにあわれんでもらえば、とねえ。ところが、二週間後に逮捕されたんです。爺さんと伯母のやつがしめしあわせて、訴えて出たんですよ……」

「でも、待てよ」とわたしはバクルーシンの言葉をさえぎった。「それだけならせいぜい十年か、まあ十二年、よしんば無期にしたところで、一般囚に入れられるはずじゃないか。それがきみは特別監房に入れられている。それはどういうわけだね？」

「なに、それはもう別な事件が起きちゃったんですよ」とバクルーシンは言った。「わっしが軍法会議に引出されると、神聖な法廷で、大尉《たいい》のやつわっしをさんざんののしりやがるんで、かっとなって、『何をごたごた言やがんだ？　おめえ、正義標のまえにすわってるのがわからねえのか、けちな野郎だ！』とどなっちゃったんですよ。なあに、ここで様子が変って、裁判はやりなおしてえなことになり、それもこれもひっくるめて判決を下され、四千露里も歩かされて、ここの特別監房へほうりこまれたってわけさ。わっしも罰をくったが、大尉のやつもやられましてね、わっしは笞《むち》の列の間を通らされ、やっこさんは官位剝奪《はくだつ》、兵卒としてコーカサスへやられたってわけさ。じゃ、また、アレクサンドル・ペトローヴィチ。芝居にゃ見に来てくだせえよ」

十　クリスマス

とうとう、クリスマスの日が来た。もうその前日から囚人たちはほとんど作業に出なかった。裁縫工場やその他の工場へ行く囚人たちは出かけたが、その他の連中は組分けにだけ出て、どこか作業地をきめられても、ほとんどの連中が、ぽつりぽつり、あるいは一かたまりになって、すぐに獄舎へもどってきた、そして昼食後はもうだれも獄舎を出なかった。午前中も大部分は自分の用事で出て歩いただけで、公用で出歩く者はなかった。ある者は酒の持ちこみや新規の注文とりであたふたしたり、ある者は知合いの人々を訪《たず》ねたり、お祭りをひかえて未払いの手間賃を集めたりするのに忙しかった。バクルーシンや、芝居に出る連中は――知合い、といっても主《おも》に士官の当番兵たちを訪ねまわって、必要な衣裳《いしょう》の借出しに余念がなかった。また中には、他の連中が気ぜわしそうにあたふたしているので、ひきこまれて、何となくそわそわしている者もあり、また、どこからも金のはいるあてもないのに、自分たちもどこかから集金があるようなつもりになっている者もいた。要するに、だれも彼もが明日になると何か変ったこと、何か普通でないことが起るにちがいないと、心待ちにしている様子だった。夕方近く、囚人たちのたのまれもので市場へ出かけていた廃兵たちが、牛肉や子豚の肉から、がちょうまで、あらゆる食料品をどっさり買いこんできた。囚人たちの多くは、まる一年のあいだちびちびとはした金をためこんでいた、そしてごくつましいしまりやでさえも、こういう日には財布の底をはたいて、鷹揚《おうよう》に精進あけを祝うのを義務と心得ていた。明日は公然と法律で認められている、囚人から奪うことのできない、ほんとうの祭日だ。この日は囚人は作業に出されるはずがないし、こういう日は一年に三日しかないのである。

そして最後に、このような日を迎えて、これら世間の除《の》け者《もの》たちの胸にどれほどの甘い思い出がうずくことか、だれが知ろう！　大きなお祭りの日々は、民衆の心に、幼いころから深く刻みこまれているのである。それは彼らの苦しい労働からの休息の日であり、家族の集《つど》いの日である。監獄の中で彼らは苦しい悲しい気持でそれを思い出すにちがいなかった。厳粛な祭日を迎える敬虔《けいけん》な気持は、囚人にあっては、一つのきまった形式のようなものにさえ変っていた。遊びほうける者は少なく、ほとんどがまじめくさった顔をして、べつにしごとなど何もないのに、いかにも何か用事がありそうな様子をしていた。いつもぶらぶら遊んでいる連中まで何か無理にものものしさを装《よそお》うとしていた……笑いは禁じられているようだった。いったいに、みんなの気分は昂《こう》じて、こうるさい、いらいらした怒りっぽい状態にまでなっていて、たというっかりにもせよ、この全体の調子を破ると、たちまち四方からどなり声や罵《ののし》る声々がとんできて、祭日に対する態度が不謹慎だというのでみんなの憤激を買うのだった。囚人たちのこの気分はじつに美しく、胸をうつものさえあった。大きな祝祭日に対する生れながらのうやまいの気持のほかに、囚人は無意識に、こうして祭日を祝うことによって世間の生活にふれているような、だから、自分はまるきり世間から見すてられてしまった、亡《ほろ》びてしまった人間じゃない、切りはなされてしまったパンのかけらじゃない、監獄にだって世間なみのことがあるのだ、というような感じをもっていたのである。彼らはそれを感じていた。それは目に見えたし、うなずけることだった。

アキム・アキームイチも熱心に祭日を迎える準備をしていた。彼には家族の思い出というものがなかった。彼はみなし子として他人の家に育ち、十五になるかならないかで辛《つら》い出稼《でかせ》ぎに出たからである。また彼の生涯にはこれといった喜びもなかった。というのは、彼はこれまでの一生のあいだ、指示された義務からちょっとでもはみ出すのをおそれながら、規則正しく、単調に、変りばえのしない毎日をすごしてきたからである。彼は特に信心が篤《あつ》いほうでもなかった。というのは、品行方正という心がけが、どうやら、他のあらゆる人間的な才能や特質、善悪すべての情熱や欲望をのみつくしてしまったらしいからである。そういう人間だから、彼は祭日を迎える準備をするにしても、むやみに気をもんだり、胸をときめかせたり、憂鬱《ゆううつ》なだけで何の役にも立たない思い出に心を乱したりはしないで、義務と、一度教えこまれた礼式を行うのに、ちょうど必要なだけの、体系立てられた品行方正のわくの中で、しずかに準備していた。それに、いったいに、彼はあまり頭をつかうことを好まなかった。ものごとの意味が彼の頭にふれたことは、一度もなかったらしいが、一度教えられた規則は、彼はぜったいなものとして正確に実行した。もし明日まるで正反対のことをせよと命じられたら、彼は前日に反対のことをしたとまったく同じく、きわめて従順に、しかも入念にそれを実行するにちがいない。あるとき、生涯にたった一度、彼は自分の頭をつかって生活しようとこころみたことがあった――その結果が監獄だったのである。この教訓がむなしく消えはしなかった。そして彼は、はたして自分のどこに罪があったのか、そのうちいつかわかるときが来るような頭は、運命によってあたえられてはいなかったが、そのかわり彼は自分の事件から有益な一つの方針――判断などということは、囚人たちの言葉で言えば、『てめえの頭のおよぶことじゃねえ』のだから、いついかなるときもけっして自分で判断するな、という方針を引出したのだった。彼は盲目的に儀式を信じきっていたから、粥《かゆ》をつめて焼くお祭り用の子豚まで（彼は焼くこつを心得ていたので、自分でこしらえるのだ）、いつでも買って焼くことのできるありふれた子豚ではなく、何か特別のお祭り用の子豚のように、はじめから一種のうやまいの目でながめていた。あるいは、彼は子供のころからこの日の食卓に子豚が出るのを見慣れていて、この日は子豚はなくてはならぬものだ、と思いこんでしまったのかもしれない、そして、もしこの日に一度でも子豚を食べないことがあったら、義務を果さなかったというそこばくの良心の呵責《かしやく》が、生涯彼の心につきまとうことだろう。祭日が来るまで、彼はいつも古い上衣《うわぎ》を着て、古いズボンをはいていた。もっともこまめにつぎはあててあるが、とにかく着古したものだった。いまになってわかったのだが、四カ月もまえに支給された新しい一揃《ひとそろ》いを、彼は自分の箱の中に大切にしまいこんで、祭日にすがすがしい気持で新しいものを着ることを楽しみに、手もふれなかったのである。彼はそのとおりに実行した。まだ宵のうちに、彼はその新しい一揃いを箱から出して、ひろげて、一わたりながめてから、ちょっと糸《いと》屑《くず》をとったり、ごみをはらったりして、すっかり手入れを終ると、身体《からだ》にあわせてみた。まったく、あつらえたようにぴったりだった。気になるところは一つもなく、ボタンは上までぴちっとかかるし、襟《えり》はボール紙でつくったみたいにきかっと顎《あご》にあたるし、胴は制服の仕立てみたいに格好よくしぼってあった。アキム・アキームイチはうれしさのあまり白い歯さえ見せて、はずみをつけながら小さな鏡のまえで身体の向きを変えてみた。この鏡は彼が自分でつくったもので、金色の縁飾りはもうだいぶまえに暇をみて貼《は》りつけたものだった。彼は襟のホックが一つだけうまくあわないような気がした。そう思うと、アキム・アキームイチはそのホックをつけなおすことにした。つけなおして、もう一度着てみると、今度はもうどこも悪いところがなかった。そこで彼はまたすっかりもとどおりにたたんで、安心して明日まで箱の中へしまった。頭は申し分なく剃《そ》られていたが、鏡にうつして仔細《しさい》にながめてみると、いくらかでこぼこがあるような気がした。ほんのわずかだが剃りのこしがあるようだ、そこで彼はまったく非のうちどころがないように、きまりどおりに剃ってもらうために、さっそく《少佐》のところへ出かけた。明日あたりだれもアキム・アキームイチの頭を検査しようなどという物好きはいないだろうが、彼はただ自分の良心に安らぎをあたえるために剃ったのである。明日の日にそなえて、自分の義務をすっかり果してしまうためなのである。ボタンや、肩章《けんしょう》や、略綬《りゃくじゅ》をうやまう気持は、まだ子供の時分から、彼の頭にはぜったいの義務の形で、心には――ちゃんとした人間だけが到達しうる美の極致の形で、深く刻みこまれていたのだった。すっかり点検が終ると、彼は、獄舎の囚人頭《しゅうじんがしら》として、乾《ほ》し草《くさ》を運びこむ指図《さしず》をして、それをきれいに床に敷くように蚤取眼《のみとりまなこ》で監督した。他の獄舎でも同じことが行われていた。理由はわからないが、クリスマスのまえにはいつも各獄舎に乾し草が敷かれるしきたりになっていた。そして、自分のしごとをすっかり終ると、アキム・アキームイチは神にお祈りをして、寝台の上に横になり、朝できるだけ早く目をさますために、すぐに幼子のような安らかな眠りについた。しかも、他の囚人たちもみな、まったくこれと同じだった。どの獄舎でもいつもよりずっと早く寝しずまった。いつもの夜のしごとはよしにされて、賭場《とば》のとの字も聞かれなかった。みんな明日の朝を待っていた。

その朝が、ついに、来た。早朝、まだ暗いうちに、起床の太鼓が鳴ると同時に、獄舎の扉《とびら》がさっとあけ放されて、点呼をとりに来た週番下士官が全員にお祭りのお祝いを述べた。全員がお祝いの言葉を返し、にこにこと愛想よくあいさつした。アキム・アキームイチをはじめ、炊事場に自分のがちょうや子豚をあずけておいた多くの囚人たちは、急いでお祈りをすませて、それがいまどうなってるか、どんなふうに焼けてるか、何がどこにおいてあるか、気が気じゃなく、あたふたととび出していった。わたしたちの獄舎の雪や氷のはりついた小さな窓から、まだ明けやらぬ朝の薄闇《うすやみ》をとおして、二つの炊事場の六つのかまど全部に、暗いうちから入れられた火があかあかと燃えているのが見えた。庭の暗がりを、半外套《はんがいとう》の袖《そで》を通したり、肩にひっかけたりした囚人たちの姿が、もううろうろしはじめていたが、それがみな炊事場のほうへ流れていた。しかし中には、ごく少数だが、もう酒屋へおしかけている者もいた。これはごく酒にいやしい連中で、ほとんどの囚人たちは行儀よく、おとなしくして、いつになく妙にとりすましていた。いつもの罵りも、口喧嘩《くちげんか》も聞かれなかった。みんなが今日は特別の日で、大きな祭日であることを、わきまえていた。他の獄舎へ行って、仲間の誰彼にお祝いを述べている者もあった。何か友情のようなものがあらわれた。ついでだが、囚人たちのあいだには友情というものがほとんど見られなかった。全体の友情などというものは——もう言うに及ばないが——ただの個人的な、ある囚人が他の囚人と親しくなったというような、そういう友情さえほとんど見られないのである。そうしたものはわたしたちの監獄にはまったくといっていいほどなかった、そしてこれは一つの顕著な特徴と言いえよう。自由な世界にはこういうことはありえない。ここではいったいに、ごくまれな例を除いては、お互いの態度が生硬で、うるおいがなく、そしてそれが定着した不変の、いわば正式の方法となっていた。わたしも獄舎を出た。外はほんのりと白みかけていた。星の光が淡くなった。地表から白く凍った蒸気がかすかに立っていた。炊事場のかまどの煙突からけむりがもくもくと吐き出され、まっすぐに立ちのぼっていた。行き会った囚人たちの中には、むこうからすすんで愛想よくお祭りのあいさつをする者もあった。わたしは礼を述べて、同じくあいさつを返した。その中には、これまでこの一月《ひとつき》、一言もわたしと言葉を交《か》わしたことのなかった者もいた。

炊事場の入口のところで、軍事犯獄舎の一人の囚人が、外套を肩にかけたまま、わたしに追いついてきた。彼はまだ庭の中ほどからわたしの姿を見わけて、「アレクサンドル・ペトローヴィチ！　アレクサンドル・ペトローヴィチ！」と大声で呼びかけたのだった。彼は走るようにして、炊事場のほうへ急いでいた。わたしは立ちどまって、彼を待った。それは顔のまるい、目の表情のしずかな若い男で、だれともあまり話したがらず、わたしが監獄へ来てから、まだ一言もわたしに言葉をかけたこともないし、わたしに注意を向けたこともない男である。わたしは彼の名前も知らなかった。彼は息をはずませてわたしのまえにかけよると、わたしのまえに突っ立って、どことなくしまりがないが、それでもうれしそうな微笑をうかべながら、じっとわたしの顔を見つめた。

「どうしたんだね？」とわたしは、彼がわたしのまえに突っ立ったまま、にこにこ笑って、わたしに目を見はってるばかりで、一向に何も言い出しそうにないのを見て、いささかおどろいて訊《たず》ねた。

「だって、お祭りですもの……」と彼はつぶやいたが、自分でももう何もしゃべることがないのに気がついて、わたしを捨てて、あわてて炊事場へかけこんでいった。

ここでついでに言っておくが、それっきり、監獄を出るまで、わたしはこの男と一度もいっしょにならなかったし、一言も口をきいたことがなかったのである。

炊事場では、真《ま》っ赤《か》に燃えているかまどのまわりに大勢の人々がたかって、わあわあ言いながら押しあいへしあいしていた。みんな自分の料理から目をはなさなかった。今日は食事の時間を早くされているので、炊事夫は給食のほうの支度にかかっていて、そちらには手がまわらなかったからだ。しかし、まだだれも食べはじめる者はなかった。腹をすかしてる者もいたにちがいないが、互いに遠慮しあって礼儀を守っていた。神父の到着が待たれていた。神父の祈りがすむと、はじめて精進あけになるのである。そのうちに、まだすっかり夜が明けきらないうちに、監獄の門のところで『炊事番！』と呼ぶ衛兵上等兵の叫び声が聞えはじめた。この叫び声はほとんどひっきりなしにひびきわたり、ほぼ二時間もつづいた。これは町のあらゆるすみずみから監獄に持参される贈りものを受取るために、炊事夫が呼び出されるのである。それは白パン、黒パン、揚げパン、油揚菓子、バター菓子、プリン、その他さまざまな味つけ焼菓子のたぐいで、おびただしい量だった。おそらく、町じゅうの商家や民家の主婦で、《不幸な》囚人たちに祭日を祝ってもらうために、心をこめたパンを持ってこない者は一人もなかったろう。ぜいたくな贈りものもあった――真っ白い粉でこしらえて、おいしい味をつけた焼菓子のたぐいで、量も多かった。また、ひじょうに貧しい贈りものもあった――たとえば、安物のかたいパン一つに、ほんの匂《にお》いつけ程度にスメターナを塗った粗末な油揚菓子二つというようなもので、これは食うや食わずの貧しい者が不幸な者に贈る贈りものだった。贈られたものと贈った人の差別なく、どんなものでも同じ感謝の気持で受取られた。受取る囚人は、みんな帽子をぬいで、おじぎをして、お祭りのお祝いを述べたうえで、贈りものを炊事場に持ち帰るのだった。贈りもののパンが山ほどたまったところで、各獄舎の囚人頭が呼ばれて、彼らはそれを獄舎ごとに等分に分けた。喧嘩も、罵りあいもなかった。正直に、平等に分けられた。わたしたちの獄舎にわたされた分は、獄舎へ持ち帰って分けられた。アキム・アキームイチともう一人の助手がそれにあたった。彼らは自分の手で分けて、自分の手で一人一人に分配した。すこしの反対も、すこしのねたみもなかった。みんな満足していた。贈りものをかくすとか、分配にえこひいきがあるとか、そんなことは考える者もなかった。炊事場での用事をすますと、アキム・アキームイチは自分の着つけにかかった。彼は一つのボタンもホックもかけ忘れずに、しかつめらしい顔をして、おごそかな態度で着おわると、すぐに本式の祈りをはじめた。彼はかなり長いあいだ祈っていた。祈りをあげている者は、もうかなりいたが、ほとんどが年輩の囚人たちだった。若い者はあまり祈らなかった。立ったままちょっと十字を切るくらいなもので、祭日だからといって特にどうということもなかった。アキム・アキームイチは祈りを終えると、わたしのところへ来て、いくらかしゃちほこばってお祭りのお祝いを述べた。わたしはさっそく彼を茶に招いた。彼はわたしを子豚に招待した。しばらくすると、ペトロフもかけこんできて、わたしにお祝いを述べた。彼はもう酒がはいっていたようで、息を切らして走ってきたのに、あまりしゃべらないで、何か言ってもらいたそうな顔でしばらくわたしのまえに立っていたが、じきにあたふたと炊事場のほうへかけ去っていった。

そのころに、軍事犯獄舎では神父を迎える準備が行われていた。この獄舎は内部の構造が他の獄舎とちがって、板寝床が他のすべての獄舎のように部屋の中央にではなく、壁にそって並べられていた。そのために中央がごちゃごちゃしていないのは、監獄でこの部屋だけだった。おそらく、ここは、何かの場合に囚人たちを集合させることができるように、こんなふうにつくられたものであろう。部屋の中央にきれいな白布をかけた小さな机がおかれて、その上に聖像が安置され、燈明《とうみょう》がともされていた。ようやく、神父が十字架と聖水を持ってはいってきた。神父は聖像のまえに歩みよって十字を切り、祈りを唱えおわると、囚人たちのほうに向きなおった。囚人たちはうやうやしくそのまえに近づいて、十字架に接吻《せっぷん》しはじめた。それが終ると、神父は聖水で清めながら、つぎつぎと獄舎をまわった。炊事場へ来ると、神父は町じゅうにおいしいと評判をとっている監獄のパンをほめた。すると囚人たちはさっそく、いま焼けたばかりのパンを二つ神父に贈りたいと言い出して、すぐに一人の廃兵が使いに立てられた。十字架は迎えたときと同じように、うやうやしく送り出された、するとほとんど入れちがいに、少佐と要塞《ようさい》司令官がやってきた。司令官は囚人たちに好かれ、尊敬さえされていた。彼は少佐を従えて全部の獄舎をまわり、全員にお祭りのお祝いを述べて、炊事場に立ちより、監獄の野菜スープを賞味した。野菜スープはおいしくできていた。こういう日なので特に気ばって、一人あたりほとんど一ポンドもの牛肉がはいっていた。そのうえ、きび粥《がゆ》も煮られて、バターもふんだんに入れられていた。司令官を送り出すと、少佐は食事をはじめるように命じた。囚人たちはつとめて少佐と目をあわさないようにしていた。眼鏡の奥に光る少佐の意地わるい目を、だれも好かなかった。いまも少佐はそのいやな目で、何か不始末はないか、だれか不心得者はいないかというふうに、じろじろあたりをにらみまわした。

食事がはじまった。アキム・アキームイチの子豚はみごとに焼きあがっていた。さて、どうしてこういうことになったのか、わたしには説明できないが、少佐が出ていって、ものの五分もたたないのに、もうおどろくほど多くの囚人たちが酒に酔っていた。つい五分まえには、みんなほとんど素面《しらふ》だったのである。たくさんの赤いてらてらした顔があらわれた。バラライカが持ち出された。ヴァイオリンひきのポーランド人は、ある遊び好きの囚人に今日一日買い切られて、もうそのあとにひょこひょこつづきながら、にぎやかなダンス曲をひきまくっていた。話し声にしだいに酔いがまわって、騒がしくなった。だが、それほど乱れないで食事がすんだ。みんな満腹していた。老人や年輩者の多くはすぐに昼寝に行った。アキム・アキームイチも、大きな祭日には食後かならず昼寝をしなければならないものときめているらしく、その例にもれなかった。スタロドゥビエ村の旧教徒の老人は、すこしうとうとすると、暖炉の上に這《は》い上がって、聖書をひろげ、夜更《よふ》けまでほとんど休まずに祈りつづけていた。彼は囚人たちがみんなで浮かれ騒ぐのを『恥っつぁらし』と言っていたが、そうした有様を見ているのが辛《つら》かったのである。チェルケス人たちはみな入口の階段の上に腰をかけて、おもしろそうに、しかしいくらか軽蔑《けいべつ》したような顔で、酔っぱらいたちをながめていた。わたしはヌルラに出会った。「いやだ、いやだ！」彼は神のために憤慨に耐えないという様子で、頭を振りながらわたしに言った。「ああ、いやだ！　アラーの神が怒りなさるだろう！」イサイ・フォミーチはかたくなに、ふてくされたみたいに、隅《すみ》っこに蠟燭《ろうそく》をともして、祭日などだれが認めるものか、という態度を露骨に見せながら、しごとにとりかかった。そちらこちらの隅で賭場が開かれればじめた。廃兵などはこわくなかったが、下士官に踏みこまれる場合を考えて、見張りが立てられた。しかしその下士官もつとめて気付かないふりをしてるのだった。巡察士官はこの日三度ほど獄舎を見まわった。だが、その都度酔っぱらいたちはかくれたし、賭場は片付けられた、それに士官にしても、つまらない不始末は見ぬふりをしようときめていたようだった。この日は、酔っぱらいなどはつまらないふしだらと考えられていたのである。騒ぎがしだいに大きくなった。そちこちで罵《ののし》りあいもはじまった。それでも酔わない者のほうがずっと多く、飲んだくれを監視する目はあった。そのかわり浮かれている連中はもう程度もなく飲んでいた。ガージンは勝利者の喜びに酔っていた。彼は得意満面で自分の板寝床のまわりをぶらぶら歩きまわっていた。彼はそれまで獄舎の裏手の秘密の場所の雪の下にかくしておいた酒を、大胆にも板寝床の下へ持ちこんで、買いに来る囚人たちをながめながら、ずるそうににやにや笑っていた。彼は自分は素面で、一滴も飲まなかった。彼はまず囚人たちのふところから有金を残らずまきあげたうえで、お祭りの最後に思いきり飲むつもりだった。各獄舎を歌声が流れはじめた。しかし酔いはもう頭にのぼりかけていて、歌はいまにも涙声になりそうだった。多くの囚人たちが外套を肩にひっかけて、自分のバラライカを景気よくかきならしながら、歩きまわっていた。彼らはバラライカやギターを伴奏にみごとなのどを聞かせた。純粋の民謡はほとんどなかった。威勢よくうたわれた歌を、一つだけおぼえている。

わたしゃ若い娘だもの
夜の酒盛りへ行きました。

そしてここでわたしは、これまで聞いたことがなかった、この民謡の新しい替え歌をはじめて聞いた。歌のおしまいに、新しい文句がすこし加えられていた。

わたしゃ若い娘だもの

家の中は片付けました
おさじはきれいに洗いました
お鍋《なべ》に水はさしました
柱はすっかりふきました
肉まんじゅうは焼きました。

うたわれるのは、たいてい、ここで囚人の歌と言われている歌だった。しかしそれは、だれでも知っている歌だった。その一つで、『むかしは……』という歌は――むかしは楽しく旦那《だんな》風《かぜ》を吹かせていたが、いまは監獄で囚人暮しということをうたったユーモラスな歌である。むかしは『白ゼリーにシャンパン』をまぜたものだが、いまは――

水とキャベツをあてがわれても
狼《おおかみ》みたいに、がつがつくらう。

これも知られた歌だが、さかんにうたわれていた。

むかしは陽気に暮してた

若くて、カピタルもっていた
カピタルすっかりすってんてん
監獄暮しにおちぶれた……

こんな調子でつづいていく。ただここでは『カピタル』じゃなく、『コピタル』と発音されていた。『貯める《コピーチ》』という言葉からなまったのである。一つ純粋に監獄の歌があったが、これも世間に知られているようだ。

空が白んで　朝が来て
起床太鼓が　鳴りわたりゃ
囚人頭が　扉をあけて
鬼めが　点呼にやって来る

おれたちゃ　壁のかげにいる
外から暮しは　見えやせぬ
神がいっしょに　いてくれる
だからおれたちゃ　亡《ほろ》びない、等々。

もっと悲しい歌もあった。しかし旋律が美しく、おそらく、流刑囚《るけいしゅう》のだれかが作ったものであろう。甘ったるい調子で、言葉はかなりでたらめだった。いまでもその文句はすこしおぼえている。

わが目もはや見ることあらじ
わが生れし故郷の地を、
罪なく苦しみに耐えるは
わが永遠のさだめ、
屋根に啼《な》くふくろうの声
さびしく森をわたる、
わが心なげき悲しむ
故郷へかえる日なきを。

この歌は監獄ではよくうたわれた。合唱ではなく、一人でうたうのである。酒を飲んだときなど、よく獄舎の入口の階段へ出て、腰をおろし、肘杖《ひじづえ》をついてもの思いにしずみながら、細い裏声で口ずさむのである。聞いていると、胸をかきむしられるような思いがする。ここの囚人たちは声がすばらしかった。

　そのうちに、外は薄暗くなりはじめた。悲哀と、憂愁と、意識の乱れが、乱酔とばか騒ぎのあいだから重苦しく顔をのぞかせるようになった。一時間まえには笑っていた者が、酒を飲みすぎて、そこらここらですすり泣いていた。もう二度ほどつかみあいの喧《けん》嘩《か》をやらかした者もあった。またある者は、真《ま》っ蒼《さお》な顔をして、おぼつかない足どりで獄舎から獄舎へさまよい歩きながら、見さかいなくからんでいた。酔うとしめっぽくなるたちの連中は、自分の胸のうちを打明けて、酔いの悲しさを涙でまぎらしたいばっかりに、あてもなくくどき相手をさがしまわっていた。この哀れな人々はみんな陽気に浮かれて、この大きな祭日を楽しくすごしたかったのだが――それが、ああ！　ほとんどの者にとって何という辛い悲しい日になってしまったことか。だれもが何か希望がありそうな気がしていたが、それが裏切られた思いだった。ペトロフはあれから二度ほど顔を出した。彼は終日ほんのすこししか飲まず、ほとんど素面だった。しかし彼はいよいよというときまで、たえず何かを期待していた、何かいつもとちがう、わっと叫びたくなるような、お祭りにふさわしいことが、きっと起るにちがいないと思っていた。彼はそれを口には出さなかったが、目がはっきりそれを語っていた。彼は疲れも知らずに獄舎から獄舎へせっせと歩きまわっていた。だが、特に変ったことは何も起らなかった、そして目に映るものは、飲んだくれと、くだくだしい間のびのした罵りあいと、酔いのためにけだものじみた顔ばかりだった。シロートキンも新しい赤いシャツを着て、てかてかに顔をみがきあげて、獄舎じゅうをさまよい歩き、やはりひそかに素朴に、何ごとかを期待していたらしかった。しだいに獄舎の中は耐えられないむかむかするような雰《ふん》囲気《いき》になってきた。もちろん、おもしろいことも多かったが、しかしわたしは何か気がめいり、囚人たちがみんなかわいそうで、彼らのあいだにいるのが辛く、息苦しくなった。そちらでは二人の囚人が、おごるのはどっちかということで、口喧嘩をしていた。どうやら、もうさっきからやりあっているらしく、そのまえにももう一喧嘩やったらしかった。特に一人はもうまえまえから相手に何やらうらみがあるらしい。彼はくどくどと、まわらぬ舌でうらみをならべて、相手の態度がまちがっていたことを証明しようと、やっきとなっていた。半外套《はんがいとう》を売られたとか、去年の謝肉祭だかに金をかくされたとか、そのほかにも、まだ、何かあるらしかった……責めているほうは——背丈《せたけ》の高い、たくましい若者で、頭もわるくなく、おとなしいが、酔うと——相手を見つけては無性に自分の運命を嘆きたくなる癖があった。彼は悪態をついてはいるが、そのあとでまえよりもいっそう相手と親しくなりたいらしい気持が見える。相手は——骨太のずんぐりした丸顔の男で、ずるがしこく、でしゃばりだった。彼のほうが相手よりもよけい飲んだらしいが、さっぱり酔っていなかった。彼は根性のある男で、金をもってると噂《うわさ》されていた、しかしどういうわけか、ここのところは逆上しやすい相手をじらさないほうがとくだと思ったらしく、相手を酒屋のところへ連れていった。相手は、『もしもおめえが心の正しい男ならばだ』おごらなければならないし、それがあたりまえだと、しつこくくだをまいていた。

酒屋は買手にはいくぶん尊敬の色を見せ、逆上しやすい相手のほうにはさげすみの目を投げながら、酒を取出して、茶碗《ちゃわん》に注《つ》いでやった。酒屋がさげすみの目で見たのは、その相手の男が自分の金で飲むのではなく、他人にたかっているからだ。

「ちがうってば、スチョープカ、こりゃおめえ、あたりめえだ」と逆上しやすい相手は、自分の主張が通ったのを見て、言った。「だって、おめえは借りがあるからな」

「いいさ、おめえとむだ口たたくなァごめんだよ！」とスチョープカは答えた。

「いやいや、スチョープカ、ごまかすなってば」と相手は酒屋から茶碗をひったくりながら、しつこくくりかえした。「だっておめえ、おれに借りがあるじゃねえか。おめえ良心ちゅものがねえのか、おめえの目玉ァ借りものかよ！　卑怯《ひきょう》なやつだな、おめえは、おいスチョープカ、いいか、はっきり言ってやらァ、おめえは卑怯者だ！」

「おい、何をごたくをならべてんだ、酒をこぼしやがって！　ありがたくくださるんだ、黙って飲んだらどうだ！」と酒屋がどなった。「今日だけだぜ、こうしてられるのは！」

「うん、飲むよ、うるせえな！　クリスマスおめでとう、ステパン・ドロフェイチ！」と彼は茶碗を両手でささげるようにして、いま卑怯者呼ばわりしたばかりのスチョープカに、愛想よく、ぺこりと頭を下げた。「百年も達者でいてくれや、これまで生きてきた分は、勘定に入れねえでな！」彼は飲みほすと、一つ空《から》せきをして、口をぬぐった。「おれもなァ、ええ、むかしはずいぶん飲んだもんだよ」彼は特にだれということなく、漠然《ばくぜん》とみんなのほうを向きながら、しんみりした口調で言った。「いまじゃ、どうやら、墓場に近づいたらしいよ。ごちそうさん、ステパン・ドロフェイチ」

「と言われるほどのこともねえさ」

「でも、おらァな、ステパン、いつまでもあのことは言うぜ、それに、おめえがひでえ卑怯者だってこともな、おめえは……」

「じゃ、おれも言わしてもらうぜ、おめえは飲んだくれのくずだ」とスチョープカはもうがまんができなくなって、相手をさえぎった。「いいか、おれの言うことをよく聞け。いまただいまかぎり、おめえとは縁切りだ。おめえはおめえ、おれはおれだ。失《う》せろ、もう二度と面《つら》ァ見たくねえ。もううんざりだ！」

「じゃ、金はけえさねえのか？」

「このうえどんな金を返すんだよ、おい、飲んだくれ？」

「なに、あの世へ行ってから、そっちから持ってきたって――もらってやらねえぞ！おれたちの金ァはたらいて、汗水たらして、手にマメこさえてもうけた金だ。あの世でおれの五コペイカ玉にぎったまま、せいぜい苦しむがいいさ」

「ちょっ、この野郎、さあ、失せろ！」

「何がさあだ。馬じゃねえぜ」

「さあ行った、行った！」

「卑怯者！」

「犬畜生！」


そしてまた、飲ませるまえよりも、いっそうひどい罵りあいがはじまった。

こちらにはそれぞれの板寝床の上に、二人の仲間がすわりこんでいる。一人は背丈の高い、がっしりした、肉づきのいい男で、ほんものの肉屋で、顔が真っ赤だった。彼はすっかり感動してしまって、もうほとんど泣き顔になっていた。もう一人は——見るからに虚弱そうなひょろりとやせた男で、長い鼻の先からは、まるで何やらぽとりぽとりたれているようで、豚の目みたいな小さな目を足もとへおとしていた。これは要領のよい男で、学があった。もと書記をしていた男である。彼はいくぶん見くだすような態度で何やら講釈しているが、それが相手には心中ひそかにひどくおもしろくないらしい。彼らは一日じゅういっしょに飲んでいた。

「あいつおれに敢行しおったぞ！」ふとったほうが、やせたほうの肩にまわしていた左手で、やせたほうの頭をつよくゆすりながら、大声で言った。『敢行した』というのは——なぐったという意味である。ふとったほうは、自分が下士官の出だから、心中ひそかにやせたほうにねたみを感じている、だから二人は、たがいに相手に対して、きざな言葉をつかっておのれを誇示しあっているのだった。

「だが、わしに言わせりゃ、きみもよくないよ……」書記はかたくなに相手に目をあげようとしないで、仔細《しさい》ありげに足もとへ目をおとしたまま、一人で承知しているような調子で言い出した。

「あいつがおれに敢行しおったのだぜ、聞いてるのか！」と彼は相手の言葉をさえぎって、ますますつよくいとしい友をゆすりはじめた。「きみがいまのおれにはこの世に残されたたった一人の友なんだ、わかってくれるかい？　だからおれは、きみ一人にだけ言うんだが、あの野郎おれに敢行しやがったんだよ……」

「だが、もう一度言わしてもらうが、そんな青臭い言い訳はだな、きみ、きみの頭の弱さをさらすようなもので、恥をかくだけだよ！」と書記は細い気どった声で反対した。

「それよりもね、きみ、率直に認めるんだな、きみは移り気だから、酔うとそんな気がするだけさ……」

ふとったほうはびっくりしたようにすこし身をのけぞらして、いい気な書記の顔を酔いのまわったとろんとした目でぼんやり見ていたが、不意に、まったく思いがけなく、書記の小さな顔を大きな拳骨《げんこつ》で思いきり張りとばした。それで朝からつづいた友情が終った。小さな友は気を失って板寝床の下へけしとんだ……

そのとき、特別監房のわたしの知人の一人がわたしたちの獄舎へ舞いこんできた。これは底ぬけのお人よしで、陽気な若者で、頭もわるくなく、悪気のない軽口をとばし、見たところ珍しいほど間ののびのした顔の男だった。これは、わたしが監獄に着いた最初の日に、炊事場で食事のとき、金持の囚人をさがしまわって、『意地のある』ことをわたしにくどくどと言って、わたしの茶にありついたあの男である。彼は四十前後で、異常に唇《くちびる》が分厚く、肉の豊かな大きな鼻にはぶつぶつとにきびのあとがついていた。彼はバラライカをかかえて、無造作にかきならしていた。そのうしろに、これはまた思いきってちびで、頭でっかちの囚人が、たいこ持ちのようにくっついていた。これはわたしがこれまでほとんど知らなかった男である。もっとも、この男にはだれもほとんど関心を向けなかった。彼はどこか変った男で、疑《うたぐ》り深く、いつも黙りこくって、しぶい顔をして、裁縫工場へ作業に通っていたが、無理に変り者で通したいらしく、だれともつきあわないようにしていた。それがいま、酒がはいったので、影のようにワルラーモフにくっついたのである。彼はおそろしく興奮してワルラーモフのあとを追いまわしながら、両手を振りまわしたり、拳骨で壁や板寝床をたたいたりして、いまにも泣きだしかねない様子だった。ワルラーモフは、まるでそんな男がそばにいるなんて思ってもいないらしく、ぜんぜん見向きもしなかった。おもしろいのは、これまでこの二人の男が顔をあわせたことはほとんどなかったことだ。彼らにはしごとも性格も共通したものは一つもなかった。刑の種類もちがうし、住んでる獄舎も別々だった。ちびの囚人の名はブールキンといった。

ワルラーモフは、わたしを見ると、にやっと白い歯を出した。わたしは暖炉のそばの自分の板寝床の上にすわっていた。彼はすこしはなれて、こちらを向いて立ちどまり、ちょっと思案するふうだったが、すぐにぐらっと一つのめってから、おぼつかない足どりでこちらへ近づきながら、片手を腰にあてて勇ましく半身に構え、かすかに踵《かかと》で拍子をとり、軽く弦をかきなでながら、レチタティーヴォを高らかにうたいだした。

顔がまるくて、色白で
小鳥のように、歌が好き
かわいいあの娘《こ》、
きれいな飾りの、たくさんついた
繻子《しゆす》の衣裳《いしよう》が、よく似合う
すてきなあの娘《こ》、

この歌が、すっかりブールキンを怒らせたらしい。彼は両手を振りまわしながら、みんなに向って叫んだ。

「嘘《うそ》っぱちだ、みんな、こいつはでたらめばかりこいてやがんだ！　一言だって、ほんとなんか言やしねえ、みんな嘘っぱちだ！」

「アレクサンドル・ペトローヴィチの爺《じい》さん！」ワルラーモフはずるそうな笑いをうかべてわたしの目をのぞきこみ、わたしに接吻《せっぷん》するためにいまにも板寝床に這《は》い上がりそうな様子で、言った。彼はかなり酔っていた。『……爺さん』という表現は、尊敬の意味で、シベリアの民衆のあいだで広くつかわれていた。相手が二十歳の若者でもかまわないのである。『爺さん』という言葉は敬意を表するていねいな言葉で、お世辞の意味さえあった。

「どうした、ワルラーモフ、元気かい？」

「まあどうにか。で、祭りの好きなやつァ、朝っぱらから祝い酒ですよ。まあ、かんにんしてくだせえ！」とワルラーモフはいくらか節まわしをつけて言った。

「いつも嘘ばかりこいてやがんだ、こいつァ、ほら、まだ嘘っぱちこきやがる！」ブールキンはもうやけくそのように板寝床をたたきながら、わめきたてた。しかしワルラーモフはこんな男にはぜったいにとりあうまいと胸に誓っているらしく、そしてこのとりあわせには思わずふき出したくなるような滑稽味《こっけいみ》があった。ブールキンがワルラーモフにまつわりついたのは、まだ朝のうちからで、それがまったく唐突で、ただどういうわけか彼にはワルラーモフが『いつも嘘ばかりついてる』と思われたからなのである。彼は影のようにワルラーモフにくっついて、一言ごとにからみ、両手をもみしだいて、血が出るほどはげしく壁や板寝床をたたきながら、苦しんでいた。ワルラーモフが『嘘をついてる』と思いこんで、そのために大袈裟《おおげさ》に苦しんでいたのだった。もし頭に髪の毛があったら、彼はもだえのあまりかきむしったにちがいない。まるで彼はワルラーモフの行動に対する責任の義務を自分の一身に引受けたかのようだった。ワルラーモフの悪いところがすっかり彼の良心にのしかかったかのようだった。ところが、その彼に相手が目もくれない、そこが滑稽なのである。

「でたらめだ、嘘っぱちだ、いつも嘘ばかりこきやがって！　一言だって、まともらしいことは言やしねえ！」とブールキンはわめきたてた。

「それがおめえにどうしたというんだよ？」と囚人たちが笑いながらやりかえした。

「あんただから言うんだがね、アレクサンドル・ペトローヴィチ、わっしァむかしたいした色男でね、娘っこどもにえらくもてたもんだよ……」とワルラーモフが藪《やぶ》から棒にいきなり言い出した。

「嘘っぱちだ！　またこきやがる！」とブールキンはブリキを裂いたような声を張り上げた。

囚人たちがどっと笑った。

「わっしァね、娘っこどものまえで、つんと気どってたものさ。赤いシャツを着こみ、ビロードのゆったりしたズボンをはいてさ、ゆったりと寝そべって、ブトイルキン伯爵《はくしゃく》よろしくさ、つまりスエーデン人みてえに酔っぱらってさ、一口に言やァ——よりどり見どりってわけだ！」

「嘘だ！」とブールキンはやっきとなってきめつけた。

「そのころおれにゃ親にもらった家があったよ。石造りの二階家でさ。それが、二年で、二階を食いつぶしてさ、残ったなァ柱のねえ門だけよ。なあに、ぜにこなんて——鳩《はと》みてえなものだ。飛んできたと思えば、また飛んでゆくのさ！」

「嘘だ！」ますますやっきとなって、ブールキンはきめつける。

「そうなってから、やっと目がさめてさ、ここから親父《おやじ》とおふくろにめそめそした手紙を送った。すこしは小づかいを送ってくれるかもしれねえと思ってさ。なにしろ、おれは親にそむいてばかりいたなんて世間じゃ言われてるし、たしかに親不孝な野郎だったよ！　もう七年になるんだよ、手紙をやってから」

「で、まだ返事がないのかい？」と、にやにや笑って、わたしは訊《たず》ねた。

「それが、ねえんだよ」と、不意に自分でもにやっと笑って、ますますわたしの顔へ鼻を近づけながら、彼は答えた。「で、わっしにゃね、アレクサンドル・ペトローヴィチ、ここに好きな女がいるんだよ……」

「きみに？　好きな女が？」

「オヌフリエフのやつがさっきこんなことを言やがるのさ、『おれの女はあばたで、みっともねえが、そのかわり着物はしこたまもってるぜ。おめえなァ、面ァ見れるが、乞《こ》食《じき》で、袋下げてほっつき歩いてるじゃねえか』」

「へえ、まさか?」

「それが、ほんと、乞食なんだよ!」と彼は答えて、身をもじって声もたてずに笑いころげた。獄舎にもどっと笑いが起った。実際に、彼がある乞食女と関係を結んで、半年のあいだにわずか十コペイカしかやらなかったことを、囚人たちはみな知っていたのである。

「それで、どうしろというのかね?」わたしはいいかげんうんざりして、早くきりあげたいと思いながら、訊ねた。

彼はちょっと間をおいて、こびるような目でちらとわたしを見ると、やさしいつくり声で言った。

「じつは、そんなわけでして、その酒を一ぱいめぐんでやっていただけませんか? じつはわっしァ、アレクサンドル・ペトローヴィチ、今日は朝から茶しか飲んでねえんですよ」と彼は金をおしいただきながら、感に耐えたように付け加えた。「というわけで、茶ばかり飲んだもので、胸は苦しくなるし、腹はがぼがぼ鳴りゃがるし……」

彼が金をもらったのを見て、ブールキンの心の混乱は限界に達したらしい。彼は絶望的な身ぶりをして、もう半分泣いていた。

「みんな、みんな！」と彼は気ちがいのように獄舎じゅうの者たちに向って叫んだ。「こいつを見てくれ！　嘘っぱちだ！　こいつの言うことは、何もかも、いつも、いつも、嘘ばかしだ！」

「それがおめえにどうだってんだ？」囚人たちは彼の狂憤ぶりにあきれながら、口々にどなった。「おめえもわからねえ男だな！」

「嘘はつかせねえ！」ブールキンは目をぎらぎら光らせ、拳骨で腕も折れよと板寝床をなぐりながら叫んだ。「やつに嘘をつかせるのは、いやだ！」

囚人たちはどっと笑った。ワルラーモフは金をもらうと、わたしに小腰をかがめて、ふらつく足どりでいそいそと獄舎を出てゆきかけた。もちろん、酒屋へである。そこで、彼ははじめてブールキンに気がついたらしい。

「おい、行こう！」と彼はしきいの上に立ちどまりながら、ほんとうにいなくちゃ困る相棒でも呼ぶように、声をかけた。「さいづち頭めが！」彼はしょんぼりしたブールキンを先へ通すと、胸くそわるそうにつぶやいて、またバラライカをかき鳴らしはじめた……

でも、この悪夢のような騒ぎを書きたてたとて何になろう！　やっと、この窒息しそうな一日も終ろうとしている。囚人たちはそれぞれの板寝床の上で重苦しい眠りにはいりかけている。夢の中で、他の夜々よりも、かえってうなされて、寝言も多い。そこらここらにまだ賭場《とば》を開いている者もいる。長いあいだ待たれていた祭日が終った。明日はまた平日、また作業だ……

十一　芝居

お祭りの三日目の晩、わたしたちの芝居の第一回公演が行われた。準備の苦労はたいへんだったろうが、出演者たちがすっかり引受けたので、わたしたち、芝居に出ない連中は、だれも、準備がどこまで進んでるのか、何がどうなってるのか、知らなかったし、演《だ》しものが何かも、よくはわからないほどだった。出演者はこの三日のあいだ、作業に出るたびに、できるだけたくさんの衣裳《いしょう》を集めるようにつとめた。バクルーシンは、わたしと会っても、満足そうに指を鳴らすだけだった。どうやら、少佐の風向きもかなり平穏らしかった。とはいうものの、少佐が芝居のことを知ってたかどうか、わたしたちにはまったくわからなかった。知ってたとしたら、正式に許したのだろうか、それとも、囚人たちの考案に文句を言うのも大人げないと思い、もちろん、なるべくしずかにやるようにと念を押したうえで、黙認ときめただけなのだろうか？　わたしは彼が芝居のことを知っていたと思う、知らぬはずがなかった。しかし、禁止すれば、なおしまつのわるいことになることを承知しているから、干渉したくなかったのだろう。囚人たちが酒をくらって、騒ぎだすにちがいない、それよりは何かやらせておくほうが無難だというわけである。しかし、わたしが少佐の腹をこう推量するのは、そういう判断がもっとも自然で、正しく、しかも健全だからにすぎない。もし囚人たちに祭日に芝居か、あるいは何かこれに類した行事の計画がなかったら、かえって上司のほうからそれを考えてやるべきだ、と言ってもいいくらいだ。ところが、ここの少佐は他の人間とはまったく逆なものの考え方しかできない男であるから、彼が芝居のことを知っていて、それを許したなどと勝手にきめて、自分の心の負担を大きくするのは、じつにばかげたことである。この少佐のような男は、どこでもだれかを抑《おさ》えつけ、何かを取上げ、だれかの権利を剝奪《はくだつ》し、つまり簡単に言えば——どこかで規則を押したてていなければ、気がすまないのである。こうした点では、彼は町じゅうにひびいていた。圧迫をすれば獄内に騒ぎがもちあがるかもしれない、そんなことは彼には問題ではなかった！　騒いだら罰したらいい（これが少佐のような人間の考え方だ）、囚人たちのようなならず者には——厳格と、たえまない、文字どおりの法律の履行——それが必要なすべてだ！　これら無能な法律の履行者は、法の意味も精神もわきまえずに、文字どおりにそれを実行すれば、混乱を起すだけで、けっして他の結果には通じないということを、まったく理解していないし、それに理解する力もないのである。『法律に書いてある、それ以上何が必要なのだ?』と彼らは言う、そして法律の条文に加えて、健全な分別と冷静な頭脳を要求されると、心底からびっくりする。特に後者は、彼らの多くにはよけいな、いまいましい飾りもののように思われて、窮屈で、がまんがならないのである。

しかし何はともあれ、古参下士官は囚人たちに反対しなかったし、囚人たちに必要なのはそのことだけで、あとはどうでもよかったのだ。わたしは確信をもって断言するが、芝居と、それが許されたことに対する感謝の気持とが、祭日に一つの大きな不詳事も獄内にもちあがらなかった原因なのである。一つの悪性な喧嘩《けんか》も、一つの盗難事件もなかった。はめをはずしかかった者や、口争いがひどくなりかけた者を、仲間うちでとりしずめたのは、ひとえに芝居が禁止されるのをおそれたからだということは、わたし自身が生き証人である。下士官は囚人たちから、しずかにして態度を乱さぬことという言質をとっていた。囚人たちは喜んで同意し、神聖なものとしてその約束を実行した。彼らの約束が信用されるということも、大いに彼らの気持をよくした。しかし、芝居を許可しても、監獄当局はぜんぜん経費を出すわけではなく、何の負担にもならないということも、ここにことわっておく必要があろう。まえもって場所が仕切られるわけではなかった。舞台の組立てと分解はせいぜい十五分もあればすむのである。芝居はほぼ一時間半ほどつづくが、もし急に中止の命令が下れば——あっという間にきれいに片付けられてしまうはずである。衣裳類は囚人たちの箱の中にかくされる。しかしそのまえに、芝居がどんなふうに準備されたか、衣裳はどんなものだったか、さらに芝居のポスターはどうか、つまりどんな演《だ》しものが上演されることになっていたか、というようなことを語ることにしよう。

もともと書かれたポスターというものはなかった。第二回、第三回の公演には、しかし、士官たちや一般に外来の客たちのためにバクルーシンの書いたポスターが、一枚だけ貼《は》られた。外からの客たちは、早くも第一回の公演に、来観の光栄をわが劇団にあたえてくれたのだった。つまり、おえら方の中でいつも見に来るのは衛兵士官で、一度など当直勤務の士官まではいってきたことがあった。技術士官も一度顔を見せたことがあった。こうした外からの来客にそなえて、ポスターが作られたわけである。監獄芝居の名声が遠く要塞《ようさい》の中へ、さらに町にまでとどろきわたることが、予想されていた。まして や、町には劇場と名のつくものは一軒もなかったのである。愛好者たちの素人《しろうと》芝居が一度あったと聞いたが、それきりで、あとは聞かない。囚人たちは、子供のように、ちょっとした成功でも喜び、それを自慢にしたほどだった。「まったく何とも言えねえよ」囚人たちはひそかに考えたり、あるいはおたがいに、話しあったりしたものだ。「ひょっとしたら、長官の耳にはいって、見に来なさるかもしれねえ、そしたら囚人がどんなものか、わかってくださるだろうさ。これはかかしだの、浮いている小舟だの、歩きまわる熊や羊などの出る、ありきたりの兵隊芝居じゃねえ。なにしろ役者がいるんだ、ほんものの役者が旦那《だんな》衆の喜劇をやるんだ。こんな芝居は町にもねえ。何でも、アブロシーモフ将軍のとこで、一度芝居をやったそうだが、またやるとか。なあに、それだって、衣裳だけはともかく、せりふはなっちゃいねえにちげえねえ、おれたちの芝居にかなうものか！　県知事の耳までとどいて、ひょっとしたら――悪魔のやつどんないたずらもしかねねえからな！――見に行きてえなんて言いなさるかもしれねえ。なにしろ、町にゃ芝居がねえんだから……』。要するに、囚人たちの空想は、特に最初の成功のあとは、お祭りのころにはもう最後の限界にまで達していて、褒美《ほうび》が出やしないか、苦役の期間が軽減されはしないかなどと考えるまでになっていた、とはいえ、そう思うかたわらから、彼らはじきに何のくったくもなく自分の甘さを笑いとばすのだった。一口に言えば、彼らは子供だった、中には四十をすぎた者もいるというのに、まったくの子供だった。

ところで、ポスターはなかったが、わたしはもう上演予定の芝居の大筋は知っていた。最初の演《だ》しものは『恋敵《こいがたき》フィラートカとミローシカ』という芝居だった。バクルーシンはまだ上演の一週間もまえに、フィラートカの役はおれがやるが、サンクト・ペテルブルグの劇場でも見られないほどの名演技を見せるつもりだと、わたしに自慢した。彼は獄舎じゅうを歩きまわって、相手の気持も考えず、恥ずかしげもなく、とはいえ無邪気さをむきだしにして得意がり、ときにはいきなり、何か『シバヤ風に』、つまり自分の役から台詞《せりふ》やしぐさをちょっとやってみせて――みんなを笑わせることがあった。彼のしぐさがおかしくても、おかしくなくても、囚人たちは笑うのである。しかし、実を言うと、こんな際でも囚人たちは自分を抑えて、威厳を保つことを忘れなかった。バクルーシンの振舞いや、間近い芝居の話に手ばなしで喜んだのは、自分を抑えることのできぬ、くちばしの黄色い若い連中か、あるいは囚人の中でももっとも重きをなしている連中だけだった。後者の場合は、もう権威がゆるぎなく樹立されていたので、どんな感情でも、たといそれがもっとも無邪気なものであっても（これは、監獄流の解釈にしたがえば、もっとも不体裁という意味である）、自分の気持を率直に表現するのに、すこしもびくびくすることがなかった。他の囚人たちは黙って噂《うわさ》や評判を聞くだけで、非難や反対はしなかったが、芝居の話には無関心か、いくぶん見くだすような態度をさえとろうと、無理につとめていた。そして、いよいよ最後のときに来て、ほとんど芝居の当日になってはじめて、みんながおおっぴらに関心をもちだした。演しものは何だろう？　準備はどうだろうか？　少佐は何と言うだろう？　一昨年みたいに、うまくいくだろうか？　等々というわけである。バクルーシンは、役づけはじつにうまくいって、みんな『ずばり適役だ』とわたしに保証した。それに幕まで用意したというし、フィラートカの花嫁役はシロートキンがやるという。まあ見てくださいよ、女の衣裳がやつにどんなに映るか！　彼は目を細めて、舌を鳴らしながら、こう言った。慈悲深い女地主は裾《すそ》飾りのついた衣裳にマントをはおり、手にパラソルを持ち、有徳の地主は肩章のついた士官の制服を着て、ステッキを持つそうだ。つづいて二番目の演しものは『大食いのケドリール』という悲劇もの。わたしはこの題がひどくおもしろいと思って、その筋書についていろいろきいてみたが──まえもっては何も知ることができなかった。ただわかったのは、それが本からではなく、『写し』からとられたことと、その写しは町はずれに住んでいるある退役の下士官がもっていて、その下士官はむかしどこかの兵隊芝居でそれが上演されたとき出演したらしい、ということだけだった。わが国の遠い町や県には実際にこうした芝居の台本が存在するのである。それはだれにも知られていないだろうし、どこでも一度も印刷されたことがないかもしれないが、どこからともなくひとりでにあらわれて、ロシアのある地方の民衆芝居には欠かせないレパートリイとなるのである。ここでわたしが『民衆芝居』と言ったのは、ふくむところがあってである。民俗研究家の有志が、民衆芝居について新しい、いままでよりもいっそう綿密な研究に専念することが、大いに望ましいし、ひじょうに意義のあることだと思うからである。民衆芝居はいまでもりっぱに存在するし、もしかしたら、いちがいに笑いすてにはできないものかもしれない。わたしは、このあとで監獄の芝居で見たものがすべて、ここの囚人たちによって考え出されたものであるとは、信じたくない。そこには伝統の継承というものがあるはずで、一たび定められてもう変らない方法や観念が、世代から世代へ古い記憶をもとにして伝えられてきたはずである。それらは兵隊たちや工場労働者たちに、工場のある町々に、さらにいくつかの名も知らぬ小さな町々の住人たちにまで、調べをのばさなければならない。それらはまた村や県都の大地主たちの屋敷にも保存されているはずである。わたしは、たくさんの古い芝居台本が写しの形でロシアじゅうにひろまっていったのは、地主の僕婢《ぼくひ》たちの手を通さなければできないことだ、とさえ思うのである。むかしの古い地主やモスクワ貴族たちは、農奴の俳優たちで組織した自分たちの劇団をもっていた。そしてこうした劇団からわが国の民衆演劇芸術が発生したのであり、その証拠は疑うべくもない。『大食いのケドリール』については、どれほどどきどきだそうと思っても、悪魔が舞台にあらわれて、ケドリールを地獄へ連れ去るということ以外は、わたしは実際に見るまでは何も知ることができなかった。それにしても、ケドリールという名はいったい何を意味するのか、そして最後に、なぜケドリールなのか、キリールではいけないのか？　それはロシアの話なのか、それとも外国のできごとなのか？　それがわたしにはどうしてもつかめなかった。最後に『音楽とパントマイム』が演じられることになっていた。むろん、これらはみなひどく好奇心をそそった。役者は十五人ほどで——いずれも勇《いさ》み肌《はだ》の威勢のいい者ばかりだ。彼らは一人でぼそぼそ台詞をつぶやいたり、しぐさを稽古《けいこ》したり、ときには獄舎の裏庭へ出て、人目を避けてこっそり何やらやっていた。要するに、何か途方もない思いがけぬことをやらかして、みんなをあっと言わせてやろうという腹だった。

平日には獄舎の扉《とびら》は、夜になるとすぐ早々としめられた、ところがクリスマス週は例外として、消燈《しょうとう》の太鼓が鳴るまでしめられなかった。この特典は芝居のために特にあたえられていた。お祭りのあいだは毎日、日暮れまえになると、囚人側から当直士官のもとへ、『芝居を許可されたく、つきましてはもうしばらく獄舎の扉をしめるのを延ばしていただきたく』という丁重な請願書を持った使者が立てられ、昨日も芝居があり、おそくまで扉をしめられなかったが、何の異常もありませんでしたと、口頭で付け加えるのが例になっていた。当直士官は腹の中でこう考える、『たしかに昨日は何の異常もなかった。自分たちで今日もないと約束するくらいだから、自分たちで気をつけるつもりだろう、それがいちばん確実だ。それに芝居を許可しなかったら、腹立ちまぎれにわざと何かよくないことをしでかして、衛兵たちを困らせるかもしれん（なにしろ囚人どもだ、何をするか知れたものじゃない！）』最後に、こんなことも考える。衛兵勤務は退屈なものだが、芝居があるとはありがたい、それもありきたりの兵隊芝居じゃなく、囚人の芝居だ。囚人てのは傑作な連中だから、芝居もさぞおもしろいだろう。しかも当番士官にはいつも見る権利がある。

巡察士官が来て、『当番士官はどこか？』ときけば、『囚人の点呼をとり、獄舎をしめるために、監獄へ行きました』――返答も正しいし、弁明も正しい。というわけで、当番士官たちはお祭りのあいだじゅう毎晩芝居を許可し、消燈の太鼓まで獄舎をしめなかった。囚人たちは、衛兵所からじゃまがはいらないことはかねがね知っていたから、安心していた。

六時すぎにペトロフが迎えに来て、わたしはいっしょに芝居を見に出かけた。わたしたちの獄舎からは、チェルニゴフの旧教徒とポーランド人たちのほかは、ほとんど全部出かけた。ポーランド人たちは一月四日の最終公演のときになって、やっと見に行くことにきめたが、それというのも、芝居はおもしろいし、楽しいし、何も危ないことはないと、さんざんすすめられたあげくのことだった。ポーランド人たちの気むずかしい態度も囚人たちをすこしも怒らせなかった、そして一月四日には彼らはひじょうに丁重に迎えられた。しかもポーランド人たちはもっともいい席へ通されたほどだった。チェルケス人たちや、特にイサイ・フォミーチにいたっては、芝居がそれこそ心底からの楽しみだった。イサイ・フォミーチは毎回三コペイカずつ寄付し、最終日には十コペイカもふんぱつして皿にのせたほどで、幸福が顔いっぱいにあらわれていた。出演者たちは客から応分の寄付をあつめて、芝居の出費や自分たちの景気づけにあてることにきめていた。ペトロフは会場がどんなに満員でも、わたしは最上の席の一つに通されるはずだと、うけあった。その理由は、わたしは他の連中より金持だから、寄付も多いにちがいないし、それにだれよりも芝居がわかるからだ、というのである。そのとおりになった。それはさて、まず客席と舞台の構造について説明しよう。

舞台がつくられた軍事犯獄舎は、奥行が十五歩ほどだった。庭から表階段をのぼると、入口の間があり、その奥が監房になっている。この細長い監房は、まえにも述べたように、特別の構造になっていた。板寝床が壁にそって並べてあるために、中央がひろく空《あ》いていた。出入口に近い半分が客席にされ、となりの監房へ通じる奥の半分が、舞台に作られていた。まずわたしを驚かしたのは幕だった。それは十歩ほどある監房の横幅いっぱいに張られていた。幕はほんとうにびっくりするほどの豪華なものだった。そのうえ、油絵具でいちめんに木や、園亭や、池や、星などが描かれていた。それは新しいものやら、古いものやら、囚人たちが思い思いに出しあった布地を、つぎあわせて作られていた。囚人たちの古い脛当《すねあて》やシャツを縫いあわせて、一枚の大きなシーツのようなものを作り、最後に、布の足りなかった部分には、これも方々の役所や事務室から一枚ずつもらってきた紙きれを貼りあわせて、ふさいでいた。囚人のペンキ職人たちが、中でも自称『ブリュルロフ』のAがぬきんでていたが、工夫《くふう》をこらして染めあげ、模様を描いたのだった。効果はおどろくほどだった。このような豪華さはもっとも気むずかしく、もっとも口うるさい囚人たちをさえ喜ばせた。このかたくなな連中が、この芝居小舎《ごや》へ来ると、ほとんど例外なく、こらえるということのない、じきに熱くなりやすい囚人たちに負けないような、まったくの子供にかえってしまうのだった。みんなすっかり満足していた、自慢にしたいほど満足していた。照明は何本かの脂蠟燭《あぶらろうそく》で、それがまたいくつかに切って使われていた。幕のまえに炊事場から持ってきたベンチが二つすえられ、そのベンチのまえに、下士官室から見つけてきた三、四脚の椅子《いす》がおいてあった。椅子は高級士官が来たときの用意だった。ベンチは下士官や技術部の書記、監督、その他上司ではあるが、士官待遇ではない人々のためで、そういう連中が獄舎をのぞいたら、案内することになっていた。それがまたのぞくのである。外からの客がお祭りのあいだはあとを絶たなかった。日によって多い少ないはあったが、最終日の夜はベンチの席に一つもあきがなかった。そして、ようやく、ベンチのうしろが囚人たちの席になっていて、彼らは来客に敬意を表して、帽子をぬいで、室内のむしあつい空気にもかかわらず、上着か半外套を着て、立ったままだった。もちろん、囚人たちの席にあてられた場所があまりにもせますぎるせいもあった。それにしても、特にうしろのほうなどは、文字どおり重なりあって見ているほどの混雑だが、それでも足りないで、板寝床の上や、舞台の両袖《りょうそで》まで占領されているしまつで、中には毎晩通って、隣の監房へもぐりこみ、裏の楽屋口から芝居をのぞき見している好き者もあった。監房の前半分のこみ方はひどいもので、たとえるといったら、おそらく、わたしがこのあいだ浴場で見たあのせまい中の押しあいへしあいくらいなものであろう。入口の間へ出る戸はあけられたままで、零下二十度というのに、そこにも囚人たちがひしめきあっていた。わたしとペトロフはすぐにまえのほうへ通された。ベンチのすぐうしろで、うしろのほうの列よりも、ずっと見よい場所だった。わたしは、こんな芝居ではないほんものを見なれた芝居通で、見る目があると思われたらしい。それにバクルーシンがこのごろしょっちゅうわたしに相談したりして、一目おいているのを見ているから、敬意を表して、いい席に案内したのであろう。囚人たちは極度に見栄《みえ》っぱりで、無思慮な人間かもしれない、仮にそうだとしても、それはうわべだけのことである。囚人たちは、作業でわたしがさっぱり役に立たないのを見て、わたしを嘲笑《あざわら》ったかもしれない。アルマゾフは雪花石膏《せっかせっこう》を焼く腕前を自慢して、わたしたち貴族出の者を軽蔑《けいべつ》の目で見たかもしれない。しかし、わたしたちに対する彼らの迫害や嘲笑《ちょうしょう》には、別な要素もまじっていた。わたしたちはかつて貴族だった。わたしたちは彼らのかつての主人たちと同じ階級に属していた、そしてそのかつての主人たちについて、彼らはいい思い出をもつことができなかったのである。ところがいま、芝居小舎で、彼らはわたしに道を空けてくれた。こういう面では、わたしのほうが彼らより目があり、わたしのほうが多く見ているし、知っていると、彼らは認めていたのである。わたしにもっともよくない感情をもっている連中まで（わたしはそれを知っている）、いまはわたしに芝居をほめてもらいたいと思って、卑屈な気持などすこしももたずに、わたしをいちばんいい席へ通したのである。わたしはいま、あのときのわたしの印象を思いかえしながら、この考察を書いている。あのときわたしには——わたしはそれをおぼえているが――彼らの自分に対する公正な判断には卑屈さはまったくなく、かえって自分の価値に対する正しい感情があったように思われたのだった。わが国の民衆のもっとも高い、そしてもっとも鮮明な特徴――それは公正の感情とその渇望《かつぼう》である。その人間にその価値があろうとなかろうと、どこでも、何が何でも、かきわけてまえへ出ようとする雄鶏《おんどり》の悪い癖――そういうものは民衆にはない。うわっつらの借物の皮をひんむいて、ほんとうの中身をもうすこし注意して、もうすこし近づいて、いっさいの偏見を捨てて観察しさえすれば――見る目のある者は、民衆の中に予想もしなかったようなものを見いだすはずである。わが国の賢人たちが民衆に教えうることは少ない。わたしは確信をもって断言するが――その逆である。賢人たちのほうこそまだまだ民衆に学ばなければならないことが多いのである。

まだ芝居に出かける支度《したく》をしていたときに、わたしはまえの席へ通されるはずだ、その理由の一つは、わたしが他の連中より多く寄付をするからだと、ペトロフが正直に言った。きまった額はなかった。みんながそれぞれできるだけ、あるいは好きなだけ出した。皿を持ってまわってくると、ほとんどの囚人たちが思い思いのものを、半コペイカ玉一枚でも、皿へのせた。しかし、わたしがまえのほうの席へ通されたのは、一つには金のためで、わたしが他の囚人たちよりよけいに出すだろうという考えがあったにせよ、そこにはやはり自分の価値に対する正しい感情がどれほどひそんでいたことか！　『おめえはおれたちより金持だ、だからまえへ行くがいい。ここじゃみんなが平等だが、しかしおめえはよけい出すだろう、だからおめえみたいな客は、役者たちにはありがてえんだ』『おまえにいちばんいい席をやるのは、おれたちがここで芝居をしてるのは金のためじゃねえからだ、芝居ってものを尊敬してるからだ、だから、客の区分けはおれたちが自分でやらなきゃならねえんだ』。こうした考えには真の高潔な誇りが、どれほどこもっていることか！　それは金に対する尊敬ではない、自分自身に対する尊敬である。一般に金や富というものに対して、監獄では特別の尊敬ははらわれなかった。特に囚人たち全体を無差別に、一つの集団、一つの組合として見るならば、それは当然である。わたしは彼らを個人として観察するような立場におかれたわけだが、それでも金のために本心から卑屈になったような囚人を、一人もおぼえていない。わたしに金を無心した者もあった。しかしその無心する態度には、切実さよりも、いたずらっ気とずるさのほうが目立った。むしろユーモラスで、素朴さがあった。わたしの言い方がわかってもらえるかどうか、わからないが……だが、わたしは芝居のことを忘れていた。本題にもどろう。

幕が上がるまで部屋じゅうが異様な活気ある光景を呈していた。まず第一に、見物人の群れである。彼らはまわりじゅうから押され、ひしゃげたみたいになって、それでも文句も言わずに、うれしそうな顔をして、幕のあくのを待っていた。うしろのほうなどは、それこそ重なりあっていた。彼らの多くは炊事場から割り木を持ってきていた。ふとい割り木をどうにか壁際《かべぎわ》においていて、その上にのぼり、まえに立っている者の肩に両手をかけて、そのままの格好で、自分の工夫にも場所にもすっかり満足して、二時間も立っているのである。また暖炉の下の踏段に足をかけて、まえの者にもたれかかったまま、おしまいまでそうしている者もあった。これがいちばんうしろの壁際のところなのである。横の方では、板寝床の上にあがって、楽手たちの上におおいかぶさるように、びっしり立ちならんでいた。そこはいい場所だった。また五人ほど暖炉の上によじのぼって、うつ伏せに寝ころんで見おろしていた。それこそ特等席である！　反対側の出窓の上にも、おくれてきていい場所をとれなかった連中が、ひしめきあっていた。みんなしずかに行儀よくしていた。だれもが旦那《だんな》方や来客たちに自分たちのいい面を見せようとしていたのだった。どの顔にもすこしも飾らぬ期待があらわれていた。どの顔もむし暑さと人いきれで真《ま》っ赤《か》に上気し、汗ばんでいた。顔や頬《ほお》に烙印《らくいん》を押された、それらのひげもじゃの顔々に、いましがたまで暗く陰気だった人々のまなざしに、ときどきおそろしい火をはなってぎらぎらともえた目に、子供らしい喜びの、たわいない純粋な満足の、何という奇妙な光がかがやいていたことであろう！　だれも帽子をかぶっていなかったので、右側のほうにいる囚人たちの頭は、ぜんぶてらてらに剃《そ》られているように見えた。だが、もう舞台のほうから、忙しそうに動きまわる音が聞えてきた。もうじき幕があく。

そら、音楽がはじまった……このオーケストラは一言する価値がある。横手の板寝床の上に、八人ほどの楽手たちが陣どっていた。ヴァイオリンが二人（一つは監獄にあったが、もう一つは要塞《ようさい》のだれかからの借りもので、ひく者は囚人の中から見つけた）、バラライカが三人——これはみな手製である、それにギターが二人、コントラバス代用の手太鼓が一人という編成である。ヴァイオリンはぎいぎいきしむだけで、ギターもろくでもなかったが、そのかわりバラライカはじつにすばらしかった。弦を爪《つま》びく指の早さはまったくあざやかな手品を見るようであった。舞踏曲ばかり演奏された。踊りが高潮するところへ来ると、楽手たちは拍手をとりながら指の節でバラライカの胴をたたいた。調子も、好みも、演奏も、楽器の扱いも、モチーフの伝え方も——すべてが独創的で、囚人特有のものであった。ギターひきの一人も自分の楽器をみごとにひきこなしていた。それは父親を殺した、あの貴族出の囚人だった。手太鼓にいたっては、ただもう奇蹟《きせき》と言うほかはなかった。指一本の上でくるくるまわすかと思えば、拇指《おやゆび》で皮をこする、急調子な高い単調な音が聞えているかと思うと、不意にその強い、歯ぎれのいい音が、豆でもまいたように、ふれあい、ぶつかりあう、無数の小さな音に砕ける。最後に、さらに手風琴《てふうきん》が二つあらわれた。正直のところ、わたしはそれまで、単純な民衆の楽器がこのような音を出せるものだとは、考えたこともなかった。音の調和、合奏の妙、特にモチーフの本質を心でつかみ、それを伝える音楽性は、ただただ驚きであった。わたしはそのときはじめて、陽気で勇ましいロシアの舞踏曲の中で、底ぬけに陽気で勇ましいものが何であるかを、完全に理解したのである。ついに、幕が上がった。客席全体に軽いざわめきが走り、みんな足を踏みかえ、うしろのほうの連中は爪先立ちになった。だれかが割り木から落ちた。一人残らず口をあけて、目をすえ、水を打ったようにしずまりかえった……芝居がはじまった。

わたしのそばに、兄たちをはじめ全部のチェルケス人たちにまじって、アレイが立っていた。彼らはみな芝居に夢中になって、その後毎晩通った。いったいに回教徒、タタール人などは、もう何度か述べたが、何に限らず見世物には目がない。彼らのそばにイサイ・フォミーチもうずくまっていたが、幕が上がると同時に、身体《からだ》じゅうを目と耳にして、奇蹟《きせき》と喜びの素朴なもえるような期待にこりかたまってしまったようだ。この期待を裏切られたら、どんなにみじめだろうと思うと、気が気でないほどである。アレイのかわいい顔は何とも言えない子供っぽい、美しい喜びにかがやいていた。それでわたしは、実を言うと、その顔を見るのがうれしくてたまらず、いまでもおぼえているが、役者が何か滑稽《こっけい》なうまいしぐさをして、みんなをどっと笑わせたりすると、思わずアレイのほうを振向いて、その顔に見ほれたものである。彼はわたしに目もくれなかった。それどころではなかったのである。わたしのすぐそばの左手に、いつもしかめ面《つら》をしてぶつくさ不平ばかり言っている、年輩の囚人が立っていた。彼もアレイに気がついて、見ていると、にこにこ笑いながら何度かアレイの顔へ目をやっていた。それほど彼はかわいらしかった！　どういうわけか知らないが、その男は彼を『アレイ・セミョーヌイチ』と呼んでいた。

『フィラートカとミローシカ』がはじまった。フィラートカ（バクルーシン）はたしかにみごとだった。彼は自分の役をおどろくほど正確に演じた。彼が一つ一つの台詞《せりふ》、一つ一つの動作に想をこらしたことは、明らかだった。一つ一つの何でもない言葉、一つ一つのちょっとしたしぐさに、彼は役の性格にぴったりと合った思想と意味をあたえることができた。この努力と、この研究に、びっくりするような、生地《きじ》のままの陽気さ、素朴さ、つくらぬ素直さを加えてみるがよい、そして、そういうバクルーシンを見たならば、あなた方も、彼が大きな才能をもったほんとうの生れながらの俳優であることに、一も二もなく賛成するにちがいない。フィラートカをわたしはモスクワとペテルブルグの劇場で何度か見たが、わたしは断言する――フィラートカを演じた首都の俳優たちは、いずれもバクルーシンにおとっていた。バクルーシンに比べると、彼らは形は農夫だが、真の百姓《ムジーク》ではなかった。彼らには百姓らしく見せようとする気持が強すぎた。そのうえ、競争心がバクルーシンを奮《ふる》い立たせた。二番目の劇でケドリールの役はポツェーキンという囚人がやることは、だれでも知っていた、そしてどういうわけか、みんながポツェーキンのほうがバクルーシンよりも才能があると考えていた。バクルーシンはそれを、子供みたいにくやしがっていたのである。この数日彼は何度わたしのところへ来て、そのくやしい気持を打明けたことだろう。芝居のはじまる二時間まえから彼ははげしい興奮におそわれていた。見物席がどっとわいて、「いいぞ、バクルーシン！ よう、よう、大統領！」と言葉がかかったとき、彼の顔はすっかり幸福にかがやき、ほんとうの霊感が目にひらめいていた。フィラートカがミローシカにあらかじめ「口をふけや！」とどなって、自分も口をぬぐう、二人の男の接吻《せっぷん》の場面は——涙が出るほど滑稽なできばえで、みんな腹をかかえて笑いころげた。

しかし何よりもわたしの興味をひいたのは観客だった。もうすっかりあけっぴろげで、腹の底から満足しきっていた。舞台に投げられるかけ声はますますひんぱんになってきた。ある者は、隣にいるのがだれであろうとかまわず、おそらくそちらを見もしないで、肘《ひじ》をつつき、急いで自分の感激を伝えている。またある者は、何か滑稽な場面になると、むきだしにうれしそうな顔をして客席を振向き、まるでみんなの笑いを誘うように一同の顔をぐるりと見まわして、片手を振り、またすぐになめるような目を舞台に向ける。またある者はただもう舌打ちしたり、指を鳴らしたりして、じっとしていられない様子だが、かといってどこへ行くわけにもいかないので、しきりにその場で足ぶみをしている。芝居が終り近くなると、客席の陽気な気分が最高潮に達した。わたしはすこしも誇張していない。監獄、足枷《あしかせ》、自由のない生活、この先の長い憂鬱《ゆううつ》な年月、陰気な秋の日にしととしとと降る氷雨《ひさめ》のように単調な生活、それを想像していただきたい――そこへ不意に、これらすべてのおしひしがれ、つながれた囚人たちに、思いきり手足をのばし、浮かれ騒ぎ、重苦しい夢を忘れて、それこそほんものの芝居を楽しむひとときが許されたのである。しかもその芝居たるや、町じゅうをびっくりさせ、どうだい、囚人がどんなものかわかったかい、と自慢できるようなりっぱなものなのである。衣裳《いしょう》に目を奪われたことは、むろんだが、彼らはあらゆるものにすっかり心を奪われていた。たとえば、ワニカ・オトペートイとか、ネツヴェターエフとか、バクルーシンなどという仲間が、もう長年のあいだ毎日見なれたものとはまったく別な衣裳をつけた姿を見るのが、彼らにはたまらなくおもしろかった。「あれが囚人なんだぜ、足枷をがちゃがちゃさせてる囚人なんだ、それがどうだい、フロックなんか着やがって、まるっこい帽子をかぶって、マントをひっかけて――まるで官員さまじゃねえかよ！　ひげを貼《は》っつけ、かつらをかぶってさ。見ろ、ほら赤いハンカチをポケットから出して、ひらひらさせてよ、旦那気どりだぜ、まったく、どう見たって旦那だよ！」というわけで、みな大喜びである。『慈悲深い地主』は、ひどくくたびれてはいたが、肩章のついた副官の軍服を着て、徽《き》章《しょう》のついた軍帽をかぶって登場し、ひじょうな効果を出していた。この役は希望者が二人いて――信じられないかもしれないが――二人は、まるで小さな子供のように、猛烈な役の奪いあいをやったのだった。二人とも肩章のついた士官服を着た姿をみんなに見せたかったのだ！　他の役者たちがやっと二人をなだめて、多数決によってその役をネツヴェターエフにあたえることをきめたのだが、それは彼のほうが品がよく色男だから、よけい旦那らしく見えるだろう、という理由からではなく、稽古のときにステッキを持ってあらわれ、いかにもほんものの旦那で第一級のしゃれ者らしく、巧みにそれをくるくるまわしたり、地面に円を描いたり、堂に入ったステッキさばきを見せて、みんなを納得させたからである。ワニカ・オトペートイのほうはそういう演技ができなかった。無理もない、彼はこれまでほんものの旦那というのを一度も見たことがなかったのだ。そして実際、ネツヴェターエフは、夫人をともなって舞台へあらわれると、どこから手に入れたのか、細身の葦《あし》のステッキをすばやくくるくると振りまわして、地面に輪を描くしぐさばかりしていた。彼はおそらくこういうしぐさが最高の旦那らしさであり、伊《だ》達《て》と粋の極であると思いこんでいたのであろう。たぶん、まだ屋敷づとめの下僕の子供で、はだしでとびまわっていた時分に、たまたま美しく着飾った旦那がステッキをくるくるまわしている姿を見て、すっかり心を奪われ、その印象が永久に消えることなく胸に刻みつけられたのであろう、それでいま、生れて三十年もすぎてから、監獄じゅうの者をすっかり感心させ、うっとりとさせるために、そのときの情景をそのまま思い起したのにちがいない。ネツヴェターエフはそのほうにすっかり気をとられてしまって、もうだれをも、どこをも見ようとはしないで、台詞《せりふ》を言うのさえ、目を伏せたままで、ひたすらステッキの先ばかり見つめていた。慈悲深い夫人もそれなりにじつにすばらしかった。ぼろとしか見えないような、よれよれのモスリンの衣裳を着て、腕と襟足《えりあし》をむきだしにして、顔に白粉《おしろい》や紅をごてごてに塗り、キャラコのナイトキャップをかぶって、顎《あご》のところでひもを結び、片手にパラソルを持ち、別な手に紙に模様を描いた扇を持って、それをのべつひらひらさせていた。はぜるような爆笑が夫人を迎えた。夫人は自分でもこらえきれなくなって、何度かぷっとふき出した。夫人を演じたのはイワノフという囚人だった。娘に扮《ふん》したシロートキンは、じつに可憐《かれん》な風情《ふぜい》だった。台詞のやりとりもいきがぴったり合った。要するに、最初の芝居は客ぜんたいを十分に堪能《たんのう》させて終った。けちをつける者はなかったし、あるはずがなかった。

もう一度序曲『なつかしのわが家』が演奏されて、また幕が上がった。ケドリールである。ケドリールはドン・ジュアンに似た筋だった。すくなくとも、最後に主人も下男も悪魔に地獄へ連れ去られる。全幕ということだが、そうではないらしい。始めも終りもない。意味がさっぱりわからないし、筋も通っていない。ロシアのどこかの宿屋でのできごとである。宿屋の亭主が、外套《がいとう》を着てまるいひん曲った帽子をかぶった客を部屋へ案内する。そのあとから客の下男のケドリールがトランクと、青い紙につつんだ鶏の焙肉《あぶりにく》をかかえてはいってくる。ケドリールは半外套を着て、下男のかぶるまるい縁なし帽をかぶっている。この男が大食いなのである。この役はバクルーシンの好敵手のポッエーキンという囚人がやり、主人にはまえの芝居で慈悲深い夫人をやったイワノフがなっていた。ネツヴェターエフの亭主が、この部屋には悪魔が出ると予告して、出てゆく。何か心配ごとがあるらしい暗い顔をした主人は、そんなことはとっくに知っていたと、ぶつぶつひとりごとを言って、ケドリールに荷物をといて、晩飯の支度をするように言いつける。ケドリールは臆病者《おくびょうもの》で、大飯食いである。悪魔と聞いて、彼は真っ蒼《まさお》になって、がたがたふるえだす。彼は逃げ出したいが、主人がこわい。それに食べることも食べたい。彼は好色で、のろまで、独特のずるさがあり、臆病で、ことごとに主人をばかにしているくせに、半面ではおそれている。これはみごとな従者のタイプで、そこにはぼんやりと遠い感じではあるが、どことなくレポレロ（訳注　ドン・ジュアンの従者）の特徴が見られる、そして実際にみごとに下男が表現されている。ポツェーキンは顕著な才能をもっていた、そして、わたしの見たところでは、役者としてはバクルーシンよりも一枚上である。わたしはあくる日バクルーシンに会ったが、もちろん、そのことは言わなかった。そんなことを言ったら、彼がどれほどがっかりするか知っていたからである。主人を演じた囚人も、わるくなかった。台詞はちょっと類がないような愚劣きわまるものだが、言いまわしは正しく、歯ぎれがよく、しぐさもぴったりしていた。ケドリールがトランクの始末をしているあいだ、主人は思案顔で舞台を歩きまわり、みんなに聞えるように、今夜でさすらいの旅も終るだろうと言う。ケドリールは興味ありげにきき耳をたてたり、しかめ面《つら》をしたり、aparté（訳注　ひとりごと）を言ったりして、一言ごとに客を笑わせる。彼は主人なんかかわいそうではないが、悪魔のことを耳にしているので、それがどんなものか知りたくて、主人に話しかけ、うるさくききはじめる。主人は、とうとう、じつはいついつこれこれの災難にあったとき、思いあまって地獄に助けを頼んだ、そして悪魔たちに助けてもらったが、今日が期限で、おそらく、約束どおり、悪魔たちが今日は彼の魂をもらいに来るだろう、と説明する。ケドリールはすっかり怯気《おじけ》づいてがたがたふるえだす。だが、主人は気をおとさないで、晩飯の支度を言いつける。晩飯と聞くと、ケドリールは元気づいて、鶏の焙肉を出したり、酒を出したりする——そしてすきを見ては、ちょいとむしって、味見をする。客はどっと笑う。やがて戸がぎいと鳴り、風が窓の鎧《よろい》扉《ど》をたたく。ケドリールはぎょっとして、あわてて、ほとんど夢中で鶏肉の大きなかたまりを口へおしこむが、あまり大きくてのみこめない。またどっと笑いが起る。『支度ができたか？』と主人が室内を歩きまわりながら、どなる。『いますぐ、旦那……支度を……します』と言いながら、ケドリールは食卓のまえにすわりこみ、悠々《ゆうゆう》と主人の分を食いはじめる。下男のぬけめないくすねぶりや、主人の間抜けぶりが、観客にはおもしろくてたまらないらしい。正直のところ、ポツェーキンもたしかにほめる価値があった。『いますぐ、旦那、支度します』という台詞は、じつにみごとだった。彼は食卓のまえにすわりこみ、がつがつとつめこみはじめる、そして主人が一歩あるくごとに、見つかりはしないかと、ぎくっとする。主人が振向きかけると、焙肉をつかんだまま、あわてて食卓の下へもぐりこむ。やがて、ひとまず腹の虫がおさまったところで、今度は主人のことを考えてやらねばならない。『ケドリール、まだか？』と主人がどなる。『へえ、できました！』とケドリールは威勢よく返事をしてから、気がつくと、旦那にはもうほとんど何も残っていない。実際、皿の上には鶏の足が一本のっているきりである。旦那は暗い顔をして考えこみながら、何も気がつかずに、食卓のまえにすわる。ケドリールはナプキンを持って旦那のうしろに立つ。彼が観客のほうを向いて、旦那の間抜けぶりを嘲笑《あざわら》いながら、しゃべる台詞の一つ一つ、動作の一つ一つ、顔をゆがめてみせるしぐさの一つ一つが、観客のこらえきれぬ爆笑を誘う。ところが、旦那が食べはじめると同時に、悪魔があらわれる。ここのところがさっぱりわからないし、おまけに悪魔のあらわれ方がどうも唐突すぎる。舞台袖《ぶたいそで》の戸があいて、白いものをかぶった妙なものが出てくる。頭の代りに蠟燭《ろうそく》をつけた提灯《ちょうちん》がのっかっている。もう一人の悪魔も、頭に提灯をのっけて、手に大鎌《おおがま》を持っている。なぜ提灯を頭にのっけているのか、なぜ大鎌を持ってるのか、なぜ白いものをかぶっているのか？　だれもよくわからない。しかも、そんなことはだれも考えてみもしないのだ。そういうものときまっているものらしい。旦那はかなり毅然《きぜん》とした態度で悪魔のほうを振向き、用意はできている、連れてゆくがよいと叫ぶ。ケドリールのほうは、すっかり胆《きも》をつぶして、食卓の下へ這《は》いこむが、おびえきってるくせに、食卓の上から酒の瓶《びん》を失敬することは忘れない。悪魔たちはちょっとのあいだ舞台から消える。しかし旦那があらためて鶏の足をかじろうとすると、とたんにまた悪魔が三人いきなり部屋へはいってきて、旦那をうしろからつかんで、地獄へ連れ去ろうとする。『ケドリール！　わしを助けてくれ！』と旦那は叫ぶ。しかしケドリールはそれどころではない。彼は今度は酒の瓶も、皿も、おまけにパンまで食卓の下へ持ちこむ。ところがもう彼は一人だ、悪魔はいないし、旦那もいない。ケドリールは這い出して、あたりを見まわす、笑いが顔じゅうにみなぎる。彼はずるそうに目を細めて、旦那の椅子にすわると、観客のほうへうなずいて見せながら、低声《こごえ》で言う。

『さあ、これで一人になったぞ……旦那がいねえ！……』

旦那がいねえ、で、観客はどっと笑う。そこで彼は内緒ごとでも打明けるように観客に向って、ますますうれしそうに片目をつぶって見せながら、ささやくようにこう付け加える。

『旦那のやつ悪魔にさらわれたよ！……』

観客の喜びようったらなかった。旦那が悪魔にさらわれたばかりでなく、その台詞に何とも言えぬずるさがあり、ざまァ見ろと言いたげにしかめた顔がじつにおもしろいので、どうしたって拍手をせずにはいられなかった。だが、ケドリールの幸福も長くはつづかない。得意そうに酒の瓶を取上げて、コップに注《つ》ぎ、さて飲もうとすると、不意に悪魔たちがもどってきて、そっと背後にしのびより、いきなり両脇《りょうわき》からおさえる。ケドリールは声をかぎりに叫ぶ。彼はおそろしさのあまり振向くことができない。彼は抵抗することもできない。両手が瓶とコップでふさがっていて、どうしてもそれがはなせないのだ。おそろしさのあまり口を大きくあけて、いまにもとびだしそうな目を観客に向け、何とも言えぬ滑稽なおびえきった臆病者の表情で、ちょっとのあいだ腰をぬかしている。それはたしかに絵になる顔である。とうとう、彼はひきずられるようにして、連れ去られる。瓶を手にしたまま、足をばたばたさせて、彼は声をかぎりに叫ぶ。叫び声は袖へひっこんでからもまだ聞えている。そして幕がおりる。客席は爆笑につつまれる、みんな大喜びなのである……オーケストラがカマリンスカヤを奏しはじめる。

はじめはしずかで、やっと聞きとれるほどだが、しだいにモチーフが発展し、テンポが早くなり、バラライカの胴をたたく威勢のいい音が聞えてくる……これが最高潮に達したカマリンスカヤである。それこそ、ほんとに、せめて偶然にでも、この監獄内の演奏をグリンカ（訳注　作曲家、近代ロシア音楽の祖）に聞かせたら、彼はどんなに感激するだろうと、惜しまれるほどである。音楽にあわせてパントマイムがはじまる。カマリンスカヤがパントマイムのあいだじゅう流れている。室内の情景である。粉屋とその女房。粉屋はこっちの隅《すみ》で馬具の手入れをしている、あっちの隅では女房が亜麻《あま》をつむいでいる。女房はシロートキンで、粉屋はネツヴェターエフである。

率直に言うが、わたしたちの舞台装置ははなはだ貧弱である。このパントマイムでも、まえの芝居でも、どれにしても同じことだが、目で見るよりも、むしろ想像でおぎなわなければならない。うしろには背景の幕の代りに、敷物か、馬被のようなものがはられているし、右袖にはきたない衝立《ついたて》のようなものがおいてある。左袖は何もないので、舞台裏の板寝床がまる見えである。だが、観客はうるさいことは言わないで、喜んで想像で実際をおぎなっている。しかも囚人たちはそういうことにはすっかり慣れきっているのだ。『庭と言われたら、庭と思えばいいさ、部屋なら部屋、小舎《こや》なら小舎——同じことだ、べつにうるさく言うこともなかろうさ』というわけだ。若女房の衣裳をつけたシロートキンはひどく愛くるしかった。客席のあちこちから小声のひやかしがとんだ。粉屋はしごとを終ると、帽子をつかみ、笞《むち》を持って、女房のそばへ行って、しぐさで、出かけるが、留守に男をくわえこんだりしたら、これだぞ……と笞を示す。女房はそれを見て、うなずく。どうやらその笞には、すっかり慣れっこになっているらしい。女房は亭主にかくれてちょくちょく浮気をしているのである。亭主は出てゆく。亭主が戸のかげに消えたとたんに、女房は亭主のうしろ姿に拳《こぶし》を振上げる。そのときノックが聞え、戸があいて、近所の男がはいってくる。この男も粉屋で、裾《すそ》の長いバンドのついた百姓外套を着て、あごひげを生《は》やしている。彼は手におみやげの赤いプラトークを持っている。女房はにこにこ顔になる。だが、男が彼女を抱こうとすると、とたんにまた戸をたたく音が聞える。どこへかくれよう？　彼女はあわてて男をテーブルの下へかくして、また糸車のまえにすわる。別な愛人がはいってくる。これは書記で、軍服を着ている。ここまではパントマイムは無難にすすみ、しぐさも正確だった。これらの即興的な役者たちを見ていると、ほんとに目を疑いたくなるほどで、思わず考えさせられる。わがロシアではどれほどの力と才能が、ときにはほとんど日の目を見ずに、自由のない苦しい運命の中にむなしく消えていくことであろう！　ところで、書記を演じた囚人は、かつて田舎芝居か地主の農奴劇団にいたことがあるらしく、どうやら、ここの役者たちは一人として芝居というものがわかっちゃいないし、舞台での歩き方もまるでさまになっちゃいない、そう思ったらしかった。そこで彼はむかしの古典劇の豪傑のような歩き方で、のっしのっしと舞台へ出てきた。つまり大股《おおまた》に一歩踏み出し、うしろの足をひきつけるまえに、一度立ちどまって、胴体と頭をぐいとそらして、傲然《ごうぜん》とあたりをにらみまわし、それからやおらうしろ足をまえへ踏み出す、というもののしさである。こんな歩き方は古典劇でも滑稽《こっけい》なのだから、喜劇で軍隊書記の服装をしていたら、いよいよもって噴飯ものである。しかし観客たちは、この場合はこういう歩き方をしなければならぬものらしい、と考えて、べつに文句もつけずに、のっぽの書記の大仰な歩き方を芝居のきまりとして素直に受容《うけい》れた。書記が舞台の中ほどまで来るか来ないうちに、また戸をたたく音が聞えた。若女房はまたあたふたした。書記をどこへかくしたものかしら？　長持へ、都合よく鍵《かぎ》がかかっていない。書記は長持へ這いこみ、女房は急いでふたをする。今度のは風変りな客である。これもぞっこん女房に惚《ほ》れこんでいるのだが、少しばかり毛色がちがう。波羅門《バラモン》の坊主《ぼうず》で、ちゃんと法衣まで着けている。観客のあいだに思わずどっと哄笑《こうしょう》が起る。波羅門僧に扮《ふん》してるのはコーシキンという囚人で、これがまたじつにうまい。もともと外貌《がいぼう》が波羅門僧くさいのである。彼はしぐさで思いのたけを打明ける。両手を天にさしのべ、つづいてそれを胸のところへもってきて、ハートに当てる、そしてぐにゃぐにゃになりかけると——とたんにはげしく戸をたたく音が聞える。そのたたきぐあいで、亭主がもどってきたことがわかる。女房は胆《きも》をつぶしておろおろするばかりだし、坊主は火がついたように走りまわって、どこかへかくしてくれと哀願する。女房は急いで坊主を戸棚《とだな》のかげにおしこみ、自分は戸の鍵をあけるのも忘れて、糸車のところへすっとんでいって、夢中になってつむぎはじめる。亭主が戸をたたく音も耳にはいらない、すっかり気が動転しているから、手に持っていない糸をよったり、紡錘《つむ》が床に落ちたのも忘れて、空車をまわしたりしている。シロートキンはこのおびえたさまをじつにあざやかに、みごとに表現した。ところで亭主は戸を蹴《け》やぶり、笞を構えて女房のほうへ迫ってくる。彼はすっかり気がついていて、見張っていたのである。彼はいきなり指を三本つき出して、三人かくれていることを示したうえで、そこらじゅうをさがしはじめる。彼はまず近所の男を見つけ出して、拳骨《げんこつ》をくらわせて部屋から追い出す。

胆をつぶした書記は逃げ出そうとして、頭でふたを持ち上げ、かえって自分から見つかってしまう。亭主の笞をくらって、色男役の書記も先ほどの古典的な歩きぶりはどこへやら、雲をかすみと逃げてゆく。波羅門の坊主が一人残る。亭主は長いことさがしまわって、とうとう隅っこの戸棚のかげに小さくなっているのを見つけ出し、いんぎんにおじぎをして、あごひげをつかんで舞台の真ん中へ引きずり出す。坊主は身を守ろうとして、『この罰当《ばち》りめ、罰当りめ！』と叫ぶ（これがこのパントマイムで発しられる唯一《ゆいいつ》の台詞である）、しかし亭主は耳もかさず、思いどおりの制裁を加える。女房は、今度はいよいよ自分の番なのを見て、糸や紡錘を投げ出して、部屋から逃げてしまう。腰掛けがひっくりかえり、囚人たちはどっと爆笑する。アレイは、わたしのほうを見もしないで、わたしの手をひっぱって、『ごらんよ、坊主が、坊主が！』と叫んでいる――おかしくてじっとしていられないのだ。幕がおりる。つぎの芝居がはじまる……

しかし、全部の芝居を詳しく描写するまでもあるまい。このあとさらに二つか三つの芝居があった。どれも滑稽で、心底から楽しいものだった。それらは囚人たちの原作でないにしても、すくなくとももどの作品にも彼らの独自の解釈が盛られていた。ほとんどの役者が思いのままに即興的にやっていたので、つぎの晩には同じ役者が同じ役をやっても、昨日とはいくらかちがっていた。最後のパントマイムは、幻想的なもので、バレエで終った。死者を葬《ほうむ》る場面だった。波羅門僧が大勢の従者を従えて墓に向ってさまざまな呪文《じゆもん》を唱えるが、何のききめもない。最後に、『日は傾けり』の歌声がひびきわたると、死者がよみがえり、一同の歓喜の踊りがはじまる。波羅門僧が死者といっしょに踊る、それはまったく独特の波羅門風の踊りである。これでその日の公演が終り、明日の晩までお別れということになる。観客たちはみなにこにこ顔で、満足しきって、役者たちをほめたり、下士官にお礼を言ったりしながら、それぞれの獄舎へもどってゆく。口争いなどは聞かれない。みんないつになく充《み》ちたりた気持で、幸福そうにさえ見える、そしていつもとちがって、ほとんど安らかな心で眠りにつく――何がそれほど、と疑うかもしれない。しかしこれはわたしの想像から生れた憧憬《どうけい》ではない。これは真実なのである、真理なのである。これらの哀れな人々にほんのわずか思いのままに時間をすごし、人間らしく楽しみ、せめて一時間でも監獄らしくない生活を許すだけで――精神的に人間が変ってしまうのである、たといそれがわずかの時間のあいだであっても……だが、もうずいぶん夜も更《ふ》けた。わたしは寒さで、ふと目をさました。老人はまだ暖炉の上で祈っている、こうして朝まで祈りつづけているのである。アレイはわたしのそばでしずかに眠っている。わたしは彼が兄たちと芝居の話をして、半分眠りかけてもまだ笑っていたことを思い出して、思わず彼の安らかな子供のような顔に見入った。しだいにいろんなことが思い出されてきた。今日の一日、お祭りの日々、この一月《ひとつき》のこと……わたしはぎくっとして頭をもたげて、官給の蠟燭のふるえる仄暗《ほのぐら》いあかりをあびて眠っている仲間たちの顔を見まわした。わたしは彼らの蒼《あお》ざめた顔や、貧弱な寝床や、どうにも救いようのない赤裸の貧しさをながめた——じっと目をこらした——まるでこれがみな醜悪な夢のつづきではなく、現実であることを見きわめようとするように。しかしこれはまぎれもない現実なのだ。そら、だれかのうめき声が聞える。だれかが苦しそうに手を投げて、鎖ががちゃっと鳴った。だれかが夢の中でうなされてびくっとふるえ、寝言を言いだした。暖炉の上では老人がすべての『正教徒たち』のために祈っている。規則正しい、しずかな、うたうような『主イエス・キリストよ、われらをあわれみたまえ！……』という祈りが聞えてくる。

『永久にここにいるわけじゃない、わずか数年のことじゃないか！』こう思いながら、わたしはまた頭を枕《まくら》へおとした。

第二部

一　病院

お祭りがすぎて間もなくわたしは病気になって、近くの陸軍病院に入院した。それは要塞《ようさい》から半露里ほどはなれたところにあった。細長い平家建てで、黄色い塗料が塗られていた。夏、修理作業が行われたとき、そのためにおびただしい量の黄土がつかわれた。病院の広い構内には、事務所や、軍医たちの宿舎や、その他の付属設備が配置されていた。本館は病室だけだった。病室はたくさんあったが、囚人用の病室は二つしかなく、いつもいっぱいで、特に夏はひどく、そのために寝台を片寄せなければならないことがしばしばあった。わたしたちの病室はあらゆる種類の『不幸な人々』でいっぱいだった。わたしたち囚人のほかに、方々の営倉に監禁されているあらゆるたぐいの軍事犯たち、未刑囚もいたし、徒刑囚もいたし、護送途中の者もいた。矯正《きようせい》中隊から送られてきた者もいた。この矯正中隊というのは奇妙なところで、各部隊が罪を犯した兵士やほとんど見込みのない兵士を、その素行を矯正してもらうために派遣するのだが、二、三年もすると、ちょっと類のないほどのすごいならず者に仕上げられて出てくるのが普通だった。するとわたしたち囚人が病気になると、朝それを下士官に報告することになっていた。すると、すぐに日誌に書きこまれ、その日誌を持った衛兵が病人を大隊の医務室へ連れてゆく。そこで軍医が要塞内の各所から送られてくるすべての病人を予診し、たしかに病気であると認めると、陸軍病院の入院名簿に記入する。わたしは患者名簿に記入されて、一時がまわって、もうみんな午後の作業に出かけてしまってから、病院へ出かけた。入院する囚人は普通できるだけ多くの金とパンを携行することになっていた。というのは、その日は病院の給食はないものと思わなければならなかったからである。わたしはその他小さなパイプと、煙草《たばこ》入れと、火打ち用の石と鉄を用意し、それらを用心深く長靴の中へしのばせた。わたしは囚人生活のこの新しい、まだ知らないヴァリエーションにある種の好奇心をいだきながら、病院の門をくぐった。

生あたたかい、どんより曇った、もの悲しいような日だった。こんな日は、病院のような建物は、よけいにそっけなく、陰気くさく見えて、気をめいらせるものである。わたしは衛兵といっしょに診察室へはいった。そこには真鍮《しんちゅう》の洗面器が二つおいてあって、やはり衛兵につきそわれた未決囚が二人待っていた。衛生兵がはいってきて、面倒くさそうに、横柄《おうへい》な態度でじろりとわたしたちを見まわすと、いっそう面倒くさそうな様子で当直軍医に報告に行った。軍医は間もなくあらわれて、わたしたちを一通り診察したが、その態度はひどくていねいだった、それが終ると、わたしたちの名前が記入してある『患者票』をわたしたちにわたした。その先の病名の記入や、薬、給食その他の諸事項の指定は、囚人病室の主任医師にまかせられた。囚人たちが医師のことをひどくよく言っているのは、わたしもかねがね聞いていた。『親父《おやじ》以上だよ！』入院ときまったとき、わたしがいろいろきくと、彼らはこう答えたものだ。やがて、わたしたちは着替えをさせられた。わたしたちが着てきた服や下着は取上げられて、患者用の下着を着せられ、さらに長い靴下や、スリッパや、室内帽や、亜麻布《あまふ》とも帆布《はんぷ》ともつかぬ裏のついた、褐色《かっしょく》の厚地の羅紗《らしゃ》のガウンが支給された。要するに、ガウンはあきれるほどきたないものであったが、わたしは場所がらを考えて、これでもたいへんありがたいことだと思った。それからわたしたちは、天井の高い清潔なおそろしく長い廊下を通って、そのいちばんはずれにある囚人病室へ連れてゆかれた。どこを見ても、外面的な清潔さはまったく申し分なかった。まず目にはいるものはみな、ぴかぴか光っていた。しかし、あの獄舎のあとだったので、そう思われたのかもしれない。二人の未決囚は左、わたしは右の病室へ入れられた。鉄のかんぬきをかけた戸のそばに、銃を持った哨兵《しょうへい》が一人立っていて、そのそばに交代の哨兵が一人休んでいた。若い下士官が（病院の衛兵所の）わたしを通すように命じた、そしてわたしは細長い病室へはいった。両側の壁にそって寝台が二十二ほど並んでいて、そのうち三つか四つはまだ空《あ》いていた。寝台は緑色の塗料を塗った木製のもので、わがロシアではだれ知らぬ者のない、あまりにも馴染《なじみ》深い寝台だった――つまり、どういう宿命かで、どうしても南京虫《ナンキンむし》の巣とならざるをえないという因果な寝台である。わたしは窓側の隅《すみ》の寝台をあてられた。

まえにも述べたように、ここにはわたしたちの監獄の囚人たちも来ていた。彼らの何人かはもうわたしを知っていたし、あるいは知らないにしても、すくなくともわたしの顔は見ていた。しかし未決囚や矯正中隊から来た患者のほうがはるかに多かった。重患、つまり安静患者はそれほど多くなかった。他の患者たち――軽患者や回復期の患者たちは、寝台の上にすわったり、室内を歩きまわったりしていた。二列の寝台のあいだにはまだ十分に散歩できるくらいの余地があった。室内には息のつまりそうな病院特有の臭気がこもっていた。ほとんど終日片隅《かたすみ》のペーチカが燃えていたが、それでもやはり空気は、さまざまな不快な蒸発物でしめり、薬品類の臭気でよごれていた。わたしの寝台には縞《しま》のカバーがかけてあった。わたしはそのカバーをとった。その下には亜麻布のついた羅紗の毛布と、その清潔さがきわめて疑わしいような厚地のシーツがあった。寝台の枕許《まくらもと》に小さな卓が一つおいてあって、その上に柄付きコップと錫《すず》の茶碗《ちゃわん》が一つずつのっていた。一応体裁のために、その上にわたしに支給された小さなタオルがかけてあった。

卓の下に棚《たな》が一つあって、そこには茶を飲む者は茶道具や、クワスを入れた木の壺《つぼ》や、何やらそうしたものがしまわれていた。だが、茶を飲む者は病人のあいだにごく少数しかいなかった。パイプと煙草入れは、肺患者をもふくめて、ほとんどの者がもっていたが、これは寝台の下にかくされていた。医師をはじめ病院の幹部たちはほとんど検査をしなかったし、パイプをもっている者を見かけても、気がつかないようなふりをしていた。しかし、病人たちもよく気をつけていて、煙草を吸うときはかならずペーチカのそばへ行った。寝台の上で吸うのは夜更《よふ》けだけだった。夜更けには、たまに病院の衛兵司令の士官が来るくらいのもので、あとはだれもまわってこなかった。

それまでわたしはどこの病院にも一度も入院したことがなかった、だからどちらを向いても、わたしにはひどく珍しいことばかりだった。わたしは、いくらか好奇心をもって見られていることに、気がついた。わたしのことはもう聞いていると見えて、患者たちはひどく不躾《ぶしつけ》な目でじろじろわたしを見た。その目には、学校で新入生を見るような、あるいは役所で請願人を見るような、いくらか見くだすような色さえうかがわれた。わたしの右隣は未決囚で、書記をしていた男で、ある退役陸軍大尉《たいい》の私生子だった。彼は紙幣偽造事件であげられ、もう一年近くここに寝ているが、どこも悪くないくせに、動脈瘤《りゅう》という病気をつくりあげて、医師をごまかしていた。彼はまんまと目的を達した。というのは、徒刑と体刑をまぬがれて、もう一年すると、T町のある病院の囚人病棟へ送られることになったからである。これは二十七、八の骨太のがっしりした若者で、たいへんなくわせもので、法律に明るく、頭もけっしてわるくなかったが、図々《ずうずう》しいこともあきれるほどで、自惚《うぬぼ》れも相当なものだった。彼は自尊心の強いことは病的なほどで、世間に自分ほど高潔で誠実な人間はいないし、それに自分は何も悪いことなどしていないのだと、大まじめに信じこんでいて、ぜったいにその信念を変えようとしなかった。

彼は自分のほうからわたしに話しかけて、興味ありげにいろいろとわたしのことをきき、病院のおおよその規定についてかなり詳細に教えてくれた。真っ先に大尉の息子《むすこ》であると名乗ったことは、言うまでもない。貴族でないまでも、すくなくとも『良家の出』であると思われることを、彼は極度に望んでいた。彼につづいて、矯正中隊から来ている患者がわたしのそばへ来て、以前に流刑《るけい》にされた貴族をたくさん知っていると言って、その姓名をつぎつぎとならべたてた。彼はもう髪が白くなった老兵士で、でたらめを言っていることは、その顔に書いてあった。彼はチェクーノフという名前だった。わたしに金があるらしいとにらんで、お追従《ついしょう》を言ってることは、目に見えていた。わたしが茶と砂糖の包みをもってるのを見ると、彼はすぐに世話を買って出て、急須《きゅうす》を見つけてきて湯を沸《わ》かしてやろうと申し出た。急須はMが明日病院に作業に来る囚人のだれかに持たせてよこすことになっていた。ところが、チェクーノフがすっかり用意してしまった。彼は小さな鉄瓶《てつびん》と、急須まで見つけてきて、湯を沸かし、茶をいれてくれた。要するに、世話のやきぶりがすこし度をこえていた。それを見て、すぐに患者の一人がいくぶん毒をふくんだ皮肉をチェクーノフに投げつけた。これはわたしの向いの寝台に寝ているウスチヤンツェフという肺病患者で、あの、笞刑《ちけい》をおそれて、煙草をしたたかまぜたウォトカを飲み、そのために肺をわるくした未刑囚の兵士だった。この男のことはまえにちょっとふれておいた。彼はさっきから横になったまま苦しそうに息をしながら、黙って、じっとわたしのほうへかたい視線を注ぎ、むかむかしながらチェクーノフのすることを見ていたのだった。異常なねばっこい真剣さが彼の憤慨にかえって一種の滑稽味《こっけいみ》をあたえていた。とうとう、彼はがまんができなくなった。

「ちぇっ、ごますりめ！　旦那《だんな》を見つけやがった！」彼は衰弱のために息ぎれした声で、言葉をゆっくりくぎりながら言った。彼はもうあと数日の命だった。

チェクーノフはむっとして、そちらを振向いた。

「そのごますりとはだれのことだ？」彼はさげすみの目をウスチヤンツェフへ投げながら、言った。

「てめえのことよ！」と彼はひどく自信たっぷりに答えた。まるで彼はチェクーノフを叱責《しっせき》する完全な権利があり、その目的のためにわざわざ彼の見張りにつけられていたのだ、とでも言いたげな態度だった。

「おれがごますりだと？」

「そうよ、てめえよ。聞いたかい、みんな、こいつそれがわからねえらしいぜ！　きょとんとしてやがらァ！」

「それがてめえにどうしたってんだ！　この人はな、一人じゃ、手をもがれたみてえなものさ。下男のいねえ生活にゃなれてねえんだよ、わからねえのか。世話をしてやって何がわるい、ひげ面《づら》のひょっとこめ！」

「そのひげ面ってだれのことだ？」

「おめえのことよ」

「おれがひげ面だ？」

「そうよ、おめえよ！」

「へっ、おめえが色男って面かい？　からすの卵みてえな面しやがって……おれがひげ面なら、おめえはさしずめ……」

「おめえはひげ面だよ！　まあな、おめえは神に見放されたんだ、おとなしく寝て、死んでいくんだな！　うん、世迷言《よまいごと》は言わねえもんだ！　え、へらず口たたきやがって！」

「なんだと！　あほぬかせ、わらじに頭を下げるくれえなら、長靴でもおがんだほうがましだ。親父がそういう人だったし、これが遺言なんでな。おれは……おれは……」

彼はつづけようとしたが、しばらくのあいだ血の泡《あわ》をとばしながら、おそろしく咳《せ》きこんだ。すぐに冷たいねっとりした汗がそのせまい額ににじみ出た。咳《せき》にじゃまされなかったら、彼はもっともっとしゃべりまくったことだろう。彼の目には、まだ罵《のの》り足りないもどかしさが、はっきり出ていた。だが、彼は力なく手を振っただけだった……それでチェクーノフもそのうちに彼のことを忘れてしまった。

わたしは肺病患者の敵意がチェクーノフよりも、むしろわたしに向けられていることを感じた。手助けをしてわずかの金をもらうことをチェクーノフが望んだからとて、そのためにだれも彼を怒ったり、特に軽蔑《けいべつ》の目で見たりすることはしないはずだ。彼がそんなことをするのはただ金のためであることは、だれでも知っていた。このことについては、民衆はけっしてそううるさくこだわらなかったし、それを見ぬく鋭い目をもっていた。ウスチヤンツェフはもともとわたしが気に入らなかった、わたしの茶も気に入らないし、それにわたしが足枷《あしかせ》をはめられているくせに、旦那然として、世話をやいてくれる者がなければどうにもできないらしく見えるのが、気に入らなかったのだ。だが、わたしはけっしてこちらから頼んだわけでも、望んだわけでもなかった。実際、わたしはいつもどんなことでも自分でやりたいと思っていたし、白い手の甘やかされた育ちで、旦那ぶっているなどとは、けっして思わせることのないようにしようと、特に気をつかっていたほどだった。ここまで言ったから、ついでにことわっておくが、こういうわたしの態度にはいくぶんわたしの自尊心もあったのである。ところが――どうしていつもそういうことになってしまうのか、わたしにはどうしてもわからないのだが——わたしは、何くれと世話をやいたり走り使いをしたりする連中をことわることが、どうしてもできなかったのである。彼らはむこうから勝手にわたしにまつわりついてきて、結局は完全にわたしを支配してしまう、だからほんとうを言えば、彼らがわたしの主人たちで、わたしのほうが下男なのである。ところがはたから見れば、何となくひとりでに、わたしが実際に旦那で、世話をやいてくれる者がなければ何もできないで、おっとり構えている、という感じになってしまうのである。これは、もちろん、わたしにはひどくいまいましいことだった。しかし、ウスチヤンツェフは肺病で、神経がいらいらしていたのだ。他の患者たちは無関心な態度をまもって、いくぶん軽蔑の色をさえ見せていた。おぼえているが、そのときすべての患者たちがある特殊事情に関心を集中していたのだった。わたしは囚人たちの会話から知ったのだが、ちょうどその晩ある受刑者が列間笞刑の現場からここへ運びこまれることになっていた。囚人たちはかなりの好奇心をもって新参者を待ちうけていた。噂《うわさ》では、しかし、刑は軽く——たかが五百ぐらいのものだということだった。

そろそろとわたしはあたりへ目をやってみた。わたしの目に映ったかぎりでは、ほんものの病人では壊血病患者と眼病患者がもっとも多かった——これはこの地方の風土病なのである。このような患者がこの病室には数名いた。他にほんものの病人では、熱病患者、さまざまな皮膚病患者、肺病患者などがいた。ここは、他の病室とちがって、どんな病気の患者もいっしょくたに集められていた。性病患者さえいた。わたしがほんもの の病人と言ったのは、どこも悪くないのに、ただ、『骨休め』に来ている者も何人かいたからである。医師たちは、特に空《あ》いた寝台がたくさんあるときなど、同情から、すすんでこういう連中に入院を許した。営倉や監獄の給養は病院に比べてあまりにも悪かったので、多くの囚人たちはにごった空気の病室にとじこめられるのもいとわずに、喜んでここへ骨を休めに来た。病室に寝ていることが、一般に病院の生活というものが、特に好きな連中さえいた。しかし、それは矯正中隊の連中がもっとも多かった。わたしは好奇心をもって新しい仲間たちを見まわした、だが、おぼえているが、そのとき特にわたしの興味をひいたのは、わたしたちの監獄から来ていた、これも、もうあと何日ももたないという肺病患者だった。この男の寝台はウスチヤンツェフの一つおいて隣だから、ほとんどわたしの向いにあたっていた。ミハイロフという男で、つい二週間まえにわたしは監獄で見ていた。彼はもうまえまえから病気にかかっていて、とっくに入院しなければならなかったのだが、どういうわけか強情をはり、まったく無用ながまんをして自分を抑《おさ》えつけ、がんばり通して、お祭りになってやっと入院する気になったのだったが、それだってなおるためではなく、三週間後に訪れるおそろしい肺病による死を待つためだった。さながら燃えつきていく人間のようだった。いまわたしは彼のすっかり変りはてた顔を見て慄然《りつぜん》とした。彼の顔は、わたしが監獄へ来たてのころおぼえた顔の一つで、どういうものかわたしの目について、印象に残っていたのだった。彼のそばに矯正中隊の兵士が寝ていた。もう老人で、何ともだらしがなくて、胸がむかむかするほどきたならしくて……だが、患者を全部数えたてていたら、きりがない……わたしがいまこの老人のことも思い出したのは、べつにたいした理由はないが、ただそのときこの老人がやはりわたしの注意をひくようなことをして、ごく短時間のあいだに囚人病室のいくつかの特徴についてかなり正確な観念をわたしにあたえてくれたからなのである。この老人はそのとき、たしか、ひどい鼻風邪《はなかぜ》をひいていた。彼はのべつくしゃみばかりしていた、そしてその後一週間というもの眠っていてさえくしゃみをして、それが連続発射というか、たてつづけに五つか六つ連発して、そのたびにかならず『やれやれ、ひどい罰をくらったものだ！』と言うのだった。そのときは、彼は寝台の上にすわりこんで、紙包みから煙草をつまみ出して、せかせかと鼻の穴へつめこんでいた。彼は百度も洗ってすっかり色のさめてしまった格子縞《こうしじま》の私物の木綿《もめん》のハンカチを鼻にあてて、くしゃみをしていたが、そのたびに小さな鼻が何かこう特別にくしゃくしゃっとなって、無数の小さなしわがより、唾《つば》だらけの赤い歯齦《はぐき》と、欠けのこった黒っぽい虫くい歯が出るのだった。一度くしゃみをするると、彼はすぐにハンカチをひろげて、こってりたまった痰《たん》を仔細《しさい》にながめたうえで、急いでそれを官給品の褐色のガウンにこすりつけるので、痰はすっかりガウンについてしまって、ハンカチにはいくらかしめりけが残るだけだった。彼はこれをまる一週間くりかえしていた。官給品のガウンを犠牲にして私物のハンカチを守る、この気の長いしみったれたやり方に、囚人たちはすこしも文句をつけようとしなかった。しかも、彼らのだれかにあとでこのガウンがあたるかもしれないのである。まったく、わが国の民衆がものにこだわったり、いやがったりしないことは、不思議なほどである。わたしはそのときたまらなくいやな気がして、思わずすぐに、眉《まゆ》をひそめながらも、好奇心もあって、いま着たばかりのガウンを丹念にしらべてみた。ここでことわっておくが、ガウンはその強烈な臭気でもう先ほどからわたしの注意を喚起していたのだった。それはもうわたしの体温にあたためられて、薬剤や膏薬《こうやく》の匂《にお》いがますますひどくなってきていた、それに何か腐敗したような臭気もまじっているような気がしたが、もう何年となく病人の肩からはずされたことがないのだから、それも無理もなかった。亜麻布の裏だけは、いつか水を通されたことがあるかもしれないが、それもたしかなことはわからない。そういうことがかつてあったにしても、いまはこの裏布はおよそ考えられるかぎりのきたない分泌物や、湿布薬や、裂かれた発疱膏《はっぽうこう》や、その他いろんなものからこぼれた液体などがしみこんでいた。加えて、囚人病室には、列間笞刑を受けて背中を裂かれたばかりの囚人たちが、しょっちゅうかつぎこまれてきた。その連中が湿布をあてられるのだから、ぬれたシャツの上にじかに着るガウンが、どうしたってよごれないわけがなかった。そしてそのガウンがそのままとりかえられないのである。それで、わたしが監獄にいた数年のあいだ、入院のたびに（わたしはしょっちゅう入院ばかりしていた）、わたしは不信の目でこわごわにらみながらガウンを着たものである。わけてもいやでたまらなかったのは、ガウンによくついている大きなころころふとった虱《しらみ》だった。囚人たちは虱をとるのを楽しみにしていた、だから囚人の厚いぶこつな爪《つめ》の下で、ぷつっと虱の死刑が行われるとき、その囚人の顔を見ただけで、その満足の度合が推しはかれるほどだった。南京虫《ナンキンむし》も毛嫌《けぎら》いされていて、長い退屈な冬の夜など、よく、病室じゅうがみんなで南京虫退治をすることがあった。病室は、重苦しい臭気のほかは、外面的にはすべてがかなり清潔そうに見えたが、内面、つまり見えない部分は、清潔というにははるかに遠かった。病人たちはそれに慣れていて、それがあたりまえだとさえ思っていたし、それに制度そのものが清潔を主目的とするようにはつくられていなかった。だが、制度についてはあとでふれよう……

チェクーノフがわたしに茶を差出したとたんに（ついでに言っておくが、病室の水は、一昼夜に一度運びこまれるだけで、ここの空気のせいか、じきに腐敗してしまうのだった）、がたがたといくぶん乱暴に戸があけられて、いつもよりも多くの衛兵たちにつきそわれて、列間笞刑を受けたばかりの兵士が連れこまれてきた。これがわたしの受刑者を見た最初だった。その後ときどき連れこまれたし、中にはかつぎこまれる者もあって

（あまりにも重い刑を受けた者は）、その都度患者たちに大きな気晴らしをあたえた。患者たちはたいていつとめてきびしい顔をつくり、いくぶんわざとらしくさえ見える深刻な態度で、受刑者を迎えた。しかし、それはかなり、罪の重さの程度、したがって罰の量に左右された。ひどく重い刑を受けた者や、重大犯人として噂の高い者は、たとえばいまここへ連れこまれたような、ありふれた逃亡新兵よりは、はるかに尊敬もされたし、注意もはらわれた。しかしいずれにしても、特に同情するとか、特に気をつかって世話をしてやるとか、ということはなかった。ただ黙々と、不幸な者に手をかしてやり、世話をしてやった。手伝ってやらなければ、相手がどうにもできない場合は、なおさらだった。衛生兵たちも、受刑者を経験ある巧みな手にまかせたほうがよいことを、よく承知していた。その介抱というのは、たいがいは、冷たい水にぬらした亜麻布かシャツを傷ついた背中にあてて、それをひんぱんにとりかえてやることと——受刑者がもう自分でわが身をいたわる力を失っている場合は、特にそれが必要だった——それから、よく笞《むち》が折れて背中に突きささったままになっているとげを、上手《じようず》にぬいてやることだった。このとげぬきの荒療治はたいてい病人にとってじつに不快なものである。しかしだいたいにおいてわたしは、いつも、受刑者が苦痛に耐える異常なまでの辛抱づよさには驚かされたものだった。わたしはたくさんの受刑者たちを見たし、ときにはあまりの苦痛に気を失いかけている者も見たが、ほとんど一人もうめき声をたてなかった！　ただ形相がすっかり変ってしまって、血がひいて蒼白《そうはく》になってゆくだけだ。目が熱っぽく、視線がうつろで、落着かない。唇《くちびる》がひくひくふるえる。そのためにわざと血がにじむほど唇を歯でくいしめているものもあった。さて、病室へ連れこまれた兵士は二十三、四の筋骨たくましい若者で、美男子で、背丈《せたけ》が高く、均斉《きんせい》のとれた浅黒い身体《からだ》をしていた。背中には、しかし、かなりひどい笞のあとがついていた。上半身は腰のあたりまでむきだしだった。肩にはぬらしたシーツがあてられていて、そのために熱病のように全身をがくがくふるわせながら、やや一時間半ほど病室内をうろうろ歩きまわっていた。わたしは彼の顔をじっと見つめた。彼はこのとき何も考えていないらしく、傷ついた野獣のように、視線の定まらぬ怪しく光る目を、落着きなくあたりへ走らせていた。明らかに、考える目を何かにとめることが、彼にはできないらしかった。わたしは彼がじっとわたしの茶を見つめたような気がした。茶は熱かった。茶碗《ちゃわん》から湯気が立っていた。哀れな彼は凍《こご》えきって、歯をがちがちさせながらふるえていた。わたしは彼に茶をすすめた。彼は黙ってくるりとこちらを向くと、茶碗をつかんで、立ったまま、砂糖も入れないで飲んだ。それもひどく急いで、なぜか、わたしのほうを見ないように、無理につとめている様子だった。飲みおわると、彼は黙って茶碗をおいて、わたしにこくりと会釈《えしゃく》をするでもなく、また病室の中をぶらぶら歩きまわりはじめた。だが、彼にしてみればものを言ったり、会釈をしたりする心の余裕はなかったのであろう！　囚人たちはと言えば、みんなはじめからどういうわけか処刑を受けた新兵と口をきくのを、いっさい避けるようにしていた。それどころか、はじめの世話を終ると、もうあとは彼に何の関心も向けないようにつとめているふうだった。おそらく、できるだけそっとしてやって、つまらない質問でわずらわさないようにと、気をつかっているのであろうが、彼もそれですっかり満足している様子だった。

そのうちに薄暗くなって、燈火《あかり》がともった。囚人の中には私物の燭台《しょくだい》さえもっている者もあったが、そういう者はごく少数だった。やがて、医師の夜の回診が終ると、当番の下士官が来て、患者の人数をしらべ、夜間用の用便桶《おけ》を運びこんだうえで、戸に鍵《かぎ》をおろした……ちゃんとした便所が戸から二歩ばかりの廊下のところにあるのに、この桶が一晩じゅうここにおいておかれるのだと知って、わたしは啞然《あぜん》とした。しかし、これが規則なのである。昼のうちはまだ囚人は病室から出された。もっとも、それとて一分以内に限られていた。しかし夜間はどんな理由があろうと病室を出ることは許されなかった。囚人病室は普通の病室とはちがっていた。そして囚人は病気になっても罰はまぬがれなかった。だれが最初にこの制度を定めたのか——わたしは知らぬ。わたしが知っているのは、ここには制度の生きた行使はみじんもなく、形式主義の無益な本質が、この例にほど大きくあらわれたことは、かつてなかったということだけである。この制度が医師の指示によるものでないことは、言うまでもない。くりかえして言うが、囚人たちは医師を口をきわめてほめていて、父親と思い、尊敬していたのである。だれもが医師のやさしい態度を見ていたし、やさしい言葉を聞いていた。そして、世間のすべての人々に背を向けられた囚人には、それがしみじみうれしかった、というのは、囚人たちはそのやさしい言葉とやさしい態度が、いつわりのないほんとうのものであることを知っていたからである。医師としてはそういう態度はとらなくてもよかった。たとい別な扱いをしても、つまりもっと乱暴に、もっと畜生なみに扱っても、だれも医師に文句を言う者はなかったはずだ。してみると、医師がやさしいのはほんとうの人間愛の気持からであった。そして、病人には、たといそれがだれであろうと、囚人であろうとなかろうと、身分のいかんを問わず、他のすべての病人と同じように、たとえば新鮮な空気が必要なことは、医師にはむろんわかっていた。他の病室の患者たちは、たとえば回復期になると、自由に廊下を歩いて、適度の運動をしたり、空気を吸いこんだりすることができた。それも囚人病室の空気のように、いつも窒息しそうな蒸発物で充満した、鼻につんつん来るような、よごれきった空気ではない。そうでなくても夜は、よごれきっている空気が、用便桶が持ちこまれたら、病室内の温度は高いし、それにときどき外へ出なければとてもやりきれないようなある種の病人が同室しているのだから、どれほど毒されていたことだろうと思うと、いま考えてもぞっとして、吐き気をもよおすほどである。わたしはいま、囚人は病気になっても罰をまぬがれないと言ったが、といってむろん、このような制度は罰のためにのみ定められたのだと、推定したわけではないし、いまもそうは思っていない。もちろん、それはわたしの立場からの無意味な中傷であろう。病気になったらもう罰する必要はない。だが、そうすれば、おそらく、何らかのきびしいやむをえぬ必要が当局にこのような有害な結果をもたらす掟《おきて》をしいたのだろうと、考えるのは自然である。それなら、いったいどんな？　だが、腹が立つのは、ほかでもないが、この掟の必要なことをいくらかでも説明できる理由が他に一つもないことである。しかもこれだけではない、他にたくさんの掟があるが、それがいずれもまったく不可解で、説明はおろか、説明の予測もできないほどである。この無益な残酷さを何によって説明したらいいのか？　囚人が故意に仮病をつかって病院に来て、医師をだまし、夜半に便所へ出て闇《やみ》にまぎれて逃亡するかもしれぬ、というおそれからか？　こんな考察の不合理をまじめに証明することはほとんど不可能である。どこへ逃亡するのだ？　どうして逃亡するのだ？　何を着て逃亡するのだ？　昼は一人で出すではないか、夜だってそれができないはずがない。戸口には装塡《そうてん》した銃を持った衛兵が立っている。便所は文字どおり衛兵から二歩のところにある、しかもそのうえ、交代の衛兵が便所までついていって、片時も患者から目をはなさないのだ。便所には窓が一つあるきりで、冬は二重窓になって、鉄格子がはまっている。庭には、ちょうど囚人病室の窓の下のあたりを、夜じゅう歩哨《ほしよう》が警戒している。窓から出るためには、窓枠《まどわく》と鉄格子を破らなければならない。いったいだれがそんなことをさせるというのだ？　しかし、彼はあらかじめ交代の衛兵を殺しておくから、交代の衛兵は声もたてないし、だれにも聞えないとしよう。しかし、こんなばからしい仮定まで認めたとしても、それでもやはり窓枠と鉄格子はこわさねばならぬではないか。ことわっておくが、衛兵のすぐそばに病室の看守たちが寝ており、十歩ほどのところに他の囚人病室の戸口があって、そこにも銃を持った衛兵が立ち、そのそばにも交代の衛兵と看守たちがいるのである。それに冬、靴下と、スリッパと、病院のガウンと、室内帽で、いったいどこへ逃げられるというのだ？　それなら、それほど危険が少ないとしたら（といって、現実にはまったく何の危険もないのだ）——病人に対するこのものものしい圧迫、おそらくもう何日か何時間かしかもたない、健康な者よりももっともっと新鮮な空気が必要な病人に対する、このような非情な迫害は、何のためなのだ？　何のためなのだ？　わたしはぜったいにそれが理解できなかった……

ところで、一たび『何のために？』という質問を出したからには、言葉のついでとして、わたしはいまもう一つの疑惑を思い出さないわけにはいかない。これも長年のあいだもっとも不可解な事実として、わたしのまえに執拗《しつよう》に立ちふさがっていたのだが、どうしても解答を見いだすことができなかったのである。わたしはこの記録をつづけるまえに、ほんの数言でも、このことにふれないではいられないのである。それは、徒刑囚足枷《あしかせ》のことである。肺病患者さえ、がどんな病気になっても、まぬがれることのできない足枷のことである。肺病患者さえ、わたしの目のまえで、足枷をつけたまま死んでいった。ところが、みんなそれに慣れてしまっていて、既定の事実で、もうどうにもならないことだと考えていた。だれにもせよ、それを考えた者があったかどうかさえ、疑わしい。無理もない、医師たちでさえ一人として、この何年かのあいだただの一度でも、重病の囚人、特に肺病患者の足枷をはずしてやることを、当局に進言しようと思いたつ者はなかったのである。足枷はそれ自体としては、それほど重いものではないかもしれない。重さは八ポンドから十二ポンドぐらいである。十ポンドぐらいのものを身につけていることは、健康な者にはつらいことではない。しかしわたしは、足枷のために何年かすると足がやせ細ってくるらしい、と聞かされた。それがほんとうかどうかは、知らないが、しかし、ある程度の真実性はあるようだ。足にしょっちゅう重いものをくりつけられていれば、たといそれがわずか十ポンドほどであっても、やはり足を常態よりも重くしているわけで、時がたつにつれてある有害な結果があらわれてくるかもしれない……しかし、健康な者には何でもない、と仮定しよう。だが、病人にもそうだろうか？　普通の病人には何でもない、としよう。だが、くりかえして言うが、重病人にもはたしてそうだろうか、そうでなくてももう手足がやせ細って、一本の藁《わら》も重く感じるような肺病患者にも、そういうことが言えるだろうか？　だから、実際、医務局がせめて肺病患者だけでも楽にしてやるために奔走してそれを実現したならば、その一事だけでも真の偉大な恩恵と言いうるであろう。囚人は悪人だから、恩恵など受ける資格がないと、だれか言うかもしれない。だが、それでなくてももう神の手がふれている者に、罰の追討ちをかける必要が、はたしてあろうか？　それに、罰だけのためにこういうことがなされているとは、信じられない。肺病患者は裁判のときでも体刑を免除される。とすると、ここにもまた有益な用心という形で、ある秘密の重要な掟がかくされているわけである。でも、どんな？——理解に苦しむ。肺病患者が逃亡するなどと、まじめに心配するほうがどうかしている。特に病状がかなり進んでいることを考えたら、だれがそんな心配をする者がいよう？　逃亡するために、肺病を装《よそお》って、医師をだますことは——不可能である。そんな病気ではない。それは一目でわかるのである。なお、ついでに言っておくが、囚人に足枷をはめるのは、囚人が逃げないため、あるいは逃げるのをさまたげるため、ただそれだけのためなのだろうか？　ぜんぜんちがう。足枷は——恥辱をあたえる一つの罰なのである、恥辱と苦痛、肉体と精神に加えられる罰なのである。すくなくともそう考えられている。足枷はけっしてだれの逃亡もさまたげることができない。どんなのろまで不器用な囚人でも、たいした苦労もなくやすりで切るとか、接《つ》ぎ目《め》を石でたたき割るとか、手早くやってのける。足枷はまったく何の予防にもならない。とすると、それは徒刑囚に罰だけのためにはめられるものだとすると、ここでまたわたしは問いたい。死にかけている者まで罰する必要があるのか？

現にいま、これを書いていると、一人の死に瀕《ひん》した肺病患者の姿がまざまざと思い出されてくる。それはほとんどわたしの真向いに、ウスチヤンツェフからあまり遠くない寝台に寝ていた、あのミハイロフで、わたしが入院してからたしか四日目に、死んだのだった。わたしがいま肺病患者のことを言い出したのは、彼の死にからんであのときわたしの頭にうかんだ考えや印象を、無意識に思いかえしていたのかもしれない。しかし、当のミハイロフのことは、わたしはほとんど知らなかった。それはまだひじょうに若い男で、二十五はこえていなかったろう。すらりと背丈が高く、きわだって端正な面《おも》ざしをしていた。彼は特別監房に住んでいて、不思議なほど口数が少なく、どういうのかいつもしずかで、ひっそりと愁《うれ》いにしずんでいた。まさしく彼は監獄で『しぼんでいった』のである。ともあれ、囚人たちはあとでこういう表現をつかって彼をしのんでいた。彼は囚人たちのあいだにいい印象を残したのだった。彼がひじょうにきれいな目をしていたことだけが、わたしの思い出に残っている、そして、正直のところ、彼のことがどうしてこれほどまざまざと思い出されるのか、わたしにはわからない。彼は午後の三時ごろ死んだ。からりと晴れた、寒さのきびしい日だった。太陽の強い斜めの光線が、病室のわずかに凍ったみどり色の窓ガラスからさしこんでいたのを、おぼえている。その豊かな流れが不幸な死者の上におちていた。彼は意識を失ったまま、何時間か苦しみつづけて、息をひきとった。朝のうちから、もう彼の目はそばへよる者を見わける力を失いはじめていた。彼がひどく苦しそうなのを見て、みんなは何とか楽にしてやりたいと思った。息づかいが苦しそうで、深く吸いこもうとあえぎ、のどがぜいぜい鳴り、まるで空気が足りないように、胸が大きく波打っていた。彼は毛布をはらいのけ、着ているものをすっかりむしりとり、しまいには、シャツまでひきむしりはじめた。彼にはシャツさえ重く感じられたのだ。囚人たちは手伝って、シャツをぬがせてやった。そのひょろ長い身体《からだ》、やせて骨と皮ばかりの手足、ぺこっとくぼんだ腹、骸骨《がいこつ》のようにあばら骨のつき出した波打つ胸は、見るにしのびなかった。彼の全身に残されたものは、お守り袋のついた木の十字架と、いまはもうやせ細った足からすぐにはずれそうな足枷だけであった。死の三十分まえになると、病室じゅうが息をひそめてしまったようで、話しあうのもささやくような声になった。歩くにも――足音を殺すようにした。互いによそごとはほとんど話しあわなくなり、ときどき、息づかいのますます苦しくなる死期迫った病人のほうを見やるだけだった。やがて、彼はふるえる力ない手で胸のお守り袋をさぐりあて、それをひきちぎろうとしはじめた。まるでそれまでが彼の胸を重くしめつけ、彼の心を不安にしているかのようだった。お守り袋もはずしてやった。それから十分ほどして彼は死んだ。戸をたたいて、衛兵に知らせた。看守がはいってきて、無表情な目で死人を見ると、衛生兵に知らせに行った。いくらか顔や服装を気にしすぎるきらいはあるが、しかしかなり男前の、若い、人のいい衛生兵が、まもなくやってきた。彼はしずまりかえった病室に靴音をとどろかせながら、急ぎ足で死人のそばへ行くと、こういう場合のためにわざわざ工夫しておいたような、いかにもぞんざいな態度で、脈をとって、ちょっとしらべてみてから、片手を振って、出ていった。すぐに衛兵所へ知らせが出された。死人は特別監房の重刑囚なので、死亡認定にも特別の手続きが必要だった。衛兵所から係が来るのを待つあいだ、囚人のだれかが、目をつぶらせてやったほうがよくはないか、と低声《こごえ》で言った。もう一人が神妙な顔でうなずくと、黙って死人のそばへ行って、目をつぶらせてやった。そして、枕《まくら》の上に落ちている十字架に目をとめると、それを手にとって、しげしげと見てから、やはり黙ってそれをまたミハイロフの首にかけてやった、そして、十字を切った。しだいに死顔がこわばってきた。陽光が死顔の上にたわむれていた。口が少し開いていて、上下の白い若々しい歯並みが、歯齦《はぐき》にねばりついたうすい唇の下から光っていた。やがて、当番下士官が鉄帽をかぶり軍刀を鳴らして、二人の看守を従えて、はいってきた。彼は近づくにつれて、しだいに歩度をゆるめながら、しずまりかえって、四方からきびしい目をじっと彼に注いでいる囚人たちの顔を、うさんくさそうにちらちら見やった。彼は死人へ一歩のところまで行くと、怯気《おじけ》づいて、足がすくんだように、立ちどまった。足枷をつけただけで、すっかりむきだしにされた枯木のような死体に、彼はぎくっとして、ぜんぜんそんなことはしなくてもよいのに、急いで顎紐《あごひも》をはずして鉄帽をぬぎ、大きく十字を切った。それは白髪の、きびしい軍人らしい顔だった。そのとき、これも白髪のチェクーノフが、そこに立っていたのを、わたしはおぼえている。彼はさっきから無言のままじいっと下士官の顔を凝視していたのだった。彼は執拗《しつよう》に、一種異様な関心をうかべて、下士官の一挙一動を見まもっていた。そして、二人の目があうと、どういうわけか不意にチェクーノフの下唇がぴくっとふるえた。彼はそれを妙にゆがめて、歯をむきだし、まるで自分でも思いがけなかったようにひょいと顎をしゃくって、下士官に死体を示すと、急いで言った。

「こいつだっておふくろがいたんだ！」

そして、ついと向うへ行ってしまった。

この言葉に、わたしは胸をえぐられたような気がしたことを、おぼえている……それにしても、何のために彼はこんなことを言ったのか、どうしてこんな言葉が彼の頭にうかんだのか？　だが、すぐに死体の運び出しにかかり、寝台ごと持ち上げられた。藁《わら》ががさがさ鳴り、しずまりかえった中に、足枷が音高く床に落ちた……だれかがそれを寝台にのせた。死体が運び出された。急にみんな大きな声でしゃべりだした。もう廊下へ出てから、下士官がだれかに鍛冶《かじ》工を呼びにやらせる声が聞えた。死体から足枷をはずさなければならなかった……

だが、わたしは脇道《わきみち》へそれてしまった……

二　病　院（つづき）

医師の回診は午前中だった。十時すぎに医師たちはみんないっしょに、医長のおともをして、わたしたちの病室へまわってきた。その一時間半ほどまえに、わたしたちの主任医師の回診があった。そのころわたしたちの主任医師をしていたのは、腕のいい若い医師で、やさしく親切で、囚人たちにひじょうに慕われていたが、囚人たちに言わせれば『あんまりおとなしすぎる』のがたった一つの欠点だった。実際に、彼はどういうわけかあまりしゃべりたがらず、むしろわたしたちにきまりわるがっているふうで、すぐに顔を赤らめそうになった。彼は、患者がちょっと頼めば、給食の量を変えてやるし、薬まで彼らの希望できめてやろうというほどだった。しかし、彼はりっぱな青年だった。たしかに、ロシアではたくさんの医師たちが一般民衆の愛と尊敬を受けている、そしてこれは、わたしが認めたかぎりでは、まったくの真実である。こう言うと、逆説に聞えるかもしれない。特に、医学と外国の薬品に対する全ロシア民衆の一般的な不信ということを考える場合、そう思われてもやむをえない。事実、民衆は何年も同じ業病《ごうびょう》に苦しめられても、医者へ行ったり、入院したりするくらいなら、巫女《みこ》におはらいをしてもらうか、民衆のあいだに伝わる草薬《そうやく》で治療をつづけるはずである。この草薬もけっしてばかにはできない。しかし、それとは別に、そこには医学にまったく関係のない、一つのきわめて重大な事情がある。それは、役所とか形式とか、そうしたもののしるしをもっているすべてのものに対する、全民衆の一般的な不信ということである。加えて、民衆はたいていはばかばかしいことであるが、ときにはそれ相応の根拠のあるおそろしい噂《うわさ》を聞かされて、病院とはおそろしいところだと思いこんでいる。しかし、民衆をおびやかしているいちばん大きな理由は、ドイツ式の病院規則、病気のあいだじゅう見知らぬ人々に取巻かれていなければならぬこと、食事のきびしい制限、衛生兵や医師のがんこなきびしさについての噂、死体の切開や解剖の話などである。それに、旦那《だんな》方は病院に行くだろうさ、医者も旦那の一人だもんな、と民衆は考えている。ところが、医師を身近に知ってみると（これだって例外がないことはないが、大部分は）、こうしたおそれがたちまち消えてしまう。わたしに言わせれば、これはまったくわが国の医師たち、特に若い医師たちの功績である。彼らの大多数は一般民衆の尊敬ばかりか、愛をさえかち得るすべを知っている。すくなくともわたしが書いていることは、わたしがこの目で見たり、多くの場所で実際に体験したことで、他の場所ではそれとちがう場合のほうが多かった、と考える根拠をわたしはもたないのである。もちろん、辺鄙《へんぴ》な地方では、医師たちが賄賂《わいろ》をとったり、病院をかさに甘い汁《しる》を吸ったり、病人をばかにするような態度をしたりして、医術をすっかり忘れてしまっている、というようなところもあったろう。そういう事実はまだあろうが、わたしが言うのは大多数の病院のことである、というよりも、いま、現在、医学の中に実現されつつある精神と、その傾向と言ったほうがいいかもしれない。羊の群れにまじった狼《おおかみ》のような、これらの背徳者たちが、何を振りかざして自説の弁明にしようと、たとえば環境というようなものをもちだして、逆にこっちが蝕《むしば》まれてしまうなどと、どんなにむきになって弁明したところで、ぜったいに彼らのまちがいである、ましてその際人間愛の心を失っているならば、もう論ずる余地はない。しかも、人間愛、やさしさ、病人に対する親身の同情は、ときとして、病人には薬よりも必要なことがある。もうそろそろばかの一つおぼえみたいに、環境に蝕まれたなどと泣きごとを言うのは、やめていいのではないだろうか。仮に、環境がわたしたちの心の中の多くのものを蝕んでいるのは、ほんとうだとしても、すっかり蝕みつくしたわけではないし、それにぬけめのない、つぼを心得ている嘘《うそ》つきが、この環境の影響という武器をつかって、自分の弱味ばかりか、ときには明らかな自分の卑劣行為まで、特に口がうまく筆がたつ場合などは、じつに巧みにおおいかくし、正当らしく見せかけることが多いのである。しかし、わたしはまた本題からそれてしまった。わたしはただ民衆が不信と敵意をいだいているのは、医師個人よりも、むしろ病院当局に対してであることを言いたかっただけである。病院が実際にどんなものであるかを知ると、民衆はじきに先入観のあらかたを捨ててしまう。わが国の病院の制度にはいまだに多くの点で民衆の心にぴったりしないし、いまだにいろいろなきまりが民衆の習慣とにらみあっていて、民衆の完全な信頼と尊敬をかち得るまでにはいたっていないものもある。わたし自身のいくつかの印象から、すくなくともわたしにはそう思われるのである。

わたしたちの主任医師はいつも患者一人一人のまえに立ちどまって、真剣に、慎重すぎるほどに診察し、いろいろと容態を訊《たず》ね、薬と給食を指示した。ときどき医師は自分でも、患者がどこも悪くないことに気付くことがあったが、囚人がここへ来たのは、労役の骨休めか、あるいは裸の板寝床の代りに、敷きぶとんの上にしばらく横になるためで、それに、何といっても、室内はあたたかくて、蒼《あお》い顔をしたやつれた未刑囚たちがすしづめに押しこまれている、じめじめした営倉とはちがう（わがロシアでは、未刑囚はほとんど例外なく蒼い顔をして、やつれていた――これは彼らの待遇と精神状態が、ほとんどの場合、既刑囚よりも辛《つら》く苦しいことの証拠である）、だから主任医師は何も言わずに febris catarrhalis（訳注 カタル性熱病）というような病名を書きこんで、ときには一週間も入院させておくことがあった。この febris catarrhalis を患者たちはみなにやにや笑っていた。これは医師と患者のあいだの一種の暗黙の了解によって定められた、仮病を意味する別名であることを、みんなよく知っていたからである。『病気の貯金』――囚人たちはこの febris catarrhalis をこう訳していた。ときには医師の心のやさしさにつけこんで、力ずくで追い出されるまで、病室にずるをきめこんでいる患者もいた。そのときの主任医師の様子はまさに見ものだった。おろおろして、よくなったから、早く退院を願い出るようにと、はっきり患者に言うのが、恥ずかしいような様子なのである。実際には、何もそんなことは言ったりなだめたりすることはなく、患者票に Sanat est（訳注　健康）を記入して、否応《いやおう》なしに退院させる完全な権利があったのである。彼はまず患者にほのめかしておいて、それから頼むように言う、「もうそろそろ出てもいいんじゃないか？　きみはもうほとんどよくなってるし、病室がせまいから」等々。それが患者のほうで気がさして、しまいには、どうか退院させてくれと頼むまでつづくのである。医長は人間愛の心をもつりっぱな人であったが（彼も患者たちにひじょうに好かれていた）、主任医師とは比べものにならぬほど厳格で、腹がすわっていて、場合によっては非情なまでのきびしさを示すことさえあって、そのために囚人たちのあいだでは特別に尊敬されていた。主任医師の回診のあとで、彼は病院の医師全部を連れて病室へまわってきた、そしてやはり患者を一人一人診察し、特に病気の重い者のまえには長く足をとめて、いつもやさしいはげましの言葉をかけ、ときには深い思いやりのあることをしみじみと言ってやるので、だいたいよい印象をあたえていた。病気の貯金に来る偽病人《にせびょうにん》をも、彼はけっして拒否したり、追い返したりしなかった。だが、患者のほうからおしつけがましいことを言ったりすると、彼は即座に退院を命じた。「何を言うんだね、きみ、もうずいぶん寝たし、骨休めしたろう、行きたまえ、程度というものを知らにゃいかん」。ごねるのはたいてい作業嫌《ぎら》いのなまけ者で、これは労働時間の長い夏が特に多かった、それに処刑を待つ未刑囚だった。忘れもしないが、こうした偽病人の一人に、退院したいという気持を起させるために、特にきびしい、残酷とさえ言えるほどの方法が用いられたことがあった。彼は眼病で病院へ来たのだった。赤い目をして、目の中が刺されるようにはげしく痛むと訴えた。発疱膏《はっぽうこう》を塗ったり、蛭《ひる》で鬱血《うっけつ》をとったり、しみるような水薬で洗眼したり、いろいろやってみたが、病気はやっぱりなおらないし、目の赤さがとれなかった。そのうちにだんだん、医師たちはそれが仮病であることに気がついた。炎症がいつもそれほどでもなく、悪くもならないが、よくもならない、いつも同じ状態なのである。どうもあやしい。彼が自分で白状したわけではないが、囚人たちはもうとっくに、彼が仮病をつかって医師たちをだましていることを知っていた。それは若い男で、美男子とさえ言えるほどだったが、わたしたちみんなに何となく不快な印象をあたえていた。陰性で、疑《うたぐ》り深く、いつもぶすっとしていて、だれとも話をしないし、人を見るにも上目《うわめ》づかいばかりしてるし、まるでみんなを疑っているように、こそこそかくれるようにばかりしていた。わたしはおぼえているが——囚人たちの中には、こいつ何かしでかすのではあるまいか、と疑った者もあったほどだった。彼は兵士で、ひどい盗みを重ねて、それが発覚し、千本の笞刑《ちけい》を判決され、矯正《きょうせい》中隊へ送られたのだった。

まえに述べたように、処刑の時期を延ばすために、未刑囚は思いきったことをしでかすことがある。たとえば、処刑の前夜に上司のだれかを、あるいは囚人仲間のだれかをナイフで刺し殺すというようなことをする、すると裁判のやりなおしということになって、処刑が二カ月ほど延期される、それで目的は達しられたわけである。彼は二カ月先に二倍三倍の重い刑に処されようとかまわない、いまほんの数日でもおそろしい瞬間を先へ延ばしさえすれば、先はどうなろうと知ったことではない——これらの不幸な連中の刑に対する恐怖は、ときによると、それほどひどいのである。早くも囚人たちの中には、あいつに気をつけろ、とこそこそささやきあう者が出てきた。夜半にだれかを刺すかもしれない。しかし、それは口先だけで、寝台が隣りあわせの者でさえ、特別に警戒するふうはなかった。とはいえ、彼らは、彼が朝になったらまた目が赤くなるように、毎夜漆喰《しっくい》の石灰ともう一つ何やら別なものを目にこすりつけているのを、見ていたのだった。ついに、医長は串線法《かんせんほう》をするぞと彼をおどかした。がんこな眼病で、長くかかり、あらゆる治療法をこころみてもなおらない場合、視力を救うために、医師はやむを得ず思いきった荒療治をこころみる。馬にするように、患者に串線法を施術するのである。それでも哀れな彼は回復したくなかった。何という強情な性質であったか、あるいはよくよくの臆病《おくびょう》者だったのかもしれない。串線法はなるほど笞刑ほどではなかったにしても、やはり並たいていの苦痛ではない。病人のうしろ首の皮をつまめるだけつまんで、そこへメスをつき通すと、うなじぜんたいに広く長い傷口ができる、その傷口にかなり幅の広い、ほとんど指ほどもある亜麻布《あまふ》のテープを通す。そして毎日、きまった時間に、このテープをぐいぐいと左右へひっぱる、そのために毎日手術をくりかえすような格好になる、こうして傷がいつも化膿《かのう》していて、いつまでも癒着《ゆちやく》しないようにするのである。哀れな彼は、それでも歯をくいしばって、このおそろしい拷問《ごうもん》を何日かこらえぬいたが、ついに音《ね》をあげて、退院に同意した。目は一日ですっかりよくなり、首の傷口が癒着するのを待って、彼は明日改めて千本の笞刑を受けるために、営倉へもどっていった。

もちろん、処刑まえのひとときは苦しい、その苦しさはそれこそ想像をこえるもので、おそらく、その恐怖を小心や臆病と呼ぶなら、それはわたしのまちがいであろう。したがって、二倍三倍の罰を加えられるとなれば、なお苦しいわけで、いま刑の執行をのがれられさえすれば、とただそれだけを思いつめるようになるのである。しかしわたしは、第一回の笞《むち》から受けた背中の傷がまだなおりきらないうちに、早く残りの数の笞を受けて、完全に未刑囚の状態からぬけ出したいために、すすんで退院を願い出る者のあることも、まえにふれておいた。だれにしても、未刑囚のまま営倉に監禁されているほうが、監獄にいるよりもはるかにわるいことは、言うまでもない。しかし、気性のちがいのほかに、ある囚人たちの思いきりのよさとおそれ知らずに大きな役割を演じているのは、笞や刑に対する慢性的な慣れである。何度も笞で打たれ慣れると、気持も背中も強くなるというか、しまいには、刑罰に懐疑的になって、ちょっとした不都合くらいにしか感じなくなり、もうおそろしいとは思わなくなる。一般的に言って、これは正しい。わたしたちの監獄の特別監房に、洗礼を受けたカルムイク人で、アレクサンドルという、どういうわけか仲間の囚人たちにはアレクサンドラ（訳注　アレクサンドルは男、アレクサンドラは女の名前）と呼ばれている、一人の囚人がいた。風変りな男で、嘘つきで、こわいもの知らずのくせに、ひどくお人よしで、四千本の笞を受けたときの話をわたしに聞かせてくれたことがあった。彼はいつもにやにや笑いながら、冗談まじりに話したものだが、そのときはすっかり真剣な顔をして、彼は子供のころから、ほんの小さなよちよち歩きのころから、笞でなぐられて育ち、部落にいるあいだじゅう文字どおり背中の生傷が絶えたことがなかった、そういう育ち方をしなかったら、とても四千本の笞に耐えることはできなかったろう、と言った。そう言いながら、彼は笞の下で育ったことを感謝しているふうだった。「おれはね、何かにつけてぶたれたもんだよ、アレクサンドル・ペトローヴィチ」彼はあるとき、日暮れ近く、もう灯がともるころ、わたしの寝台に腰かけながら、こう言った、「理屈もへったくれもねえ、とにかくぶたれるんだ、十五年間ぶっとおし、それこそ物心ついたその日から、毎日何度かずつ。ぶたねえのは、ぶちたくねえやつだけさ。だからおれもしまいにゃ、すっかり慣れっこになっちまったんだよ」。どうして彼が兵隊になったのかは、知らない。もしかしたら、聞いたことがあったのかもしれないが、おぼえていない。とにかく彼は逃亡の常習犯で、放浪癖があった。おぼえているのは、上官殺害の罪で四千本の笞刑を言いわたされたとき、おそろしくてふるえあがったという彼の話だけである。

「おらァひどい罰をくうことは、覚悟していたが、今度は、ひょっとしたら、生きてもどれねえんじゃねえか、と思ったよ。いくらぶたれつけてるといっても、四千本なんて――まったく、冗談じゃねえ！　おまけに、上官たちはみんなものすごく怒ってるんだ！　おらァわかってたよ、ちゃんとわかってたよ、こりゃただじゃすむめえ、とても出られそうもねえし、笞の列から出してもくれめえ。そこでまず洗礼を受けてやろうと思ったのさ、そしたら許されるかもしれねえなんて、藁《わら》にもすがる気持でさ。仲間のやつらァ、そんなことをしたって何になる、許されるはずがねえって言いやがったが、でも考えたね、やっぱり受けてやろう、キリスト教徒になりゃァ、すこしはあわれんでくれるかもしれねえ。そこで、実際に、洗礼を受けて、アレクサンドルという名前までもらったが、笞のほうはやっぱりそのままで、一つだってへらしてくれやしねえ、まったく頭に来たよ。そこでひそかに考えたよ、いまに見ろ、一人残らずまんまと一ぱい食わせてやるからな。ええ、アレクサンドル・ペトローヴィチ、いったい何で一ぱい食わせたと思うかね！　おれはね、死んだまねをするのが得意なんだよ、といっても、まるきり死んじまったやつのまねじゃなく、いまにも魂が昇天しようとしているやつさ。さて、引出されて、まず千本の笞のあいだを通らせられた。背中を焼きたてられるみてえで、大声でわめいたよ。つぎの千本の列へしょっぴかれたときァ、いよいよおしまいだと思ったねえ、頭ァがんがんしてわけがわからねえし、膝《ひざ》はがくっといっちまうし、おれは地べたにぶっ倒れたよ。目はどろんと死んだみてえだし、顔は真《ま》っ蒼《さお》で、息はねえし、口から泡《あわ》をふいてさ。医者のやつかけよって、もうじき死ぬなんて、ぬかしやがる。病院へかつぎこまれたが、とたんにけろりさ。というわけで、それから二度引出されたが、やつらの怒りようったらなかったよ、かっかしてやがるのさ、なあに、おれはもう二度やつらをだましてやったよ。三千本目が終ったときァ、気絶したね。いよいよ四千本目がはじまると、一本ぶたれるたびに、ナイフで心臓をえぐられるみてえで、一本が三本分ぐれえの間をおきやがって、いてえったらありゃしねえ！　みんなおれを目の敵《かたき》にしやがって。まったく、このいまいましい最後の千本は（畜生！……）まえの三千本分ぜんぶあわせたくれえのすごさだったよ、それでいよいよ最後というちょっとまえに（もうあと二百ばかりだった）死んだふりをしなかったら、それこそぶち殺されていたよ。だが、どっこい、そうはさせねえ。まただまして、気絶してやった。また本気にしやがったよ。しねえわけァねえさ、医者でさえだまされるんだ。というわけで、いよいよ最後の二百のときは、気ちげえみてえになりやがって力の限りぶちやがったよ。そのすげえの何のって、普通のときの二千本のほうがずっと楽なくれえだ、だが、ざまァ見ろ、ぶち殺せなかったじゃねえか。じゃ、どうしてぶち殺せなかったか？　なあに、これもやっぱり、がきの時分から笞をくらって育ったからだよ。そのために今日まで生きてられたんだよ。まったく、よくぶたれたなあ、がきのころからぶたれ通しだよ！」彼は話しおわって、どれほどぶたれたか思い出しながら、しきりに数えているらしく、しんみり考えこみながら、こう付け加えた。「いや、だめだ」彼は一分ほどして言った、「どれほどぶたれたか、とても数えきれやしねえ。それに、数えろったって無理だ！　数のほうが足りやしねえよ」。彼はわたしの顔を見て、にやにや笑いだしたが、それがいかにも気のいい笑いなので、わたしも思わずつりこまれてにやにや笑ってしまった。「ねえ、アレクサンドル・ペトローヴィチ、おれはね、いまでも夜半に夢を見るが、それがかならず――ぶたれてる夢なんだよ。ほかの夢なんかおれにゃねえんだよ」。彼はたしかにしょっちゅう夜半にわめき声をたてた。ときには、声をかぎりに叫びたてることがあって、囚人たちはすぐにつつき起した。「おい、うるせえぞ、何をわめいてやがんだ！」彼は四十五、六で、なりは小さいが、丈夫で、ちょろで、ひょうきんな男で、みんなと仲よく暮していた。盗みがひどく好きで、そのためにしょっちゅう仲間からなぐられていたが、しかしここでは手癖のわるいのはだれでもで、そのためになぐられたことがない者が、一人でもいたろうか。

ここで一つ付け加えておくが、このなぐられた連中が、どんなふうになぐられたか、だれになぐられたかという話をするときの、その並はずれた人のよさと、すこしも怒ったところのない柔和さには、わたしはいつも驚かされたものである。ちょっと聞いただけでこっちの胸がかっと熱くなり、心臓がはげしく動悸《どうき》をうちはじめるようなことを話しながら、そこに怨恨《えんこん》や憎悪《ぞうお》のほんのわずかの陰影すらも感じられないことがしばしばだった。彼らはよくそんな話をしながら、子供みたいに無心に笑った。たとえば、Mが自分の受けた体刑についてわたしに話したことがあった。彼は貴族でなかったので、五百本の笞刑を受けたのである。わたしはそれを他の者から聞いて、それがほんとうかどうか、そしてどんなふうだったか、彼に訊《たず》ねた。彼は何となく言葉少なに答えたが、どうやら心の痛みをおしかくしているふうで、無理にわたしのほうを見ないようにして、さっと顔を赤くした。三十秒ほどすると、彼はきっとわたしの顔を見たが、その目には憎悪の火がぎらぎら光り、唇《くちびる》は忿怒《ふんぬ》のあまりひくひくふるえだした。彼がこの過去の一ページをどうしても忘れることができずにいることを、わたしは感じた。しかし、囚人たちのほとんどは（例外がないとは、保証しないが）、それをぜんぜん別な目で見ていた。わたしはときどき考えさせられたのだが、彼らは自分のしたことがまったく悪いことで、刑を受けるのがあたりまえだと考えることは、まずないと言ってよいし、特に仲間に対してではなく、上司に対する罪の場合は、なおさらである。彼らの大部分はぜったいに自分を責めることをしなかった。犯罪が自分の仲間に対して行われたような場合でさえも、囚人たちに良心の呵責《かしやく》というものを認めたことがなかったことは、もうまえに述べた。上司に対する犯罪については言わずもがなである。わたしはときどき、この後者の場合、ある特別な、いわば実際的な、というよりは事実から生れた考え方というようなものがあるのではないか、という気がした。運命や事実の不可避性というものを考慮に入れて、意識的に考え出されたというのではなく、なんとなく、無意識にできあがった、いわば信仰というようなものである。囚人は、たとえば、上司に対する犯罪においていつも自分を正しいと思いたがる傾向があるから、それを問題にすることがどだい囚人には考えられないとはいえ、やはり実際には、その犯罪に対して上司はまったく別な見方をしているから、罰を受けるのはしかたがないし、それで帳消しだ、と心の中で承知しているのである。これは双方の側からのたたかいである。犯人のほうは、そのうえ、自分の周囲の人々、つまり一般民衆の裁《さば》きによって無罪にされることを知っているし、それをすこしも疑わない、そしてまた彼は、自分の罪が自分の仲間たち、つまり自分の属する一般民衆に対して行われたものでさえなければ、一般民衆はつきつめて非難はしないだろうし、たいていはすっかり釈明してくれるだろうということも、承知しているのである。彼の良心は安らかであり、良心にやましいところがないから、道徳の面でうろたえるようなことがない。これが重要な点なのである。彼はよりかかるものがあることを、感じているらしい、だから自分の身に起ったことを、憎悪したりしないで、避けられない事実として受容《うけい》れるのである。その事実は彼にはじまったものでも、彼で終るものでもなく、すでに開始されている消極的だが頑強《がんきょう》なたたかいの中で、まだまだ長く、いつ果てるともなくつづいていくのである。どんな兵士でも、トルコ軍と戦っても、個人的にトルコ兵を憎みはしない、ところがトルコ兵は彼らを斬《き》り、刺し、撃つではないか。

しかし、どの話もぜんぶまったく冷静に、無関心に語られたわけではなかった。たとえば、ジェレビャトニコフ中尉《ちゅうい》の話をするときなどは、それほどではないにしても、いくぶん怒りの色が見られた。このジェレビャトニコフ中尉のことをわたしが知ったのは、まだ入院して間もないころで、もちろん囚人たちの話からである。その後わたしは偶然にその実物を見た。衛兵所に立っていたのである。それは三十近い、背丈《せたけ》の高い、でっぷりふとった男で、肉づきのいい頰《ほお》は血色がよく、真っ白い歯をむきだして、ノズドリョーフ（訳注　ゴーゴリの『死せる魂』の中の登場人物）張りの豪傑笑いをした。顔を見ただけで、およそ頭の空《から》っぽな人間であることがわかった。彼はよく笞刑の執行官を命じられたが、ぞくぞくするほど、笞でなぐるのが好きだった。急いで付け加えておくが、わたしはそのときジェレビャトニコフ中尉を見て、すぐにああいう連中の中でもひときわ化物じみた男だと思ったが、囚人たちもやはりそんなふうに見ていたのだった。彼のほかにも、こまめに熱心に職務を履行することを愛した執行官たちはいた。むろんむかし、といっても、『言いつたえは生々しいが、たしかめるのはむずかしい』という程度のあまり遠くないむかしのことである。しかしそれもたいていは、特にそれに陶酔するというのではなく、単純な気持で行われたのだった。ところが中尉の笞刑執行に対する態度には、口のおごった美食家のようなところがあった。彼は笞刑執行の技術を愛した、情熱的に愛した、もっぱら芸術として愛したのである。彼はそれを享楽《きょうらく》した、そして快楽に疲れはてて、だらけきったローマ帝国の貴族たちのように、脂《あぶら》ぶとりのした魂をいくらかでもくすぐり、快い刺戟《しげき》をあたえるために、さまざまな凝《こ》った不自然な責めの方法を考案したのだった。たとえば、囚人が処刑場へ引出され、ジェレビャトニコフが執行官だとしよう。ふとい笞を持った兵士たちの長い列を一目見ただけで、彼はもう胸がわくわくする。彼は満足げに列兵たちを見てまわりながら、しつこく念を押す、いいか、みんなしっかりやるんだぞ、良心に恥じないようにな、さもないと……このさもないとが何を意味するか、兵士たちはもう知っていた。さて、受刑者が引立てられてくる、そしてその受刑者がまだジェレビャトニコフのことを知らなかったり、まだ彼の噂《うわさ》を詳しく聞かされていなかったりすると、中尉は、たとえば、こんないたずらをやってのけるのだった（むろん、これは何百という中のほんの一例にすぎない。こういうことを考え出すことにかけては、中尉はつきることのない泉のような豊かな知恵袋をもっていた）。どんな囚人でも、いざ裸にされ、両手を銃の床尾にしばりつけられると——こうして下士官たちに列間を引立てられるのである——それが一般のならわしになっているように、きまって哀れっぽい涙声で、なるべくそっとやってほしい、あまりきびしくやらないでほしいと、執行官に哀願する。

「隊長さま」と不幸な男は叫ぶ。「お慈悲でごぜえます、おらの生みの親父《おやじ》になってくだせえな、一生あなたさまのことを神さまに祈らせてくだせえな、おらを殺さねえでくだせえ、お慈悲でごぜえます！」

ジェレビャトニコフはそれを待っているのだ。彼はすぐに刑の進行を中止させて、自分も悲しそうな顔をして、囚人と話をはじめる。

「でもなあ、おまえ」と彼は言う。「そうは言っても、このわしにいったい何ができるんだ？　罰するのはわしじゃなくて、法律なんだよ！」

「隊長さま、何もかもあなたさまのお心しだいですよ、あわれみをかけてくだせえな！」

「じゃおまえは、わしがおまえをかわいそうだと思っていないと思うのかい？　おまえが打たれるのを、わしが喜んで見ていると思うのかい？　わしだって人間だよ！　どう、わしは人間だろう、ちがうかい？」

「そんなこと、隊長さま、きまりきったことですよ。あなたさまは父親で、おれたちァ息子《むすこ》ですよ。どうか、おらの生みの親になってくだせえな！」これは何とかなりそうだと思いはじめて、囚人は叫びたてる。

「そうだよ、おまえ、自分でよく考えてごらん。考えるくらいの頭は、おまえにだってあるはずだ。そりゃわしだって人間の心はあるから、罪人のおまえを寛大な気持でやさしく見てやらねばならぬくらいは、知ってるさ……」

「隊長さま、いいことを言いなさる、まったくそのとおりですよ！」

「うん、おまえがどんな悪い罪人でも、やさしい目で見てやりたいよ。でもな、きめるのはわしじゃない、法律なんだよ！　考えてごらん！　わしは神と祖国につかえている身だ。法律をゆるめたら、わしは重い罪をになうことになるんだよ、そこを考えてくれ！」

「隊長さま！」

「うん、だがもうどうしようもない！　こうなったからには、やむをえないよ、それがおまえのためだ！　わしが罪を背負《しょ》うことは知ってるが、もうやむをえないよ……今回はあわれみをかけて、罰を軽くしてもだな、それによってかえって、おまえに悪い結果をもたらしたらどうなるのだ？　いいか、いまおまえをかわいそうに思って、罰を軽くしてやる、するとおまえは、このつぎもまたこうだろうくらいにたかをくくって、また罪を犯す、そんなことになったらどうなるのだ？　それこそわしは心の中で……」

「隊長さま！　お慈悲にそむかないことは、誓います！　それこそ天の神さまのまえに立たされたつもりで……」

「うん、まあいい、いいよ！　じゃ、今後悪いことはしないと、わしに誓うんだな？」

「ええ、もう神さまに八つ裂きにされてもかまいません、あの世で……」

「神に誓うのはよせ、おそれ多い。わしがおまえの言葉を信じよう、約束するか？」

「隊長さま!!!」

「じゃ、いいか、おまえの哀れなみなし子の涙に免じて、わしが情けをかけてやる。おまえはみなし子だな？」

「みなし子ですとも、隊長さま、天にも地にもたった一人、親父も、おふくろもありません……」

「よし、じゃおまえのみなし子の涙に免じて。いいか、これが最後だぞ……さあ、こいつを引立てろ」と彼は付け加えるが、それがいかにもやさしそうな声なので、囚人はもうこのような情け深い隊長のために、どう神に祈ったらよいかわからないほどである。ところが、おそろしい進行が開始され、引立てられはじめた。太鼓が鳴りだし、最初の何本かの笞が振上げられた……

「やつを打ちのめせ！」とジェレビャトニコフがありたけの声を張り上げて叫びたてる。「思いきり打て！　なぐれ、なぐれ！　火をふかせろ！　もっと、もっと！　みなし子め、かたりめ、音をあげさせろ！　打て、打て、打ちのめせ！」

兵士たちは力いっぱい笞を振下ろす、哀れな囚人の目から火花がとびちる、悲鳴をあげだす。ジェレビャトニコフはそのうしろについて走りながら、笑って、笑って、笑いころげ、両手で脇腹《わきばら》をおさえて、背をまっすぐにのばすことができないほどで、しまいには、見ているほうが気の毒になるほどである。彼はうれしいのである、おかしいのである、そしてときどき彼の甲高い、すこやかな爆笑がとぎれて、また「打て、打ちまくれ！　かたりめ、火をふかせろ、みなし子を打ちのめせ！……」と叫ぶ声が聞える。

そのほか、彼はこんなヴァリエーションも考え出した。処刑の場所へ引出されると、囚人は例によって哀願をはじめる。ジェレビャトニコフは今度は折れたり、あわれむような顔をつくったりしないで、つけつけと言う。

「いいかな、おい、ちゃんときまりどおりやるぞ。おまえにはそれが当然だ。だがまあ、おまえのためを思って、こういうふうにしよう。手を銃床にしばらないから、おまえは一人で列の間を通るのだ。ただしいつもとはちょっとちがう、全速力で走りぬけるのだ！　そうすれば、笞《むち》がぜんぶあたったところで、短い時間ですむ、そうだろう？　どうだ、やってみるか？」

囚人はあやしむように、信じられないような顔つきでその話を聞きながら、考えこむ。『どうしたものだろう』と彼は腹の中で思案する、『ひょっとしたら、そのほうがほんとにとくかもしれねえ。せいいっぱい走れば、苦しさも五分の一の短さですむだろうし、それに、笞も何本かは逃げられるかもしれねえ』

「ようがす、隊長さま、やってみましょう」

「うん、わしも賛成だ、やれ！　いいかみんな、ぬかるな！」と彼は兵士たちに叫ぶ。彼は、しかし、一本の笞も囚人の背をのがさないことを、あらかじめ承知しているのである。兵士たちも打ちそこなったらどういうことになるか、よく承知していた。囚人はせいいっぱいの速さで『緑の道』を走り出す、が、十五列もかけぬけられないことは、言うまでもない。笞が太鼓の早打ちか、稲妻のように、一時に不意に彼の背におそいかかる。哀れな彼はまるで足をはらわれたか、銃弾にあたったように、悲鳴をあげてばたっと倒れる。

「だめだ、隊長さま、きまりどおりやってくだせえな、そのほうがましだ！」と彼は真《ま》っ蒼《さお》なおびえきった顔をして、のそのそ立ちあがりながら言う。ジェレビャトニコフは、こうすればこうなることは、もうとくと承知だから、腹をかかえて大笑いする。しかし、彼の慰みと、彼について囚人たちが噂していることは、とうていすっかり書ききれるものではない！

囚人たちのあいだで、スメカーロフ中尉のことは、これとはいくらかちがった態度で、ちがった口調や気持で語られていた。彼は例の少佐が現在の監獄の隊長を命じられるまえに、前任者としてその職についていたのだった。囚人たちがジェレビャトニコフのことを語る態度は、かなり冷淡で、特別の悪意はなかったが、といって彼のやり口に感心したり、彼をほめたりするようなことはなく、明らかに彼をきらっていた。彼を上から見くだすようなところさえ見えた。ところがスメカーロフ中尉のことは、囚人たちはうれしそうに、楽しみにして思い出すのだった。それは彼がけっして笞を打つのがうれしくてたまらないような人間ではなかったからだ。彼には純粋にジェレビャトニコフ的な要素はすこしもなかった。とはいえ彼だって、笞を打つのがけっしていやだったわけではない。要は、彼の笞そのものが囚人たちのあいだで、一種の甘い愛情をもって思い出されたということだ——それほど彼は囚人たちを喜ばせる妙を心得ていたのだった。だが、そも何によって？　何によって彼はこのような人気をかちえたのか？　たしかに、囚人たちは、おそらくロシアの一般民衆のすべてがそうであろうが、一つのやさしい言葉ですべての苦しみを忘れかねない。わたしはいま、どちらかの側に立ってそれを分析するというのではなく、事実として言っているのである。この民衆を喜ばせて、人気を得ることは、むずかしいことではなかった。しかし、スメカーロフは特別の人気を得ていた——だから、彼が笞を振ったことでさえ、ほとんど感動に近い気持で思い出されたのだった。『親父なんか要《い》らねえほどよ』と囚人たちはよく言い言いして、まえの臨時隊長スメカーロフをいまの少佐と思いくらべては、溜息《ためいき》までつくのだった。『気のいい人だったなあ！』彼は飾らぬ人間で、彼なりの善良さもあったようである。ところが、上官の中には善良であるばかりか、心のおおらかな人間さえよくいるが、それがどうだろう？　だれにも好かれないで、中にはのっけから笑いものにされている者もいる。要は、スメカーロフが囚人たちみんなに自分たちの仲間と認めさせるように、何となく仕向ける妙を心得ていたということである。これは大きな手腕、というよりは、もっと正確に言えば、生れつきの才能で、もっている者でさえ意識していないものである。こうした人々の中にもまったくよくない男もいて、そのくせ、ときにはひじょうな人気を得ていることがあるから、不思議である。彼らは気むずかしくもないし、部下にいやな顔もしない――ここに原因があるのではなかろうか！　彼らには白い手の貴族育ちらしいところもないし、旦那《だんな》らしい臭味もないし、生れながらの一種独特な民衆のにおいがしみついている、ところがこのにおいに対して、民衆はおどろくほど敏感なのである！　そのためなら民衆は何ものをも投げ出す！　彼らの粗麻《あらあさ》くさい独特のにおいさえもっていれば、心のやさしい人間をどんな残酷な男にさえ見かえるのである。このにおいをもった人間が、加えて、風変りな善良さとはいえ、実際に善良であったとしたら、いったいどうだろう？　それこそ鬼に金棒というものだ！　スメカーロフ中尉は、まえに述べたように、ときにはひどい処刑をしたこともあったが、どういうものか、相手にうらみをいだかせないどころか、かえって、もうかなりの時がすぎたわたしの時代になってさえ、笞刑のときの彼の工夫を笑いながら楽しそうに思い出させるように、しむけることができた。しかし、彼にはそうした工夫はあまりなかった。芸術的な空想力に欠けていたのだ。ありていに言えば、そうした工夫はたった一つしかなかった、そしてそのたった一つの工夫を、その後一年というもの、彼はばかの一つおぼえみたいにくりかえしたのだった。それはたった一つだから、よけいに愛嬌《あいきょう》があったのかもしれない。それはじつに単純なものだった。たとえば、受刑者が引出されてくる。スメカーロフはにやにや笑いながら刑場へ出てきて、ふざけながら受刑者に何ごとか訊《たず》ねる。一身上のこととか、家族のこととか、監獄生活のこととか、刑に何の関係もないことをきくのだが、そこには何の目的も、あそびもない、ただ――そうしたことを実際に知りたいからである。やがて笞が運ばれてくる。スメカーロフには椅子《いす》が用意される。彼はその椅子に腰をおろし、パイプさえくゆらしはじめる。囚人は哀願をはじめる……「もうよせよ、おまえ、横になれ、こうなったらしようがないじゃないか……」とスメカーロフは言う。囚人は溜息をついて、横になる。「ところで、おまえ、何か祈りの文句をそらで言えるか?」――「知ってますとも、隊長さま、おらァキリスト教徒だ、がきの時分からおぼえてるさ」――「そうか、じゃ唱えろ」。囚人は何を唱えたらいいか、もう知っているし、唱えているとどういうことになるかも、もう知っている。これはもうこれまでに三十回も他の囚人たちにくりかえされていたからである。それにスメカーロフ自身も、囚人がそれを知っていることは承知のうえである。横になった犠牲者の上に笞を振りかざして立っている兵士たちでさえ、このことはもうかねがね耳にたこができるほど聞かされていることを、彼は知っているが、やっぱりそれをまたくりかえす——その工夫が彼にはすっかり気に入ってしまったのである。きっと、それは彼の創作だし、文学好きの自尊心のせいもあったろう。囚人は唱えはじめる、兵士たちは笞を構えて待つ、スメカーロフは身をのり出すようにさえして、片手を上げ、パイプをくゆらすのをやめて、ある言葉を待つ。祈りの一節が終って、ついに『天なる神よ』という言葉まで来る。これがねらいなのである。「待て！」と上気した顔で叫ぶと、中尉《ちゅうい》は霊感を受けたような身ぶりで、笞を構えた兵士を振向きざま、りんとした声で言う。「おまえが代りにあたえよ！」

そして、身をよじって大笑いする。まわりに立っている兵士たちもにやにや笑う。笞打つ者も笑う、打たれるほうも、『あたえよ』の命令で笞がもう空中にうなり、一瞬後には剃刀《かみそり》のように背を切り裂こうとしているのに、思わずにやにやしそうになる。スメカーロフがうれしくてたまらないのは、この思いつきがじつにすばらしいし、——『天なる神よ』と『あたえよ』は彼自身の創作なのだ、——それに韻までふんでいるからである。そしてスメカーロフはすっかり自分に満足して刑場からもどってゆく、そして刑を受けたほうも自分とスメカーロフにほとんど満足してもどってゆく。三十分もするともう獄内は、三十一回目のいまがそうであるように、これまで三十回もくりかえされた噂でもちきるのである。「要するに、気のいい人だよ！　すばらしい人だ！」

ときには、善良な中尉の思い出話に一種のマニーロフ（訳注　ゴーゴリの『死せる魂』の登場人物。ひとのいい空想家）的な要素がまじることもあった。

「よく、通りかかるとさ」と囚人の一人が楽しい思い出に顔じゅうを笑いにしながら、語りだす。「中尉どのがもうガウンを着て窓んとこにすわって、茶を飲んで、パイプをふかしてたもんだよ。帽子をとって会釈《えしゃく》すると――アクショーノフ、どこへ行くんだい？」

「はい、しごとですよ、ミハイル・ワシーリイチ、まず工場さ行かにゃ、って言うと、にこにこ笑って……まったく、気のいい人だ！　じつにいい人だよ！」

「あんな人はめったにいるもんじゃねえよ！」聞いていただれかがこう言いそえる。

三　病　院（つづき）

（わたしが罰や刑についてここに書いていることは、すべてわたしが監獄にいた時代にあったことで、いまはすっかり改められたし、現に改められつつあるということである――作者注）

わたしがいま笞刑《ちけい》とあわせて、この興味ある職務のさまざまな執行者たちについて語りだしたのは、実を言えば、病院へ移ってみてはじめて、これらのことについてはっきりした観念をもつことができたからである。それまではまた聞きで知っていたにすぎなかった。ここの二つの病室には、この町およびその周辺にあるすべての大隊、矯正《きょうせい》中隊、その他の部隊から笞刑を判決された受刑囚が集まっていた。入院当初、わたしがまだまわりで行われるすべてのことにむさぼるような視線をあてていたころ、これらすべてのわたしにとっては不可解な掟《おきて》や、処刑を受けた人々や、これから受けようとしている人々が、わたしに強烈な印象をあたえた。わたしは興奮し、とまどい、おびえた。わたしはそのころ急に、こうした新しい現象の詳細をつきつめずにはいられなくなって、このテーマについての囚人たちの会話や話に耳をかたむけたり、こちらからきいたりして、解決をもとめようとしたことをおぼえている。わけても、わたしがどうしても知りたかったのは、判決と執行のすべての等級、それらの刑の執行のあらゆるニュアンス、そうしたすべてに対する囚人たち自身の見方であった。わたしは処刑の場へおもむく者の身になって、その心理状態を考えてみようとつとめた。わたしはまえにも言ったが、処刑のまえに冷静でいられる者はほとんどない、しかもうまえに何度か笞刑の経験のある者でさえ、例外ではないのである。その場合、受刑者には一様に、ある鋭い、しかし純粋に肉体的な恐怖、すべての精神的なものをおしつぶしてしまう、どうにも消すことのできない本能的な恐怖が見られる。わたしはその後も、何年かの監獄生活のあいだに、笞刑の最初の半分を受けて入院し、背中の傷がなおって、明日裁判できめられた笞刑の残りの半分を受けるために、退院してゆく受刑囚たちを、心ならずも何度となく目にした。この処刑を二回に分けるのは、かならず立会いの医師の決定によってきめられる。犯罪に応じて宣告される笞《むち》の数が多くて、一度に全部を受けることが無理なような場合、その数が二回、ときには三回にも分けられるわけだが、それは処刑がはじまってから立会い医師の意見によって、つまり受刑囚がこのまま列間を歩きつづけることができるか、それともこのままつづけたら生命の危険がともなうか、という判断によって定められるのである。たいてい五百や千ぐらいは、ときには千五百でさえ、一度に行われる。ところが二千、三千となると、執行は二回、ないしは三回にまで分けられるのである。一回目の半分で受けた背中の傷がなおって、二回目の半分を受けるために病院を出てゆく囚人たちは、いよいよ明日出るという日あたりから、たいてい陰気な暗い顔をして、黙りがちになる。彼らには放心というか、不自然な散漫さが見られた。話にはまざらず、たいていは黙りこんでいる。何より興味あるのは、囚人たちのほうも彼とはけっして話をしないし、彼を待ちうけているものについては口に出さないようにつとめていることだった。よけいなことは言わないし、慰めるようなことも言わない。いったいに、なるべくその男には注意しないようにさえつとめている。受刑囚にはこのほうがよいことは、言うまでもない。中には例外もある。たとえば、まえに述べたオルロフである。一回目の半分を受けたあとで、彼は背中の傷がいつまでもなおらないので、早く退院できないと、そのことばかりをくやしがっていた。彼は早く笞刑の残りをすまして、仲間といっしょに流刑地《るけいち》へ出発し、途中で脱走するつもりなのである。しかしこの目的があるので、彼は気をまぎらわしていたが、その頭の中に何があったか、それは神のみぞ知るである。彼ははげしく根強い気性をもっていた。彼は感情をおし殺してはいたが、ひどく満足して、はげしく胸をたかぶらせていた。その理由はあった。一回目の半分を受けるまえに、彼は早くも、今度は笞の下から生きてはもどれまい、いよいよ死ぬときが来たようだと、覚悟をきめていたからである。まだ裁判中で未決に入れられていたころから、当局の手段についてのいろんな噂《うわさ》が、もう彼の耳にとどいていた。彼はそのときにもう死ぬ腹をきめたのだった。だから、一回目の半分がすむと、彼は元気づいた。彼は半分死んだようになって病院にかつぎこまれた。わたしはまだこれほどのひどい傷を見たことがなかった。しかし彼の胸には、この分なら生きられそうだ、噂なんか嘘《うそ》だった、という喜びと希望があった。彼はいまこそ笞の下から生きてもどれたので、長い未決生活のあとではあり、早くも道中、逃亡、自由、野や森などが目先にちらちら見えはじめた……退院の二日後、彼は同じ病室の同じ寝台の上で死んだ。二回目の半分に耐えられなかったのである。しかし死については、もうまえに述べた。

ところで、囚人たちは処刑をまえにしてこれほどの苦しい日夜をすごすくせに、いざ処刑となると男らしくがんばりぬいた。どんな気の小さい者も例外ではなかった。彼らが連れこまれたその晩でさえ、わたしはほとんどうめき声を聞いたことがなかった。どんなにひどく打ちのめされた者でも、めったにうめき声をたてなかった。いったいに、民衆は苦痛に耐える力をもっている。苦痛についてわたしはいろいろときいてみた。その苦痛がどれほどひどいものか、つきつめたところ、それは何と比較したらいいのか、わたしはときどき明確に知りたいと思った。正直のところ、どうしてそんな気になったのか、自分でもわからない。退屈まぎれの好奇心からでなかったことだけは、おぼえている。くりかえして言うが、わたしは胸をゆさぶられ、気がたかぶっていた。しかし、だれにきいても、満足のいく返答を得ることはできなかった。じーんと熱くて、火で焼かれるようだ――これがわたしの知りえたすべてだった、そしてこれがだれの口からも聞かれるたった一つの返答だった。焼かれるようにじーんとする、それだけのことさ。入院したてのころ、わたしはMと親しくなって、このことをきいてみた。「そりゃひどく痛いさ」と彼は答えた、「感じは――火で焼かれると言いましょうか。いちばん強い火で背中をあぶられるような感じですね」。要するに、だれの返事も同じだった。しかし、わたしはそのころ一つの奇妙な推論を下したことをおぼえている。それがぜったいに正しいとは言わないが、囚人たち自身の言葉の一致が強くそれを支持している。それは、笞刑は、その数が多い場合、わが国で行われているすべての刑の中でもっとも重い刑だということである。これはちょっと考えると、ばからしい、ありえないことに思われるかもしれない。ところが、五百本とは言わず、四百本ぐらいの笞でさえ、人間をなぐり殺すことができるのである。五百本以上ならほとんどまちがいない。千本になるとどんな頑丈《がんじょう》な男でも一度には耐えられない。ところが、五百本の棒なら生命に何らの危険なく耐えられる。千本の棒でも、それほど頑丈な男でなくとも、生命に別条なく、耐えることができる。二千本ほどの棒でさえ、中程度の体力と体格の人間をなぐり殺すことができない。囚人たちは口をそろえて、笞のほうが棒よりわるいと言っていた。「笞はくいこむんで、痛いったらねえよ」と彼らは言った。たしかに、笞のほうが棒より苦痛が大きいであろう。笞のほうがよけいにいらいらさせ、強く神経に作用し、限度以上にたかぶらせ、どうにもならぬほどゆさぶりたてる。いまはどうか知らないが、つい何年かまえまでは、自分のいけにえを笞打つことに、サド侯爵《こうしゃく》やブレンヴィリエ侯爵夫人（訳注　マリア・マドレーヌ・ブレンヴィリエ侯爵夫人。遺産横領の目的で父、二人の兄弟、その他数名の親戚《しんせき》を毒殺。一六七六年に死刑）を思わせるような、ある種の快感をおぼえた紳士たちがいた。この感じには、甘美と苦痛がないまぜになって、こうした紳士方の心をしびれさせる何ものかがあるのだと、わたしは思う。血に飢えた虎《とら》のような人々がいる。一たびこの魔力を経験した者は、キリストの法則によればひとしく神に創造された兄弟、自分と同じ人間の肉体と血と精神に対するこの無限の支配を経験した者は、ひとしく神をその身につけている他の存在をもっとも残酷な方法で侮辱する権力と完全な可能性を一度経験した者は、もはや自分の意志とはかかわりなく感情を自制する力を失ってしまうのである。暴逆は習慣である。それは成長する性質をもち、しまいには、病気にまで成長する。わたしが言いたいのは、どんなりっぱな人間でも習慣によって鈍化されると、野獣におとらぬまでに暴逆になれるものだということである。血と権力は人を酔わせる。粗暴と堕落は成長する。知と情は、ついには、甘美のもっとも異常な現象をも受容《うけい》れるようになる。暴逆者の内部の個人と社会人は永久に亡《ほろ》び去り、人間の尊厳への復帰と、懺悔《ざんげ》による贖罪《しょくざい》と復活は、ほとんど不可能となる。加えて、このような暴逆の例と、それが可能だという考えは、社会全体にも伝染的な作用をする。このような権力は誘惑的である。このような現象を平気で見ている社会は、すでにその土台が感染しているのである。約言すれば、他の人間に対する体刑の権利がある人間にあたえられるということは、社会悪の一つであり、社会がその内部にもつ文明のいっさいの萌芽《ほうが》と、いっさいのこころみを根絶するもっとも強力な手段の一つであり、社会を絶対に避けることのできぬ崩壊へみちびく完全な要因である。

刑吏は社会で忌《い》みきらわれているが、紳士の仮面をかぶった刑吏はすこしもきらわれていない。このごろになってやっと反対意見が表明されたが、それもまだ本の中で抽象的に発言されたにすぎない。それを発言している人々でさえ、自分の内部にあるこの権力欲をまだすっかり消しきってはいないのである。どんな工場主でも、どんな事業経営者でも、自分の労働者はときには家族ぐるみすっかり、自分の思いどおりになるのだと考えて、一種のうずくような満足をおぼえるに相違ないのである。それはたしかにそうであろう。ある世代が前世代から受けついだものからそう簡単に脱け出せるものではない。人間は血の中にしみこんだもの、いわば、母の乳といっしょに吸いこんだものを、そう簡単に捨てられるものではない。そんな早熟な変革はない。自分の罪と、父祖以来のあやまちの自覚が、まだ足りない、はなはだしく足りない。それを完全になくさなければならないのだが、しかし、それはけっして簡単なことではないのである。

わたしは刑吏の話を出した。刑吏の特性の芽は現代の人々のほとんどがもっている。しかし、人間の獣性はだれにでも同じように成長するものではない。もしだれかにそれが他のすべての性質よりも強く成長したら、その人間は、もちろん、おそろしい醜悪な人間となる。刑吏には二種類ある。一つは自分からすすんでなったものであり、もう一つは――いやだが、義務でなったものである。自由意志でなった刑吏が、あらゆる点で、強制されてなった刑吏よりも下劣であることは、言うまでもない。ところが、この後者のほうが民衆に毛嫌《けぎら》いされる、おびえるほど、虫酸《むしず》がはしるほど、わけのわからない、神秘的とも言える恐怖をおぼえるほど、忌みきらわれるのである。このある刑吏に対するほとんど迷信的な恐怖と、他の刑吏に対するほとんど是認ともとれるような無関心、これはいったいどこから来るのだろう？　奇怪きわまる例がある。わたしはこういう人々を知っている。善良で、誠実で、社会から尊敬されているほどの人間でありながら、それでいて、たとえば、受刑者が笞の下で悲鳴をあげ、祈り、そして許しを乞《こ》わなければ、心の落着きを得られないというのである。受刑者がかならず悲鳴をあげ、許しを乞わなければ、気がおさまらないのである。これが習慣になってしまって、作法にかなった必要なことと考えられているのである。いつだったか、受刑者が悲鳴をあげようとしないのを見て、ある執行官が——これはわたしの知ってる男で、他のもろもろの点においては、まあ善良な人間と考えてもよいような男だったが——そのために自分が侮辱されたような気になったことさえあった。彼ははじめ軽くすましてやるつもりだったが、いつもの『隊長さま、生みの親のような隊長さま、お慈悲でごぜえます、あなたさまのために、どうか、死ぬまで神に祈らせてくだせえまし』等々の哀願が聞かれないので、かっとなって、悲鳴と哀願が聞きたいばっかりに、五十もよけいになぐらせて——ついに音をあげさせたのだった。『許せないよ、ぶざまだ』——彼はひどくまじめくさってわたしに答えたものである。

義務として強制されたほんものの刑吏はと言えば、だれでも知ってるように、既刑囚で、流刑の宣告を受けたが、刑吏として残された連中である。彼らはまず先輩の刑吏についてやり方をまなび、習得すると、終生獄内にとどめておかれる。特別室に入れられて、世帯道具までそなえているが、いつも監視下におかれているのである。むろん、生きた人間は機械ではない。刑吏は義務で笞を振るとはいえ、ときにはやっぱり熱狂することもある、しかしひそかな満足をおぼえながらなぐりはするが、それでもほとんどぜったいにと言っていいほど、自分の犠牲者に個人的な憎悪《ぞうお》はもっていない。笞さばきの巧みさ、自分の専門に対する知識、仲間や見物人のまえでいいところを見せたいという気持が、彼の自尊心をあおりたてる。彼が気をつかうのは技術のことである。そのうえ、彼は自分がみんなのきらわれ者であり、どこへ行っても迷信的な恐怖で見られることは、百も承知である、そしてこれが彼に悪作用をあたえなかったとは、これが彼の狂暴性と野獣化への転落を強めなかったとは、保証できない。彼が『父や母と縁を切った』ことは、子供たちでさえ知っている。奇妙なことだが、わたしが会ったかぎりでは、刑吏たちはみなものわかる、知能のすすんだ人々で、異常なまでの自尊心と、誇りをさえもっていた。この誇りは彼に加えられる世間一般の侮蔑《ぶべつ》をはねかえすために発達したものか、犠牲者にあたえる恐怖の意識と、犠牲者に対する支配感によって強化されたものか——わたしにはわからない。おそらく、見物人をまえにして処刑台へ進みよるときの華々《はなばな》しさと、芝居がかった演出も、彼らの泥臭い高慢さの昂進《こうしん》を助成しているにちがいない。おぼえているが、わたしはあるときわずかの時間のあいだにある刑吏にたびたび会って、親しく観察する機会をもったことがあった。それは中背で、筋骨たくましい、ひきしまった身体《からだ》つきの四十年輩の男で、かなり感じのいい利口そうな顔をして、髪はちぢれていた。彼はいつも不自然なほどもったいぶって、ゆったりと構えていた。外見は紳士らしい態度をくずさず、いつも短く、思慮深く、しかもやさしく返事をしたが、それは何かわたしに対して鼻にかけているような、妙に高慢なやさしさだった。衛兵士官たちはわたしのまえでときどき彼に話しかけたが、たしかに、いくらか彼に気がねしているようなところがあった。彼はそれを意識していて、上官のまえでわざとことさらにいんぎんに、無愛想に振舞って、自分の優越感を見せつけていた。上官が彼にやさしく話をすればするほど、彼のほうもますます構えをかたくするようで、けっして細心ないんぎんさから踏み出さなかったが、わたしはそのとき、彼は相手の上官より自分のほうがはるかに上だと自負していることを、はっきりと見てとった。顔にそれは書いてあった。夏のひどく暑い日など、ときどき、彼は細長い棒をもって護衛兵につきそわれて野犬狩りに町へやられることがあった。この町には飼主のない野犬がおどろくほど多く、それがまたものすごい速度で繁殖した。暑中休暇のころには危険で放置しておけない状態になり、野犬狩りのために、当局の指図で、刑吏がかり出された。だが、このような卑《いや》しいしごとでさえ、見たところ、すこしも彼を卑屈な気持にさせなかった。彼が疲れきった護衛兵を従えて、その姿だけで行き会う女子供たちをおびえさせながら、町の通り通りを堂々とのし歩く様子や、ゆったりと、しかも見くだすように、道行く人々を尻《しり》目《め》にかける様子は、たしかに見ものだった。しかも、刑吏たちは気ままな暮しをしていた。金があるので、食いものはぜいたくだし、酒は飲む。金は袖《そで》の下というてではいってくる。裁判で体刑を言いわたされる一般の被告は、あらかじめわずかでも、なけなしのものをはたいてでも、刑吏に贈りものをする。ところが金をもってる被告からは、刑吏のほうから所持金のあらましを見当つけて、それに応じて金額を指定してふんだくる、三十ルーブリも、ときにはそれ以上さえも、まきあげることがある。相手が大金持と見ると、大いにかけひきもする。刑吏は極端な手かげんは、もちろんできない。その責任は自分の背中でとることになるからである。しかし、ある程度の袖の下をもらえば、彼はそれほど痛くなぐらないことを、受刑者に約束する。ほとんどの場合、彼の提案は受容れられる。さもないと、彼はそれこそ乱暴ななぐり方をするし、それはまったく彼の腹ひとつなのである。彼はひじょうに貧しい被告にでもかなりの金額をふっかけることがある。親類縁者たちがお百度をふんで、かけひきをしたり、泣きおとしにかかったりする、そして彼の意にかなわなかったら、それこそみじめである。こんな場合、彼が迷信的な恐怖を人々にあたえていることが、大いに役に立つ。まったく、刑吏についてはどれほどの奇怪きわまる噂が語られていることだろう！　ついでに、これは囚人たち自身が神かけてとわたしにうけあったのだが、刑吏は一撃で殺すことができるそうである。でも、だいいち、いったいいつそんなことが実験されたのか？　だが、しかし、ないとは言えない。囚人たちの言い方があまりに確信にみちすぎていた。しかも刑吏が自分で、できると、わたしに言いきったのである。また、彼は力いっぱい笞を受刑者の背中に振下ろして、あとにほんのわずかの傷あとも残さず、しかも打たれたほうがすこしの痛さも感じないように、打つことができると言われていた。しかも、こうした手品のような秘術や神業《かみわざ》については、もう数限りないエピソードが知れわたっていた。だが、彼は手かげんを加える約束で、たとい賄賂《わいろ》をとったにしても、やはり最初の一撃はせいいっぱいの力をこめて、思いきり打下ろす。これは彼らのあいだのしきたりにさえなっていた。そのあとの笞《むち》は手かげんする。まえもって金をつかまされている場合は、なおさらである。しかし、つかまされていようが、いまいが、最初の一撃は——彼のものである。まったく、何のためにこんなしきたりになっているのか、わたしにはわからない。はじめにひどく痛い思いをさせれば、あとの軽い笞はそれほど苦しく感じない、という計算から、一思いに犠牲者にあとの打撃に慣れさせるためだろうか、それとも犠牲者にちょっぴり腕のほどを見せて、おびえさせ、相手が何様かを思い知らせるために、まず度胆《どぎも》をぬいておこう、一口に言えば、いいところを見せようという、ただそれだけの気持だろうか。いずれにしても刑吏は、処刑をはじめるまえに、気がたかぶり、力のみなぎりをおぼえ、自分が支配者であることを自覚する。その瞬間、彼は俳優である。群衆は彼を見て恐れおののいている、そして彼は、むろん快感をおぼえながら、最初の一撃をあたえるまえに犠牲者に向って叫ぶ、『負けるな、打つぞ!』この場合にかけるのがしきたりになっている宿命の言葉である。人間の本性がどこまでゆがめられるものか、想像のほかである。

入院したてのころ、わたしはこうした囚人たちの話に熱心に耳をかたむけていた。じっと横になっていることは、どの患者にも死ぬほど退屈だった。来る日も来る日も、同じような日ばかりである！　午前中は医師の回診があったし、それがすむと間もなく昼食だから、まだ気がまぎれた。食事が、このような単調さの中では、かなりの気晴らしになったことは言うまでもない。給食の内容と量は患者の病気によって区分されていて、まちまちだった。何かのひき割りのはいったスープだけの者もあったし、粥《かゆ》だけの者もあったし、小麦のひき割りの粥だけの者もあった。この小麦のひき割りの粥はほとんどの患者が大好きだった。患者たちは長いこと寝ているために身体がなまになり、うまいものを食いたがるくせがついていた。なおりかけの者や、もうほとんどよくなった者には、煮た牛肉が一きれつけられた。それが患者たちのあいだでは『牡牛《おうし》』と呼ばれていた。いちばん上等なのは壊血病患者の食事で――牛肉にねぎやわさびなどを添えたもので、ときにはウォトカが一杯つくこともあった。パンも病気によって区別されて、黒パンか、よく焼いたきつね色のパンだった。食事をきめるうえのこのこまかい形式主義は、患者たちの失笑を誘うだけだった。もちろん、病気によっては、何を出されても食べられない患者もあったし、そのかわり、食欲の旺盛《おうせい》な患者たちは、食べたいものは何でも食べた。食膳《しょくぜん》を交換する患者たちもあって、そのためにある病気の患者に相応《ふさわ》しい献立が、まったく別な病気の患者に移ってしまう。また軽い食物しかあたえられない患者たちの中には、牛肉や壊血病患者の分をそっくり買ったり、また食膳にそれがついている患者からクワスや薬代りのビールを買って飲んだりする者もあった。中には二人前も食う患者もあった。これらの食事は金で売られたり、また売りされたりしていた。牛肉のついた食膳はかなり高く、五コペイカもした。わたしたちの病室に売手がいないときは、看守を他の囚人病室へ買いにやらせる、そこにもないときは——囚人たちが『自由病室』と呼んでいた兵士たちの病室へまで行ってもらう。よくしたもので、たいていは売る物好きがいた。彼らはパンだけでがまんして、そのかわり金をためこんでいるのだ。貧乏なことは、もちろん、だれでも同じだったが、それでも小金をもってる連中はいて、丸パンやそのほかいろんなうまいものを買いに、市場にまで使いを出したりした。看守たちはまったく欲得をぬきにしてこれらの頼みを引受けてくれた。食事が終るともっとも退屈な時間が来た。することなしに眠ったり、おしゃべりをしたり、言いあいをしたり、大きな声で何か噂話《うわさ》をしたり、さまざまだった。新患が来なければ、いよいよもって退屈だった。新患が来るとたいていはいくらか気がまぎれた。それがだれも知らない患者の場合は、特にそうだった。じろじろ見まわして、何者だろう、どうして、どこから、どんな事件で送りこまれたのだろうと、嗅《か》ぎ出そうとやきもきする。その場合、移送囚だと特に関心が強かった。彼らはたいていい何かおもしろい話をもっていたが、しかし自分のことは語ろうとしなかった。これは、自分から話し出さなければ、だれもけっしてきかなかった。ただ、どこから？　だれと？　途中どうだった？　これからどこへ？　などということだけきいた。ある囚人たちは、新しい話を聞いているうちに、ふと思い出したように、自分の過去の中から、移送されたときのことや、仲間のことや、護送兵や隊長のことなどを語りだす。笞刑《ちけい》を終えた者もこの退屈な日暮れ近い時間に病室へ送りこまれてきた。彼らはいつもかなり強い印象をあたえたが、これについてはもうまえに述べた。しかし、これは毎日のことではなく、それがない日には、病室の中が何となく重ったい気分になり、たがいに見あきた顔ばかりでもう見ただけで虫酸《むしず》がはしるというように、そこらここらで口喧嘩《くちげんか》さえはじまるのだった。鑑定のために連れてこられる狂人も、ここでは喜ばれた。笞刑のがれに狂人を装《よそお》うては、たまに未刑囚によってつかわれることがあった。ある偽《にせ》狂人たちはたちまち化けの皮をはがれる、というよりは、自分から行動方法を変える気になり、二、三日ばかなまねをすると、何のきっかけもなく突然正気になって、おとなしくなり、むすっとして退院をねがいはじめるのだった。囚人たちも、医師も、ついさっきまでの偽狂人ぶりを取上げて、なじったり、恥をかかせたりするようなことはしなかった。黙って退院させ、黙って送り出してやる、そして二、三日すると、笞刑を受けてもどってくるのだった。こんな例は、しかし、総じてごくまれだった。ところが、ほんものの狂人が、精神鑑定のために連れてこられると、病室じゅうがそれこそ天罰を下されたようになった。狂人でも、陽気で威勢がよく、どなったり、踊ったり、歌ったりする者だと、囚人たちは、はじめはほとんどこおどりするほどの喜びようで迎えた。「こいつァ、おもしろいぞ！」と彼らは連れこまれたばかりの道化者を見て、話しあった。だが、わたしはこうした不幸な狂人を見ると、胸がしめつけられるようで、たまらなく苦しかった。わたしは冷静に狂人を見ていることはぜったいにできないのである。

しかし、囚人たちもはじめは笑って迎えても、のべつ騒いでうろちょろしていられると、そのうちすっかり嫌気《いやけ》がさして、二日もすると病室じゅうの者がどうにもがまんができなくなってしまう。そうした狂人の一人がわたしたちの病室に三週間もおかれたことがあったが、そのときはもう、ただただ病室から逃げ出したい気持になった。まるでわざとのように、その同じときにもう一人の狂人が連れこまれて来た。この男がわたしの胸に特に強烈な印象を刻みつけたのである。それはわたしが監獄へ来てからもう三年目のことだった。わたしの監獄生活の最初の一年、というよりは、まだ何カ月もたたない春のころだったが、わたしは一つの作業班に入れられて、二露里ほどはなれた煉瓦《れんが》工場へ、煉瓦焼きの職人たちといっしょに、運搬夫として作業に通ったことがあった。この夏の煉瓦焼きのために、かまどを修理しておかなければならなかったのである。その朝工場でMとBが、そこに住みついている監督で、オストロージスキイという下士官をわたしに引合せてくれた。それはポーランド人で、やせて背丈《せたけ》の高い、おどろくほど端正で、威厳さえある顔だちをした、もう六十近い老人だった。シベリアにはもう久し以前から勤務していて、庶民の出で、一八三〇年に駐屯《ちゅうとん》した部隊の兵卒としてこちらへ来たのだったが、MとBは彼を愛し、尊敬していた。彼はいつもカトリック教の聖書を読んでいた。わたしは彼と話をした。彼の話しぶりはじつにやさしく、思慮があって、しかも話し上手《じょうず》で、いかにも心が美しく正直そうな目をしていた。その後二年ほどわたしは彼に会わなかった。彼が何かの事件に関連して取調べを受けているという噂を聞いただけだった。それがいま不意に狂人としてわたしたちの病室にあらわれたのである。彼はわめきちらし、高笑いをしながら病室へはいってくると、おそろしくえげつなく、民族舞踊のカマリンスカヤの手ぶり足ぶりでぴょんぴょんおどりだした。囚人たちはこおどりして喜んだが、わたしは何とも言えない悲しい気持になった……それから三日後には、囚人たちはもう彼をどうしてよいかわからなかった。彼は喧嘩をふっかけ、からみ、わめきちらし、歌をうたい、夜半でも同じことで、のべつみんなが胸のわるくなるような、いやなことばかりしていた。彼はだれもおそれなかった。彼は緊衣《きんい》（訳注　狂人を拘束するための上衣）を着せられたが、それがみんなにはかえって迷惑になった。といって、緊衣を着せられなかったら、彼はことごとにからんで、だれかれの見さかいなく喧嘩ばかりしていたのだが。この三週間のあいだに何度か病室中の全患者が意見をまとめて、このたからものを他の囚人病室へ移してくれるように医長に請願した。二日もすると、今度はあちらでも彼をこちらへ移してくれと拝みたおす。ところがたまたまあばれるうるさい狂人が一度に二人来たので、二つの病室が交代で一人ずつ引受ける格好になった。ところが、いずれもおとらず始末がわるいのである。やっと、二人ともどこかへ連れ去られたとき、病室じゅうがほっと胸をなでおろした……

これも奇妙な狂人を、もう一人わたしはおぼえている。ある夏の日、一人の未刑囚が連れてこられた。頑丈《がんじょう》な、見るからに鈍重そうな四十五、六の男で、醜いあばた面《づら》で、とろんとにごった赤い小さな目をして、気味わるいほど陰気な暗い顔をしていた。彼はわたしの隣の寝台になった。ひどくおとなしい男で、だれに話しかけるでもなく、何か考えこんでいるらしくつくねんとすわっていた。あたりが薄暗くなりかけると、彼は不意にわたしのほうを向いた。そしていきなり、何の前置きもなく、しかし何か重大な秘密を打明けるような様子で、二、三日のうちに二千本の笞刑を受けることになってるが、G大佐の娘が骨を折ってくれてるから、受けなくてすむようになるだろうと、わたしに語った。わたしはあやしみの目で彼を見て、でもそうなっては、もう大佐の娘でもどうすることもできないのではないか、と答えた。わたしはまだ彼のことは何も知らなかった。彼はけっして狂人としてではなく、普通の患者として入院させられたのだった。どこがわるいのかと、わたしは訊《たず》ねた。彼は、知らないと答えて、どういう訳かここへ連れてこられたのだが、まったくわるいところはなく、ただ大佐の娘に惚《ほ》れられたのだ、と言った。二週間ほどまえのある日、彼女は営倉のそばを通りかかったが、そのときちょうど彼は小窓の鉄格子《てつごうし》のこちらから見ていた。彼女は彼を見ると、一目惚れしてしまったのだそうだ。そしてそれ以来いろんな口実を設けて三度も営倉を訪《たず》ねてきた。一度は父といっしょに衛兵士官の勤務についていた兄を訪ねてきた。二度目は母といっしょに施しものを配りに来たが、そのとき彼のそばを通りしなに、彼を愛していることと、刑から救ってやることを、彼にささやいたのだそうだ。このばかばかしい話をいかにも仔細《しさい》ありげにねちっこくささやかれて、わたしは奇怪な幻想にとらわれそうになった。こんなことは、もちろん、彼の乱れた哀れな頭に生れた妄想《もうそう》にすぎない。ところが刑をまぬがれるということを、彼は頭から信じこんでいるのだ。彼は自分によせられたこの令嬢の熱烈な愛について、確信にみちた口調で、しずかに語った、それで、どう見てもばかばかしい話であることはわかっていたが、それでもこんな陰気な、苦悩にみちた、醜悪な顔をした五十近い男の口から、恋にとらわれた娘のこのようなロマンチックなものがたりを聞かされるのは、異様な感じだった。笞刑の恐怖がこの臆病《おくびょう》な魂に何というたずらをしてくれたのか、奇怪と言うほかはない。おそらく、彼は実際に窓からだれかを見たのであろう。そして恐怖によって心に植え付けられ、刻々成長してきた狂気が、不意に一時にその出口を、その形を見いだしたのであろう。おそらく、これまでの生涯に令嬢たちのことなど一度も考えたこともないこの不幸な兵士が、本能的に藁《わら》にもすがる気持で、突発的にみごとな恋ものがたりを考え出したものにちがいない。わたしは黙って聞きおわると、それを他の囚人たちに伝えた。ところが他の囚人たちがからかいだすと、彼は恥ずかしそうに口をつぐんでしまった。翌日医師は長い時間をかけていろいろと彼にきいた、そして彼はどこもわるくないと言ったし、診察の結果、実際にどこもわるくないことがわかったので、彼は退院させられることになった。しかし、彼の患者票にSanat est（訳注 健康）と記入されたのをわたしたちが知ったのは、医師たちがもう病室を出てしまったあとだったので、真相を伝えることはできなかった。それに、わたしたち自身がそのときはまだ、事の真相が何なのか、よくはわかっていなかった。しかしこの手ちがいの全責任は、何のために彼を入院させるのか説明せずに、彼をここへ送りこんでよこした当局のあやまちにあった。そこには何か杜撰《ずさん》なところがあった。ひょっとしたら、よこしたほうでさえ、まだ発狂らしいと疑っただけで、はっきりそうと確信したわけではなく、あいまいな噂にうごかされて、精神鑑定をしてもらうためによこしたのかもしれない。それはともかく、不幸な彼は二日後に笞刑に引出された。彼にはまったく思いがけないことで、ひどい衝撃を受けたらしい。彼は最後の瞬間まで、刑を受けるとは信じていなかった、そして列間を引きまわされはじめると、「助けてくれェ！」と叫びだした。今度は、わたしたちの病室に空《あ》いた寝台がなかったために、別な囚人病室へ入れられた。しかしわたしはいろいろと問いあわせて、彼は八日間というものだれとも一言も口をきかず、おろおろして、すっかりしずみこんでいたという話を聞いた……その後、背中の傷がなおると、どこかへやられてしまった。わたしはすくなくともその後、彼の噂を一つも聞いていない。

一般に治療と薬について言えば、わたしが気付いたかぎりでは、軽症患者はほとんど医師の指示を守らず、薬も服用しないが、重症患者や、いったいにほんものの病人はひじょうに治療が好きで、あたえられる水薬や粉薬を規則正しく服用していた。しかし、何よりも喜ばれたのは外科療法だった。吸角《きゅうかく》、蛭《ひる》、温湿布、放血など、民間でひどく好まれ、信用されている療法が、ここではすすんで受けられ、しかもこの上なく喜ばれた。わたしは一つの妙な現象に興味をひかれた。棒や笞《むち》の苦痛を耐えるにはあれほど辛抱強かったくせに、その同じ連中が吸角のような療法をされると、泣きごとを言ったり、顔をしかめたり、うめき声さえたてることが珍しくないのである。もうすっかりなまになっているのか、あるいはただの見せかけだけか――それをどう説明してよいのか、わたしにはわからない。もっとも、ここの吸角療法は特別だった。瞬間的に皮膚を切開する器械は、衛生兵がいつのむかしかになくしてしまったのか、こわしたのか、あるいはひとりでにこわれたのか、いずれにしても衛生兵は必要な切開を披針《ランセット》でやらなければならなかった。器械で切れば痛くない。十二本のメスが一瞬に切るために、痛さがわからない。だが、披針《ランセット》で切るとなると話は別だ。一つの吸角に約十二の切り口をつくらなければならない。披針《ランセット》は器械に比べれば切るのがひどくゆっくりだから、痛さがわかる。しかも、たとえば、十カ所の吸角をつくるのに百二十のこうした切り口をつくらなければならないから、その痛さを合わせれば、かなりこたえるのは言うまでもない。わたしはそれをやられたことがあった。むろん痛かったし、腹も立ったが、しかしがまんができなくて、うめき声をたてるほどではなかった。ときどき頑丈な大の男が身体《からだ》を折り曲げて、泣きだしたりするのを見ると、むしろ滑稽《こっけい》な気さえした。まあたとえてみれば、こんなものであろう。何か大切なしごとをするときは毅然《きぜん》として、悠々《ゆうゆう》と落着いてさえいるような人間が、家にいて、何もすることがないと、くさくさして、気まぐれを起し、出される食べものには手もつけずに、文句をならべて、悪たれる。何もかも気に入らず、何を見ても腹が立ち、何を言われてもいちいち気にさわり、むしゃくしゃする――一口に言えば、こうした旦那《だんな》方についてよく言われる、たまりすぎていらいらする、という状態である。こうした現象は、しかし、庶民のあいだでもよく見られる。わたしたちの監獄では、みんなが雑居しているだけに、こうした現象はそれこそしょっちゅうである。病室でだれかがよくこうしたわがままを言ってごねだすと、だれかがいきなりどやしつけたものだ。すると、まるでほんとに黙るきっかけがほしくて、どやされるのを待っていたように、ぴたりと黙りこんでしまう。わけてもこれを好かなかったのはウスチヤンツェフで、こうした甘ったれをどなりつける機会はぜったいにのがさなかった。彼はいったいに何につけだれにでもからみつく癖があった。これは彼の楽しみであり、要求であった。それはむろん病気のせいであったが、一つには頭のよわいせいでもあった。彼ははじめはまじめな顔で、じっと相手を見ているが、そのうちにへんに落着きはらった、自信ありげな声で教訓をたれはじめる。彼はだれにでもこまめにかかりあった。まるで室内秩序の監視か、全体の風紀取締りのために、この病室におかれているのだと思いこんでいるようであった。

「何にでも口を出すやつだ」と囚人たちは笑いながら言うことがある。しかし、みんな彼を大目に見て、言いあうのを避けていたから、こんなふうに笑ったりするのはまれにしかなかった。

「よくしゃべりやがったよ！　荷車三台じゃ運びきれめえよ」

「何をしゃべったというんだ？　ばかのまえにゃ帽子はぬがねえものよ、わからねえのか。なんてざまだ、披針《ひらきばり》でつつかれたくれえでピーピーわめきやがって！　甘いものが好きなら、冷たいものも好くもんだ、つまりがまんしろってことよ」

「でも、それがおめえにどうしたというんだ？」

「いや、みんな」と囚人の一人がさえぎった。「吸角なんて何でもねえよ。おれもやったことがある。それより、耳を長いことひっぱられてるほうが、よっぽどいてえや」

みんな笑いだした。

「じゃおめえ、なんだ、ひっぱられたことがあるのか？」

「じゃ、おめえはねえと思うのか？　ひっぱられたとも、だれでも知ってらァ」

「なるほど、それでおめえの耳はぴんと突っ立ってるんだな」

このシャプキンという囚人は、たしかに、やけに長い、両方へぴんとつき出た耳をもっていた。彼は浮浪者だった男で、まだ若く、ものわかりがよく、しずかで、いつも何となくとりすました顔で、底にユーモアをかくしたものの言い方をするので、それが彼の話に多くの滑稽味をそえていた。

「だって、おめえが耳をひっぱられたなんて、何でおれが思わなきゃいけねえんだ？まったく、おれがそんなこと思いつくわけがねえじゃねえか、石頭め！」ウスチヤンツエフはむっとしてシャプキンのほうを向きながら、またくってかかった。しかし、シャプキンはけっして彼一人に言ったのではなく、漠然《ばくぜん》とみんなに言ったのだった。彼はウスチヤンツエフには目もくれなかった。

「で、だれがひっぱったんだ？」とだれかがきいた。

「だれが？　きまってらァ、警察署長よ。うん、野良犬《のらいぬ》みてえにほっつき歩いていたころのことよ。おれたちはKへやってきたが、そのときは二人だった、おれともう一人、これも宿なしで、エフィムってやつで、呼び名もねえはんぱ野郎よ。途中トルミナ村の百姓家でちょっとばかりかせぎをやった。村らしいものがあるじゃねえか、トルミナってのさ。足を踏み入れて、さっそくあたりの様子をうかがったね、ここで一かせぎして、どろんしてやろうか。野っ原は四方がからっとしてるが、町はきゅうくつでいけねえ――あたりめえだ。そこで、まず居酒屋にはいって、あたりを見まわすと、ドイツっぽの着るような、肘《ひじ》のぬけた服を着やがった、いやにみすぼらしい野郎がよってきやがってよ、何だかんだ言ってるうちに、

『ところで、失礼だが、おまえさん方、旅券はもってるかね?』と来やがった。

『いや、そんなもなァねえよ』

『そうかね。じつはおれもそうよ。仲のいい連れが二人、やはり郭公《かっこう》将軍につかえてるやつ（訳注　郭公（ほととぎす）の鳴く森の中に住んでいることで、浮浪者の意）がいるんだが。そこでひとつ頼みだが、おれたちァちょっぴり飲りすぎてさ、まだかせぎがねえんで空《から》っけつなのさ。半瓶《はんびん》がとこめぐんではもらえめえか』

『いいとも、にぎやかでいいや』ってわけでいっしょに飲んだ。そのときやつらはあるしごとをもちかけてきた、盗みの話よ、つまりおれたちの領分てわけさ。町はずれに一軒家があって、金持の町人が一人で住んでいる、ものは山ほどあるというんだ。その夜さぐりを入れてみることに話がきまった。そしてその夜金持の町人の家にしのびこんだまではいいが、五人そろってまんまとつかまっちまったのさ。署にしょっぴかれて、そ

れから署長のまえに引出された。わしがじきじき取調べる、ってわけだ。くわえパイプで出てきて、茶を運ばせたりしやがってさ、頰《ほお》ひげを生《は》やした、えらいいかつい野郎でやがる。どっかり腰をおろした。おれたちのほかにもう三人しょっぴかれてきた。これもやっぱり宿なしどもさ。宿なしってのは、まったくおもしれえやつらだよ。その、何にもおぼえちゃいねえんだよ。棍棒《こんぼう》を頭にくらわされたって、すっかり忘れちゃって、何にも知らねえの一点張りさ。署長め、いきなりおれに向って、おまえは何者だ？　樽《たる》をぶちまけたみてえに、ほえたてやがった。こちとらの言いぐさはきまってらァ、みんなと同じさ、『何にもおぼえてねえんですよ、旦那《だんな》、きれいさっぱり忘れちまったんで』

『待ってろ、いまに泥を吐かせてやるからな、どうも見おぼえのある面《つら》だ』と言って、おれに目玉ひんむきやがるのよ。だが、おれはこれまで一度も見たことがねえんだ。それからつぎのやつに向って——『きさまは何者だ？』

『へえ、ずらかり、ってんで、旦那』

『なに、ずらかり、それがきさまの名前か？』

『へえ、そうなんで、旦那』

『まあいい、きさまはずらかりだな。じゃ、きさまは？』つまり、三番目の野郎にきいたわけだ。

『やつのあとから金魚のうんこで、へえ、旦那』

『名前はどういうのかときいてるんだ?』

『だから、金魚のうんこ、ってのが呼び名なんで、旦那』

『だれがそんな名をつけたんだ? ふざけるな』

『親切な人さまがつけてくれたんで、旦那。世間にゃ親切な人さまもねえわけじゃありませんよ、ねえ、旦那』

『その親切な人さまって、だれだ?』

『さっぱりおぼえてねえんで、旦那、もうこれくらいでかんべんしてくだせえな』

『一人もおぼえとらんのか?』

『すっかり忘れっちまったんですよ、旦那』

『でも、いくらきさまでも、まさか親父《おやじ》やおふくろがいなかったわけじゃなかろう?……両親のことくらいはおぼえてるだろうな?』

『いた、と思うんですがね、旦那、でも、さっぱりおぼえがねえんで。たぶん、いたんでしょうな、旦那』

『じゃ、いままでいったいどこに住んでいたんだ?』

『森ん中ですよ、旦那』

『ずっと森の中ばかりか?』

『ずっと森ん中ばかりで』

『ふん、じゃ冬は？』

『冬なんて見たこともねえんで、旦那』

『じゃきさまだ、おい、きさまの名は？』

『まさかりでさァ、旦那』

『じゃ、きさまは？』

『しっかり研《と》げ、でさァ、旦那』

『きさまは？』

『寝刃《ねたば》を合わせろ、ってんで、旦那』

『みんな、何もおぼえとらんのか？』

『何にもおぼえちゃいねえんで、旦那』

署長のやつ突っ立ったまま、にやにや笑ってる。やつらも署長を見て、にやにやしてる。でも、わるいときにぶつかると、前歯をへし折られることもある。なにしろ、署長なんてやつはあぶらぶとりで、図体《ずうたい》のでけえやつばかりだ。

『こいつらを豚箱にたたきこんでおけ、あとで調べる。さて、きさまは残っとれ』これはつまりおれのことなんだ。『ここへ来て、すわれ！』見ると、机と、紙と、ペンがあるじゃねえか。考えたな、いったい何をしようってんだろう？　椅子《いす》にかけて、ペンを持って、書け！　と言って、おれの耳をつまんで、ひっぱるじゃねえか。おれはやつの顔を見たよ、悪魔が神父を見るみてえにさ。『書くなんて、できませんよ、旦那』と言うと、いいから、書け！

『かんべんしてくだせえな、旦那』――『書けなきゃ、書けるように、書くんだ！』そう言いながら、ぐいぐい耳をひっぱりやがって、おまけにぐいとひねるじゃねえか！まったく、ほんとの話、笞《むち》三百くらわされたほうがましなくれえよ、目から火が出たぜ。書け、書けの一点張りだ！」

「なんだ、やっこさん、頭がどうかしたんじゃねえのか？」

「いや、そうじゃねえんだ。じつは、そのつい先ごろT町で書記の野郎つまらねえことしでかしやがってよ、お上の金をくすねて、高とびしたんだよ。その野郎も耳が両側へつき出てやがったんだ。その人相書が方々へまわってた。ところがおれがそれに似てるときたもんで、署長のやつおれを痛めつけたってわけさ。字が書けるか、どんな書きぶりか、見てやろうってわけだ」

「なるほど、うめえこと考えやがったな！　で、痛かったかい？」

「痛かったって、言ってるじゃねえか」

病室じゅうにどっと笑い声が起った。

「それで、おめえ書いたのか？」

「書けっこねえじゃねえか？　ペンで紙の上をなすってやったよ、めちゃくちゃにな、やっこさんあきらめたよ。なに、むろん十ばかり頬げたはられたが、それで放免さ、つまり、監獄へな」

「いってえおめえ、字が書けるのか？」

「もとは書けたが、ペンてしろもので書くようになってから、すっかり忘れちまった……」

　ときどきこうした話、というよりは、おしゃべりのうちに、退屈な時間がすぎていった！　ああ、それは何という退屈な日々であったろう！　長い、息のつまりそうな日々、来る日も来る日もまったく同じような灰色の日々。どんなものでもよいから、せめて本でもあれば！　それでもわたしは、特にはじめのころは、しょっちゅう病院へはいった、ときにはほんとの病気で、ときにはただの骨休めに。監獄をはなれたいばっかりに。監獄は苦しかった、ここよりももっと苦しかった、特に精神的に苦しかった。わたしたち貴族に対する憎悪《ぞうお》、敵意、悪罵《あくば》、嫉妬《しっと》、たえまないいやがらせ、凄味《すごみ》をきかせた凶悪な顔々！　ところが病院ではみんながそれよりは平等な立場に立って、ずっと仲よく暮していた。一日のうちでもっとも気のめいるのは、日が暮れてあかりがはいってから夜が更《ふ》けるまでの時間だった。みんな早く床についた。淡い常夜燈《じょうやとう》が遠い戸口に仄明《ほのあか》るい点となってぽつんとついているが、わたしたちの片隅《かたすみ》はなかば闇《やみ》につつまれている。悪臭がこもって、息苦しくなる。ある者は眠ることができないで、起き上がって、一時間半も寝台の上にすわって、何か考えごとでもするように、室内帽をかぶった頭をじっとうなだれている。わたしもその男に小一時間も目をあてたまま、やはり時間つぶしに、その男が何を考えているのか、あれやこれや想像してみる。あるいは空想に身をゆだねる、過ぎ去った日々の思い出がよみがえってくる、想像の中に広々とした明るい光景が描き出される。ほかのときには思い出されないような、いまほどには感じられまいと思うようなことが、こまごまと思い出されてくる。あるいは、行く末のことをあれこれと考えてみる。監獄を出るときはどんなふうだろう？　どこへやられるだろう？　それはいつのことかしら？　いつか故郷へもどることがあるだろうか？　そんなことをいつまでも考えていると、希望が心の中にうずきはじめる……またときには無心に数を数えてみる、一、二、三……そのうちにうとうと寝入ってしまう。よく三千まで数えても、まだ眠られぬことがあった。だれかがその辺で寝返りをうつ。ウスチヤンツェフが肺病患者の苦しそうな咳《せき》をして、弱々しく唸《うな》り、そのたびに『ああ、悪のむくいだ！』とくりかえす。しんとしずまりかえった中で、この病苦にさいなまれた痛ましい声を聞くと、ぞうっとした。どこか隅のほうでも寝つかれないで、寝床の中でぼそぼそ話しあっている。一人が何やら自分の過去のこと、遠い、すぎ去った放浪生活のこと、子供のこと、女房のこと、むかしのしきたりのことなどを語りだす。遠い隅のほうでひそひそ話している声を聞いただけで、その話していることはすべて、もう二度と彼にもどってはこないこと、話し手自身が——世の中から見すてられた人間であることが、ひしひしと感じられる。相手は黙って聞いている。どこか遠くの水のせせらぎのように、しずかな、抑揚のないささやきが聞えるばかりである……ある長い冬の夜、わたしはあるものがたりを聞いたことをおぼえている。はじめわたしは熱にうかされて夢を見ているような気がした、熱病の床に横たわって、熱におかされた頭に幻覚が生れているのではないかと思った……

四　アクーリカの亭主

——ある囚人の話——

夜はもうおそく、十一時をまわっていた。わたしはうとうと寝入りかけたが、ふと目をさました。遠くの常夜燈《じょうやとう》の淡い小さなあかりがぼんやり病室をてらしていた……ほとんどの囚人たちがもう眠っていた。ウスチヤンツェフさえもう眠っていて、ひっそりとしずまりかえった中に、苦しそうな息づかいと、呼吸のたびにのどにからまった痰《たん》の鳴る音が聞えるばかりだ。遠い入口のあたりで、不意に、交代の衛兵が近づいてくる重い足音が聞えた。銃の床尾が床にあたるガチャッという音がした。病室の戸があいた。上等兵が、足音を殺しながら、患者の数をあたった。一分後に病室の戸がしまって、勤務の交代が行われ、衛兵は遠ざかっていった、そしてまたもとの静寂にもどった。そのときはじめてわたしは、あまり遠くない左手の方で、二人の患者がまだ眠らないで、ひそひそ話しあっているらしい気配に気がついた。病室ではこういうことがよくあった。ときには何日も、何カ月も隣りあって寝ていながら、一言も口をきかずにいて、誘いこまれるような深夜のひととき、何とはなしにふと話しこんで、相手に自分の過去をすっかりぶちまけてしまうのである。

彼らは、どうやら、もうさっきから話しあっているらしかった。はじめのほうは気がつかなかったし、それからも全部を聞きとることはできなかった。だが、しだいに耳が慣れてきて、話のあらましがわかってきた。わたしは寝つかれなかったから、聞いているほか、しかたがなかった……一人は寝台の上になかば身を起し、頭をもたげ、相手のほうに首をのばして、熱心に話していた。彼はどうやら熱くなって、気がたかぶっているらしく、話さずにはいられない様子だった。聞き手はむすっとまるでおもしろくもなさそうな顔をして、寝台の上にすわって足を投げ出し、ときたま返事代りに、あるいは聞いているのだというしるしに、ふんとかううとか唸《うな》っていたが、それはむしろ体裁のためで、本気で聞いているのではないらしく、たえず煙草《たばこ》入れからきざみをつまみ出して鼻の穴につめこんでいた。これは矯正《きようせい》中隊から来たチェレーヴィンという五十がらみの兵卒で、知ったかぶりをする陰気な男で、かわいげのない理屈こきで、人間が冷たく、それに自惚《うぬぼ》れの強いばかな男だった。語り手のシシコフはまだ三十にならない若い男で、わたしたちの監獄の一般囚で、裁縫工場にはたらいていた。これまでわたしは彼にほとんど注意を向けたことがなかった。もっともそれ以後も、監獄生活の最後まで、わたしはどういうものか彼に興味をもつ気にはなれなかった。これは中身のない、気まぐれな男だった。どうかすると黙りこんで、気むずかしくなり、妙にがたぴしして、何週間も口をきかないことがある。そうかと思うと、急に何かの事件に頭を突っこんで、デマをとばしてみたり、つまらんことでかっとなったり、獄舎から獄舎へうろつきまわって、噂《うわさ》をまきちらし、陰口をきいたりして、のぼせ上がる。なぐられると、たちまちしょぼんとしてしまう。気の小さな、弱い男だった。みな何となく彼をばかにしていた。小柄で、やせていて、目が妙に落着きなく、どうかするとぼんやり考えこんだような目になることがあった。よく何か話をはじめると、はじめのうちは熱をこめて、夢中になって、大きな手ぶりまで入れて話をしているが――そのうち不意にぷつりとやめてしまうか、あるいはいきなり別な話をはじめて、そっちにすっかり夢中になって、はじめの話は忘れてしまう。彼はよく悪口を言ったが、悪口を言うときはかならず、相手に何かの理由をつけて非難し、自分をいいものにして、涙を流さんばかりに、思い入れよろしく言うのだった……彼はバラライカがかなり上手《じょうず》で、また好きで、お祭りには踊りも踊った。踊りもうまく、よくみんなにおだてられて、踊ったものだ……彼は人にすすめられると、何でもすぐにやった……それは根が従順だというのではなく、仲間に取入って、うまい汁を吸うのが好きなのである。

わたしはややしばらく、彼らが何を話しているのかわからなかった。わたしははじめのうちは、また例によって彼がたえず本題からそれて、枝葉のほうにばかり熱中してるのだろうくらいにしか思わなかった。彼もおそらく、チェレーヴィンが彼の話にほとんど関心をもっていないことに、気付いてはいたらしいが、相手が——身体《からだ》じゅうを耳にして聞いているものと、無理に自分に信じこませようとしているふうだった。またそうでも信じなければ、あまりにも自分がみじめすぎて、やりきれない思いだったろう。

「……よく、市場へ行くと」と彼は話をつづけた。「みんなぺこぺこお辞儀をして、お世辞を言ったもんだ。一口に言や——金持なんだよ」

「商売をしてたんだな？」

「うんそう、商売をな。そりゃおれたちの仲間の町人は貧乏でなあ。まったくの裸虫よ。女房どもは河から水をくんで、ひでえ崖《がけ》をのぼって、野菜畑に水をかけるしまつで、へとへとになって手入れをしても、秋口にはシチューの具《ぐ》にこと欠く有様だ。みじめったらねえや。そんな中でよ、土地はたんともってるし、人手をつかって農地は耕すし、作男は三人もかかえてるし、おまけに蜜蜂《みつばち》まで飼っていて、蜜は売るし、家畜も売るし、村じゃ、その、ひどく尊敬されてたってわけだ。ひどい年寄りで、もう七十にもなって、身体を動かすのも億劫《おっくう》みてえでさ、頭が真っ白だったが、えらい背丈《せたけ》のたけえ爺《じい》さんだった。その爺さんがきつねのシューバを着て市場へ行くと、みんなぺこぺこあいさつしたもんだ。つまり、のまれてしまうんだな。『こんにちは、アンクジーム・トロフィームイチの旦那《だんな》！』――『こんにちは、おまえも元気かい』つまり、だれのこともきらったりしねえんだ。『いつまでもお達者でいてくだせえな、アンクジーム・トロフィームイチの旦那！』――『どうかね、しごとは？』と訊《たず》ねる。『へえ、わしらのしごとなんざ、話になりませんや。旦那のほうはいかがです？』――『わしもまちがいばかりしでかしてな、おてんとさまに煤《すす》を塗ったくっているようなものよ』――『いつまでもお達者でな、アンクジーム・トロフィームイチ！』つまり、だれにもわるい顔をしねえで、言葉をかえすが――どの言葉もありがたくて、一ルーブリずつの値打ちもあるみてえだ。えらい物識《ものし》りで、学問があって、聖書はすみからすみまでおぼえてるんだ。かみさんをまえにすわらせて、『いいかい、婆《ばあ》さんや、ようく聞いて、得心するんだよ！』――そう言って、講釈をはじめる。婆さんといっても年寄りってわけじゃねえ、なにしろ子供がほしくて二度目にもらったかあちゃんだからな。はじめのかみさんにゃ子供がなかったんだよ。で、マーリヤ・ステパーノヴナとかいう、二度目のかみさんの腹から息子が二人生れたが、二人ともまだ小さくて、下のワーシャは六十のときの子供だよ。アクーリカは、つまりいちばん上の娘ってわけで、そのころ十八だった」

「それがおめえの女房ってわけか？」

「あわてるなって。最初にフィリカ・モロゾフの野郎、手をつけやがったんだ。おい、とフィリカの野郎アンクジーム爺さんに言いやがるのよ、分けまえをよこせ、四百ルーブリ耳をそろえてもらおうじゃねえか、え、おれはおめえの下男かよ？　おめえといっしょに商売をするなんていやなこった、アクーリカを嫁にもらうなんて、まっぴらだぜ。おれはこのごろあそびをおぼえたんだ。こないだ親父《おやじ》とおふくろに死なれたから、もう知っちゃいねえ、有金飲んじゃってよ、それから身売りをして、つまり兵隊に行ってだな、十年もしたら元帥《げんすい》さまになってもどってくらァ。アンクジーム爺さんはやつに金をわたして、きれいさっぱりかたをつけた——なにしろ、やつの親父と資本《もとで》を出しあって商売をしていたんでな。『おめえも、だめな人間になったなァ』と爺さんが言うと、やつの言いぐさがいいじゃねえか、『へん、だめであろうとなかろうと、よけいなお世話だ、おい白髪爺《しらがじじ》い、おめえといっしょにいりゃ、針の先でミルクをなめるみてえなけちな暮しをおぼえるだけよ。おめえときたら、一コペイカ玉まで惜しんでよ、お粥《かゆ》の足しにならねえかと、食べ残しまでみみっちくかき集めやがって。おれはな、そんな暮しァくそくらえだ。せいぜいためて、悪魔でも買いこむがいいや。おれにゃァな、気っぷってものがあるんだぜ。アクーリカはやっぱりもらァねえぜ。もらうまでもねえやな、もういっしょに寝たんでな……』

『何だと、おめえよくも正直な親父と、けがれのねえ娘を、辱《はずか》しめるようなことが言えたな？　おめえいつあいつと寝たんだ？　この蛇《へび》め、盗《ぬす》っ人《と》め！』そう言うと、爺さんは怒りでがたがたふるえたそうだぜ。これはみなフィリカの口から聞いたんだよ。『なに、おれはこっちからごめんだが、おめえがそういう気なら、アクーリカがどこへも嫁に行けねえようにしてやるぞ、だれももらい手がねえようにな。そうなりゃミキータ・グリゴーリイチだってもらァねえぜ、なにしろおめえの娘ァきずものだからな。おれはな、秋のころからあいつとちちくりあっていたのよ。だがいまじゃァ、えびを百匹もらってもごめんだな。ためしにえびを百匹くれてみろよ——うんとは言わねえぜ……』

そこで野郎、道楽をはじめやがった、たいした野郎だよ！　まったく、地鳴りがして、町じゅうにこだまするような騒ぎだ。仲間をたくさん集めて、金はしこたまあったが、三月《みつき》もばか騒ぎをつづけたんで、きれいさっぱりなくしっちまった。『おれは金をすっかりつかっちまったら、家を売っぱらうんだ、何もかもきれいさっぱりなくしちまうんだ、それから先は兵隊になるか、宿なしになるかよ！』やつはこんなことを言ってたっけ。朝から晩まで酒浸りで、シャンシャンと鈴の音も景気よく二頭立ての馬車を乗りまわしてよ。娘っこどもにもてるったら、ねえのよ。トルバ（訳注　四　弦楽器）がうまくてなあ」

「するとなんだ、やつはアクーリカとまえにもうできてたってわけか？」

「あわてるなって。そのころおれも親父に死なれてなあ。おふくろは糖蜜《とうみつ》菓子を焼いて、アンクジーム爺さんの店におろして、それで暮しを立てていたんだが、貧乏暮しでなあ。そりゃ、森の向うに土地もあったし、麦もつくってたんだが、親父が死んでからはすっかり手放してしまったのさ。というのは、おれもあそびをおぼえたからよ。おふくろをぶんなぐって、金をまきあげてさ……」

「そりゃよくねえな、なぐったりしちゃ。大きな罪だぜ」

「よく、おめえ、朝から晩まで飲み呆《ほう》けていたもんだよ。まだ家はどうにかあってよ、なあに、くさって倒れかけてはいても、自分の家だ、がらんとして、荒れほうだいで、兎《うさぎ》でもとびこんできそうな有様よ。すきっ腹かかえてよ、一週間もぼろをしゃぶっていたこともあったっけ。おふくろのやつ、泣きべそかいてぐちばかしこぼしてやがったが、なあにどこ吹く風さ！……おれはな、おめえ、そのころフィリカ・モロゾフにだにみてえにひっついてよ、朝から晩までいっしょにいたのよ。『おい、ギターをひいて、踊るんだ、おれはここに寝そべってて、金を投げてやらァ、金がうなるほどあるんでな』なんてぬかしやがる。まったく、やつのやらねえこたァねえくらいだ！　ただ盗んだ品物《ぶつ》だけは買わなかったな。『おれは泥棒じゃねえ、正直な人間だ』って。『おい、アクーリカんとこへ行ってよ、門にタールを塗ったくってやろうじゃねえか（訳注　娘が不貞をはたらいた家の門にタールを塗って世間にその恥をさらす風習）。あいつをミキータ・グリゴーリイチのとこへ嫁にやりたくねえのよ。いまのおれにゃァこれが飯よりだいじなのさ』なんてぬかすじゃねえか。ところで、そのミキータ・グリゴーリイチんとこに、爺さんはそんなことになるまえから、娘をやりたいと思っていたんだよ。ミキータも年寄りの男やもめで、眼鏡なんかかけやがってさ、商売をやってたんだ。やつはアクーリカの噂を耳にすると、たちまち後込《しりご》みしやがってよ、『わしはな、アンクジーム・トロフィームイチ、そんなことをしたらそれこそいい物笑いになりますぜ、それにもう爺さんだし、嫁なんぞもらいたくねえよ』なんて爺さんに言いやがったのさ。そこへおれたちが門にタールを塗ったくったからたまらねえやな。アクーリカは家じゅうの者にこっぴどくひっぱたかれた、うん、ひっぱたかれたなんてもんじゃねえ……マーリヤ・ステパーノヴナは『生かしておくもんか！』なんてわめくし、爺さんは爺さんで、『むかしの、ちゃんとした家長制の時代なら、こんな娘は火あぶりにしてやるんだが、いまじゃ世の中ァ闇《やみ》だ、くされきっとる』なんて、その怒りようったらねえ。近所の人はよく、アクーリカがものすごい悲鳴をあげてるのを、聞いたもんだよ。朝から晩まで折檻《せっかん》のしつづけなんだ。ところで、フィリカのやつは市場じゅうに聞えるような声でわめきちらすんだ、『アクーリカはいい娘だぜ、酒の相手にゃもってこいだ。おめかしして、おしろいつけてよ、だれに気があるのか、聞きてえもんだ！　おれがみんなに言いふらしたんだ、だれも忘れやしめえよ』なんてさ。そのころひょっこり、水桶《みずおけ》を運んでるアクーリカに会ったもんだから、おれはすぐさま、『やあ、アクーリカ・クジーモヴナ！　えらいいかすじゃねえか、おめかしなんかしてさ、あやしいぞ、おい白状しろ、だれとできてんだ！』と、ちょっとひやかしただけだが、アクーリカはじっとおれを見つめたよ。目ばかりでかくて、身体《からだ》はがたがたにやせて。おれを見ただけなのに、おふくろのやつおれといちゃいちゃしてると思いやがったんだな、いきなり門の中から、『何をいちゃついてるんだい、恥知らずったらありゃしない！』ってどなりやがってさ、その日もまた折檻だ。まる一時間もぶちつづけることが、珍しくなかったよ。『なぐり殺してやる、おまえなんかもうわたしの娘じゃないんだから』ってわけだよ」

「身持ちのわるい娘だったんだな」

「まあ、聞きなよ。そんなわけで、そのころおれはフィリカといっしょに飲んだくれてたわけだ。よくおふくろのやつが来て、おれがひっくりけえってるのを見ると、『なんだって寝てばかりいるんだい、このごくつぶし！　ほんとにしようのない強盗だよ』とまあ、叱言《こごと》の百万だらだ。あげくにこんなことを言うじゃねえか、『嫁をもらうんだね、ほら、あのアクーリカをもらうんだよ。いまならよろこんでくれるよ、三百ルーブリの金までつけてさ』。で、おれはおふくろに言ってやった、『だって、あの娘はいまじゃきずもので世間に通っちまったじゃねえか』。するとおふくろの言うのには、『おまえはばかだよ。婚礼をあげればね、そんなことはみんな消えてしまうんだよ。そのために、嫁が一生おまえに頭が上がらなきゃ、こんないいことないじゃないか。わたしらはその金をうまくつかえばいいんだし、このことはもうマーリヤ・ステパーノヴナに話したんだよ。あのひともすっかりその気になってるんだよ』。で、おれは『二十ルーブリちゃんと卓の上に並べてくれ、そしたらもらってやらァ』。そして、嘘《うそ》と思うかしらねえが、婚礼までぶっつづけに正体もなく飲み呆《ほう》けていたんだ。おまけに、フィリカ・モロゾフの野郎すごみやがってよ、『やい、アクーリカの亭主、おめえのあばら骨一本残らずへし折ってやるぞ、それからおめえの女房は、気が向いたら、毎晩でも抱かせてもらうぜ』なんてぬかしやがる。おれも負けちゃいねえ、『こきやがれ、この犬畜生！』するとやつめ、おれの悪口を町じゅうに言いふらしやがった。おらァ家さかけもどって、『いやだ、いますぐもう五十ルーブリ耳をそろえてよこさねえと、嫁ァもらァねえ！』とごねたもんだ」

「で、娘をくれたのかよ、おめえによ？」

「おれに？　あたりめえよ！　そりゃ、おれだって畜生じゃねえや。おれの親父は死ぬ間際《まぎわ》こそ火事でおちぶれたが、それまではあいつらよりも羽振りがよかったんだ。アンクジームの爺いめ、『おまえたちは、まったく裸虫だよ』なんてこきやがるから、こっちも、『へん、おめえんちの門はタールがごってり塗ったくられてるでねえかよ』と言いかえしてやると、『なんだ、おめえわしにたてつく気か？　よし、そんならあれがきずものだという証拠を見せろ。だが世間の口にゃとても戸を立てきれるもんじゃねえ。好きなようにしろ、もらってもらわんで結構だ。ただし、わたした金は、そっくり返してもらうよ』。そこでおれはフィリカときっぱり縁を切った。ミトリイ・ブイコフを使者に立てて、もうこうなったら世間にやつの恥をぶちまけてやると喧嘩《けんか》を売って、それからというもの、婚礼まで、それこそ、飲みつづけよ。婚礼の席ではじめて正気にもどったしまつだ。さて、式場からもどって、席に着くと、ミトロファン・ステパーヌイチって、つまり、おれの伯父《おじ》にあたるやつが、『きたねえことはあったにしろ、これでしっかり結ばれたわけだから、きれいさっぱり忘れてしまうんだ』と言ったよ。アンクジーム爺さんも酔って、泣きだして、すわってたが——あごひげを涙がぽたぽたたれてるんだ。おれはな、おめえ、そのとき何をしたと思う、笞《むち》をポケットにしのばせてよ、婚礼のまえからちゃんとかくしておいたんだ、もうこうなったらアクーリカのやつをさんざん慰みものにしてやるぞ、と腹をきめたのさ。ひとをだまして嫁に来りゃァどんな目にあうか、思い知らせてやる、そして世間のやつらにも、おれがばか面《づら》して嫁をもらったんじゃねえことを、わからせてやるんだ……」

「なるほど、そらァいい！　嫁に今後の虫封じをするってわけだな……」

「うるせえな、おめえ、すこし黙っててくれよ。おれたちんとこじゃ婿《むこ》と嫁が婚礼の式からじきに奥の間へ連れてゆかれてよ、そのあいだみんなが酒盛りをしてるのが、しきたりなんだよ。で、おれとアクーリカは奥の間に残された。あいつは血の気もねえ真《ま》っ蒼《さお》な顔をしてすわってるんだ。おびえきってるってわけだ。髪の毛まで、亜麻《あま》みてえに、まるで白っ茶けてよ。目ばかりでっかくて。じっと黙りこくって、まるでいるかいねえかわかりゃしねえ、唖《おし》みてえよ。まったくへんな娘だよ。ところで、おめえ、考えられるかい。おれは笞を取出して、寝台のそばにおいた、ところがだよ、おめえ、あいつはおれをちっともだましちゃいなかったんだよ」

「なんだって！」

「ちっともだ。ちゃんとした家からちゃんと生娘のままで嫁に来たんだよ。まったく、そんなら、いったいどうしてあんな苦しみをじっとがまんしてきたんだ？　何のうらみがあって、フィリカ・モロゾフのやつ世間にあんな噂《うわさ》をまきちらしたんだ？」

「へえ」

「おれはすぐに寝台からとびおりて、あれのまえにひざまずいて、手をあわせたよ。『アクーリカ・クジーモヴナ、このばかなおれを許してくれ、おれまでおまえをそんな女だと思ってたんだ。この根性の卑《いや》しいおれを許してくれ！』あれは寝台の上にすわって、おれをじっと見つめて、両手をおれの肩において、にこにこ笑って、涙がぽろぽろこぼれて、泣きながら笑ってるんだよ……おれはそのときみんなのまえへとんでって、『畜生、今度フィリカ・モロゾフの野郎に会ったら――もう生かしちゃおかねえぞ！』

とどなったんだ。年寄りたちときたら、うれしくてもうだれに祈ったらいいかわからねえ有様だ。おふくろなんかいまにもあれの足許《あしもと》に土下座しそうにして、おいおい泣いてるんだ。爺さんは、『こうとわかっていたら、うちの大事な娘だ、おまえなんかにやるんじゃなかった』なんて言いやがったよ。で、はじめての日曜日にあいつといっしょに教会へ出かけた。おれは羊の毛皮の帽子をかぶって、薄地の羅紗《らしゃ》の長上衣《カフタン》を着て、ビロードのゆったりしたズボンをはいてよ、あいつは新調の兎の毛皮のシューバを着て、絹のプラトークをかぶって――つまりおれはあいつにふさわしく、あいつはおれにふさわしく、似合いの夫婦ってわけだ！　みんな見とれやがったぜ。おれはまあ見たとおりの男ぶりだし、アクーリカだって器量を自慢できねえまでも、そう捨てたもんでもねえ、まあ十人並みだ……」

「そりゃ結構じゃねえか」

「まあ、聞けよ。おれは婚礼のあくる日、酒のいきおいもあったが、お客たちの席からぬけだして、突っ走った。『フィリカ・モロゾフのぐうたら野郎をここへ出せ――あのくされ野郎を、ここへしょっぴいてこい！』おれは市場じゅうをどなって歩いた。なにしろ酔ってるんで、ウラーソフの店のそばでつかまって、三人がかりで無理やり家へ連れもどされた。そのうち町じゅうに噂がひろまってよ、娘っこどもが市場でよるとさわると、『ねえ、ちょっと、あんた聞いた？　アクーリカが生娘だったんだってさ』てなわけよ。ところがフィリカの野郎、しばらくすると、人まえでおれにこんなことをぬかしやがった、『女房を売れよ——酒が飲めるぜ。あの兵隊のヤシカなんざそれが目あてでかかあをもらったんだぜ。かかあとは寝もしねえで、三年も酒浸りだったぜ』。おれはやつに言ってやった、『おめえは下種《げす》野郎だよ！』するとやつめ、『そんなら、おめえは阿呆だよ。酔っぱらったまま婚礼させられやがって。酔っててそんなことがどうしてわかるんだよ？』おれは家へもどって、『おめえたちァ、おれが酔ってるあいだに結婚させやがったな！』とどなりちらした。おふくろのやつじきに止めにはいりやがったから、『おっかあ、おめえの耳ァぜにでふたをされてんだ。アクーリカを出せ！』そこでおれは、アクーリカをなぐりつけた。なぐった、なぐった、こっちの足がひょろつくまで、二時間あまりもなぐり通した。あいつは三週間床についたきり起きられなかった」

「そりゃそうとも」とチェレーヴィンはねばっこく言った。「女房なんてやつはなぐらねえと、いい気になりやがって……ところで、おめえ女房が情夫《いろ》といるところを見たのかい？」

「いや、見たってわけじゃねえ」とちょっと間をおいて、苦しそうにシシコフは言った。「でもおらァもう腹が立ってならなかったんだ。みんなまるっきりおれを笑いものにしやがるしよ、その張本人はフィリカの野郎なんだ。『おめえの女房は、みんなに見せるための、飾りものだってな』なんて言いやがって。客を集めて、そこへおれを呼びつけて、こんなすっぱぬきをしやがんだ、『こいつの女房は気だてがよくて、品がよくて、物腰がやわらかくて、愛想がよくてよ、だれにでもニコニコなんだよ、ほら、いまのこいつみてえによ！　いい気なもんよ、てめえで門にタール塗ったくっておきながら、忘れたのかい？』おれが酔っぱらってすわってると、いきなりひとの髪をふんづかめえやがって、ねじ倒してよ、『おい、踊れ、アクーリカの亭主、こうしておめえの髪をおさえてるから、踊って、おれを楽しませなよ！』なんてぬかしやがって。『この下種野郎！』とどなると、あの野郎、『仲間を連れておめえの家へおしかけて、おめえの女房のアクーリカを、おめえの目のまえで、おれの気のすむまで笞でぶんなぐってやるから、そう思え』なんてぬかしやがる。それでおらァ、まさかと思うかしらねえが、一月《ひとつき》というもの心配で家を出られなかったよ、来やがって、乱暴しやがるんじゃねえかと思ってよ。それがしゃくでさ、女房をぶつようになったんだ……」

「でも、どうしてぶつんだ？　手はしばれても、舌はしばれねえ。ぶつのもそうだ、そうやたらにぶってばかりいたって、何にもならねえ。折檻して、教えて、そしてかわいがる。そのための女房じゃねえかよ」

シシコフはしばらく黙っていた。

「しゃくだったんだ」と彼はまたしゃべりだした。「また、それが癖になっちまってよ、立ち方がよくねえ、歩きぶりが気に入らねえで、朝から晩までなぐりづめになぐってたことがあったよ。なぐらねえと、気がくさくさするんだ。あいつは、よく、ぼんやりすわって、窓をながめて、しくしく泣いてたもんだ……泣いてばかりいるんで、かわいそうになるが、それでもやっぱりなぐるんだ。おふくろはあいつの肩をもって、おれにしょっちゅう文句ばかり言いやがったよ、『おまえはなんてやつだろうねえ、ほんとに、根性のくさったやつだよ!』するとおれはどなるんだ、『ぶち殺してやるんだ。もうだれにも何にも言わせねえぞ、ひとをだまして女房をおっつけやがって』。はじめのうちはアンクジーム爺《じい》さんも見かねて、わざわざ出向いてきて、『おめえは、まったく、なんてわからねえ男なんだ。いまに罰《ばち》があたるぞ!』なんて言ってたが、そのうちにあきれて来なくなっちまった。マーリヤ・ステパーノヴナのほうはもうすっかりおとなしくなってしまって、ある日やってきて、涙ながらに、『うるさいと思うかもしれないけど、イワン・セミョーヌイチ、くどいことは言わないから、これだけは聞いておくれな。おねがいだから』と祈るように言って、頭を下げてよ、『気をしずめて、あの娘《こ》を許してやっておくれな! 世間のろくでなしどもがあの娘のことをとやかく言ってるけど、生娘で嫁に来たことは、あんたも知ってるじゃないか……』と泣きながら、頭が地につくほどお辞儀をするんだ。おれは力みかえってさ、『もうおめえたちの言うこたァ聞きたくねえ! いまは、してえことを、おめえたちにしてるまでよ。もう自分で自分がどうにもならねえんだ。フィリカ・モロゾフが、いまのおれにゃ、いちばんの友だちよ……』なんてうそぶいたのよ」

「というと、またいっしょに遊びだしたってわけかい？」

「とんでもねえ！　あいつのそばへなんか寄りつけるもんか。すっかり飲みつぶしてしまってさ、きれいさっぱり裸になると、ある町人に身売りをしやがった。総領息子の身代り兵になったのさ。おれたちの地方じゃ、身代り兵になると、いよいよ入隊という日まで、家じゅうの者がそいつの機嫌《きげん》をとらなきゃならねえしきたりで、そいつはもう勝手気ままのし放題なんだ。金は出発のときに耳をそろえて渡されるが、それまではその家に暮すんだが、半年も居すわってることがあって、家の者はそれこそさんざんな目にあわされて、何でもいいから早く行ってくれと、悲鳴をあげるほどだ！　おれは、おめえの息子の身代りに兵隊に行くんだ、言ってみりゃァ、おめえたちの恩人じゃねえか、だからおれを大事にするなァあたりめえだ、いやならことわるぜ、ってわけだ。案の定、フィリカのやつもその町人の家で底ぬけの大騒ぎをやらかしやがって、娘とは寝る、毎日飯のあとで主人のあごひげをひっつかんでひきまわす——好き勝手なことをしやがった。毎日風呂《ふろ》をたてさせて、酒の湯気でなきゃならねえ、女どもに抱いて風呂場へ運んでもらわなきゃいやだ、ってしまつだ。遊びからもどってくると、往来に立ちはだかって、『門からははいりたくねえ、垣《かき》をこわせ！』ってわけで、しかたなく門のそばの垣をこわさなきゃならねえ、そしてお通りをねがうってわけだ。それも、とうとうおしまいになって、兵営へしょっぴかれる日が来て、やっと正気にもどった。往来はいっぱいの人だかりだ。フィリカ・モロゾフが連れてゆかれるぞ！　野郎、四方八方へぺこぺこお辞儀しやがってよ。ところが、ちょうどそのときアクーリカのやつ畑からもどってきやがったんだ。フィリカの野郎ちょうどうちの門前でアクーリカを見つけると、『待ってくれ！』と叫んで、荷馬車からとびおり、あれに地べたに頭がつくほどていねいにお辞儀をするじゃねえか。『おれの大好きな、かわいいアクーリカ、おれは二年のあいだおまえを思い通してきたんだよ、だがもうこうして鳴り物入りで兵隊に連れてゆかれる。許してくれ、おまえはりっぱな親父《おやじ》さんの身体《からだ》も心もきれいな娘だ。おまえにはほんとにすまねえことをしたなァ――みんなおれが悪かったんだよ！』そう言って、もう一度地べたに額をこすりつけやがった。アクーリカは突っ立ったまま、はじめはびくびくしていたようだったが、しまいにはていねいに腰をかがめて、こんなことを言いやがるじゃねえか、『わたしのことも許してね、あんたもいい人だわ、あんたが悪い人だなんて、わたしちっとも思ってないわよ』。おれはあいつのあとから家へはいると、『このくされあま、おめえやつに何を言ったんだ？』するとあいつは、おめえ、嘘《うそ》だと思うかもしらねえが、おれの顔をじっと見て、『ええ、いまはわたしあのひとが、世界じゅうのだれよりも好きなんだよ！』とぬかしやがるでねえか」

「へえ、そいつァ！」

「おれはその日一日じゅうあいつに一言もものを言わなかった……日暮れどきになって、やっと、『アクーリカ！　もう生かしちゃおかねえぞ』と一言いってやった。その夜、眠れねえので、軒先へ出てクワスを飲んだ、そのうちに夜が白みかけてきやがった。おれは家へはいって、『おい、アクーリカ、畑へ行くから支度《したく》しろ』とどなった。おれはもう支度していたし、おふくろは、出かけるのを知っていた。『それがいいよ。ちょうどとりいれの忙しいときだのに、作男がもう三日も腹をこわして寝てるそうだから』。おれは黙りこくって、馬車に馬をつけた。町を出はずれると、松林が十五露里もつづき、その向うにうちの畑地があった。松林の中を三露里ほど行ったところで、おれは馬車をとめた。『おい、出ろ、アクーリカ、おめえの召されるときが来たんだ』。あいつはおれのまえに立って、おれの顔に目を見はったまま、びっくりして、口もきけねえんだ。『おめえにゃもうあきあきしたよ、お祈りでもとなえろ！』そしていきなり髪をひっつかんだ。長いふさふさした髪だったよ。片手に髪を巻きつけ、うしろから膝《ひざ》で身体をしめつけてよ、ナイフをとり出し、頭をぐいとうしろへひっぱっておいて、ぐさりとナイフをのどに突き立てた……ぎゃっと悲鳴をあげやがって、血がしぶきのようにとぶじゃねえか。おれはナイフを投げ出し、両手であいつを抱きしめて、重なるように地べたにころがり、夢中で、声をかぎりにあいつの名を呼んだ。あいつも叫ぶ、おれも叫ぶ。あいつは身をもがいて、おれの手から逃げようとする。血がおれにかかる、血が……顔も手も血でねとねとだ。おれは急にこわくなって、あいつをほうり出し、馬もほうり出して、走った、夢中で走った、裏道づたいに家へかけこむと、風呂場へとびこんだ。風呂はもう古くなって、使ってなかったが、棚《たな》の下へもぐりこんで、そのまま夜更《よふ》けまでかくれていた」

「で、アクーリカはどうしたんだ？」

「これも、おれのあとから起き上がって、やっぱり家のほうへ歩きだしたらしいんだ。あの場所から百歩ほどはなれたところで見つかったそうだ」

「じゃ、すっかり殺さなかったんだな」

「うん……」シシコフはちょっと言葉をとぎらせた。

「その、血管とかいうやつがあってな」とチェレーヴィンは言った。「そいつをまず切ってしまわなきゃ、いつまでもばたばたしてるだけで、どんなに血が出ても、死ぬもんじゃねえんだよ」

「でも、あいつは死んだよ。日暮れ近く死体になって見つかったんだ。さっそく届けられてさ、おれの捜索がはじまり、もう真夜中になってから、風呂場でつかまったよ……もう四年目になるよ、ここへ来てから」と、ちょっと言葉をきって、彼は付け加えた。

「フム……そりゃ、むろん、ぶたなきゃ——ろくなこたァねえ！」チェレーヴィンはまた煙草《たばこ》入れを出しながら、冷やかに、あたりまえのことのように言った。彼は煙草を嗅《か》ぎはじめた。長いこと、間をおきながら、嗅いでいた。「でも、やっぱり、なあ」と彼はつづけた。「おめえもずいぶんばかなことをしたもんだよ。おれも一度かかあが情夫《いろ》とくっついてるのを見つけたことがあった。でおれは、かかあを納屋《なや》へ呼びつけて、手綱を二重《ふたえ》によりあわせてよ、『おめえはだれに夫婦《めおと》を誓ったんだ？　だれに誓ったんだ？』そしてぶった、ぶった、手綱で、ものの一時間半もぶちづめに、ぶちのめしたよ、そしたらやつめ、『おまえさんの足を洗って、その水を飲むから、かんにんして』なんてほざきやがったよ。オヴドーチヤって女だった」

五　夏の季節

しかし、そうこうするうちにもう四月にはいった。もうじき復活祭週が来る。しだいに夏の作業がはじまる。太陽は日ごとにあたたかく、明るくなり、空中には春の匂《にお》いがただよって、身体《からだ》を悩ましく刺激する。訪れる華《はな》やかな日々は、つながれた人々の胸をも波立て、希望や、憧《あこが》れや、憂愁のようなものを呼びさます。明るい陽光の下では、じめじめした冬や秋の日よりも、自由のない悲しさをいっそう強く感じさせるのだろう、そしてそれはすべての囚人たちに見られた。彼らは明るく晴れわたった日々を喜んでいるようだが、その反面じれったい、わっとわめきたいような気持がつのってくる。たしかに、春は監獄内の口あらそいが他の季節よりも多いことに、わたしは気がついた。ひんぱんに騒ぎや、叫びや、罵《ののし》りあう声々が聞かれたし、何かといえばすぐに騒ぎになった。それでいながら、どこかに作業に出ていると、どこか、イルトゥイシ河の対岸の青くかすむ遠方《おちかた》を、ぼんやりいつまでも見つづけているだれかの視線に、ふと気付くことがあった。対岸には千五百露里にもわたって、自由なキルギスの曠野《こうや》が、果てしなくシーツを敷きのべたようにひろがっていた。また、だれかが胸いっぱいの深い溜息《ためいき》をつく。まるでこの遠い、自由な空気をいっぱいに吸いこんで、おしひしがれた、つながれた魂を、楽にしようとするかのように。『えいくそっ！』囚人は、しまいに、こう言って、急に、まるで空想や物思いをはらいのけるように、じれったそうな気むずかしい顔になって、やにわに鋤《すき》をつかんだり、ある場所から他の場所へ運ぶことになっている煉瓦《れんが》に手をかけたりする。一分もすると、囚人たちはもう不意に胸に生れた感情をもう忘れて、それぞれの性格によって、笑ったり、罵《ののし》ったりしはじめる。そうでなければ、いきなりまったく不必要な異常な熱をこめて、作業のノルマをきめられていれば、そのノルマにとりかかり、猛然とはたらきはじめる——彼を内側から圧迫し、しめつけている何ものかを、作業の苦しさでおしつぶそうとでもするかのように、ありったけの力ではたらきはじめる。囚人たちはみんなたくましく、たいていははたらき盛りの男たちである……

この季節には足枷《あしかせ》は苦しい！　いま、わたしは詩化しているのではない、そしてわたしはわたしの観察の正しいことを確信している。

あたたかい空気につつまれ、明るい陽光をあびて、自分の心のありたけで、存在のすべてで、限りない生命力でよみがえる周囲の自然を、聞きとり、感じとれば、閉ざされた獄舎や、看守や、他人の自由が、ますます苦しく感じられてくる。そこへさらに、春が訪れ、雲雀《ひばり》が鳴きだすと、シベリアに限らずロシアじゅうに放浪の生活がはじまるのである。愚かな囚人たちが監獄を脱走して、森の中へ逃げこむ。息苦しい穴のような獄舎、裁判、足枷、笞《むち》などにあきあきして、彼らは勝手気ままに、すこしでもおもしろそうなところ、すこしでも羽をのばせそうなところを求めて、さまよい歩くのである。行きあたりばったりに、神のめぐんでくれるものを飲み、食い、そして夜はどこかの森の中か野原で、たいした気苦労もなく、監獄の憂愁もなく、森の小鳥のように、夜空の星におやすみのあいさつを投げるだけで、神の目に見守られながら、安らかに眠るのである。だれも文句を言うものはいない！　たしかに、『郭公《かっこう》将軍につかえること』は、ときにはつらいこともあるし、ひもじいことも、へとへとに疲れることもある。ときには、何日もパンを見られない。だれからも身をかくし、身を守らなければならない。押込みも、強盗も、ときには人殺しまでしなければならない。『流刑人《るけいにん》は子供と同じ、見るもの聞くもの、みなほしい』。シベリアでは流刑人のことがこんなふうに言われている。

この警句はそっくりそのまま、むしろいくらかおまけをつけて、浮浪者にもあてはまる。浮浪者は強盗でないことはごくまれで、常にほとんどが泥棒であるが、もちろん、根っからの泥棒であるよりは、むしろ必要に迫られての泥棒である。慢性化してしまった根深い浮浪者もいる。刑期をつとめあげて、指定された居住地へ移ってからまで、逃げる者もいる。居住地に住んで、何の心配もなく、満足だろうと思うのだが、そうではない！　たえずどこかへ惹《ひ》かれる、どこかへ招きよせられるのだ。森の生活は、貧しくおそろしいが、自由で、冒険にみちていて、一たびそれを経験した者には、何か誘いこむような、神秘的な魅力をもっている。だから——もうちゃんと土着して、勤勉な一家の主人になることを誓ったような、ひかえ目な、律儀《りちぎ》な男でさえ逃亡するのである。りっぱに結婚して、子供もでき、五年もその土地に暮していながら、ある晴れた朝、突然姿をくらましてしまった男もいる。あとに残された女房や子供は何のことやらわからないし、村じゅうの者が首をかしげてしまったということだ。

わたしたちの監獄でわたしはこうした逃亡者の一人を教えられた。彼は罪らしい罪は一つも犯さなかったし、すくなくともこうしたたぐいのことで彼の噂《うわさ》は聞かれなかった、それなのに彼はいつも逃げてばかりいて、一生を逃亡のうちにすごしたのである。彼はドゥナイ河の向うの南ロシアの国境にも行ったし、キルギスの曠野《こうや》にも、東部シベリアにも、コーカサスにも——ほとんど行かないところはなかった。もし彼が別な状況のもとにおかれたら、旅に対するこのような情熱をもっていれば、あるいはロビンソン・クルーソーのような人間になっていたかもしれない。しかし、彼のこうしたことをわたしに語ってくれたのは他の囚人たちだった。彼自身は獄内でほとんど話をしなかったし、たまに口をきくことがあっても、必要なことしか言わなかった。これはひどく小柄な百姓で、年ももう五十ぐらいで、おとなしすぎるほどで、おだやかな、いっそ鈍い、ばかかと思われるほどの柔和な顔つきをしていた。夏になると、彼は日向《ひなた》にすわっているのが好きで、かならずと言っていいほど、何か鼻唄《はなうた》のようなものを唸《うな》っていたものだが、あまりに低声《こごえ》すぎて、五歩もはなれるともう聞えなかった。顔の形は妙にごつごつしていた。彼はひどく小食で、ほとんど黒パンしか食べなかった。彼は一つの円パンも、一杯のウォトカも買ったためしがなかった。それに、およそ金というものをもったことがないらしく、数を数えることができるかどうかも、あやしいものだった。彼はどんなことに対してもまったく冷静だった。監獄内の犬にはときどき餌《えさ》をやっていたが、わたしたちの監獄には犬に餌をやる者はほかにだれもなかった。それにだいたい、ロシア人は犬を飼うのを好まない。彼は女房を、それも二度、もったことがあるという噂だった。どこかに子供もいる、ということだ……どうして彼が監獄へ入れられたのか、わたしにはまったくわからない。囚人たちはみんな、彼がいまにここからも脱走するだろうと、心待ちにしていたが、時期が来ないのか、あるいはもう年齢《とし》のせいか、彼は周囲の奇妙な世界に傍観者のような態度をとりながら、おとなしく暮していた。しかし、安心はできなかった。何のために逃げる必要があろう、逃げて何のとくになるのだ、と思われるかもしれないが、それでもやはり、どう見ても、森の放浪生活は——囚人には天国なのである。それはそのとおりで、とても比べものにはなりはしない。たとい生活は辛《つら》くても、すべてが自分の思いのままである。だからロシアの囚人はだれでも、どこにつながれていようが、春が来て、太陽が最初のにこやかな光線を投げかけると同時に、何か落着かない気持になるのである。しかし、どの囚人も逃亡を企てるわけではけっしてない。はっきり言えるのは、むずかしいせいもあり、失敗した場合の罰のこともあって、思いきって逃亡を決行するのは、せいぜい百人に一人ぐらいである。しかし、そのかわりあとの九十九人は、逃亡できたらいいだろうなあ、どこへ逃げたらいいだろう、などと空想し、その可能性をねがい、頭の中であれこれ思い描いてみるだけで、せめて心を慰めているのである。また、まえに逃亡したときのことを思い出して、せめてもの慰めにしている者もある……わたしがいままで述べたのは、既刑囚のことである。で、はるかにひんぱんに、そしてもっとも多く逃亡者を出すのは、言うまでもなく、未刑囚である。刑期のきまった既刑囚が逃亡しようとするのは、監獄にはいってはじめのころだけである。二年三年とたつと、囚人はそのすごした年を大事に思うようになって、しだいに妥協し、危ない思いをして、失敗したら身を亡《ほろ》ぼすようなことをするよりも、正当に刑期をつとめあげて出獄し、きめられた居住地で暮すほうがとくだ、という気持になってくる。しかも失敗するのが普通で、運命の転換に成功するのはほんの一割ぐらいなものである。既刑囚の中でも逃亡の危険をおかすのは、多くは、あまりにも長い刑期を宣告された者である。十五年や二十年となると、際限がないような気がして、こうした刑に服している囚人たちは、たといもう十年も監獄にいても、やはりいつも運命を転換することに思いが走るのである。最後に、烙印《らくいん》もある程度逃亡をさまたげている。運命の転換というのは――一つの術語である。たとえば、逃亡が発覚した場合、訊問《じんもん》の際に、囚人は、運命を転換しようとしたのだ、と答弁する。このいくらか文語臭い表現が文字どおりこの状態にぴたりなのである。どの逃亡者も、すっかり自由になれるとは考えていない――それがほとんど不可能なことは、だれでも知っている――ねらいは、あるいは他の監獄に入れられるか、あるいはうまくいって居住地指定にされるか、あるいは浮浪罪という新しい罪で、裁判のやりなおしをされるか――要するに、もうあきあきしたもとの場所、もとの監獄でさえなければ、どこへやられてもかまわないのである。こうしたすべての逃亡者たちは、夏のあいだに運よくどこかに冬越しのできるうまい場所が見つからなければ――たとえば、逃亡者をかくまえばとくになるような、都合のいい男に出会わなければ、そして最後に、ときには人を殺してでも、それをもっていればどこにでも住めるような旅券が手にはいらなければ――秋口にはたいてい、むこうがとらえてくれなければ、こっちから大挙して町へおしかけ、浮浪者としてすすんで監獄へ出頭して、もちろん夏になったらまた逃亡する希望は失わずに、獄内で冬を越すことになるのである。

春はわたしにもその影響を及ぼした。おぼえているが、わたしはよく柵《さく》の隙間《すきま》にむさぼるような目をあて、いつまでも柵に頭をおしつけたまま、要塞《ようさい》の土塁に草が青い芽をふいてゆくさまや、遠い空の紺碧《こんぺき》がますます濃く深まってゆくさまを、あかずに見まもっていたものである。わたしの不安と憂愁は日ごとにつのって、監獄が日とともにますます忌《いま》わしいものになってきた。わたしが貴族であるがゆえに、はじめの数年のあいだたえず囚人たちから向けられた憎悪《ぞうお》は、わたしには耐えられぬものになり、わたしの生活をすっかり毒してしまった。このはじめの数年のあいだ、わたしはどこもわるくないのに、しょっちゅう入院ばかりしていたが、それは監獄にいたくない一心で、ただただこの執拗《しつよう》な、どうにもやわらげようのない囚人たち全体の憎悪からのがれるためであった。『おめえさんたちは——鉄のくちばしだよ、おれたちをつついていじめたもんだ！』と囚人たちが言い言いした、そしてわたしは、普通の民衆が入獄してくると、どんなに羨《うらや》ましく思ったことか。彼らはすぐにみんなと仲間になった。だから春や、自由の幻影や、自然界を充《み》たした明るい喜びが、わたしにも何となく憂鬱《ゆううつ》なものに思われて、いらいらさせられたのである。斎戒期の終りごろ、たしか第六週だったと思うが、わたしも斎戒することになった。監獄じゅうが、もう第一週目から、斎戒期の週の数に従って、古参下士官によって七班に分けられ、斎戒することになっていた。こうして、各班が三十名ぐらいずつになった。斎戒の週が、わたしにはうれしくてならなかった。その期間中は作業を免除されたからである。わたしたちは月に二度か三度、監獄からあまり遠くないところにある教会へ通った。わたしは長いこと教会へ行かなかった。小さな子供のころから生家で見なれていた大斎期の勤行《ごんぎよう》、おごそかな祈禱《きとう》、額が地につくほどに腰をかがめる礼拝——こうしたものは遠い遠いすぎ去ったむかしをわたしの心の中によみがえらせ、子供のころの印象を思いおこさせた、そして、朝、夜の凍《い》てがまだとけぬ土を踏んで、装塡《そうてん》した銃を構えた衛兵たちにつきそわれて教会へ行くのが、何とも言えぬ楽しい気持だったことを、いまでも忘れない。しかも、衛兵は教会の中へはいらなかった。わたしたちは中へはいると、入口に近いいちばんうしろの席に、ごちゃごちゃとかたまりあった、だから声の大きな補祭の祈禱が聞えるだけで、ときたま群衆の頭のあいだから司祭の黒い祭服と禿《は》げた頭がちらと見えるだけだった。わたしは、子供のころよく教会で見た、入口のあたりにぎっしりつまった民衆が、勲章をいっぱいつけた軍人や、でっぷりふとった旦那《だんな》や、目のさめるような華《はな》やかな服装をしているが、きわめて信心深い貴婦人たちに、うやうやしく道を空《あ》けてやる光景を思い出した。こうした連中はかならずいちばんいい席へ通り、席のとりあいでいつも言いあいをしかねなかった。そのころ子供心に、入口のあたりにかたまっている人々の祈り方は、わたしたちのほうの席とちがって、謙遜《けんそん》で、熱心で、ていねいで、何かこう自分が卑《いや》しい人間であることを卑屈なまでに意識している、というふうに思われたのだった。

今度はわたしがそういう場所に立つことになった。しかも、そういう場所とさえも言えない。わたしたちは足枷《あしかせ》をはめられ、罪人の汚名を着せられた囚人だった。わたしたちはみんなに避けられ、おそれられてさえいるようで、いつも施しを受けている身だった。そしておぼえているが、この施しものを受けるのがわたしには何となく快いことにさえ思われて、この奇妙な満足の中にはある微妙な特別な感じがひそんでいた。『したいなら、させておくさ！』わたしはこう考えていた。囚人たちはひじょうに熱心に祈った、そして一人一人が教会へ行くたびにとぼしい心ばかりの燈明代《とうみょうだい》をあげたり、寄進箱に入れたりした。『おれだって人間じゃないか』。おそらく、わずかの金をあげながら、こう思ったり、あるいは感じたりしたのであろう。『神さまのまえではみんな平等さ……』。朝の勤行のときにわたしたちは聖餐《せいさん》を受けた。司祭が両手に聖餐をささげて、『……されど盗人のごと、われらを受けたまえ』と唱えたとき、ほとんどの囚人たちが、足枷を鳴らして、地べたにひれ伏した。この言葉を文字どおり自分のことととったのであろう。

やがて、ついに復活祭が来た。上司からわたしたちに卵一つずつと、味つきの小麦パンが一つずつ出された。町からまた施しものが監獄へとどけられた。またしても十字架をささげた司祭が来て、上司が来て、実のどっさりはいったスープが出て、酔って、騒いで——クリスマスのときとそっくりそのままだが、ちがいがあると言えば、いまは監獄の庭を散歩したり、日向《ひなた》ぼっこをしたりすることができるということだけだった。冬より何か明るく、ひろびろとしていたが、それでいて何となく気がしずみがちだった。冬長い、果てしない夏の日が、復活祭になるとどういうものか特に耐えがたいものになる。平日にはすくなくとも労働によって日がちぢめられた。

夏の労働は、たしかに冬のそれよりもはるかに辛かった。しごとはだいたい建築工事関係のものが多かった。囚人たちは家を建てたり、地面を掘ったり、煉瓦《れんが》を積んだりした。ある囚人たちは官舎の修理工事の鍛冶《かじ》しごとや、指物《さしもの》しごとや、塗装などにたずさわった。工場に煉瓦を作りに行く班もあった。この煉瓦作りがいちばん苦しい作業と考えられていた。煉瓦工場は要塞《ようさい》から三、四露里はなれたところにあった。夏のあいだ毎日、朝六時というと、五十人ぐらいの囚人の一隊が煉瓦を作りに出発した。この作業には雑役囚、つまり手職がなく、どの工場にも所属していない囚人が選ばれた。彼らはパンを携行した。遠いために昼食にもどって、八露里も余計に歩くのは時間がもったいなかったからで、昼食をとるのは夕暮れになって、監獄へもどってからだった。ノルマはその日一日の作業分としてきめられたが、それは一日の作業時間で囚人がやっとこなせるほどの重いものだった。まず粘土を掘り出し、自分で水を運び、粘土をこねる穴で自分の足でよく粘土をこね、そのうえ二百ぐらいだったか、二百五十もあったろうか、とにかくたいへんな数の煉瓦を作らなければならないのである。わたしは二度しか工場へは行かなかった。連中は毎日暗くなってからへとへとに疲れてもどってきて、夏のあいだじゅう、自分たちがいちばんわりがあわないと、のべつ他の囚人たちにあたりちらしていた。あたりちらせばいくぶんでも気が晴れるらしかった。ところが、囚人の中にはむしろ喜んで工場へ通う者もあった。第一に、作業場は町はずれの、イルトゥイシ河畔《かはん》にあって、見晴らしがいいし、ひろびろとしていたからである。なんといっても、あたりを見まわせば気持がいいし、要塞の中のようにこせこせしていない！　自由に煙草《たばこ》も吸えるし、三十分ほどごろ寝の楽しさを堪能《たんのう》することもできる。わたしはまえのように工場へ通ったり、雪花《せっか》石膏《せっこう》を焼きに行ったり、建築現場の煉瓦運びに使われたりしていた。煉瓦運びでは、イルトゥイシ河畔から要塞の土塁をこえて百五十メートルほどはなれた建築中の兵営まで運ばせられたことがあった。この作業は二カ月ほどつづいた。煉瓦を背負う縄《なわ》で、たえず肩をすりむきはしたが、わたしはこの作業が好きになったほどだった。といって、わたしが喜んだのは、この作業で目に見えて身体《からだ》に力がついたからである。はじめのうちは、煉瓦を八つしか運べなかった。煉瓦は一つ五百グラムほどの重さだった。それがのちには十一から十五まで運べるようになり、それがわたしにはひじょうな喜びだった。監獄では、この呪《のろ》わしい生活のあらゆる物質的不便に耐えるために、体力が精神力におとらず必要なのである。

それにしても、わたしは出獄後も、まだまだ生きていたかったのだ……わたしは、しかし、煉瓦運びを愛したのは、この作業で体力がつくからだけではなかった。さらに、この作業がイルトゥイシ河畔で行われたからである。わたしがしばしばこの河畔のことを言うのは、他に理由はない、ただそこからは神の世界が見えたからである。清く澄んだ明るい遠方《おちかた》、その荒涼とした風景で、わたしの胸に異様な印象を刻みつけた無人の自由な曠野《こうや》が見晴らせたからである。岸べでだけは要塞に背を向けて立ちさえすれば、要塞を見ないですんだ。他のどんな作業場も要塞の中か、あるいは要塞のまわりだった。そもそものはじめの日から、わたしはこの要塞、特にそのいくつかの建物を憎悪した。少佐の家は何か呪わしい、いまわしいものに思われて、わたしはそのそばを通るたびに、憎しみの目でにらんだものだった。河岸に立てばすべてを忘れることができた。そして、囚人が牢獄《ろうごく》の窓から自由な世界を見るように、わたしは岸べに立って、この果てしない、荒涼としたひろがりをながめたものである。わたしにとって、そこにあるすべてのものが貴《とうと》く、そしていとおしかった。果てしない紺碧の大空に輝く明るい熱い太陽も、遠い対岸キルギスから流れてくるキルギスの歌声も。長いことじっと目をこらしていると、そのうちに、遊牧民の粗末な、煤煙《ばいえん》で黒ずんだ天幕らしいものが見えてくる。天幕から小さな一すじの煙がのぼり、キルギス女が一人忙しそうに二頭の羊の世話をしている。それらはすべて貧しく、粗野ではあるが、しかし自由である。すきとおるような紺碧の大空に何鳥か、鳥を見つけて、執拗《しつよう》にいつまでもその飛んでゆく姿を追う。さっと水面をかすめて、青空へ消えたかと思うと、またちらちらする一点となってあらわれる……早春のある日、岸の岩の裂け目にふと見つけた、しおれかけた哀れな一輪の草花でさえ、何か痛ましくわたしの注意をとめるのだった。こうした監獄生活の一年目の憂愁は、耐えがたいもので、わたしの神経をいらだて、苦しめた。最初の一年はこの憂愁のために、わたしは周囲の多くのことに気付かなかった。わたしは目をつぶって、見ないようにしていた。わたしに憎しみをいだく意地悪な囚人たちのあいだに、表面は憎しみのからをかぶってはいても、ほんとうは考えることも、感じることもできる善人たちがいることに、わたしは気がつかなかった。毒々しい言葉のあいだに、ときにていねいなやさしい言葉がまじっているのに、わたしは気がつかなかった。それらの言葉は、何のてらいもなく、おそらくはわたしよりはもっともっと苦しみ、そして耐えてきたにちがいない心から、じかに発しられたものだけに、なおのこと貴いものであった。しかし、何のためにこんなことをくだくだしく言う必要があろう？　わたしはくたくたに疲れはてて、獄舎へもどることができれば、こんなうれしいことはなかった。これで眠れそうだ！　なぜなら、夏の眠られぬ夜の苦しさは、冬のそれにもおとらぬほどだったからだ。夕暮れは、たしかに、ときにはじつにすばらしいこともあった。終日、監獄の庭を照りつけた太陽が、やっと沈んで、涼しくなり、つづいて寒いほどの（昼に比べてだが）曠野の夜が訪れる。囚人たちは、獄舎の戸がしめられるまで、何人かずつ連れだって庭を散歩する。もっとも、大方は炊事場にむらがる。そこではいつも何かしら日々の監獄のできごとが話題にされ、あれやこれや意見が出されたり、ときには何かの噂《うわさ》が詮索《せんさく》されたりする。こうした噂は、たいていは愚にもつかないことだが、それでも外界から隔離された囚人たちにしてみれば、異常な関心をそそられるのである。たとえば、少佐がくびになるという通報が来たそうだ、といったようなたぐいである。囚人たちは子供のように信じやすい。そんな通報は——ばかげたことで、それを聞きこんできたのがおしゃべりの『嘘《うそ》つき』で通っているクワーソフという囚人で、彼の言うことは真《ま》に受けないようにともうみんなできめていたし、なにしろ口を開けば、嘘にきまってることは——もうみんな承知していたが、それでもその知らせにとびついて、ああだこうだとひねくりまわし、自分で自分を慰め、結局は自分で自分に腹を立て、クワーソフの言葉を真に受けたりしたことが、自分でも恥ずかしくなるのがおちだった。

「でも、だれがやつをくびにするんだよ！」と一人が叫んだ。「やつの首はふてえから、ちょっとやそっとじゃ落ちめえさ！」

「だって、やつの上にだって、上官はいるじゃねえか！」ともう一人が言いかえした。

これはかっとなりやすい、血のめぐりのいい男で、のみこみは早いが、理屈っぽいことも世間に例のないほどである。

「からすはからすの目をほじらねえもんだよ！」一人で隅《すみ》のほうで野菜スープの残りをすすっていた白髪頭《しらがあたま》が、むすっとして、ひとりごとのように言った。

「じゃ、その上官がよ、やつをくびにするかどうか、おめえにききに来るとでもいうのかい？」と四番目の男が、軽くバラライカを爪《つま》びきながら、冷やかに言った。

「どうしておれじゃいけねえんだ？」と二番目の男がはげしくくってかかった。「おれたち貧乏人がみんなでねがい出るんだよ、きかれたら、みんなではっきり言うんだ。この連中ときたら、わいわい騒ぐばかりで、いざとなると、こそこそ後込《しりご》みばかりしてやがる！」

「だからどうだってんだ？」とバラライカひきが言った。「そのための監獄じゃねえか」

「こないだ」それに耳をかさず、かっかとほてりながら、理屈こきがつづけた。「麦粉が残ったときだってそうだ。落ちこぼれを集めてよ、なあに、ほんのすずめの涙ほどさ、売りにやった。ところが、それを知りやがって、組合のやつが密告したのさ。取上げやがった。節約だとぬかしやがる。これが正しいことだと言えるかよ？」

「で、おめえはだれに訴えようってんだ？」

「だれって！　ほら、今度来る検察官によ」

「検察官、どこの、どんな?」

「それはほんとだよ、みんな、検察官が来るんだよ」と若い元気な男が言った。これはもと書記をしていたから、読み書きができて、『ラヴァリエル侯爵《こうしゃく》夫人』とか、何やらそうしたたぐいの本を読みかじっていた。彼は年じゅうおどけて、人を笑わせていたが、わりあいにものは知ってるし、人あたりがいいので、みんなに尊敬されていた。検察官が来るというので、そそられた一同の好奇心には素知らぬ顔で、彼はつかつかと飯たき婆《ばあ》さん、つまり炊事夫のところへ行って、レバーを注文した。炊事夫たちはよくこうしたたぐいのものを売っていた。言ってみれば、自分の金で大きなレバーを買って、焼いて、こまかく切って、それを囚人たちにばら売りするのである。

「半コペイカかね、それとも一コペイカはずむかい?」と飯たき婆さんがきいた。

「一コペイカ分切ってくれや。みんな羨《うらや》ましがるようにな!」とその囚人は答えた。

「将軍だよ、みんな、どえらい将軍がペテルブルグから来てよ、シベリアじゅうを見てまわるんだそうだ。ほんとだよ。司令部で聞いたんだ」

この知らせは異常な興奮をまきおこした。十五分ばかりその噂でもちきった。いったいどういう人なのか、どんな将軍なのか、どんな位か、ここの将軍たちよりも上なのか? 階級とか、長官とか、どっちがえらいかとか、だれがだれをくびにできるかとか、くびになるのはだれかとか、そういう話が囚人たちはひどく好きで、言いあいから罵《のの》りあいになり、将軍のために危なくつかみあいまでしかねないほどだった。そんなことが何のとくになるか、と思われるかもしれないが、将軍とか、おしなべて上流階級というものを詳しく知っていることによって、その男の知識や、ものわかりのよさ、さらに監獄に来るまえに社会でしめていた位置が、はかられるのである。一般に高位高官たちについての話は、監獄ではもっとも品のよい重要な話題と考えられていた。

「そら見ろ、少佐をくびにしに来るってのは、ほんとじゃねえか」と小男で、赤《あか》っ面《つら》で、のぼせやすく、極度にのみこみのわるいクワーソフが言った。少佐についての噂を最初にもってきたのは、この男だった。

「つかませるさ！」気むずかしい白髪頭が、もう野菜スープをすすりおわって、つっけんどんにやりかえした。

「そりゃつかませねえわけがねえよ」ともう一人が言った。「なにしろやつァ、しこたまためこんだからなァ！ ここに来るめえに大隊長をやってってよ。こないだ主教の娘を嫁にもらおうとしたんだ」

「ところが、そうは問屋がおろさなくてよ、あっさりお引取りをねがわれたそうだ。つまり、貧乏だってのさ。婿《むこ》が聞いてあきれらァ！ 椅子《いす》をけってとび出しても——だれもひきとめなかったそうだ。なんでも、復活祭に博奕《ばくち》ですっかりすっちまったそうだよ。フェージカが言ってた」

「まったくだ。それほど道楽しねえでも、金にゃ羽が生えてるでな」

「おい、おれは女房もちだったんだぜ。貧乏人は女房もつとよくねえよ、なにしろ夜が短けえでな、かわいがるひまがねえ！」とすぐに、スクラートフが話に割込んだ。

「なに言ってやがる！　てめえのことなんか言ってやしねえよ」と書記あがりの図々《ずうずう》しい若者がやりかえした。「ところで、クワーソフ、はっきり言うが、おめえは大ばか野郎だよ。ええ、そんなえらい将軍が少佐風情《ふぜい》にだきこまれるとか、そんなえらい将軍がだ、たかが少佐ぐれえをしらべにわざわざペテルブルグからやってくるなんて、おめえ本気で考えてるのか？　おい、ばかだよおめえは、あきれてものも言えねえや」

「じゃ、なんだい？　将軍なら、袖《そで》の下はとらねえとでもいうのか？」と囚人たちのだれかが、わかるもんか、という口調で言った。

「きまってらァ、とるもんかよ。とるとしたら、ちっとやそっとじゃねえやな」

「そりゃそうよ、でっかくとるさ。位相当にな」

「将軍はな、いつだってとるよ」とクワーソフはきっぱりと言った。

「なんだ、おめえやったことがあるのか？」そのとき思いがけなくはいってきたバクルーシンが、小ばかにしたように言った。「それよりおめえ、一度でも将軍を見たことがあるのかい？」

「あ、見たとも！」

「嘘つけ」

「おめえこそ、いいかげんなことばかりぬかしやがって」

「おいみんな、こいつが見たってのなら、いまここで、みんなのまえでよ、どこのどんな将軍を知ってるのか、言わせようじゃねえか。おい、言えよ、おれは将軍をぜんぶ知ってるんだぜ」

「おれが見たなァ、ジーベルト将軍だよ」とクワーソフは何かあやふやな調子で言った。

「ジーベルト？　そんな将軍はいねえな。おそらく、そいつはおめえが笞《むち》をくらうとき背中でも見たんだろうさ。ジーベルトとやらは、そのときァ、まだ中佐ぐれえだったのが、おめえこわくてきもをつぶしてたんで、将軍に見えたんだろうよ」

「そうじゃねえ、みんなおれの言うことを聞いてくれ」とスクラートフが叫んだ。「女房もちのおれの言葉は聞くもんだ。そういう将軍はたしかにモスクワにいたぜ。ジーベルト、ドイツの出だが、ロシア人でよ。毎年、聖母マリア昇天祭には、ロシアの坊主《ぼうず》に懺悔《ざんげ》してよ、なんでも、のべつ、あひるみてえに、水ばかり飲んでたそうだ。毎日コップに四十杯もモスクワ河の水を飲んだそうだ。なんでも、何とかいう病気をその水でなおしていたということだよ。将軍の家令をしてたやつからじかに聞いたんだ」

「そんなに水を飲んだらよ、腹ん中にふなでもわかなかったか？」とバラライカひきがまぜっかえした。

「おい、もうよさねえかよ！　まじめな話をしてりゃ、いい気になりやがって……で、みんな、その検察官てなんだろうな？」とマルトゥイノフという心配性の囚人が不安そうに言った。むかし軽騎兵だったという年寄りの囚人である。

「まったくこいつら、よくもこういいかげんなことばかり言えるもんだよ！」と懐疑派の一人が言った。「どこから何を持ってきて、どこへはめこもうってんだ？　それもらちもねえことばかりだ」

「いや、らちもねえことじゃねえ！」それまでどっしりと構えて沈黙をまもっていたクリコフという囚人が、断定するように言った。これは五十近い、重みのある男で、おどろくほど品のある顔をしていて、態度にも何となく威厳があって、人を見くだすようなところがあった。彼は自分でもそれを意識して、それを誇りにしていた。彼にはジプシーの血がまじっていて、獣医で、町で馬の治療をたのまれて金をかせぎ、獄内で酒を売っていた。なかなか頭もよく、世事にたけていて、ものを言うにも、金をめぐんでやるような思い上がったところがあった。

「それはほんとうだよ」と彼はしずかな口ぶりでつづけた。「おれはもう先週にその話を聞いた。なんでも、ひどくえらい将軍が来て、シベリアじゅうを巡視するということだ。そんな将軍だって、つかまされることは、きまってるが、ただあんな八つ目野郎にじゃねえ、あんなやつはそばへも寄りつけァしねえよ。将軍にもいろいろあるさ。ぴんからきりまでな。これだけは言っておくがな、少佐のやつは、どうころんだところで、いまの職務からうごくこたァねえよ。これはたしかだ。おれたちはろくに口もきけねえし、上役のやつらは仲間うちで密告しあうようなまねはしねえよ。検察官はざっと監獄を見て、そのままかえってゆくよ。そして万事異常なしと報告するのがおちさ……」

「へっ、そんなもんかね、ところがおめえ、少佐のやつびくつきやがってよ、朝っぱらから飲んでるってじゃねえか」

「晩はまた飲みなおしだそうだぜ。フェージカのやつ言ってたよ」

「黒犬は、いくら洗っても白かァならねえさ。やつの飲んだくれァ、いまにはじまったことかい？」

「とんでもねえ、そんなことってあるけえ、将軍も何にもできねえなんて！　いやだ、やつにあんなばかなまねをさせておくなァ、もうたくさんだ！」と、囚人たちはいきりたって、口々に騒ぎたてた。

　検察官の噂はまたたくまに監獄じゅうにひろまった。囚人たちは庭をうろついて、もどかしそうに噂を伝えあった。ある囚人たちは、冷静さを保って、ことさらに沈黙をまもり、それによって自分に重みを加えようとつとめているふうだった。また、実際に無関心な連中もいた。どの獄舎の入口階段にも、バラライカを持った囚人たちが、思い思いに陣どっていた。おしゃべりをつづける者もいたし、歌をうたっている者もいた、が、おしなべて、だれもがこの宵は異常に興奮していた。

九時すぎになると、全員点呼をとられて、それぞれの獄舎へ追いこまれ、扉《とびら》に鍵《かぎ》をかけられた。夜は短かった。それに朝は四時をまわると起された。それなのにみんな十一時まえにはどうしても寝つかれなかった。それまでは、きまって、ごそごそ歩きまわったり、話しこんだりして、ときには、冬のころのように、賭場《とば》まで開くことがあった。夜更《よふ》けになると耐えがたい熱気と息苦しさがおそってくる。板戸を上げた窓から夜の冷気がわずかにはいってはくるが、囚人たちは一晩じゅう寝板の上で、まるで熱にうかされたように転々ともだえるのだった。蚤《のみ》の大群が猛威をふるうのである。蚤は獄舎には冬もいるし、その数もけっして少なくないが、春になると、おそろしい勢いでふえはじめる。そのものすごさについては、まえにも噂に聞いてはいたが、実際に経験してみるまでは、まさかそれほどまでではという気持があった。そして、夏が近づくにつれて、蚤はますます性悪《しょうわる》に、凶暴になるのである。もっとも、蚤にも慣れることはできる、わたしもそれを経験した、とはいえ、やはりかなりの苦痛である。あまりの苦しさに、しまいには、寝ていても、まるで熱病にかかっているようで、自分でも眠っているような気はせず、ただうなされているとしか思われぬことが、よくあった。明け方近くなって、やっと、へとへとに疲れ、さしもの蚤もみちたりておとなしくなり、朝のさわやかな涼気につつまれてほんとうの快い眠りにおちかける——とたんに、無慈悲な太鼓の音が監獄の門のあたりでひびきわたる、そして朝がはじまるのである。半外套《はんがいとう》にくるまりながら、呪《のろ》いをこめて、この高らかに鳴りわたる、はっきりした音を、一つ一つ数えるような気持で聞いていると、まだ夢からさめきらぬもやもやした頭の中へ、明日も、明後日もこうなのだ、この先何年も、自由の身になるまで、ずうっとこれがつづくのだ、という耐えがたい思いが這《は》いこんでくる。しかし、それはいったいいつのことなのだ、そんな自由が、どこにあるのだ?……だが、起きなければならぬ。いつものあわただしいどたばたがはじまる……囚人たちは服をつけて、作業へいそぐ。もっとも、さらに昼どきに一時間ほど眠ることはできた。

検察官の噂《うわさ》はほんとうだった。噂は日ごとにたしからしくなって、ついに一同が、ペテルブルグからあるえらい将軍が全シベリアを検閲にやってくること、将軍はもう到着して、もうトボリスクにいることを、確実に知るにいたった。毎日新しい噂が監獄へ伝わった。さまざまな情報が町からも流れこんだ。なんでもみんなびくびくして、ぼろをかくそうとやきもきしている、ということだった。上層部ではレセプションや、舞踏会や、宴会の準備をしているという話だった。囚人たちは幾組にも分けられて、要塞《ようさい》内の道路をならしたり、土塊をくずしたり、塀《へい》や柱のペンキを塗り替えたり、壁や漆喰《しっくい》を補修したり、穴を埋めたり、の作業にかりだされた。要するに、短時間に何もかも修理して、ぼろをかくそうというのである。囚人たちはそんなことはとくと承知だから、ますますのぼせ上がって、はげしく論議しあった。彼らの空想はとほうもなくひろがり、将軍に生活の状態をきかれたら、苦情の申したてをしようとまで計画した。しかし、その一方で言いあいや、罵りあいはやめなかった。少佐はひどくいらいらしていた。彼はいつもよりひんぱんに獄舎へ見まわりにきて、やたらにどなったり、突きとばしたりして、何かといえば営倉にぶちこみ、清潔と整頓《せいとん》をやかましく言うようになった。そのころ、まるで故意にしくんだように、監獄内にあるちょっとした事件が起きた。しかし、それは少佐を激昂《げっこう》させると思われたのに、すこしも怒らせないどころか、かえって喜ばせたほどだった。ある囚人が喧嘩《けんか》をして、相手の心臓のすぐ下へ錐《きり》を突き刺したのである。

突き刺したほうの囚人は、ロモフという男だった。刺されたほうは仲間うちでガヴリールカと呼ばれている男で、根っからの浮浪者だった。ほかに呼び名があったかどうか、おぼえていないが、仲間うちではいつもガヴリールカと呼ばれていた。

ロモフはK郡のT村の豊かな百姓の家の出だった。ロモフの家の者はみないっしょに暮していた。老父と、三人の息子と、その伯父《おじ》、つまりロモフである。彼らは裕福な百姓で、三十万ぐらいの金はもっている、という県内の噂だった。彼らは耕作をしたり、皮をなめしたり、商売をしたりしていたが、それよりも高利で金を貸したり、浮浪者をかくまって盗品を買ったり、そのほかこれに類するよからぬことのほうに身を入れていた。郡内の百姓の半数は彼らに借金があって、思いのままにこきつかわれていた。彼らは小才のきくぬけめのない人間と評判されていたが、しだいに図にのりだし、特にその地方に名声の高いあるひじょうに重要な人物が、旅行の途中で彼らの家に休息し、親しく老人を知り、そののみこみの早さとぬけ目のなさに感心して目をかけるようになってからというものは、すっかり思い上がってしまった。彼らはとつぜん、もう自分たちには法の手など及ばないのだと思いこみ、ますます手をひろげて、さまざまな不法行為をやってのけるようになった。世間ではみんな彼らのやり口に不平をならして、さっさと地獄へおちてしまえばいいとねがっていたが、彼らはますますつけ上がるばかりだった。警察署長や陪審員などは、もう彼らの眼中になかった。ところが、ついに、へまをやって、身を亡《ほろ》ぼすことになった。それも、悪事のためでも、秘密の犯罪のためでもなく、冤罪《えんざい》のためだったのである。彼らは村から十露里ほどのところに大きな農園――シベリアでいう開墾地《ザイムカ》――をもっていた。そこにある年の秋口近く、古くから奴隷《どれい》同然にこきつかわれていたキルギス人の作男が六人住んでいた。その作男が六人ともある夜斬殺《ざんさつ》されたのである。捜査がはじまった。それは長いことつづいた。調べが進むにつれて、他のよからぬことがつぎつぎと明るみに出てきた。ロモフ家の者たちは作男殺害の罪で告訴された。彼ら自身がそう語ったということで、監獄じゅうの者がそれを知っていた。作男に払う給金がたまりすぎ、大きな財産をもってるくせに、けちで欲張りなので、たまった給金を払わずにすませるために、キルギス人たちの殺害をはかったのだろう、という嫌疑《けんぎ》をかけられたのだった。予審と裁判のあいだに、彼らの財産はすっかり消えてしまった。老人は死んだ。息子たちはばらばらに流刑《るけい》にされた。息子の一人と伯父が十二年の刑期でこの監獄へ送られてきた。ところがどうだろう？　彼らはキルギス人殺しにはまったく無実だったのである。この監獄にいたガヴリールカが、その後、自白したのである。これは人も知るくわせ者の浮浪者で、威勢のいい陽気な若者だが、この事件の罪をすっかり自分一人で引受けたのである。わたしは、しかし、それを彼が自分で告白したのかどうかは、聞かなかったが、キルギス人たちもやつの手からはのがれられまい、と監獄じゅうの者がかたく信じきっていた。ガヴリールカはまだ放浪していたころから、ロモフ家の者たちとは関係があった。彼は逃亡兵と浮浪者の罪名で、短い刑期で監獄へ来ていた。彼は三人の浮浪者仲間と語らい、農園に押し入って、ぼろいもうけにありつこうとたくらんで、キルギス人たちを斬殺したのだった。

監獄では、どういうわけか、ロモフたちは好かれなかった。その一人で、甥《おい》のほうは、きびきびした利口な若者で、人なつこいたちだったが、ガヴリールカを錐で刺した伯父のほうは、ばかで喧嘩《けんか》早い百姓だった。彼はこれまでも多くの仲間と喧嘩をして、こっぴどくぶちのめされたことが何度かあった。ガヴリールカは陽気で、調子がいいので、みんなに好かれていた。ロモフたちは、ガヴリールカが犯人で、そのために自分たちはこんなところへぶちこまれたのだということを知ってはいたが、そのことで彼と口論はしなかった。もっとも、顔をつきあわせたことも一度もなかった。それに、ガヴリールカのほうも二人には目もくれなかった。それが不意に、一人のじつに忌《いま》わしい女のために、彼とロモフ伯父のあいだに口論がもちあがったのである。ガヴリールカが、女は自分に気があると自慢すると、百姓はやきもちをやきだして、ある日の真昼どき、とつぜん彼を錐で突き刺したのである。

ロモフたちは裁判で身上《しんしょう》をつぶしてしまったが、それでも監獄内では豊かな暮しをしていた。どうやら、金をもっていたらしい。彼らはサモワールをそなえて、茶を飲んでいた。少佐はそれを知っていて、このロモフの伯父甥をとことんまで憎んでいた。彼はだれの目にも明らかなほど、二人に言いがかりをつけ、なにかにつけて二人を目の敵《かたき》にした。ロモフたちはそれを少佐の賄賂《わいろ》ほしさのせいにしていたが、それでも袖《そで》の下をつかませようとはしなかった。

もちろん、ロモフがもうちょっとでも錐を突っこんでいたら、ガヴリールカは死んでいたろう。しかし、かすり傷程度で事はすんだ。少佐に報告された。わたしはおぼえているが、少佐は馬を乗りつけ、息せききってとびこんできた、そしていかにも満足そうな顔つきだった。彼はまるで息子《むすこ》にでも言うように、びっくりするほどやさしくガヴリールカに話しかけた。

「どうだ、おい、病院まで歩いていけるかな？　いや、やはり馬車で運んだほうがよい。

おい、急いで馬をつけろ!」と彼はせかせかと下士官にどなった。

「でも、少佐どの、何ともありません。ほんのちょっと刺されただけなんで、少佐どの」

「おまえは知らんのだ、知らんのだよ、軽く見ちゃいかん……なにしろ急所だ。場所がよくない。心臓の真下をねらいやがって、悪党め! きさまァ、きさまァ」と少佐はロモフをにらんでほえたてた。「今度こそ、思い知らしたるぞ!……営倉だ!」

そして、たしかに思い知らした。ではあったが、殺意は明らかだった。彼は刑期を延ばされ、千本の列間笞刑《ちけい》を受けた。少佐はすっかり満足だった……

ついに、検察官が到着した。

町へ着いて二日目に、検察官はわたしたちの監獄にも巡視に来た。まさにお祭り騒ぎだった。もう数日前から監獄内はすっかり洗いきよめられ、なめたように磨《みが》きあげられていた。囚人たちは改めて頭と顔を剃《そ》らされた。獄衣は白い、さっぱりしたものが支給された。夏は規定によって、囚人たちは白い亜麻布《あまふ》の上衣《うわぎ》とズボンを着せられていた。背中には直径十センチほどの黒い輪が縫いつけてあった。高官からあいさつの言葉をかけられたら、どう答えるか、囚人たちはまるまる一時間も教えこまれ、その練習が行われた。少佐は気が転倒したみたいに、きりきりまいをしていた。将軍到着の一時間まえに、全員ができそこないの彫像のように、それぞれ自分の位置に立ち、両手をぴたりとズボンの縫い目にあてていた。午後一時、ついに将軍が到着した。それは堂々たる将軍だった。その威風たるや、西部シベリア全域の軍人や役人どもの心臓をいっぺんにちぢみあがらせるほどのものだった。将軍はきびしくいかめしい態度ではいってきた。そのあとに数名の将官や大佐など、土地のおえら方が随員としてつづいた。燕尾服《えんびふく》を着て、短靴をはいた、長身で美貌《びぼう》の一人の文官がいた。この文官もペテルブルグから来た人で、ごく自然に、自由にふるまっていた。将軍はときどき彼に話しかけたが、その態度がひどくていねいだった。このことは異常に囚人たちの興味をひいた。文官でありながら、これほどの敬意を、しかもこのような将軍から！　あとでこの文官の姓名と、何者であるかを、わたしたちは知ったが、当時はその取沙汰《とりざた》でたいへんな騒ぎだった。少佐はオレンジ色の襟章《えりしょう》をつけ、目を血走らせ、にきびだらけの顔を真っ赤《まか》にして、棒をのんだように突っ立っていたが、将軍にはそれほどよい印象はあたえなかったようだ。高貴な賓客に対する特別の尊敬から彼は眼鏡をはずしていた。彼はすこしはなれて、弓弦《ゆみづる》のようにピンと直立して、何か用があれば、とんでいって閣下の希望をみたす構えで、全身を緊張させてその瞬間を待っていた。しかし、べつに何の用もなかった。将軍は黙々と監房を巡視し、炊事場ものぞいてみた。野菜スープをちょっとなめてみたそうだ。随員がわたしを指さして将軍に何か言った。貴族出身で、これこれしかじかというようなことを言ったのだろう。

「ほう！」と将軍は答えた。「で、いまはどんなふうかな？」

「いまのところはよくつとめております、閣下」と随員が答えた。

将軍はうなずいた、そして二分ほどすると監獄を出た。囚人たちは、もちろん、目がちかちかして、ぼうっとしてしまったが、それでも何か割切れない気持が残った。少佐に対する抗議の申立てなど、一言もありえなかったことは言うまでもない。それに少佐も、そんなことはもうまえまえから百も承知だったのである。

六　監獄の動物たち

まもなく監獄で栗毛《グネドコ》の馬を一頭買うことになったが、このほうが高官の巡視よりもはるかに囚人たちを喜ばせ、楽しい気晴らしになった。わたしたちの監獄には水を運んできたり、ごみや汚物などを運び出したりするために、馬が一頭飼われていた。その世話に囚人が一人あてられていた。その囚人が馬をひいて使役にあたるわけだが、もちろん、監視つきであった。馬のしごとは朝も晩も相当な忙しさだった。わたしたちのグネドコはもうかなりまえから監獄でつかわれていた。いい馬だが、つかわれすぎてすっかり弱りきっていた。もうじき聖ペトロ祭というある朝、グネドコは晩につかう水桶《みずおけ》をひいてきて、ばたりと倒れ、そのまま二、三分で死んでしまった。囚人たちはあわれんで、みんなまわりに集まり、いろいろと意見を述べたり、言いあらそいをしたりした。騎兵あがりや、ジプシーや、獣医などの連中が、ここぞとばかりに馬についての専門知識をいろいろと披瀝《ひれき》して、たがいに罵《ののし》りあいまでやったが、しかしグネドコは生き返らなかった。グネドコは腹をふくらませた死体となって横たわっていた、そしてみんなそうするのが義務のように、その腹をちょっと指でつついてみた。神の意思によるこのできごとは、少佐に報告された。少佐は至急に新しい馬を買い入れることをきめた。聖ペトロ祭の当日、朝の礼拝式の勤行《ごんぎょう》が終って、囚人たちが全員集まっているときに、馬の品定めが行われることになった。当然のことながら、買う馬の選定は囚人たちにゆだねられた。囚人たちの中にはほんものの馬喰《ばくろう》たちがかなりいたし、それに世間にいたころは人をだますことだけをしごとにしていた二百五十人の囚人たちをだますことは、容易なことではなかった。キルギス人や、仲買人や、ジプシーや、商人たちがつぎつぎと馬をひいてきた。囚人たちはじりじりしながら新しい馬があらわれるのを待った。彼らは子供みたいにはしゃいでいた。何よりも彼らをうれしがらせたのは、いまの彼らは、自由な世間の人たちとちっとも変らず、実際に自分の懐《ふとこ》ろの金で自分の馬を買うのと同じことで、しかも買う完全な権利をもっている、ということであった。三頭の馬が引出され、連れ去られて、四頭目でやっとけりがついた。馬をひいてきた仲買人たちはいささか面くらったふうで、こわごわあたりを見まわし、案内してきた警護兵のほうへときどきちらと目をやったほどだった。頭をつるつるに剃《そ》られ、顔に烙印《らくいん》を押された二百人ものこうした囚人たちが、世間の人はだれも足を踏み入れたことのない自分たちの獄内の巣窟《そうくつ》に、室内でまで鎖につながれて、わやわやとたむろしている光景は、一種の畏怖《いふ》の気持を見る者におぼえさせた。囚人たちは馬が引出されるたびに、その品定めにあらゆる知恵をしぼりだして、くたくたに疲れきっていた。およそ馬の身体《からだ》で、彼らがのぞいてみないところ、さわってみないところは、どこもなかった、しかもそれに加えて、監獄の最大の物質的福祉がこの選択にかかっているのだとでもいうふうに、その態度は面倒をいとわず、真剣で、慎重をきわめていた。チェルケス人などは馬の背にまたがってみたほどだ。彼らは目を血走らせて、白い歯をむきだし、あさ黒い鉤鼻《かぎばな》の顔をふりたてて、わけのわからぬ自分たちの言葉で早口にしゃべりあった。ロシア人の一人が、まるで彼らの目の中へとびこみそうな顔つきで、身体じゅうを耳にしてその口論を聞いていた。言葉はわからぬが、この馬が合格か、どうか、どうきめたかを、せめて目の色からでも読みとろうというのだ。しかし、これほどのはげしい緊張が、無関係な傍観者の目には何か異様なものにさえ映るにちがいない。ふつうの囚人、ふだんはおとなしくて、仲間の囚人たちのまえでろくに口もきけぬほど、いじけきった囚人に、これがそれほど心をくだかねばならぬことなのだろうか。まるで自分が自分の馬を買おうとしているかのようだ、どんな馬が買われるか、実際に彼にとっては重大なことで、けっしてどうでもよいことではなかったようだ。チェルケス人たちのほかに、もっとも目のきくのはジプシーと馬喰あがりの連中で、最初の態度も、最初の発言も、彼らにゆだねられた。そして、一種の格調高い決闘とも言える騒ぎがもちあがったほどだった。特に、もとはジプシーで、馬泥棒で、馬喰だったクリコフという囚人と、近ごろこの監獄へ来たばかりで、はやくもクリコフから町の得意先をすっかり横どりしてしまった、こすからいシベリアの百姓あがりのもぐりの獣医――この二人の対決はまさに決闘の名にふさわしかった。得意先というのは、つまりこういうことである。この監獄にいるもぐりの獣医たちは町じゅうでひどく重宝がられていて、町民や商人たちばかりでなく、高官たちまでが、馬が病気にかかると、町にはれっきとしたほんものの獣医が何人かいるのに、わざわざ監獄にたのみに来るというしまつだった。ヨールキンというシベリアの百姓が来るまでは、クリコフの一人舞台で、たくさんの得意先をもち、むろん、礼金をもらっていた。彼はいい気になってだぼらをふき、物識《ものし》りぶっていたが、口先だけで、実際はさっぱりわかっていなかった。収入の面では、彼は囚人仲間のあいだの貴族だった。世の中のことは知っているし、頭はまわるし、腹がすわっているうえに気っぷがいいので、もうまえまえから、監獄内のすべての囚人たちが知らず知らずのうちに彼を尊敬の目で見るようになっていた。囚人たちは彼の言うことはきいたし、従いもした。ところが、彼はあまりものを言わなかった。しゃべるときは、まるで一ループリめぐんでやるような調子で、それもごく重大な場合に限られていた。彼は思いきった気どりやだったが、その身内には見せかけでないほんもののエネルギーがみちあふれていた。彼はもういい年配だったが、ひじょうな美男で、ひどく頭がよかった。わたしたち貴族に対する応対は、妙につくりすぎたようないんぎんさで、しかも同時に異常なほどの重々しさがあった。おそらく、彼を着飾らせ、何某伯爵《はくしゃく》ということにして首都のどこかのクラブへ連れていったとしたら、彼は悠々《ゆうゆう》と落着きはらって、ホイストをやったり、あまり多くはないが、重みをこめて、りっぱに話をしたりして、一晩じゅう、伯爵ではなく浮浪者だということを見やぶられずにすむにちがいない。わたしは冗談に言っているのではない。それほど彼は才走っていて、目先がきき、頭の回転が早かったのである。加えて、彼のマナーは優美で、あかぬけしていた。おそらく、かなりの苦労をしてきたにちがいない。しかし、彼の過去は謎《なぞ》のヴェールにつつまれていた。ここでも彼は特別監房に収容されていた。ところが、ヨールキンが来ると同時に——これは百姓ではあるが、ひどくこすからい五十前後の男で、分離派宗徒だった——クリコフの獣医としての名声はかすみはじめた。そして二カ月かそこらのあいだに、彼はクリコフの町のほとんどの得意先を奪ってしまった。そしてクリコフがこれまでどうしても手をつけられなかったような馬を、彼はこともなげになおした。それればかりか、町の獣医たちが匙《さじ》を投げたような病気まで、まんまとなおしてみせたのである。この百姓は他の仲間たちといっしょに贋金《にせがね》つくりの罪で送られてきたのだった。こんな年寄りになって、こんなばかげた事件にまきこまれたとは、魔がさしたではすまされまい。彼自身、自分のばかさを嘲笑《あざわら》いながら、ほんものの金貨三枚で贋の金貨が一枚しかできなかったと、わたしたちに話したものである。クリコフは彼の獣医としての成功にいささか屈辱をおぼえた、加えて、仲間うちでの彼の名声までがしだいにうすれはじめた。彼は町はずれに情婦をかこっていて、ビロードの半外套《はんがいとう》をはおり、銀の指輪や耳飾りをつけ、縁飾りのある私物の長靴をはいたりして、粋《いき》がっていたものだが、急に収入がなくなったために、酒の密売屋になりさがらざるをえないはめになった。そこで囚人たち一同は、いまこの新しいグネドコの購入にあたって、この二人の仇敵《きゅうてき》がきっと一喧嘩《ひとげんか》やらかすにちがいないと、期待をもって見まもっていたのである。みんな好奇心でうずうずしていた。二人はそれぞれ自分の仲間をもっていた。両陣営の音頭とりたちはもう興奮しだして、早くも罵りあいの軽い前哨戦《ぜんしょうせん》がはじまった。ヨールキンはいよいよその小ずるそうな顔をしかめて、思いきり皮肉な薄笑いをうかべようとした。ところが、意外な結果になった。クリコフは悪態をつこうなどとは考えてもいなかった、そして罵りちらす代りに、みごとなてをつかったのである。彼はまず相手に発言をゆずって、感にたえたような顔つきをさえつくって、相手の意見に耳をかたむけた、ところが、一つ言葉尻《ことばじり》をつかむと、とたんに言葉はひかえ目だが執拗《しつよう》に、相手にそのまちがいを指摘した。そして、ヨールキンが気がついて、弁明するすきをあたえずに、まちがっているのはここだということを、まんまと証明してしまったのである。一口に言えば、ヨールキンはまったくの不意打ちに、まんまとしてやられたわけである、そして勝利はやはり彼に落着きはしたが、しかしクリコフの仲間たちも何となく満足した気持だった。

「だめだよ、みんな、うん、あいつはそうやすやすとは、やっつけられねえよ。自分を守るすべを知ってるからな。たいした男よ！」と一方の連中が言った。

「ヨールキンのほうが知ってるさ！」と他の連中が言ったが、その調子には何となく妥協するようなところがあった。双方とも不意におどろくほど妥協的な調子で話しだした。

「知ってるってわけじゃねえさ、ただ手がちょっと小器用ってだけよ。だが、牛や馬っていうと、クリコフも負けちゃいねえからな」

「負けるようなやつかよ！」

「負けちゃいねえさ……」

新しいグネドコが、やっと、選ばれて、購入された。それは若い、美しい、がっしりした、そのうえひどくかわいげな、快活な様子をした、すばらしい馬だった。そして、その他あらゆる点で、非のうちどころのなかったことは、言うまでもない。値段の交渉がはじまった。売主は三十ルーブリときりだし、こちらは二十五と言いはった。双方ともかっかとなって、長いことやりあった。相手がすこし値を引いたり、こっちがちょっぴり折れたりした。しまいには、自分たちでもおかしくなってしまった。

「なんだ、おい、てめえたちの財布から金でも出すってのかい？」と一方の囚人たちが言った。「何でそんなに値切ってんだ？」

「お上の金を惜しめってのか？」と他方の囚人たちが叫んだ。

「でもやっぱし、そうは言ってもおめえ、この金ァ……組合のものだでな……」

「組合の金だ！　あほぬかせ、どうやらおれたちみてえなばかどもは、種子《たね》をまかんでも、ひとりでに生《は》えてくるらしいな……」

結局、二十八ルーブリで折合いがついた。少佐に報告され、購入が決定された。ただちにパンと塩が運ばれて、作法どおりに新しいグネドコが監獄へ連れてこられたことは、言うまでもない。そしてこのとき、新しいグネドコの頸《くび》をたたいたり、鼻面《はなづら》をなでたりしてみなかった囚人は、おそらく一人もなかったろう。その日のうちにグネドコは水運びに引出された、そして全部の囚人が、新グネドコがどんなふうに水桶《みずおけ》をひいてゆくか、好奇の目で見送ったのだった。馬車ひきのロマンはこの上なく満足そうな様子で新しい馬をながめていた。これは五十前後の百姓で、口数の少ない、気性のしっかりした男だった。だいたいロシアの馭者《ぎょしゃ》というものは、気性がひどくしっかりしていて、無口な者が多い。しじゅう馬を扱っていると、独特のしっかりした気性と、それに重みさえついてくるというのは、たしかにほんとうらしい。ロマンはおとなしく、だれにでもやさしく、無口な男で、角《つの》の煙草《たばこ》入れからきざみをつまみだして嗅《か》ぎ、いつのむかしから常に監獄のグネドコを扱っていた。新しい馬は三頭目だった。囚人たちはみな、監獄には栗毛《くりげ》という毛色が似合うので、これが家風に合うらしい、と思いこんでいた。これはロマンも認めていた。だから、たとえば斑馬《まだらうま》などは、まちがっても買うことはなかったろう。水桶の馬車ひきの役は、常に、どういう権利でか、永久にロマンのものときまっていた。そして囚人たちのだれ一人、この権利を彼から奪おうなどとは考えもしなかった。まえのグネドコが倒れたとき、だれも、少佐でさえも、ロマンに何か落度があったのではないかなどとは、ちらとも考えなかった。神の御心《みこころ》だ、それだけのことさ、ロマンはいい馭者だ、というのである。間もなく、グネドコは監獄じゅうのペットになった。囚人たちは粗暴な連中ではあったが、しょっちゅうグネドコのそばへよってはかわいがった。よくロマンが河からもどってきて、下士官があけてくれた門をしめていると、グネドコが門内へはいって、水桶の馬車をひいたまま立ちどまって、横目で彼のほうを見ながら待っていることがあった。『ひとりで行け！』とロマンがどなると、グネドコはすぐにひとりで歩きだし、炊事場まで来ると、立ちどまって、炊事夫や便所掃除夫が桶をさげて水をとりに来るのを待っている。

「利口ものだな、グネドコ！」と囚人たちはほめてやる、「ひとりでひいてきたか！……聞きわけのいいやつだ」

「ほんとだ。畜生でも、わかるんだよ！」

「えらいぞ、グネドコ！」

まるでほんとうにわかっていて、ほめられて喜んでいるように、グネドコは頭を振って、鼻を鳴らす。するとだれかがきまってパンと塩を持ってきてやる。グネドコはそれを食べると、また頭を振る。まるでこう言っているようだ。

『知ってるよ、おまえさんを、知ってるとも！　おれもやさしい馬だが、おまえさんもいい人だよ！』

わたしもグネドコにパンを持ってってやるのが好きだった。その美しい鼻面をながめながら、もらった食べものを急いでくわえこむやわらかいあたたかい唇《くちびる》をてのひらに感じるのが、何とも言えぬいい気持だった。

だいたい、囚人たちは動物を愛する気持はあったらしい、だからもしそれが許されたら、喜んでたくさんの家畜や小鳥を監獄内に飼ったにちがいない。それに、たとえばこのようなしごとほど、囚人たちの粗暴なけだものじみた気性をやわらげ、やさしくすることができるものが、他に何がありえたろう？　だが、それは許されなかった。囚人たちの規則も、それに場所も、それを許さなかったのである。

わたしのいたあいだ、それでも、監獄内に偶然にわずかだが動物がまぎれこんでいた。グネドコのほかに、犬や、鵞鳥《がちょう》や、山羊《やぎ》のワシカがいたし、それにしばらくのあいだ鷲《わし》も住んでいた。

監獄の飼犬のような格好で、すでにまえにも述べたが、シャーリックという利口なおとなしい犬が住んでいた。この犬はわたしと大の仲よしだった。ところが、犬というものは民衆のあいだでは不浄な動物と考えられ、かまってはいけないものとされていたので、シャーリックも監獄内でほとんどだれにもかえりみられなかった。こんなわけで犬はひとりで勝手に暮し、庭に寝て、炊事場の残飯を食べ、だれに特に面倒をみられるということもなかったが、それでもみんなを知っていて、監獄内の全囚人を自分の主人と考えていた。囚人たちが作業からもどってきて、衛兵所のあたりで『上等兵！』と叫ぶ声が聞えると、シャーリックははじかれたように門のほうへとんでゆき、うれしそうにそれぞれの作業班を迎えて、せめて一言でもやさしい言葉を期待しながら、しっぽを振り、一人一人の囚人の目をいそいそとのぞきこむのだった。ところが長年のあいだシャーリックは、わたし以外のだれからもすこしの愛撫《あいぶ》もめぐんでもらえなかった。そんなわけで、シャーリックはだれよりもわたしになついていたのだった。その後、二匹目の犬ベールカも監獄に住みつくようになったが、いつどんなふうに迷いこんだのか、わたしはおぼえていない。三匹目のクリチャプカは、わたしが自分で飼っていたが、これはあるとき作業からの帰りに、まだ子犬だったのをひろってきたのである。ベールカは変った犬だった。どこかで荷馬車にひかれて、背中がくぼんでいたので、走っているところを遠くから見ると、何やら白い動物が二匹くっついて走っているようだった。そのうえ、身体じゅうが皮膚病で、目が腐れ、しっぽはほとんど毛がぬけおちて、いつも腹の下へすくめていた。さんざん運命に虐《しいた》げられて、どうやらベールカは、いっさい逆らわないことにきめたらしい。一度もだれにも吠《ほ》えたことはないし、唸《うな》ったこともなかった。まるでその気力もないようだった。獄舎の裏庭に住んでいたのは、そちらのほうが、食べものにありつけるからだった。よく、わたしたち囚人のだれかを見かけると、やにわに、まだ数歩もはなれているのに、恭順《きょうじゅん》のしるしに、仰向《あおむ》けにひっくりかえってみせたものだ。『どうなと、好きにしてください、このとおり、手向いしようなどとは思いませんから』というわけである。すると、目のまえでひっくりかえられた囚人は、まるでそうするのが絶対の義務でもあるように、靴先でベールカをけとばす。『ええっ、この負け犬め！』と囚人たちはいまいましそうに言うのだった。しかしベールカは悲鳴をあげることさえ遠慮して、よくよく痛さが骨身にこたえたときだけ、妙に声を殺して、あわれみを乞《こ》うように唸るのだった。ベールカは何か自分の都合で監獄の外へかけだしていったようなとき、シャーリックに出会っても、ほかのどんな犬に出会っても、まったく同じように仰向けにひっくりかえった。よく、どこかの大きな耳のたれた犬が、吠えながらとんでくると、ベールカはいち早くひっくりかえって、おとなしく待っていたものだ。ところが犬というものは同類の屈服と従順を好む動物である。たけりたった犬もたちまちおとなしくなって、やや拍子ぬけのていで、自分のまえに仰向けにひっくりかえっている犬のそばに近づき、ゆっくり、ひどく興味ありげにその身体《からだ》じゅうを嗅《か》ぎはじめる。そのとき、がたがたふるえているベールカは、いったいどんなことを考えているのだろう？『さあ、どうだろう、このならず者め、噛《か》みつくかな？』おそらく、こんな考えがベールカの頭にうかんだにちがいない。ところが、たんねんに嗅ぎまわすと、犬は、特に珍しいものが何も見つからないので、とうとう、あきらめてしまった。ベールカはすぐにはねおきて、ジューチカとかいう牝犬《めすいぬ》のあとを一列につながって追ってゆく犬の群れについて、びっこをひきひきかけだすのだった。そして、おそらくジューチカとはけっして仲よしになれないことは承知していたろうが、それでもやっぱりせめて遠くからでもひょこひょこついてゆく——こんなことでさえベールカにとっては不幸な境涯のせめてもの慰めだったのだ。誇りについては、どうやら、もう考えることをあきらめていたらしい。未来の幸福に対するいっさいの希望を失って、ベールカはただ食べものにありつくために生きていた、そしてそれを十分に自覚していた。わたしは一度やさしくなでてやったことがあった。こんなことは一度もされたことがないし、思いもよらぬことなので、ベールカはいきなりペタリと地べたに腹ばいになって、全身をがたがたふるわせ、感きわまってうわずった声で吠えだした。わたしはかわいそうに思って、それからときどきなでてやった。そのためにベールカはわたしを見ると、かならず甘えた吠え声をたてるようになった。遠くからわたしを見かけると、すぐに吠えたてる、痛々しい、涙のにじんだ声で、吠えたてるのだった。ところが結局は、監獄の外の堡塁《ほうるい》の上で犬どもに嚙み殺されてしまった。

クリチャプカは性質がまったくちがっていた。どうしてわたしがこの犬を、まだ目の見えない子犬のころに作業場から監獄へ連れてきたのか、自分でもわからない。この子犬に餌《えさ》をやって、育てるのが、わたしには楽しかった。シャーリックはすぐにクリチャプカを自分の保護の下において、いっしょに寝るようになった。クリチャプカが少し育つと、シャーリックは自分の耳を嚙ませたり、毛をくわえてひっぱらせたり、普通親犬が子犬をじゃらすように、あそび相手になってやった。妙なことに、クリチャプカはさっぱり上にのびないで、胴の長さと幅ばかり大きくなった。毛なみはもじゃもじゃと長く、明るいねずみっぽい色だった。耳は片方はたれ、片方は立っていた。性質は、子犬はたいていそうだが、活発で、有頂天になりやすかった。だいたい子犬というものは、飼主の姿を見ると、うれしさのあまり、くんくん鼻をならし、きゃんきゃん吠えたてて、とびついて顔までなめようとする、そして他のもろもろの感情もいっさい抑《おさ》えようとはしない。『この喜びさえ見てもらったら、礼儀なんてどうだっていい』というわけである。わたしがどこにいようと、『クリチャプカ！』と呼びさえすれば——すぐに、まるで地の底からわいたように、どこかの隅《すみ》からとびだして、うれしそうにきゃんきゃん吠えながら、シャーリックのようにまっしぐらに、途中で何度かころころころげて、わたしのほうへとんでくるのだった。わたしはこの小さいみっともない子犬がかわいくてたまらなかった。運命がこの子犬の生活に満足と、そして喜びだけを用意したかと思われた。ところがある日、女靴の縫工と皮のなめしをしごとにしていたネウストローエフという囚人が、クリチャプカに特別な関心を向けた。不意に、ある考えがひらめいたらしい。彼はクリチャプカを呼んで、ちょっとその毛をなでてみてから、やさしく地べたに仰向けに寝かせた。クリチャプカは、何も疑わずに、うれしそうにくんくん鼻をならしていた。ところが、あくる朝は姿を見せなかった。わたしは長いことさがしまわった。水の中へでも消えてしまったのか、いくらさがしてもむなしかった。二週間後にはじめて事情が明らかになった。クリチャプカの毛皮がすっかりネウストローエフに気に入られてしまったのだ。彼はそれをはいで、なめし、法務官夫人から注文されたビロードの冬の半長靴の裏皮にしたのである。その半長靴ができあがったとき、彼はそれをわたしに見せてくれた。みごとなできばえだった。かわいそうに、クリチャプカ！

わたしたちの監獄ではたくさんの囚人たちが皮革の加工をしごとにしていた。そしてすばらしい毛並みの犬が連れてこられては、その日のうちに姿を消してしまうことが、よくあった。盗まれることもあったし、買われることさえあった。おぼえているが、あるときわたしは炊事場の裏で二人の囚人を見かけたことがあった。二人は熱心に何ごとか相談しあっていた。一人は見るからに純血種らしい大型のみごとな犬を縄《なわ》でしばってひいていた。どこかのやくざな下男が主人の犬を盗んできて、靴工の囚人たちに銀貨三十コペイカで売ったのである。囚人たちはそれをしめ殺す相談をしていたのだった。ここはそういうしごとにはうってつけの場所だった。皮ははぎ、死骸《しがい》は大きな深い汚水溜《おすいだめ》へ投げこむ。この汚水溜は監獄の裏のいちばん隅にあって、真夏の暑いさかりには、おそろしい悪臭をはなった。しかもこの汚水溜はめったにさらわれなかった。哀れな犬は、どうやら、目前に迫った自分の運命をさとったらしかった。犬はさぐるような目で、不安そうに、わたしたち三人をかわるがわる見て、ときおり、そのわたしたちに対する信頼のしるしでわたしたちの気持をやわらげようとでもするように、毛のふさふさとしたすくめたしっぽを、おそるおそる振ってみせるのだった。わたしは急いでその場を立ち去ったが、二人がまんまと望みをとげたことは言うまでもない。

わたしたちの監獄には鵞鳥も、やはり偶然に飼われるようになった。いったいだれが育てたのか、そしてだれの所有物なのか、わたしは知らないが、その鵞鳥どもがある期間、囚人たちの心を慰め、しかも町でさえ評判になった。それらは監獄内で卵からかえって、炊事場で養われていた。ひなどもが育つと、全部そろってガアガア鳴きながら、囚人たちといっしょに作業場へ行くのが習慣になった。太鼓が鳴り、囚人たちが出口のほうへ歩きだすと、鵞鳥どもはけたたましく鳴きたてながら、わたしたちのあとからかけだし、羽をばたばたさせて、一羽ずつつぎつぎと木戸の高いしきいをとびこえ、きまって右側のほうへ走ってゆく、そしてそこに並んで、作業班の編成のすむのを待っているのである。彼らはいつももっとも大きな班についてゆき、作業中はどこか近くで餌《えさ》をつついている。囚人たちが作業を終って帰途につくと同時に、彼らも腰をあげるのである。鵞鳥どもが囚人たちといっしょに作業に行く、という噂《うわさ》が、要塞内《ようさいない》にひろまった。「ほら見ろよ、囚人どもが鵞鳥といっしょに行くよ！」と、行き会う人々が語りあった、「それにしても、よくまあ教えこんだものだ！」「さあこれを、鵞鳥どもにやってくださいな！」中にはこう言って、施しものをわたす者もあった。ところが、鵞鳥どもがこれほど信服しきっているのに、いつかの精進落しのときに、囚人たちは一羽残らずつぶしてしまったのである。

そのかわり、山羊のワシカだけは、何か特別の事態でも起らないかぎり、ぜったいにつぶされる懸念《けねん》はなさそうだった。これもどこから迷いこんできたのか、だれが持ちこんだのか、わからないが、あるときまるで降ってわいたように、小さな、真っ白い、じつにかわいらしい子山羊が、監獄内にあらわれた。数日のあいだ、囚人たちはみなこの子山羊をかわいがり、そして子山羊はみんなの慰めとなり、喜びにさえなった。飼う理由も見つかった。監獄内には厩舎《きゅうしゃ》があるのだから、そこに山羊を飼っても悪いことはない、というのである。ところが山羊は厩舎には住まないで、はじめのうちは炊事場に住んでいたが、そのうちに監獄ぜんたいをすみかとするようになった。これは見かけはじつに優雅だが、そのくせおそろしくいたずらだった。呼ぶとすぐかけよってきて、腰掛けや卓にとびのったり、囚人たちと押しくらをしたり、とにかくにぎやかで、愛嬌《あいきょう》ものだった。あるとき、もうかなり角がのびたところ、日暮れどきだったが、獄舎の入口階段のあたりに仲間の囚人たちとたむろしていたレズギン人のババイが、いたずらっ気を起してワシカと押しくらをはじめた。ややしばらく額で押しあっていたが――これは囚人と山羊の大好きなあそびだった――不意にワシカは階段の最上段へとびあがった、そしてババイがあわててひょいとわきを見たとたんに、いきなり後脚《あし》で立ち上がり、前脚をちぢめて、力まかせにババイのうしろ頭に頭突《ずつ》きをくらわせた。ババイはもんどりうって階段からころがりおち、囚人たちはどっとはやしたてた。だれよりも喜んだのは当のババイだった。一口に言えば、囚人たちはみなワシカが好きでたまらなかったのである。ワシカがおとなになりかけたとき、みんなが集まって真剣に相談した結果、ワシカにある手術をほどこすことになり、囚人の獣医たちがみごとにそれをやってのけた。「これをやらんと、山羊くさくなるからな」と囚人たちは話しあった。その後、ワシカはおそろしくふとりだした。それに、まるで殺すまえみたいに、たくさん食わせた。とうとう長い角を生やし、あきれるほどふとった、みごとな大山羊に成長した。歩いていると、よろけることもあった。この山羊もわたしたちといっしょに作業に行く習慣がついて、囚人たちや、行き会う人々を楽しませた。監獄の山羊ワシカのことは、みんなが知っていた。ときどき、河岸などで作業しているとき、囚人たちはしなやかな柳の枝を折ったり、木の葉を集めたり、土手に咲いている草花をつんだりして、それらでワシカを飾ってやった。角に枝や花を巻きつけ、背中一面に花環《はなわ》でおおってやるのである。監獄へもどるとき、美しく飾られたワシカが、いつも先頭に立ち、囚人たちは道行く人々に自慢そうに見せびらかしながら、そのうしろに従うのだった。かわいがりようがすっかり昂《こう》じて、囚人たちの中には、まるで子供みたいに、「ワシカの角に金メッキをしてやっては！」などと考える者も出てくるほどだった。だが、それは話だけで、実行はされなかった。しかしわたしは、イサイ・フォミーチに次いで監獄内でもっとも腕ききの鍍金師《めっきし》と言われているアキム・アキームイチに、実際に山羊の角に金メッキができるものか、ときいたことをおぼえている。彼はまず入念に山羊の角をしらべて、真剣に考えたあげく、できないこともないが、「もちがよくないだろうし、それに何の役にも立たぬから」と答えた。この一声でこれは沙汰《さた》やみになった。こんなわけで、ワシカは末長く監獄内に暮し、最後は老いの息ぎれか何かで悠々《ゆうゆう》と死んでいくはずであった。それがあるとき、例によって美しく飾られて、囚人たちの先頭に立って作業からもどってくる途中、軽馬車に乗った少佐とばったり出会ってしまったのである。「とまれ！」と少佐はどなった、「だれの山羊だ？」囚人たちは説明した。「なに！　監獄で山羊を飼ってるだと、しかもおれの許可も受けずに！　おい、下士官！」下士官がすすみ出た、そしていきなり頭ごなしに、すぐに山羊を殺せという命令を下した。皮ははいで、市場で売り、その売上金は国庫の囚人積立金に加える、肉は肉汁にして囚人たちに配れ、というのである。獄内では山羊をあわれんで、いろいろと話しあってはみたが、しかし、だれも命令にそむく勇気はなかった。ワシカは例の汚水溜のそばで殺された。肉は囚人の一人が一ルーブリ半を囚人たちの組合におさめて、ぜんぶ買い占めた。その金で囚人たちは白パンを買った。肉を買い占めた囚人は、それを焼肉にして仲間たちに切り売りした。肉はたしかにおどろくほどうまかった。

わたしたちの監獄に、これもやはりしばらくのあいだ、一羽の鷲《わし》が住みついていた。タタール鷲（カラグーシ）といって、あまり大きくない曠野《こうや》の鷲の一種だった。傷ついて、苦しんでいるのを、だれかが監獄へ持ってきたのである。監獄じゅうの者がこの傷ついた鷲をとりかこんだ。鷲は飛ぶことができなかった。右の翼がだらりと地面へたれ、片方の脚がねじれていた。わたしはいまでもおぼえているが、鷲は狂暴な目でまわりの物好きな連中をにらみまわし、命の安売りはせぬぞとばかりに、鉤《かぎ》のようなするどいくちばしを大きくあけた。囚人たちが見あきて、散りだすと、鷲は傷ついた脚をひきずり、丈夫なほうの翼をばたばたさせて、ころんだり突んのめったりしながら、監獄のいちばん遠いはずれまで行きつき、柵《さく》にぴったり身体《からだ》をおしつけて、片隅にかくれてしまった。そこにそのまま三カ月ほどひそんでいた、そしてそのあいだ一度もその片隅から出なかった。はじめのうち囚人たちはちょいちょい見に行って、犬をけしかけたりした。シャーリックは猛然とおそいかかろうとするが、すぐそばまではこわくて近よれないらしい。それが囚人たちを大いに喜ばせた。「さすがは鷲だ！」と囚人たちは話しあった、「よせつけやしねえ！」そのうちに、シャーリックもひどく痛めつけるようになった。犬なりに相手が傷ついていることを知り、こわさがうすらいだのだ、そして、けしかけられると、わるいほうの翼をねらって嚙《か》みついた。鷲はありたけの力をふりしぼって鉤爪《かぎづめ》とくちばしで防ぎ、自分のかくれ家にひそんだまま、傷ついた王のように、荒々しい目で傲《ごう》然《ぜん》と、見物にきた物好きな連中をにらみまわすのだった。そのうちに、みんなあきてしまった。囚人たちは鷲をうっちゃらかして、忘れていた、とはいえ、しかし、毎日そのそばに新鮮な肉きれがすこしばかりと、水を入れた茶碗《ちゃわん》が見られた。だれかが観察していたのである。鷲ははじめのうち食べようとせず、幾日かは手もつけなかった。が、そのうちにとうとう餌をつつきだした、しかしぜったいに人の手から、あるいは人の見ているところでは、食べようとしなかった。わたしはあるとき偶然に遠くのほうから鷲を観察することができた。あたりにだれの姿も見えないので、だれにも見られていないと思ったらしく、鷲は思いきってかくれ家を出て、びっこをひきながら、柵にそって十二歩ほどはなれてみて、またすぐにもどり、そしてまた出ていった。まるで脚ならしをしているような様子だった。わたしに気づくと、鷲はとっさに全力をふりしぼって、びっこをひきながら、急いでかくれ家へかけもどり、頭をそらして、くちばしを大きくあけ、全身の毛を逆立《さかだ》てて、すばやく戦闘態勢をとった。どんなにやさしくしてみても、わたしは鷲をやわらげることができなかった。鷲は嚙みついたり、あばれたりして、牛肉をやっても見向きもせず、わたしがそこに立っているあいだ、憎悪《ぞうお》にもえる突き刺すような目でじいっとわたしの目をにらんでいた。鷲はだれをも信じようとせず、だれにも心を許そうとせずに、ただひとり、世を呪《のろ》いながら、死を待っていたのである。やがて、囚人たちはひょいと鷲のことを思い出したらしい。二カ月ほどだれ一人気にする者もなく、噂《うわさ》をする者もなかったのに、どういうものか不意に同情心が生れたらしいのである。だれからともなく、鷲をあそこから出してやらにゃ、と言いだした。「どうせくたばるんなら、せめて監獄の外で死なしてやろうや」とある囚人たちが言った。

「そうだとも、鷲は自由な、気の荒い鳥だ、監獄に慣れさせるのは無理だよ」と他の囚人たちが相槌《あいづち》を打った。

「つまり、おれたちたァ、ちがうんだよ」とだれかが付け加えた。

「あたりめえよ、ばかこくな。あれは鳥じゃねえか、おれたちァ、人間さまよ」

「鷲はな、まあ聞けや、森の王よ……」とスクラートフが言いかけたが、今日はだれも聞こうとしなかった。

そして、昼食が終って、作業へ整列の太鼓が鳴ると、囚人たちは鷲をつかまえ、はげしくあばれるので、手でくちばしをしっかりおさえつけて、監獄の外へ運び出した。堡《ほう》塁《るい》のところまで来ると、この作業班の十二人ばかりの囚人たちは、好奇心をもやして、鷲がどこへとんでゆくかを見定めようとした。奇妙なことだが、囚人たちは何となく満足そうだった。自分たちも自由の一部をあたえられたような気がしたのだった。

「見ろよ、なんて畜生だ！　よくしてやろうってのに、噛みついてばかりいやがる！」とおさえていた囚人が、ほとんど愛の目であばれる鷲を見ながら言った。

「はなしてやれ、ミキートカ！」

「やつにゃ、何をしてやってもむださ。自由がほしいんだよ、勝手気ままな自由がさ」

鷲は堡塁の上から曠野へはなされた。晩秋の寒いどんよりした日だった。風が裸の曠野に唸《うな》り、黄色くかさかさに枯れた野草の茂みを鳴らしていた。鷲は傷のなおらぬ翼を振りながら、急いでどこかわたしたちの目のとどかぬところへ逃げ去ろうとするように、まっすぐに走っていった。囚人たちは、草の間にちらちらするその頭を、好奇の目で追った。

「あきれた畜生だ！」と一人がしんみりと言った。

「振向きもしやがらねえ！」と別な囚人が付け加えた。「どうだい、一度も振向かねえで、さっさと逃げていきやがる！」

「じゃおめえは、お礼にもどってくるとでも思ったのかい？」と三番目の男が言った。

「きまってるじゃねえか、自由だよ。自由の匂《にお》いを嗅《か》いだのよ」

「枷《かせ》のねえ、か」

「おや、もう見えねえぜ……」

「なにを突っ立ってるんだ？　歩け！」と警護兵たちがどなった。一同は黙々と作業場へ歩きだした。

七　抗　議

この章をはじめるにあたって、故アレクサンドル・ペトローヴィチ・ゴリャンチコフのこの記録の発行者は、つぎの事実を読者に知らせるべきであろうと思う。

『死の家の記録』の最初の章に、貴族出のある父親殺しの男について、ちょっとふれてある。しかしこの男は、囚人たちがときおり自分の犯した罪についていかに無関心に語るかということの例としてあげられたのだった。また、この男が裁判官のまえで自分の犯行を認めなかったことも、だが、彼の事情を詳細に知っていた人々の話から判断すると、事実はあまりにも明白で、どうしても彼の犯行と信じないわけにはいかなかったことも、語られていた。それらの人々が『記録』の著者に、犯人はどうにもならない不身持ちの男で、借金をつくり、遺産ほしさの一念で、実の父親を殺したのだ、と語ったのである。しかも、かつてこの男が勤めていた町じゅうの人々が、口をそろえてこの事実を認めていた。これについては『記録』の発行者は、信頼するに足るかなりの情報を得ている。さらに、『記録』には、この殺人犯が監獄ではいつもすばらしい上機嫌《じょうきげん》で、浮き浮きしていたこと、そしてけっしてばかではないが、とぼけていて、軽薄で、まるで分別というもののない男であったこと、そして『記録』の著者はこの男に何か特に残酷なところは一度も気付いたことがなかったこと、などが語られていた。そしてそのあとに、『もちろん、わたしはこの犯罪を信じなかった』という言葉が付け加えられていた。

数日まえ『死の家の記録』の発行者はシベリアからある通知を受取ったが、そこには犯人が実際には正しく、無実の罪のために十年間監獄で苦しんだこと、その無罪が裁判で正式に明らかにされたことが報じてあった。真犯人が見つかって、自白し、気の毒な男はもう監獄から解放されたというのである。発行者はこの通報の正確さを疑うことは、どうしてもできない……

これ以上、何も付け加えることはない。この事実のもつ悲劇の深刻さについて、このようなおそろしい無実の罪のために、まだ青春の身で亡《ほろ》ぼされた生涯について、くだくだしく述べるにはあたるまい。事実はあまりにも明白であり、それ自体あまりにも驚異である。

また思うに、もしもこのような事実が可能であったとしたら、すでにこのような可能性自体が、死の家の情景の特徴づけと仕上げに、さらに新しい、きわめて明白な特色を加えるものであろう。

それはさて、ものがたりをつづけよう。

まえに述べたように、わたしも、やっと、監獄における自分の境遇に慣れることができた。しかしこの『やっと』はひどくのろのろと、苦しく行われた。あまりにも緩慢な経過だった。実際には、そのためにわたしにはほとんど一年の時間が必要だったのである。そしてそれはわたしの生涯のもっとも苦しい一年であった。だからこそ、この一年のことが細大もらさずわたしの記憶に刻みつけられたのである。わたしにはこの一年間の一時間一時間が一分一秒の果てまでおぼえているように思われる。この生活に慣れることは、他の囚人たちにもできなかった、ということもわたしは述べておいた。忘れもしないが、この最初の一年に、わたしはよくひとりで考えてみたものだ。『彼らは、どうなのだろう？　いったい平気なのだろうか？』こうした問題がひどくわたしの心をとらえた。まえにも述べたが、ここのすべての囚人たちは、自分の家にというのではなく、宿屋か、野営か、あるいはどこかの宿場にでもいるような気持で暮していた。終身刑で送られてきた囚人たちでさえ、妙にそわそわしたり、ふさぎこんだりして、どの囚人もかならずといっていいほど、何かしらほとんど不可能なことをひそかに憧《あこが》れていた。口には出さなくとも、ありありと見える、このたえまない不安、ときとして思わず口走る希望のこの異様な熱っぽさとじれったさ、しかもその希望がときにはうわごとかと耳を疑いたくなるほど、あまりにも突飛なこと、しかも、何よりも驚くのは、そうした突飛な希望が往々にして見たところもっとも実際的な囚人たちの頭の中にこびりついていること——こうしたいっさいがこの場所に異常な外観と特色をあたえていた。しかも、おそらくそれらの特色がこの場所のもっとも際立《きわだ》った特徴をなしていたにちがいないと思われるほどである。ほとんど最初の一瞥《いちべつ》で、これは監獄の外にはないものだ、ということが感じられた。ここにいるのはみんな空想家だった、そしてそれがいやでも目に映った。それは病的に感じられた、というのは、この空想癖が囚人の大多数に一様に暗い陰気な外見、ある不健康な外見をあたえていたからである。ほとんどの囚人たちが無口で、憎悪《ぞうお》と言えるほどの敵意を見せ、自分の希望を表にあらわすことを好まなかった。正直さや、率直さは、軽蔑《けいべつ》されていた。かなえられそうもない希望であればあるほど、そしてかなえられそうもないことを本人が感じていればいるほど、いよいよかたくなに、操《みさお》を守るように、それを胸の中にしまいこみ、どうしてもあきらめることができないのである。あるいは、それをひそかに恥じている者があったかもしれぬが、それは知りうべくもない。ロシア人の性格にはくもりのない目で思いきって直視するというところがあり、まず自分をひそかに嘲笑《ちょうしょう》する傾向がある……おそらく、このいつも胸の中にかくしている自分に対する不満から、これらの人々には日常の相互関係における怒りっぽさと、偏屈さと、嘲笑癖が生れたものであろう。だから、たとえば、こんな連中の中でも、わりあいに純情で気の早いのが、いきなりとび出して、みんながひそかに胸の中にしまっていることをしゃべりだし、空想や希望にうつつをぬかしたりすると、たちまち寄ってたかって、乱暴に話をぶちこわし、笑いものにしてしまうのである。しかもわたしには、もっともはげしく攻めたてる連中こそ、やっつけられる本人よりも、もっと遠い、もっと大きい空想と希望をもっているように思われるのである。まえにも言ったように、ここでは無邪気で正直な者は、一般に下劣なばか者と見なされて、軽蔑されていた。どの囚人も気むずかしく、しかも自惚《うぬぼ》れが強かったので、善良で、自惚れをもたぬ人間を軽蔑する傾向があった。こうした無邪気で正直なおしゃべりをのぞけば、あとはみな無口な連中で、心の善良な者と心の邪悪な者、陰性と陽性とに、はっきりと色わけすることができた。陰気で心の邪悪な者のほうが比較にならぬほど多かった。もしこうした連中の中にたまたま生れつきおしゃべりな者がいたとしたら、そういう連中はまちがいなく厄介な告げ口屋か、うるさいやきもちやきだった。自分の気持は、自分だけの秘密は、だれにも知らそうとしないくせに、他人のことはどんなことでも気になるのである。しかしこれは獄内ではやらないことで、相手にされなかった。心の善良な者は――これはほんの少数だったが――おとなしくて、黙って自分のひそかな望みを胸の中にかくしていた、そして陰気な連中よりも自分の希望を信じたがる傾向をもっていたことは、言うまでもない。だが、わたしには、監獄にはさらにもう一つのタイプ、完全に絶望しきった連中というのがいたように思われる。たとえば、スタロドゥビエ村から来た老人などが、それであった。いずれにしてもこうした連中はごく少数であった。老人は見たところ柔和だった（この老人についてはもうまえにも述べたが）、が、ふと態度にあらわれるいくつかの徴候から推して、その心情はおそろしいものであったように、わたしには思われるのである。だが、老人には自分の救い、自分の出口があった。祈りと、殉教についての考えである。まえに述べたが、聖書を読みすぎて、気がふれ、煉瓦《れんが》を振って少佐におどりかかった囚人も、おそらく絶望しきった連中、最後の希望に見はなされた連中の一人であったろう。まったく希望を失っては生きていくことができない、そこで彼は自分からすすんで、むしろつくりあげた殉難に出口を求めようとしたのだった。彼は、少佐をおそったのは憎悪のためではなく、ただ苦しみを受けたかったからだ、と説明した。どのような心理のうごきがそのとき彼の心の中で行われたか、神のみぞ知るである！　何かの目的がなく、そしてその目的を目ざす意欲がなくては、人間は生きていられるものではない。目的と希望を失えば、人間はさびしさのあまりけだものと化してしまうことが珍しくない……わたしたち囚人全体の目的は自由であった、監獄から解放されることであった。

ところで、わたしはいま監獄の全囚人を類別しようとつとめている。が、そのようなことが可能であろうか？　現実は、抽象的思考のいっさいの結論、複雑きわまる結論に比《くら》べてさえ、限りなく種々様々であり、明確な大まかな区別をすることを許さない。現実は細かく分割されてゆく傾向をもっている。独自の生活が、わたしたちのところにもあった、どんなものにもせよ、やはりあることはあった。監獄の規定どおりの生活だけではなく、内部の、ここだけの独自の生活があったのである。

しかし、まえにもすこしふれておいたが、わたしは監獄に来たはじめのころは、この生活の深い内部を見ぬくことができなかったし、またその目もなかった、だからこの生活の目に見える外側にあらわれるすべてのものが、そのころは言いようもないさびしさでわたしを苦しめたのだった。そして、わたしはときどき、わたしと同じようなこれらの受難者たちがただ無性に憎らしくなることがあった。わたしは彼らが羨《うらや》ましくさえなって、運命を呪《のろ》ったものだった。わたしが羨ましかったのは、何といっても彼らは仲間同士で、たがいに理解しあっているということだった。とは言っても、実際には、彼らだってみんな、わたしと同じように、笞《むち》と棒の下から生れたこの仲間関係、この強制的な組合は、もううんざりで、いやでいやでたまらず、だれもがそれぞれ顔をそむけて、どこかそっぽを向いていたのである。もう一度くりかえすが、呪いの気持がこみあげたおりおり、わたしをおそったこの羨望《せんぼう》には、それなりに正当な理由があった。実際のところ、貴族や知識人などの人たちも、監獄や徒刑地では、普通の百姓たちとまったく同じように苦しい思いをするものだ、という人々が多いが、それは絶対にまちがいである。わたしは最近このような推定が発表されたことを知っている、それを聞いたし、現に読みもした。この考えの基礎は、正しいし、人道的である。すべての人々が人間であることに変りはない。しかし、この考えはあまりにも抽象的である。生きた現実の中にいなければ理解できないひじょうに多くの実際的な条件が看過されている。わたしがこんなことを言うのは、貴族や知識人のほうがより鋭敏に、より痛切に感じるからとか、人間的により発達しているからとか、そうした理由からではない。精神とその発達に、ある一定の標準を設けることはむずかしい。教養そのものさえ、この場合は基準にはならない。わたしは、もっとも教養の低い、もっとも虐《しいた》げられた階層のこれらの受難者たちの間に、精神のもっとも緻密《ちみつ》な発達のあらわれを認めたということを、真っ先に証言することをはばからない。監獄内にはよくこういうことがあった。ある囚人をもう何年間も知っていて、あいつは人間ではない、けだものだと思って、軽蔑している。ところが不意に、ある思いがけぬ機会に、その男の心が無意識の衝動となって表面にあらわれ、そこに思いがけぬ豊かさ、感情、まごころ、自分および他人の苦悩に対するおどろくほど明確な理解が認められて、まるで不意にこちらの目があいたような思いで、はじめしばらくは、自分の目で見、耳で聞いたことが、信じられぬほどである。また、その反対のこともある。教養がときとして、おそるべき獣性やシニスムと同居しているのである。そのために胸のむかつく思いで、それを見ては、たとえどんな善良な人間でも、どんなに先入観をあたえられても、もはや自分の心の中にその男に対する許しも、釈明も見いだすことはできまい。

わたしは、習慣や、生活様式や、食物その他の変化については、何も言うまい。社会の上層部にいた人間にとっては、むろん百姓よりも苦しいことは、言うまでもない。百姓は自由な世間ではしょっちゅうひもじい思いをしてきたが、監獄ではすくなくとも腹いっぱい食えるのだ。でも、この問題についても、議論はおこう。いささかでも意志の力のある人間にとっては、他のもろもろの不便に比べて、こんなものはどれもこれもナンセンスだと仮定しよう。と言っても、実際には、習慣の変化というものはけっしてナンセンスでもないし、とるに足らぬことでもないのだが。まあ、そう仮定したとしても、そこには、こんなものがみな影がうすれてしまうような、もろもろの不便があるのである。それに比べると、獄舎内の不潔とか、窮屈とか、水っぽい、不衛生な食物など、気にならないほどである。どんな坊ちゃん育ちの若旦那《わかだんな》でも、どんななよなよしたやさ男でも、自由な社会では一度も経験したことがないほど、一日じゅう汗だくになってはたらけば、黒パンも、油虫の浮いた野菜スープも、結構食べられるようになる。こうしたものにはまだ慣れることができる。監獄に送られてきたかつての白い手の旦那をうたったユーモラスな囚人歌に、こんなのがある。

水とキャベツをあてがわれても
狼《おおかみ》みたいに、がつがつくらう。

いや、そうしたことよりももっと重大なことは、新しく監獄に来た者がすべて、来て二時間後には、他のすべての囚人たちと同じような人間になり、わが家にいるようなふうになって、みんなと同じ権利をもつ囚人組合の一員になってしまうということである。彼はみんなに理解され、自分でもみんなを理解し、みんなと顔なじみになり、そしてみんなが彼を仲間と考える。ところが、旦那とか、貴族となると、そうはいかない。たとえどんなに正直で、善良で、聡明《そうめい》であっても、何年ものあいだ、みんなによってたかって憎悪され、軽蔑《けいべつ》されなければならないのである。理解されないし、何よりも――信じられない。彼はみんなの友だちでもないし、仲間でもない、そして何年かかって、やっとのことで、みんなに侮辱されずにすむまでにこぎつけたところで、やはりみんなの仲間ではなく、永久に、苦しい思いで、自分が白い目で見られる孤独な存在であることを意識しなければならないのである。この疎外《そがい》がときには囚人たちの側からまったく悪意なしに、ただ無意識になされることがある。おれたちの仲間の人間じゃない、というただそれだけのことである。自分の環境でないところに住むことほど、おそろしいことはない。百姓は、タガンローク（訳注 ドン河口付近のアゾフ海の港）からペトロパウロフスク港（訳注 カムチャッカ半島の港。南の端から北の端への意）へ移されても、そこですぐに自分と同じようなロシアの百姓を見つけだし、たちまち気が合って仲よしになり、二時間もするともう一つ屋根の下にきわめて平和に暮すようになる。ところが旦那方にとってはそうはいかない。彼らは一般民衆とは底知れぬ深淵《しんえん》によってへだてられているのだが、旦那が不意に、外的な事情によって実際にこれまでの自分のいっさいの権利を失い、一般民衆になりさがったときに、はじめてそれがすっかりわかるのである。たとえ一生のあいだ民衆とまじわっていたとしても、それは埋められない。勤務上、たとえば、行政管理者としての立場で、あるいは単に友誼《ゆうぎ》上、保護者やある意味での父親として、四十年のあいだ毎日交際していたとしても——彼らの本質というものはぜったいにわかるものではない。すべてが単なる錯覚であって、それ以上の何ものでもない。わたしだって、このわたしの説を読むすべての人々が、例外なく、これは誇張であると言うぐらいのことは知っている。だがわたしは、この説の正しいことを確信している。わたしは書物を読んで、観念的に確信したのではない、現実の経験によって確信したのであり、この確信をたしかなものとするために、ひじょうに多くの時間をもったのである。おそらく、いずれすべての人々が、これがどれほど正しいものであるか、知ってくれるときが来よう……

もろもろのできごとが、まるでわざとのように、第一歩からわたしの観察を裏書きしてくれて、わたしの神経を病的にいらだたせた。最初の夏のあいだわたしはほとんど一人ぼっちで監獄内をさまよい歩いた。わたしはすでに述べたように、気持がしずみきっていたので、囚人たちの中でわたしを愛してくれることができたはずの人々、そしてのちには実際にわたしを愛してくれた人々——とは言え、わたしと対等の立場に立ってつきあってくれたことは一度もなかったが——を見分けて、正しく評価することさえできなかった。わたしにも貴族出の仲間はあったが、しかしその交際もわたしの心からすべての重圧をとりのぞいてはくれなかった。何にも目をやりたくないが、といってどこへも逃げるわけにはいかぬ。さて、たとえばこんなできごとが、監獄内におけるわたしの位置の疎外と特殊性を、はじめてわたしに痛切に思い知らせてくれた事件の一つである。その最初の夏のことであるが、もう八月に近いころのからりと晴れわたった暑いある日、平日の正午すぎで、囚人たちはいつものように午後の作業に出かけるまえの一休みをしていたときだった、不意に全部の囚人たちが、まるで一人の人間のように、さっと立ち上がって、監獄の庭に整列をはじめた。わたしはその瞬間まで何も知らなかった。ちょうどそのころ、わたしはひとり物思いに沈んでいることが多くて、まわりに起っていることにはほとんど気づかなかった。ところがこの三日ほど監獄内にはひそかな動揺がつづいていたのだった。ひょっとしたら、この動揺はもうかなりまえからはじまっていたのかもしれない。のちになって、たまたま囚人たちの会話のはしばしを思い出したり、このころの囚人たちのあいだに特に目立つようになった妙な怒りっぽさや、ぶすっとした顔や、はげしいいらだちなどを思いあわせると、わたしにはそんなふうに思われるのである。わたしはそれを苦しい労働や、長い退屈な夏の日々や、考えまいとしてもひとりでに心にうかぶ森や自由への憧《あこが》れや、十分な眠りのとれぬ短い夜などのせいだと思った。おそらく、そうしたものがみないま一つになって、爆発したのであろうが、しかしこの爆発のきっかけになったのは——食物であった。もうこの数日、囚人たちは獄舎内で大声で不平を鳴らし、憤懣《ふんまん》をぶちまけ、特に昼食や晩飯に炊事場に集まったときなど、炊事夫にあたりちらし、一人を勝手に替えてみたほどだった。しかし新任の男はたちまち追い払われて、もとの男がよびもどされた。要するに、みんなが何となくもやもやした気持になっていたのである。

「しごとが苦しいのによ、臓物《もつ》ばかり食わせやがって」と、炊事場でだれかが言いだす。

「いやなら、白ジェリーでも注文しろよ」とつぎの男が受ける。

「臓物汁《もつじる》ァ、おらァ大好きだぜ」と第三の男がまぜかえす、「だって、うめえもんな」

「じゃなんだ、おめえァ、のべつ臓物汁《もつじる》ばかり食わされていても、それでもうめえのかよ？」

「そりゃ、むろん、いまは肉を食う季節よ」と第四の男が言う、「工場でへとへとになるまではたらくんだ、しごとを終えてもどったらたらふく食いてえやな。臓物《もつ》なんか食いものと言えるか！」

「臓物《もつ》でなきゃ、骨だ」

「それそれ、その骨にしたって、変りばえがしねえや。臓物《もつ》と骨、同じことのくりかえしだ。こんなもの食いものって言えるかい！　おかしいたァ思わねえか？」

「たしかに、食いものはよくねえ」

「懐《ふとこ》ろをこやしてやがるのさ、それにちげえねえ」

「そりゃ、おめえの頭じゃわからねえことよ」

「じゃ、だれの頭ならわかるんだ？　腹はおれのもんだぜ。ひとつ、みんないっしょになって抗議をしようじゃねえか、そうすりゃ、何とかなるぜ」

「抗議を？」

「そうよ」

「へん、おめえ、その抗議とやらで、まだなぐられ足りねえとみえるな、このでくのぼうめ！」

「そのとおりだ」と、それまで黙っていた別な男がぶつくさと言った、「あわてて事を起しても、議論にならなきゃしようがねえ。抗議で何を言うつもりだ、まあ、おめえまずそれを言ってみな、この阿呆《あほう》め」

「そりゃ言うとも。みんながいっしょに行くなら、おれだってみんなといっしょにしゃべるさ。つまりは、貧乏なのがいけねえんだ。おれたちの中にゃ、自分の金で好きなものを食ってるやつもいるが、お上からあてがわれたものだけで空《す》き腹《ばら》かかえてるやつもいるのさ」

「へっ、あきれたやっかみやだ！　他人のものにばかり目をきょろつかせやがって」

「他人のごちそうを見て、ぽかんと口をあけるもんじゃねえ、それよかすこしでも早く起きて、自分でかせぐことを考えろ」

「考えろだと！……何ほざく、このことなら、おめえと白髪《しらが》になるまでやりあうぞ。つまり、腕ぐみしてすわっていてえところをみると、おめえは金持なんだな？」

「エロシカは金持よ、犬と猫をもってるもんな」

「まったくのところ、みんな、何をでれっとすわってるんだ！　やつらのばかをまねてるのは、もうたくさんだ。おれたちはしぼりかすにされてるんだぞ。なぜ黙ってるんだ？」

「なんだと！　おめえは噛《か》みくだいて、口に入れてもらいてえらしいな。他人が噛みくだいたものをくらう癖がついたのかよ。まあ、ここは監獄だ——だから辛《つら》いのよ！」

「なるほど。じゃ、みんなを喧嘩《けんか》させて、おえら方をくらいぶとらせろってわけか」

「そのとおりよ。八つ目の野郎、でくでくふとりやがって、おまけに葦毛《あしげ》の馬を一つがい買いこみやがったじゃねえか」

「おまけに、酒はきらいとな」

「こないだ、カルタで獣医とはでにやらかしたそうだぜ」

「一晩じゅうカルタをやってよ、やつめ、二時間ほど拳《こぶし》を振りまわしてたそうだ。フェージカが言ってたぜ」

「それで、骨入りの汁か」

「まったく、おめえたちはばかだよ！　たしかに、おれたちの立場じゃ押しかけていけねえよ」

「なに、みんなで押しかけて、やつがどんな言い訳をするか、きいてみようじゃないか。そしてがんばり通すんだ」

「言い訳だと！　やつはおめえの頰《ほお》げたを張りとばすよ、わかりきったことさ」

「おまけに、裁判にかけられてよ……」

要するに、だれもがいらいらしていた。このごろはたしかに食事がひどく粗末だった。

おまけにつぎつぎと悪いことが重なりあった。しかし主《おも》な原因は――全般的なもやもやした気分と、たえず胸の底にわだかまっている苦痛であった。囚人が喧嘩っ早く、騒ぎを起しやすいのは、もって生れた性分だが、しかし全囚人がいっせいに、あるいは大きな集団となって、立ち上がることはまれだった。その原因はいつも意見がまちまちに割れるからで、囚人たちのめいめいがそれは感じていた。わたしたちの間で実際の行動よりも罵《ののし》りあいのほうが多かったのは、そのためである。ところが、今度だけは動揺が空《から》騒《さわ》ぎでは終らなかった。思い思いにかたまりあって、獄舎ごとに談合を開き、悪態をつき、少佐のやり口をすっかりならべたてて、怒りをぶちまけあった。少佐の醜い秘密がことごとくあばきたてられた。数人の者が特にいきりたっていた。何かこうしたことがあると、きまって煽動《せんどう》する首謀者があらわれるものである。このような場合、つまり抗議を申し立てるような場合の首謀者は――たいていひじょうに個性の強い連中で、これはただ監獄ばかりでなく、すべての組合や集団においても同じである。これは時と所を問わずたがいに相似点をもつ、一つの特殊なタイプである。彼らは熱情的で、正義を渇《かつ》望《ぼう》し、その正義がぜったいにまちがいなく、しかも早急に実現されるものと、きわめてナイーヴに、真正直に信じこんでいる。彼らは他の連中よりも愚かでないどころか、中にはひじょうに聡明《そうめい》な者さえいる、ところが細かく気をくばって利口に立ちまわるには、あまりにも血の気が多すぎるのである。すべてのこうした場合に、巧みに群衆をうごかして、勝利をたたかいとることのできる人々がいるとすれば、それはもはや民衆指導者の別なタイプ、わが国にはひじょうにまれな、生れながらの民衆の先導者である。ところが、いまわたしが語っているこれらの抗議の首謀者や煽動者たちは、ほとんどいつの場合も失敗し、そのためにあとで監獄につながれたり、徒刑地へ流されたりすることになるのだ。そのはげしい血の気のために、彼らは失敗するのだが、同時にその血の気のために、群衆をうごかす力をもっている。そしてついに、群衆はすすんで彼らのあとについてゆくことになる。彼らの熱気と純粋な怒りがみんなに作用し、ついにはもっとも煮えきらない連中までが引きずりこまれてしまう。成功に対する彼らの盲目的な確信が、もっとも根深い懐疑派をさえ誘惑する。ところがじつは、この確信の根拠たるや、何とも青臭くあやふやで、どうしてあんな連中のあとについていったのかと、他人《ひと》ごとながらあきれる場合が多いのである。しかし魅力は、彼らが真っ先に行く、何ものもおそれず、突き進む、ということだ。彼らは、牡牛《おうし》のように、角を下げてまっしぐらに突っかかってゆくだけで、多くの場合戦術も知らず、周到な用意もなく、実地に体得した巧知さえもない。これがあれば卑劣きわまる恥さらしな男でも、うまく立ちまわって目的をとげ、水中からぬれずに出てくるくらいのことはやってのけることが、珍しくないのである。ところが、彼らはまずまちがいなく角を折る。日常生活では、彼らは怒りっぽい、不平の多い、いらいらしやすい、がまんということのできない連中である。そして、何よりもまず、おそろしく視野がせまい、ところが、それがまたある程度まで彼らの力となっているのだ。しかし、彼らを見ていてもっともじれったいのは、たいていの場合、目的へ直進しないで、わきのほうへすっとんでゆく、本筋をそっちのけにして、くだらない些事《さじ》に夢中になることだ。それが彼らを破滅させるのである。ところが、群衆には彼らがわかる、ここに彼らの力がある……ところで、抗議とは何を意味するかについて、もうすこし説明しておく必要があろう……

わたしたちの監獄に、抗議の罪で送りこまれてきた囚人が何人かいた。もっとも興奮していたのはその連中だった。特にその一人は、まえに騎兵隊に勤めていたマルトゥイノフという男で、血の気が多く、落着きがなく、疑《うたぐ》り深い男だが、根は正直で、誠実だった。もう一人はワシーリイ・アントーノフという男で、目つきがふてぶてしく、小ばかにしたような皮肉な薄笑いをうかべて、怒るほど冷やかになるというたちだったが、おどろくほど見識があり、やはり根は正直で、実《じつ》があった。だが、全部はとてもあげきれない。それほど大勢いた。中でも、ペトロフという男は、たえずあちこち歩きまわって、どのかたまりの話にも耳をかたむけ、自分ではあまり口を出さなかったが、しかし、明らかに興奮していたらしく、整列がはじまると、真っ先に獄舎からとび出していった。

わたしたちの監獄で曹長《そうちょう》の事務を執っていた下士官が、びっくりしてあわててとび出してきた。整列を終ると、囚人たちは下士官に向っていんぎんに、監獄じゅうの者が少佐との話合いを望んでるし、二、三直訴したいことがあるからと、少佐に伝えてくれるように頼んだ。下士官につづいて廃兵たちも全員出てきて、囚人たちと向いあって並んだ。囚人たちから出された依頼が、あまりにも緊急だったので、下士官はちぢみ上がってしまった。だが、すぐに少佐に報告をせずにすませる勇気は、彼にはなかった。第一に、このままにしておいて監獄じゅうの囚人たちが蜂起《ほうき》してしまったら、何かもっともっと険悪な事態が起る危険があった。監獄の当局者たちは、囚人のこととなると、どういうものか意外なほど臆病《おくびょう》だった。第二に、たとえ何ごとも起らずにすみ、囚人たちがじきに思いなおして解散したとしても、やはり下士官としてはただちにいっさいのできごとを当局に報告しなければならぬことになっていた。彼は恐怖のあまり真《ま》っ蒼《さお》になって、がくがくふるえながら、自分で囚人たちに事情を聞き、慰撫《いぶ》することをこころみようともせずに、あわてて少佐のところへすっとんでいった。もうこうなっては囚人たちは自分など相手にすまい、と彼は見てとったのである。

まったく何も知らないで、わたしも列に並ぼうと思って出ていった。事件の全貌《ぜんぼう》をわたしが知ったのは、あとになってからだった。そのときは、何か検査があるのだな、と思っていた。ところが、検査を行う衛兵たちの姿が見えないので、おかしいなと思って、あたりを見まわした。どの顔も興奮して、いらだっていた。蒼《あお》ざめている顔さえあった。どの顔もおしなべて、どんなふうに少佐のまえできりだしたものかと思案しながら、不安そうにおし黙っていた。わたしは、多くの者がわたしを見てひどく驚いた顔をしたが、そのまま黙って顔をそむけてしまうのに気づいた。わたしがいっしょに列に並んだのが、彼らには奇異に思われたらしい。わたしまでが抗議に加わろうとは、彼らにはどうしても信じられなかったのだろう。しかし、じきに、わたしのまわりにいたほとんどの囚人たちが、またわたしに注意を向けはじめた。一同はあやしむような目でじろじろわたしを見た。

「おめえなんだってここへ来たんだ?」と、何人かの向うに立っていたワシーリイ・アントーノフが、大声で乱暴に言った。これはこれまではいつもわたしにあなたというていねいな言葉をつかい、いんぎんな態度をとっていた男だった。

わたしは、それでもまだ、これは何ごとなのか理解しようとつとめ、同時にもう何か異常なことが起りつつあることを察しながら、得心のゆかぬ顔で彼を見た。

「まったくよ、ここはおめえなんぞのしゃしゃり出る場所じゃねえ! 獄舎へすっこんでろ」と兵隊あがりの若者が言った。これは、これまでわたしとほとんど口もきいたことがないが、気のいい、おとなしい男だった。「おめえなんぞのわかることじゃねえんだ」

「でも、みんなが並んでるだろう」とわたしは答えた、「検査があると思ったんだよ」

「ちぇっ、人並みに這《は》い出しやがって」と一人が叫んだ。

「鉄のくちばしってやつよ」ともう一人が言った。

「ごくつぶしめ！」と、さらにもう一人の男が言いようのないほどの侮蔑《ぶべつ》をこめて言った。この新しい綽名《あだな》がどっと一同を爆笑させた。

「おかげで炊事場では上顧客《じょうとくい》でして」と、だれかが付け加えた。

「あいつらにゃどこでも天国さ。ここは監獄だってのにさ、やつらァ白パンをくらったり、子豚の肉を買ったりしてやがるんだ。おめえなんざ、てめえの金で好きかってなものをくらいやがって、何でこんなとこへしゃしゃり出るんだよ」

「ここはあなたの出る幕じゃないですよ」と気軽にわたしのまえに近よりながら、クリコフが言った。彼はわたしの腕をとって、列から連れ出した。

そういう彼も顔が蒼ざめ、黒い目がぎらぎら光り、下唇《したくちびる》をぎゅっと嚙《か》んでいた。彼は冷静に少佐を待っていられる男ではなかった。ついでながら、概してこういう場合の、つまりいざ自分を示さなければならぬというような場合のクリコフを見るのが、わたしはたまらなく好きだった。彼はおそろしく気どったそぶりを見せるが、しかしやることはちゃんとやってのけた。おそらく、処刑場へひかれるときでも、いなせとでもいうか、粋《いき》な気どりを忘れはしないであろう。いま、みんながわたしをおめえ呼ばわりして、罵っているとき、彼は、明らかに、わざとわたしに対していんぎんさを誇張したらしい、しかし同時にその言葉には一種独特の、思い上がりともいえる不屈さがあって、いかなる抗弁をも許さなかった。

「わしらがここでこうしているのは、自分たちの用があるからなんですよ、アレクサンドル・ペトローヴィチ、だが、あなたはここにいても何もすることがありません。どこかへ行って、しばらく待ってなさるがいい……ほら、炊事場にあなたの仲間がみんな集まってる、あそこへ行ってなさい」

「九本目の柱の下へ行けよ、びっこのアンチープカが住んでらァな！」と、だれかがどなった。

たしかに、炊事場のわずかに持ち上げられた窓の隙間《すきま》から、ポーランド人たちの顔が見えた。しかし、そこには、彼らのほかにも、たくさんの囚人たちがいるらしかった。ばつのわるい思いで、わたしは炊事場のほうへ歩いていった。嘲笑《ちょうしょう》、罵声《ばせい》、舌打ち（囚人たちのあいだではこれが口笛の代りになっていた）が、わたしの背にあびせかけられた。

「振られたとよ！……チュ、チュ、チュ！　かわいがってやれや！……」

わたしはまだこれまでに監獄でこれほど侮蔑されたことは一度もなかった、そしてこのときばかりは、耐えられぬほど苦しかった。でも、だれもうらむわけにいかない、自分がこのようなところへはまりこんだのだ。炊事場の入口でT（訳注　シモン・トカルジェフスキー。ポーランドの革命家。『獄中七年』の著者）がわたしを迎えてくれた。貴族の出で、広い教養はなかったが、しっかりした、気持のおおらかな青年で、Bをひどく愛していた。囚人たちも、彼だけは他の貴族出とは別扱いで、いくらか愛情をさえ感じていた。彼は勇気があって、男らしく、たくましかった、そしてそれが動作のはしばしにうかがわれた。

「どうしたんです、ゴリャンチコフさん」と彼はわたしに呼びかけた、「こっちへいらっしゃい！」

「でも、あれはどうしたのかね？」

「抗議をしようとしてるんですよ、ほんとに、知らなかったんですか？　失敗するのは、わかりきっています。だれが囚人たちを信用しますか？　じきに首謀者の割出しがはじまります、そしてもしわれわれがそこにいようものなら、もちろん、真っ先に暴動の罪を着せられますよ。われわれが何の罪でここへ来たか、考えてごらんなさい。彼らなら笞《むち》をくらうだけですが、われわれだったら、裁判です。少佐はわれわれ全部を憎んでるから、しめたとばかりに破滅させますよ。少佐にしてみれば、われわれがいたというだけで、自分の弁明になるんですよ」

「それに囚人どもは、われわれを首謀者にしてしまうさ」わたしたちが炊事場へはいると、Mがこう付け加えた。

「心配はいりませんよ、情け容赦なしですから！」とTがあとを受けた。

炊事場には、貴族たちのほかに、さらに大勢の囚人たちがいた。全部で三十人ほどだった。彼らはみな抗議に加わるのがいやで、残ったのだった。ある者は臆病のために、またある者はあらゆる抗議の完全な無益をかたく信じこんでいたためである。アキム・アキームイチもいた。これは勤務の正しい流れと方正な品行をさまたげる、こうした抗議というものを憎む気持を、生れつき根強くもっている男だった。彼はその成行きをすこしも気にかけないどころか、秩序と当局の意志の絶対の勝利をかたく信じながら、黙りこくって、気味わるいほどしずかに、事の終るのを待っていた。そこにはイサイ・フォミーチもいた。彼は極度の迷いにおちているらしく、しょんぼりとうなだれて、こわごわ、むさぼるようにわたしたちの話に耳をすましていた。さらに平民出のポーランド人たちも、貴族たちの例にならって、全員がそこに集まっていた。気の弱いロシア人たちも何人かいた。平素ろくにものも言えぬ、いじけきった連中である。彼らは他の連中といっしょにとび出してゆく勇気がなく、どういうことになるのかと、びくびくしながら待っていた。最後に、いつもしかめ面《つら》をしている陰気な囚人たちも何人かいた。彼らは臆病ではないが、こんなことはみなくだらぬことで、わるくなろうとも、けっしてよくなぞなりはしないと、かたくなに、気むずかしく信じこんでいるために、意地でも残ったのだった。とはいうものの、彼らもさすがにいまは何となく気づまりを感じているらしく、その態度にどことなく自信が欠けているように、わたしの目には映った。彼らは抗議についての自分たちの意見がまったく正しいことを知っていたし、またのちにそれが証明はされたが、それでもやはり自分たちが組合を捨てた落伍《らくご》者で、仲間たちを少佐に売りわたしたような気持だった。そこにはヨールキンの顔も見えた。贋金《にせがね》つくりの罪で送りこまれてきて、クリコフから獣医しごとの顧客《とくい》を奪った、例のずるがしこいシベリアの百姓である。スタロドゥビエ村の老人もそこにいた。炊事夫たちは一人残らず炊事場に残っていたが、おそらく、自分たちも管理者側のはしくれであり、したがって当局にたてつくのは筋道ではない、と思いこんでいるせいであろう。

「でも」とわたしは思いきりわるくMのほうを振向きながら、言った、「ここにいる者のほかは、ほとんど全部が出ていったんですよ」

「だが、わたしらにはどうだというのです？」とBがつぶやいた。

「わたしらが出ていったとしたら、彼らの百倍も危険をおかすことになるでしょうよ。しかも、何のためです？ Je hais ces brigands.（訳注 わたしはあの強盗どもを嫌悪《けんお》しますね）。それにあなたは、たとえほんのわずかでも、彼らの抗議が成功すると思うのですか？ あんな愚劣なことに首を突っこむなんて、物好きもすぎるというものですよ」

「あんなことをやったって、何にもなりゃしねえ」と囚人の一人で、頑固《がんこ》な老人が吐きすてるように言った。するとそこにいたアルマーゾフが急いで相槌《あいづち》をうった。

「笞の五十もくらわされるがおちさ、それ以上どうにもなりゃしねえよ」

「少佐が来たぞ！」とだれかが叫んだ。一同はわれがちに窓へとびついた。

少佐は悪鬼のような真《ま》っ赤《か》な顔に眼鏡を光らせ、かんかんになってとんできた。彼はものも言わず、しかし断固たる態度で列のまえへ近づいた。こういうときになると、彼はたしかに大胆であり、けっしてうろたえなかった。しかも、たいていは酒気をおびていた。オレンジ色の縁のついた脂《あぶら》でてかてかの軍帽や、よごれた銀色の肩章《けんしょう》までが、こういうときには何となく不気味な予感をあたえた。彼のあとに書記のジャトロフがつづいた。これはわたしたちの監獄ではきわめて重要な存在で、実質的に監獄全体を支配し、少佐をもうごかしているほどで、ひどく小才のきくぬけめのない男だが、悪い人間ではなかった。囚人たちは好意をもっていた。そのうしろからわたしたちの下士官がついてきた。どうやら、彼には早くもものすごい雷が落下したらしく、この上はさらに十倍もの猛烈な大目玉をくうものと、覚悟している様子だった。そのあとに衛兵がつづいたが、三、四人しかいなかった。囚人たちは、どうやら、少佐を迎えにやったときから、すでに脱帽していたらしいが、いまや全員が姿勢を正し、各人がごそごそ足を踏みかえて列を正すと、少佐の最初の一声、というよりは最初の一喝《いっかつ》を待ちながら、その場にしーんとしずまりかえった。

いきなり、それがはじまった。二言目から少佐は喉《のど》も張りさけそうな声でどなりだし、それに妙なキーキー音さえまじった。憤激その極に達していたのである。彼が列のまえを走りまわり、とびかかり、問いただしているさまが、窓のわたしたちにも見えた。しかし、彼の訊問《じんもん》も、また囚人たちの返答も、遠くはなれているためにわたしたちの耳にはとどかなかった。彼が金切り声でこうどなりたてたのが、聞きとれただけだった。

「暴徒め！……列間笞刑《ちけい》だ……煽動《せんどう》しやがって！　きさまが張本人だ！　きさまだ！」

と少佐はだれかにとびかかった。

返答は聞えなかった。が、一分ほどすると、一人の囚人が列をはなれて、衛兵所のほうへ歩いてゆくのが見えた。さらに一分ほどすると、そのあとにもう一人、さらにもう一人がつづいた。

「全員裁判だ！　きさまら！　おや、炊事場にいるのはだれだ？」窓の隙間のわたしたちの顔に気付くと、彼は金切り声で叫んだ。「みんな出てこい！　一人残らずここへ追い立てろ！」

書記のジャトロフがわたしたちを追い立てに炊事場へ来た。炊事場では、ここにいる連中は抗議はしていない、と彼に言った。彼はすぐにもどって、少佐に報告した。「かまわん、みなここへ連れてこい！」

「なに、抗議はしとらん！」と彼は気をよくしたとみえて、一音ほど低く言った。

わたしたちは出ていった。わたしは、ぞろぞろ出てゆくのが何となくうしろめたいような気がした。みんな同じ思いなのか、うなだれてのろのろと歩いていった。

「おや、プロコーフィエフ！　ヨールキンも、おまえもか、アルマーゾフ……ここへ来い、ここへ来て、並ぶんだ」と少佐はやさしくわたしたちを見ながら、妙にせきこんだ、しかしやわらかい声で言った。「M、おまえもそうか……さっそく名簿をつくる。ジャトロフ！　いいか、ただちに書きあげるんだ、満足してる者と、不満なやつらと分けて、全員もれなく、そしてできたら、おれのところへ持ってこい。きさまらを全員……裁判にかけてやる！　思い知らしてやるぞ、悪党ども！」

名簿はききめがあった。

「わしらァ満足だよ！」と、不意に抗議組の中から一つの声がぶっきらぼうに叫んだ、しかしその声には何となくためらいがあった。

「なに、満足だ！　だれだ満足なのは！　満足なやつは、まえへ出ろ」

「満足だ、満足だ！」といくつかの声がつづいた。

「満足か！　とすると、きさまらだまされたんだな？　なるほど、じゃだましたやつがいたってわけだ、首謀者がいたってわけだな？　それだけやつらの罪も重いわけだ！……」

「腰ぬけめ、なんてざまだ！」ととどなる声が囚人たちの中に聞えた。

「だれだ、だれだ、いまわめいたのは、だれだ？」と少佐は叫んで、声のしたほうへとんでいった。「きさまだな、ラストルグーエフ、きさまだな、わめいたのは、あ？　営倉だ！」

はれぼったい顔をしたのっぽのラストルグーエフという若者が、列をはなれて、のろのろと衛兵所のほうへ歩いていった。叫んだのはけっして彼ではなかったが、指名されたので、べつに抗弁しようともしなかったのだ。

「くらいぶとって、たるみやがって！」と少佐は彼のうしろ姿にあびせかけた。「何だ、そのでくでくした面ァ、うん、三日もしたら……さあ！　おれが詮議《せんぎ》してやる！　満足なやつはまえへ出ろ！」

「満足です、少佐どの！」と憂鬱《ゆううつ》そうに数十人の声がひびいた。あとの連中は強情におし黙っていた。しかし少佐にはそれだけがねらいだったのである。彼自身にとっても、事件を早急に、しかも何となくうやむやに解決してしまうほうが、明らかに有利だった。

「そうか、じゃもうみんな満足なんだな？」と彼はせきこんで言った。「おれの思ったとおりだ……わかってたんだ。こいつァ首謀者どものやったことだ！　あいつらの中に、きっと、首謀者がいる！」と彼は、ジャトロフのほうを見ながら、つづけた。「あいつら、厳重に詮議せにゃならん。さて……さあ作業へ出る時間だ。太鼓を鳴らせ！」

少佐は組分けにも立ち会った。囚人たちは憂鬱そうに黙りこくって作業の組ごとにわかれた、しかし、すくなくともすこしでも早く少佐の目のまえから逃げ出せることに、ほっとしている様子だった。組分けが終ると、少佐はただちに衛兵所へ行って、『首謀者ども』の処分を指図《さしず》した、しかしそれほどきびしくはなかった。むしろあせり気味でさえあった。あとで聞いたところでは、彼らの一人が許しを請《こ》うと、すぐに許してやったということである。明らかに、少佐はいささか落着きを欠いていたらしく、ひょっとしたら、内心びくびくしていたのかもしれない。抗議というものはいつの場合でも微妙なものである、しかも今度の場合は囚人たちの訴えは長官になされたものではなく、直接少佐にぶっつけられたものであるから、実際には抗議と呼ばれるほどのものではなかったが、それでもやはり何となくぐあいがわるく、気分がよくなかった。しかもほとんど全員が立ち上がったということが、特に彼をあわてさせた。何としてももみ消してしまう必要があった。『首謀者たち』はまもなく放免された。つぎの日から食事がよくなった、とはいえ、しかし長つづきはしなかった。その後数日、少佐はひんぱんに監獄を見まわって、やたらと不始末を摘発した。わたしたちの下士官は、まだ驚きから冷《さ》めきっていないらしく、不安そうな顔をして歩きまわり、人心地《ひとごこち》ない様子だった。囚人たちはといえば、その後も長く胸の騒ぎをしずめることはできなかったが、もうまえのように騒ぎたてることはしないで、黙ってうろうろし、何となくとまどっているふうだった。中にはしょげきっている者もいた。またある者は、いかにも不服そうに、もっともあまりしゃべりたがらない様子で、今度の事件をやっつけていた。しかし多くの連中は、抗議の件で自分を罰しようとしているかのように、ことさらにとげとげしく、声に出して自分を嘲笑《あざわら》うのだった。

「さあ、つかめえて、かじってくんな、なっちゃいねえや！」と、一人が言った。

「てめえで掘った穴に、てめえではまってりゃ、せわねえよ！」ともう一人があとを受けた。

「猫の首に鈴をつけたねずみは、どこにいるんだよ？」と三番目の男が言った。

「おれたちァ樫《かし》の棒でぶんなぐられなきゃわからねえのさ、知れたことよ。みんながなぐられなかったのが、まだしもさ」

「おめえこれからはだな、もっと多くものごとを知って、あまりしゃべらねえようにするんだな、そのほうが安心だ！」とだれかが意地わるくきめつけた。

「ほう、おめえ教訓たれるのかよ、ええ、先生さま？」

「きまってらァ、ものごとの道理を教えてるのよ」

「へえ、おめえ何さまに成り上がったんでえ？」

「おれか、いまんとこまだ人間さまよ、ところでおめえは何さまだい？」

「犬も食わねえかじりっかす、それがおめえよ」

「そりゃおめえのことよ」

「おい、やめろ、いいかげんにしねえか！　があがあわめきやがって！」と口論している連中を四方からどなりつける……

その夕暮れ、つまり抗議のあったその日に、作業からもどると、わたしは獄舎の裏でペトロフに会った。彼はわたしをさがしていたのだった。わたしのそばへ来ると、彼は何やらあいまいな感嘆符のようなものを二言三言つぶやいた、が、じきに放心したように黙りこみ、自動人形のようにわたしと並んで歩きだした。今日のできごとが、まだ痛くわたしの胸に残っていたので、ペトロフなら何か説明してもらえそうな気がした。

「ねえ、ペトロフ」とわたしは訊《たず》ねた。「きみたちの仲間はわたしたちを怒ってはいないかね？」

「だれが怒るんですって？」ふっとわれにかえったように、彼はききかえした。

「囚人たちがわたしたち……貴族をだよ？」

「でも、なぜあなたたちを怒るんです？」

「なぜって、つまり、わたしたちが抗議に加わらなかったからさ」

「でも、あなた方が何のために抗議をするんです？」と彼はわたしの言葉の意味をつかもうとつとめるらしい様子で、こうきいた、「だってあなた方は、自分の好きなものを食ってるじゃないですか」

「いや、それはちがうよ！　だって、きみたちの中にだって自分のものを食ってる者がいるじゃないか、そしてその連中だって抗議に出たじゃないか。たしかに、わたしたちも出なきゃならなかったのだ……仲間として」

「でも……でも、あなた方がわたしたちのどんな仲間なんです？」と彼はけげんそうに訊ねた。

わたしはあわてて彼の顔を見た。彼はまったくわたしの言う意味がわからなかった、わたしが何を得ようとしているのか、わからなかったのである。だが、そのかわりに、わたしはその瞬間彼を完全に理解した。いまはじめて、もうまえまえからわたしの中にぼんやりとうごめいて、つきまとってはなれなかった一つの考えが、はっきりとその全貌《ぜんぼう》をあらわした、そしてわたしは不意に、これまで漠然《ばくぜん》と推察していたことを、はっきりとさとったのである。わたしは、自分がたとえひじょうな重罪人で、無期徒刑囚であろうと、特別監房の囚人であろうと、ぜったいに仲間に入れてはもらえないことを、さとったのである。しかし、この瞬間に特に強くわたしの記憶に残ったのは、ペトロフの顔だった。『あなた方がわたしたちのどんな仲間なんです？』という彼の問いには、あまりにも飾らぬ素朴さと、率直な疑惑がこもっていた。この言葉にちょっぴりでも皮肉、憎しみ、からかいがなかったろうか、とわたしは考えてみた。そうしたものは何もなかった。単に仲間ではない、ただそれだけのことである。おまえはおまえの道を行け、おれたちはおれたちの道を行く、おまえにはおまえのしごとがあるだろうし、おれたちにはおれたちのしごとがあるんだ、ということである。

そして事実そのとおりであった。抗議事件後、彼らが意味もなくわたしたちにあたりちらし、居場所にも苦しむようなことになりはしまいか、とわたしは考えていたのだが、そのような気配はすこしもなかった。ほんのちょっとした非難も、非難めいたあてこすりも、わたしたちは耳にしなかったし、特に憎しみが増したということもなかった。ただ少々痛めつけられることはあったが、これはいままでもあったことで、それ以上どうということはなかった。もっとも、抗議に出るのがいやで、炊事場に残った連中にも、また真っ先にみんな満足だと叫んだ連中にも、同じようにすこしも腹を立てなかった。そんなことはだれ一人思い出しもしなかった。特に後者はわたしはどうしても理解できなかった。

八　仲間

わたしが、特にはじめのあいだ、より多く自分の仲間たち、つまり『貴族たち』にひきつけられたことは、言うまでもない。しかし、わたしたちの監獄にはロシアの貴族出の者が三人いたが（アキム・アキームイチと、スパイのAと、それから父親殺しと考えられていた男である）、そのうちわたしがつきあって、口をきいていたのはアキム・アキームイチだけである。正直のところ、わたしがアキム・アキームイチのそばへ行くのは、いわば絶望からで、はげしい憂愁にとりつかれて、さびしさに耐えきれず、彼以外にだれも話し相手が考えられぬときであった。前の章でわたしは囚人たちのタイプのおおまかな類別をこころみてみた、ところがいま、アキム・アキームイチを思い出してみると、もう一つのタイプを追加してもよさそうだ。たしかに、彼一人だけが独自のタイプをなしていた。それは――まったく無関心な囚人のタイプである。まったく無関心な、つまり自由な社会に生きていようと、監獄にとじこめられていようと、まったくどちらでもいいような囚人は、むろん、わたしたちの間にはいなかったし、またいるはずもなかったが、アキム・アキームイチだけは例外だったようだ。彼はまるで一生を監獄の中で送るつもりらしく、きちんと世帯道具《しょたい》を整えていた。彼のまわりには敷きぶとん、枕《まくら》、調度類にはじまって、何から何まで、永久に変らぬように、がっちりと配置されていた。一時仮においたというようなものは、何ひとつ見られなかった。監獄ですごさねばならぬ刑期が彼にはまだまだ何年も残っていたが、それでも何かの拍子にふと出獄を考えたことが、はたしてなかったろうか。しかし、もしも彼が現実と妥協したとしても、それは、むろん、心からではなく、おそらくしかたなしに服従したのであろうが、しかし、彼にとってはどちらでも同じことであった。彼は善良な人間で、はじめのうち忠告やちょっとした行為でわたしを助けてくれさえした。ところがときには、実を言うと、特にはじめのころ、自分では意識せずにはかり知れぬ憂愁をわたしに吹きつけて、それでなくてもめいっていたわたしの心をますます暗く沈ませることがあった。ところがわたしは気持がめいってどうにもならないので彼に話しかけるのだった。何でもいいから生きた言葉を聞きたくてたまらなくなる。腹立ちまぎれの、いらいらした、呪《のろ》いの言葉でもいい。せめていっしょに運命をなりと呪ってみたい。ところが彼は、黙りこくって提灯《ちょうちん》を張っているか、さもなければ、何年にどんな検閲があって、そのときの師団長はだれで、名と父称《ふしょう》はこれこれで、検閲に満足したとかしないとか、狙撃兵《そげきへい》に対する信号がどう変ったとか、そんなことをぼそぼそと話しだすのである。しかもそれは雫《しずく》がポタリポタリと落ちるような、何ともなだらかな、とりすました声なのである。彼はコーカサスのある戦闘に参加して、軍刀につける『聖アンナ章』をもらった話を聞かせたときも、ぜんぜんといっていいほど感動の気配を見せなかった。ただ声がその瞬間いつもよりもったいらしく、重みを増しただけだった。彼は『聖アンナ章』を発音するとき、いくぶん、何か秘密めいたことを言うみたいに、声をおとした、そしてその後三分間ほど、何かことさらに黙りこみ、ぐっと構えていた……この最初の一年は、自分でも何のためかわからないが、アキム・アキームイチにほとんど憎悪《ぞうお》のようなものを感じはじめて、彼と寝床を枕あわせにされたことに対してひそかに運命を呪ったような、愚かなひとときがわたしにはよくあった（しかもそうした瞬間はたいてい不意にわたしをおそうのである）。そしていつも、一時間もすると、そんな自分を責めるのだった。しかしそれは最初の一年だけだった。その後わたしは心の中で完全にアキム・アキームイチと和《わ》睦《ぼく》し、それまでの自分の愚かしさを恥ずかしく思った。表立ってはわたしは一度も彼と口論したことがなかったはずである。

この三人のロシア人のほかに、わたしが監獄にいたころには、八人の外国人がいた。その中の数人とは、かなり親密につきあい、満足をさえ感じていたが、全部の者とつきあっていたわけではない。彼らの中ですぐれた者たちは、どことなく病的で、排他的で、そのうえ極端に非妥協的であった。そのうちの二人とは、わたしはのちにきっぱりと口をきくのをやめた。教養のあるのは、B（訳注 ヨシフ・ボグスラフスキー。ポーランドの革命家）と、M（訳注 アレクサンドル・ミレツキー。ポーランドの革命家）と、J老人（訳注 ヨシフ・ジョホフスキー。ポーランドの革命家）の三人だけだった。J老人は、かつてどこかの大学で数学の教授をしていた男で、善良で、りっぱな老人だが、ひじょうな変りもので、教養があるのに、極度に視野がせまいように思われた。MとBは老人とはまるでちがっていた。わたしはMとは最初からつきあって、一度も口論したことがなく、尊敬もしていたが、彼を愛し、心を許すことは、どうしてもできなかった。彼は根深い不信感をいだき、世を呪っていたが、おどろくほどりっぱに自分を抑《おさ》える力をもっていた。このあまりにも強い自制力のために、わたしには彼が好きになれなかったのである。この男はぜったいに、だれのまえにも、自分の心のすべてをさらけ出しはしないだろう、何かそんなふうに思われたのだった。しかし、これはわたしのまちがいかもしれない。いずれにしても彼は性格の強い、この上もなく高潔な人間だった。人に対する場合の極端な、いささか老獪《ろうかい》とも思える如才なさと用心深さは、彼の秘められた深い懐疑心をものがたっていた。ところがまた、それは懐疑心と、ある独自の確信と希望に対する深い、何ものにも屈せぬ信念との、まさにこの二重性に悩む魂だったのである。しかし、人との応対がじつに器用なくせに、彼はBとその親友Tにはぜったいに溶けることのない敵意をいだいていた。Bはいくらか肺病の気味のある病弱な男で、怒りっぽく、神経質だったが、本質はこの上なく善良で、むしろおおらかな人間だった。その怒りっぽさはときとすると極端な偏屈さと、どうにもならぬわがままにまで昂じることがあった。わたしはこの性格ががまんがならず、のちにはBと袂《たもと》をわかったが、そのかわり最後まで彼を愛することはやめなかった。しかしMとは口論もしなかったが、一度として愛したこともなかった。わたしはBと決裂すると、当然、すぐにTともはなれなければならなかった。これは前の章で抗議について語った際に、ちょっとふれたあの青年である。これはわたしにとってはひじょうに残念なことだった。Tは教養こそなかったが、善良な、男らしい、一口に言えば、すばらしい若者だった。でも、致《いた》し方なかった。彼はBを心から敬愛し、すっかり信服しきっていて、Bとちょっとでも衝突すると、たちどころにその男をほとんど自分の敵のごとく見なしたからである。彼はその後Bのことで、長いあいだ親密にしていたMとも別れたらしい。それにしても、彼らはみんな精神が不健康で、怒りっぽく、いらだちやすく、疑《うたぐ》り深かった。無理もない、彼らはひじょうに苦しかった、わたしたちよりも何倍も苦しかったのである。彼らは祖国から遠くはなれていた。彼らの中には十年、十二年という長い刑期で送られてきている者もあった。しかし主《おも》な原因は、深い偏見をもって周囲のすべての者たちをながめていたことである。彼らは囚人たちの中に野獣性だけを見て、何ひとつよい性質も、人間らしいところも見分けることができなかった、というより、見分けようと望まなかったのである。しかしこれもまことに無理からぬことで、彼らは境遇の圧力によって、運命によって、この不幸な見方をおしつけられたのだった。監獄の中で憂悶《ゆうもん》が彼らを窒息させたことは、言うまでもない。チェルケス人たちや、タタール人たちや、イサイ・フォミーチには、彼らはやさしく、愛想がよかったが、そのほかのすべての囚人たちをけがらわしそうに避けていた。ただ一人スタロドゥビエ村の旧教徒の老人だけが、彼らの完全な尊敬をかちえていた。しかし、注目してよいのは、わたしが監獄にいたあいだじゅう、囚人の一人としてその生れや、信仰や、ものの考え方のことで彼らを非難した者がなかったということである。この非難はわが国の一般民衆の間で、外国人、特にドイツ人に対して、ごくまれではあるが、見られることである。とはいえ、ドイツ人に対しても、せいぜい笑うくらいのものである。ドイツ人というものは、ロシアの一般民衆の目には何かひどく滑稽《こっけい》なものに映るらしい。獄内のポーランド人に対しては、囚人たちはわたしたちに対するよりもはるかに尊敬の態度をさえ示し、けっしていためつけるようなことはしなかった。しかしポーランド人たちは、その事実に注意して、考慮してみようとは、ぜったいにしなかったようである。それはさて、Tに話をもどそう。彼らが最初の流刑地《るけいち》からここの要塞《ようさい》へ移されるとき、華奢《きゃしゃ》で虚弱なBが最初の小宿営《ポルエターブ》のあたりでもう疲労のために倒れてしまい、その後のほとんど全行程、彼を背負ってきたのが、このTだった。彼らははじめウーゴルスクへ流された。彼らの話では、そこは住みよかった、つまりここよりもはるかに条件がよかった、ということである。ところが彼らは、他の町の流刑囚たちとある方法で交信をはじめた（といっても、まったく罪のないものだったが）、それで長官の目のとどく近くにおいたほうがいいというわけで、彼ら三人がこの要塞に移されたのだった。彼らの三人目の仲間はJだった。彼らが来るまで、Mはこの監獄で一人きりだった。だからこそ、流刑の最初の一年、彼はさびしさに死ぬ思いをしなければならなかったのだ！

このJは、まえにも述べたあの年じゅう神に祈っている老人である。ここにいる政治犯は若い人たちばかりで、何人かは若すぎるほどだった。一人Jだけがもう五十をこえていた。これは人間が誠実であることは、言うまでもないが、すこし変っていた。彼の仲間のBとTは、頑固《がんこ》で、頭がどうかしていると言って、彼をひどくきらい、口をきこうともしなかった。そういう彼らがどの程度まで正しかったか、わたしにはわからない。監獄では、一般に人々が自由意志ではなく、強制されてごちゃごちゃと集まっているような所では、どこでもそうだが、自由社会よりも喧嘩《けんか》が早く、たがいに憎みあうことが多い。多くの事情がそれを促進するのである。とはいえ、Jはたしかにかなり愚鈍な、そしておそらくは、不快な人間であった。他の仲間たちも、みな彼とはうまくいかなかった。わたしは彼とは一度も口論をしたことはなかったが、そのかわり特に親しくもしなかった。自分の専攻である数学には、かなりの知識をもっていたらしい。おぼえているが、彼は自分が考え出したある特別の天文学のシステムを、たどたどしいロシア語で一生懸命にわたしに説明しようとしたことがあった。話によると、彼はそれをいつか発表したことがあったが、学界では笑ってとりあわなかったということだ。わたしには、彼の頭脳がいくらか正常を欠いていたように思われる。彼は一日じゅう、朝から晩までひざまずいて神に祈っていた、そしてそのために監獄じゅうの者から尊敬され、死ぬまでそれがつづいた。彼は重い病気をわずらい、監獄の病院でわたしに見とられて死んだ。しかし、彼が囚人たちの尊敬をかちえたのは、監獄へ到着するとすぐに少佐と一問着《ひともんちゃく》を起してからであった。ウ——ゴルスクからここの要塞までの道中、彼らはひげを剃《そ》らされなかったので、到着したときはみなひげぼうぼうになっていた。そのままの姿でいきなり少佐のまえに連れてこられたからたまらない。少佐はこのような規則違反を見て烈火のごとくたけりたった。とはいえ、この違反はぜんぜん彼らの罪ではなかったのだ。

「なんたるざまだ！」と少佐はどなりだした。「こいつらは浮浪者だ、強盗だ！」

Jは、当時まだよくロシア語がわからず、おまえたちは何者か？　浮浪者か、強盗か？　ときかれたものと勘違いして、答えた。

「われわれは浮浪者ではない、政治犯です」

「な、なんだと！　きさま口答えする気か？　口答えを！」と少佐はわめきたてた、「衛兵所へ引立てろ！　笞《むち》を百だ、いますぐ、すぐにくらわせろ！」

老人は罰せられた。彼はおとなしく笞の下に横たわり、われとわが腕に歯をくいたてて、かすかな悲鳴も、うめき声もたてず、身もだえもせずに、刑を耐えぬいた。そのころ、BとTはもう監獄の門内へはいってきた。そこにはもうMが待っていて、それまで一度も会ったことはなかったが、夢中で二人の首に抱きついた。少佐の仕打ちに激昂《げっこう》していた二人は、Jの事件を詳しく彼にものがたった。わたしはMがこのできごとについてわたしに語ってくれたことを、いまでもおぼえている。

「ぼくは夢中でした」と彼は言うのだった。「自分がどうなったのか、おぼえていません、ただ熱病にかかったように、がたがたふるえていたようです。ぼくは門際《もんぎわ》でJを待っていました。刑の行われた衛兵所から、まっすぐここへ来るはずでした。不意に、耳門《くぐり》があいて、Jがはいってきました。真《ま》っ蒼《さお》な顔をし、血の気のない唇《くちびる》をわなわなとふるわせて、だれにも目を向けずに、早くも貴族が笞刑《ちけい》を受けていることを知って庭に集まった囚人たちの間を通って、獄舎にはいると、まっすぐに自分の場所へ歩いてゆき、そして一言も口をきかずに、ひざまずくと、神に祈りはじめたのです。囚人たちはその姿にうたれました、感動さえしました。ぼくはこの老人の姿を見ると」とMは語をついだ。「故郷に妻や子を残してきた白髪の老人、笞刑の屈辱を受け、ひざまずいて神に祈っているこの老人の姿を見ると、ぼくは獄舎の裏庭へとびだして、二時間ほど何をしていたかおぼえていません。怒りでわれをわすれてしまったのでした……」

囚人たちはそのとき以来Jをひじょうに尊敬するようになった、そしていつも彼にはていねいな態度をとった。彼が笞の下で声をたてなかったのが、囚人たちには特に気に入ったのだった。

しかし、いっさいの真実を語らなければならない。けっしてこの一例をもってシベリアの当局の貴族出身流刑囚に対する態度を判断してはならない。その流刑囚が何者であろうと、ロシア人であろうと、ポーランド人であろうと、それは問うところではない。この例は、運わるくとんでもない悪党にぶつかることもある、ということを示しているにすぎない、そしてこの悪党がどこかの独立した要塞の指揮官であり、しかもこの悪党に特に目をつけられた場合、その囚人の運命はもうほとんど保証されないということである。しかし、すべての群小指揮官たちの態度と方法を左右するシベリアの最高司令官が、貴族流刑囚に対してひじょうに細心で、ときとして一般民衆出の徒刑囚たちに比べて寛大すぎるほどの態度を示す傾向さえあることを、率直に認めないわけにはいかない。

その理由は明らかである。第一に、この長官たち自身が貴族である。第二に、以前に、貴族出身の囚人たちが笞の下に横たわることをいさぎよしとせず、刑吏たちにおどりかかり、恐ろしい不祥事が起ったことがあったからだ。第三に、これが主な理由のようにわたしには思われるのだが、もうかなり以前、約三十五年ほどまえに、貴族流刑囚の大集団がどっとシベリアへ送られてきたことがあった（訳注　一八二五年のデカブリストの乱の参加者たちをさす）、そしてこれらの貴族流刑囚たちが三十年のあいだりっぱに行動して、その名声をシベリアじゅうにとどろかしたために、長官たちはその当時からの古い習慣で、わたしたちの時代にも、無意識にある種の貴族流刑囚を他の囚人たちに対するとはちがう目で見ていたためである。この長官の例にならって、群小指揮官たちも同じような目で見る習慣がついていた。この見解と態度を長官から借用し、長官のまねをしていたわけである。しかし、これら下級指揮官たちの多くは視野がせまく、上層部の態度を内心快く思っていなかったから、自分の思いどおりに管理することをさまたげられることさえなければ、それこそ、おどり上がって喜んだにちがいない。ところが、いつもそれが許されるとはかぎらなかった。わたしはそう考える確実な根拠をもっている。それはつぎの理由である。わたしが所属していた徒刑の第二類は、要塞に拘禁され、軍当局の監督下におかれており、他の二つの類、つまり第三類（工場）と第一類（鉱山）とは比較にならぬほど苦しかった。それが貴族にとってばかりでなく、すべての囚人たちにとっても苦しかったのは、この第二類の監督当局と機構が――すべて軍隊式で、ロシアの囚人中隊に酷似していたためであった。軍当局はより厳格で、規律がよりきびしく、いつも鎖につながれ、いつも監視つきで、いつも鍵《かぎ》をおろされている。他の二類ではこれほど厳重ではない。すくなくとも、わたしたちのすべての囚人たちがそう言っていたし、彼らの中にはかなりの事情通がいたのだった。彼らはみな、法律ではもっとも重い刑とみなされている第一類へでも、移れと言われれば喜んで行ったろうし、しょっちゅうそれを夢にさえ見ていた。ロシアの囚人中隊のことは、わたしらの囚人たちでそこにいたことのある者はいずれも、ぞっとしながらそのおそろしさを語り、要塞にある囚人中隊ほど苦しいところは、ロシアじゅうどこをさがしてもない、あの生活に比べたらシベリアなどは天国だ、と保証したものである。したがって、わたしたちの監獄のように規律が厳格で、軍当局の監督下におかれ、総督の目のとどくお膝《ひざ》もとにあり、しかもそのうえ、直接関係はないが、半官的な立場にある連中が、憎しみのため、あるいは職務に熱心なあまり、これこれのふとどきな監督が、これこれのたぐいの囚人たちの扱いに手ごころを加えてるなどと、しかるべき筋へひそかに密告しかねないようなおそれのあることを考えると（事実ちょいちょいそういうことがあった）――もしもこのようなところでさえ、わたしはあえて言うが、貴族の囚人が他の囚人といくらかちがった目で見られていたとするならば、まして、第一類や第三類の徒刑地では彼らははるかに楽な取扱いを受けていたに相違ないのである。

したがって、わたしが収容されていた監獄から推して、この面に関して、わたしはシベリアぜんたいを判断することができるように思う。この点について第一類および第三類の流刑囚たちからわたしの耳に達したすべての噂《うわさ》や物語が、このわたしの結論を立証している。たしかに、わたしたち貴族のすべてに対して、監獄の上層部は他の囚人に対するよりは注意深く慎重な態度はとっていた。しかし労働や生活については、いかなる恩恵もぜったいになかった。同じ労働、同じ足枷《あしかせ》、同じ鍵、一口に言えば、すべてが他の囚人たちとまったく同じだった。それに手ごころなどは考えられぬことだった。というのは、わたしも知っているが、この町では、そう遠いことではないが大昔のことのように思われるある時期、密告者や陰謀家がはびこって、たがいに落し穴を掘りあったことがあって、そのために当局もしぜん密告をおそれたのだったが、当時は、あるたぐいの囚人が手ごころを加えられている、という密告ほどおそろしいものはなかった！　というわけで、だれもがびくびく顔で、そのためにわたしたちもすべての囚人たちと平等に暮していたわけだが、しかし体刑についてはある程度の例外があった。もっとも、わたしたちでもそうしたことがあると、つまり何か罪を犯したら、ここぞとばかりに笞打たれたにちがいない。勤務の義務と、体刑に対する平等の原則が、それを要求していたからである。とはいっても、やはり、やたらに軽率に、わたしたちを笞打つことはさすがになかった。ところが、普通の囚人たちには、この種の軽率な態度がしばしばとられたことは言うまでもないし、特に監督がたちのよくない下級将校だったり、むやみにいばりかえって、ことごとに威光をひけらかしたがるような人間だったら、なおのことである。

司令官が、J老人の事件を知って、少佐の軽挙を激怒し、今後行動を慎むようにと譴《けん》責《せき》をあたえたことが、わたしたちの間に知れわたった。これをわたしは囚人たちみんなに聞かされた。また、これまで少佐を信頼し、ある種の才能をもつ行動的な人間としてある程度目をかけていた総督自身も、この事件を耳にすると、やはり少佐を面詰《めんきつ》したという噂も、わたしたちの耳にとどいた。さすがに少佐もこれはこたえた。そのために、彼はAの告げ口によってMを憎んでいたので、何とか仕返ししてやろうと思い、口実をもとめたり、追いまわしてつけねらったりしたが、どうしても笞刑にすることができなかった。Jの事件はたちまち町じゅうに知れわたり、世論は少佐に不利であった。多くの人々が彼を非難し、露骨に不快な顔をする者さえあった。わたしはいま、この少佐にはじめて会ったときのことを思い出している。わたしたち、つまりわたしと、もう一人のいっしょに監獄に来た貴族出の流刑囚は、早くもトボリスクでこの男のねじけた性格についての話をいろいろと聞かされて、おびえさせられたのだった。当時その地にいた二十五年の刑の貴族出の古い流刑囚たちが、深い同情をもってわたしたちを迎え、わたしたちがこの移送監獄にいるあいだじゅう、たえず訪《たず》ねてきて、未来の隊長についていろいろと予備知識をあたえ、わたしたちを彼の迫害から守るために、知人たちを通じてできるかぎりのことをしてくれることを約束したのだった。実際、当時ロシアから来て、父のもとに滞在していた総督の三人の娘たちが、彼らから手紙を受取って、総督にわたしたちのことを頼んでくれたらしい。しかし、総督に何ができたろう？　ただ少佐に、すこし相手を見るようにと言っただけだった。午後二時をまわったころ、わたしたち、つまりわたしと仲間の二人はこの町に着いた、そして護衛兵たちによってまっすぐにわたしたちの絶対君主のところへ連れてゆかれた。わたしたちは控え室に立って、待っていた。そのあいだに、監獄の下士官を呼びに使いが出された。下士官が来ると同時に、少佐も出てきた。その赤黒い、にきびだらけの、凶悪な顔が、わたしたちに何とも言えぬ重苦しい印象をあたえた。まるで残忍な蜘蛛《くも》が、巣にかかった哀れな蠅《はえ》をめがけてとび出してきたかのようであった。

「きさまの名は？」と彼はわたしの仲間にきいた。早口で、ぱっぱっと、鋭い話しぶりで、明らかに、わたしたちを畏怖《いふ》させようとねらっていた。

「これこれという者です」

「きさまは？」と彼はわたしのほうを向き、眼鏡をひたとわたしの顔にすえて、つづけた。

「これこれと申します」

「下士官！　ただちに二人を監獄へ連れてゆけ、衛兵所で、ただちに、刑事囚なみに頭半分を剃る。足枷のつけかえは明日にする。これは何という外套《がいとう》だ？　どこでもらった？」彼は不意に、背に黄色い輪模様のついた灰色のだぶだぶの外套に目をつけて、こうきいた。これはわたしたちがトボリスクで差入れを受けたもので、うっかり着たまま彼の鋭い目のまえに出てしまったのだった。「これは新しい型だ！　うん、きっと、何か新しい型にちがいない……工夫《くふう》がある……ペテルブルグからだな……」と、わたしたちを順ぐりに向きを変えさせながら、彼は言った。「彼らは何も持っとらんな？」と彼は不意にわたしたちを護送してきた憲兵に訊《たず》ねた。

「私物の衣類を持っております、少佐どの」と憲兵はとっさに直立不動の姿勢をとり、わずかにふるえさえしながら、答えた。少佐のことはだれでも知っていた。みんな噂を聞き、みんなおびえていた。

「ぜんぶ取上げる。肌着だけわたす、それも白いものだけだ。色ものがあったら、没収する。あとはぜんぶ競売だ。売上げは収入に記入しておけ。囚人に私物をもつことは許されん」と彼はじろりとわたしたちをにらんで、つづけた。「いいか、行動に気をつけろ！　わしの耳にはいらんようにな！　さもないと……体刑だぞ！　ちょっとした罪があっても――む、む、笞だ！……」

その夜は一晩じゅう、このような扱われ方に慣れていなかったために、わたしはほとんど病人のような状態だった。もっとも、わたしが獄内で目撃したことによっても、衝撃はさらに強められたのだった。だが、わたしが獄舎にはいったときのことについては、すでに語った。

わたしたちはいかなる恩恵にも浴することがなかったし、他の囚人たちよりも労働を軽くしてもらえるようなこともぜったいになかったことは、いまわたしが述べたとおりである。当局もそれはできなかったのである。ところが、一度そのこころみがなされたことがあった。わたしとBがまる三カ月のあいだ、書記として工兵隊事務室へ通ったのである。ところが、これは極秘裡《ごくひり》にということで、工兵隊長のはからいだった。つまり、そういうことを知らねばならぬ関係者は、おそらくみな知っていたのだが、知らぬふりをしていたのだった。それはまだGが隊長のころのことだった。G中佐はまるで天から降ったように忽然《こつぜん》とわたしたちの監獄へやってきて、ひじょうに短い期間いただけで――わたしの記憶にまちがいがなければ、せいぜい半年か、いやもっと短かったかもしれない――囚人全体に異常な感銘をあたえて、ロシアへ去っていった。彼を囚人たちが愛していたというのではあたらない、ここでこういう言葉をつかうことができるならば、それこそ神のように崇拝していたのだった。どういうふうにして彼がそれをかちえたのか、わたしにはわからないが、彼は着任したその日から囚人たちを征服してしまった。「親父《おやじ》だ、親父だ！　生みの親なんかいらねえや！」彼が工兵隊長をしていたあいだじゅう、囚人たちはのべつこう言いあったものである。彼は底ぬけの酒飲みだったらしい。背は低く、不敵な、自信にみちた目をしていた。それでいて、囚人たちにはやさしく、ほとんど甘やかさんばかりで、実際に文字どおり父親のように彼らを愛していた。どうして彼がこのように囚人たちを愛したのか――わたしにはわからないが、とにかく彼は囚人を見ると、やさしい陽気な言葉をかけたり、いっしょに笑ったり、ふざけたりせずにはいられなかった。しかも何よりもいいことは――そこに上官ぶったところが露ほどもないことだった。身分のちがいを思わせたり、純粋に目上の者の親切をにおわせるようなところがすこしもなかった。それこそ自分たちの仲間であり、とことんまで身内の人間であった。しかし、彼がこれほど本能的な民主主義を示したにもかかわらず、囚人たちは彼のまえで礼を欠くとか、なれなれしくしすぎるというようなあやまちを犯したことは一度もなかった。むしろその反対であった。ただどの囚人も隊長に出会うと、顔じゅうがさっとほころび、帽子をとってにこにこ笑いながら、隊長の近づいてくるのを見まもっている、そして言葉でもかけてもらえると――一ルーブリももらったような気持になるのだった。よくこうした人気者がいるものである。彼は見るからに雄々《おお》しく、歩く姿もりっぱで、ほれぼれとするほどだった。「鷲《わし》だ！」と囚人たちはよく言いあったものである。しかし囚人たちの運命を軽くしてやることは、もちろん、彼にはできなかった。彼が監督していたのは工兵隊関係の作業だけで、それは他のどんな隊長の下でも常に変りなく、定められた規律に従って行われていた。ただ、たまたま作業場で囚人班を見かけ、作業が終了しているのを見てとったときなど、むだにぐずぐずひきとめておかないで、太鼓の鳴るまえに帰してやるくらいのものだった。しかし囚人たちには、彼が囚人を信頼しきって、こせこせとこまかいことに目をつけて神経をいらだてたりせず、上官にありがちな人を見くだしたような態度のないところが気に入ったのである。もし彼が千ルーブリをなくしたとしたら——囚人の中の札つきの泥棒でも、もしそれを見つけたら、そっくりそのまま彼に届けたにちがいない、とわたしは思う。そう、わたしはそれを確信する。この鷲隊長が憎むべき少佐と猛烈な喧嘩《けんか》をしたことを知ったとき、囚人たちはどれほど深い関心を示したことか。それは彼の着任後一月《ひとつき》もたたぬうちに起った。少佐はかつて彼の同僚であった。二人は長い別離のあとに親友として出会った、そしてにぎやかに酒をくみかわしはじめた。ところが不意に、友情は決裂してしまった。彼らははげしく口論し、Gは少佐の不倶戴天《ふぐたいてん》の敵となってしまった。噂では、二人は取っ組みあいの喧嘩までやったということである。これは少佐にはありうることだった。彼はしばしばなぐりあいの喧嘩をしていた。この話を聞いたとき、囚人たちの喜びはつきるところを知らなかった。「八つ目野郎が、あのひととうまがあうわけねえやな！あのひとは鷲だ、ところがあいつときたら……」とここで活字にするのがはばかられるような言葉が付け加えられるのが常だった。どちらがどちらをなぐったかということに、囚人たちはひどく興味をもった。もしもこの喧嘩が単なる噂であったということになったら（これも、大いにありそうなことであるが）、囚人たちはどれほどいまいましがったことであろうか。「いや、隊長どのが勝つにきまってるさ」と彼らは言うのだった、「あのひとはなりは小ちゃいが、ピリリとしてらァ、あの野郎、なんでも、寝台の下へ這《は》いこんだっていうぜ」。ところが、まもなくGが去ってしまい、囚人たちはまたふさぎこんでしまった。この監獄の工兵隊長は、たしかに、みないい人たちだった。わたしのいるあいだに三人か四人変った。「でも、あんな人にゃもうあたるめえよ」と囚人たちは言うのだった、「鷲だった、おれたちを守ってくれる鷲だったよ」。このGがわたしたち貴族出の囚人たちをひじょうにかばってくれて、しまいにはわたしとBにときどき事務室へ行くように命じてくれたのである。彼が去ってのち、これはいっそう規則的に行われるようになった。工兵将校のあいだに（特に一人）ひじょうにわたしたちに同情をよせてくれた人たちがいた。わたしたちは事務室へ通って、書類の清書をしているうちに、筆記の腕が上がったほどだった。そこへ突然もとの作業へもどせという要塞《ようさい》司令官の命令が出たのである。いったいだれが密告したのか！　しかし、そのほうがよかった。わたしたちには事務室のしごとがくさくさしだしていたのだった。その後二年ほど、わたしとBはほとんどはなれることなく同じ作業に、たいていはしごと場へ通った。わたしたちはいろいろとおしゃべりをした。希望や所信について語りあった。彼はりっぱな人間だったが、所信にはどうかするとひどく奇妙で、独善的なものがあった。ある種のひじょうに聡明《そうめい》な人々には、ときによるとまったく逆説的な観念が固定していることが、しばしばあるものだ。ところがそれらの観念のために人生でさんざんの苦しみをなめ、あまりにも高価な代償を払ってあがなわれたものであるために、それを断ち切ることはもはや耐えられぬ苦痛であり、ほとんど不可能なことなのである。Bは一つ一つの反論を苦痛の表情で受けとめ、とげとげしくわたしの言葉に答えた。しかし、多くの点で、もしかしたら彼のほうが正しかったかもしれない。わたしには何とも言えない。だが、わたしたちは、結局、別れた、そしてこれはわたしには耐えられぬ苦しさだった。わたしたちはすでにあまりにも多くのものを分ちあいすぎていたのだった。

さて、Mは年とともにますますふさぎこみ、陰気になっていった。ふさぎの虫に負けたのだった。以前、わたしの入獄当時は、彼はもっと人づきあいがよく、ともあれもっとしばしば、そしてもっと広く、心が外に向って開かれたものであった。わたしが入獄したとき、彼はもう監獄生活の三年目を迎えていた。最初、彼はこの二年のあいだに世の中に起った多くのことに興味をもっていて、獄中にいるためによく知ることができなかったので、根ほり葉ほりわたしに訊《たず》ねては、耳をかたむけ、胸をおどらせたものだった。ところがそのうちに、年とともにこうしたものがすべて、どういうものか、彼の内部に、心の中に凝集するようになった。炭火がしだいに灰におおわれてきたのである。

は憎悪《ぞうお》の目で囚人たちをにらみながら、よくわたしに言ったものだ。そのころわたしはもう身近に囚人たちを知りだしていたので、しきりに彼らを弁護したが、何の効果もなかった。わたしの言うことが、彼にはわからなかった。もっとも、ときにはぼんやり同意することもあったが、翌日になるとまた、「Je haïs ces brigands.」をくりかえすのだった。ところで、わたしたちはよくフランス語で話しあったので、作業監督の一人でドラニシニコフという工兵が、何を考えたのか知らないが、わたしたちに看護兵という綽名《あだな》をつけたものだった。Mがいくらか生気をとりもどすのは、母を思い出すときだけだった。「母は年寄りです、病身です」と彼はわたしに語るのだった、「母はこの世の何ものよりもぼくを愛しています、それなのにぼくはこんなところにいて、母が生きてるのか、死んだのかも、知らない。ぼくが列間笞刑《ちけい》をくったことを知ったら、母はもうそれだけで死んでしまうでしょう……」。Mは貴族ではなかった、それで流刑《るけい》になるまえに体刑に処されたのである。それを思い出すたびに、彼は歯をくいしばって、目をそらそうとしたものだった。このごろは、彼は一人きりで散歩することがますます多くなった。ある朝、十一時すぎに、彼は司令官のところへ呼出しを受けた。司令官はにこにこ笑いながら出てきた。

「おい、M、おまえは昨夜どんな夢を見た?」と司令官は訊ねた。

『ぼくはぎくりとして』わたしたちのところへもどってから、Mはそのときの気持をこう語った、『心臓をぐさっと突き刺されたようだった』

「母から手紙が来た夢を、見ました」と彼は答えた。

「もっといいことだ、もっともっといいことだよ！」と司令官は言いかえした。「おまえは自由の身になったんだ！　おまえのお母さんが請願書を出し……それが聞きとどけられたんだ！　そら、これがお母さんの手紙、これがおまえの赦免状だ。すぐに出獄してよろしい」

彼はまだこの知らせの衝撃からさめることができず、蒼《あお》い顔をしてもどってきた。わたしたちは彼を祝福した。彼は血の気の失《う》せたふるえる手でわたしたちの手をにぎった。多くの囚人たちも彼を祝福し、彼の幸福を喜んだ。

彼は獄を出て移住囚となり、わたしたちの町に住むことになった。まもなく職をあたえられた。はじめのうち彼はよくわたしたちの監獄を訪れて、ひまがあれば、わたしたちにいろんなニュースを伝えてくれた。特に政治問題に彼は大きな関心をもっていた。

あとの四人のうち、つまりM、T、B、Jをのぞいては、二人はまだひじょうに若く、刑期も短く、あまり教養はなかったが、誠実で、素朴で、正直な人たちだった。三人目のAは、あまりにも平凡すぎて、特に変ったところは何もなかったが、四人目のB・Mはもう初老に近い男で、わたしたち一同にじつにいまわしい印象をあたえた。彼がどうしてこの種の犯罪者になったのか、わたしは知らない。もっとも、彼はそれを否定していた。一コペイカ二コペイカのはした金をごまかして財を蓄《たくわ》えた小商人の習慣とやり口を身につけた、不快な町人根性の持主だった。彼はまったく無教養で、自分の職業以外のことにはいっさい関心をもたなかった。彼はペンキ職人だった、しかも腕は卓抜で、すばらしい職人だった。間もなくその腕は上司の知るところとなり、町じゅうが壁や天井の塗装のためにB・Mの派遣を要求するようになった。二年のあいだに彼はほとんどすべての官舎を塗り上げた。官舎の住人たちがそれぞれ礼金を払ったので、彼はかなりぜいたくな暮しをしていた。しかし何よりもよいことは、彼といっしょに他の仲間たちも作業にやられるようになったことだった。いつも彼といっしょに行った三人のうち、二人は彼の技術を学んで、特にその一人、T・Jは彼に劣らぬ腕前になった。わたしたちの少佐も官舎に住んでいたが、彼もB・Mを呼んで、壁と天井をすっかり模様塗りするように言いつけた。そこでB・Mはここぞと腕をふるった。総督邸にもないほどにみごとに塗り上げられた。木造の平家で、もうかなりくたびれ、外見はいかにもみすぼらしかったが、内部の装飾はさながら宮殿のようで、少佐は有頂天になった……彼は手をこすりあわせて、こうなったらぜったいに結婚しなければ、とやにさがった。「こういう住居ができたら、結婚せぬわけにゃいかん」と彼はひどくまじめな顔で付け加えたものだ。彼はますますB・Mが好きになり、そのためにB・Mといっしょに作業した他の囚人たちにまでやさしくなった。作業はまる一カ月かかった。この一カ月のあいだに少佐は完全にわたしたち全囚人に対する考えを変え、囚人たちをかばうようになった。それが昂《こう》じて、ある日、不意に彼はJを獄舎から呼びよせた。

「J！」と彼は言った、「おれはきみを侮辱した。意味もなくきみを笞《むち》でなぐった、おれはそれを知っとる。おれは後悔しとる。それがきみはわかるか？　おれは、おれが、このおれが――後悔しとるんだよ！」

Jは、わかりますと答えた。

「わかるかね、きみ、おれが、きみの隊長であるおれがだ、許しを乞《こ》うためにわざわざきみを呼んだのだ！　きみは、それを感じとるか？　おれにとって、きみは何者だ？　うじ虫だ！　うじ虫以下だ、囚人だ！　ところがおれは――神のお慈悲によって（原注　わたしの入獄当時は小佐ばかりでなく、多くの下級指揮官たちによって、文字どおりの意味で、この言葉が用いられていた。特に下士官から昇進した下級士官が、これを用いた）少佐殿だ。少佐だ！　これがわかるか？」

Jは、わかりますと答えた。

「よし、さあこれできみと仲直りだ。だが、きみは感じとるか、この意味を十分に、完全に、わかっとるか？　きみはこれを理解し、肝に銘じることができるかな？　まあいい、よく考えろ、おれが、おれが、少佐だということをな……」等々。

Jはこの場面をすっかりわたしに語ってくれた。してみると、この飲んだくれの、喧嘩好きな、無法者にも、人間の感情があったわけである。彼の観念や知能程度を思いあわせると、このような行為は、よくよくの寛大な態度と考えて差支えなかった。しかし、酒のせいも大いにあったにちがいない。

彼の夢は実現しなかった。家の塗装が終ったとき、彼はもうすっかりその気になっていたが、しかし結婚はできなかった。結婚どころか、裁判にかけられ、退官願いを出させられるはめになったのである。おまけに、古い罪状まですっかりあばきだされた。以前彼はこの町で、たしか町長をしていたはずだった……この打撃は不意に彼をおそった。監獄内では、この知らせを聞いて、おどり上がって喜んだ。それはまさに祭日、祝勝祭であった！　なんでも、少佐は顔じゅう涙だらけにして、そこらの婆《ばあ》さんのようにわいわい泣きわめいたということだ。しかし、もうどうしようもなかった。彼は退官し、ひとつがいの葦毛《あしげ》の馬を売り、その後全財産を手放して、食うに困るまでにおちぶれてしまった。わたしたちはその後くたびれた文官服を着て、徽章《きしよう》のついた帽子をかぶった彼をときどき見かけた。彼は憎そうに囚人たちをにらんだ。しかし、軍服をぬいだとたんに、彼の威厳はすっかり消えてしまった。軍服を着てこそ彼は雷であり、神であった。文官服を着ると、彼はとたんにまったく何者でもなくなり、下男じみてきた。こうした人々にあっては軍服がいかに多くの意味をもつか、驚くべきことである。

九　逃亡

少佐の更迭《こうてつ》後まもなくわたしたちの監獄には根本的な改革が行われた。徒刑が廃止されて、そのかわりにロシアの囚人中隊にならって、軍当局の囚人中隊が設置されたのである。これは第二類の流刑囚《るけいしゅう》がもうこの監獄へは来ないということを意味した。つまり、そのとき以来、軍関係の囚人のみが収容されることになったのである。だから、彼らは一般の兵士と同じように、市民権を剝奪《はくだつ》されぬ兵士たちで、ただ刑を受けて短期間（最高六年まで）の服役に来るだけであり、出獄後はまた原隊のもとの普通兵に復帰することになっていた。しかし、再度罪を犯して監獄へもどった者は、従来と同じように、二十年の刑に処せられた。もっとも、わたしたちの監獄には、この改革以前にも軍関係の囚人たちの監房はあったが、しかし彼らがわたしたちといっしょに住んでいたのは、他に場所がなかったためであった。それが今度は監獄ぜんたいが軍事犯の収容所となったわけである。しかし、従来の囚人たち、いっさいの権利を剝奪され、額に烙印《らくいん》を押され、頭を半分剃《そ》られた徒刑囚たちが、刑期の満了まで監獄に残されたことは、言うまでもない。しかし、新しい囚人は来ないで、残った者たちが一人二人と刑期を終えて出てゆくのだから、十年もするとこの監獄には一人の徒刑囚もいなくなるはずであった。特別監房はやはりそのままに残された、そしてそこへはいままでどおりつぎつぎと重い軍事犯が送られてきた。やがてシベリアに重刑囚収容所が開設されるまで、この状態はつづいたのである。というわけで、わたしたちの生活は実質的にはいままでと変らなかった。同じような給養、同じような作業、そしてほとんど変らぬ規律、ただ管理当局が変り、かえって複雑になったくらいのものだった。中隊長として佐官が一人、その下に交代で監獄を巡察する尉官が四人任命された。廃兵たちも廃止されて、そのかわりに下士官十二名と炊事下士官一名がおかれることになった。囚人たちは十名ずつの班に分けられ、囚人たちの中から、もちろん名義だけだが、上等兵が選ばれた。言うまでもなく、アキム・アキームイチがにわかに上等兵に成り上がった。これらすべての新しい制度と、そのすべての幹部や囚人をふくむ監獄全体は、従来どおり監獄長である司令官の管理下におかれた。これが変革のすべてであった。最初のうち囚人たちはひどく動揺し、噂《うわさ》や、推量や、新任の幹部たちの品定めでもちきったことは、言うまでもない。ところが、実際にはすべてがもとのままにとどまったことを見てとると、たちまち安心して、生活はまたいままでどおりに流れだした。しかしなんといっても大きいのは、一同が例の少佐から解放されたということであった。囚人たちは一息ついて、元気をとりもどしたように見えた。おびえたような様子が消えた。いまはだれでも、いざとなれば隊長に申し開きができるし、正しくない者の代りに正しい者を処罰するようなことは、よもやあるまい、と承知していた。これまでの廃兵が下士官に代ったにもかかわらず、酒類までが獄内でいままでとまったく同じように、いままでと同じ方法で販売されていた。これらの下士官は大部分が自分の立場をわきまえた思慮のある連中だった。彼らの何人かは、はじめ威厳を示そうとして、むろん経験がないために、囚人たちを兵士なみに扱おうと考えた。しかしその連中も、まもなく、なるほどそういうものか、とさとった。いつまでもさとらぬ連中には、囚人たちのほうからそれを無理にさとらせた。ときには、かなりはげしい衝突もあった。たとえば、下士官を誘いこんで、たらふく飲ませる、そしてそのあとで、もちろん囚人たち独特のやり方で、いっしょに飲んだのだから、つまりは……と通告する。そして結局は、酒瓶《さかびん》が持ちこまれて、ウォトカが売られるのを、下士官たちが平気で見のがすか、あるいは見ないようなふりをする、ということに落着く。それどころか、これまでの廃兵たちのように、彼らも市場へ出かけていって、パンや、牛肉や、その他の品物、つまりさして気をとがめずに手を出すことのできるようなものを、囚人たちのために買ってくるようになった。何のために制度がこのように改められたのか、何のために囚人中隊が設置されたのか、それはわたしの知るところではない。これはわたしの獄中生活の最後の数年間に起ったことである。とはいえ、さらに二年間わたしはこの新しい制度の下で暮さなければならなかった……

この生活のすべてを、獄中におけるわたしの年月のことごとくを、しるすべきであろうか？　わたしはそうは思わない。もし順序を追って、この数年間に起ったこと、わたしが見たこと、体験したことのすべてをしるすならば、もちろん、これまで書いてきたよりも、さらに三倍、四倍もの章を書くことができよう。しかしこのような記述は、ともあれ、あまりにも単調なものになるであろうことは、言うまでもない。どの事件もあまりにも似通った色調のものとなろう。特に読者がこれまでの各章から第二類の徒刑囚の生活について、せめていくぶんなりと満足のいく観念を、すでにつくり上げることができた場合は、なおのことである。わたしたちの監獄の全貌《ぜんぼう》と、この数年間にわたしが体験したことのすべてを、一枚の明瞭《めいりょう》な絵にあらわしたいというのが、わたしの意図であった。この目的が達せられたかどうか、わたしは知らない。またある意味において、それを判断するのはわたし自身ではない。だがわたしは、これで終ってもよいと思っている。それに、こうしたことを回想していると、ときどきわたし自身がたまらない悲しさにおそわれる。しかも、わたしだってすべてをおぼえているわけではない。先のほうの数年は妙にわたしの記憶からうすれている。断言するが、すっかり忘れてしまった事柄も多い。例をあげれば、実際にはひどく似通ったこの数年が、ものうげに、じめじめとすぎていったことをおぼえている。これらのだらだらと長い、やるせない日々が、まるで雨のあと屋根からポトリポトリと雨だれがたれおちるように、いらいらするほど単調だったような気がする。忘れもしないが、ただ一つ、復活、更生、新生活に対するはげしい渇望《かつぼう》だけが、わたしを励まして、待ち、そして望む力をあたえてくれたのであった。そしてわたしは、ついに耐えぬいたのである。わたしは待ちきれぬ思いで、一日一日を数えていった。そしてまだ千日も残っていたが、楽しみにしながら一日を数え、一日を送り、一日を葬《ほうむ》って、つぎの日が訪れると、残っているのはもう千日ではなく、九百九十九日であることがうれしかった。この数年のあいだ、数百人の仲間がいたにもかかわらず、わたしはずっとおそろしい孤独の中におかれていた、そしてしまいには、この孤独を愛するようになったのである。精神的に孤独なわたしは、すぎ去った自分の全生活を振返り、どんな些細《ささい》なことも残らず取上げて、過去に思いをひそめ、容赦なくきびしく自分を裁《さば》いた、そしてときには、この孤独をわたしにあたえてくれたことを運命に感謝したことさえあった。この孤独がなかったら、自分に対するこの裁きも、過去の生活のこのきびしい反省も、ありえなかったことであろう。そしてそのころわたしの心はどれほどの希望にみちみちていたことか！　わたしの未来の生活には、過去にあったようなもろもろの過失も、もろもろの堕落も、もはやないであろう、とわたしは考えた、決心した、そして自分に誓った。わたしは未来の全生活の計画をつくり、ぜったいにそれを守ることを決意した。わたしの心の中には、それを完全に実行するし、またできる、という盲信が生れた。わたしは待ちきれぬ思いだった、一日も早くと自由を呼び招いた。

わたしは改めて、新しいたたかいで、自分をためしてみたかった。ときおりはげしい焦燥にとらわれた……だが、いま当時のわたしの精神状態を思い出すことは、わたしには耐えられぬ思いである。もちろん、これはすべてわたし一人だけのことであるが……でも、わたしがこれを書きはじめたのは、だれにでも理解してもらえそうな気がしたからである。なぜなら、青春の力にみちあふれた数年を獄中で送るようなことになったら、だれでもこれと同じ思いをするにちがいないからである。

だが、こんなことを言って何になろう！……それよりも、これで終ったのではずばりと断ち切ったようであまりに曲がなさすぎるから、もうすこし何か語ることにしよう。ここでふと気がついたのだが、おそらくこんな疑問をもつ人がいるにちがいない。いったい監獄はだれも逃げおおせることのできぬものなのか、わたしの入獄中にだれも逃亡したものはなかったのか？　もうまえに書いたことだが、囚人は監獄に二、三年いると、この年月を貴重なものに思うようになって、残った刑期を面倒や危険なく何とか無事につとめあげ、法に従って移住地へ出てゆくほうがとくだ、とひとりでにそろばんをはじくようになる。しかしこのような考えがはいりこむのは、短い刑期で送られてきた囚人の頭にだけである。長期刑の囚人になると、どうやら、危険をおかしたくなるらしい……しかし、わたしたちの監獄では、どういうものか、そうした事件がなかった。囚人たちがいじけきっていたのか、軍隊式で、監視が特に厳重だったのか、町の地形がいろんな点で不都合だったのか（曠野《こうや》で、見通しがよすぎた）——一概には何とも言えない。おそらく、こうした理由のすべてがそれなりに作用はしていたろう。たしかに、この監獄は逃亡がむずかしかった。ところが、わたしがいた当時、一度逃亡事件が発生した。二人の囚人がこの危険にいどんだ、しかもそれがもっとも重刑の囚人だった……

少佐の更迭後Ａ（これは監獄で少佐のスパイを勤めていた男である）は、保護者を失って、完全な一人ぼっちになってしまった。彼はまだひどく若い男だったが、年とともに気性が強くなり、腹がすわってきた。いったいにふてぶてしく、思いきったことをやるくせに、ひどく思慮深いところもあった。もしも自由にしてやったら、彼はおそらくまたスパイをやらかし、さまざまな闇《やみ》の手をつかって一儲《ひともう》けをたくらむだろうが、もう今度は以前のようにばかなへまをやってつかまり、自分のばかの代償を流刑で支払うようなことはないであろう。彼はこの監獄で偽造旅券《パスポート》の作り方も少しおぼえた。しかし、確言はひかえる。囚人たちからそう聞かされただけだ。噂によると、彼は少佐の台所に出入りしていたころに、すでにこの種のしごとをしていて、むろん、かなりの報酬をもらっていたということである。要するに、自分の運命を変えるためなら、彼はどんなことでもしかねぬ男だったらしい。わたしはある程度彼の心を知る機会をもったことがあった。冷笑癖が、見ていると虫酸《むしず》がはしるようなあつかましさ、冷酷きわまるせせら笑いにまで達していて、耐えられぬ嫌悪《けんお》感《かん》をそそられたものだった。おそらく、一杯のウォトカが飲みたくてたまらず、だれかを殺さなければそのウォトカにありつけないとしたら、彼はかならずその殺しをやってのけたにちがいない。それもこっそりと、だれにも知られずにやれる場合だけである。監獄内で彼は損得の計算ということをおぼえたのである。特別監房の囚人クリコフが目をつけたのは、ほかならぬこの男であった。

クリコフのことはもうまえに述べた。彼は若くはなかったが、熱血漢で、生活力の旺《おう》盛《せい》な、強い男で、並はずれた多彩な才能をもっていた。彼には力があった、だからまだ生きたかった。このような人間はどんなに年寄りになっても、やはり生きたがるものである。それで、もしわたしが、この監獄ではどうして脱走がないのだろうと、不審な思いにとらわれだしたとしたら、むろん、まっさきにクリコフに首をかしげたことだろう。ところが、そのクリコフがやってのけたのである。二人のどちらがどちらを誘いこんだのか、Aがクリコフをか、クリコフがAをか？　わたしは知らないが、二人はどっちも負けずおとらずで、こうしたことをやってのけるにはうってつけの相棒だった。二人は親密になった。おそらく、クリコフはAが旅券を用意することに期待をかけていたらしい。Aは貴族出で、上流社会の人間だった――これは今後の冒険にある種の迷彩をほどこしてくれるものと期待された。要はロシアまでたどりつきさえすればよいのだ。二人がどのように話をきめ、どんな希望をもったのかは、だれも知らないが、二人の希望がシベリアの浮浪者たちの常道からはみだしていたことはたしかである。クリコフは生れながらの役者で、人生において多くの、しかも多彩な役割を選ぶことができたし、多くを、すくなくともいろいろと変ったことを期待することができた。このような人間が監獄を窮屈に感じるのは当然であった。二人は脱走を約しあった。

しかし、警護兵を抱きこまなければ脱走は不可能であった。どうしても警護兵を仲間にひき入れる必要があった。要塞《ようさい》に駐屯《ちゅうとん》していたある大隊に、一人のポーランド人の兵士が勤務していた。それは精力的な男で、もう若くはなかったが、きりっとして、まじめで、おそらくもっとよい星の下に暮していいはずの人間だった。彼は若いころ、シベリア勤務に来るとすぐに、故郷恋しさにたまらなくなって逃亡した。彼はつかまって、罰を受け、二年ほど囚人中隊にやられた。やがて原隊へもどされると、彼は心を入れかえて、熱心に勤務に精をだすようになった。そしてその精勤によって、上等兵に昇進した。彼は自分の価値を知り、自分を過信した、功名心の強い男だった。その態度にも、話しぶりにも、己《おの》れを知る男の自信があふれていた。わたしはこの数年警護兵たちの中に何度か彼を見かけた。またポーランド人からもいろいろと彼のことを聞かされた。わたしには、以前の郷愁が彼の内部へ深く沈んで、目に見えぬ不断の憎悪《ぞうお》に変じているように思われた。こういう男はどんなことでもやりかねない、そしてこの男を仲間に選んだクリコフの目には、狂いがなかったわけである。彼の姓はコルレルといった。彼らは相談しあって、決行の日をきめた。それは六月の暑い時分のことだった。この町の気候はかなり単調で、夏はかんかん照りの暑い日がつづいた、そしてこれが放浪者には好都合なのである。もちろん、要塞から直接逃亡することは、ぜったいに不可能であった。町全体が小高い台地の上にあって、周囲はすっかり見通しであり、かなり遠くまで森はなかった。まず普通の服に着替えなければならないが、そのためにはクリコフがかねがねかくれ家にしていた町はずれの家までたどりつくことが先決だった。町はずれに住む彼らの友人たちがこの秘密をすっかり知っていたかどうかは、知らない。が、知っていた、と思うべきだ。もっともこれは、のちの裁判のときにも、すっかり明らかにはされなかった。その年、町はずれの片隅《かたすみ》に、ワーニカ・ターニカという綽名《あだな》の、まだ一人立ちになったばかりの、若い、じつに愛くるしい娘が住んでいた。この娘が彼らに大きな希望をあたえ、やがてそれをある程度実現させることになったのである。彼女はまた、鉄火という綽名もつけられていた。彼女もこの計画にはある程度参加していたことは疑いない。クリコフはここ一年彼女にすっかり入れあげていた。わが勇者たちはその朝作業班の組分けに出ると、うまく立ちまわって、暖炉職人で左官のシルキンという囚人といっしょに、兵士たちが野営に出てもういつからか空《から》になっている大隊の兵舎の壁塗りにまわされるようにしくんだ。Aとクリコフは運搬夫として彼についてゆくことになった。コルレルは警護兵を引受けたが、囚人三名には警護兵が二名つくことになっていたので、古参上等兵の彼に、警護勤務の見習いとして若い新兵がつけられることになった。

こうして見ると、わが脱走者たちはコルレルにひじょうに強い影響力をもっていたわけで、この利口で、しっかり者で、慎重な男が、長年にわたる、しかもここ数年は成績優秀な勤務を棒に振ってまで、彼らと行を共にする決意をしたところを見ると、よくよく彼らを信じこんだものであろう。

彼らは兵営に着いた。朝の六時ごろだった。彼らのほかはだれもいなかった。一時間ほど作業をすると、Aとクリコフが、ちょっとしごと場へ行ってくるから、とシルキンに言った。だれそれに用があるし、それにこれこれの道具が足りないのでとってこなければならない、というのである。シルキンに対してはぬかりなく、つまりできるだけ自然に事を運ぶ必要があった。彼は生粋《きっすい》のモスクワっ子で、モスクワの下町育ちの暖炉職人で、口数は少ないが、ずるがしこく、変り身が早く、ぬけめのない男だった。彼は見かけはひよわでやせっぽちだった。本来ならば、彼はモスクワ風に、胴着の上にガウンをひっかけて暮していられるはずだったが、運命がそれを狂わしてしまった、そして彼は長い放浪の果て、永久にここの特別監房に住みつくことになった、つまりもっとも重い軍事犯の部類に入れられたのである。いったい彼はどのような罪でこんな重刑に処せられたのか、わたしは知らないが、特に不満の色らしいものは彼にはすこしも見られなかった。いつもおとなしく、おだやかに振舞っていた。ときにべろんべろんに酔うこともあったが、そんなときでもけっして乱れなかった。彼は、むろん、この計画は知らなかったが、しかし目は鋭かった。だからクリコフの目くばせで、彼はとっさに二人はもう昨日からしごと場にかくしておいた酒をとりに行くのだな、と読んだ。なるほどそうかい、と思ったから、シルキンはすこしも疑わずに彼らを行かせて、新兵一人とあとに残った。クリコフ、A、コルレルの三人は町はずれへ急いだ。

三十分すぎた。出かけていった三人はまだもどらない。そのうちにふと気がついて、シルキンは考えこみはじめた。彼だってそこは世の表も裏も見つくしてきたしたたか者だ。彼はいろいろと思い返してみた。クリコフはどことなくいつもとちがっていた。Aは二度クリコフに耳うちしたようだったし、すくなくともクリコフは二度ほど彼に目くばせした。彼はそれを見ていた。いま彼はそれをはっきり思い出した。コルレルにもどことなく怪しいところがあった。すくなくとも、彼は去りしなに、留守のあいだにどうするかというような心得を、新兵に教えたが、これなども何となく不自然なところがあった。すくなくともいつものコルレルにはないことだった。というわけで、シルキンはつぎつぎと記憶をたどっていくにつれて、いよいよ疑いを深めてきた。そのうちに時間はたつばかりで、彼らはもどってこない。彼の不安は頂点に達した。彼はこの事件で自分がどんな危険にさらされているか、よくわかっていた。当局の嫌疑《けんぎ》が彼の身に向けられるおそれがあった。おたがいの話ずくで、知りながら仲間を逃がしてやった、と思われるかもしれない。そして彼がクリコフとAの行方《ゆくえ》不明の報告をおくらせればおくらせるほど、それだけこの嫌疑も濃くなるにちがいない。ぐずぐずしてはいられなかった。ここで彼は、この数日クリコフとAがどういうものか特に親しくなったこと、よくひそひそと話しあったり、しょっちゅう他人目《ひとめ》を避けて兵舎の裏手へ行ったりしたことを、思い出した。そういえば、あのときもすでに何となく臭いぞと思ったたっけ……彼はさぐるようにチラと警護兵を見た。彼は銃によりかかって、大あくびをし、のんびりと指で鼻くそをほじっている。そこでシルキンはこんなやつに自分の考えを伝えてもしようがないと思い、ただ工兵隊のしごと場へ行くからついてきてくれ、とだけ言った。しごと場で、彼らが来たかどうか、きいてみる必要があった。ところが、だれも彼らを見かけた者がいないことがわかった。シルキンの疑惑はすべて吹っとんでしまった。『よくクリコフのやることだが、ただ一杯ひっかけて、うさばらしをしに町はずれへ行ったとしたら』とシルキンは考えてみた、『だが、それもおかしい。そんならおれに言うはずだ、べつにかくしだてするほどのことでもない』シルキンは作業をやめて、兵営によらずに、まっすぐに監獄へ向った。

彼が曹長室《そうちょう》へ行って、事のしだいを報告したのは、もうほとんど九時に近かった。曹長は蒼《あお》くなって、はじめは信じようともしなかった。もちろん、シルキンは推測、疑惑として報告しただけだった。曹長はただちに少佐のところへとんでいった。少佐はすぐに要塞司令官に報告した。十五分後には早くもいっさいの必要な手段がとられた。総督にも報告された。脱走したのは重大犯人で、このままとりにがしたらペテルブルグからきびしい譴責《けんせき》をくうおそれがあった。真偽のほどはわからぬが、Aは政治犯のリストに加えられていた。クリコフは『特別監房』の囚人、つまり重刑囚であり、加えて軍事犯でもあった。『特別監房』の囚人が逃亡したという例は、これまでになかった。そこで当局は思い出したのだが、規定によると『特別監房』の囚人には作業の際に一人につき二人の警護兵、もしくはすくなくとも一人に対し一人の警護兵をつけることになってい た。この規定が守られなかったわけである。となると、面倒なことになることは目に見えていた。周辺のあらゆる村役場、駐在所に伝令がとび、脱走者の布令を出し、いたるところに人相書がまわされた。コサックたちが逮捕に向った。近隣の郡や県にも通告が送られた……要するに、当局はすっかりあわてふためいてしまったのである。

一方、わたしたちの監獄内ではそれとはちがう興奮がはじまっていた。囚人たちは、作業からもどってくると、たちまち事件の発生を知った。知らせはまたたくまに監獄じゅうにひろまった。だれもがある異常な、ひそかな喜びをおぼえながら、その知らせを聞いた。だれもがはげしく胸をゆさぶられた……この事件が監獄の単調な生活を破り、蟻塚《ありづか》を掘りおこしたような騒ぎをまきおこしたうえに――逃亡、それもこのような脱走が、すべての囚人たちの心の中に何となくなつかしいこだまを呼び、久しく忘れられていた胸底の琴線《きんせん》をふるわせたのである。何かしら希望のような、勇気のような、自分の運命を変えることができそうだというもどかしさのようなものが、彼らの心の中でうごめきだしたのである。『逃げたあいつらだって、人間じゃないか。どうしておれたちが？……』こう思うと、だれもが胸が熱くなってきて、どうだやるかといった顔つきで他の囚人たちを見まわすのだった。すくなくとも、囚人たちはみな急に何となく尊大になって、下士官たちを見くだすような態度をとりはじめた。上司たちがただちに監獄へとんできたことは、言うまでもない。司令官自身も馬でかけつけた。囚人たちは気が強くなって、大胆に、しかもいくぶん軽蔑《けいべつ》の目で、無言のきびしい威圧をこめて、司令官を迎えた。『おれたちだって、その気になればちゃんとやれるんだ』と無言の威圧は語っていた。上司たちが来ることを、囚人たちはもちろんすぐに察知した。彼らはかならず捜査があることも、察知して、いち早く何もかもかくしてしまった。こういう場合は、当局がいつも後手にまわることを、彼らは知っていたのである。はたしてそのとおりで、大騒ぎがはじまり、何もかも引っかきまわして捜索したが――もちろん、何も見つからなかった。午後の作業に出るときは、警護兵が強化された。夕方になると、衛兵がのべつ監獄内を見まわりに来て、いつもより一度よけいに点呼を行い、二度も多く頭数を数えた。そのためにまたよけいな騒ぎが起った。全員庭へ追い出されて、改めて数をあたられ、それから監房ごとにもう一度数えられた……一口に言えば、いろいろと厄介なことが多かった。

しかし、囚人たちは素知らぬ顔をして文句一つ言わなかった。彼らはみなまったくわれ関せずという態度で、このような場合はいつもそうであるが、その晩はいつになく行儀よくしていた。『これじゃ文句のつけようがあるまい、むだだよ』というわけである。当局としては、『獄内に共謀者が残っていはしないか？』と考えるのは当然で——そこでそれとなく監視し、囚人たちの話に気をつけるようにと、命じた。ところが、囚人たちのほうはせせら笑っただけだった。『これがあとに共謀者を残してゆくような、そんなしごとかよ！』『これは人知れずこっそりやるしごとだぜ、でなきゃできるもんかい』『クリコフにしろ、Aにしろよ、こういうことをやらかしてあとに足跡を残してくようなな、そんな男かい？　まんまと、だれにもさとられずに、やってのけやがった。水火をくぐってきた連中だ、しまった戸をくぐりぬけるくらいわけァねえさ！』要するに、クリコフとAは名声を高めた。囚人たち一同は二人を誇りにした。二人の功績は、監獄の寿命をはるかにこえて、囚人たちの子々孫々にまで語りつがれるであろう、と思われた。

「いい腕だよ！」とある囚人たちが言った。

「ほんとよ、ここからは逃げられねえとみんな思っていた。ところが、みごとに逃げたじゃねえか！……」と他の囚人たちが付け加えた。

「逃げたとも！」と三番目の囚人が、何やらえらそうな様子であたりをにらみまわしながら、話に割込んだ。「でも、逃げたのはだれだよ？……おめえなんかたァ、できがちがうわ！」

ほかのときだったら、このような言葉をなげつけられた囚人は、かならず挑戦《ちょうせん》に応《こた》えて、自分の名誉を守ったにちがいない。だがいまは、おとなしく沈黙を守っていた。

『たしかに、みんながクリコフやAみたいなわけにはいかねえ。まず自分の腕を見せることだ……』

「ところで、なあみんな、ほんとにおれたちァここで生きているんだろうか？」と、炊事場の窓際《まどぎわ》におとなしく腰かけていた四番目の囚人が、頬杖《ほおづえ》をついたまま、何となくしんみりと、しかし内心は自分に満足しているような様子で、すこし節をつけたような口調で沈黙をやぶった。「おれたちはいったい何だろう？　生きているとは言っても——人間じゃねえし、死んでも——ほとけになれねえ。やれやれ！」

「靴じゃねえ。足からぽいとぬぐわけにゃいかねえさ。何がやれやれだ！」

「だって、現にクリコフは……」と、かっとなりやすい一人で、まだくちばしの黄色い若者が口を出そうとした。

「クリコフだと！」といきなりもう一人の男が、小ばかにしたように若者にじろりと横目をくれて、その言葉尻《ことばじり》をとらえた。「クリコフだ！……」

つまり、クリコフのような男がそうざらにいるか？　という意味である。

「でも、Aだって、おめえ、たいしたやつだぜ、ええ、たいした男よ！」

「きまってらあ！　あいつにかかっちゃクリコフだって、二本指でぽいよ。上見りゃきりがねえって！」

「ところで、もうどの辺まで逃げたろうか、知りてえなあ……」

ここですぐに話は、もう遠くまで逃げのびたろうか？　どっちの方角へ行ったろうか？　どこを通るのがいちばん安全か？　どの村が近いか？　というような話題に移っていった。周辺のことを知っている囚人たちがいて、一同は好奇心をもやしながら聞いた。近くの村々の住民たちの話になり、あてにならぬ連中だという結論になった。町に近いから、すれていて、逃亡囚をかくまうどころか、ふんづかまえて、つき出すにちがいない、というのである。

「このへんの百姓ときたら、なまずるいやつばかりでよ。まったく、手に負えねえよ！」

「ほんと、うすっぺらなやつらだよ！」

「シベリアの百姓どもァ情ってものがねえ。つかまったら、殺されちゃうぜ」

「なあに、あいつらだって……」

「そりゃおめえ、あいつらが勝つにきまってらあ。わしらの仲間だ、ぬかりはねえさ」

「まあ、生きてりゃ、噂《うわさ》が耳にはいるだろうさ」

「じゃ、おめえ、なんだ？　つかまると思うのか？」

「おれは、ぜったいにつかまらねえと思うな！」ともう一人ののぼせやすいのが、拳骨《げんこつ》でどしんと卓をたたいて、言った。

「ふむ。まあ、こうなったら運しだいよ」

「ところで、おれはこう思うな」とスクラートフが口を入れた。「もしおれが浮浪者になったら、天地がさかさまになってもつかまりはしねえだろうな！」

「おめえがか！」

笑い声が起った。ほかの連中は聞きたくもない、という様子をした。だが、スクラートフはもう調子づいてしまった。

「ぜったいにつかまりゃしねえよ！」と彼はむきになってくりかえした。「おれはな、みんな、ときどきそう思っちゃ、自分でもびっくりしてるしまつさ。ちょっとした隙間《すきま》から逃げだすんだがよ、つかまりァしねえって気がするんだ」

「まあな、腹ぺこになって、パンをもらいに百姓家へ行くくらいがおちさ」

みんなどっと笑った。

「パンをもらいにだと？　笑わせるな！」

「おい、何をえらそうな口たたいてんだよ？　おめえワーシャ爺《じい》さんとぐるになって、牛の一件で人殺しをしたんじゃねえのか、それでここへ送られたんだろ（原注　ある百姓が家畜を病死させる呪《のろ》いをふりまいたという疑いから、それを殺した事件をさす。この監獄には実際にそういう殺人犯がいた）」

笑いが一きわはげしくなった。まじめな連中は腹立たしさにむかむかしてきた。

「へん、でたらめこくなって！」とスクラートフは叫んだ。「ありゃァ、ミキートカの野郎がいいかげんな噂をまきやがったんだ。それもおれのことじゃねえ、ワシカのことよ。おれはとばっちりをくったんだ。おれはモスクワっ子でよ、自慢じゃねえがきのころから宿なしだ、年期がはいってんだよ。その時分、寺男のやつおれに読み書きを教えたものだが、よくおれの耳をひっぱりやがって、『神よ、いと深きみめぐみによりて、この子をあわれみたまえ……』とぬかしやがったものよ。するとおれはそれをまねて、『みめぐみによって、おらを警察さ、つき出したまえ……』とやらかす。というわけで、おらァ鼻ったれの時分から、この道に踏みこんだのよ」

一同はまたどっと笑った。しかし、それがスクラートフには望むところだった。彼は人を笑わせずにはいられない性分だった。一同は間もなく彼をほったらかして、またまじめな話にもどった。意見を述べるのは、たいてい年寄りか、物識《ものし》りたちだった。若い連中や、おとなしい連中は、ただ話に首を突っこんで、話し手の顔をながめながら、喜んでいた。炊事場はたいへんな人だかりだった。もちろん、下士官たちはいなかった。彼らがいたら、こんな話が出るわけがない。とりわけ喜んでいる連中のなかに、わたしはマメートカの姿に気づいた。これは背がちんちくりんで、頰骨《ほおぼね》が張って、ひどく滑稽《こっけい》な格好をした男だった。彼はロシア語がほとんど一言もしゃべれず、他の囚人たちの言ってることがほとんどわからなかったが、そのくせ人々のあいだから頭をつき出して、聞いていた、しかもうれしくてたまらない様子だった。

「どうだ、マメートカ、ヤクシー？（訳注　いいか？）」と、みんなに除《の》け者《もの》にされたスクラートフが、退屈まぎれに彼をからかった。

「ヤクシー！　うん、ヤクシー！」と、マメートカはすっかり元気づいて、滑稽な顔をふりたてスクラートフにうなずきながら、まわらぬ舌で言った。

「やつらはつかまらねえな？　ヨーク？（訳注　そうだな？）」

「ヨーク、ヨーク！」とマメートカは、今度はもう両手を振りまわしながら、しゃべりたてた。

「つまり、そっちの言うのはでたらめで、こっちの言うのはそっちがわからねえ、ってわけだ、そうだな？」

「そうだ、そうだ、ヤクシー！」とマメートカは頭を振りながら、言った。

「まあ、いいや、ヤクシーだ！」

こう言いすてると、スクラートフは相手の帽子をぽんとはじき、目までぐいと引下げると、いささかあっけにとられたマメートカをあとに残して、すっかり上機嫌《じようきげん》で炊事場から出ていった。

監獄内の厳重な監視と、周辺一帯の大がかりな追跡と捜索が、まる一週間つづいた。

どんなルートからかは知らないが、監獄外で行われている当局の捜査活動についてのいっさいの正確な情報が、すぐに囚人たちの耳にはいるのだった。はじめの数日はすべての情報が逃亡者たちに有利だった。影も形もない、消えてしまったのか、何の手がかりもつかめなかった。囚人たちは、ただにやにや笑っていた。逃亡者たちの運命についてのいっさいの不安が消えた。「何も見つかりゃしねえさ、だれもつかまるもんか！」と囚人たちは満足そうに言いあうのだった。

「むだなことよ。鉄砲玉だよ！」

「あばよ、おどかしっこなしだ、じきもどってくるぜ！」

付近の百姓たちが残らずかり出されて、森や谷などすべての疑わしい場所に見張りに立たされていることを、囚人たちは知っていた。

「阿呆《あほう》な」と囚人たちはせせら笑いながら、言うのだった、「あいつらの中に、きっと味方がいるのさ、いまごろはそいつんとこにひそんでるだろうよ」

「そうとも、きっといるよ！」と他の囚人たちが言った。「そこはぬかりはねえさ。まえまえからすっかり手をまわしておいたのよ」

臆測《おくそく》がさらに臆測を生んで、逃亡者たちはいまごろはまだ町はずれにひそんでいるのではなかろうか、というような話になった。きっと、どこかの地下室にひそんで、『ほとぼり』がさめ、髪がのびるのを待ってるにちがいない。半年か、一年そうしていて、それからやおら動きだすというわけだ……

一口に言えば、一同は何となくロマンチックな気分にさえなっていた。ところが、逃走後八日ほどたつと、思いがけなく、足どりがわかったという噂《うわさ》が流れた。もちろん、ばかばかしい噂はすぐに笑いとばされた。ところがその晩、噂がほんとうであることが確認された。囚人たちは不安にかられはじめた。翌日になると、朝から町じゅうが、もう脱獄囚たちは逮捕されて、引立てられてくるという噂でもちきった。昼食後になるともっと詳しくわかった。七十露里ほどはなれた、これこれの村で逮捕されたというのである。ついに、正確な情報が伝えられた。曹長が、少佐のところからもどって、彼らは夕方近くここへ連行され、ただちに衛兵所に監禁されるはずだ、とはっきり宣言したのである。もはや疑う余地はなかった。この知らせが囚人たちにあたえた衝撃は、筆舌《ひつぜつ》に尽しがたい。はじめはみなむかっ腹を立てたようだったが、やがてしょんぼりしてしまった。そのうちに、何やらあざけりに似た気分があらわれた。苦々しく笑いだした、がそれはもはや捕えた者へではなく、捕えられた者への嘲笑《ちょうしょう》であった。はじめは何人かだったが、やがてちゃんと自分の考えをもち、嘲笑で自分の気持をかき乱されるようなことのない、少数のまじめなしっかりした者をのぞいて、ほとんど全員が笑いだした。少数のしっかりした囚人たちは、さげすみの目を軽薄な連中に向けて、それぞれの思いを胸に、じっとおし黙っていた。

一口に言えば、さきにクリコフとAをほめあげたと同じ程度に、今度はこきおろしたのである。彼らはこきおろすことに快感をさえおぼえた。まるで彼らが何かで一同に恥をかかせたとでもいうふうであった。囚人たちは鼻の先でせせら笑いながら、あいつら腹がへって、どうにもがまんしきれなくなって、村の百姓家に餌《えさ》をめぐんでもらいにのこのこ出かけていきやがったのよ、などと語りあった。これは放浪者にとっては最大の屈辱だった。しかし、このような噂はまちがっていた。脱走者たちは追跡され、森へ逃げこんだ。森は四方から包囲された。彼らは、もはやのがれるすべのないことを見てとって、自分たちのほうから投降したのだった。そうするよりほかには、どうする道もなかったのである。

その日の夕方、実際に、手足をしばられた彼らが、憲兵たちに護衛されて到着すると、監獄中の囚人たちが、どんな目にあわされるか見てやろうと、柵《さく》のほうへかけだしていった。もちろん、少佐と司令官の軽馬車が衛兵所のまえにとまっているほかは、何も見えなかった。脱走者たちは営倉へほうりこまれて、鎖でつながれ、翌日裁判にかけられた。囚人たちの嘲笑と侮蔑《ぶべつ》は間もなくひとりでに消えてしまった。事情が詳しくわかるにつれて、投降するよりほか、もはやどうにもしようがなかったことが、はっきりわかったからである。そして一同は熱心に裁判の経過を見まもりはじめた。

「千はくらわされるだろうな」とある囚人たちが言った。

「なんの、千ぐらいですむもんか！」と他の囚人たちが言った。「なぐり殺されるよ。Aは、まあ、千ぐらいかもしれねえが、やつはなぐり殺されるよ、だっておめえ、特別監房の囚人だぜ」

ところが、この予想はあたらなかった。Aはわずか笞《むち》五百ですんだ。これまでの服役の態度がよかったことと、初犯であることが考慮されたのである。クリコフはたしか千五百だったとおぼえている。かなり温情のある処罰だった。彼らは筋のとおった人間だから、裁判でだれも巻きぞえにするようなことはせず、てきぱきと答え、どこへも寄らずに、要塞《ようさい》からまっすぐに逃げたと、明快に陳述した。わたしがだれよりも気の毒に思ったのはコルレルだった。彼はすべてを、最後の希望までも失ってしまい、だれよりも重い、たしか二千本の笞を受け、囚人としてどこかへ送られた。どこの監獄であったか、ただわたしたちの監獄ではなかった。Aはかわいそうに思われて、笞をかげんされた。医師たちが進言してくれたのだった。ところが彼は虚勢をはって、もうこれからは何でも来い、腹ができた、もっとどえらいことをしでかすぞ、などと病院で大声でわめいていた。クリコフはいつもと変らなかった、つまりどっしりと落着いて、品をくずさず、受刑後、監獄へもどったときも、まるで一度もここをはなれたことのないような、平然とした顔をしていた。しかし囚人たちの見る目はちがってきた。クリコフはいついかなるところでも自分を抑《おさ》えるすべを知っていたが、しかし囚人たちは心の中で何となく彼を尊敬することをやめ、妙になれなれしい口をきくようになった。一口に言えば、この逃亡事件以来クリコフの名声はいちじるしくうすれたのだった。成功というものは人々の間でそれほど大きな意義をもつものである……

十　出獄

こうしたいろいろなことが起ったのは、わたしの獄中生活の最後の年のことであった。この最後の一年は、入獄当初の一年とほぼ同程度に、わたしには忘れることができない。特に出獄を間近にひかえた最後の数日のことは、どうして忘れることができよう。しかし、詳細にとなると、何を語ったらよいのか。ただおぼえているのは、この一年は、一日も早く刑期を終えたいとねがうわたしの耐えがたい焦燥にもかかわらず、それまでの何年かの流刑《るけい》生活に比べると、ずっと楽な気持で暮すことができたということだけである。その第一の理由は、そのころはもう囚人たちの間に、わたしがよい人間だとはっきりと認めてくれた親友たちや友人たちが、たくさんできていたことである。その多くの人たちはわたしに信服して、心からわたしを愛していた。ある屯田兵《とんでんへい》などは、わたしと友人を監獄から送り出すとき、目をうるませていまにも泣きだしそうな顔をしていたし、その後、わたしは獄を出てからもこの町にとどまり、一月ほどある官舎に暮していたが、その間ほとんど毎日のように、べつに用もないのに、ただ顔を見に寄ってくれたのだった。しかし、最後までうちとけてくれなかった、けわしい気性の人々もいた。彼らはわたしと言葉を交《か》わすのが苦しかったらしいが――どうしてなのか、わたしにはわからない。きっと、わたしたちの間には、何か壁のようなものが立ちふさがっていたのであろう。

出獄が近くなると、わたしはそれまでの獄中生活のどの時期よりも、ぜんたいに大目に見られるようになった。その町に勤務している軍人たちの間には、わたしの知人たち、さらに昔の学校友だちまでがいることがわかった。わたしは彼らとの旧交をあたため、彼らに頼んでいままでよりも多く金をもつこともできたし、故郷に手紙を送ることも、さらに本を手に入れることさえできた。わたしはもう何年も一冊の本も読んでいなかった、だから獄中ではじめて読んだ本がわたしの胸にあたえた、あの奇異な、同時にもどかしいような感銘を、正確に伝えることは、わたしにはとうていできない。わたしは夕方獄舎の戸がしまると同時に読みはじめて、夜が白むまで一晩じゅう読み通したことをおぼえている。それはある雑誌の一冊だった。まるで別世界からの通信がとびこんできたような思いがした。昔の生活のすべてがありありと、まぶしいほどにわたしのまえにうかんできた。わたしはいま読んだものから考えて、自分があちらの自由世界の生活からどれほどおくれたか、わたしのいないあいだにどれほど変ったか、いまあちらで人々の胸を騒がせているのは何か、いまどんな問題が人々の関心をとらえているのか？　こうしたことを推測しようとつとめた。わたしは一語一語を詮議《せんぎ》して、行間の書かれぬ文字を読み、秘められた意味と、以前の問題に対する暗示を見いだそうと努力した。以前のわたしの時代に人々の心を騒がした問題の痕跡《こんせき》をさぐってみた、そしていま現実に、自分が新生活の中ではすっかり無縁の人間となってしまった、もはや完全に捨てられた子にすぎない、と自覚したとき、わたしはどれほどさびしい思いをしたことか。とにかく、新しい生活に慣れることだ、新しい世代を知ることだ。わけてもわたしがとびついたのは、以前親しかった旧友の名が標題の下に付された論文だった……しかし、もう知らない名もかなり目についた。新人があらわれたのである、そこでわたしはむさぼるような思いで彼らを知ろうとあせった、そして手許《てもと》にある本があまりに少なく、しかも手に入れることがほとんど不可能に近いことを、どれほどいまいましく思ったことか。しかし以前は、まえの少佐のころは、監獄内へ本を持ちこむことさえ危険だったのである。検査の際、『この本はどこから持ってきた？　どこで手に入れた？』してみると、連絡があるんだな？……』というような訊問《じんもん》がかならず行われるのだった。だがわたしは、このような訊問にどう答えることができたろう？　だから、本のない生活を送りながら、わたしはやむをえず自分の内部に思索を向け、自分に問題を課し、その解決につとめ、ときには苦悶《くもん》したものだった……でもこのようなことは、とても語りつくせるものではない！……

わたしは冬に監獄へ来たから、監獄を出てゆくのも冬で、来たときと同じ月の同じ日になるはずであった。いかに待ち遠しい思いでわたしは冬の訪れるのを待ったことか、そして夏が終りに近づき、木の葉が黄ばみ、曠野《こうや》の草が枯れていくのを、どれほどの喜びをもってながめたことか。やがて、もう夏もすぎて、秋風が立ちはじめた。そのうちに、もう初雪がちらつきだした……そしてとうとう、長いこと待ちこがれた、その冬が来た！　わたしの心臓は崇高な自由の予感のために、ときおり胸の奥深くで力強くときめくようになった。ところが不思議なことに、時が流れ去り、刑期の終る日が近づくにつれて、わたしはますます辛抱強くなってきた。そしてもうあと数日に迫ったころ、わたしは自分ながら驚いて、自分を叱《しか》ったほどだった。自分がまったく冷淡な、無関心な人間になってしまったような気がしたのである。休息の時間に庭で行き会う多くの囚人たちが、わたしに話しかけ、祝いを言うのだった。

「やあ、アレクサンドル・ペトローヴィチの旦那《だんな》、間もなく出所ですなあ。もうじきだ、もうじきだよ。わしら、哀れなみなし子どもをおき去りにして、出てゆきなさるんだ」

「何を言いなさる、マルトゥイノフさん、あんただって、もうすぐでしょうが？」とわたしは答えた。

「わしが？　何を言いなさる、とんでもねえ！　まだ七年ばかり、つれえ思いをしなきゃならねえ……」

そう言って、その男はそっと溜息《ためいき》をつき、立ちどまって、まるで遠い未来をのぞいてでもいるような、うつろな目になるのだった……そう、多くの囚人たちが心から喜んでわたしを祝福してくれた。みんながいままでよりも愛想がよくなったように、わたしには思われた。彼らにすれば、わたしはもう仲間ではなくなったのだろう。もう別れのあいさつをするようになった。Ｋは貴族出のポーランド人で、しずかなおとなしい青年だったが、彼も、わたしと同じように、休息の時間に長いこと庭を歩きまわるのが好きだった。彼は清らかな空気と運動で健康を守り、にごった獄舎の夜があたえるあらゆる害毒のとりかえしをしようという気持だった。『わたしは待ちきれぬ思いであなたの出所を待っているんですよ』と、あるとき散歩の途中でわたしに会うと、彼はにこにこしながら言った、『あなたが出てゆかれると、その日でちょうどぼくの刑期があと一年になることが、ぼくにはわかるからですよ』

ここでちょっとことわっておくが、空想にふけりがちだったことと、長いあいだ隔離されていたことがわざわいして、自由というものが監獄ではほんとうの自由よりも、つまり実際にある現実の自由よりも、何かもっともっと自由なもののように思われていた。囚人たちは現実の自由についての観念を誇張して考えていたし、そしてこれは囚人には特有のことで、すこしも不自然ではなかった。きたない服を着た名もない従卒が、監獄では、ただ頭を剃《そ》ることもなく、足枷《あしかせ》もつけず、警護もつかずに歩きまわっているというだけで、囚人たちの身にひきくらべて、ほとんど王様か、自由な人間の典型のように考えられていたのである。

いよいよ明日という日の夕暮れ、わたしは最後の名残りに柵《さく》にそって監獄を一まわりした。この数年のあいだわたしは何千回この柵をまわったことか！　ここ、獄舎の裏手は、監獄生活の最初の年、一人ぼっちで、悲しみにうちのめされながら、さまよい歩いたところだった。忘れもしないが、あのころ、この先あと何千日残っているだろうと、数えてみたものだった。おお、それはもうなんと遠い昔のことか！　そらここ、この隅《すみ》に、鷲《わし》がとらわれの身を横たえていたのだ。ここが、ときどきペトロフと会ったところだ。彼はいまでもわたしからはなれなかった。かけよってきて、まるでわたしの考えを読もうとでもするように、黙って並んで歩きながら、一人で何やら驚いているような様子だった。わたしは監獄のこの黒ずんだ丸太の柵に腹の中で別れを告げた。あのころ、入獄当初の一年、この木柵はどれほど無愛想にわたしの心をおびやかしたことか。きっと、あのころに比べると老朽したにちがいないが、わたしの目にはそれがわからなかった。この木柵の中で、どれほど多くの青春がむなしく葬《ほうむ》られたことか、どれほど偉大な力がなすこともなく亡《ほろ》び去ったことか！　ここまで来たら、もう何もかも言ってしまわねばならぬ。たしかに、ここに住む人々は、まれに見る人間ばかりだった。ほんとに、わがロシアに住むすべての人々の中で、もっとも天分豊かな、もっとも強い人間たちと言いうるかもしれない。ところが、それらのたくましい力がむなしく亡び去ってしまった、異常に、不法に、二度とかえることなく亡び去ってしまったのである。では、それはだれの罪か？

ほんとに、だれの罪なのか？

翌朝早く、作業に出るまえに、夜の白みかけるのを待ちきれぬ思いで、わたしはすべての囚人に別れを告げるために、各監房をまわって歩いた。たくさんのまめだらけのたくましい手が、愛想よくわたしにさしのべられた。まったく、仲間同士のように親しくにぎりしめた者もあった、しかしそれは少数の人たちだった。他の多くの者たちは、これでわたしが彼らとはまったく別な人間になることを、よく知っていたのだった。わたしには町に知人があり、わたしがここからまっすぐ旦那方のところへ行って、対等の人間としてそれらの旦那と席を並べることを、彼らは知っていたのだった。彼らはそれを承知していたから、わたしと別れのあいさつをするにしても、愛想よくにこにこはしていたが、仲間同士のそれからは遠く、まるで旦那に対するような態度だった。中にはそっぽを向いて、けわしい顔をし、わたしのあいさつに応《こた》えない者もあった。またある者は、むしろ憎悪《ぞうお》のこもった目で、わたしをにらんだ。

太鼓が鳴った。囚人たちが作業に出ていった。わたしはあとに残った。スシーロフは今朝はだれよりも早く起きて、わたしの出獄までに茶を間にあわせようと、きりきり舞いをしていた。かわいそうなスシーロフ！　わたしの着古した下着や、シャツや、足枷の下あてや、それにわずかばかりの金をお礼にやると、彼は泣きだしてしまった。「おら、こんなものほしかねえ、そんなんじゃねえんだ！」と、彼はふるえる唇《くちびる》でやっと言った、「おら、あんたのような人を、アレクサンドル・ペトローヴィチの旦那、失わなきゃならねえなんて、おら、あんたがいなくなったら、だれを頼りにしたらいいんだ！」最後に、わたしはアキム・アキームイチに別れを告げた。

「あなたも、もうじきですな！」とわたしは彼に言った。

「わたしはまだまだですよ、まだまだ長くここにいなきゃなりませんよ」とわたしの手をにぎりながら、彼はつぶやいた。わたしは彼の首に抱きついた、そして、わたしたちは接吻《せっぷん》しあった。

囚人たちが作業に出かけてから十分ほどして、わたしたちはもう二度ともどらぬことをひそかに誓いながら、監獄の門を出た。わたしと、それからわたしといっしょに監獄に来た仲間の、二人だった。まず鍛冶場《かじば》へ行って、足枷をはずしてもらわねばならなかった。だが、もう銃を持った警護兵はつかなかった。下士官がわたしたちを案内した。工兵隊のしごと場ではたらいている囚人たちが、わたしたちの足枷をはずしてくれた。

わたしは、いっしょの友人がはずしてもらっているあいだ、待っていて、やがて、自分も鉄敷《かなしき》のまえへ歩みよった。鍛冶工たちはわたしをうしろ向きにして、足をうしろに上げさせ、それを鉄敷の上にのせた……彼らはせわしなく動きまわった。すこしでも手際《てぎわ》よく、上手《じょうず》にやってのけようと思ったのであろう。

「鋲《びょう》だ、鋲をまずねじるんだ！……」と班長が指図した。「それをちゃんとのせる、そう、それでよし……そこで、今度は金槌《かなづち》で打つ……」

足枷が落ちた。わたしはそれをひろい上げた……わたしはそれを手に持って、見納めにじっくりながめたかったのである。これがいまのいままで足についていたのかと、まさにわたしは、いまさらながら驚きの目を見はった。

「じゃ、さようなら！　さようなら！」と囚人たちはとぎれとぎれに、荒っぽいが、何か満足そうな声々で言った。

そうだ、さようなら！　自由、新しい生活、死よりの復活……なんというすばらしい瞬間であろう！

＊当時のロシアでは、貴族以外は笞何本懲役何年というように体刑を課された。だから判決を下されたが、笞刑《ちけい》をまだ受けていない徒刑囚を未刑囚、これに対比される場合、笞刑のすんだ徒刑囚を既刑囚とした。これは便宜上の名称で、流刑囚《るけいしゅう》の身分は、徒刑囚、強制移住囚（十年勤めると自由囚になる）、追放囚の三つのカテゴリーに分けられていた。未決囚とは裁判中の被告である。

解説

工藤精一郎

ペトラシェフスキー事件で逮捕され、死刑を宣告されて、刑場で刑の執行直前に、恩赦によりシベリア流刑《るけい》を言いわたされたドストエフスキーは、一八四九年十二月二十四日のクリスマス・イヴの晩ペテルブルグを発《た》ち、途中トボリスクでデカブリストの妻たちに贈られた聖書一冊を懐中にして、翌五〇年一月二十三日にオムスク要塞《ようさい》監獄に着いた。そして四年間徒刑囚として服役することになるのだが、その間獄中で体験し、見聞したことの記録が『死の家の記録』である。

『死の家の記録』は一八六〇年九月に序章と第一章が『ロシア世界』誌に発表され、翌年四月『時代』誌に発表を移し、一八六二年の十二月号に検閲によって発表がおくれていた第八章が掲載されて完結した。この作品の制作の過程は長く、そして複雑である。その発端となったものは、オムスク監獄の主任医師の温情によるメモの制作である。主任医師トロイツキー博士は雑役囚ドストエフスキーの辛《つら》い労役を軽減してやろうと思って、入院期間を延《の》ばしてやり、禁じられていた物を書くことを許してやった。ドストエフスキーは入院中に囚人たちの言葉づかい、会話、詩、監獄の歌、さらにさまざまなエピソード、情景、事件、囚人の告白などを書きつけはじめた。これらのメモが病院の看護長の手許《てもと》に保管され、しだいにたまっていった。出獄後、セミパラチンスクへ移ると同時に、ドストエフスキーの言うこの「亡《ほろ》び去った民衆に関する覚え書」の仕事はいよいよ熱をおびはじめ、主人公が考え出され、主題が豊富になるにつれて、小説の厖大《ぼうだい》な構想が少しずつ成長してきた。

最終稿の序章で、これはロシアの貴族地主で、妻殺しの罪で徒刑囚となり、十年の刑期を勤め上げ、シベリアの小さな町でひっそりと死んでいった男の手記という形になっている。「ところがその中に一冊のかなり分厚い手帳があった。こまかい字でびっしり書きこまれていたが、途中で終っていた。……それは前後の脈絡はないが、……十年間の獄中生活の記録であった。この記録はところどころ何やら別なものがたりや、奇妙なおそろしい回想のようなもので断ち切られていた。それらはまるで何かに無理じいされでもしたように、ふぞろいのふるえた字で書きつけられていた。わたしは何度かこれらの断章を読み返してみて、これは狂った頭で書かれたものだとほぼ確信した。しかし監獄の記録は――彼自身は手記のどこかで《死の家の情景》という言葉をつかっているが――わたしにはかなり珍しいものに思われた。……こころみにまず二、三章を選んでみる」

これを見てもシベリアでの最初の構想は、監獄の記録だけでなく、妻殺しの男の苦悩に充《み》ちた恐ろしい物語が結びついていたことが察しられるのである。これはのちに長編小説『白痴』のロゴージンとナスターシャの物語に実現されることになるのだが、しかしこの作品では長編小説の主題は脱落して、シベリアの監獄の記録だけが残り、長編小説の構想は心理的な習作やエピソードを含む一連のスケッチに分解したわけである。

ドストエフスキーは「わたしたちの監獄の全貌《ぜんぼう》と、この数年間にわたしが経験したことのすべてを、一枚の明瞭《めいりよう》な絵にあらわす」ことを自分の課題として、風俗描写、肖像画、告白という三つの土台の上に『死の家の記録』を構成した。すなわち第一は、監獄内の生活風俗、つまり衣服、食物、作業、点呼、夜の監房、風呂場《ふろば》、病院、笞刑《ちけい》、芝居、酒盛り、賭博《とばく》など、世間から見捨てられた人々の世界の生理的記録、第二は、囚人たちの性格描写、つまり衝動にのみつき動かされる凶暴な人間や、驚くべき意志力をもった超人的な強者や、権力につく卑劣な弱者など、民衆のさまざまなタイプの表現力豊かな描写、第三は、囚人たちの身の上話的エピソード、これは農奴制ロシアの無法と専横の暗黒世界で行われた恋の熱情と復讐《ふくしゅう》の物語である。

『死の家の記録』は、ドストエフスキーとしては珍しく、鏡に映るがごとく現実を再現するというロシア・リアリズムの正道を踏み、緻密《ちみつ》な観察者の目を通して描かれた作品であるために、当時のロシアの文学者や批評家たちに高く評価された。ニコライ一世の反動時代のシベリア監獄の真相を暴露したために、進歩的な西欧派からも熱烈に支持され、また「この木柵の中で、どれほど多くの青春がむなしく葬《ほうむ》られたことか、どれほど偉大な力がなすこともなく亡《ほろ》び去ったことか！……たしかに、ここに住む人々は、まれに見る人間ばかりだった。ほんとに、わがロシアに住むすべての人々の中で、もっとも天分豊かな、もっとも強い人間たちと言いうるかもしれない。ところが、それらのたくましい力がむなしく亡び去ってしまった、異常に、不法に、二度とかえることなく亡び去ってしまったのである。では、それはだれの罪か？」という民衆に対する態度のために、保守的なスラヴ派からも歓迎された。

ツルゲーネフは、『死の家の記録』の掲載された『時代』誌の送付に対する礼状をドストエフスキーに書き、「浴場の情景はまったくダンテ的です」と賞讃《しょうさん》した。ゲルツェンは一八六四年六月十五日『鐘』紙掲載の「ロシア文学の新局面」という論文で次のように評している。

「ニコライ時代は一冊の恐ろしい本、一種の carmen horrendum（恐怖を呼び起す歌）をわれわれに残した。これは地獄の入口に刻まれたダンテの碑文のように、永久にニコライの暗黒の治世の出口を飾ることであろう。それはドストエフスキーの『死の家の記録』という恐ろしい物語である。作者自身、おそらく、その枷《かせ》をはめられた手で仲間の囚人たちの形象を描きながら、シベリアの一監獄の描写からミケランジェロ流の大壁画を創《つく》り上げたなどとは、夢にも思わなかったであろう」

　トルストイも、『死の家の記録』をプーシキンを含めた新しいロシア文学の最高傑作と認め、「彼のさりげなく書かれた一ページは現代の作家たちの数巻にも匹敵する。わたしは先日『復活』のために『死の家の記録』を読み返した。なんという素晴らしい作品であろう」と語っている。

　『死の家の記録』はドストエフスキーにとっていかなる意味をもっていたか。それは自分の過去の生活の厳《きび》しい再検討と、民衆との端的な接触による信念甦生《そせい》の場であった。「わたしの周囲にいた人々は、ベリンスキーの信念によると、犯罪を遂行せずにいられなかった人々であり、したがって、ただほかの者より不幸な人間だったにすぎないのである。わたしは知っているが、すべてのロシアの民衆は、やはりわたしたちを不幸な人間と呼んでいる。この呼び名を幾度も幾度も、大勢の人の口から聞いた。しかしそこには何かしら別なもの、ベリンスキーが言ったのとも違えば、このごろわが国の陪審員たちが下す判決文に見受けられるのとも、まったく違った何ものかがあった。この不幸な人間という言葉、すなわち、ロシア民衆の判決の中には、ある別種の思想がひびいていた。四年の監獄生活は、思えば長い学校であった。わたしは確信をつかむ時日をあたえられたのだ……」ドストエフスキーはシベリアの徒刑囚についてこう語り、信念甦生の歴史を次のように述べている。

「その気持（社会主義的信念）は永くつづいた。流刑の数年間も、苦悩も、われわれの意志を砕きはしなかった。それどころか、われわれは何ものにもひしがれることなく、その信念は義務遂行の意識によって、われわれの精神を支持してくれた。しかし何かしらある別なものがわれわれの見解、われわれの信念、われわれの心情を一変さしたのである。このあるものというのは民衆との端的な接触であった。共通の不幸の中における彼らとの同胞としての結合であった。自分も彼らと同じような人間になった、同等のものになった、いな、むしろ彼らの最も低い段階と平均されてしまった、という観念である。繰り返して言うが、これは一朝一夕で起ったことでなく、きわめて長い時日を経て、漸次に行われたことである」

ペトラシェフスキー事件による逮捕、死刑の宣告、シベリア流刑が、後年の大作家の方向を決定づけたことはまちがいない。

『死の家の記録』は、主題、人物、方法など、さまざまな意味において、後年の大作を生み出す母胎となったという点において、ドストエフスキーの作品系列の中で重要な位置を占めている。ドストエフスキーは兄宛《あて》の手紙の中で「ぼくは監獄生活から民衆のタイプや性格をどれほどたくさん得たかわかりません。浮浪人や強盗の身の上話をどれほど聞いたかわかりません！　何巻もの書物にするに足るでしょう！」と述べている。

人物についていくつかの例を挙《あ》げれば、ラスコーリニコフには、至上の命令の名において、良心に従って人殺しを敢行する徒刑囚の山民の特性を見ることができるし、スヴィドリガイロフには、卑劣きわまる密告者Aの徹底した不道徳性を見ることができる。スタヴローギンは、その精神力の点でペトロフを思い起させる。また貴族出身の父親殺し（のちに無実であることが判明）からドミートリイ・カラマーゾフ、笞刑《ちけい》の名人ジェレビャトニコフからフョードル・カラマーゾフが、正直な心とおだやかな宗教的感情と活動的な愛をもつアレイや旧教徒の老人から、ムイシュキン公爵《こうしゃく》やアリョーシャ・カラマーゾフが生れたと言えよう。

　またこの作品には、倫理的探究の無限の志向が見られるし、ドストエフスキーの文学の独特のスタイルと、市井《しせい》の出来事や、犯罪記録や、政治的事件など、人間的な記録の正確な資料に基づいて作品を構成し、それらの中から主人公たちの異常な人間ドラマを盛り上げてゆく、ドストエフスキーの方法が確立されている。『死の家の記録』は苦悩をテーマとする芸術家の成熟を示し、ドストエフスキーの名を世界的にした作品である。

（一九七三年五月）

ドストエフスキー
工藤精一郎訳
罪と罰（上・下）

独自の犯罪哲学によって、高利貸の老婆を殺し財産を奪った貧しい学生ラスコーリニコフ。良心の呵責に苦しむ彼の魂の遍歴を辿る名作。

ドストエフスキー
原卓也訳
カラマーゾフの兄弟（上・中・下）

カラマーゾフの三人兄弟を中心に、十九世紀のロシア社会に生きる人間の愛憎うずまく地獄絵を描き、人間と神の問題を追究した大作。

ドストエフスキー
江川卓訳
悪霊（上・下）

無神論的革命思想を悪霊に見立て、それに憑かれた人々の破滅を実在の事件をもとに描く。文豪の、文学的思想的探究の頂点に立つ大作。

ドストエフスキー
木村浩訳
白痴（上・下）

白痴と呼ばれる純真なムイシュキン公爵を襲う悲しい破局……作者の〝無条件に美しい人間〟を創造しようとした意図が結実した傑作。

ドストエフスキー
木村浩訳
貧しき人びと

世間から侮蔑の目で見られている小心で善良な小役人マカール・ジェーヴシキンと薄幸の乙女ワーレンカの不幸な恋を描いた処女作。

ドストエフスキー
千種堅訳
永遠の夫

妻は次々と愛人を替えていくのに、その妻にしがみついているしか能のない〝永遠の夫〟トルソーツキイの深層心理を鮮やかに照射する。

ドストエフスキー
原 卓也訳
賭博者

賭博の魔力にとりつかれ身を滅ぼしていく青年を通して、ロシア人に特有の病的性格を浮彫りにする。著者の体験にもとづく異色作品。

ドストエフスキー
江川 卓訳
地下室の手記

極端な自意識過剰から地下に閉じこもった男の独白を通して、理性による社会改造を否定し、人間の非合理的な本性を主張する異色作。

ドストエフスキー
小笠原豊樹訳
虐げられた人びと

青年貴族アリョーシャと清純な娘ナターシャの悲恋を中心に、農奴解放、ブルジョア社会へ移り変わる混乱の時代に生きた人々を描く。

ソルジェニーツィン
木村 浩訳
イワン・デニーソヴィチの一日

スターリン暗黒時代の悲惨な強制収容所の一日を克明に描き、世界中に衝撃を与えた小説。伝統を誇るロシア文学の復活を告げる名作。

ツルゲーネフ
神西 清訳
はつ恋

年上の令嬢ジナイーダに生れて初めての恋をした16歳のウラジミール——深い憂愁を漂わせて語られる、青春時代の甘美な恋の追憶。

ツルゲーネフ
工藤精一郎訳
父と子

古い道徳、習慣、信仰をすべて否定するニヒリストのバザーロフを主人公に、農奴解放で揺れるロシアの新旧思想の衝突を扱った名作。

トルストイ
木村　浩訳

アンナ・カレーニナ（上・中・下）

文豪トルストイが全力を注いで完成させた不朽の名作。美貌のアンナが真実の愛を求めるがゆえに破局への道をたどる壮大なロマン。

トルストイ
工藤精一郎訳

戦争と平和（一〜四）

ナポレオンのロシア侵攻を歴史背景に、十九世紀初頭の貴族社会と民衆のありさまを生き生きと写して世界文学の最高峰をなす名作。

トルストイ
木村　浩訳

復　活（上・下）

青年貴族ネフリュードフと薄幸の少女カチューシャの数奇な運命の中に人間精神の復活を描き出し、当時の社会を痛烈に批判した大作。

トルストイ
原　卓也訳

クロイツェル・ソナタ
悪　魔

性的欲望こそ人間生活のさまざまな悪や不幸の源であるとして、性に関する極めてストイックな考えと絶対的な純潔の理想を示す2編。

トルストイ
原　久一郎訳

光あるうち光の中を歩め

古代キリスト教世界に生きるパンフィリウスと俗世間にどっぷり漬った豪商ユリウス。二人の人物に著者晩年の思想を吐露した名作。

トルストイ
原　卓也訳

人　生　論

人間はいかに生きるべきか？　人間を導く真理とは？　トルストイの永遠の問いをみごとに結実させた、人生についての内面的考察。

チェーホフ
神西清訳

桜の園・三人姉妹

急変していく現実を理解できず、華やかな昔の夢に溺れたまま没落していく貴族の哀愁を描いた「桜の園」。名作「三人姉妹」を併録。

チェーホフ
神西清訳

かもめ・ワーニャ伯父さん

恋と情事で錯綜した人間関係の織りなす日常のなかに、絶望から人を救うものは忍耐であるというテーマを展開させた「かもめ」等2編。

チェーホフ
小笠原豊樹訳

かわいい女・犬を連れた奥さん

男運に恵まれず何度も夫を変えるが、その度に夫の意見に合わせて生活してゆく女を描いた「かわいい女」など晩年の作品7編を収録。

カフカ
高橋義孝訳

変身

朝、目をさますと巨大な毒虫に変っている自分を発見した男――第一次大戦後のドイツの精神的危機、新しきものの待望を託した傑作。

カフカ
前田敬作訳

城

測量技師Kが赴いた〝城〟は、厖大かつ神秘的な官僚機構に包まれ、外来者に対して決して門を開かない……絶望と孤独の作家の大作。

サルトル
伊吹武彦他訳

水いらず

性の問題を不気味なものとして描いて実存主義文学の出発点に位置する表題作、限界状況における人間を捉えた「壁」など5編を収録。

カミュ
窪田啓作訳
異邦人
太陽が眩しくてアラビア人を殺し、死刑判決を受けたのちも自分は幸福であると確信する主人公ムルソー。不条理をテーマにした名作。

カミュ
清水徹訳
シーシュポスの神話
ギリシアの神話に寓して"不条理"の理論を展開、追究した哲学的エッセイで、カミュの世界を支えている根本思想が展開されている。

カミュ
宮崎嶺雄訳
ペスト
ペストに襲われ孤立した町の中で悪疫と戦う市民たちの姿を描いて、あらゆる人生の悪に立ち向うための連帯感の確立を追う代表作。

カミュ
高畠正明訳
幸福な死
平凡な青年メルソーは、富裕な身体障害者の"時間は金で購われる"という主張に従い、彼を殺し金を奪う。『異邦人』誕生の秘密を解く作品。

カミュ・サルトル他
佐藤朔訳
革命か反抗か
人間はいかにして「歴史を生きる」ことができるか――鋭く対立するサルトルとカミュの間にたたかわされた、存在の根本に迫る論争。

カミュ
大久保敏彦
窪田啓作訳
転落・追放と王国
暗いオランダの風土を舞台に、過去という楽園から現在の孤独地獄に転落したクラマンスの懊悩を捉えた「転落」と「追放と王国」を併録。

Title : ЗАПИСКИ ИЗ МЕРТВОГО ДОМА
Author : Фёдор М. Достоевский

死《し》の家《いえ》の記《き》録《ろく》

新潮文庫　ト - 1 - 16

昭和四十八年七月三十日　発　行
平成十六年十月二十五日　三十五刷改版
令和　五　年　二　月　十　五　日　四十六刷

訳　者　工《く》藤《どう》精《せい》一《いち》郎《ろう》

発行者　佐藤隆信

発行所　株式会社　新潮社

郵便番号　一六二—八七一一
東京都新宿区矢来町七一
電話　編集部(〇三)三二六六—五四四〇
読者係(〇三)三二六六—五一一一
https://www.shinchosha.co.jp

価格はカバーに表示してあります。

乱丁・落丁本は、ご面倒ですが小社読者係宛ご送付ください。送料小社負担にてお取替えいたします。

印刷・錦明印刷株式会社　製本・株式会社植木製本所

ISBN978-4-10-201019-8 C0197